원청

원청

잃어버린 도시

위화
장편소설

문현선 옮김

푸른숲

모든 사람의 가슴에는 원청이 있다

"모든 사람의 가슴에는 원청이 있다"라는 말은 제가 아니라 어느 중국 독자가 한 말입니다. 한 독자가 그렇게 말한 뒤 수많은 독자가 따라 하면서 최초의 소리는 대중의 소리 속으로 사라졌습니다. 처음 그 말을 했던 독자는 원청과 같아졌지요. 원청이 찾을 수 없는 도시인 것처럼 그 독자는 찾을 수 없는 독자가 되었습니다.

이것이 바로 공명입니다. 호흡과 호흡의 공명, 심장과 심장의 공명, 눈빛과 눈빛의 공명이자 사람과 사람의 공명입니다. 아무리 멀리 떨어져 있어도 공명 덕분에 바로 눈앞에 있는 듯 가까워지지요.

많은 사람이 경험해봤을 듯한데요. 공원 벤치에 앉아 오후의 햇살에 흠뻑 젖어 있을 때 자전거가 스쳐 지나가고 발소리가 다가옵니다. 연인들은 도란도란 속삭이고 아이는 크게 소리칩니다. 이어서 맞은편 벤치에서 조용히 소설을 읽는 사람이 보이는데 책을 읽다가 미소를 짓는 겁니다. 그러면 우리는 호기심이 생기지요. 대체 무슨 내용이나 장면이기에 저렇게 즐거울까 상상하게 됩니다. 또 저녁 무렵 도서관에 있으면 실내의 밝은 조명 때문에 창밖 가로등이 어둡고 희미해지고 끊임없이 들리던 소리가 뚝 끊어질 때가 있습니다. 사실 소리는 벽과 창문 때문에 끊어지는 게 아니라 독서 때문에 끊어지는 것입니다. 책에 몰입했다가 눈물이 날 정도로 감동적인 부분에 이르렀을 때는 문득 말라붙은 눈물 자국을 발견하기도 합니다. 감동과 감동은 바로 그렇게 만나고 우리는 순간적으로 뭉클해지면서 오래전에 눈물을 흘렸던 독자는 누구였을까 궁금해하지요. 하지만 아무리 찾고 싶어도 알 길이 없고 찾을 수 없습니다.

이것이 바로 《원청》에서 표현하고 싶었던 것입니다. 왜 미소 짓는지 알고 싶고 누가 눈물 흘렸는지 궁금하지만 우리는 알 수 없고 찾을 수 없습니다. 세상에는 알고 싶어도 알 수 없고, 찾고 싶어도 찾을 수 없는 일이 너무도 많지요. 그럴 때 우리는 상상 속에서 찾고 추측하고 조각을 맞춥니다.

난세의 전기傳奇적 이야기를 다룬 《원청》은 중국 청나라 말기에서 민국 초기까지를 배경으로 삼고 있습니다. 한국 독자들은 이 시기의 중국 역사를 잘 모를 수도 있습니다. 저도 이 시기 한국에서 무슨 일이 있었는지 알고 싶습니다. 중국은 치욕스러운 영토 할양과 배상금 지급을 강요받은 〈시모노세키 조약〉을 맺었습니다. 그러면서 청나라는 지리적, 경제적으로 가장 긴밀하게 연결됐던 조선에 대한 영향력을 포기해야 했지요. 하지만 조선은 자주독립국이 되지 못하고 일본의 지배를 받게 되었습니다. 러일전쟁에서 승리한 뒤 일본은 세 차례의 〈한일협약〉을 통해 조선(대한제국)의 내정과 외교를 완전히 장악했고 3년 뒤에는 조선을 직접적으로 집어삼키는 〈한일병합조약〉을 맺었습니다.

저는 그런 난세 속 대한제국에도 《원청》 같은 이야기가 있었는지 궁금합니다.

2022년 9월 26일

위화

차례

한국어판 서문 · 5

원청 · 11

또 하나의 이야기 · 403

1

시진溪鎭에 사는 그 사람은 완무당萬畝蕩을 소유하고 있었다. 그건 1,000여 무畝[1]에 이르는 비옥한 땅이었다. 강물 지류가 무성한 나무뿌리처럼 뻗어 있어서 그의 땅에서는 벼와 밀, 옥수수, 고구마, 면화, 유채꽃, 갈대, 풀은 물론 대나무 등 수목까지 해가 뜨고 지는 것처럼 1년 365일 내내 끊임없이 피고 지며 무럭무럭 자라났다. 그가 운영하는 목공소도 명성이 자자했고, 온갖 제품을 만들어냈다. 침대와 탁자, 의자, 걸상, 옷장, 궤짝, 선반, 대야, 변기 등의 제품이 근방 100여 리의 집을 채웠고 혼례용 꽃가마와 장례용 관도 태평소의 연주 속에서 존재감을 선명히 드러냈다.

시진에서 선뎬沈店까지 육로로 가든 수로로 가든 린샹푸林祥福를 모르는 사람은 없었고 누구나 그를 대부호라고 말했다. 하지만 그의 내력을 아는 사람은 아무도 없었다. 강한 북쪽 억양만이 그의 신상과 관련된 유일한 단서였기 때문에 북쪽에서 시진으로 내려

---

1   중국의 토지 면적 단위. 1무는 약 667제곱미터.

11

왔다고 확신할 뿐이었다. 꽤 많은 사람이 17년 전 지독한 한파가 닥쳤을 때 그가 돌도 안 된 딸을 안고 눈 속에서 집집을 돌며 젖을 구걸하던 걸 기억하고 있었다. 꽁꽁 얼어붙은 거리를 천천히 지나가는 그의 모습은 우둔한 백곰 같았다.

당시 시진에서 젖먹이가 있던 여자들은 대부분 린샹푸를 만나 보았다. 그때만 해도 아직 젊었던 여자들은 자기 아이가 울기 시작하면 그가 문을 두드렸다고 입을 모았다. 또 처음 문을 두드렸을 때의 상황도 똑똑히 기억하고 있었다. 그는 손톱으로 두드리는 것처럼 문을 살며시 두드렸다가 잠시 쉬고 나서 다시 가볍게 두드렸다. 여자들은 그 피곤하고 지친 남자가 어떻게 들어왔는지도 생생하게 떠올릴 수 있었다. 그는 언제나 엽전 한 닢이 놓인 오른손 손바닥을 앞으로 내밀었다. 그러고는 거의 눈물이 쏟아질 듯한 두 눈으로 깊은 인상을 남기며 쉰 목소리로 말했다.

"제발 불쌍한 제 딸에게 젖 좀 먹여주십시오."

그의 입술은 터진 감자 껍질처럼 갈라져 있었고 손도 얼었다가 터진 검붉은 자국으로 뒤덮여 있었다. 집에 들어온 뒤에는 꼼짝도 안 하고 서 있었는데 인간 세상과 동떨어진 것처럼 아무 표정이 없었다. 그러다 누군가 따뜻한 물을 건네면 그는 그제야 인간 세상으로 돌아온 듯 감사하다는 기색을 보였다. 하지만 어디에서 왔느냐는 질문에는 곧장 주저하는 표정으로 조용히 "선뎬"이라고만 대답했다. 그건 시진에서 북쪽으로 60리 떨어진, 수륙 교통의 중

심지이자 시진보다 훨씬 번화한 또 다른 도시였다.

사람들은 그의 말을 믿을 수 없었다. 어투로 볼 때 훨씬 먼 북쪽에서 왔다는 느낌이 들어서였다. 그는 자신이 어디에서 왔는지 밝히길 꺼렸고 자신의 배경에 대해서도 말하려 하지 않았다. 남자들과 달리 아이 엄마를 더 궁금해한 시진의 여자들은 그에 관해 물었다. 그러면 린샹푸는 얼어붙은 시진의 풍경처럼 멍한 표정을 짓고는 질문 자체를 받은 적이 없다는 듯 입술을 꽉 다문 뒤 다시는 열지 않았다.

그게 바로 린샹푸가 사람들에게 남긴 첫인상이었다. 온몸에 눈을 뒤집어쓴 머리카락과 수염이 잔뜩 자란 남자, 수양버들 같은 겸손함과 들판 같은 과묵함을 가진 남자였다.

그런데 린샹푸가 엄동설한이 닥쳤을 때가 아니라 훨씬 더 일찍, 회오리바람이 불었을 때 시진에 나타났다고 확신하는 사람이 있었다. 천융량陳永良이었다. 당시 시진 시산西山의 금광에서 일했던 그는 회오리바람이 지나간 직후의 새벽을 똑똑히 기억했다. 썰렁한 거리에서 외지인이 걸어올 때 천융량은 시산 쪽으로 가고 있었다. 회오리바람으로 인해 금광이 피해를 얼마나 입었는지 알아보러 가는 길이었다. 지붕이 날아간 자기 집을 나서자마자 천융량은 시진의 다른 집들도 전부 지붕이 날아간 걸 보았다. 좁은 골목과 밀집된 집들 덕분에 다행히 살아남은 나무들도 엄청난 충격에 이리저리 흔들려 잎사귀를 모두 잃은 상태였다. 나뭇잎까지 기왓장과 함께 회오리바람에 날아가면서 시진은 삭발당한 듯 대머리 마을이 되어버렸다.

바로 그 순간 린샹푸가 시진으로 들어왔다. 떠오르는 햇살을 마주해 두 눈을 가늘게 뜬 채 아기를 안고 천융량 맞은편에서 걸어왔다. 그때 린샹푸는 천융량에게 아주 강한 인상을 남겼다. 재난을 겪은 사람의 절망스러운 표정이 아니라 흐뭇한 표정을 짓고 있어서였다. 천융량이 다가가자 그가 걸음을 멈추고 강한 북쪽 말씨로 물었다.

"여기가 원청文城입니까?"

한 번도 들어본 적 없는 지명이라 천융량은 고개를 저었다.

"여기는 시진입니다."

그런 다음 천융량은 아기의 두 눈을 보았다. 외지 남자가 생각에 잠겨 "시진"이라고 되뇔 때 천융량은 그의 품 안에 있는 여자아이를 보았다. 새까맣게 반짝이는 두 눈으로 신기하다는 듯 사방을 둘러보고 그렇게 힘을 줘야만 아버지와 함께 있을 수 있다는 듯 입을 힘껏 다물고 있었다.

린샹푸의 뒷모습은 천융량에게 커다란 봇짐으로 기억에 남았다. 그건 북방의 덜커덕거리는 베틀에서 짜낸 하얀색 거친 광목이지, 푸른 바탕에 무늬가 들어간 남방의 부드러운 옥양목이 아니었다. 하얀색 광목으로 둘둘 말린 봇짐은 이미 누르스름하고 곳곳에 얼룩이 가득했다. 천융량은 그렇게 큰 보따리를 생전 처음 보았다.

집을 통째로 담고 있는 듯한 봇짐이 북쪽 남자의 커다란 등에서 좌우로 흔들거렸다.

2

북쪽 남자가 떠나온 고향은 1,000리 밖 황허 북쪽에 있었다. 대규모로 수수, 옥수수, 밀을 재배하는 그곳의 땅은 겨울이 되면 누런 흙이 끝없이 펼쳐졌다. 그는 어린 시절 내내 무성하게 자라난 수수 밑을 뛰어다녔고 수수 잎으로 뒤덮인 하늘을 보며 성장했다. 남포등 앞에서 손가락으로 주판을 튕기며 한 해 수확을 계산할 때는 이미 성인이 되어 있었다.

린샹푸는 부유한 집에서 태어났다. 그의 아버지는 마을에서 유일한 수재秀材[2]였고, 어머니는 이웃 현縣 거인擧人[3]의 딸이라 태어났을 때 가세가 기울었어도 경전을 공부했고 총명한 데다 손재주가 좋았다. 린샹푸가 다섯 살 때 아버지가 갑자기 세상을 떠났다. 목공 일을 무척 좋아했던 아버지는 아들이 쓸 작은 탁자와 걸상을 완성한 뒤 도구를 내려놓고 아들의 이름을 불렀다. 그런데 그

---

2 송 시대에는 과거 응시자를 이르는 말이었다가, 명청 시대에는 부(府)·주(州)·현(縣)의 생원을 포괄적으로 이르게 됨.

3 명청 시대 향시에 급제한 사람.

의 외침은 뒤로 가면서 아들의 이름이 아니라 '아아.' 하는 비명으로 바뀌었다. 아버지는 두 손으로 가슴을 움켜쥐며 바닥으로 쓰러졌다. 겨우 다섯 살이었던 린샹푸는 작업실 문지방까지 왔다가 아버지가 바닥에서 몸부림치는 모습을 보고 깔깔거리며 웃었다. 어머니가 달려와 바닥에 꿇어앉은 뒤 연신 비명을 지를 때에야 그는 웃음을 멈추고 두려움에 울음을 터뜨렸다.

그게 린샹푸의 최초 기억일 것이다. 며칠 뒤 그는 아버지가 문짝에 누워 꼼짝도 하지 않는 것을 보았다. 아버지 몸은 하얀 천으로 뒤덮였는데 천이 조금 짧아서 두 발이 바깥으로 드러났다. 어린 린샹푸는 그 핏기 없이 하얀 발을 오랫동안 들여다보다가 발바닥에서 뭔가에 베인 뒤 벌어진 상처를 발견했다.

어머니는 그가 처음 보는 옷을 입고 있었다. 삼베 상복을 입은 어머니는 두 손으로 물그릇을 들고 그의 앞을 지나 대문으로 갔다. 그런 다음 대문턱 바깥에 물을 내려놓고 해가 져 깜깜해질 때까지 대문턱에 앉아 있었다.

아버지가 돌아가신 뒤 그는 400여 무의 전답과 방이 여섯 개인 저택, 끈이 끊어진 책까지 포함해 100여 권의 책을 물려받았다. 어머니는 부지런히 배우고 성실하게 일하는 품성을 키워주었다. 린샹푸가 글자를 배우기 시작했을 때 어머니는 아버지의 마지막 작품인 작은 탁자와 걸상을 베틀 앞으로 옮겨놓고 베를 짜면서 그를 가르쳤다. 베틀의 덜컥거리는 소리와 어머니의 부드러운 음성 속에서 그는《삼자경》부터 시작해《사기》,《한서》를 배웠다.

열세 살 때부터 린샹푸는 집사 톈다田大를 따라 논밭을 살폈다. 소작농처럼 다리에 진흙을 묻힌 채 논두렁을 오가고 가끔은 톈다와 함께 논에 들어가기도 했다. 집에 돌아와 어머니의 베틀 앞에서 공부할 때도 다리에 진흙이 묻어 있었다. 그는 아버지의 뛰어난 목공 솜씨를 물려받아 어렸을 때부터 도끼와 대패, 톱과 친했고 작업실에 들어가면 침식을 잊은 채 오랫동안 틀어박혀 있었다. 그래서 농한기에는 어머니가 그를 이웃 마을의 목수에게 데려가 기술을 배우도록 해주었다. 그는 스승의 집에서 한두 달씩 먹고 자기도 했다. 기술을 가르친 목수들은 하나같이 그가 똑똑하고 손재주가 뛰어나며 부잣집 도령 같지 않게 고생을 두려워하지 않는다고 칭찬했다.

그가 열아홉 살이 되었을 때 어머니가 병으로 쓰러졌다. 아직 마흔 살도 안 되는 나이에 어머니는 인생의 끝자락에 이르렀다. 오랜 노동에 따른 피로와 과부살이의 고통으로 머리카락이 하얗게 세고 주름이 자글자글했다. 그때 어머니는 전과 다른 시선으로 아들을 살펴보기 시작했다. 생전의 남편처럼 건장하게 자란 아들을 보고 그녀는 자기도 모르게 흐뭇한 표정을 지었다. 린샹푸는 밭을 둘러보고 돌아오거나 작업실에서 나오면 작은 탁자와 걸상을 어머니가 누워 있는 구들 앞으로 가져가, 필기구를 준비하고 책을 펼친 뒤 어머니의 지도를 받았다. 이미 목공 솜씨를 인정받아 그가 만든 탁자와 걸상이 조금씩 팔리고 있었지만, 어머니 앞에서 공부할 때는 여전히 아버지가 남겨준 작은 탁자와 걸상을 사용했다.

세상과의 작별을 앞둔 어머니 눈앞으로 이런저런 장면이 떠올랐다. 아들의 몸이 작은 걸상과 탁자 사이에서 점점 커지고 글 쓰는 붓이 아들 손에서 점점 작아졌다. 그런 광경을 떠올리자 그녀의 얼굴에 평생의 고생을 보상받은 듯 편안한 미소가 피어올랐다.

10월의 마지막 날, 이미 거동할 수 없게 된 어머니가 갑자기 기운을 차리더니 몸을 돌려 활짝 열린 문을 오랫동안 바라보았다. 아들이 오기를 기다리는 거였다. 하지만 기대에 찼던 눈동자에서 빛이 점점 사그라들었다. 그녀가 아들에게 남긴 유언은 눈가에 맺힌 눈물 두 방울이었다. 아들 혼자 인생길을 걷는 게 끝내 마음에 걸린 모양이었다.

그런 다음 린샹푸는 다섯 살 때 보았던 광경을 그대로 반복했다. 어머니는 생전에 미리 짜놓은 하얀 천을 덮고 문짝에 누웠다. 삼베 상복을 입은 린샹푸는 물그릇을 들고 대문으로 가서 문 앞에 내려놓은 뒤 14년 전 어머니가 그랬던 것처럼 황혼이 내릴 때까지 대문턱에 앉아 있었다. 대문 앞에서 시작된 작은 길이 구불구불 나아가 멀리 있는 큰길과 합쳐지고 큰길이 밥 짓는 연기가 피어오르는 광활한 땅 위로 계속, 하늘가의 타오르는 저녁놀까지 뻗어가는 것을 바라보았다.

사흘 뒤 린샹푸는 어머니를 아버지 옆에 묻었다. 열아홉 살의 그는 두 손으로 삽을 들고 한참을 서 있었다. 그의 뒤에는 집사 톈다와 톈다의 네 동생이 아무 말 없이 서 있었다. 어둠이 내린 뒤 톈다가 뭐라 말하고 나서야 그는 천천히 집으로 돌아왔다. 그런 다음 눈물을 닦고 이전의 삶을 이어갔다.

그는 예전과 마찬가지로 매일 아침 톈다와 함께 논두렁으로 나가 농작물을 살피고 논밭에서 일하는 소작농과 이야기를 나누었다. 때로는 바짓단을 걷어 올린 뒤 소작농들과 함께 일했는데 소작농에게 결코 뒤지지 않을 정도로 능숙했다. 한가할 때면 오랫동안 문지방에 앉아 있었다. 어머니의 베틀 소리가 사라진 뒤로는 끈으로 장정된 책들을 더 이상 펼치지 않았다. 혼자 5년을 사는 동안 그는 갈수록 말수가 줄어들었다. 톈씨 형제들이 뒷문으로 들어와 농사와 관련된 이야기를 할 때에야 저택에서 그의 목소리가 울렸다.

매년 가을이 깊어지면 린샹푸는 당나귀를 끌고 한 해 수확으로 생긴 은화를 성안 취화전장聚和錢莊으로 가져가 작은 금괴로 바꾸었다. 그런 다음 비단 서너 자를 사서 돌아왔다. 금괴는 벽 틈새의 나무 상자에 숨기고 비단은 내실 옷장에 넣었다.

그건 어머니의 생전 습관이었다. 금괴는 조상 대대로 내려오는 린씨 집안의 저축 방식이고 비단은 아들의 맞선 준비물이었다. 마지막 1년 동안 병마에 시달리면서도 어머니는 날이 좋으면 아침 일찍 비단을 보따리에 넣고 비틀비틀 당나귀에 올라탔다. 그러면 텐다가 당나귀를 끌고 먼지가 풀풀 날리는 길 위로 아득하게 멀어져갔다.

린샹푸가 기억하기로 어머니가 그렇게 외출한 건 열 번 정도였다. 매번 보따리에 챙겨갔던 비단이 남아 있지 않았다. 린샹푸는 여자가 어머니 마음에 들지 않았음을 알 수 있었다. 여자 가족에게 미안함의 표시로 비단을 남기는 건 오래된 풍습이었다. 집으로 돌아온 어머니는 마중 나온 린샹푸에게 당나귀를 넘기면서 피곤한 얼굴로 웃음을 지었다.

"밥을 안 먹고 왔다."

그게 맞선에 대한 답임을 린샹푸는 잘 알고 있었다. 여자가 마음에 들었다면 어머니는 남아서 식사했을 터였다. 어머니가 세상을 뜬 뒤 린샹푸는 그 습관을 이어 성에 들어갈 때마다 본인이 맞선 볼 때 쓸 비단을 서너 자씩 샀다.

그동안 매파가 여러 차례 찾아와 신붓감을 소개했다. 그도 매파를 따라 멀리까지 맞선을 보러 나갔는데 자신과 비슷한 수준의 집안인데도 망설이기만 했다.

늘 어머니가 나서줬던 일이라 린샹푸는 어떻게 대처해야 할지 알 수 없었다. 더군다나 10여 차례나 나갔음에도 어머니가 빈손으로 돌아왔기 때문에 린샹푸는 선뜻 결정을 내리기 힘든 것은 물론이고 갈피조차 잡을 수가 없었다. 여자를 볼 때마다 속으로 어머니라면 이 여자를 좋아했을까 생각할 뿐이었다. 결국 그는 식사하지 않고 가져갔던 비단을 남겨둔 채 돌아 나왔다.

한번은 예쁘장한 여자한테 마음이 끌린 적이 있었다. 그건 30리 바깥의 류씨 마을에 갔을 때로 린샹푸는 거대한 저택에 깊은 인상을 받았다. 대청에 앉자 여자의 아버지가 담배를 건넸다. 린샹푸는 못 피운다고 거절했다가 매파의 눈짓에 얼른 담뱃대를 받았다. 그러자 아리따운 여자가 고개를 숙인 채 안에서 천천히 걸어 나와 담뱃대에 담배를 채워준 뒤 다시 고개를 숙인 채 방으로 돌아갔다.

린샹푸는 그 여자가 맞선 상대임을 알아차렸다. 담배를 채워줄 때 그녀는 두 손을 바들바들 떨었고 매파가 질문을 몇 차례 던질 때는 아무 대꾸도 하지 않았다. 그러다 두 사람 눈이 마주친 순간 그녀는 눈을 반짝 빛냈고 린샹푸도 뜨거운 피가 끓어오르는 걸 느꼈다. 이후 의례적인 말을 주고받는 동안 린샹푸는 마음이 들떠서 제대로 답할 수가 없었다. 여자의 아버지가 식사하겠느냐고 물었을 때 그는 당연히 그러고 싶었다. 하지만 매파의 눈짓에 생각을 바꾸었다. 그는 잠시 머뭇거리다가 보따리에서 비단을 꺼내 탁자에 올려놓았다. 여자의 아버지가 놀란 눈으로 바라봐 그는 겸연쩍어하면서 얼굴을 붉히고는 서둘러 작별을 고했다.

집으로 돌아올 때 눈앞에 자꾸 여자의 아름다운 얼굴과 여자 아버지의 놀란 얼굴이 어른거려 린샹푸는 가슴이 꽉 막힌 것처럼 답답했다. 매파는 류씨 아가씨가 농아인 것 같아서 혼사를 거절하라는 눈짓을 보냈노라고 설명했다. 그에게 담배를 채워줄 때 여러 차례 말을 붙였는데도 아가씨가 들리지 않는 듯 대답하지 않았다는 이유였다. 린샹푸는 매파의 말에 일리가 있다고 생각하면서도 그 류펑메이劉鳳美라는 여자를 떨쳐낼 수가 없었다. 30여 리를 다 걸어 자기 집이 보였을 때에야 그는 길게 한숨을 내쉬고 마음을 정리할 수 있었다.

3

그렇게 린샹푸는 혼인할 기회를 놓쳤다. 그가 스물네 살이 되었을 때 젊은 남녀 한 쌍이 그의 집 앞에 찾아왔다. 자잘한 꽃무늬 치파오를 입은 여자와 남색 장삼을 입은 남자로, 여자는 푸른색 날염 두건을 쓰고 있었다. 그들은 봇짐을 멘 채 대문 앞에서 이야기하고 있었는데 말이 어찌나 빠른지 글자가 날아다니는 것 같았다.

황혼이 내릴 무렵이었다. 마당에 있던 린샹푸는 그들이 말하는 걸 들었지만 한 마디도 이해할 수 없었다. 문을 열고 나가자 젊은 남자가 린샹푸가 알아들을 수 있는 어투로 바꿔 말했다. 서생처럼 보이는 남자는 마차를 타고 가던 중 바퀴가 갑자기 망가져 갈 수 없게 되었다면서 앞서 묵었던 역참은 10여 리를 되돌아가야 하는데 날이 어두워지고 있다고 사정을 설명했다. 그런 다음 잠시 말을 멈췄다가 혹시 하룻밤 재워줄 수 있느냐고 조심스럽게 물었다.

남자 뒤에 서 있던 젊은 여자가 푸른색과 하얀색이 선명한 두건을 벗으면서 수줍은 눈빛으로 린샹푸를 훑어보았다. 린샹푸는 저녁놀에 비친 나긋하고 아름다운 얼굴이 두건을 벗을 때 오른쪽으로 살짝 기울어지는 것을 보았다. 그 순간적인 동작에 린샹푸는 가슴이 철렁 내려앉았다.

그날 밤 남포등 앞에 둘러앉아 이야기를 나누다가 린샹푸는 그들이 부부가 아니라 남매임을 알았다. 서로를 부르는 호칭에서 여동생은 샤오메이^{小美}, 오빠는 아창^{阿强}이라는 것도 알았다. 하지만 아무리 살펴봐도 남매라고 하기에는 두 사람이 전혀 닮지 않은 것 같았다. 아창이라는 오빠가 린샹푸의 생각을 눈치챘는지 동생은 어머니를 닮고 자신은 아버지를 닮았다고 말한 뒤 자신들이 남매같이 안 보이는 이유는 부모님이 워낙 다르게 생겨서라고 설명했다. 웃고 나서 린샹푸는 그들이 원청이라는 아주 먼 남쪽 도시에서 왔다는 걸 알게 되었다. 양쯔강을 건넌 뒤에도 600여 리를 더 가야 하는 그곳은 강남 물의 고장이라고 했다. 아창은 자기 고향에서는 문 앞이 바로 강이라 배로 이동한다고 알려주었다. 부모님이 모두 돌아가셔서 경성의 이모부에게 의탁하려고 북으로 가는 중이며, 이모부가 공친왕⁴ 저택에서 일했으니 그 든든한 배경으로 자신에게 일자리를 찾아줄 거라고 말했다.

한창 이야기할 때 밖에서 우렁찬 가축 울음소리가 들려왔다. 깜짝 놀란 남매의 표정을 보고 린샹푸는 당나귀 울음소리라고 알려주었다. 두 사람은 무척 놀라며 당나귀 울음소리가 원래 저러냐고

---

4 청나라 말기의 황족.

말했다. 그래서 린샹푸는 그들이 사는 남쪽 물의 고장에는 당나귀가 없다는 걸 알았다.

그날 밤 린샹푸는 자신에 관한 이야기를 장황하게 늘어놓았다. 희미하게 기억나는 아버지와 선명하게 기억나는 어머니에 관해 이야기하고 끈으로 장정된 책과 어머니의 베틀, 어린 시절의 수수밭에 관해 이야기한 뒤 마지막으로 주변 100리 안에서는 자신이 부호에 속한다고 말했다. 그 말을 할 때 린샹푸는 아창의 눈이 반짝이는 것을 발견했다. 이어서 샤오메이를 보자 그녀는 여전히 수줍게 미소 짓고 있었다.

린샹푸는 아주 유쾌한 밤이라고 생각했다. 어머니가 떠난 뒤 침묵에 잠겨 있던 집에서 이날 밤에는 말소리가 끊이지 않았다. 그는 샤오메이라는 여자가 마음에 들었다. 말수가 적은 샤오메이는 내내 눈웃음을 지으며 맞은편에 비스듬히 앉아 두 손으로 푸른색 날염 두건을 끊임없이 만지작거렸다. 린샹푸는 봉황과 모란이 나란히 들어간 도안이 신기해, 가까이에서 들여다보고는 정말 예쁘다고 칭찬한 뒤 여기에는 하얀 두건밖에 없다고 말했다. 그러자 샤오메이의 감미로운 음성이 들렸다. 그녀는 이건 '모란을 입은 봉황' 도안으로 부귀를 상징한다고 말했다. 그런 다음 맑은 눈으로 남포등 불빛 너머의 린샹푸를 바라보았다. 바로 그 눈동자가 평소에는 거의 닫혀 있는 린샹푸의 말문을 터주었다. 그는 샤오메이에게서 한 번도 본 적 없는 청초함을 발견했다. 남쪽의 푸른 산과 물 사이에서 자란 그 촉촉한 얼굴은 긴 여정에도 불구하고 여전히 부드럽고 생기 넘쳤다.

그런데 부드럽고 생기 넘치던 여자가 이튿날 병으로 쓰러져 이마에 젖은 수건을 올린 채 구들에서 일어나지 못했다. 긴 머리카락이 남쪽 물의 고장에서 자라는 수양버들 가지처럼 구들 아래로 흘러내렸다. 그녀의 오빠는 눈살을 찌푸린 채 구들에 앉아 무척빠른 그 어투로 그녀와 잠시 이야기한 뒤 린샹푸에게 다가와 걱정스러운 얼굴로 동생이 아프다고 알려주었다. 동생의 병세를 설명하기를, 아침에 일어났을 때 어지럽다고 하더니 구들에서 내려온 뒤 문까지 가기도 전에 쓰러졌다고 했다. 또 동생의 이마를 짚어보자 갓 구워낸 고구마처럼 뜨거웠다면서, 아무래도 혼자 떠나는 수밖에 없을 것 같다고 안타깝게 중얼거렸다. 이어서 그는 잠시 여동생을 거두어줄 수 있겠느냐고 조심스럽게 묻고는 경성에서 이모부를 찾은 뒤 데려가겠다고 했다. 린샹푸는 고개를 끄덕였다. 오빠는 구들로 가서 린샹푸가 이해할 수 없는 빠른 말로 또 동생에게 몇 마디 했다. 그런 다음 봇짐을 메고 장삼을 휘날리며 대문턱을 넘어 작은 길에서 큰길로, 떠오르는 햇살 속에서 북쪽으로 나아갔다.

린샹푸는 지난밤에 샤오메이의 미소가 계속 아른거려 깊이 잠들지 못했던 게 떠올랐다. 청초한 얼굴이 수면을 떠나니듯 꿈속에서 살랑살랑 흔들렸다. 그러다 누런 큰길이 그에게로 미끄러지

듯 다가왔고, 그는 청초한 얼굴이 큰길로 멀어지는 걸 보았다. 깜짝 놀라 잠에서 깬 뒤에는 불안감과 실망감이 긴 밤 내내 그의 마음속을 떠나지 않았다. 여명이 밝고 나서 샤오메이가 남기로 했을 때 린샹푸의 가슴도 환하게 밝아졌다.

린샹푸는 샤오메이 앞으로 걸어갔다. 샤오메이가 감고 있던 눈을 뜨고 도톰한 입술을 움직이며 말했다.

"물 좀 주세요."

그날 오후 샤오메이는 구들에서 내려와 보따리 속에서 나막신을 꺼내 신고는 집안일을 시작했다. 땅거미가 내릴 무렵에는 대문턱에 앉아 석양의 붉은빛을 받으며 미소를 띤 채, 농작물을 둘러본 뒤 돌아오는 린샹푸를 바라보았다.

린샹푸가 가까이 오자 그녀는 자리에서 일어나 그와 함께 안으로 들어왔다. 그리고 탁자에 미리 준비해둔 물을 건넨 뒤 다시 몸을 돌렸다. 린샹푸는 집 안에서 울리는 이상한 소리에 샤오메이가 신은 나막신을 바라보았다. 그녀가 걸을 때마다 경쾌하게 두드리는 소리가 울렸다. 신기해하는 린샹푸를 보고 샤오메이가 웃으며 나막신이라고 알려주었다. 린샹푸는 생전 처음 본다고 말했다. 샤오메이는 자기 고향 아가씨들은 전부 나막신을 신는다면서, 특히 여름에 해 질 무렵이면 강가에서 발을 깨끗이 닦은 뒤 나막신을 신고 시내 돌길을 걷는데 나막신 소리가 목금木琴 소리처럼 요란하게 울린다고 말했다. 린샹푸가 목금 소리가 뭐냐고 묻자 샤오메이는 잠시 대답하지 못하고 고개를 숙인 채 생각하다가 방을 한 바퀴 돌았다. 나막신의 경쾌한 소리가 사라진 뒤 그녀가 말했다.

"이게 바로 목금 소리예요."

린샹푸는 집이 깨끗하게 정리되고 탁자에 음식이 차려진 것을 보았다. 샤오메이는 뭔가를 기다리듯 미소를 지으며 옆에 서 있었다. 린샹푸는 남의 집에 온 듯 눈앞의 모든 것에 불안해졌다. 맞은편에 서 있는 샤오메이도 똑같이 불안해하는 것 같았다. 그가 걸상에 앉자 샤오메이도 앉고 그가 젓가락을 들자 샤오메이도 들었다. 샤오메이의 얼굴에 홍조가 가득했다. 린샹푸는 그녀가 아침과 달리 더 이상 아프지 않은 걸 보고 조금 놀랐다. 샤오메이는 갑자기 쓰러졌던 것처럼 갑자기 건강을 되찾았다.

4

시간이 빠르게 흘러갔다. 두렁을 따라 집으로 돌아올 때 린샹푸는 대문턱에 앉아 있는 샤오메이를 몇 번이나 보았다. 그녀는 두 손으로 얼굴을 받친 채 생각에 잠겨 멍한 눈으로 멀리를 바라보고 있었다. 오빠가 오기를, 그 남색 장삼을 입은 남자가 먼지 날리는 큰길에 나타나기를 기다린다고 린샹푸는 생각했다.

식탁 앞에 앉으면 두 사람은 주로 그 아창이라는 오빠를 화제로 삼았다. 린샹푸는 샤오메이를 위로하기 위해 아창이 이제 경성에 도착했으며 곧 데리러 올 것이라고 말했다. 그렇게 말하고 나면 린샹푸 눈앞으로, 꽃무늬 치파오를 입은 샤오메이가 작은 발에 까만 양말과 나막신을 신고 오빠를 따라 해가 뜨는 큰길에서 천천히 멀어지는 광경이 떠올랐다. 그런 다음 린샹푸는 쓸쓸함에 휩싸였다. 자신과 오랜 시간을 함께 지낸 남쪽 여자, 그를 위해 요리하고 빨래까지 해주던 샤오메이가 떠나면 어떻게 살 수 있을지 알 수 없었다.

그러던 어느 날 샤오메이는 린샹푸의 어머니가 남긴 베틀 앞에 앉아 한참 동안을 덜커덕거렸다. 생전 처음 만져보는 베틀이었지만 황혼 무렵에는 결국 사용법을 알아낼 수 있었다. 밭에서 돌아온 린샹푸는 마당에 들어섰을 때 베틀 소리를 듣고 어머니가 방에 있다는 환상에 사로잡혔다. 하지만 곧 샤오메이일 거라고 추측할 수 있었다. 문지방을 넘어 들어가자 베틀 앞에 앉은 샤오메이의 얼굴이 새빨갛고 이마에 땀방울이 가득한 게 보였다. 샤오메이는 린샹푸를 보자마자 벌떡 일어나, 당나귀 울음소리가 양 울음소리보다 훨씬 큰 것처럼 이곳의 베틀 소리도 고향의 베틀 소리보다 훨씬 크다며 처음에는 망가뜨린 줄 알고 깜짝 놀랐지만 어떻게 쓰는지 터득할 수 있었다고 주저리주저리 말했다.

그녀는 말하면서 웃었고 눈동자까지 반짝반짝 빛냈다. 샤오메이의 그런 표정을 린샹푸는 처음 보았다. 집 안에서 걸을 때 나막신 소리만 내는 여자, 입가에 웃음을 머금고 소리는 내지 않는 여자가 그 순간에는 얼굴을 환하게 빛내고 있었다.

린샹푸는 어머니의 베틀 덕분에 샤오메이가 마음의 안정을 찾았다고 생각했다. 그때 이후 그는 대문턱에 앉은 샤오메이를 보는 대신 끊임없이 울리는 베틀 소리를 듣게 되었다. 어머니가 돌아가신 뒤 5년 동안 침묵에 잠겼던 베틀이 다른 여자의 손에서 울리기 시작했다. 린샹푸가 더는 아창을 거론하지 않으면서 그 이름도 차츰 멀어져갔다. 샤오메이 역시 오빠를 잊은 듯 요리와 빨래 같은 집안일을 하고 나면 덜컥거리는 베틀 소리에 완전히 파묻혔다.

린샹푸는 선반에서 책을 꺼내 소매로 먼지를 닦은 뒤 틈틈이 읽기 시작했다. 작은 탁자와 걸상 사이에 앉으면 입을 가린 채 웃는 샤오메이가 보였다. 자신의 몸이 그 작은 책걸상과 어울리지 않는다는 걸 알았기에 그도 헤헤 웃었다. 샤오메이는 작업실에서 이미 린샹푸 몸에 맞는 책걸상을 보았던 터라 그가 왜 아동용 책걸상을 쓰는지 이해할 수 없었다.

그렇게 평온하고 따뜻한 나날이 흘러갔다. 때때로 린샹푸는 베틀 앞에 앉은 샤오메이의 모습을 보면서 왜 매파가 그녀에게 혼담을 넣지 않는지 의아해했다.

5

어느 겨울밤 린샹푸가 잠자리에 들었을 때 우박이 맹렬한 기세로 떨어지기 시작했다. 린샹푸는 폭죽처럼 울리는 소리에 깜짝 놀라 자리에서 일어났다. 어느샌가 바람에 활짝 열린 창문 밖에서 누에고치처럼 하얀 우박이 흔들리는 장막같이 쏟아지며 새까만 방을 반짝반짝 밝혀주고 있었다.

린샹푸의 눈에 샤오메이가 들어왔다. 두 팔로 자기 몸을 감싼 채 린샹푸의 구들 앞에 서 있었다. 번쩍이며 쏟아지는 우박에 놀란 기색이 역력했다. 그때 갑자기 대야만큼 큰 우박이 지붕을 뚫고 샤오메이 옆으로 떨어졌다. 샤오메이는 비명을 지르며 린샹푸의 구들로 올라와 이불로 파고들었다. 방금 뚫린 구멍으로 사발만한 우박이 줄줄이 떨어져 꽃이 피었다 지는 것처럼 바닥에서 산산이 깨졌다.

린샹푸는 샤오메이의 웅크린 몸이 자기 품에서 덜덜 떨리는 것을 느꼈고, 손으로 부드러운 화선지를 펴듯 자기 몸으로 천천히 샤오메이의 웅크린 몸을 펴주었다. 샤오메이의 몸이 편안해지는 게 느껴졌다. 이어서 샤오메이의 체온이 불붙은 듯 달아오르더니 완전히 밀착된 옷을 넘어 린샹푸까지 따뜻하게 데워주었다. 린샹푸는 더 이상 우박 소리를 들을 수 없었다. 몸만 붙였을 뿐 살을 맞댄 것도 아닌데 린샹푸는 샤오메이의 뜨거운 체온과 긴장한 숨소리에 완전히 무너지고 말았다. 그러다 한 차례 정신이 번쩍 들 정도의 엄청난 진동에 린샹푸는 집이 무너지는 줄 알고 깜짝 놀랐지만, 이내 샤오메이의 체온과 숨소리로 되돌아갔다. 이튿날 문을 열었을 때 돌절구만큼 커다란 우박이 집 앞에 가로놓인 것을 보고서야 그는 지난밤의 굉음을 다시 떠올릴 수 있었다.

우박이 지나가자 막막한 광경이 펼쳐졌다. 단단한 겨울 땅에 얼음 부스러기가 얇게 한 층 깔려 얼어붙은 호수처럼 햇살 아래 반짝반짝 빛났다. 마을의 적지 않은 초가가 지난밤의 우박에 무너졌고, 다치거나 놀란 사람들이 낮의 찬바람 속에 벌판 위 고목처럼 흩어져 있었다.

린샹푸는 마을을 한 바퀴 둘러보았다. 눈물 흘리는 여자들과 이불을 뒤집어쓴 아이들이 애처롭게 그를 바라보았다. 그들 주변에는 무너진 초가에서 꺼내 온 물건들이 어지럽게 널려 있고 남자들은 초가를 다시 세우려 애쓰고 있었다. 그러는 사이 지붕의 띠가 떨어져 찬바람에 날아가거나 나뭇가지에 걸리고 사람들 머리카락과 옷에 달라붙었다. 바닥에는 우박에 맞아 죽은 가축들이 널려 있었는데 핏자국은 하나도 없고 지붕에서 떨어진 띠와 얼음만 잔

뚝 붙어 있었다. 가축의 죽음에 여자들이 처량하게 울며 땅바닥에 주저앉아 하늘에 대고 소리쳤다.

"이제 어떻게 살라고?"

추위에 얼굴이 갈라진 남자들도 눈시울을 붉히며 낮지만 훨씬 절망적인 음성으로 중얼거렸다.

"살 방법이 없구나."

마을 남쪽의 무덤가로 가자 우박에 맞아 죽은 노인 한 명이 판자에 누워 있었다. 가축을 잃고 처절하게 울부짖는 비통함과 달리 가족을 잃은 슬픔은 평온해 보였다. 닳아빠진 광목천을 얼굴에 덮은 망자는 그곳에 꼿꼿하게 누워 있었다.

그를 위해 우는 사람은 없었다. 옆에서 다섯 남자가 무덤을 파느라 괭이를 휘두를 뿐이었다. 톈씨 다섯 형제였다. 몸에서 열기를 내뿜으며 겨울의 단단한 흙을 괭이로 파느라 손바닥에 피가 맺혀 있었다. 린샹푸가 다가가자 그들은 괭이질을 멈추고 그를 바라보았다. 톈다가 말했다.

"도련님, 아버지가 돌아가셨습니다. 우박에 맞아서요. 대야만 한 우박이 얼굴을 짓이겼는데 그 우박은 아직도 깨지지 않았어요."

린샹푸 눈앞으로 망자의 생전 모습이 떠올랐다. 깡마른 노인은 초가 담벼락 구석에 앉아 두 손을 소맷부리에 끼운 채 쉴 새 없이 콜록거렸다.

22년 전 다섯 아들을 데리고 린샹푸 집에 찾아온 그는 톈둥구이

田東貴라고 이름을 밝힌 뒤 다섯 아들을 하나씩 숫자를 세는 것처럼 텐다, 텐얼田二, 텐싼田三, 텐쓰田四, 텐우田五라고 불렀다. 그와 아이들은 기근을 피해 이곳까지 왔다며 땅을 빌려줄 수 있는지 물었다. 당시 텐다는 열여섯 살이었고 텐우는 네 살로 큰형의 등에서 잠들어 있었다.

린샹푸의 아버지와 문밖에서 오랫동안 이야기를 나눈 뒤 텐둥구이는 아이들을 데리고 린가 저택의 뒷문 바로 옆에 있는 두 칸짜리 초가로 들어왔다. 나중에 다섯 형제가 잇달아 결혼하자 그곳에는 열 칸짜리 초가가 새로 들어섰다. 린샹푸 아버지가 세상을 떠났을 때 어머니는 텐다가 충직하며 성실하다고 생각해 집사로 고용했다. 그의 네 동생은 성인이 된 뒤 각각 소작료를 거두거나 허드렛일을 했다. 텐씨 다섯 형제와 그 아버지 텐둥구이가 처음 왔을 때 린샹푸는 두 살에 불과했다. 마을 사람들은 텐다가 린샹푸를 등에 업고 마을과 논밭 사이를 오가는 모습을 자주 보았다.

텐다가 닳아빠진 광목천을 젖혔다. 린샹푸는 그의 망가진 얼굴과 몸에 붙은 때, 얼음 부스러기를 보고는 쪼그려 앉아 광목천으로 텐둥구이를 덮은 뒤 일어나 텐다에게 말했다.

"일단 집으로 모셔 가 우물물로 닦고 깨끗한 옷으로 갈아입혀드리게. 내가 관을 만들 테니까 그때 매장하지."

텐다가 고개를 끄덕였다. "네, 도련님."

집에 있던 샤오메이는 마을에서 들리는 슬픈 울음소리에 불안해하다가 린샹푸가 돌아오는 발소리를 듣고 밖으로 나갔다. 무슨 일인지 묻고 싶었지만 린샹푸의 심각한 얼굴을 보자 입을 뗄 수가 없었다. 린샹푸는 그녀에게 내실 옷장에서 흰 베를 찾아달라고 했다. 샤오메이가 고개를 끄덕인 뒤 방으로 돌아가자 그는 작업실로 향했다. 잠시 뒤 샤오메이가 흰 베를 가지고 작업실에 갔을 때 린샹푸는 목재 중에서 길고 넓은 삼나무를 고르고 있었다. 샤오메이는 들고 있던 베를 걸상에 내려놓은 뒤 린샹푸가 삼나무를 가지런하게 쌓고 꿇어앉아 선을 긋는 걸 지켜보았다. 샤오메이가 조심스럽게 물었다.

"누가 우박에 맞아 죽었나요?"

린샹푸가 대답했다. "한 명이 죽었어요."

"사람들이 많이 울어서 꽤 많이 죽은 줄 알았어요."

"가축이 많이 죽었거든요."

린샹푸는 그렇게 말한 뒤 잠시 쉬었다가 덧붙였다. "가축은 농가 가산의 상당 부분을 차지하니까요."

"그건 관을 만들 자재인가요?"

린샹푸는 고개를 끄덕인 뒤 눈치 빠른 샤오메이를 진지하게 바라보았다. 샤오메이는 바닥에 쪼그리고 앉은 린샹푸를 보며 선량한 사람이라고 생각했다. 린샹푸가 톱질을 시작하자 샤오메이는 잘린 삼나무 길이를 보면서 망자의 키가 크냐고 물었다. 린샹푸는 고개를 저으며 크지 않지만 관의 크기는 정해져 있다고 말한 다음 그와 관련된 관용적인 표현을 들려주었다.

"천하의 관은 7척 3촌이랍니다."

톈씨 형제가 부친의 시신을 안치한 뒤 린샹푸를 도우러 와 샤오메이는 작업실을 나와 점심 식사를 준비했다. 그때 린샹푸는 이미 자재 손질을 끝내고 장붓구멍을 뚫고 있었다. 톈씨 형제는 린샹푸를 도와 장부를 자르고 모양을 잡은 뒤 조립과 조정까지 도왔다. 그리고 나서 그들 형제는 자신들이 표면을 다듬을 테니 그만 쉬라면서 의자를 가져와 린샹푸를 앉힌 다음 이제 앉아서 지시만 내리라고 했다.

톈씨 형제들은 관을 다듬으면서 도련님 목공 솜씨는 정말 훌륭하다고, 못도 하나 쓰지 않는 데다 하루 만에 관을 만들어내니 주변 100리에 이런 사람은 또 없을 거라고 칭찬했다.

린샹푸는 주변 100리의 목수라면 누구나 관을 만들 수 있으며, 첫 스승님이 며느리는 신발을 만들 수 있고 목수는 관을 만들 수 있어야 한다고 말했노라 대꾸했다. 또 하루 만에 관을 만들 수 있던 건 다섯 형제가 도와줘서라고도 했다. 관은 무겁고 커서 혼자 만들기 무척 힘들고, 혼자였다면 하루는 고사하고 사나흘을 일해도 완성하지 못했을 거라고 말했다.

저녁 무렵 톈씨 형제가 관을 들고 뒷문으로 나갈 때 린샹푸는 샤오메이가 짠 흰 베를 들고 뒤따라갔다. 무너지지 않은 초가 한 칸에서 톈씨 형제들은 미리 깨끗이 씻기고 옷을 갈아입힌 아버지를 관에 넣은 뒤 린샹푸 손에서 새하얀 베를 받아 아버지 몸을 덮고 관 뚜껑을 닫았다. 그들 형제와 가족이 린샹푸에게 허리 숙여 절했다. 톈다는 "도련님." 하고 부른 뒤 목이 메어 말을 잇지 못했다. 린샹푸도 눈시울을 적시며 위로했다.

"너무 상심하지 말게."

처량한 하루였다. 울음소리와 탄식이 사방에서 울리고 찬바람이 날카로운 소리를 냈다. 린샹푸와 샤오메이는 슬픈 소리에 둘러싸인 데다 간밤의 갑작스러운 사고에서 아직 회복하지 못해 뭐라 입을 열 수가 없었다. 샤오메이의 베틀이 울리기 시작한 뒤에도 린샹푸는 멍하니 앉아만 있었다. 나중에 그가 일어나 자기 방으로 들어가 구들에 누웠을 때도 샤오메이의 베틀은 끊임없이 말하는 것처럼 울렸다. 그러다 잠시 뒤 베틀 소리가 뚝 그치더니 샤오메이가 일어나며 걸상이 밀리는 소리가 들렸다. 살얼음판을 걷듯 조심스러운 샤오메이의 발소리가 방에서 나와 다른 방으로 향했다.

그날 밤 린샹푸는 불안한 마음을 억누를 수 없었다. 우박에 뚫린 지붕 구멍으로 달빛이 흘러들어와 물기둥처럼 반짝반짝 빛났다. 어둠이 깊어지자 슬픔에 젖은 마을이 조용해지고 바람 소리만 처마를 스치며 밤하늘에 맴돌았다. 획획 멀어지는 소리가 채찍 휘두르는 소리 같았다. 린샹푸는 자리에서 일어나 샤오메이의 방으로 향했다. 물기둥 같은 달빛 속을 지날 때 고개를 들고 지붕 구멍 위의 깊은 어둠을 바라보자 찬바람이 그를 덮쳤다. 그는 문을 나가 또 다른 방으로 갔다. 샤오메이의 구들 앞까지 가서 달빛에 의지해, 이불을 말고 옆으로 누워 잠든 샤오메이를 보았다. 웅크린 몸이 전혀 흔들리지 않았다. 린샹푸는 잠시 망설이다가 조용히 누워 샤오메이의 얕고 고른 숨소리를 들으며 조금씩 그녀의 몸에서 이불을 끌어다 자기 몸을 덮었다. 그때 샤오메이가 몸을 돌리더니 물고기처럼 그의 몸으로 미끄러져 왔다.

6

우박이 지나간 뒤 사람들은 쓰러진 초가를 세우고 문과 창문을 고쳤다. 그런 다음 목을 옷깃 속으로 움츠리고 두 손을 소맷부리에 끼운 채 빨갛게 언 코를 내밀고 뜨거운 입김을 내뿜었다. 얼어 터진 상처 때문에 표정이 잘 보이지 않는 얼굴로 예년보다 매서운 겨울을 맞이했다.

그런 겨울인데도 린샹푸는 별로 힘들지 않았다. 차가운 낮이 지난 뒤 뜨거운 밤을 맞을 수 있어서였다. 잠자리를 같이할 때 샤오메이 몸에서 줄기차게 발산되는 열기에 린샹푸는 봄날의 꽃밭에서 잠드는 듯했다.

안정된 생활 덕분에 샤오메이의 야윈 얼굴이 점점 둥그레지고 린샹푸도 살이 붙기 시작했다. 그는 신기한 남녀관계의 쾌락에 푹 빠져, 어둠이 내리기만 하면 더는 참을 수 없다는 듯 다급하게 말했다.

"구들에 오릅시다."

그러면 샤오메이는 미소를 지으며 베틀의 실밥을 정리하고 덩치 큰 린샹푸를 따라 안방으로 들어갔다.

눈 깜짝할 사이에 이듬해 2월이 되었다. 그날 샤오메이는 문 앞의 돌절구만 한 우박 앞에서 다시 흐릿한 기운이 서린 눈으로 멀리를 내다보았다. 린샹푸는 그녀가 오빠를 그리워한다고 생각해, 걱정하지 말라고, 아창은 이미 경성을 떠나 이곳으로 오고 있을 거라고 위로했다. 그런 다음 우박을 가리키며, 이 우박이 녹기 전에 아창이 문 앞에 나타날 거예요, 라고 말했다.

린샹푸가 말을 마쳤을 때 샤오메이가 고개를 숙이며 조용히 말했다. "오빠가 와도 저는 경성에 따라갈 수 없어요."

샤오메이의 말에 린샹푸는 호기롭게 그녀의 소매를 잡고는 마을 동쪽에 있는 묘지로 데려갔다. 그리고 회백색 묘비 앞에서 자신과 함께 꿇어앉도록 했다.

바람 없는 어느 오후였다. 햇빛이 두루 비치면서 들판이 반짝반짝 빛났다. 샤오메이의 눈에 끝없이 펼쳐진 하얀 풍경이 들어왔다. 나뭇잎이 다 떨어진 느릅나무에 부러진 가지가 듬성듬성 보였고, 초가가 여기저기 흩어져 있었다. 남쪽 고향과는 완전히 다른 풍경이었다. 옆에 있는 린샹푸가 아버지와 어머니를 불러 샤오메이는 고개를 숙였다. 린샹푸의 목소리는 우는 듯하기도 웃는 듯하기도 했다. 그는 주절주절 말했다.

"아버지, 어머니, 제가 샤오메이를 데려왔으니 좀 보세요. 샤오메이를 아내로 맞으려 하는데 허락해주세요. 샤오메이는 고생을 많이 했어요. 부모님이 모두 돌아가시고 오빠 하나만 있는데 오래전에 경성에 간 뒤 그녀를 데리러 오지 않고 있어요. 샤오메이는 이미 제 여자라 아내로 맞으려고요. 허락하실 거죠? 어머니, 샤오메이는 어머니처럼 베를 잘 짜요. 샤오메이가 짠 베는 어머니가 짠 것처럼 탄탄하고…….”

7

사흘 뒤 아침, 마을 여자들이 붉은색 솜저고리와 종이를 가지고 린샹푸의 집으로 왔다. 여자들은 샤오메이에게 꽃무늬 저고리 대신 붉은 저고리를 입으라고 한 뒤 붉은 종이를 쌍희자囍로 자르기 시작했다. 마을 남자들은 돼지 한 마리와 양 두 마리를 끌고 와서 문 앞에서 잡았다. 돼지와 양의 뜨거운 피가 돌절구 우박 위로 쏟아지자 단단한 우박이 스르르 녹아내렸다. 피가 우박을 타고 흘러내리면서 색이 점점 옅어졌다.

마을 주민 한 명이 남색 장삼을 입고 찾아왔다. 추운 겨울날 봄가을용 장삼을 입어 얼굴이 파랗게 질렸지만, 장삼을 입고 축하하러 온 사람은 그 사람뿐이었다. 그래서 다른 주민들이 그를 둘러싸고 살짝 더러워진 장삼을 살펴보며 이렇게 번듯한 장삼을 어디서 구했느냐고 물었다. 그 사람은 의기양양하게, 옥수수 두 가마를 지고 성에 나갔다가 팔고 남은 반 가마를 도로 가져오는데 쉰 살쯤 된 남자가 비틀비틀 걸어오더니 배가 고파 참을 수 없다며 장삼을 옥수수 반 가마와 바꿔 갔다고 대답했다. 그리고 나서 그 남자 이마에 칼에 베인 듯한 상처가 있었다고 덧붙였다.

그날 오전 마을 여자들은 집 안에서 참새처럼 쉴 새 없이 종알거리고 남자들은 밖에서 짐승처럼 끊임없이 소리쳤다. 샤오메이는 조용히 그들을 바라보기만 했다. 린샹푸가 그녀에게 다가가 오늘은 신부이니 아무 일도 하지 말라고 한 뒤 톈씨 다섯 형제와 성으로 술을 받으러 갔다.

누가 말했다. "당나귀를 데려가요. 물건을 당나귀에 실어 오면 되잖아요."

린샹푸가 고개를 저었다. "이런 계절에는 당나귀를 부릴 수 없네. 다칠지도 모른다고."

그들 여섯 명은 줄지어 목을 움츠리고 두 손을 소맷부리에 넣은 채 마을 앞의 오솔길로 나간 뒤 벼락 맞은 느릅나무에서 방향을 바꿔 성으로 통하는 큰길에 올랐다.

정오가 지나자 삶은 돼지고기와 양고기가 탁자에 오르고 쌍희자도 문과 창문에 붙었다. 여자들은 여전히 종알대고 남자들도 여전히 문밖에서 쉼 없이 소리치고 있었다. 그들은 술 그릇을 이미 탁자에 일자로, 몇 줄씩 늘어놓았는데 왜 술을 가지러 간 사람은 오지 않느냐고 투덜댔다. 시내라고 해봐야 10여 리 길에 불과하니 거북이도 돌아올 시간이건만 대체 술을 가지러 간 사람들은 왜 오지 않느냐고 했다. 안에서 여자들은 술을 가지러 간 사람들은 돌아오지 않아도 상관없는데 신랑이 아직 오지 않았다며, 신랑이 오지 않는데도 신부가 초조해하지 않는다고 했다.

샤오메이가 웃으며 대꾸했다. "돌아오겠지요."

거의 황혼이 내릴 무렵에야 린샹푸 일행이 큰길에 나타났다. 여섯 명이 뒤엉켜 비틀거리는 모습이 꼭 양피 뗏목이 망망한 흰빛 속에서 흔들리는 듯했다. 까맣게 그을린 느릅나무에서 마을로 통하는 오솔길로 방향을 바꾼 뒤에는 더 이상 양피 뗏목처럼 걸을 수 없어 한 줄로 나란히 걸었다. 그들은 몸을 휘청거리며 시끌시끌 떠들고 쉼 없이 웃어댔다.

술꾼 여섯 명이 대문 앞에 이르렀다. 다들 빈 병 두 개씩을 손에 들고 있었다. 린샹푸가 휘청거리며 다가와 술 냄새를 풀풀 풍기면서 자신들을 기다리고 있는 사람들을 향해 빈 병을 들어 올렸다.

"술이 왔어요, 술이 왔습니다."

그는 비틀비틀 걸어와 잠시 문틀을 만지작거렸다. 그게 문이라는 걸 확인한 뒤에야 헤헤 웃으며 들어와서는 빈 술병을 탁자에 내려놓고 집 안에 있는 사람들에게 말했다.

"마셔요, 마셔, 술 드세요."

침을 삼키며 오매불망 기다리고 있던 남자들이 탁자의 빈 술병을 보며 말했다. "뭘 마시라는 거야. 길에서 전부 마셔버렸구면."

린샹푸의 혼례는 곯아떨어진 술고래 여섯 명의 코 고는 소리와 아귀들의 게걸스럽게 쩝쩝대는 소리 속에서 치러졌다. 샤오메이는 혼자 조용히 한쪽에 앉아 안방 구들에 누운 린샹푸를 바라보았다. 머리통의 머리카락이 잡초더미 같았다. 본채에도 사람이 가득하고 마당에도 적지 않았다. 배고픔을 참고 있던 사람들이 뺨이 불룩해지도록 음식을 입안에 쑤셔넣고 고개를 숙인 채 쩝쩝거리며 먹었다. 그 모습을 보고 있으니 샤오메이는 멀리 남쪽에서 어느 여름날 황혼 무렵 누가 벼 한 줌을 땅에 뿌리자 닭과 오리 떼가 날개를 펼치며 달려들던 광경이 떠올랐다. 지금 한데 모여 먹는 사람들이 그 모습과 비슷했다.

린샹푸는 곯아떨어진 상태로 자기 혼례를 치렀다. 정신을 차렸을 때는 이미 밤이 깊고 사방이 고요했다. 머리가 웅웅 울릴 정도로 아팠다. 너울거리는 남포등 불빛 속에서 린샹푸는 단정히 앉은 샤오메이의 그림자가 벽에서 꼼짝도 하지 않는 걸 보았다. 그가 헛기침을 하자 샤오메이가 몸을 돌렸다. 그제야 그는 샤오메이가 옆에 앉아 있다는 걸 알았다.

샤오메이가 고개를 숙이고 그가 어떻게 술주정을 했는지 들려줄 때 그녀의 숨결이 그의 얼굴로 쏟아졌다. 색도 냄새도 없는, 새벽바람처럼 깨끗한 숨결이 얼굴로 불어오자 그는 형언할 수 없는 부드러움을 느꼈다.

그런 다음 샤오메이는 자리에서 일어나 생강차를 끓여주겠다며 걸음을 옮기면서 숙취로 인한 두통에는 생강차가 도움이 된다고 설명했다. 그녀는 생강차와 함께 고기도 한 접시 가져와서는 자신이 몰래 숨겨놓았다고 말했다. 그렇게 많은 아귀는 처음 봤다면서 샤오메이는 두 손을 벌린 다음, 이렇게 우르르 훑고 나니까 탁자에서 고기가 전부 사라지더라고요, 하고 말했다.

그녀가 무척 안타까워했다. "돼지 한 마리와 양 두 마리였다고요."

그날 밤 샤오메이는 린샹푸 앞에서 자기 보따리를 풀고 옷을 치운 뒤 푸른색 날염 두건 세 장을 꺼냈다. 그리고 자신한테는 두건 세 장 외에 아무것도 없으며, 유일하게 좋아하는 물품이라고 덧붙였다. 샤오메이는 푸른색 날염 두건 세 장을 구들에 펼쳐놓았다. 린샹푸는 '모란을 입은 봉황'만 봤을 뿐 나머지 두 장은 본 적이 없었다. 샤오메이는 '매화 가지의 까치' 도안을 가리키며 기쁨이 넘친다는 의미이고 다른 도안은 경사스러움을 뜻하는 '비단 공을 굴리는 사자'라고 설명했다.

샤오메이가 린샹푸에게 말했다. "제 혼수는 이것뿐이에요."

같은 날 밤, 린샹푸는 안방 벽에서 벽돌을 하나 빼내고 그 틈새에 든 나무 상자를 꺼냈다. 그런 다음 누렇게 바랜 종이 두 장을 펼쳤다. 집문서와 땅문서였다. 그는 땅문서를 가리키며 476무의 땅이라고 말했다. 이어서는 묵직하고 붉은 보자기를 꺼내 펼쳤다. 샤오메이의 눈에 커다란 금괴 열일곱 개와 작은 금괴 세 개가 들어왔다. 린샹푸는 큰 금괴는 수조기, 작은 금괴는 참조기라 부르며 참조기 열 개가 수조기 하나와 같다고 알려주었다.

금괴를 하나씩 늘어놓는 동안 린샹푸의 머릿속에 옛일이 떠올랐다. 그는 조상 때부터 금괴를 모으기 시작했노라고 말했다. 많지 않은 어린 시절의 기억 속에 아버지가 짚신을 신고 성으로 들어가 먼지를 뒤집어쓴 채 돌아오던 모습이 남아 있다고 했다. 아버지가 돌아가신 뒤로는 어머니가 먼지를 뒤집어쓰기 시작했으며, 매년 수확이 끝나면 어머니는 텐다가 끄는 당나귀를 타고 성안의 취화전장에 다녀오셨다고 알려준 뒤, 그런 기억을 떠올릴 때마다 자기도 모르게 가슴이 아파온다고 말했다. 어린 시절의 그는 어머니가 문지방에 앉아 헝겊신 위에 짚신을 덧신고 텐다와 오솔길에서 큰길로 나아가는 걸 지켜보았으며, 당나귀 등에 앉은 어머니가 오전의 햇살 속에서 점점 멀어졌다가 오후가 되어서야 텐다와 돌아왔는데 항상 그를 향해 탕후루糖葫蘆[5]를 들어 보였다고 말했다. 당시 집에 있던 당나귀는 정수리에 붉은 끈을 달고 목에 작은 방울을 걸어 움직일 때마다 붉은 끈이 날리고 방울이 딸랑딸랑 울렸다고도 알려주었다. 어머니가 쓰러지셨던 해에는 수확을 끝낸 뒤 그가 대신 먼지를 뒤집어쓰며 성으로 들어갔다가 오후에 돌아왔는데 어머니는 이미 세상을 뜨신 뒤였다고, 눈을 뜬 채 돌아가셨다고 말했다.

린샹푸는 한숨을 내쉬며 사람이 죽을 때는 자손이 옆을 지켜야 하는 법이라고, 누구든 빠지면 달도 그만큼 조각나 망자는 눈을 감지 못한다고 했다. 어머니가 돌아가실 때 옆에 아무도 없었으니

---

5 산사자, 포도 등 과일을 대나무에 꿰고 설탕물을 입힌 간식.

달이 먹구름에 가려진 형상이었다고 슬퍼했다.

겨울의 길고 어두운 밤 속에서 지난 일이 줄줄이 떠올랐다. 숙취로 인한 두통 때문에 옛일이 잡초처럼 머리 곳곳에서 자라나, 린샹푸는 잠에 빠진 뒤에야 편안해질 수 있었다.

8

2월 내내 린샹푸는 톈다와 밀을 살피러 나갔다. 그날 밭에서 돌아왔을 때 린샹푸는 샤오메이가 문 앞에서 거의 넋 나간 표정으로 서 있는 것을 보았다. 샤오메이는 봄이 다 되었는데도 오빠가 오지 않는다고 말했다.

린샹푸는 한참을 멍하니 서 있었다. 샤오메이의 오빠를 까마득하게 잊고 있어서였다. 남색 장삼을 입은 그 남자는 작년 가을 어느 날 여명 속에 떠난 뒤 함흥차사처럼 소식이 끊겼다.

샤오메이는 근처에 절이나 사당이 있느냐고 묻고는 부처님께 오빠를 보살펴달라고 빌면서 향을 좀 피워야겠다고 말했다.

린샹푸는 몸을 돌려 서쪽의 찬란한 저녁놀을 가리키며 서쪽으로 15리를 가면 관왕묘가 나온다고 알려주었다.

그날 밤 샤오메이는 작은 보따리를 구들 위에 놓은 뒤 남포등을 끄고 이불로 파고들었다. 그런 다음 린샹푸의 팔을 베고 조용히 말했다.

"음식은 부뚜막에 차려두었고 옷은 옷장에 있어요. 왼쪽은 기운 옷이니 밭에 나갈 때 입고 오른쪽은 깁지 않은 옷이니 성에 들어 갈 때 입으세요. 또 지난 며칠 동안 만든 새 옷 한 벌과 새 신발 두 켤레도 옷장에 넣어두었고요."

린샹푸가 대꾸했다. "그냥 하루 다녀올 거잖아요. 1년 6개월이 아니라."

샤오메이는 더 이상 입을 열지 않았고 린샹푸의 코 고는 소리가 울리기 시작했다. 2월의 마지막 밤이었다. 창문으로 들어온 달빛 이 구들 앞 바닥으로 쏟아졌다. 창문을 넘어 불어온 미풍도 잔설 의 촉촉한 기운을 품고 있었다.

린샹푸가 아침 햇살 속에서 눈을 떴을 때 샤오메이는 이미 나가 고 없었다. 밭에서 우렁찬 가축 울음소리와 나뭇가지 휘두르는 소 리, 사람의 고함소리가 들려왔다. 바깥방에 가자 베틀을 낡은 천으 로 덮어놓은 게 보였다. 린샹푸는 고작 하루 떠나면서 베틀을 덮 어놓다니 정말 세심하네, 하고 생각했다. 부엌에 가보니 거의 보름 은 먹을 수 있을 정도로 많은 음식이 부뚜막에 쌓여 있었다. 가기 전에 집 안팎까지 깨끗하게 치워놓은 걸 보고 린샹푸는 무척 흡족 해했다. 그는 아침을 먹은 뒤 밭을 둘러보러 나갔다.

문을 나설 때 린샹푸는 톈쓰와 마주쳤다. 톈쓰는 샤오메이가 날 이 밝기도 전에 마을 어귀 큰길로 나가는 걸 보았는데 등에 봇짐 을 메고 손에도 보따리를 든 게 친정에 가는 모양새였다고 말했 다. 린샹푸는 친정은 무슨, 관왕묘에 향을 올리러 갔다고 대꾸했다. 톈쓰가 깜짝 놀라 관왕묘는 서쪽인데 왜 남쪽으로 갔느냐고 의아해했다. 린샹푸는 샤오메이가 길을 잘못 들었나 싶어서 가슴이 철렁했다.

그날 해가 지고 어둠이 내린 뒤에도 샤오메이는 돌아오지 않았다. 이틀이 지나도 돌아오지 않았다.

샤오메이는 그렇게 가버렸다. 린샹푸는 옷장에서 샤오메이의 옷이 사라지고 구들 밑에 있던 샤오메이의 신발도 사라진 걸 발견했다. 나막신과 봉황 두건도 없었다. 나막신과 봉황 두건은 샤오메이와 함께 남쪽의 기운을 물씬 풍기며 왔다가 도로 따라가버렸다. 그나마 까치 두건과 사자 두건은 남아 있었다. 옷장 속 린샹푸의 옷 위에, 샤오메이의 미소와 목소리의 흔적처럼 남아 있었다.

이후 며칠 동안 린샹푸는 거의 제정신이 아니었다. 밤에도 물 위를 떠다니듯 선잠만 들어 닭이나 개 울음소리, 바람에 흔들리는 풀 소리에 놀라서 깨고, 어쩌다 멀리서 발소리가 들리면 심장이 쿵쿵 뛰었다.

그는 샤오메이가 서쪽의 관왕묘가 아니라 남쪽으로 간 걸 알았다. 샤오메이가 떠났을지도 모른다는 생각이 들었지만 왜 떠났는지는 이해가 되지 않았다. 린샹푸는 가슴이 답답하고 겨울 들판처럼 쓸쓸해졌다. 자기도 모르게 보따리를 든 샤오메이가 어느 황혼 속에서 갑자기 다시 나타나는 광경을 그려보곤 했다. 그런 생각은 매일 해가 뜨고 지는 것처럼 떠올랐다가 사라지고, 사라졌다가 다시 떠올랐다.

그러던 어느 날, 린샹푸는 샤오메이가 돌아오지 않을 거라고 확신하게 되었다. 그날 밤 샤오메이가 챙겨놓은 부뚜막 위의 음식을 모두 먹고 남포등을 끈 뒤 구들에 누웠을 때 그는 창밖에서 들어오는 달빛 때문에 오래도록 잠을 이룰 수 없었다. 샤오메이가 떠나기 전에 만들어놓았던 보름 치 음식을 이제 모두 먹었다. 그러자 문득 샤오메이가 돌아올지도 모른다는 생각이 들었다. 자기 일정을 계산해서 그렇게 많은 음식을 만들어놓았을 거라고 생각하자 가슴속에서 희망의 불길이 활활 타오르며 흥분까지 됐다.

바로 그때 이상한 느낌이 들었다. 불현듯 벽 틈새에 있는 나무 상자가 떠오르면서 그게 샤오메이가 떠난 것과 관련 있지 않을까 싶었다. 벽 틈새에서 상자를 꺼내 금괴와 땅문서, 집문서를 보여주었을 때 샤오메이의 얼굴이 얼음처럼 굳었던 게 떠올랐다. 그의 말을 안 듣고 있는 듯해 손으로 살짝 건드렸더니 그녀는 몸을 부르르 떨었다.

그는 구들에서 벌떡 일어나 남포등을 켜고 벽돌을 치운 뒤 상자를 꺼냈다. 열어보니 붉은 보자기는 물론 땅문서와 집문서까지 전부 그대로 있어서 마음을 놓을 수 있었다. 하지만 붉은 보자기를 들었을 때, 확연히 무게가 가벼워서 그는 다급하게 보자기를 풀었다. 열일곱 개였던 큰 금괴는 열 개만 남고 작은 금괴는 세 개 중하나가 줄었다. 머리에서 폭탄이 터지는 듯 펑 소리가 났다. 그는 샤오메이가 왜 사라졌는지 알 것 같았다.

깊은 밤, 마을 사람들 상당수가 잠결에 무서운 소리를 들었다. 때로는 날카롭고 때로는 묵직한 그 소리는 밤하늘을 여러 차례 휩쓸고 지나갔다. 잠에서 깬 사람들은 모골이 송연해졌고 이튿날에는 간밤에 귀신이 다녀갔다고 수군거렸다.

그건 린샹푸의 소리였다. 대대로 모아온 금괴의 거의 절반을 샤오메이가 가져간 걸 발견한 뒤 그는 온몸을 부들부들 떨며 엉엉 울기 시작했다. 그의 울음소리는 갓난아기의 울음소리보다도 길었다. 그런 다음 괴롭힘당한 아이가 부모에게 이르듯 그는 차가운 달빛을 받으며 부모의 무덤 앞에 가서 무릎을 꿇고 말도 못 할 정도로 오열하다가 큰 소리로 외쳤다.

"아버지! 어머니! 두 분께 죄송하고 조상님께 송구합니다. 아버지! 어머니! 저는 불초자식이고 린씨 가문의 망종입니다. 아버지! 어머니! 제가 눈이 멀었어요. 속았습니다! 멍청하게 우리 가산을 도둑맞았어요. 아버지! 어머니! 샤오메이는 좋은 여자가 아니었어요……."

9

이후 린샹푸는 말수가 줄고 웃음을 잃었다. 늘 근심 가득한 얼굴로 마을 어귀의 큰길을 멍하니 바라보고 있었다. 때로는 샤오메이를 떠올리고 때로는 아창이라는 남자를 떠올렸다. 그들이 남매가 아니라는 의심이 들었다. 그러다가 샤오메이가 머릿속에 머무는 시간이 갈수록 짧아지고 그녀의 달콤한 미소도 늦가을 낙엽처럼 시들더니 샤오메이의 맑은 목소리마저 바람을 타고 날아갔다. 그의 기억 속에서 샤오메이가 멀어지자 그녀에 대한 분노도 점점 옅어졌다.

그는 어머니가 생전에 자주 했던 말을 떠올렸다. 어머니는 그가 작업실에서 땀을 뻘뻘 흘리고 있을 때 그 말을 했다. 작업실 문 앞에 서서, 아들이 아버지처럼 목공 일을 좋아하니 무척 기쁘다면서 칭찬하듯 말했다.

"천만금의 재산을 가진 것보다 얄팍하더라도 기술을 가진 게 낫지."

재산을 잃은 뒤 린샹푸는 그 말을 자주 떠올렸다. 생각할수록 일리가 있는 듯했다. 아무리 재산이 많아도 탕진할 수 있다. 예나 지금이나 주변에 그런 예가 많았다. 인생에서 화복을 예측하기란 얼마나 어려운가. 그래도 기술이 있으면 재앙을 복으로 돌릴 수 있고, 어떤 상황에서든 기술은 탕진될 리 없었다. 린샹푸는 자신의 목공 기술을 좀 더 발전시켜야 할 것 같아 계속 가르침을 받기로 마음먹었다.

겨울이 가고 봄이 찾아왔다. 문 앞의 우박이 마침내 녹기 시작하고 나무에서 푸른 싹이 올라왔다. 대지가 살아나고 새가 날아와 린샹푸 집 지붕에서 끊임없이 짹짹거렸다. 린샹푸는 붉은 끈과 방울을 매단 당나귀를 끌고 마을 어귀 큰길로 나갔다.

그는 곳곳에서 스승을 모셨는데 하나같이 기술이 뛰어난 장인이었다. 첫 번째 스승은 집에서 10여 리 떨어진 곳에 사는 소목장이었다. 장롱과 궤짝은 물론 탁자와 의자, 걸상까지 만들 수 있어 천소목이라 불렸다. 주변 100리의 목수 가운데 유일하게 경성에 다녀온 사람이라 큰물을 경험해봤다고 할 수 있었다. 그는 경성에서 황제의 행차를 목격한 걸 일생 최대의 경험으로 생각했기 때문에 린샹푸를 보자마자 물었다.

"황제의 행차를 본 적 있나?"

린샹푸가 찾아갔을 때 그는 낡은 나무 궤짝을 고치고 있었다. 담배를 피우며 일하는 동시에 그는 황제의 행차에 관해 계속 떠들어댔다. 처음 나온 건 황제가 아니라 황제의 칼이었다며 관리가 근엄하게 받쳐 들고 나와서 큰 소리로 "칼이 내려왔다"라고 소리쳤고, 그렇게 황제의 패도가 나온 뒤에야 황제가 나왔다고 말했다.

천소목은 쉰 살이 넘어 머리가 희끗희끗했다. 그는 황제가 나오는 광경을 이야기할 때 끊임없이 침을 삼켜, 황제의 출궁이 아니라 식사 상황을 묘사하는 듯했다. 그래서 황제가 문을 나설 때의 위풍당당함은 산해진미처럼 들리고 황제를 에워싼 호위대는 만한전석의 요리 하나하나를 점검하는 듯이 들렸다. 천소목은 그렇게 감상에 젖어 사방으로 침을 튀기며 이야기했다.

천소목이 주저리주저리 떠드는 내용 모두 생전 처음 듣는 이야기라 린샹푸는 눈이 휘둥그레졌다. 그런데 그가 한층 더 놀란 건 천소목의 솜씨였다. 그렇게 말하는 사이에 낡은 궤짝을 새것처럼 깨끗하게 고쳐놓은 것이다. 린샹푸의 칭찬에 천소목이 담담하게 웃으며 말했다.

"우리 같은 일을 하는 사람은 옷장이나 궤짝, 탁자, 의자, 걸상을 만드는 건 물론이고 특별한 능력도 키워야 해. 오래된 물건을 고치는 거지."

천소목은 자신은 연목軟木 목수일 뿐이라며, 목공에서 최고는 경목硬木 목수라고 말했다. 경목을 제대로 다룰 수 있으면 당연히 연목도 잘 다룰 수 있고, 경목 장인은 오래된 물건을 새것처럼 고칠 수 있을 뿐만 아니라 거꾸로 새것을 옛것처럼 만들 수도 있다고 했다. 또 목공에서 제일 하급은 서양 목수라고 평가하면서 서양인이 하나둘 경성으로 들어와 사회 기풍이 무너졌고, 서양식 가구가 유행하기 시작한 뒤로 자기처럼 나름 유명한 인물까지도 결국에는 의뢰처를 잃어가고 있다고 털어놓았다. 거기까지 말한 뒤 천소목은 쓴웃음을 지으며 세상 변화를 예측할 수 없다고 한탄했다.

"보통 가구에는 마구잡이식으로 못을 박지 않잖아. 경목 목수는 쐐기조차 거의 쓰지 않고. 그런데 서양 목수는 아무 데나 못을 박는다니까."

그런 다음 그는 문밖을 가리키며 말했다. "서쪽으로 20여 리를 가면 쉬씨 마을에 쉬경목이라는 분이 계셔. 내가 존경하는 분이지. 경목을 다루고 40여 년 목공 인생에 한 번도 쐐기를 쓰지 않았어. 못? 그런 건 거들떠보지도 않지."

쉬씨 마을의 쉬경목은 린샹푸가 모신 두 번째 스승이었다. 예순 살이 넘은 쉬경목은 천소목과 달리 서양식 가구를 하급으로 여기지 않았다. 그는 서양식 가구의 부드러움에 나름의 기술이 들어 있다며, 가령 안락의자에 양가죽을 씌운 게 무척 정교하다고 평했다.

쉬경목은 목공의 세계에는 세부 분야만 있을 뿐 빈부귀천이 없다며 예를 들어 설명했다. "대부분의 제재소는 목공 일을 하지 않지만 크고 작은 공정의 작업과 가격을 평가하는 데 정통하네. 설계 및 도급을 맡아서 모양을 그리고 견본품을 만들어낼 수 있어. 대목은 건축을 주로 하는 목수인데 들보와 기둥, 서까래, 문, 창문 모두 그들 손에서 나온다네. 과자 틀을 만드는 목수를 예로 들면, 과자 틀 모양도 예뻐야 하지만 깊이와 크기도 세심하게 살펴야 해. 모양은 달라도 찍어냈을 때의 과자 무게는 일치해야 하거든. 또 장식공은 가구의 가장자리를 조각하는데 이건 다른 사람이 할 수 없지. 소품 목수는 병이나 가마, 대야 받침대를 아주 잘 만든다네. 물건에 맞춰 받침대를 제작하는 이 기술은 쑤저우와 항저우에서 전해졌어. 물레 목수는 주로 원기둥 형태의 물품을 만드는데 두께와 길이 모두 새로운 방식을 적용해야 하지. 원형 의자 목수는 신선한 버드나무의 촉촉하고 잘 휘는 특성을 이용해 팔걸이를 제작한다네. 그런데 이들은 도끼 하나만 사용해. 톱과 끌은 보조 도구라 할 수 있고, 먹줄은 물론 줄자도 사용하지 않지. 통 목수는 나무통과 변기통, 세숫대야 등을 만들고, 쳇바퀴 목수는 둥근 모자 상자와 시루 테는 물론이고 아이들 요람까지 만들 수 있다네. 신발 굽 목수도 있지. 경성의 만주족 부인들은 나무 굽 신발을 신는데 높이가 최대 6, 7촌까지 되니 보통 목수는 만들 수 없어. 이발사용 용품을 만드는 목수도 있어. 뒤쪽의 의자로 쓰는 궤짝은 보통 목수, 앞쪽의 둥근 통은 통 목수 일인데 그들은 두 가지 일을 합쳐서 하는 셈이야. 땜장이 용품두 아무 소목장이나 만들 수 있을 듯 보여도 안쪽에 풀무 칸이 있어야 해서 전문 장인만 만들 수 있다네. 딱따기와 목어 제작자도 있지. 경을 읊을 때 두드리는 목어 역시 전문 기술자가 필요해. 손잡이 목수는 주로 연극에서 싸움할 때 쓰는 가짜 무기를 만드는데 이것 역시 목공의 큰 분

야라 할 수 있어. 짐차 목수는 주로 커다란 수레를 만들고. 이륜마
차 목수의 기술은 짐차 목수보다 훨씬 정교하며 특히 바퀴에 신경
을 쓴다네. 손수레 목수는 손잡이가 두 개인 수레를 주로 만들고,
마차 목수도 있는데 이들이 만드는 건 서양식 마차야. 인력거 목
수는 인력거만 만들고, 안장 목수는 말 안장을 주로 만드는데 나
귀와 노새 안장도 만들 수 있지. 가마 목수는 이륜마차 목수와 달
리 바퀴가 없는, 사람이 들거나 노새가 지는 가마를 만들어. 비품
목수는 깃발과 징, 우산과 부채를 만들고. 관도 모든 목수가 다 만
들 수 있는 게 아니라네. 커다란 목재를 수많은 자재로 쪼갤 수 있
어야 하거든. 이 분야는 최대한 자투리 목재를 활용해 재료와 품
을 아끼고 미관까지 염두에 두어야 하지."

쉬경목이 마지막으로 말했다. "언뜻 간단해 보이는 톱장이와 멜
대 목수도 전문성이 있어. 톱장이는 커다란 톱으로 나무판을 자르
잖나. 그때 좋은 톱장이는 목재를 뭉그러뜨리지 않을 뿐만 아니라
톱질도 아주 가지런하게 하지. 멜대 목수도 마찬가지야. 장례 때
사용하는 멜대가 보기에는 나무 막대 몇 개에 불과하지만, 전문가
의 손을 거치지 않으면 인부의 어깨가 견디지 못하니 이 분야도
전문가에게 배우지 않으면 안 된다네."

린샹푸는 부지런히 배웠다. 마을 사람들은 동틀 무렵이면 머리
에 하얀 띠를 맨 린샹푸가 붉은 끈을 날리는 당나귀를 끌며 큰길
로 나서는 걸 보았고, 어둠이 내린 뒤 당나귀 목에 걸린 방울이 울

리면 린샹푸가 돌아오는 걸 알았다. 그렇게 새벽바람과 달빛 아래에서 하루하루가 되풀이됐다.

10

린샹푸는 마을을 하나씩 돌아다니며 스승을 만나 기술을 배웠다. 샤오메이가 떠났다는 소식이 그의 발걸음을 따라 곳곳으로 퍼져나갔다. 사람들은 린씨 목수의 여자에 대해 뒤에서 수군거렸지만 사실 내막을 아는 사람은 없었다. 그래서 샤오메이가 오래전에 남쪽 친정으로 가 돌아오지 않는다는 이야기와 일부 말도 안 되는 추측만 나돌았다.

그날 오후, 샤오메이가 떠났다는 소문에 오랫동안 연락이 없던 매파가 린샹푸의 집으로 찾아왔다. 전족을 한 발로 뒤뚱거리며 들어온 매파는 구들에 책상다리로 앉았다.

매파는 린샹푸에게 샤오메이와 궁합을 보기 전에 사주단자를 썼는지부터 물었다. 린샹푸가 사주단자가 뭐냐고 묻자 매파가 이런, 하고 허벅지를 치면서 말했다.

"세상에 이렇게 기이한 일이 있을 수가. 사주단자도 안 쓰고 궁합도 보지 않은 채 남녀가 신방에 들다니요."

이어서 매파가 샤오메이의 생월생시를 물었는데 린샹푸는 멍하니 고개를 저었다. 샤오메이의 띠를 물었을 때도 린샹푸가 대답하지 못하자 매파가 다시 한번 탄식했다.

"세상에 이렇게 기이한 일이 있을 수가. 여자 생월생시도 모르고 띠도 모르면서 장가를 들다니. 그러니 돌아오지 않지요."

매파는 생월생시와 띠를 알아야만 상생인지, 상극인지 알 수 있고 길흉화복을 점칠 수 있다고 했다. "말띠는 소띠와 어울릴 수 없고 양띠는 절대로 쥐띠와 사귀면 안 돼요. 백마는 푸른 소를 두려워하고 양과 쥐는 만나면 싸운다는 말이 있지요. 뱀과 호랑이의 결혼은 칼부림과 같고, 토끼가 용을 만나면 눈물을 흘리며, 닭과 개는 재난을 피하기 어렵고, 돼지와 원숭이는 끝까지 함께할 수 없답니다. 개 두 마리는 한 구유를 쓸 수 없고, 용 두 마리는 한 연못에 있을 수 없으며, 양은 호랑이 입에 떨어지고요……. 도련님은 양띠니까 두 사람은 양과 쥐였거나 양과 호랑이였을 거예요."

매파가 손가락을 꼽으며 말했다. "사주단자도 안 쓰고 궁합도 안 본 데다 여자 생월생시와 띠도 모른다지만, 결혼식 날 가마로 맞이하긴 했겠지요?"

린샹푸는 또 고개를 흔들었다. 이번에는 매파가 두 손으로 허벅지를 치면서 소리쳤다. "세상에 이렇게 기이한 일이 있을 수가. 속담에 찢어진 부채도 부치면 바람이 일고 망가진 가마라도 타면 당당해진다고 했어요. 당당함은 일단 제쳐놓고 가마에 태워 오지 않았으면 여자 발은 도련님 게 아니라 여자 것이지요. 언제든 갈 수 있다고요. 샤오메이는 틀림없이 돌아오지 않을 거예요."

걸상에 앉은 린샹푸는 구들에 앉은 매파가 침을 튀기며 떠들고 손에 든 담뱃대를 위아래로 흔들다가 탄식하는 것을 보고만 있었다. 매파는 그렇다면 이제 자신이 여기저기 다니면서 적당한 아가씨를 물색해보겠다고 말했다. 그러면서 이제 좋은 집안 아가씨는 힘들 거라고 덧붙였다. 샤오메이가 떠난 뒤 돌아오지 않았어도 본채를 차지했기 때문에 이번에 데려오는 사람은 첩이 될 수밖에 없는데 좋은 집안 아가씨라면 첩이 되길 싫어할 거라는 이유였다.

의기소침해진 린샹푸는 고개를 끄덕였다. "법도 있는 집안의 아가씨면 됩니다."

매파는 떠나기 전에 갑자기 생각났다는 듯 류씨 마을의 아가씨를 기억하느냐고 물었다. 그 아름다운 여자는 곧바로 린샹푸의 기억 깊은 곳에서 떠올랐다. 한때 그의 마음을 흔들었던 그 여인은 마을 깊숙이 자리한 저택의 넓은 거실에서 그에게 천천히 걸어왔고, 담배를 채워줄 때 두 손을 바들바들 떨었다. 그는 그녀의 이름이 류펑메이라는 것까지 기억해냈다.

매파는 류펑메이라는 아가씨가 알고 보니 청각이나 언어에 문제가 없었으며, 이미 시내 취화전장의 쑨씨 가문으로 시집갔다고 알려주었다. 그런 다음 류펑메이가 시집가기 전에 집이 사람들로 북적였고 재봉사와 목수, 칠장이, 죽공, 대장장이, 각수장이 등이 잔뜩 모여 그녀의 사철 옷과 온갖 일용품을 만들었다고 감탄사를 연발했다. 밤낮없이 만드느라 마당에 등불이 잔뜩 걸렸고 사람들이 쉴 새 없이 드나들었다는 거였다. 시집가는 날은 한층 더 대단해서 수십 개의 멜대가 장사진을 이루어 혼수가 끝이 보이지 않는 듯했다고 묘사했다. 일반적으로 부유한 집에서 딸을 시집보낼 때 혼수를 최대 서른두 상자 준비하는데 류씨 집에서는 땅과 집까지 딸려 보냈다며, 이렇게 대단한 혼수는 아주 오랜만에 봤다고 했다. 또 아가씨는 여덟 명이 드는 커다란 가마를 타고 갔다면서, 가마 사방에 붉은 비단을 묶고 네 귀퉁이에 유리구슬 초롱을 매달은 데다 아래로 붉은 공까지 드리웠다고 알려주었다. 그런데 가장 눈에 띈 건 관이었다며, 혼수 대열 마지막에 있던 관은 10여 차례 이상 칠했는지 광택이 나고 붉은색인지 검은색인지 알 수 없을 정도로 색이 짙었다고 전했다. 혼수로 관을 보내는 걸 아주 오랜만에 봤으며 여기서 류씨 집안의 기세가 잘 드러났다고, 아가씨가 살다가 죽을 때까지 필요한 모든 것은 물론이고 죽은 뒤의 관까지 혼수로 준비했다고 감탄했다.

매파는 여기까지 말한 뒤 한숨을 내쉬며 당시 선을 보러 갔을 때 류씨 아가씨가 한마디만 반응했어도 지금 린샹푸의 여자가 되었을 거라고 아쉬워했다.

매파가 정말로 안타까워하며 말했다. "좋은 인연을 놓쳤어요."

매파는 류씨 아가씨가 시집갈 때 봉황관을 쓰고 붉은 천으로 얼굴을 가렸으며 붉은 비단 적삼에 붉은 자수 저고리, 붉은 치마와 바지를 입고 붉은 꽃신을 신었다고 알려주었다. 온몸을 붉은색으로 휘감아 성안 쑨씨 집 붉은 대문 앞에서 모습을 드러냈을 때, 구경꾼들은 가마에서 나오는 그녀의 아름다운 모습이 모란꽃이 봉오리를 터뜨리는 것 같다며 소리를 질렀다고 말했다.

그날 밤 린샹푸는 구들에서 잠을 이루지 못하고 계속 뒤척거렸다. 눈만 감으면 붉게 치장한 류씨 아가씨가 가마에서 나오는 모습이 떠오르고 이어서는 거실에서 천천히 걸어오던 모습이 떠올랐다가, 그 뒤에는 꽃무늬 치파오를 입은 샤오메이가 황혼이 내릴 때 대문 밖에 나타났던 광경이 떠올랐다. 그런 모습들이 그의 눈앞에서 바람처럼 한 차례 한 차례 스쳐갔다.

린샹푸는 비단도 기억해냈다. 비단을 류씨 집 거실 탁자에 올려놓았기 때문에 그 인연이 맺어지지 못했다. 그 바람에 이후 샤오메이가 빠르게 왔다가 빠르게 떠나갔다. 그날 밤 비단은 린샹푸 머릿속에서 멀어졌다가 가까워지기를 반복할 뿐 내내 사라지지 않았다. 그는 그 모든 게 인연이고 운명이라고 결론지었다.

11

밀을 수확하기 한 달 전 린샹푸는 시내에 다녀왔다. 대장간에서 수확 때 사용할 낫을 몇 자루 장만하는 한편 비단도 몇 자 샀다. 샤오메이가 떠났어도 계속 살아가야 하고, 매파와 맞선자리에 나가 백년해로할 아가씨를 찾아 가문의 대를 이어야 했다. 이번에는 법도 있는 집안의 참한 아가씨를 찾을 작정이었다. 더는 내력이 불분명한 여자를 만날 수 없었다.

그가 집으로 돌아왔을 때는 이미 날이 어두워진 뒤였다. 그런데 창문으로 남포등이 켜진 게 보이고 덜컥거리는 베틀 소리가 들리는 게 아닌가. 그는 너무 놀라서 손에 들고 있던 낫을 떨어뜨렸다. 심장이 미칠 듯 뛰었다. 그는 당나귀 고삐를 잡은 채 성큼성큼 안으로 들어갔다.

샤오메이가 돌아왔다. 여전히 꽃무늬 치파오를 입고 있었다. 베틀 앞에 단정히 앉은 그녀가 몸을 돌려 린샹푸를 바라보았다. 남포등 불빛에 그녀의 아름다운 얼굴이 반은 밝고 반은 어두웠다.

린샹푸는 그 자리에 당나귀 고삐를 쥐고 서 있었다. 당나귀를 집

안까지 데려온 줄도 모르고 멍하니 샤오메이를 바라보았다. 샤오메이가 미소를 짓는 것 같은데 눈빛은 잘 보이지 않았다. 잠시 뒤 그가 혼잣말처럼 물었다.

"샤오메이, 당신이에요?"

샤오메이의 목소리가 들렸다. "네, 저예요."

린샹푸가 또 물었다. "돌아왔어요?"

샤오메이가 고개를 끄덕였다. "돌아왔어요."

린샹푸는 샤오메이가 의자에서 일어나는 것을 보며 계속 물었다. "수조기를 가져왔나요?"

샤오메이가 아무 대꾸도 없이 천천히 무릎을 꿇자 린샹푸가 또 물었다.

"참조기는요?"

샤오메이는 고개를 저었다. 그때 당나귀가 머리를 흔들어 방울 소리가 났다. 린샹푸는 고개를 돌려 당나귀를 봤다가 샤오메이에게 소리쳤다.

"왜 돌아왔어요? 대대로 모아온 우리 집안의 금괴를 훔쳐 갔으면서 어떻게 감히 빈손으로 돌아와요?"

샤오메이가 고개를 숙인 채 꿇어앉아 바들바들 떨었다. 당나귀가 또 머리를 흔들어 방울 소리가 또 울렸다. 린샹푸는 화를 참을 수 없어 고개를 돌리고 당나귀한테 소리쳤다.

"머리 흔들지 마!"

고함을 지른 뒤 린샹푸는 바닥에 꿇어앉아 바들바들 떠는 샤오메이를 멍하니 바라보았다. 방 안이 쥐 죽은 듯 고요했다. 잠시 뒤 린샹푸는 한숨을 내쉬고 손을 내저으며 슬프게 말했다.

"어서 나가요. 내가 발작하기 전에 빨리 가요."

샤오메이가 조용히 말했다. "당신 혈육을 가졌어요."

린샹푸는 깜짝 놀라 샤오메이를 자세히 살펴보았다. 배가 이미 불룩했다. 그는 거의 정신이 나간 상태로 샤오메이의 애원하는 눈빛을 보고 그녀의 울먹이는 음성을 들었다. 한참 동안 할 말을 찾지 못하다가 마침내 그가 깊은 탄식을 내뱉으며 말했다.

"일어나요."

샤오메이가 계속 꿇어앉아 흐느끼기만 하자 린샹푸가 목청을 높였다. "일어나요. 내가 부축하긴 싫으니까 혼자 일어나라고요."

샤오메이가 벌벌 떨며 일어나 눈물을 닦고 말했다. "제발 여기에서 아이를 낳게 해주세요."

린샹푸가 말하지 말라는 뜻으로 손을 내저었다. "내게 말하지 말고 우리 부모님께 말해요."

조용하고 어두운 밤에 린샹푸는 샤오메이와 마을 동쪽의 묘지로 갔다. 여전히 당나귀를 끌고 있었고 방울 소리가 밤하늘로 낭랑하게 울려 퍼졌다. 하지만 그는 듣지 못했고 자신이 당나귀를 끌고 있다는 것도 몰랐다. 부모님 무덤 앞에 이르자 린샹푸는 달빛 아래의 묘비를 가리키며 말했다.

"무릎 꿇어요."

샤오메이가 한 손으로 배 속의 아이를 받친 채 비스듬히 몸을 숙인 뒤 나머지 한 손으로 바닥을 더듬어가며 조심스럽게 무릎을 꿇었다.

그녀가 꿇어앉자 린샹푸가 말했다. "이제 말해요."

샤오메이가 고개를 끄덕인 뒤 두 손으로 바닥을 짚은 채 달빛 속에서 린샹푸 부모의 묘비에 대고 말하기 시작했다.

"저 샤오메이예요. 돌아왔어요……. 두 분을 뵐 면목이 없지만, 린씨 집안의 아이를 가져서, 죽어 마땅함에도 돌아왔습니다. 린씨 집안의 대를 끊으면 더 큰 죄를 짓는 것 같아서요. 아이를 봐서 한 번만 용서해주세요. 린씨 집안의 후사라 돌아오지 않을 수 없었습니다. 제가 아이를 린씨 집에서 낳을 수 있도록 해주세요……."

끊어질 듯 말 듯 이어지는 샤오메이의 흐느낌 속에서 린샹푸가 말했다. "일어나요."

샤오메이가 일어나 눈물을 닦았다. 린샹푸는 당나귀를 끌며 집으로 향하고 샤오메이는 그의 뒤를 따랐다. 그제야 린샹푸는 당나귀 방울 소리를 듣고 자신이 계속 당나귀를 끌고 있었음을 깨달았다. 그는 당나귀를 토닥이며 슬픈 듯이 말했다.

"항상 내 곁에 있는 건 너뿐이구나."

얼마간 걷다가 고개를 돌린 린샹푸는 샤오메이가 두 손으로 배를 받치고 힘겹게 걷는 걸 보고는 걸음을 멈췄다. 고개를 숙인 샤오메이가 가까이 다가왔을 때 그는 그녀를 안아 당나귀 등에 태웠다. 샤오메이는 깜짝 놀랐다가 곧 흑흑 울음을 터뜨렸다. 린샹푸는 당나귀를 끌고 나아가며 당나귀 등에서 샤오메이가 흐느끼는 소리를 들었다. 그러다 한숨을 내쉰 뒤 조용히 말했다.

"당신은 나를 속이고 우리 집안의 금괴를 훔쳐 갔어요. 원래는 당신을 받아주면 안 되지만 이미 내 아이, 린씨 집안의 후손을 가졌으니……."

그러다 린샹푸는 고개를 저으며 말했다. "당신은 우리 부모님 앞에서 맹세하지 않았어요. 다시는 떠나지 않겠다고 맹세하지 않더군요."

린샹푸는 그렇게 말한 뒤 걸음을 멈추고 하늘에 가득한 별을 올려다보았다. 머릿속이 하얘졌다. 옆에서 당나귀 방울 소리가 또 울렸을 때야 그는 고삐를 끌며 앞으로 나아갔다. 마당으로 들어간 뒤 그는 몸을 돌려 샤오메이를 당나귀 등에서 안아 내리려다가 문지방을 보았다. 잠시 망설이던 그는 샤오메이를 안고 문지방을 넘었다.

당나귀를 챙겨준 뒤 방으로 들어갔을 때 린샹푸는 샤오메이가 익숙하게 옷장에서 이불을 꺼내 그들의 달콤한 과거가 기록된 구들 위에 펴는 걸 보았다. 샤오메이는 이불을 깐 뒤 고개를 들었다가 문 앞에 서 있는 린샹푸를 발견하고는 살며시 미소를 지었다.

린샹푸가 물었다. "금괴는요?"

순간 그녀는 미소를 잃더니 고개를 숙이고 대답하지 않았다.

린샹푸가 추궁했다. "금괴를 누구한테 줬어요?"

그녀는 여전히 고개를 숙인 채 묵묵부답이었다.

린샹푸가 또 물었다. "아창은 당신과 어떤 관계죠?"

그녀가 조금 머뭇거리다 답했다. "오빠예요."

린샹푸는 몸을 돌려 안방에서 나왔다. 고요한 밤이었다. 그는 소리 없이 작은 걸상에 앉아 남포등의 미약한 불빛 아래에서 베틀을 바라보았다.

아주 긴 시간이 흘렀다. 린샹푸는 꼼짝도 하지 않고 창틀에 놓인 등불이 꺼질 때까지 가만히 앉아 있었다. 빛이 갑자기 사라졌을 때에야 그는 깜짝 놀라 정신을 차렸다. 눈앞에 달빛만 남아 있었다. 천천히 몸을 일으킨 그는 남포등에 기름을 넣어 다시 불을 밝힌 뒤 등을 들고 안방으로 갔다.

샤오메이는 아직도 구들에 앉아 있었다. 두 손으로 불룩한 배를 받친 채 불안하게 그를 바라보았다. 린샹푸는 샤오메이의 배에 올려진 두 손 너머의, 곧 세상에 나올 아이를 보며 조용히 말했다.

"어서 자요."

샤오메이가 고분고분하게 대답했다. "네."

그러고는 몸을 기울여 신발을 벗고 양말을 벗은 뒤 겉옷을 벗기 시작했다. 그때 린샹푸는 그녀의 붉게 부어오른 발을 보며, 저 작은 발로 먼 길을 걸어 내 아이를 데려왔구나, 하고 생각했다.

샤오메이가 이불 속으로 들어간 뒤 린샹푸도 남포등을 끄고 옷을 벗은 다음 자기 이불로 들어갔다. 샤오메이가 그를 향해 모로 눕는 게 느껴졌다. 익숙한 숨결이 돌아왔다. 여전히 색도 냄새도 없는, 새벽바람처럼 깨끗한 숨결이 가만가만히 그의 얼굴로 불어왔다. 그런 다음 익숙한 손도 돌아왔다. 샤오메이의 손이 그의 이불로 들어와 그의 손을 잡았다. 부들부들 떨릴 뿐 여전히 촉촉한 손이었다. 린샹푸는 미동도 하지 않은 채 샤오메이의 손이 그의 손바닥 안에서 고백하듯 덜덜 떨리다가 차츰 조용해지는 것을 느끼고 있었다. 이어서 똑같이 촉촉한 다른 손도 돌아와 이불 속에서 그의 손을 잡았다. 샤오메이의 두 손이 모두 그의 손바닥 안으로 돌아왔다. 그는 샤오메이가 돌아왔다는 걸 절절하게 느낄 수 있었다.

린샹푸의 손이 샤오메이의 두 손에 이끌려 그녀의 이불 속으로 들어갔다. 샤오메이의 두 손이 세심하게 린샹푸의 손가락을 펼치더니 생명을 품고 있는 그녀 배에 가져다 댔다. 샤오메이의 뜨거운 체온을 다시 느끼는 순간 뭔가가 손바닥을 치는 바람에 린샹푸는 깜짝 놀라 소리쳤다.

"아!"

"당신을 찼어요." 샤오메이가 말했다.

"찼다고요?" 린샹푸가 물었다.

"당신 아이가 당신을 찼다고요." 샤오메이가 어둠 속에서 웃었다.

린샹푸는 그제야 꿈에서 깨어난 듯했다. 샤오메이의 배 속에 있는 아이가 연달아 그의 손바닥을 쳤다. 린샹푸가 놀라서 소리쳤다.

"세상에, 마구 두들겨 패네요!"

린샹푸가 헤헤 웃기 시작했다. 하지만 곧 부모님이 떠올라 마음이 아팠다. 아직 살아계셨다면 지금 얼마나 기뻐하실까 싶었다. 슬픔이 지나간 뒤 그는 샤오메이를 몇 차례 불렀는데 샤오메이는 대답하지 않았다. 긴 여정에 피곤했는지 잠들어 있었다. 린샹푸는 한 손으로 아이의 발길질을 느끼면서 다른 손을 이불에서 빼 샤오메이의 얼굴에 올려놓고, 가슴속에 담고 있던 말을 중얼중얼 늘어놓았다. 샤오메이가 떠난 뒤 얼마나 슬퍼하고 분노했는지 말하고 나서 잠든 샤오메이에게 마지막으로 말했다.

"우리 집안 금괴를 절반이나 훔쳐 달아나서 하나도 가져오지 않았지만, 내 아이를 벌판에서 낳지 않고 데려왔군요."

그리고 잠시 뒤 또 말했다. "금괴를 전부 훔쳐 갈 정도로 독하지는 않았지요. 훔쳐 간 것보다 남겨둔 게 더 많으니."

12

샤오메이가 돌아왔다는 소식이 순식간에 퍼졌다. 마을 사람들이 삼삼오오 린샹푸 집으로 몰려와 샤오메이의 불룩한 배를 보며 하하 웃었다. 그들은 축하한다고, 아씨의 회임을 축하한다고 말했다. 샤오메이가 친정에 가서 몇 개월씩 돌아오지 않는 걸 전에는 무척 이상하게 생각하더니 샤오메이가 돌아오자 이제 또 당연하게 받아들였다. 길이 그렇게 멀고 임신까지 했으니 오가는 데 몇 개월이 걸릴 수밖에 없었을 거라 여겼다.

린샹푸가 활짝 웃는 얼굴로 말했다. "지난번에 혼례를 너무 급하게 치르느라 사주단자도 쓰지 않고 궁합도 보지 않은 데다 가마도 준비하지 않았습니다. 그건 혼례라고 할 수 없지요. 그래서 이번에 제대로 치르려 합니다. 성대하지 않더라도 법도에 맞게요."

린샹푸는 이웃 마을에서 글방 훈장을 모셔와 잔치를 열었다. 술이 세 순배 돌았을 때 훈장이 엄숙하게 자리를 잡더니 금종이로 된 접이식 사주단자를 펼치고 붉은 술이 달린 새까만 묵을 갈고 나서 붓을 들었다. 그는 단자 위쪽에 '건조乾造'라 쓰고 린샹푸의 이름과 생년월일시를 적은 다음 여자에게 구혼한다는 의미로 '공구恭求'라 적었다. 이어서 훈장은 붓을 바꿔 단자 아래쪽에 '곤조坤造'라고 적은 뒤 샤오메이의 이름과 생년월일시를 적고 남자의 구혼에 응한다는 의미로 '경윤敬允'이라 썼다. 샤오메이의 이름을 쓸 때 훈장이 성이 무엇이냐고 묻자 샤오메이는 망설이다가 린씨라고 대답했다. 린샹푸가 당신도 린씨였냐고 물었더니 샤오메이는 작은 소리로 예전에는 아니었지만 이제 린씨라고 대답했다. 마지막으로 훈장이 옆쪽에 '천생연분, 백년가약, 백년해로'라고 적었다.

린샹푸는 두 손으로 사주단자를 받아 공손하게 부뚜막에 놓은 뒤 린씨 가문이 대대손손 평온하고 번성하게 해달라고 조왕신에게 빌었다.

그러고 나서 샤오메이에게 말했다. "보통은 사나흘 동안 올려놓는데 우리는 다르니 한 달 동안 올려놓읍시다. 이 한 달 동안 모든 게 평온하고 만사가 순조로우며 아무 사고도 없으면 우리는 궁합이 잘 맞고 운명도 잘 맞는 셈이에요. 반면 그릇 하나라도 깨지면 우리 궁합이 상극이니 인연도 끝내야겠지요."

이어서 밀을 수확할 때가 되었다. 린샹푸는 밀이 잘 여물었으니 어서 수확해야겠다고 말했다. 평소에는 밭에 잘 나가지 않는 린샹푸도 이때는 톈씨 다섯 형제와 밭에서 일했고 샤오메이는 아침부터 저녁까지 집안일을 했다. 처음에는 샤오메이가 점점 불러오는 배를 내밀고 점심을 밭머리로 가져갔지만, 며칠 뒤 린샹푸가 오지 말라고 말렸다. 몸이 불편한데 잘못해서 넘어지면 아기한테 안 좋고 행여 그릇이 깨져도 부부의 연이 사라진다는 이유에서였다. 그는 사주단자가 아직 부뚜막에 있는 걸 잊지 말라고 상기시켰다. 또 예전에 수확할 때는 밀을 왼손에 한 움큼 쥐고 오른손의 낫으로 쓱 베어냈지만, 지금은 낫을 쓱쓱 놀릴 엄두가 안 나서 깨작깨작 자르고 있다고 말했다. 왜 그러겠는가? 손가락이 베일까 봐 걱정돼서가 아니겠냐고, 사주단자 때문이 아니겠냐고 했다.

이후 두 사람은 혹시라도 무슨 사고가 날까 봐 조심조심했다. 수확하느라 몸이 피곤할 뿐 평온한 나날이 이어졌다. 그날 밤 린샹푸가 녹초가 되어 구들에 누웠을 때 샤오메이가 옆으로 다가와 조용히 물었다.

"요즘 제 안색 좋아요?"

린샹푸는 아주 좋다고, 홍조가 돈다고 답했다.

그 말을 듣고 샤오메이가 걱정스럽게 말했다. "임신부 안색이 누렇고 초췌하면 아들이고, 선명하고 붉으면 딸이래요. 또 임신부가 걸을 때 왼발을 먼저 들면 아들, 오른발을 먼저 들면 딸이라고 하고요. 요즘 계속 오른발을 먼저 들어서, 아들이 아니라 딸일까 봐 걱정이에요."

린샹푸는 샤오메이의 초조해하는 표정을 보고 요즘 계속 얼굴을 찌푸리고 있던 게 아들이 아니라 딸을 낳을까 봐 걱정해서라는 걸 알았다. 그래서 아들인지 딸인지는 낳아봐야 아는 거라고 위로

했다. 그는 샤오메이가 힘없이 고개를 끄덕이는 걸 보며 말했다.

"잡시다."

그런 다음 쿨쿨 곯아떨어졌다. 그날 한밤중에 샤오메이는 옷장에서 린샹푸의 옷을 꺼내 입고 린샹푸의 하얀 두건을 쓴 뒤, 마당으로 나가 달빛을 받으며 우물을 한 바퀴씩 천천히 돌았다. 그러면서 큰 바지 때문에 남자처럼 보이는 바닥의 그림자를 바라보았다. 그건 그녀가 어려서부터 들었던 성별을 바꾸는 방법이었다. 남편 옷을 입고 우물을 돌면서 그림자만 보고 고개를 돌리지 않으면, 그리고 누구에게도 들키지 않으면 딸이 아들로 바뀐다고 했다.

이후 이틀 동안 린샹푸가 잠들고 나면 샤오메이는 한밤중에 그런 복장으로 마당에 나갔다. 사흘째 밤, 린샹푸는 잠결에 손을 뻗었다가 옆에 샤오메이가 없는 걸 느꼈다. 다시 더듬어 봐도 잡히지 않아 벌떡 일어나 앉았다가 정말로 샤오메이가 없는 걸 확인했다. 또 떠났나 싶어서 가슴이 철렁 내려앉았다. 구들에서 뛰어내린 그는 맨발로 마당에 나갔다가 샤오메이가 큰 옷을 입고 달빛을 받으며 우물을 돌고 있는 걸 보고는 소리쳤다.

"샤오메이."

샤오메이가 깜짝 놀라 고개를 돌리고 멍하니 그를 바라보았다. 린샹푸는 맨발로 그녀 앞까지 걸어가 옷차림을 훑어보며 뭐 하는 거냐고 물었다. 샤오메이는 한숨을 내쉰 뒤 배 속의 딸을 아들로 바꾸는 중이었다고 대답하고는 쓴웃음을 지었다.

"성별을 바꿀 때 누구한테 들키면 물거품이 돼요."

린샹푸는 그제야 상황을 이해하고 주먹으로 자기 머리를 때리며 쓸쓸하게 탄식했다. 그러자 샤오메이가 웃으면서 린샹푸의 손을 잡고 우물가에 앉았다.

"사실 성별은 임신하고 석 달까지만 바꿀 수 있어요. 석 달까지가 아직 형태를 잡지 않은 초기라 변할 수 있거든요. 그런데 나는 거의 일곱 달이 되었잖아요. 당신이 못 봤어도 성별을 바꾸기는 어렵지요. 그냥 제가 포기가 안 되어서 그래요. 린씨 가문의 대를 이을 아들을 낳고 싶거든요."

린샹푸는 여전히 괴로워하며 잘 자다가 왜 깼는지 모르겠다고 스스로를 원망했다. 샤오메이가 일어나 다급하게 물었다.

"아까 불렀을 때 내가 왼쪽으로 돌아봤어요, 아니면 오른쪽으로 돌아봤어요?"

린샹푸는 곰곰이 생각한 뒤 머뭇머뭇 대답했다. "오른쪽으로 돌아본 것 같아요."

샤오메이가 고개를 숙이며 린샹푸 몸에 기댔다가 다시 우물가에 앉았다. "왼쪽으로 돌아보면 아들이고 오른쪽이면 딸이에요. 이제는 포기할래요. 분명 딸이에요. 안타깝게도 대를 이을 아들을 당신한테 낳아주지 못하겠네요."

린샹푸가 머뭇거리다가 다시 곰곰이 생각한 뒤 말했다. "왼쪽으로 돌아봤던 것 같아요."

샤오메이가 웃자 린샹푸가 그녀의 손을 잡으며 말했다. "사실 딸도 좋아요. 딸도 린씨 집안의 핏줄이니까. 그리고 나중에 또 아들을 낳을 수 있잖아요. 나중에 아들을 낳아도 안 늦어요. 톈씨 집안을 봐요. 다섯 형제잖아요. 나중에 당신도 아들 다섯을 낳으면 되죠."

샤오메이는 고개를 숙인 채 대꾸하지 않았다. 우물가에서 한참을 앉아 있다가 린샹푸가 샤오메이의 손을 끌고 안으로 들어갔다. 구들에 누운 뒤 샤오메이는 린샹푸의 손을 가슴에 안았다. 그녀가 잠드는 자세였다. 린샹푸는 아까 자다가 깨어났을 때 구들에 샤오메이가 없어서 또 떠난 줄 알고 깜짝 놀라 식은땀을 흘렸다고 말했다. 그는 샤오메이의 두 손이 부르르 떨리는 걸 느낄 수 있었다.

"당신은 돌아왔지만, 금괴를 하나도 가져오지 않은 데다 어디 두었는지도 말하지 않았지요. 분명 말 못 할 사정이 있는 것 같으니 더는 묻지 않을게요. 다만 당신이 언젠가 또 떠날 것 같아서……."

린샹푸는 잠시 멈췄다가 결연한 어조로 말했다. "당신이 또 말도 없이 떠나면 내가 찾으러 갈 거예요. 아이를 안고 세상 끝까지 가서라도 당신을 찾을 거예요."

말을 마쳤을 때 린샹푸는 자기 손이 이미 샤오메이에게 이끌려 그녀의 얼굴 위에 있는 걸 알았다. 샤오메이의 눈물이 그의 손가락 틈새로 흘러내린 뒤 방향을 찾는 듯 잠시 머뭇거렸다.

그날 오후, 린샹푸는 낫을 들고 밀밭에 서서 햇빛 아래 점점 길어지는 그림자로 계속 시간을 가늠해보았다. 거의 정오가 지났다 싶었을 때 그는 낫을 내려놓고 성큼성큼 밭두렁으로 올라가 집으로 향했다.

대문을 들어서자마자 그가 다급하게 물었다. "오전에 아무 일도 없었죠? 그릇 안 깼죠? 베틀에서 실도 끊어지지 않았고?"

샤오메이가 어리둥절한 얼굴로 대답했다. "그릇도 안 깼고 실도 끊어지지 않았어요."

린샹푸가 안심하며 부뚜막에서 사주단자를 챙기고는 한 달의 기한이 다 되었다고, 감사하게도 그동안 아무 문제도 없었다고 말했다.

"보아하니 우리 궁합과 운명이 잘 맞나 봐요."

샤오메이가 왼손으로 배를 받치며 천천히 베틀 걸상에서 일어나 린샹푸한테 다가왔다. 그러고는 그의 손에서 사주단자를 받아 멍한 눈빛으로 훑어보았다. 드디어 무거운 짐을 벗어버린 듯한 린샹푸의 목소리가 그녀 정수리에서 울렸다.

"한 달 동안 얼마나 가슴 졸였는지 몰라요."

13

수확한 밀을 볕에 말리기 시작했다. 린샹푸는 톈씨 형제들과 이삭이 가지런하고 풍성한 포기를 골라 낟알을 털어낸 뒤 안마당에서 말렸다. 샤오메이는 방문 앞에 앉아 아기 옷을 지으면서 마당에서 톈씨 다섯 형제와 바쁘게 일하는 린샹푸를 수시로 쳐다보았다. 그와 톈씨 형제들은 짚을 태운 재와 밀 종자를 섞어 항아리에 담았다. 린샹푸는 몸을 일으킨 뒤 백로가 지나면 종자를 밭에 뿌릴 거라고 샤오메이에게 말했다. 샤오메이는 완성된 아기 옷을 들어 올리며 대답했다.

"그때면 이 옷에 얼라가 들어 있을 거예요."

린샹푸가 다가와 진짜 아기를 받듯 조심스럽게 아기 옷을 받아 들고는 보고 또 보며 계속 히죽거렸다.

린샹푸는 톈씨 형제들과 항아리를 건넛방에 가지런하게 가져다 놓은 뒤 밭에 수수와 옥수수를 심었다. 그러고 나자 바쁜 일이 얼추 마무리되었으니 이제 혼례를 준비해야겠다는 생각이 들었다.

린샹푸는 마당에서 뛰어난 목공 솜씨를 선보였다. 톈씨 형제들에게 작업실에서 이미 형태를 잡아놓은 가구를 내오라고 하는 한편 기존의 탁자와 의자, 걸상, 옷장, 궤짝 등 오래된 물건을 이리저리 두드려 새것처럼 고쳤다. 방문 앞에서 아기 옷을 만들던 샤오메이가 깜짝 놀라 소리쳤다.

"우와!"

린샹푸는 이웃 마을에서 칠장이 두 명을 불러와 사포로 다듬은 뒤 칠을 해달라고 부탁했다. 반짝반짝 빛나는 가구를 보고 샤오메이가 거울 같다고 말했다.

백로가 가까워지자 린샹푸는 밀을 파종하기 전에 혼례를 치르기로 마음먹었다. 재봉사를 불러와 샤오메이의 붉은 웃옷과 바지, 치마, 꽃신을 만들어달라고 주문했다. 그런데 재봉사는 임신 9개월의 샤오메이를 본 뒤 고개를 저으며 붉은 꽃신은 가능해도 붉은 웃옷과 바지, 치마는 만들 수 없다고 했다. 설령 만들어도 입었을 때 채신머리 없어 보일 뿐이라고 말렸다. 샤오메이는 붉은 웃옷과 바지, 치마는 만들지 말고 붉은 겉옷만 크게 만들어달라고 했다.

재봉사가 붉은 겉옷과 신발을 만들었을 때 린샹푸가 샤오메이에게 말했다. "이번에는 꼭 가마에 태워줄게요."

린샹푸는 톈씨 다섯 형제를 불러 네모난 탁자를 뒤집은 뒤 가마로 꾸미기 시작했다. 탁자의 네 다리는 가마 기둥이 되고 밑면은 가마 바닥이 되었다. 그는 양옆에 대나무 장대를 묶고 그 끝에 멜대 두 개를 묶어 가마채로 삼았다. 이어서는 붉은 천으로 탁자 다리를 감싸고 그 위에 붉은 지붕까지 엮은 뒤, 마지막으로 가마 바닥에 밀짚을 깔고 요를 올려놓았다. 네 시간도 되지 않아 네 사람이 드는 꽃가마가 샤오메이 눈앞에 나타났다.

길일을 골라 린샹푸는 탁자를 개조한 꽃가마에 샤오메이를 태웠다. 안에 작은 걸상을 놓은 뒤 샤오메이는 린샹푸의 부축을 받으며 힘겹게 가마에 올라 걸상에 앉았다. 톈씨 네 형제가 꽃가마를 메고 린가 대문을 나섰다.

햇살이 눈부시게 빛나는 날이었다. 린샹푸는 마을 바깥의 큰길로 조금 멀리까지 나가자고 했다. 톈다가 앞에서 길을 트고 꽃가마가 삐거덕대며 오솔길을 지나갔다. 린샹푸가 꽃가마 뒤를, 마을 사람들이 린샹푸 뒤를 따르는 식으로 한 무리가 큰길까지 나가자 큰길에서 먼지가 날리기 시작했다. 그들은 리씨 마을 쪽으로 나아갔다. 마을 사람 100여 명이 가마를 호위하는 모습에 길 가던 사람이 궁금해하며 물었다.

"가마에 누가 탔나요?"

톈씨 형제가 대답했다. "귀인이 타고 있답니다."

리씨 마을에 가까워졌을 때 가마 속에서 샤오메이가 아이고아이고 소리를 지르기 시작했다. 가마를 멘 톈씨 네 형제가 걸음을 멈추고는 뒤쪽의 린샹푸를 불러 아씨가 참기 힘든가 보다고, 아이를 낳을 듯하다고, 아이를 낳으려는 여자는 전부 아이고아이고 소리친다고 말했다. 그러자 길을 지나가던 행인이 아니라면서 아이를 낳을 때는 아야 하고 소리친다고 반박했다. 이에 톈다가 말도 안 되는 소리라며, 다 낳은 뒤에야 아야 하고 소리친다고 했다.

린샹푸가 얼른 다가가 새빨개진 얼굴을 가마로 들이밀었다가 새하얗게 질려서는 부들부들 떨며 말했다.

"낳을 듯하네."

톈씨 네 형제가 가마를 들고 질주하기 시작했다. 톈다와 린샹푸가 앞에서 뛰었다. 그들은 유명한 산파가 사는 앞쪽의 리씨 마을로 내달렸다.

샤오메이는 가마 안에서 계속 신음했고 여섯 남자는 길 위에서 비 오듯 땀을 흘렸다. 린샹푸는 앞에서 뛰며 톈씨 형제들을 재촉하다가 가마를 멘 네 사람이 거북이처럼 느리다고 소리를 질렀다. 네 남자는 감히 대꾸도 못 하고 울상을 지은 채 가쁜 숨을 몰아쉬며 뛰었다. 2리를 뛰었을 때 린샹푸는 애를 끓이다 못해 가마꾼들에게 멈추라고 한 뒤 샤오메이를 가마에서 데리고 나왔다. 그런 다음 직접 안아 들고 큰길 위를 날 듯이 뛰었다. 톈다는 네 동생에게 빈 가마를 들고 오라고 한 뒤 자신은 도련님과 교대하러 먼저 가겠다고 했다.

하지만 톈다는 린샹푸를 따라잡지 못했다. 샤오메이를 안은 린샹푸는 발바닥에서 바람이 일 정도로 빠르게 달려갔다. 톈다는 혼자 뛰면서도 따라잡을 수 없었고 네 가마꾼은 한층 더 뒤처졌다. 린샹푸는 숲으로 뛰어들어 방향을 꺾은 뒤 시야에서 사라졌다.

텐씨 다섯 형제가 마을로 들어가 산파 집에 도착했을 때 린샹푸는 이미 그곳에 서 있었다. 방금 물속에서 나온 듯 온몸이 땀으로 흠뻑 젖고 발밑에도 물이 고여 있었다. 그는 멍하니 다섯 형제가 뛰어와 가마를 바닥에 내려놓은 뒤 하나씩 바닥에 주저앉아 풀무질하듯 헐떡거리는 것을 바라보았다. 그때 안에서 아기 울음소리가 들렸다. 린샹푸의 얼굴이 저도 모르게 웃는 듯 우는 듯 실룩거렸다. 잠시 뒤 산파가 빙그레 웃으며 나왔다.

"낳았어요. 공주님입니다."

14

샤오메이가 분만하고 사흘째 되는 날, 산파가 쑥과 산초를 가지고 린샹푸 집으로 찾아왔다. 산파는 쑥과 산초를 솥에 넣고 부뚜막에서 달였다. 그런 다음 그 약초 달인 물을 대야에 담고 땅콩과 대추를 조금 넣은 뒤 아기를 씻겼다. 산파는 그렇게 불결한 것을 제거해야 화를 면할 수 있다고 설명했다.

한 달이 되었을 때 산파가 이번에는 이발사를 데리고 찾아왔다. 그날은 마을 사람들도 많이 따라왔다. 이발사는 번쩍이는 면도칼로 아기의 배냇머리를 깎은 뒤 눈썹도 깎았다. 샤오메이는 붉은 천으로 배냇머리와 눈썹을 조심스럽게 쌌다. 린샹푸가 배냇머리와 눈썹이 없는 아기를 안아 마당으로 나가자 갓난아기의 머리통이 햇살 아래에서 투명한 유리처럼 반짝반짝 빛났다. 그 모습을 본 마을 사람들이 계속 웃음을 지었다.

여름이 지나가고 빠르게 가을이 찾아왔다. 10월의 어느 날, 날이 밝지 않았는데 린샹푸는 그치지 않는 아이 울음소리에 잠에서 깼다. 샤오메이를 몇 차례 불러도 대답이 없어 일어나 불을 켜니 구들에 샤오메이가 보이지 않았다. 가슴이 철렁 내려앉은 그는 남포등을 들고 바깥으로 나가 몇 번을 불러보았다. 하지만 역시 대답이 없었다.

그는 예전에 있었던 일이 다시 벌어졌음을 알았다. 옷장을 열자 샤오메이의 옷이 보이지 않았다. 구들 밑에도 샤오메이의 신발이 없었다. 곧장 벽 틈새에서 나무 상자를 꺼내 살펴보았다. 수조기 열 개와 참조기 세 개가 붉은 보자기에 그대로 들어 있었다. 이번에는 금괴를 하나도 가져가지 않았다.

금방이라도 숨이 넘어갈 듯 딸이 맹렬하게 울었기 때문에 린샹푸는 마음이 급해졌다. 모란을 입은 봉황 두건이 강보 속 딸의 몸에 덮여 있고 딸 옆에 죽 한 그릇이 놓인 게 보였다. 린샹푸는 딸을 안은 뒤 죽을 한 모금 머금고 입으로 천천히 딸아이 입에 흘려 넣었다.

딸이 다시 잠들자 린샹푸는 밖으로 나가 여명이 밝을 때까지 우물가에 앉아 있었다. 그는 샤오메이의 과거를 떠올리고, 그녀가 태아의 성별을 바꾸기 위해 어떻게 자기 옷을 입고 달빛 아래에서 우물을 돌았는지, 구들에 앉아 이발사 손에서 얼마나 조심스럽게 딸의 배냇머리와 눈썹을 받았는지 등을 떠올렸다. 첫 아침 햇살이 얼굴을 비췄을 때 그는 몸을 일으켜 안으로 들어가서는 구들에서 딸을 안아 들고 뒷문을 통해 톈다의 집으로 갔다. 톈다의 아내에게 딸을 맡긴 다음 그는 집으로 되돌아와 나무 상자에서 금괴가

든 붉은 보자기를 꺼내 아침 햇살을 받으며 성큼성큼 성으로 들어갔다.

시내로 간 린샹푸는 취화전장에 476무의 땅을 저당 잡힌 뒤 은표銀票를 받고, 참조기 하나만 은화로 바꾸고 나머지 수조기와 참조기는 은표로 바꾸었다. 그런 다음 재봉사를 찾아가 계절별로 아기 겉옷과 속옷을 두 벌씩 맞추면서 조금씩 크게 만들어달라고 주문했다. 그리고 속싸개와 포대기도 만들어달라고 한 뒤 이틀 뒤에 찾으러 오겠다고 했다. 마을로 돌아왔을 때는 이미 한밤중이었다. 그는 톈다 집에서 딸을 데려오면서 톈다에게 따라오라고 했다. 두 사람은 린샹푸 방으로 들어가 남포등의 미약한 불빛 아래 앉았다. 린샹푸가 상황을 전부 알려주자 톈다는 놀라서 입을 벌린 채 한참 동안 다물지 못했다.

린샹푸는 사흘 뒤 딸을 데리고 샤오메이를 쫓아가려 한다고 알려주었다. 이미 땅을 저당 잡혔으며 기한은 3년이라고 말한 뒤 집은 그대로 두었으니 톈다네 식구가 살면서 돌봐달라고 했다. 샤오메이를 찾으면 편지를 보내겠지만, 2년 안에 편지가 오지 않으면 자신이 타향에서 객사한 것이니 집은 그들 형제가 가지면 되고, 땅은 기한이 지나면 새 주인에게 넘어갈 거라고 말했다. 그런 다음 린샹푸는 집문서를 톈다에게 건넸다.

예전에 린샹푸를 업고 마을 곳곳을 돌아다녔던 톈다가 눈물이 그렁그렁 맺힌 눈으로 린샹푸의 말을 들은 뒤 집문서를 받았다.

"도련님, 저를 데려가세요. 제가 모시겠습니다."

린샹푸가 고개를 저었다. "나 대신 집과 땅을 잘 관리해주게."

톈다의 눈물이 집문서로 떨어졌다. 그는 낡아빠진 소매로 조심스럽게 닦은 뒤 다시 간청했다.

"도련님, 저를 데려가세요. 혼자 가시면 저희 형제는 마음이 놓이지를 않습니다."

린샹푸가 손을 내저었다. "그만 돌아가게."

"네, 도련님." 톈다는 공손하게 일어나 눈물을 닦으며 밖으로 나갔다.

사흘 뒤 린샹푸는 곤히 잠든 딸을 포대기로 싸고 등에 커다란 봇짐을 짊어진 뒤 날이 밝기 전에 문을 나섰다. 그는 당나귀를 끌고 일단 마을 동쪽의 부모님 묘로 가서 무릎을 꿇었다.

"아버지, 어머니, 두 분께 죄송하고 조상님께 송구합니다. 대대로 내려오는 땅을 저당 잡혔습니다. 하지만 저는 샤오메이를 찾아와야 해요. 아버지, 어머니, 두 분 손녀는 젖을 먹어야 해서 어미가 없으면 안 되니 샤오메이를 데려오겠습니다. 아버지, 어머니, 맹세코 반드시 돌아오겠습니다……."

15

린샹푸는 남쪽으로 향했다. 딸을 가슴 앞 포대기에 넣고 짐을 당나귀 등에 실은 뒤 고삐를 쥐고 먼지가 날리는 큰길에 올랐다. 가는 내내 샤오메이의 행방을 수소문하며 검푸른색 무명옷과 치마를 입은 젊은 여자를 보지 못했느냐고 물었다. 그러는 한편 젖먹이를 둔 여자를 찾아 배고픈 딸을 위해 젖동냥을 했다.

이틀 뒤 린샹푸는 황허에 이르렀다. 나이 든 뱃사공이 사람만 강을 건널 수 있지, 당나귀는 건널 수 없다고 말했다. 물살이 급하고 위아래로 높게 출렁여서 양피 뗏목에서 서 있지 못하고 빠질 거라는 이유에서였다. 린샹푸는 도도한 물길을 바라보았다. 상류에서 떠내려오는 얼음덩어리가 수면에서 이리저리 부딪쳤고 양피 뗏목이 물결을 따라 오르락내리락 출렁였다. 품속의 딸을 바라보니 입가에 침을 한 방울 매단 채 단잠에 빠져 있었다. 린샹푸는 고개를 들어 사공을 보고는 당나귀 역참이 어디 있는지 물었다. 사공은 아주 가깝다면서 강을 따라 동쪽으로 1리 정도 가면 나올 거라고 알려주었다.

린샹푸는 당나귀를 역참 남자에게 판 다음 사료를 좀 사겠다고 했다. 그 남자가 이상하다는 듯 당나귀를 이미 팔아놓고 사료는 왜 또 사느냐고 물었다. 린샹푸는 지난 5년 동안 당나귀가 친구였기 때문에 마지막으로 한 번 더 먹이고 싶다고 답했다. 남자가 밀짚을 가져오자 린샹푸가 고개를 흔들며 그런 사료 말고 제대로 된 사료를 달라고 했다. 남자가 또 이상하게 쳐다보며 제대로 된 사료가 무엇이냐고, 싱싱한 풀인지 건초인지, 밀기울인지 물었다. 린샹푸는 엽전 한 닢을 건네며 전부 달라고 말했다.

기우는 석양빛 속에서 린샹푸는 딸을 안은 채 바닥에 쪼그려 앉아 사료를 고루 섞었다. 남자가 옆에서 허허 웃으며 사료를 그렇게 오래 섞는 건 처음 본다고 했다.

린샹푸도 웃으며 말했다. "있는 재료 없는 재료 모두 잘 섞으라는 옛말이 있잖아요."

그런 다음 당나귀에게 말했다. "웬만하면 너를 팔지 않았을 거야. 하지만 안타깝게도 너는 강을 건널 수 없다니 두고 갈 수밖에 없구나. 나와 5년을 함께했지. 5년 동안 밭을 갈고 맷돌을 돌리고 사람을 태우고 수레를 끌고 짐을 싣는 등 온갖 일을 다 했는데. 이제는 다른 사람과 지내야 해. 앞으로는 네가 알아서 잘 지내렴."

역참을 나온 린샹푸가 양피 뗏목을 타고 황허를 건널 때 땅거미가 내리기 시작했다. 한 손으로 품속 포대기의 딸을 꼭 안고 다른 손으로 봇짐을 잡은 채 린샹푸는 위아래로 흔들리는 물살에 몸을 맡겼다. 사공은 앞쪽에 꿇어앉아 노로 물살을 가르며 뗏목을 몰았다. 물결이 높이 쳐 린샹푸의 얼굴까지 적셨다. 린샹푸는 물방울 너머로 황허 양 기슭의 가없는 땅이 어둠 속으로 가라앉고 텅 빈 하늘에 조각달이 떠오르는 것을 보았다. 딸의 응애응애 하는 울음 소리가 물결 소리 속에서 끊어질 듯 말 듯 이어졌다.

황허를 건넌 뒤에도 린샹푸는 계속 남쪽으로 내려갔다. 이후의 여정에서는 말발굽 소리가 따라다녔다. 마차를 줄기차게 갈아탔다. 열두 마리가 3열로 끄는 마차부터 서너 마리가 2열로 끄는 마차까지 두루 타보았다. 마부가 채찍을 휘두르며 "이랴! 하! 워!" 하는 소리가 귓가에서 시시각각 울리다 보니 그는 마부가 "어어." 하면 볼 필요도 없이 왼쪽으로 가고 "우우." 하면 오른쪽으로 가며, "위위." 하면 언덕에 오르고 "타타." 하면 길가의 턱을 넘는다는 것을 알게 되었다.

그는 셀 수 없이 많은 역참에 묵으면서 온갖 유형의 간판과 사람을 보았다. 조리를 걸어놓고 호객하는 작고 누추한 역참에서는 마을을 오가는 행상과 동숙하기도 하고, 쳇바퀴에 헝겊 끈을 매달아 걸어놓은 역참에서는 수레꾼과 동석하기도 했으며, 배 모양을 걸어놓은 역참에서는 가축 몰이꾼과 이야기를 나누고, 붉은 끈이 달린 쳇바퀴 일곱 개를 걸어놓은 커다란 역참에서는 금니를 박은 장사꾼과 인사를 나누기도 했다.

흔들다리와 부교, 형교桁橋, 돌다리 등 수많은 다리를 건너며 운하를 따라 남쪽으로 내려온 린샹푸는 겨울과 함께 양쯔강을 건넜다. 이후 여정은 남쪽을 향해 직선으로 나아가는 게 아니라 배회하듯 횡선을 그리게 되었다. 강남 물의 고장들을 훑느라 스무 곳도 넘는 마을을 들렀고 그러는 사이 겨울과 봄이 지나갔다. 그는 사람들에게 샤오메이의 고향인 원청이 어디냐고 물어보았지만 하나같이 전혀 모른다는 표정을 지을 뿐이었다.

봄이 가고 여름이 되었다. 어느 날 그는 선뎬이라는 마을에 도착해 석판이 깔린 거리를 무심히 걷고 있었는데 갑자기 길이 끊어지더니 나루터가 나왔다.

젊은 사공 하나가 뱃고물에 서서 쾌활하게 웃으며 기슭의 아가씨와 대화하고 있었다. 그들의 빠른 어투를 들었을 때 린샹푸는 가슴이 두근거렸다. 무슨 말을 하는지는 몰라도 샤오메이와 아창이 처음 그의 대문 앞에 나타났을 때 쓰던 말과 똑같은 어투를 쓰고 있었다. 그래서 린샹푸는 드디어 원청에 도착했다고 생각했다. 젊은 사공이 린샹푸를 보고는 배를 탈 거냐고 물었다. 린샹푸는 비틀비틀 배에 오른 뒤 허리를 굽혀 대나무 지붕 아래의 선실로 들어가 앉았다. 붉게 칠한 바닥에 돗자리와 대나무 베개 두 개가 있었다. 젊은 사공이 어디로 가냐고 물어 린샹푸가 대답했다.

"원청으로 갑시다."

"원청이요?"

사공이 멍한 표정을 지었다. 그건 린샹푸가 익히 아는 표정으로,

사공이 그 지명을 처음 듣는다는 것을 알 수 있었다. 조금 전 사공의 어투에서 희망을 보았기 때문에 린샹푸는 고향이 어디냐고 물었고 사공이 대답했다.

"시진입니다."

린샹푸는 시진이 어떤 곳이냐고 물었다. 사공은 문을 나서면 물이라 조금만 움직이려 해도 배를 타야 하는 곳이라고 답했다. 그 말에 린샹푸는 가슴이 또 두근거렸다. 아창이 예전에 자기 고향에 관해 그렇게 말했기 때문이었다.

"그럼 시진으로 갑시다."

16

황혼이 내리는 강에서 린샹푸는 딸을 안고 배에 올랐다. 원래는 등에 멘 봇짐을 내려놓으려 했는데 몸을 뒤로 젖히자 봇짐이 등받이처럼 편안히 받쳐줘서 내려놓지 않았다. 반면 가슴 앞 포대기는 풀어서 딸을 다리 위에 눕혔다. 위쪽 대나무 지붕을 젖히자 여름의 밤바람이 불어왔다.

뱃고물의 수직 목판에 기대앉은 사공은 왼쪽 겨드랑이에 끼운 상앗대로 물살을 갈라 방향을 잡는 한편 두 맨발로 밟았다 놓았다 하는 식으로 아래쪽 노를 저었다. 린샹푸는 삐걱삐걱 노 젓는 소리를 들으면서 대나무 지붕이 달린 작은 배들이 수면에 물결을 일으키며 나아가는 모습을 바라보았다. 사공들은 노를 밟았다 놓았다 하는 사이사이 오른손에 든 작은 술병을 기울여 황주黃酒를 한 모금 마시고 왼손으로 배 가장자리에 놓인 그릇에서 콩을 한 알 집어 오도독오도독 깨물어 먹었다.

저녁노을이 맑은 하늘을 새빨갛게 불태우고 있었다. 언덕 위 밭에서 일을 마치고 집으로 돌아가는 소가 음매 하고 우는 소리가 들리고 밥 짓는 연기가 모락모락 올라왔다. 그러는 사이 린샹푸 머릿속에서도 환영이 떠올랐다. 샤오메이가 딸을 안고 북쪽 고향 집의 대문턱에 앉아 있는 게 보였다. 저녁노을이 황혼은 물론 샤오메이가 입은 검푸른색 무명옷과 강보 속 딸까지 붉게 물들였다. 성에 들어갔던 린샹푸는 한 손에는 당나귀 고삐, 다른 손에는 탕후루를 들고 돌아왔다. 샤오메이 앞에 이르러 탕후루를 내밀자 샤오메이는 탕후루를 딸의 입술에 대주었다. 그게 샤오메이가 린샹푸에게 남긴 마지막 모습이었다. 날이 밝기도 전에 또다시 떠난 그녀는 끝내 돌아오지 않았다.

엄청난 굉음에 린샹푸는 환영에서 빠져나왔다. 조금 전까지만 해도 쾌청하고 노을빛이 가득하던 하늘이 새까맣게 변한 데다 천둥 번개가 요란하게 치고 비바람까지 몰아닥치고 있었다. 린샹푸는 사공이 빗물 속에서 겁에 질린 눈으로 사방을 두리번거리는 것을 보았다. 린샹푸도 고개를 들자 깔때기처럼 생긴 회오리바람이 엄청난 속도로 다가오는 게 보였다. 흙먼지와 잡다한 물건들이 빙글빙글 돌며 날아다니는 광경은 폭우가 대지에서 공중으로 쏟아지는 것 같았다. 그때 하나로 겹쳐 놓았던 대나무 지붕 두 짝이 배에서 떨어져 춤을 추듯 날아갔다. 사공은 "회오리바람이다"라고 소리치며 강으로 뛰어들었다. 뛰어들 때까지도 오른손에 술병을 쥐고 있었다.

사공은 달아났지만 린샹푸는 딸이 품에 있으니 강으로 뛰어들 수 없었다. 그는 배에 앉아 두 팔로 딸을 꽉 안는 수밖에 없었다. 그를 끌고 날아가려는 듯 옷이 화라락 위로 들리는 게 느껴졌다. 책상다리로 앉은 그는 눈을 감고 상체를 굽혀 딸을 품에 깊숙이 안고 날아가려는 옷에 저항했다. 등에 있는 무거운 봇짐이 그에게 협력해 함께 저항해주었다.

어느 순간 배가 활시위를 벗어난 화살처럼 쌩 하고 떠오르더니 한동안 날다가 도로 떨어진 뒤 수면 위로 빠르게 내달렸다. 가슴 앞 포대기에서 딸이 계속 울었다. 하지만 회오리바람의 굉음 속에서 딸의 울음소리는 그의 심장 박동처럼 미약했다.

이어서 배가 쌩 하고 질주하는 게 아니라 삐걱거리며 나아가기 시작했다. 눈을 떠보니 돌이 날아다니고 나무가 뿌리째 뽑히며 강에 있던 대나무 지붕 배가 육지로 밀려 올라가고 육지의 집이 강물로 날아드는 게 보였다. 배는 이미 산산이 부서져 나무판들이 광풍 속에 흩어지고 있었다. 그는 자신이 배가 아니라 나무판에 앉아 있다는 걸 알았다. 곧이어 그 나무판마저 갈라지면서 그의 몸이 튕겨나갔다. 옷이 돛처럼 부풀어 오르고 그의 몸이 빙빙 선회하는 듯싶더니 갑자기 돌격하듯, 담벼락을 넘나들 듯 활공하다가 뭔가에 부딪혀 바닥으로 떨어졌다. 그는 그대로 정신을 잃었다.

회오리바람이 지나가고 여름밤의 어둠이 점점 멀어질 때 린샹푸는 바닥에 쓰러진 벼들 사이에서 정신을 차렸다. 그와 대지가 함께 깨어났다. 그는 날이 점점 환해지는 것을 보았다. 어지럽던 구름이 흩어진 하늘은 무척 생기발랄해 보였다.

린샹푸는 정신을 차리자마자 가슴 앞을 더듬어 보았다. 그런데 포대기도, 딸도 만져지지 않는 게 아닌가. 그는 비명을 지르며 벌떡 일어났다가 등 뒤에서 느껴지는 육중함에 도로 주저앉았다. 손을 뻗어보니 커다란 봇짐이 그대로 매달려 있었다. 그는 두 손으로 땅을 짚으며 일어나 초조한 눈으로 사방을 둘러보았다. 포대기도, 딸도 보이지 않았다. 산산이 부서진 배의 판자 조각만 논에서 나뒹굴고 있었다. 벼는 아무렇게나 자란 잡초처럼 쓰러져 있고, 논 옆에는 나무가 뿌리째 뽑혀 날아간 뒤 남은 구덩이가 텅 비어버린 불행을 진술하고 있었다.

린샹푸는 딸을 찾아 황망하게 뛰어다니며 목이 터져라 소리를 질렀다. 강이 2, 3리 밖에 있었다. 광풍이 그와 우람한 나무 몇 그루, 뼈대만 남은 지붕 하나를 이곳까지 날려버렸다.

딸을 찾지 못한 린샹푸는 큰 소리로 울면서 어디에서 왔는지 모를 나무를 지나쳤다. 나무 몇 그루가 한데 뒤엉켜 뼈대만 남은 지붕을 떠받치며 누워 있었다. 그는 멀리 물가 쪽으로 걸음을 옮기면서 사방을 둘러보았다. 아무것도 보이지 않는 눈먼 사람 같은 표정이었다. 그는 울면서 달려갔다. 물가에 이르러 아침노을이 비치는 넓은 수면과 그 위를 떠다니는 나무, 배의 나무판자, 가구, 옷 등을 바라보았다. 수면에 대고 큰 소리로 울부짖었지만 자기 목소리만 되울릴 뿐이었다. 옷과 물건은 점점 가라앉는데 나무와 판자는 그대로 떠 있었다.

린샹푸는 한참을 서 있었다. 높은 울부짖음이 낮은 흐느낌으로 바뀌었다. 그는 눈물을 닦으며 되돌아가기 시작했다. 딸을 잃어버렸다고 생각하자 두려움에 온몸이 떨려 제대로 걸을 수가 없었다. 그는 계속 두리번거리는데 눈물 때문에 앞이 잘 보이지 않았고, 계속 소리치는데 아무리 입을 벌려도 소리가 나오지 않았다. 그때 뭔가에 걸려 어떤 구조물로 넘어지는 듯한 느낌이 들었다. 곧장 몸을 일으키려 했지만 잡을 만한 게 없어서 그는 도로 넘어지고 말았다. 두 손으로 더듬거린 끝에 굵은 나무줄기를 찾아낸 뒤에야 그는 몸을 일으킬 수 있었다. 다시 일어난 그는 손으로 눈물을 닦은 뒤 눈을 몇 번 깜빡거렸다. 처음 그 자리로 돌아와 아까 지나쳤던, 쓰러진 나무가 받치고 있는 지붕 앞에 이르렀음을 알 수 있었다. 바로 그 뼈대만 남은 지붕으로 넘어졌던 거였다.

그 순간 린샹푸는 포대기를 발견했다. 포대기는 쓰러진 나뭇가지에 걸려 있었고 그 위로 뼈대만 남은 지붕이 있었다. 린샹푸는 힘껏 눈을 깜빡여보았다. 포대기가 그곳에 있었다. 바람이 불자 지붕에 남아 있던 띠가 포대기 위로 날렸다. 린샹푸는 불안하게 웃었다. 다른 사람에게 의견을 구하듯 고개를 돌려 둘러본 뒤 조심스럽게 지붕의 뼈대 사이로 발을 집어넣었다. 그러고는 희망이 걸린 나뭇가지 앞까지 비틀비틀 걸어간 다음 포대기를 내려 가슴에 안았다.

포대기 속에서 두 눈을 꼬옥 감고 있는 딸이 보였다. 그는 떨리는 심정으로 딸의 콧구멍에 손가락을 갖다 댔는데 갑자기 자고 있던 딸이 하품을 했다. 그는 울음을 그치고 환하게 웃었다.

포대기를 가슴 앞에 걸고 두 손으로 조심스럽게 받친 다음 그는 두 다리를 지붕 뼈대 사이에 넣은 채 사방을 둘러보았다. 주위의 모든 것이 방금 씻어놓은 것처럼 깨끗했다. 그가 완무당이라는 이름의 광활한 땅을 처음 본 순간이었다. 엉망으로 망가진 완무당을 아침 햇살이 붉게 물들이고 있었다.

린샹푸는 뼈대만 남은 지붕에서 빠져나와 오솔길로 들어섰다. 성큼성큼 앞으로 나아가는 그의 얼굴에 웃음이 가득했다. 그는 자기도 모르게 고향의 매파 어투를 흉내 내며 곤히 잠든 딸에게 말했다.

"세상에 이렇게 기이한 일이 있을 수가. 자면서 하품을 할 수 있다니."

린샹푸는 커다란 봇짐을 메고 두 손으로 가슴 앞 포대기의 딸을 감싼 채 쓰러진 벼와 갈대, 풀을 밟으며 멀리 집들이 가득한 곳으로 나아갔다.

나무가 나뭇잎을 잃고 지붕이 기와를 잃어버린 시진으로 들어갔다. 린샹푸는 샤오메이가 남겨놓은 모란을 입은 봉황 두건으로 딸의 머리를 감쌌다. 그가 시진에서 처음 만난 사람은 천융량이었다. 그때 그는 딸을 잃었다가 되찾은 기쁨에 푹 빠져 있었기 때문에, 천융량이 아침 햇살 속에서 본 사람은 재난에서 빠져나온 사람이 아니라 기쁨에 젖은 아버지였다.

17

린샹푸는 포대기 속 딸을 두 손으로 감싼 채 처량할 정도로 망가진 시진 곳곳을 돌아다녔다. 사람들 어투에 주의를 기울일수록 샤오메이와 아창이 주고받던 말투가 귓가에 떠올랐다.

그는 거리 곳곳에서 푸른색 날염 두건을 보고 나막신을 보았다. 젊은 아가씨들이 물가에서 발을 닦은 뒤 나막신을 신고 석판길을 걸어갔다. 그 소리를 들으니 북쪽 집에서 나막신을 신고 오가던 샤오메이의 모습이 떠올랐다. 샤오메이가 목금을 두드리는 것 같다고 비유했던 그 소리를 린샹푸는 어스름이 내리는 시진에서 수시로 들을 수 있었다.

린샹푸는 아창이 말했던 원청과 아주 흡사한 것 같아 "여기가 원청인가요?" 하고 여러 차례 사람들에게 물었다.

하지만 돌아오는 대답은 늘 똑같았다. "여기는 시진입니다."

그러면 린샹푸는 다시 물었다. "원청은 어디에 있습니까?"

망연한 눈빛과 단호한 고갯짓을 보고 린샹푸는 원청을 아는 사람이 없음을 알았다. 강을 건넌 뒤 샤오메이의 발자취를 찾느라 들렀던 마을에서도 똑같이 그렇게 망연한 눈빛과 단호한 고갯짓을 보았고 똑같이 누구도 원청을 알지 못함을 확인했다. 그는 시진의 거리에서 길을 잃은 듯 가만히 서 있었다. 절망감이 그를 휘감았다.

그때 익숙한 뒷모습이 사람들 속에서 휙, 나뭇잎 하나가 풀숲에서 바람에 날리듯 지나갔다. 잠시 멍하게 있던 린샹푸는 정신이 번쩍 들었다. 방금 지나간 뒷모습이 샤오메이 같았다. 그는 얼른 몸을 돌려 빠르게 걸음을 옮기면서 눈으로 그 사람을 찾기 시작했다. 하지만 포대기 안에서 곤히 잠든 딸의 머리가 가슴에 자꾸 부딪혀 그는 걸음을 늦추고 오른손으로 딸의 머리를 감싼 채 조심스럽게 걸어가는 수밖에 없었다.

앞쪽에서 오가는 사람들 사이로 그 뒷모습이 사라질 듯 말 듯 보였다. 그녀도 여러 차례 고개를 돌려 린샹푸를 보았다. 얼굴은 또렷하게 보이지 않아도 자잘한 꽃무늬 치파오는 똑똑히 보였다. 도안과 색깔은 샤오메이의 옷과 달랐지만 뒷모습만큼은 샤오메이와 비슷했다. 다만 샤오메이보다 조금 마른 듯해, 린샹푸는 뒤따라가면서 샤오메이가 그사이 말랐나 보다고 생각했다.

부두에서 좁고 긴 골목으로 접어들었을 때 뒷모습이 사라졌다. 분명히 그녀가 골목으로 들어가는 걸 보았는데 갑자기 사라진 것이었다. 린샹푸는 골목 입구에 잠시 서 있다가 안쪽으로 들어갔다. 문이 살짝 닫힌 어느 집을 지나갈 때 끼익 하며 문이 열리더니, 꽃무늬 치파오를 입은 그녀가 안쪽 어둠 속에서 미소 띤 얼굴로 린샹푸를 바라보며 뭐라고 말했다. 린샹푸는 그녀의 빠른 말은 이해할 수 없었지만, 그녀가 아까 그 사람이며 샤오메이가 아니라는 것은 알 수 있었다.

린샹푸가 낙담할 때 그녀가 조금 전의 말을 되풀이했다. "들어오세요."

이번에는 무슨 말인지 알아들었다. 린샹푸가 안에서 웃고 있는 그녀를 멍청하게 바라보자 그녀가 또 "들어오세요"라고 말했다.

린샹푸는 그녀가 왜 그렇게 적극적인지 이해할 수 없으면서도 안으로 들어갔다. 진한 생선 비린내가 확 풍겼다. 그는 여자를 따라 위층 방으로 들어갔다. 그녀가 방문을 닫고 빗장을 채운 뒤 린샹푸에게 의자에 앉으라고 권했다.

사창가에 들어온 걸 전혀 눈치채지 못한 린샹푸는 의자에 앉아 의아한 눈으로 그녀를 바라보았다. 그녀는 린샹푸 가슴 앞에 있는 포대기 속 아기를 보고 빙그레 웃었다. 아기를 데리고 사창가에 오는 사람은 처음 보아서였다. 그녀는 옷장에서 이불을 꺼내 탁자에 반듯하게 깐 뒤 웃으며 말했다.

"얼라는 제게 주세요."

어리둥절해하는 린샹푸에게서 포대기를 받은 그녀는 아기를 안아 탁자의 이불 위에 뉘었다. 그런 다음 린샹푸에게 미소를 지으며 꽃무늬 치파오를 벗고 잘 접어 침대 옆 궤짝에 올려놓았다. 그녀가 속옷을 벗을 때에야 린샹푸는 자신이 어디에 왔는지 알았다. 그때 아기가 배가 고픈지 울기 시작했다.

이어서 샤오메이와 닮은 그 여자는 당황한 남자를 보았다. 린샹푸가 튕기듯 의자에서 일어나 탁자 위에서 우는 아기를 안고는 단숨에 문 앞으로 갔다. 그는 여러 차례 문을 잡아당긴 뒤에야 빗장이 아직 걸려 있는 걸 깨닫고 빗장을 푼 다음 득달같이 계단을 내려갔다. 하지만 곧 다급한 발소리가 다시 계단을 타고 올라왔다. 딸을 안은 그가 새빨간 얼굴로 들어와 엽전 몇 닢을 아까 자신이 앉았던 의자에 내려놓고 몸을 돌려 나갔다. 다급한 발소리가 또 계단을 타고 내려간 뒤 바깥 골목으로 멀어졌다.

18

이후 며칠 동안 린샹푸는 계속 시진의 거리를 돌아다니며 샤오메이를 찾기 위해 부지런히 눈을 굴렸다. 하지만 몇 번인가 비슷한 뒷모습만 봤을 뿐 샤오메이의 얼굴은 보지 못했다.

몇몇 집들은 망가진 대문 바깥에 그 절반쯤 되는 높이의 중문이 망가진 채 매달려 있었다. 그건 회오리바람이 남겨놓은 흔적이었다. 린샹푸는 샤오메이한테 들어서 중문이 돼지나 개의 진입을 막는 용도임을 알고 있었다. 그리고 꽤 많은 집 대문 밖에 물그릇이 놓여 있고 문설주에 검은 천이 드리워져 있었다. 린샹푸는 그 집 안의 누군가가 회오리바람에 목숨을 잃었음을 알 수 있었다.

문밖에 놓인 물그릇을 보자 린샹푸는 부모님이 생각나 마음이 아팠다. 그의 집 대문 앞에도 물그릇이 두 개 놓여 있었다. 하나는 어머니가 아버지를 위해 놓았고 다른 하나는 그가 어머니를 위해 놓아두었다.

재난이 지나간 뒤 시진 사람들은 예전과 똑같은 일상을 이어갔다. 린샹푸는 여인의 흐느낌과 남자의 탄식을 들었지만 그들의 슬폼은 미풍처럼 평온했다. 그는 시진 사람들이 참 다정하다고 생각했다. 딸이 배고파 울면 누군가 먼저 다가와 젖먹이가 있는 집으로 안내해주었기 때문이다. 그가 시진을 떠날 때는 대바구니를 든 낯선 여자가 쫓아와 붉은 비단으로 만든 아기 옷과 모자, 신발을 건네주었다. 린샹푸는 이상하게 생각하며 말을 붙이려 했지만, 낯선 여자는 어느새 총총히 멀어지고 있었다. 절대 돌아보지 않는 그 낯선 여자의 뒷모습을 보면서 린샹푸는 회오리바람에 아기를 잃어서 그 옷을 주었나 보다, 하고 추측하며 안쓰러워했다.

성 밖에서는 사람들이 논밭에 남은 작물을 조심스럽게 수확하고 있었다. 나무를 구덩이에 다시 심고 나룻배를 강으로 밀며, 초가도 다시 짓기 시작했다. 성안의 벽돌집은 회오리바람에 무너지지는 않았어도 지붕 기와가 날아간 바람에 성 밖에는 기와를 굽는 가마가 많이 만들어졌다. 기와를 굽는 연기 기둥이 삼나무 숲처럼 하늘 높이 뻗어 올라갔다.

가을바람이 낙엽을 떨어뜨리기 시작했을 때 린샹푸는 딸을 안고 시진을 떠났다. 이후 석 달 가까이 린샹푸는 계속 남쪽으로 내려가며 원청이라는 마을을 찾아다녔다. 가는 내내 물어봤지만 역시 원청을 아는 사람은 하나도 없었다. 린샹푸 마음속에서 원청이 형태를 잃고 공허해지기 시작했다. 그는 여전히 남쪽으로 내려가고 있었지만, 남쪽으로 가면 갈수록 어투가 이상해지고 샤오메이와 아창의 말투와도 점점 멀어졌다. 그래서 그는 걸음을 멈추고 어느 다리 위에 앉아 곰곰이 생각해보았다. 지나온 마을 중 아창이 말한 원청과 가장 비슷한 곳은 시진이었다. 그는 아창이 말한 원청은 실재하지 않으며 아창과 샤오메이의 이름도 거짓이겠다는 생각이 들었다.

온갖 고생을 다 하고도 샤오메이를 찾지 못하자 그는 서글퍼졌다. 집으로 돌아가고 싶었다. 붉은 끈을 휘날리며 방울 소리를 내던 당나귀도 그립고 고향의 논밭과 집도 그리웠다. 그는 딸 옷에 든 은표와 자기 몸에 간직한 은화를 만지작거리며, 황허를 건넌 뒤 그 역참에 가서 당나귀를 도로 사고 고향의 저당 잡힌 땅도 도로 찾아야겠다고 생각했다.

하지만 딸이 린샹푸의 생각을 바꿔놓았다. 어느 다리 위에서 딸을 오른손으로 부축하며 그의 왼손에 세우려 했을 때 아이의 두 다리에서 힘이 느껴졌다. 서려는 것 같았다. 그는 다리 위에서 소리 내 웃었다. 집을 떠나 남쪽으로 내려온 이후 두 번째로 웃음을 터뜨린 순간이었다. 첫 번째는 회오리바람이 지나간 뒤 잃어버렸던 딸을 되찾았을 때였다.

린샹푸는 시진으로 돌아가기로 마음먹었다. 딸에게는 엄마가 필요했다. 그에게도 샤오메이가 필요했다. 그는 아창이 말한 원청이 시진이라고 믿었다. 지금 그들이 어디 있는지는 몰라도 언젠가는 시진으로 돌아올 테니, 샤오메이가 나타날 때까지 언제까지고 시진에서 기다리리라 작정했다.

린샹푸는 북쪽으로 방향을 돌렸고 겨울의 눈꽃 속에 다시 시진
으로 들어갔다.

19

열여드레나 이어질 대설이 막 시작됐을 때, 시진 사람들은 재난이 닥친 걸 모르고 입동 이후의 첫눈인 줄로만 알았다. 거위 털 같은 눈송이가 지붕과 거리를 순식간에 하얗게 뒤덮었을 때도 사람들은 날이 밝기 전에 눈이 그치고 아침 햇살이 쌓인 눈을 천천히 녹여주리라 믿었다. 하지만 폭설은 그치지 않았고 태양빛도 시진을 비추지 않았다. 이후 열여드레 동안 눈송이가 때론 크고 때론 작게 쉬지 않고 날렸다. 잠시 멈출 때가 있었지만 그럴 때조차 하늘의 회백색에는 일말의 변화가 없었다. 회백색 하늘이 시종일관 시진을 뒤덮고 있었다.

딸을 품에 안은 채 린샹푸는 눈이 점점 두껍게 쌓이는 거리를 힘겹게 걸으며 젖동냥을 다녔다. 그는 두루마기 아랫단을 말아 올려서 가슴 앞 포대기의 딸을 덮었다. 걸을 때마다 종아리가 눈 속에 푹푹 빠졌다. 날리는 눈송이에 그의 머리카락이 하얗게 물들었고 옷도 하얗게 물들었다. 그는 하얀 침묵 속으로 가라앉았다.

린샹푸는 사람 그림자가 사라진 거리에서 앞으로 나아갔다. 품

속의 딸이 배고파 칭얼거렸다. 그는 힘겹게 나아가는 한편 양측 어느 집에서 갓난아기의 울음소리가 들리지는 않는지 귀를 기울였다. 울음소리가 들리면 그 집 문을 두드렸다.

집에 들어가면 그는 엽전 한 닢이 놓인 오른손을 내밀고 수유 중인 여인을 애원하듯 바라보았다. 보통 여인들 남편이 그의 손에서 엽전을 가져갔다. 엽전을 가져간다는 건 청을 받아들인다는 의미였기 때문에 린샹푸는 조금 긴장감을 내려놓을 수 있었다. 그는 가슴 앞의 포대기를 풀어 여인에게 건넸다. 딸이 마침내 여인의 따뜻한 품에 안기는 걸 보면 그의 몸 안에 온기가 번졌다. 딸의 작은 손이 여인의 가슴께에서 움직일 때는 눈가가 촉촉해지고, 딸이 그 여인의 가슴을 잡으면 발로 땅을 밟은 듯 안심할 수 있었다.

눈에 얼어붙은 시진은 매일 아침 햇살이 회백색 하늘에서 퍼지고 황혼 역시 회백색 하늘에서 움츠러들었다. 그런 다음 찾아오는 밤은 별빛도 없고 달빛도 없어, 시진은 심연 같은 어둠으로 가라앉았다.

시진 사람들은 그 흩날리는 눈송이가 끝없이, 그들의 생명처럼 이어질지도 모른다고 생각하기 시작했다. 그러자 비관적인 정서가 중문과 대문을 넘어 들이닥쳤다. 그들은 살아서 햇빛을 볼 수 있을까 하는 불안감에 수시로 시달렸다. 이런 정서가 전염병처럼 퍼지면서 린샹푸가 문을 밀고 들어서면 거의 모든 남자가 맥없이 물었다.

"눈이 언제 그칠까요?"

린샹푸는 고개를 저었다. 그도 알지 못했다. 딸을 안은 채 린샹푸는 시진 곳곳을 돌아다니며 대문을 하나하나 두드렸다. 시진의 여자들은 눈에 뒤덮인 세상에서 남자들보다 대범하고 평온했다. 표정은 딱딱하게 굳었을지언정 예전과 똑같이 집안일을 했다. 그녀들이 집 안에서 움직였기 때문에 린샹푸는 얼어붙은 시진에 아직도 사람 숨결이 남아 있음을 느낄 수 있었다.

그날 린샹푸는 시진 상인회 회장인 구이민顧益民 집에 이르렀다. 다양한 거래를 광범위하게 취급하는 구이민은 시진 전장의 주인일 뿐만 아니라 시산 금광의 주인이었다. 시진과 선뎬 등지에 비단 상점을 여러 곳 소유했으며 주로 상하이, 쑤저우, 항저우 일대의 비단 중개상과 거래했다. 가만히 앉아서 이익을 챙기는 다른 상점과 달리 그의 점원들은 물건을 가지고 직접 거리로 나가 손님을 모았다.

서른 살 정도의 그 남자를 처음 만났을 때 린샹푸는 그가 시진에서 그렇게 대단한 인물인 줄 몰랐다. 갓난아기의 울음소리를 따라 그 으리으리한 대저택에 이르렀을 뿐이었다. 높고 긴 담장을 지날 때 린샹푸는 안쪽의 거목에 눈이 잔뜩 쌓인 걸 보았다. 그런데 꽉 닫힌 주홍색 대문 틈새로 보니 마당의 눈이 깨끗하게 쓸어져 있었다. 아기 울음소리가 거기에서 희미하게 흘러나왔다. 린샹푸는 조금 망설이다가 안으로 들어갔다.

굵은 원형 기둥 두 개가 들보를 받치고 있는 넓은 대청으로 들어가자 사람들 10여 명이 양쪽 의자에 앉아 있고 두 줄로 늘어선 화로 여섯 개가 그들을 따뜻하게 덥혀주고 있었다. 그리고 주인 자리에 깡마르고 까만 남자가 앉아 있었다. 그들은 뭔가를 한창 의논하다가 린샹푸를 보고는 대화를 멈춘 뒤 의아한 눈으로 불청객을 바라보았다. 린샹푸가 엽전이 놓인 오른손을 내밀며 자신이 찾아온 이유를 설명하자 구이민, 그 마른 남자가 고개를 돌려 하인에게 말했다.

"유모를 데려오게."

하인이 들어간 뒤 유모가 나왔다. 풍만한 여인은 린샹푸 앞으로 와서 그의 손에 있는 엽전을 담담하게 쳐다본 뒤 그의 딸을 받아 안쪽 방으로 들어갔다. 린샹푸는 계속 손을 뻗고 있었지만, 유모는 엽전을 가져가지 않았다. 대청의 사람들은 더 이상 그에게 관심을 보이지 않고 아까의 화제로 되돌아갔다. 린샹푸가 그들의 정신없이 빠른 말을 들어보니 보름째 이어지는 폭설에 관해 이야기하고 있었다.

대청에 앉은 사람들은 시진에서 나름대로 지위가 있는 인물들이었다. 그들은 살아 있는 소와 돼지, 양으로 하늘에 제사를 지내야 한다고 말했다. 천제를 올리면 폭설이 멈출 거라고 진심으로 믿는 듯했다. 그러면서 이 추위에 어느 집 짐승이 얼어 죽지 않고 살아 있는지 모르겠다고 탄식했다.

린샹푸는 그 남자들이 말할 때 하나같이 화로 쪽으로 몸을 숙이는 걸 보았다. 깡마른 구이민만 의자에 똑바로 앉아 두 손을 화로로 뻗는 대신 의자 팔걸이에 올려놓은 채 입김을 내뿜으며 계속 귀를 기울이고 있었다.

그때 유모가 나와 배부르게 먹고 잠든 딸을 린샹푸에게 안겨주었다. 유모가 다시 나간 뒤에도 엽전이 손에 남아 있어서 그는 고민스러웠다. 상황을 눈치챈 구이민이 그에게 살며시 고개를 끄덕였다. 린샹푸는 엽전을 주머니에 넣어야 한다는 걸 알았다.

구이민이 입을 열었다. 그 엄숙한 표정의 남자는 확신에 가득 찬 어투로 말했다. "제사에 쓸 장작과 제물은 이미 준비해놓았고 성황각城隍閣[6] 도사한테도 말해두어서 천제는 내일이라도 가능합니다. 문제는 얼마나 오래 지낼 수 있는가이지요. 이번 제사는 평소 해와 달, 조상, 토지에 지내는 제사와 다르고 하루 만에 효과를 볼 수 있는 제사도 아닙니다. 시일이 길수록 사람 마음을 잘 알 수 있다는 말이 있지요. 하늘도 똑같습니다."

이후 사흘 동안 린샹푸는 굶주린 딸을 안고 하얀 눈만 있을 뿐 사람은 없는 거리를 돌아다녔는데, 성황각 앞의 공터에서만은 시진의 생기를 볼 수 있었다.

첫째 날, 긴 탁자를 둘러싼 사람들 수십 명이 눈 속에서 벌벌 떨

---

6 마을의 수호신인 성황신을 모신 사당.

며 양 한 마리를 탁자에 올려놓았다. 린샹푸는 양의 눈을 보았다. 도살되기 전 맑고 깨끗했던 눈은 날카로운 칼이 몸을 찌르자 흐려졌다. 이어서 그들은 수퇘지를 탁자에 올려놓았다. 그런데 탁자에 얼음이 얇게 깔려, 이쪽에서 올린 수퇘지가 저쪽까지 미끄러져 내려가 떨어졌다. 그런 과정이 몇 번이나 되풀이되자 발버둥 치는 수퇘지의 비명이 쓴웃음처럼 낮아졌다. 부산한 사람들 사이에서도 웃음소리가 터져 나왔다. 시진이 눈에 뒤덮인 이후로, 린샹푸는 그때 처음 웃음소리를 들었다. 건장한 남자 여덟이 수퇘지의 네 다리를 꽉 누른 뒤에야 칼이 들어가고 피가 솟구쳐 사람들과 눈 덮인 대지를 적셨다. 마지막으로 그들은 소를 탁자 위에 올렸다. 너무 오래 기다린 탓에 이미 얼어버린 소는 눈을 반쯤 감은 채 금방이라도 잠들 듯 온순한 눈빛을 하고 있었다. 칼이 가슴을 찔렀을 때야 소는 깜짝 놀란 듯 경련을 일으키며 길고 무거운 탄식을 내뱉었다.

둘째 날 성황각을 지날 때 린샹푸는 안에서 무릎을 꿇고 절하는 사람들을 보았다. 신전에 커다란 단상을 설치하고 제물을 태우면서 냄새가 사방으로 퍼졌다. 성황각 도사들이 신전 좌우에서 피리와 퉁소, 태평소, 목어를 들고 서 있었다. 목어의 박자에 맞춰 피리 소리와 퉁소 소리, 태평소 소리가 우아하게 기둥 사이에서 맴돌다가 눈송이 사이로 날아갔다. 안에서 무릎을 꿇은 사람들은 손과 가슴을 바닥에 대고 머리를 조아렸다. 그들의 몸이 음악 소리 속에서 물결처럼 가지런하게 오르락내리락했다.

셋째 날은 제사에 참여하는 사람들이 많아져 성황각 바깥의 공터에도 남녀 100여 명이 꿇어앉았다. 그들도 안에서 들리는 우아한 음악에 맞춰 꿇어앉은 채로 끊임없이 상반신을 세웠다가 엎드리기를 반복했다. 제사 전에 눈을 깨끗이 쓸었지만 사흘도 안 돼도로 쌓였다. 꿇어앉은 그들의 종아리 위까지 눈이 소복이 쌓여린샹푸는 그들의 종아리를 볼 수 없었다. 눈이 그들 종아리를 지워버린 듯했다. 그들의 입김이 한데 모여 연기처럼 피어오르더니회백색 하늘에서 밥 짓는 연기처럼 흩어졌다.

20

그날 린샹푸는 천융량을 만났다. 태어난 지 석 달 된 천융량의 둘째 아들 울음소리가 린샹푸를 천융량의 집으로 이끌었다. 방이 두 칸인 그 집에서 린샹푸는 따뜻한 기운을 느낄 수 있었다. 구레나룻이 가득한 천융량은 두 살 된 큰아들을 안고 그의 아내 리메이롄李美蓮은 석 달 된 작은아들에게 젖을 먹이며 온 가족이 화로 옆에 둘러앉아 있었다.

린샹푸가 들어가자 천융량은 화로 옆에 앉으라며 걸상을 내주었다. 시진의 무표정한 다른 여성들과 달리 리메이롄은 아이를 가슴에 안을 때 어머니의 표정을 지었다. 그녀는 아이가 예쁘다고 칭찬하고 아이가 입은 붉은 비단옷과 모자에 감탄하며 바느질 솜씨가 뛰어나다고 칭찬했다. 또 아이의 모자를 벗긴 뒤 머리카락 냄새를 계속 맡아보았다. 그때 천융량은 두 아들을 안은 채 미소를 지으며 아내를 바라보고 있었다. 오랫동안 가족의 따스한 기운을 느껴보지 못했던 린샹푸는 그런 모습을 보자 뜬금없게도 혹시 자신한테 변고가 생기면 딸이 이 집에 있을 수 있지 않을까 하는 생각이 들었다.

시진 발음에 어느 정도 적응했기 때문에 린샹푸는 어투에서 그들 역시 외지 사람임을 알 수 있었다. 천융량은 고향이 북쪽으로 500리 떨어진 곳에 있으며 지속된 가뭄을 견디지 못해 남쪽으로 내려와 날품팔이 생활을 했다고 말했다. 짐꾼과 수레꾼, 사공까지 닥치는 대로 해봤는데 사공 일을 할 때는 완무당의 강줄기를 오가는 사공들처럼 발로 노를 젓지 못하고 손으로 저었다고 했다. 그러다 2년 전 구이민을 만난 뒤에야 떠돌이 생활을 끝내고 시진에 정착했다고 말했다. 그렇게 천융량은 갓 태어난 큰아들을 데리고 한 치 앞도 알 수 없는 불안한 노숙 생활을 얼마나 힘겹게 이어갔는지 차분한 어투로 이야기했다.

천융량 가족은 선뎬에서 구이민을 만났다. 그때 선뎬에서 시진으로 비단을 가져오기 위해 구이민이 고용한 짐꾼 넷 가운데 한 명이 바로 천융량이었다. 천융량이 비단을 짊어지고 다른 품팔이꾼 셋과 시진으로 올 때 아내와 아들이 그의 뒤를 따랐다. 리메이롄도 천융량처럼 멜대에 짐을 졌는데 멜대 한쪽에는 옷과 이불이 들어 있었고, 다른 쪽에는 아들이 타고 있었다. 원래는 천융량이 지던 멜대를 리메이롄이 대신 짊어진 거였다. 구이민은 가마를 타고 가면서 천융량과 이야기를 나누다가, 그들 처지와 천융량의 아내가 따라온 이유가 잘 곳이 없어서임을 알게 되었다. 구이민은 멜대를 멘 리메이롄이 힘들게 뒤따라오는 것을 바라보았다. 체구가 작은 여인이 남자들의 빠른 걸음을 쫓아오느라 내내 종종거리며 뛰고 있었다. 도중에 아이가 울자 그녀는 아들을 안고 이불을 빈 바구니에 담아 멜대의 균형을 맞췄다. 그런 다음 가슴 앞섶을 풀고 오른손으로 아들을 받치며 젖을 먹이는 한편 왼손으로 멜대를 잡고 종종걸음을 놓았다. 헐떡이는 숨소리가 풀무 소리 같고 머리카락이 땀에 흠뻑 젖은 데다 뛸 때마다 땀이 바람에 날렸지만, 그녀는 시종일관 미소를 짓고 있었다. 시진에 도착한 뒤 구이민은 다른 품팔이꾼 셋은 품삯을 주어 돌려보내고 천융량 가족은 거둬주었다.

린샹푸는 천융량의 이야기에서 구이민이란 사람이 나흘 전에 만났던 그 깡마른 남자임을 알았다. 그 저택과 높고 긴 담장을 떠올리며 대체 저택이 얼마나 크냐고 물었다. 천융량은 고개를 저으며 자주 그 집에 가지만 주로 대청에 머물고 가끔 서재에 갈 뿐이라, 더 안쪽에 어떤 세상이 있는지는 전혀 모른다고 대답했다. 그런 다음 조용히 린샹푸를 바라보았다. 린샹푸는 그가 자기 사연을 기다리는 걸 눈치채고 담담하게 말했다.

"저도 북쪽에서 왔습니다."

그러고 나서 린샹푸는 천융량 얼굴에 떠오른 궁금증을 발견하고 예전에 목공을 배웠다고도 덧붙였다. 천융량이 어떤 목공을 배웠느냐고 물어 린샹푸가 대답했다.

"경목입니다."

천융량의 눈에 부러움이 떠올랐다. 그도 목공을 배웠지만 수준 낮은 톱장이와 멜대 목수 일만 배웠다고 했다.

린샹푸가 고개를 저으며 대꾸했다. "목공에는 분야만 있을 뿐 귀천은 없습니다. 솜씨 좋은 톱장이는 매끈하게 톱질해 목재를 뭉그러뜨리지 않고 정성을 다하는 멜대 목수는 인부의 어깨를 힘들지 않게 하지요."

리메이롄은 젖을 다 먹인 뒤에도 아기를 곧장 돌려주지 않고 두 남자가 이야기하는 동안 자기 무릎 위에 세워보았다. 그녀는 아기 다리에서 힘을 느끼고 기쁨의 탄성을 지르며 곧 걷겠다고 말했다. 진심으로 기뻐하는 리메이롄의 마음이 전해져 린샹푸는 그 자리에 앉아 있는 게 전혀 어색하지 않았다.

떠돌이 생활을 해본 천융량은 눈앞의 남자에게 호감이 생겼다. 겉모습이 처량하고 어투가 겸손해도 세상 물정을 아는 사람이라는 게 보였다. 또 자신이 말할 때 눈을 반짝이는 게 몸속에 생기가 가득하다는 것도 알 수 있었다.

린샹푸는 예전과 달리 아이를 먹이자마자 몸을 일으키지 않았다. 천융량의 진솔함과 리메이롄의 친절함에 그는 오랫동안 앉아 있었다. 시진이 얼어붙은 뒤 처음 느껴보는 감정이었다. 그동안 여러 집을 다녀봤는데 침울한 분위기가 가득해, 얼어붙은 눈이 집 안까지 침투했다고 생각하곤 했다. 그런데 천융량의 집은 차가운 눈이 문밖에서 가로막힌 듯했다.

붉게 타오르는 숯불과 어떤 상황에서든 잘 적응하는 남자, 안분지족을 아는 여자 그리고 세상에 온 지 얼마 안 된 두 사내아이가 있었다. 린샹푸는 걸상에서 일어나고 싶지 않았다. 오랫동안 쓸쓸하게 지냈기 때문에 온기를 더욱 절절히 느꼈다. 리메이렌이 김이 모락모락 나는 죽을 건넸을 때 그릇을 잡은 그의 손이 미세하게 떨렸다. 그는 엄동설한에 죽이 어떤 의미인지 알고 있었다. 그들은 자신의 목숨 일부를 그에게 나눠준 거였다. 린샹푸는 그들의 큰아들을 무릎에 앉힌 뒤 입으로 죽을 불어 조심스럽게 아이에게 먹이고 자신은 한 모금도 먹지 않았다. 천융량과 리메이렌은 말없이 그를 바라보고 말없이 자기 몫의 죽을 천천히 먹었다. 하얀 죽이 천융량의 수염에 묻었다. 린샹푸는 천융량의 큰아들을 다 먹인 뒤 일어나 작별을 고하며 엽전 한 닢이 아니라 두 닢을 조용히 걸상에 올려놓았다. 그는 갑자기 부끄러워져 예전처럼 오른손을 뻗어 엽전을 건넬 수가 없었다.

리메이렌이 물었다. "아이한테 이름이 있나요?"

린샹푸가 고개를 끄덕였다. "네. 100여 집의 젖을 먹어서 린바이자林百家입니다."

그 말에 천융량과 리메이렌은 감동했다. 그들은 린샹푸를 붙잡으며 여기서 지내라고, 눈이 두 척 높이로 쌓였는데 아이가 추위에 병이라도 나면 어떡하냐고 했다. 린샹푸는 고개를 저었다. 문을 열어 집 밖의 차갑고 막막한 흰빛을 보았을 때 조금 망설여졌지만, 그들이 방금 알게 된 사람들임을 떠올리며 기어코 발을 눈 속으로 내밀었다. 천융량은 문을 닫을 때 눈이 린샹푸의 무릎까지 쌓인 걸 보았다. 딸을 안고 걸어가는 린샹푸의 모습이 무릎으로 걸어가는 것 같았다.

린샹푸가 힘겹게 걸음을 옮길 때 나무에서 얼어붙은 새가 갑자기 떨어져 눈에 소리 없이 작은 구멍을 만들었다. 양쪽의 나무들도 폭설과 한파를 견디기 힘든지 쩍쩍 갈라지는 소리를 끊임없이 냈다. 그 소리는 불길 속에서 나무가 갈라지는 소리와 거의 비슷했지만 훨씬 길고 날카로웠다.

천융량과 리메이롄이 만류한 것은 운명의 암시와도 같았다. 그날 린샹푸는 자기 숙소로 돌아가지 못하고, 나무가 얼어서 갈라지는 소리와 새가 떨어지는 진동 속에서 한 걸음 한 걸음 다시 그들 집으로 돌아갔다.

그때 딸이 울음을 그치지 않았다. 그가 대문을 두드리고 아무 말도 하지 않았는데 천융량은 그를 안으로 맞아들였다. 리메이롄은 아이를 받아 옷을 풀고 젖을 먹였다. 천융량과 리메이롄은 린샹푸가 돌아온 게 당연하다는 듯 한마디도 하지 않았다.

땅거미가 내릴 때까지도 린샹푸의 딸은 울음을 그치지 않았고 젖을 먹자마자 전부 토했다. 리메이롄이 아이 이마를 짚어본 뒤 너무 뜨겁다고 소리쳤다. 리메이롄의 말에 린샹푸는 당황하며 어쩔 줄 몰라 했다. 천융량이 항아리에서 차가운 물을 한 바가지 떠다 천에 적신 뒤 아이 이마에 올려놓았다.

그날 밤 천융량과 리메이렌은 하나뿐인 침대를 린샹푸와 딸에게 내주었다. 천융량은 자기 고향의 풍습이라며 손님이 오면 침대를 내주고 자신들은 바닥에서 잔다고 했다.

린샹푸는 말없이 고개만 저었다. 그는 딸을 안은 채 화로 앞에 앉아 활시위처럼 팽팽한 눈빛으로 붉게 타오르는 숯불을 바라보았다. 딸의 뜨거운 체온이 포대기를 넘어 그의 손바닥으로 전해졌다. 불길한 징조가 엄습해오는 듯했다. 그는 슬픔에 젖어 딸이 떠나면 자신도 얼마 살지 못할 거라고 생각했다.

그사이 아이가 몇 차례 가냘프게 울었는데 그때마다 안방에서 자던 리메이렌이 곧장 옷을 걸치고 나와서 젖을 먹였다. 하지만 그때마다 아이는 다 토해냈다. 린샹푸는 리메이렌의 더러워진 가슴 앞섶을 보고 불안에 휩싸였다. 리메이렌은 어느 아이나 아프고 화를 겪기 마련이며, 한 번 아플 때마다 고비를 한 차례 넘기는 것이고 화를 한 번 겪을 때마다 산을 하나 넘는 것과 다르지 않다고 위로했다.

밤이 깊어지자 딸이 잠든 듯했다. 린샹푸는 딸을 안은 채 날이 밝을 때까지 앉아 있었다. 그때 계속 아무 소리도 없던 딸이 갑자기 울음을, 이번에는 아주 우렁차게 터뜨렸다. 그 소리에 안방에서 자던 리메이렌과 천융량이 옷을 걸치고 나왔다. 리메이렌은 아이 울음소리를 들으니 열이 내린 듯하다고 했다. 그러고는 아이를 안아 손으로 짚어보더니 정말로 내렸다고 말했다. 젖을 물리자 배가 고팠는지 아이가 쪽쪽 소리를 내며 빨았다. 린샹푸는 자기도 모르게 눈물을 흘렸다.

리메이렌은 창문이 환하고 빛이 문틈으로 가지런하게, 톱질하듯 파고드는 것을 발견하고는 깜짝 놀라 소리를 지르며 천융량에게 저거 햇살이 아니냐고 물었다. 그제야 그들은 밖이 시끌시끌한 것을 알았다. 천융량이 문을 열자 환한 빛이 파도처럼 밀려들었다.

21

겨울이 지나고 봄이 찾아왔다. 린샹푸는 겨울과 함께 떠나지 않고 시진에 남았다. 얼어 터진 나무 틈새에서 파란 싹이 돋아날 때 시진에 뿌리를 내렸다.

회오리바람과 폭설로 인한 피해는 시진의 문과 창문에서 고스란히 드러났다. 린샹푸는 목공 솜씨를 발휘해 천융량 집의 찌그러지고 망가진 문과 창문을 새것처럼 고치고 이웃집의 부서진 창호도 손봐주었다. 린샹푸 솜씨가 뛰어나다는 소문이 바람처럼 퍼지면서 거리의 다른 집들도 줄줄이 수리를 청해왔다. 린샹푸 혼자서는 감당하기 힘들 정도로 바빠지자 천융량이 가세했다. 그는 뛰어난 톱장이답게 자 없이 손바닥만으로 치수를 재 린샹푸가 요구한 크기로 부품을 잘라냈다. 게다가 톱질도 똑바르고 매끈했다. 또 천융량은 과거 짐꾼으로서의 능력까지 창호 수리에 활용했다. 두 사람이 손을 잡은 뒤부터 일이 빠르고 순조롭게 진행되어 하루에 한 집씩 수리할 수 있었다. 다만 이웃들이 수리비가 얼마인지 물었을 때 두 사람은 똑같이 무안해하며 얼마를 달라고 선뜻 대답하지 못했다. 그러자 리메이렌이 방법을 생각해냈다. 대바구니를 문 앞 처마에 걸어놓고 알아서 돈을 내도록 하자는 거였다. 얼마든 원하는 만큼 넣고, 돈이 없으면 듣기 좋은 말로 대신해도 된다고 했다. 이웃 주민들은 모두 대바구니에 돈을 넣었고 좋은 말도 많이 남겼다.

시진의 문과 창문이 전부 망가졌을 게 분명해 린샹푸는 일을 계속하면 어떻겠느냐고 천융량에게 물었다. 천융량은 시산 금광에 더는 사금이 없고 폭설이 내리기 전 회오리바람이 불었을 때 기계도 망가졌다고 말한 뒤, 금광에 다른 일꾼 없이 자기 한 사람만 남았는데 그건 갈 곳이 없는 자신의 처지를 고려해 구이민이 내보내지 않았기 때문이라면서 이제 그만둘 수 있겠다고 대답했다.

두 사람은 거리를 돌기 시작했다. 톱장이 겸 멜대 목수였던 천융량은 기술을 좀 더 키워 수레를 하나 만들었다. 다만 무척 튼튼하긴 해도 굴러갈 때 소리가 크게 났다. 그러다 목재를 잔뜩 실은 수레 소리가 일종의 호객 소리처럼 굳어져, 삐걱삐걱 나무다리가 무너지는 듯한 소리가 나면 사람들은 그들이 창호를 수리하러 오고 있음을 알게 되었다.

그들은 숯이라도 담았던 양 꾀죄죄한 쌀 포대를 가지고 다니며 돈을 받을 때마다 거기에 던져 넣었다. 그리고 저녁에 집으로 돌아오면 쌀 포대 속 엽전부터 대바구니에 쏟았다. 리메이렌이 대바구니를 집 앞 복숭아나무 아래로 옮겨놓았기 때문에 엽전이 쌓일 때 신선한 꽃잎도 떨어져 들어가곤 했다. 복사꽃과 엽전이 한데 섞이는 걸 보고 리메이롄은 돈에 기쁨이 깃든다고 말했다.

수레를 끌고 거리 곳곳을 다니며 창호를 수리하는 동안 사실 린샹푸는 샤오메이도 찾고 있었다. 그간 아창이라는 남자 다섯 명과 샤오메이라는 여자 일곱 명을 만났는데 전부 그가 찾는 샤오메이와 아창이 아니었다. 그는 아무도 없는 빈집만 빼고 시진의 집을 거의 다 돌았지만, 샤오메이의 흔적을 찾을 수 없었다. 빈집은 문과 창문이 꽉 닫혀 있었다.

천융량이 창호를 수리하느라 정신없을 때 린샹푸는 시진 사람들에게 집들이 왜 비어 있느냐고 물어보았다. 사람들은 집주인이 나가서 돌아오지 않았거나 이미 죽어서라고 대답했다. 린샹푸는 집주인이 돌아오지 않은 빈집이 계속 마음에 걸렸다. 어느 빈집에 샤오메이의 흔적이 남아 있을 것만 같아 들어가보고 싶었다. 그래서 시진의 문과 창문을 거의 다 수리했을 때 린샹푸가 말했다.

"빈집도 창호가 다 망가졌는데 집주인은 없어도 우리가 대신 수리해주면 어떨까요?"

천융량이 고개를 끄덕였다. 린샹푸의 속마음을 모르는 그는 그저 좋은 일을 하려는 줄로만 알았다. 삐걱거리는 수레를 끌며 첫 번째 빈집으로 갔을 때 그들은 대문에 걸린 자물쇠를 보았다. 천융량이 망설이며 말했다.

"창호를 수리해주는 건 좋은 일이지만 자물쇠를 부수는 건 적절치 않은 것 같네요."

린샹푸도 망설였다. 아무리 안에 들어가보고 싶어도 남의 집 자물쇠를 부수는 것은 옳지 않아서 고개를 끄덕이며 대답했다.

"다음 집으로 가보죠."

그들은 다시 빈집 몇 군데를 들렀는데 모두 자물쇠가 걸려 있었다. 천융량이 말없이 린샹푸를 바라보자 린샹푸가 말했다.

"더 가보죠."

두 사람은 수레를 끌며 시진의 빈집을 다 둘러보았다. 천융량이 보니 린샹푸는 더 이상 자물쇠가 걸렸는지에는 관심이 없고 빈집의 위치를 기억하려는 듯 전후좌우를 살펴보고 있었다. 그래서 나중에 집주인이 돌아오면 창호를 고쳐주려나 보다, 하고 생각했다.

22

린샹푸와 천융량의 목공 솜씨가 뛰어나다는 소문이 시진 곳곳
으로 퍼지더니, 하루는 어떤 사람이 낡은 가구를 가지고 찾아와
린샹푸가 어떻게 새것처럼 고치는지 지켜보았다. 그러고 나자 소
문이 일파만파로 번져 낡은 가구들이 천융량 집 앞에 쌓이기 시작
했다. 많은 날은 옷장과 탁자, 의자, 대야 같은 물건이 피난이라도
가는 것처럼 줄지어 늘어섰다. 그렇게 많은 가구가 한데 모이다
보니 시진 구석구석의 바퀴벌레까지 딸려 왔다. 바퀴벌레는 낡은
가구 속에서 당당하게 기어 나와 길가 양쪽의 집들로 숨어들었다.

천융량 집에서도 시도 때도 없이 바퀴벌레가 나왔다. 놈들은 벽
을 기어오르고 천장에서 떨어지고 이불에서 기어 나왔다. 옷장을
열면 안쪽을 거의 점령하고 있고 음식을 만들 때는 부뚜막을 멋대
로 돌아다니며 한밤중에는 그들 얼굴 위로 기어 다녔다. 리메이렌
은 항상 놈들이 있을 가능성을 염두에 두고 집 안을 살금살금 다
니며 사방을 둘러보다가 수시로 손을 휘두르고 발을 굴러 바퀴벌
레를 잡았다. 또 한밤중에 살며시 일어나 바퀴벌레가 모여 있는

좁은 주방을 습격하기도 했다.

그런 다음 새 가구를 주문하는 사람이 생겼다. 린샹푸는 천융량에게 목공소를 열면 장사가 훨씬 잘될 것이라고 말했다. 천융량도 고개를 끄덕이며 목공 사업을 제대로 할 때가 되었다고 동의했다. 새 가구를 만들겠다는 두 남자의 말을 듣고 리메이롄은 새 가구에는 바퀴벌레가 없을 거라며 무척 좋아했다.

그 의논을 할 때 리메이롄은 문 앞에 앉아 빨래를 하고 두 남자는 안에 앉아 있었다. 천융량의 두 아들은 그의 양쪽 다리 위에 앉았고 린샹푸는 두 손으로 딸을 안고 있었다. 린샹푸는 거리 동쪽 공터에 이층집 두 채를 지을 수 있을 듯하다고 말을 꺼냈다. 아래층은 작업실, 위층은 살림집으로 쓰고 양쪽 끝에 담장을 둘러 마당을 만들면 좋을 것 같은데 그 공터를 사용할 수 있을지 모르겠다고 말했다. 그러자 천융량이 시진의 공터는 전부 구이민 소유이니 어렵지 않을 것이며, 구이민은 적당한 가격을 부를 거라고 대답했다. 또 집을, 그것도 두 채나 짓는 건 하루 이틀이 아니라 1년 반은 걸릴 공사라 소음 때문에 주변 집에 민폐를 끼치겠지만, 그 것 역시 큰일은 아니라고 했다. 지금까지 거리 주민들 창호를 새 것처럼 고쳐준 것도 있고, 아직 칠을 한 건 아니니 칠장이를 불러 창호를 새로 칠해주면 집 짓는 소음을 참아줄 거라고 했다. 그러면서 문제는 집을 지을 자금이라며, 그동안 돈을 좀 벌긴 했어도 집을 짓기에는 턱없이 부족하다고 아쉬워했다.

린샹푸가 진지한 얼굴로 딸의 옷을 풀고 안에서 주머니를 꺼냈다. 그런 다음 땅을 저당 잡힌 뒤 받은 은표와 금괴를 바꾼 은표 열두 장을 꺼내 건넸다. 천융량이 깜짝 놀란 얼굴로 거액의 은표 뭉치를 바라보았다. 그는 고향을 등진 이 남자한테 이렇게 엄청난 재력이 있을 줄은 상상도 못 했다. 그가 은표를 도로 건네주자 린샹푸는 조심스럽게 딸의 옷 속에 넣었다. 천융량이 왜 은표를 딸의 옷 속에 넣느냐고 물었더니 린샹푸는 은표를 잃어버리면 자신과 딸은 살 수 없다고 답했다. 딸을 잃어버리면 은표도 잃어버리는 것 아니냐고 천융량이 또 묻자 린샹푸가 답했다.

"딸을 잃어버리면 은표를 또 어디다 쓰겠습니까?"

거리 이웃들의 창호를 새로 칠해준 뒤 린샹푸와 천융량은 공사를 시작했다. 그들은 미장이와 칠장이를 연달아 고용하고 기둥과 들보, 창호 등은 직접 만들었다. 해가 뜰 때 공터로 나가 해가 질 때까지 일했다. 반년 뒤 푸른 벽돌과 회색 기와로 된 이층집 두 채가 나란히 세워졌다. 두 집의 위층에 두 가족이 각기 살면서, 한 채의 아래층은 목공소로 썼다. 다른 한 채의 아래층에는 리메이렌의 주방과 다용도실 두 개, 창고용 큰 방이 있었다.

천융량은 풍수가에게 청해 목공소 개업과 두 가족 이사에 두루 좋은 길일을 받았다.

그날 이웃 스무 명가량이 찾아왔다. 어투가 무척 빠른 그들 남녀는 웃으며 집으로 들어와 회오리바람처럼 순식간에 천융량 집을 깨끗이 비웠다. 그들은 모두 물건을 하나씩 들었고 세 아이까지 안아 들었다. 나중에 온 몇 명은 옮길 물건이 없는 걸 확인하고는 얼른 뒤따라가 손을 보탰다. 그들이 기세등등하게 걸어가고 그보다 더 많은 아이들이 그들 뒤를 따랐다. 그렇게 길 동쪽의 새로 지은 이층집까지 나아갔다. 맨 끝에서 따라가던 리메이롄은 눈가가 촉촉해졌다. 그동안 부평초처럼 떠돌아다녔던 이 여인은 마침내 삶의 터전이 생겼다고 생각하며 앞에서 걸어가는 천융량에게 말했다.

"이렇게 많은 사람이 도와주러 오다니, 제대로 살았나 보네요."

구이민도 찾아왔다. 그는 폭죽을 몇 꿰미 가져와 하인 둘에게 마당 대문 앞에서 터뜨리라고 했다. 펑펑 울리는 소리 속에서 구이민은 새로 지은 집을 살펴본 뒤 도와주러 온 많은 사람을 둘러보고는 린샹푸와 천융량에게 말했다.

"여기에 뿌리를 내렸군요."

구이민은 린샹푸의 딸이 탁자 밑에서 깔깔거리며 웃는 걸 보았다. 탁자 다리를 아버지 허벅지처럼 끌어안고 있었다. 구이민이 아이 이름이 뭐냐고 묻자 린샹푸가 대답했다.

"100여 집의 젖을 먹고 자라서 린바이자입니다."

구이민이 고개를 끄덕였다. "아주 좋고 길한 이름이군요."

옆에 서 있던 리메이롄은 그 말에 마음이 짠해졌다. 사람들이 돌아간 뒤 그녀는 린샹푸에게 적당한 여자를 찾으라고 조용히 말했다.

"본인이 아니라 아이를 위해 엄마를 찾아야지요."

린샹푸가 웃고는 됐다는 듯 손을 내저었다. "제수씨가 아이 엄마예요."

23

린샹푸는 톈다에게 편지를 썼다. 집을 떠나온 지난 2년여 동안 겪은 일을 간략하게 적은 뒤 이곳에서 샤오메이를 기다리느라 한동안 돌아가지 않을 작정이며, 원청이 사실은 시진인 것 같다고 말한 다음 부모님과 조상님 묘를 자주 살펴봐달라고 당부했다.

저녁에 새 목재와 칠 냄새를 맡으며 침대에 누웠을 때 린샹푸는 낮에 리메이롄이 했던 말을 떠올렸다. 그러자 샤오메이의 모습이 생생하게 그려졌다. 샤오메이 몸의 세세한 부분을 되짚다 보니 머릿속에서 손이 자라나 샤오메이의 온몸을 샅샅이 더듬는 듯했다. 그 뜨거운 밤 구들 위에서 두 사람 몸이 합쳐질 때, 강하게 다가가는 그의 몸을 샤오메이의 몸은 부드럽게 맞아주었다.

린샹푸는 자신한테 오랫동안 충동이 없었다는 게 떠올라 언제부터였는지 곰곰이 따져보았다. 시진의 추위 속에서였는지, 심신이 초췌해진 긴 여정 때부터였는지 생각해봤지만 기억나지 않았다. 그저 언제부터인지 아침에 눈을 떴을 때 그곳이 더는 말뚝처럼 단단하게 서지 않고 물에 젖은 수건처럼 축 늘어져 있던 것만 기억났다.

 왠지 익숙했던 그 뒷모습이 떠올랐다. 회오리바람이 지나간 뒤 거리에서 나타났다가 좁고 긴 골목으로 사라졌던 그 뒷모습이 어두운 집 안에 다시 나타났다. 린샹푸는 잠시 망설이다가 조용히 몸을 일으켜 새집에서 나왔다. 달빛을 맞으며 시진의 부두까지 가자 그 좁고 긴 골목을 알아볼 수 있었다. 하지만 골목 안의 어느 집이었는지는 생각나지 않아 조심스럽게 걸음을 옮겼다. 그러다가 빗장이 걸리지 않은 어느 문을 지날 때 문틈 사이로 흘러나오는 생선 비린내를 맡았다. 그 냄새가 기억나 린샹푸는 조심스럽게 문을 밀고 들어갔다.

 탁자 앞에 앉은 젊은 여자가 그를 보고 웃으며 일어나서는 자신을 추이핑쭈이라고 소개한 뒤 화등잔을 들고 위층 방으로 안내했다. 그런 다음 문을 닫고 빗장을 건 뒤 화등잔을 침대 옆 탁자에 놓고 미소 띤 얼굴로 린샹푸를 보면서 옷을 벗기 시작했다.

 등불 덕분에 린샹푸는 그녀 얼굴을 똑똑히 볼 수 있었다. 지난번에는 샤오메이가 아니라는 것만 알아봤지, 입꼬리가 올라가고 눈이 아주 크다는 건 미처 보지 못했다.

 그녀는 자잘한 꽃무늬 치파오를 벗고 얌전히 개어 침대 옆 걸상에 올려두고는 줄무늬 속옷을 벗었다. 하나씩 벗을 때마다 가지런히 개서 걸상에 올려놓았다. 그녀가 허리를 숙여 속곳을 벗을 때 린샹푸는 위로 들린 그녀의 엉덩이에서 뼈가 툭 튀어나온 걸 보았다.

그제야 눈앞의 여자가 무척 말랐다는 걸 알았다. 그녀가 벌거벗고 침대에 누웠을 때는 아랫배가 평평하다 못해 살짝 꺼져 있었다.

린샹푸는 가만히 서 있었다. 자기 심장이 북처럼 쿵쿵 울리고 호흡도 가빠지는 것을 느꼈지만 그곳은 여전히 축 늘어진 물수건 같았다.

그때 그녀가 미소를 지으며 일어나 앉았다. "제가 벗겨드릴까요?"

린샹푸는 고개를 저은 뒤 자신이 벗겠다고 말했다. 그러고는 허둥지둥 옷을 벗고 불빛에 의지해 침대로 올라갔다. 침대에 올라가자 그녀 아랫도리의 성긴 음모가 어렴풋하게 보였다. 그 순간 린샹푸는 충동이 일었다. 그가 부들부들 떨면서 몸 위로 올라가자 그녀가 눈을 감았다. 살짝 돌출된 유방에 암홍색 유두가 있었다. 그가 살며시 손으로 젖꼭지를 건드렸더니 그녀의 숨소리가 점점 길어졌다.

하지만 젊은 여자의 황홀한 젖꼭지는 린샹푸의 충동을 지속시켜 주지 못했다. 그는 자기 욕망이 연기처럼 사라지는 걸 느꼈다. 그의 손이 유두를 떠나 그녀의 매끄러운 몸을 타고 아래로 그녀의 아랫도리까지 내려갔다. 그때 그녀의 손도 자신의 아랫도리를 만지는 게 느껴졌다. 잠시 뒤 그의 손이 그녀의 하체에서 어깨로 옮겨갔다. 그는 무척 미안한 어투로 안 되겠다고 말했다.

입꼬리가 올라간 여자가 눈을 뜨고 그의 이마를 어루만지며 땀을 흘린다고 말했다. 그런 다음 급한 것 없으니 천천히 하라고, 어떤 손님은 더 느리다고 위로했다.

린샹푸의 손이 다시 그녀의 아랫도리, 그 축축했다가 애매하게 변한 부위를 만졌다. 그는 말랑한 것도 들어갈 수 있느냐고 조용히 물었다.

그녀가 살며시 웃고는 모르겠으니 시험해보라고 했다.

그녀가 두 다리를 벌렸고 린샹푸는 최후의 희망을 품으며 한 번 또 한 번 시도해봤다. 그녀도 손을 뻗어 도왔지만 끝내 들어갈 수 없었다.

린샹푸는 땀을 뻘뻘 흘리고 있었다. 그의 자신감도 땀과 함께 흘러내리는 느낌이었다. 그는 그녀 몸에서 침대 밑으로 내려와 황급히 옷을 입었다. 그리고 어두운 의자에 앉아 부끄러움에 얼굴이 새빨개진 채, 여자가 옷을 하나씩 차근차근 입는 걸 지켜보았다. 린샹푸는 의자에서 일어나 은화 한 닢을 어둠 속에서 건넸다. 돈을 만져본 그녀가 깜짝 놀라며 잘못 줬다고, 이건 엽전이 아니라 은화라고 말했다.

린샹푸가 잘못 준 게 아니라고 하자 그녀가 무척 감사해하며 받았다. 그녀는 화등잔을 들고 린샹푸를 밖으로 안내했다. 삐걱거리는 계단에서 강렬한 비린내를 맡은 린샹푸는 남편이 생선 장수냐고 물었다. 그녀는 맞다면서 남편은 쑤저우에 갔다고 대답했다. 린샹푸는 생선만 팔아서는 먹고살기 힘들어서 사창 일까지 하는 거냐고 또 물었다. 그녀는 남편이 아편을 해서 그가 버는 돈으로는 그 본인도 책임지기 힘들다고 대답했다.

입꼬리가 올라간 여자와 헤어진 뒤 린샹푸는 썰렁한 거리를 걸었다. 한 번도 느껴본 적 없는 피로가 밀려들면서 두 다리가 돌덩이처럼 무거워졌다. 몸이 딱딱하게 굳어 금방이라도 쓰러질 것 같았다. 새집으로 돌아온 그는 옷도 벗지 않고 그대로 곯아떨어졌다.

린샹푸는 이튿날 오후까지 계속 잤다. 리메이롄은 점심밥을 탁자에 올려놓다가 린샹푸의 아침밥이 그대로 있는 것을 보고는 천융량에게 올라가 보라고 했다. 천융량은 갈 필요 없다고, 아래층까지 그의 코 고는 소리가 들린다고 대꾸하고는 많이 피곤한 것 같으니 그냥 자게 두자고 했다.

그 긴 잠은 오랜 시간 축적된 린샹푸의 피로를 말끔히 날려주었다. 눈을 뜬 그는 딸의 웃음소리를 듣고 아래층으로 내려갔다. 리메이롄이 린바이자의 머리를 땋고 있었다. 두 살이 된 린바이자는 리메이롄의 다리 위에 앉아 작고 둥근 거울로 자기 머리를 비춰보며 쉬지 않고 깔깔거렸다.

저녁 식사를 마친 뒤 린샹푸는 딸을 데리고 시진의 골목 일곱 개를 지나 시산까지 갔다가 다시 집으로 향했다. 두 살배기 린바이자는 아버지의 도움을 받으며 혼자 골목 하나를 다 걸었다. 나머지 골목 여섯 개는 처음에는 아버지 팔뚝에 앉아서, 나중에는 아버지 등에 엎드린 채, 제일 마지막에는 목말을 타고 지나갔다.

길을 가는 내내 린샹푸는 린바이자에게 쉬지 않고 중얼거렸다. 그는 새로 아내를 맞지 않을 거라 린바이자에게는 형제자매가 없을 것이고 앞으로 그가 하는 모든 일은 린바이자를 위한 일이라고 했다. 어린 린바이자는 아버지가 자신에게 말하고 있다는 것만 알아서 린샹푸가 한마디 할 때마다 "응." 하고 대답했다.

24

린샹푸와 천융량은 목공소 간판을 마당 앞에 내걸었다. 두 사람은 하룻밤을 꼬박 써가며 여러 가구의 치수와 가격을 결정했다. 그러고 나서 린샹푸는 그 내용을 해서체로 화선지에 적어 표구한 다음 목공소 입구 벽에 걸었다. 린샹푸는 이런 걸 정찰제라 한다면서 고객이 문지방을 넘자마자 가격을 일목요연하게 알 수 있고 말했다. 천융량은 그 해서체를 보며 린샹푸가 자기 고향의 훈장보다 글씨를 더 잘 쓴다고 감탄했다.

목공소가 날이 갈수록 번창하면서 두 사람은 눈코 뜰 새 없이 바쁘게 일해야 했다. 린샹푸는 천융량과 의논해 일꾼을 구하기로 한 뒤 모집 공고를 스무 장가량 적어 시진의 골목 곳곳에 붙였다.

나뭇가지를 짚고 남루한 옷을 입은 어떤 사람이 시진의 골목에서 그 모집 공고 글을 한참 동안 쳐다보다가, 지나가는 시진 사람에게 진한 북쪽 말투로, 자신은 글은 몰라도 글씨체는 알아볼 수 있는데 이 글을 쓴 사람이 린샹푸가 아니냐고 물었다.

맞다는 대답이 돌아오자, 등에 봇짐을 지고 가슴 앞에 짚신을 매단 그 사람은 이층집 앞으로 갔다. 하지만 마당 앞에서 선뜻 들어가지 못하고 머뭇거렸다. 그때 린샹푸와 천융량 가족은 저녁 식사 중이었다. 마침 부엌을 나오던 리메이롄이 나뭇가지를 짚고 깨진 그릇을 든 사람을 발견하고는 거지라고 생각해 밥을 한 그릇 퍼다가 그의 깨진 그릇에 담아주었다. 그는 감격스러운 눈빛으로 자기 밥그릇 속의 밥을 보았지만 돌아서지는 않고 계속 그 자리에 서 있었다. 리메이롄이 반찬을 가져와 밥그릇에 넣어준 뒤에도 그는 가만히 서 있었다. 그가 계속 안쪽을 바라보고 있자 리메이롄이 무엇을 원하느냐고 물었다.

그제야 그가 입을 열었다. "안에서 이야기하는 분이 저희 도련님 같아서요."

리메이롄이 웃으며 물었다. "누가 그댁 도련님인데요?"

"지금 말씀하시는 분이요."

리메이롄은 그 순간 말하는 사람이 린샹푸임을 알고 안으로 들어가 알려주었다. "밖에 누가 찾아온 것 같아요."

린샹푸가 일어나 나가서는 의아한 얼굴로 그 남루한 옷차림의 사람을 바라보았다. 그 사람은 린샹푸를 보자마자 나뭇가지에 기대 엉엉 울음을 터뜨렸다.

"도련님, 도련님이 떠나신 뒤 두 해 두 달 나흘이나 소식이 없어서 저희는 도련님이 돌아가신 줄 알았습니다."

린샹푸는 톈다라는 걸 알아보고 소리를 지르며 달려가 부축했다.

자세히 살펴보니 만나지 못한 2년 동안 마흔여 살의 톈다는 머리카락이 희끗희끗해지고 얼굴에 주름이 가득해졌다.

린샹푸가 물었다. "어떻게 왔나?"

톈다가 오열했다. "초봄에 편지를 받자마자 내려왔습니다."

톈다가 품에서 붉은 보자기를 꺼내 두 손을 벌벌 떨며 린샹푸에게 건넸다. "도련님, 집문서입니다. 이걸 가져왔습니다."

린샹푸는 붉은 보자기를 받아서 펼쳤다. 집문서에 적힌 할아버지 이름을 보자 만감이 교차했다. 톈다는 품에서 작은 주머니를 또 꺼내 건넸다. 린샹푸가 열어보니 작은 금괴 두 개가 들어 있었다. 그가 이해할 수 없다는 눈으로 바라보자 톈다가 말했다.

"2년 동안 수확한 결과입니다. 성안 전장에서 참조기로 바꿔 가져왔습니다."

린샹푸는 옷차림이 남루한 톈다를 보며 감동에 휩싸였다. 한참을 멍하니 서 있다가 그는 집문서와 주머니를 챙기고 톈다를 부축해 안으로 들어갔다. 문 앞에 이르렀을 때 톈다가 문지방에 앉더니 낡은 짚신을 벗고 가슴 앞에서 새 짚신을 내렸다. 그러고는 눈물을 닦은 뒤 웃으며, 집을 나설 때 짚신 다섯 켤레를 준비했는데 네 켤레가 닳고 마지막 한 켤레만 남았다고 말했다. 왠지 마지막 짚신은 함부로 신을 수가 없었다면서 이제 도련님을 만났으니 신어도 되겠다고 덧붙였다.

새 짚신을 신고 안으로 들어온 톈다는 밥을 먹고 있는 린바이자를 한눈에 알아보고는 또 눈물이 그렁그렁해져서 물었다.

"아가씨지요?"

톈다가 울면서 린바이자를 끌어안으려 하자 그의 덥수룩하고 꾀죄죄한 모습에 린바이자가 깜짝 놀라며 뒤로 물러났다. 톈다가 걸음을 멈추고 린샹푸에게 말했다.

"이렇게 크다니, 정말 아씨와 닮았습니다."

이튿날 린샹푸는 이발사를 불러 톈다의 머리카락과 수염을 깎아주고 재봉사를 불러 홑옷과 솜옷을 맞춰주었다. 그는 급히 돌아가려는 톈다를 붙들었다.

"기왕 왔으니 며칠 더 있다 가게."

사흘을 머문 뒤 톈다는 밖에서 짚을 한 단 가져와 문지방에 앉아서는 신발을 엮기 시작했다. 그 모습에 린샹푸는 그가 돌아가려 한다는 것을 알았다. 그래서 리메이롄에게 길에서 먹을 음식을 넉넉히 준비해달라고 부탁하고 자신은 나가서 톈다가 짚을 지팡이를 사왔다.

톈다가 짚신 다섯 켤레를 완성했을 때 린샹푸는 당부할 일이 몇 가지 있다며 자기 방으로 불렀다. 그러고는 은표 여섯 장을 주면서 돌아가 저당 잡힌 땅을 도로 찾으라고 한 뒤 집문서를 건넸다.

"나 대신 전답과 집을 건사하고 우리 집안 묘들도 살펴주게. 집은 일단 자네가 살고, 땅에서 수확한 작물도 자네 다섯 형제가 갖게나. 나중에 내가 돌아갔을 때 집과 땅을 돌려주면 되네."

텐다가 감히 손을 내밀지 못하자 린샹푸가 준엄하게 말했다. "받게."

그제야 텐다는 은표와 집문서를 받고 눈물을 닦으며 말했다. "도련님, 언제 돌아오십니까?"

린샹푸가 고개를 저었다. "지금은 모르겠네. 하지만 언젠가는 돌아가야지."

이튿날 아침 텐다는 가슴에 짚신 다섯 켤레를 걸고 길을 나섰다. 새 옷을 입고 푸른색 날염으로 된 새 봇짐 두 개를 메고 있었다. 봇짐 하나에는 옷이 들었고 다른 하나에는 리메이렌이 준비해준 음식이 들어 있었다. 문을 나설 때 텐다는 천융량과 리메이렌에게 허리 숙여 절하며 도련님을 잘 돌봐달라고, 세상에서 제일 좋은 분이라고 말했다. 그런 다음 리메이렌의 옷자락을 붙들고 있는 린바이자에게 몸을 구부린 채 다가가서는 조심스럽게 얼굴을 쓰다듬으며, 이렇게 컸군요, 아씨를 똑 닮았네요, 라고 말했다.

린샹푸는 시진 부두까지 텐다를 배웅했다. 거리를 걸어가는 내내 텐다가 그 반짝이는 지팡이를 가슴에 안고 있길래 왜 짚지 않느냐고 물었더니, 텐다는 헤헤 웃으며 너무 좋은 지팡이라 아까워서 그런다고 답했다. 대나무 지붕이 달린 배에 오르기 전 린샹푸는 텐다의 봇짐에 은화 다섯 닢을 넣어주며 노자로 쓰라고 말했다. 텐다는 아무 말 없이 허리를 굽히며 배에 올랐다. 배가 출발할 때 텐다는 울면서 기슭의 린샹푸에게 말했다.

"도련님, 빨리 돌아오셔야 합니다."

25

소리도 없이 눈 깜짝할 사이에 10년이 흘렀다. 10년 동안 린샹 푸는 줄기차게 샤오메이를 찾아다녔고 주인이 돌아오지 않은 시 진의 빈집에 늘 주의를 기울였다. 혼자만의 생각이었지만 그중에 샤오메이와 아창의 집이 있을 거라고 여기며 그들이 돌아오기를 기다렸다. 10년 동안 총 여덟 집이 시진으로 돌아왔다. 그중 다섯 집은 그가 먼저 찾아가 목공소의 린샹푸라고 밝힌 뒤 문과 창문을 손봐주었다. 그들이 가격을 물으면 손을 내저었다. 나중에 돌아온 세 집은 집주인이 찾아왔다. 시진으로 돌아왔을 때 이웃집에서 목 공소의 린샹푸가 무료로 창호를 수리해준다는 말을 들었기 때문 이었다. 그들은 목공소로 찾아와 활짝 웃는 얼굴로 누가 린샹푸냐 고 물었다.

린샹푸는 목공소 직원 장핀싼張品三을 데리고 창호를 고쳐주러 나 가 이런저런 이야기를 나누면서 그들의 과거에 관해 들었다. 그들 여덟 집 모두 샤오메이나 아창과 아무 관련이 없었다.

이제 린샹푸는 완무당의 1,000여 무에 이르는 땅을 소유하고 있었다. 처음에는 가져온 은표로 땅을 샀고, 그 이후에는 땅에서 거둔 수확과 목공소 수입으로 완무당 소유지를 계속 넓혀나갔다. 목공소도 점점 더 번창해 원래 장소로는 일을 감당할 수 없어서 린샹푸는 멀지 않은 공터에 새 목공소와 창고를 지었다.

이 북쪽 출신 농민은 땅에 대해 말로는 표현하기 힘든, 아이가 엄마 품에 매달리는 것과 비슷한 절절함을 가지고 있었다. 12년 전 회오리바람이 지나간 뒤 딸을 잃어버렸다가 되찾았을 때 그는 떠오르는 아침 햇살 속에서 처음 완무당, 물과 땅이 어우러진 그 넓은 전답을 보았다. 뿌리째 뽑힌 나무가 사방에 흩어져 있고 벼가 짓밟힌 잡초처럼 여기저기 쓰러져 있으며, 망가진 배의 판자 조각, 수북한 띠, 굵은 나무와 뼈대만 남은 지붕이 수면 위로 떠내려가고 있었음에도, 린샹푸는 그 엉망으로 망가진 풍경 속에서 원래의 풍요로운 완무당을 볼 수 있었다. 노부인의 얼굴에서 젊은 시절의 미모를 발견하는 것처럼 말이다.

청나라가 무너진 뒤 전란이 그치지 않고 토비土匪가 곳곳에서 기승을 부렸다. 완무당을 노리는 토비도 예전보다 늘어났는데 주로 납치를 일삼았다. 부유한 집안의 아가씨를 잡아다 고액의 몸값을 요구하는 거였다. 그러자 사람들이 딸이 토비에게 욕보일까 봐 결혼을 서두르면서 시진과 선뎬의 강줄기 및 거리에서는 혼사를 알리는 태평소 소리가 끊임없이 이어지고 공연단이 들락거리며 혼례 음악이 수시로 울렸다. 토비의 약탈이 늘자 완무당에서 살던 대부호들은 전답을 팔고 선뎬이나 시진으로 이사했다. 대부호가 떠나자 그다음 부자들이 토비의 목표가 되었다. 그러자 그들도 전답을 팔고 시진이나 선뎬으로 이사했다. 그럴 때도 린샹푸는 계속 완무당 땅을 사들였다. 그는 불안정한 시국에 신경 쓰지 않았고 토비 때문에 완무당 전답에서 낟알을 거둘 수 없는 것에도 신경 쓰지 않았다. 푸른 산이 있는 한 땔감을 걱정할 필요가 없는 것처럼 훗날의 기반을 마련하겠다는 생각이었다.

구이민은 여전히 까맣고 깡말랐지만 더는 옛날처럼 패기만만하지 않았다. 불안한 시국에 늘 노심초사하고 말을 채 끝맺지 못할 때가 많았다.

구이민이 린샹푸에게 말했다. "민국 대통령이 주마등처럼 계속 바뀌니 천하의 주인이 누군지 모르겠군요."

린샹푸도 피로가 드러나는 나이에 접어들었다. 우람한 신체의 이 북쪽 사람도 거리를 걷다가 기침을 내뱉곤 했다.

두 사람은 아이들 약혼식을 상의하고 있었다. 린바이자는 열두 살, 구이민의 큰아들 구퉁녠顧同年은 열다섯 살이었다. 구이민은 전란이 그치지 않고 토비가 기승을 부려 정혼하기 좋은 시기는 아니지만, 계속 연기할 수도 없고 어차피 매일을 살아가야 하니, 해야할 일은 하자고 말했다. 두 사람은 약혼식을 섣달 12일에 치르기로 했다.

26

구퉁녠은 선뎬의 기숙학교에 다닐 때 이미 혼세소마왕混世小魔王
이라는 별명을 가지고 있었다. 가령 학교 식당에서 파리가 나오면
주방에 벌금이 세게 내려지는 것을 알고, 구퉁녠은 파리를 잡아
반찬통에 넣어 주방장이 여러 차례 벌금을 내도록 만들었다. 쉰
살이 넘은 주방장은 누가 한 짓인지 도저히 밝혀낼 수 없자 어느
날 학생들 앞에서 무릎을 꿇고 애원했다.

"출혈이 너무 커서 더는 배상할 수 없습니다!"

이 혼세소마왕은 몇 년 동안 장대높이뛰기를 연마했다. 학교에
서 작은 강을 건너면 극장이 있었고, 극장 앞은 기녀들이 호객하
는 장소였다. 구퉁녠은 두꺼운 대나무 장대를 구해 와 날이 어두
워진 뒤 강을 넘어가서는 장대를 끌며 연극을 보러 갔다. 그러다
열두 살이 되었을 때 연극에 흥미를 잃었다. 대신 이 소년은 몸이
다 성장하지 않았음에도 장대를 끌며 극장 앞을 이리저리 오가면
서 누가 가르쳐주지 않았는데도 기녀와 시시덕거리고 흥정했다.
구퉁녠은 열두 살 때부터 부근 여관에 방을 잡고 기녀와 아침 해

가 뜰 때까지 동침했다.

구씨 가문의 유복한 도련님이었지만 그렇다고 씀씀이가 사치스러운 건 아니어서 그는 화대를 절반만 내려 했다. 자기 몸집이 성인 남자의 절반밖에 되지 않으니 화대도 절반만 내야 옳다는 이유에서였다. 처음에 극장 앞의 기녀들은 그 아직 입가에 수염도 안 난 망나니와 상대하려 하지 않았다. 그러자 구퉁녠은 장대를 끌고 극장 앞을 오가면서 욕설을 퍼붓기도 하고 이치를 논하기도 했다. 얼마나 목소리가 가늘고 맑은지 금세 구경꾼이 몰려들었다. 구퉁녠이 부끄러운 기색 하나 없이 만나는 사람마다 붙들고 자신의 억울함을 줄기차게 쏟아내자 기녀들이 오히려 창피해지고 말았다. 구퉁녠은 나이가 어려도 욕심이 많아서 기녀를 한꺼번에 두 명 불렀다. 기녀들은 화대가 절반밖에 되지 않지만 젖내 나는 망나니 하나를 두 사람이 상대하는 건 일도 아닐 거라고 생각하며 망나니 녀석과 장대를 따라 여관방으로 갔다. 하지만 침대에 오른 뒤 기녀들은 비명을 끊임없이 질러댔다. 생각지도 못하게 망나니 녀석 물건이 침대 앞에 놓인 장대처럼 단단한 데다 새로운 시도를 즐겨서 엎치락뒤치락 오르락내리락을 반복시키는 바람에 기녀들은 하룻밤 시중을 든 게 아니라 온종일 부두에서 물건을 나른 듯했다. 이후 극장 앞의 기녀들은 구퉁녠이 장대를 짚으며 강을 건너오는 것만 보면 이리저리 몸을 숨기면서 망나니 녀석이 아니라 혼세마왕이라고 말했다.

구퉁녠은 기세등등해져 기녀를 서너 명씩 부르기 시작했다. 그러던 어느 밤 그는 다섯 명을 한꺼번에 불러 발가벗고 침대에 가로누우라고 한 다음 한 사람씩 공략했다. 피곤해지자 다섯 명의 배 위에서 잠시 잠을 자고 일어나, 기녀들이 완전히 지쳐 떠날 때까지 계속 공략했다. 그런 다음에야 그는 만족스럽게 점심때까지 잤다. 그날 녹작지근해진 몸으로 장대를 끌며 여관을 나온 구퉁녠은 장대로 강을 건너려다가 손발이 덜덜 떨리는 바람에 강물에 빠지고 말았다. 강물에서 나온 뒤 몇 차례 재채기가 나고 열이 오르기 시작하더니 고열이 떨어지지 않아 구퉁녠은 시진의 집으로 돌아와 23일을 누워 있었다. 24일째 되던 날 가마를 타고 선녠의 학교로 돌아갔는데, 저녁이 되자 그는 또 장대를 짚고 강을 건넜다. 이후로는 기녀를 네다섯 명씩 부르지 않고 보통은 한 번에 두 명씩, 가끔은 세 명씩 불러들였다.

구이민이 다른 세 아들도 줄줄이 선녠의 기숙학교에 입학시키자, 구퉁녠은 세 동생 구퉁웨顧同月와 구퉁르顧同日, 구퉁천顧同辰도 장대높이뛰기 고수로 키웠다. 극장 앞 기녀들은 혼세소마왕이 하나가 아니라 넷이 한꺼번에 장대를 짚으며 강을 건너오는 것을 보았다. 그들 넷은 장대를 끌며 진짜 오입쟁이처럼 건들건들 걸어와 도둑처럼 음흉한 눈으로 훑어보다가 각자 한 사람씩 골라 여관으로 들어갔다. 하지만 방을 하나만 얻어 벌거벗은 기녀 넷을 침대에 눕힌 뒤 인체생리 수업을 하듯 그녀들의 유방과 얼굴, 허벅지와 엉덩이를 비교하며 떠들썩하게 품평했다. 그런 비교가 한 시간 쯤 걸려서 여자들은 침대에 누워 하품하곤 했다. 비교를 끝낸 뒤에는 나이순으로 침대에 올랐다. 제일 먼저 구퉁녠, 이어서 구퉁웨와 구퉁르, 마지막으로 구퉁천이 올랐다. 구퉁녠은 늘 네 번째까지 끝내고 내려왔는데 구퉁웨와 구퉁르는 첫 번째에서 끝났다. 기녀들은 구퉁천을 제일 무서워했다. 일곱 살밖에 되지 않은 사내애는 젖가슴을 유난히 좋아해 그녀들 몸 위로 기어 올라와 젖가슴을 꼬집고 문지르고 빨고 깨물다 못해 움켜쥐고 잡아당기기까지 했다. 기녀들이 내지르는 고통스러운 비명이 창문 밖으로 새어 나갈 정도였다.

27

린샹푸는 린바이자를 학교에 보내지 않았다. 당시 주변 100리에 여학생을 받는 학교가 없어서 집에서 직접 딸을 가르쳤다.

나란히 자리 잡은 이층집에서 린바이자와 천야오우陳耀武, 천야오원陳耀文은 함께 자랐다. 아이들이 얼마나 쿵쾅거리며 마룻바닥을 뛰어다니는지, 툭하면 먼지가 판자 틈새에서 리메이렌이 요리하는 솥으로 떨어지곤 했다. 그래서 위층의 아이들에게 뛰지 말라고 소리치면 세 아이는 아예 리메이렌의 소리가 나는 곳에 자리를 잡고 깡충깡충 뛰어 먼지를 더 많이 떨어뜨렸다. 심지어 못된 장난까지 했다. 목공소에서 톱밥을 가져와 틈새에 밀어 넣고는 그 자리에서 또 펄쩍거리며 뛰는 거였다. 아래층에서 요리 중인 리메이렌이 크게 소리칠수록 위층의 아이들은 더 신나했다. 도저히 통제할 수 없자 리메이렌은 목공소 직원 둘을 불러 천장에 종이를 발랐다. 그렇게 마룻바닥 틈새를 메운 뒤에야 톱밥 먼지가 떨어지는 것을 막을 수 있었다.

린샹푸는 세 아이가 온종일 안팎에서 뛰어다니는 것을 보다가 쿵쾅거리는 발소리 대신 낭랑하게 글 읽는 소리가 울리게 해야겠다고 생각했다. 그는 천융량과 함께 잡동사니가 쌓인 아래층의 방 하나를 정리하고 벽에 작은 칠판을 건 다음 그 옆에 옹정황제의 《성유광훈聖諭廣訓》[7]을 붙였다. 그러고 나서 작은 책상과 걸상 세 개를 들여놓은 뒤 린샹푸는 세 아이를 불러놓고 말했다.

"이제부터 글을 배워야 한다. 오늘 이후로는 똑바로 앉고 바르게 걸어야 해."

그렇게 린바이자와 천야오우, 천야오원을 가르치기 시작했다. 열흘 뒤 린샹푸는 작은 책걸상 두 개를 또 들여놓았다. 구이민이 두 딸 구퉁쓰顧同思와 구퉁녠顧同念을 부탁했기 때문이었다.

구씨 자매는 각각 열 살과 일곱 살이었다. 린샹푸는 환하게 웃는 얼굴로 그들을 데리고 들어와 린바이자와 천야오우, 천야오원에게 소개했다.

"너희 동문이자 동생이다."

분홍색과 연두색 치마를 입은 구퉁쓰와 구퉁녠이 자기들보다 큰 세 아이를 수줍게 바라보다가 린바이자에게 다가갔다. 그러고는 언니 구퉁쓰가 손에 들고 있는 작은 주머니 세 개를 건넸다. 린바이자가 궁금해하며 열어보니 콩사탕이 들어 있었다. 처음 만나는 선물로 가져온 것임을 알고 린바이자는 주머니 두 개를 각

---

7 민중을 교화하기 위해 만든 교육 지침서로 국민이 지켜야 할 도덕과 의무를 서술했다.

각 천야오우와 천야오원에게 건네주었다. 두 사내아이는 주머니를 열자마자 게걸스럽게 콩사탕을 입에 집어넣기 시작했다. 린바이자는 콩사탕을 몇 개 손바닥에 덜어낸 뒤 구퉁쓰의 입에 하나를 넣어주고 구퉁녠의 입에도 넣어준 다음 세 번째 사탕을 자기 입에 넣었다.

천야오우와 천야오원은 물을 마시듯 순식간에 먹어 치운 뒤 더 먹고 싶다는 눈으로 린바이자와 구씨 자매가 천천히 음미하는 걸 바라보았다. 칠판 앞에 서 있던 린샹푸는 수업하는 것도 잊어버린 채 세 여자아이가 사탕을 맛있게 먹는 걸 지켜보았다. 린바이자가 두 자매와 만나자마자 잘 어울리는 걸 보니 무척 흐뭇했다.

구퉁쓰와 구퉁녠이 오면서 린바이자가 변하기 시작했다. 온종일 천야오우, 천야오원과 안팎으로 뛰어다니던 선머슴 같은 여자애에서 진짜 여자아이다워졌고 심지어 언니다워졌다. 쉬는 시간에 천야오우와 천야오원은 마당에서 목검을 휘두르며 장난치고 싸웠지만, 린바이자는 구씨 자매와 제기를 찼다. 일곱 살인 구퉁녠이 툭하면 중심을 못 잡고 넘어지자 린바이자는 끈에 제기를 묶은 뒤 왼손으로 부축하면서 오른손으로 끈을 잡아 구퉁녠이 안정적으로 제기를 차게 해주었다. 수업이 끝나면 그들 자매가 밖으로 나가 가마에 오를 때까지 배웅하며 이튿날 다시 만날 텐데도 아쉬워하며 손을 흔들었다. 그리고 아침이면 문 앞에서 구씨 자매의 가마가 오기를 기다렸다.

린샹푸는 가르치는 데 푹 빠져서 목공소 장사를 천융량에게 맡기고 자신은 수업에만 몰두했다. 그는 글방의 규범에 따라 공자와 맹자의 유학부터 시작해《논어》,《효경》,《대학》,《중용》은 물론《맹자》,《예기》까지 두루 가르쳤다. 그러다 새로운 교육이 유행한다는 말을 듣고는 선뎬의 기숙학교에 가서 가르침을 청했다.

그날 저녁 린샹푸는 구이민의 네 아들이 장대를 끌며 식당에서 나오는 것을 보았다. 그들은 기름기가 번지르르한 입가를 닦고는 4, 5미터를 도움닫기 한 뒤 장대를 짚고 강을 건너갔다. 그들은 제비처럼 날렵하게 강 위로 몸을 날리고 장대가 곧게 뻗는 순간에는 공중에서 잠시 머물렀다. 제일 어린 구퉁천도 흥얼거리며 강을 건너갔다.

28

구퉁녠과 린바이자의 약혼식은 예정대로 섣달 12일에 열렸다. 린샹푸는 이발사를 불러 자신과 천융량의 머리카락과 수염을 깎고 눈썹도 정리했다. 그런 다음 두 사람은 솜두루마기를 입고 시진의 큰길로 나갔다. 시진의 관례에 따르면 여자 측에서는 최소두 사람 이상이, 사람이 많고 적은 건 상관없지만 반드시 짝수로 약혼식에 참석해야 했다. 린샹푸는 천융량과 함께 구씨 저택으로 갔다. 문 앞에 이미 등롱이 달리고 비단 끈이 휘날리며 수레가 장사진을 이루었고, 태평소 연주자 둘이 흥겨운 곡조를 연주하며 네사람이 징과 북으로 떠들썩한 장단을 맞추고 있었다. 구이민은 문앞 계단에서 두 손을 모아 절하며 반갑게 손님을 맞이했다.

구이민의 초대장을 받은 사람은 시진에서 어느 정도 지위가 있는 사람들이라 당연히 가마를 타고 왔다. 그날 시진의 가마는 일찍이 예약이 꽉 찼다. 심지어 가까이에 사는 사람조차 백성들한테자신이 구이민의 초대를 받았음을 알리기 위해 가마꾼에게 멀리돌아가 달라고 했다. 그날 걸어간 사람은 린샹푸와 천융량밖에 없었다. 두 사람은 소맷부리에 손을 끼운 채 겨울 햇살을 받으며 빠르게 걸음을 옮겼다. 그들이 도착해 정중히 인사를 건넬 때 구이민은 린샹푸의 발그레한 얼굴에 땀이 송골송골 맺힌 걸 보았다.

약혼식은 구씨 저택의 대청에서 치러졌다. 사각 탁자 스무 개가 놓이고 대청 가장자리를 빙 둘러 암홍색 불꽃이 반짝이는 화로 수십 개가 놓였다. 북적이는 사람들과 시끄러운 소리에 대청이 공연장처럼 떠들썩했다. 손님들이 자리에 앉자 식이 시작되었다. 먼저 남자 집에서 모셔온 선비가 신랑 측 예물 목록을 읽기 시작했다. 신부에게 주는 금품이 은 5,000냥이라고 읽었을 때 손님들 사이에서 탄성이 터졌다. 그 외에도 비단과 귀걸이, 반지, 팔찌, 목걸이 등이 있었다. 이어서 천융량이 여자 측의 혼수 목록을 읽었다. 완무당의 500무 전답과 온갖 일용품 및 사철 옷이었다. 천융량의 말이 끝났을 때 대청에 웅성웅성거리는 소리가 울렸다.

연회가 시작되자 하인들이 줄줄이 훌륭한 요리를 들고 들어왔다. 하늘을 나는 것과 물속을 헤엄치는 것, 지상에서 자라는 것 등 먹을 수 있는 건 거의 다 있었다. 술 단지 수십 개도 일렬로 놓였다. 그 속에는 농도가 다르고 향이 다른 수십 종의 남쪽 지방 술이 찰랑찰랑 들어차 있었다. 샤오싱의 라오주老酒와 쑤저우의 푸전福貞, 쑹장의 싼바이三白, 이싱의 홍유紅友, 양저우의 모과주, 전장의 백화주, 탸오시의 샤뤄下若, 화이안의 라황臘黄, 푸커우의 푸주浦酒, 저시의 쉰주潯酒, 쑤첸의 사런더우沙仁豆, 가오유의 오가피주 등이었다.

29

그날 리메이렌은 린바이자에게 붉은 치마와 붉은 바지, 붉은 비단의 꽃신과 붉은 자수 저고리를 입힌 다음 기쁨에 젖어 말했다.

"오늘은 너한테 아주 경사스러운 날이야. 이제 너는 구씨 가문 사람이란다. 오늘은 의자에 얌전히 앉아 있어. 함부로 움직이지 말고. 옷을 더럽혀도 안 돼. 구씨 가문의 여자는 옷에 먼지를 묻히지 않고 신발에도 흙을 묻히지 않아. 치아는 하얗고 머리카락은 까맣게 윤이 흐르면서 향기롭지."

리메이렌은 붉게 단장한 린바이자를 의자에 앉히고 새빨갛게 타오르는 화로를 그녀 발 앞에 가져다 놓았다. 그러고는 두 아들 천야오우와 천야오원에게 린바이자를 잘 보살피라고 당부하며, 화로 불빛이 어두워지면 숯을 더해주고 목마르다고 하면 얼른 차를 가져다주라고 했다. 당부를 끝낸 뒤 그녀는 바구니를 들고 장을 보러 나갔다. 린샹푸와 천융량이 연회에 갔으니 세 아이도 점심을 잘 차려 먹일 작정이었다.

린바이자는 의자에 가만히 앉아 있고 천야오우는 화로 속 불꽃이 어두워지는지 살펴보며 어서 꺼져라, 빨리 꺼져라, 숯 좀 넣자, 하고 중얼거렸다. 천야오원은 차를 가져와 목이 마르지 않느냐고 계속 물었지만 린바이자는 고개를 저었다.

"가만 앉아서 움직일 수 없다니, 구씨 사람이 되는 건 하나도 안 좋네."

그때 낯선 남자 둘이 마당으로 들어와 창문 앞에서 기웃거리더니 집 안까지 들어왔다. 각각 장총과 권총을 멘 그들은 대청으로 들어와서는 히죽거리며 린바이자를 훑어보았다. 장총을 멘 남자가 말했다.

"어느 집 아가씨인가? 꽃처럼 단장했네."

천야오원이 큰 소리로 대꾸했다. "구씨 집안 아가씨예요."

권총을 가진 남자가 말했다. "나무는 가지와 잎을 보고 사람은 용모를 보라고 했지. 옷차림을 보니 500냥은 되겠어."

천야오우와 천야오원이 어리둥절한 얼굴로 서 있자 린바이자가 천야오원에게 손님한테 왜 차를 드리지 않느냐고 말했다. 권총을 가진 사람이 차는 무슨 차냐며 어서 자신들과 가자고 재촉하자, 장총을 멘 사람이 차를 마시고 가도 안 늦는다고 대꾸했다. 천야오원이 얼른 차를 내왔다. 두 토비는 앉아서 차를 마시며 린바이자를 보고, 천야오우와 천야오원을 본 뒤 집 안을 이리저리 둘러보았다. 그들이 차를 다 마시자 린바이자가 일어나며 말했다.

"이제 가요."

천야오원은 무슨 일이 벌어지는지 몰라 린바이자에게 물었다. "어디 가게?"

천야오우는 상황을 눈치채고 동생에게 말했다. "토비가 납치해 가는 거야."

린바이자가 토비를 따라 집을 나서다가 고개를 돌려 천야오우에게 말했다. "오빠, 어서 우리 아빠한테 알려. 500냥을 준비해서 날 데리러 오시라고 해."

그런 다음 장총을 멘 토비한테 물었다. "어디에서 제 몸값을 받을 건가요?"

장총을 멘 토비가 대답했다. "우리가 나중에 통보할 거야."

30

장을 보러 나왔던 리메이렌은 집으로 돌아가는 길에 토비들이 시진에서 사람들을 납치했다는 소식을 들었다. 순간 집에 있는 세 아이가 떠올라 머릿속이 멍해졌다. 그녀가 전족을 한 발로 종종거리며 돌아가자 천야오우와 천야오원이 달려 나오더니 린바이자가 토비에게 끌려갔다고 말했다. 리메이렌은 다리에서 힘이 풀려 대문턱에 주저앉았다. 토비와 관련된 소문이 떠올랐다. 남자 인질한테는 항문에 막대기를 꽂아 계속 돌리는 '맷돌질'을 하고 여자 인질한테는 음문에 막대기를 넣다 뺐다 하는 '풀무질'을 한다고 했다.

리메이렌이 큰아들 천야오우에게 말했다. "얼른 따라가서 린바이자 대신 네가 가. 너는 남자니까 '맷돌질'을 당해도 아픈 거로 끝나지만, 린바이자는 '풀무질'을 당하면 평생 얼굴을 들고 다니지 못할 거야."

열네 살의 천야오우는 집을 나가, 공포에 질린 거리 사람들에게 토비가 어느 쪽으로 갔느냐고 물었다. 남쪽으로 갔다는 말에 천야오우는 남쪽으로 날듯이 달려갔다. 시진의 대로를 가로질러 단숨에 남문을 나선 뒤, 명치가 아리고 땀이 비 오듯 쏟아질 정도로 성밖 큰길을 빠르게 내달렸다. 도중에 솜저고리를 벗어 손에 들고 뛰다가 나중에는 거추장스러워 그마저도 내던졌다. 곧이어 앞쪽 큰길에 인질 스무 명가량이 줄에 묶여 걸어가고 앞뒤 좌우에서 총을 든 토비가 감시하는 게 보였다. 가까이 달려가자 제일 앞에서 걸어가는 린바이자가 눈에 들어왔다. 그들 집에 왔던 두 토비도 앞쪽에서 걷고 있었다. 천야오우는 그들 앞으로 달려가 큰길 중앙에서 가로막고는 헐떡거리며 말했다.

"토비 손님, 상의할 일이 있습니다."

권총을 가진 토비가 그의 뺨을 때렸다. "죽고 싶냐!"

천야오우가 손으로 뺨을 감싸며 대꾸했다. "죽으러 온 게 아니라 동생을 대신하러 왔습니다."

그는 손으로 린바이자를 가리키며 권총을 찬 토비에게 말했다. "동생은 오늘 약혼식이라 저렇게 예쁘게 입었을 뿐, 평소에는 저렇게 잘 입지 못합니다. 여자애는 저만큼 가치가 있지 못하고요. 동생은 500냥이지만 저는 집안 장자라 1,000냥입니다. 500냥을 원하세요, 1,000냥을 원하세요?"

그 말을 듣자마자 린바이자가 천야오우에게 말했다. "오빠, 나를 대신하려 하지 마. 우리 집이 부자는 아니잖아. 우리 집 형편이 괜찮긴 해도 500냥을 더 낼 수는 없어."

천야오우가 고개를 끄덕인 뒤 권총을 찬 토비한테 말했다. "됐어요. 동생 대신 안 갈래요. 500냥은 적은 돈이 아니니까요."

천야오우가 말하면서 옆으로 비키자 권총을 찬 토비가 소리쳤다. "야 이놈아, 이리 와. 500냥짜리 얘는 됐다. 역시 1,000냥짜리 네놈을 데려가야겠어."

토비는 린바이자의 줄을 풀어준 뒤 천야오우를 묶었다. 린바이자는 천야오우가 땀에 흠뻑 젖은 홑옷만 입고 덜덜 떠는 것을 보고 저고리는 어떻게 했느냐고 물었다. 천야오우는 벗어버렸다고, 저고리를 들고는 빨리 뛸 수 없어서 내던졌다고 대답했다. 린바이자는 자신의 붉은 자수 저고리를 벗어 천야오우에게 입혀주었다. 조금 작아서 잘 들어가지 않자 장총을 멘 토비가 소매에 손을 넣는 걸 도와주었다. 권총을 찬 토비가 그걸 보고 소리쳤다.

"넌 토비지 스님이 아니야. 보살 같은 마음은 필요 없다고."

장총을 멘 토비는 대꾸도 없이 갑자기 칼을 들어 천야오우의 왼팔을 찔렀다. 천야오우가 깜짝 놀라 비명을 질렀는데, 다시 보니 옷만 찢겼을 뿐 팔은 찔리지 않았다. 장총을 멘 토비는 방금 찢은 소맷자락에 줄을 통과시켜 천야오우를 다른 인질들과 묶었다.

토비가 인질들에게 어서 걸으라고 소리칠 때 린바이자가 천야오우의 귀에 대고 조용히 말했다. "오빠, 장총을 멘 사람은 좀 착해 보이니까 저 사람 가까이에서 걸어."

31

구씨 저택에서는 술자리가 한창 무르익고 있었다. 하객들은 흥미진진하다는 표정으로 식장에 들어오는 구퉁녠을 바라보았다. 검붉은 비단 두루마기를 입고 끝이 뾰족한 육합모六合帽를 쓴 열다섯 살의 구퉁녠이 집사와 함께 들어왔다. 그는 시끌벅적한 하객들 사이에서 히죽거리며 탁자를 돌아 린샹푸 앞에 이르러 린샹푸와 천융량에게 예를 행했다.

린샹푸는 무릎 꿇고 인사하는 구퉁녠을 일으킨 뒤 천융량한테 붉은 봉투를 받아 구퉁녠의 손에 쥐여 주었다. 그러면서 구퉁녠을 자세히 살펴보았다. 자기 아버지처럼 검고 깡말랐지만, 얼굴에 불손한 기색이 가득할 뿐 구이민 같은 진지함이 하나도 없어 린샹푸는 자기도 모르게 가슴이 철렁했다.

그때 하인 하나가 총총히 구이민 앞으로 달려와 몸을 굽히고는 뭐라고 귓속말하자, 미소가 가득하던 구이민의 얼굴이 순식간에 얼음장처럼 굳어졌다. 그는 옆에 있는 린샹푸와 천융량에게 조용히, 조금 전 성에 토비가 들어와 사람들을 납치해 갔는데 그 속에 린바이자가 끼어 있다고 전했다.

린샹푸가 잘못 들었나 싶은 얼굴로 쳐다보자 구이민이 다시 한 번 말했다. 그러자 이번에는 떨어지는 돌덩이를 피하듯 구이민의 말이 떨어지자마자 린샹푸가 벌떡 일어났다. 그러고는 탁자와 의자 틈새로 쏜살같이 달려 나가, 술잔을 들고 음식을 음미하던 하객들이 깜짝 놀랐다. 곧이어 천융량도 린샹푸처럼 쏜살같이 대청에서 달려 나갔다. 하객들은 영문을 알 수 없어 긴장한 얼굴로 구이민을 바라보았다. 구이민이 억지로 웃으며 대수롭지 않은 듯 말했다.

"토비 떼가 성에 들어와 사람을 납치해 갔다고 합니다. 토비는 이미 떠났으니 너무 놀라지 마십시오."

린샹푸는 미친 듯이 거리를 내달렸다. 그 뒤를 따라가던 천융량은 린샹푸가 집 쪽으로 달려가는 걸 보고 얼른 불러 세운 뒤, 길가 사람들 말에 따르면 토비가 이미 남문으로 나갔다고 말했다. 린샹푸는 걸음을 멈추고 잠시 주저하다가 고개를 끄덕이고는 남문 쪽으로 방향을 바꿔 달렸다. 달리다 눈이 시려서 손으로 닦고 나서야 린샹푸는 땀이 눈에 들어간 것을 알았다. 시진의 남문을 나갈 때 붉은 옷을 입은 아이가 옆으로 지나가는 게 느껴졌다. 뒤따라오는 천융량의 고함을 듣고 걸음을 멈춘 뒤 돌아보니, 여자애가 같이 있는 게 보였다. 천융량이 손을 흔들어 린샹푸는 눈가의 땀을 닦고 다시 살펴보았다. 그제야 천융량 옆에 있는 린바이자가 똑똑히 보였다. 그는 딸 앞으로 달려가 소매로 얼굴의 땀을 깨끗이 닦은 뒤 무릎을 꿇고 딸을 품에 안았다. 딸을 안았을 때 홑옷만 입은 게 느껴졌다. 비로소 딸이 얇은 비단 웃옷 하나만 입고 있는 것을 발견한 그는 왜 솜저고리를 안 입었느냐고 물었다.

그 다음에야 그들은 천야오우가 토비에게 끌려간 걸 알았다. 린샹푸는 천융량이 멍한 눈빛으로 큰길을 따라 남쪽을 바라보는 걸 보았다. 큰길 끝에는 망망대해 같은 완무당이 펼쳐져 있었다. 린샹푸는 어서 토비를 쫓아가자고 했지만, 천융량은 고개를 저으며 린바이자를 안고 말했다.

"집으로 돌아가시지요."

리메이롄은 길가에 서서 하염없이 저 너머를 쳐다보고 있었다. 린샹푸와 천융량이 길모퉁이에서 나타나고 린바이자가 천융량 품에서 내려와 자신한테 달려오는 것을 보고서야 리메이롄은 손으로 가슴을 누르며 길게 한숨을 내쉬었다.

집 안으로 들어온 리메이롄은 린바이자를 자세히 살펴보기 시작했다. 머리카락만 조금 헝클어졌을 뿐임을 확인한 뒤에야 그녀는 마음을 놓았다. 그녀가 빗을 가져와 빗겨줘야겠다고 했을 때 천융량이 옷부터 입히라고 했다. 그제야 리메이롄은 린바이자가 홑옷만 입고 있는 걸 알아차렸다. 그녀는 웃으며 자기가 너무 좋아서 정신이 나갔다고 한 뒤 옷을 가지러 옆방으로 갔다. 솜저고리를 가져와 린바이자에게 입히고 단추를 채울 때 그녀가 갑자기 울음을 터뜨렸다. 그녀는 천융량과 린샹푸에게 자신이 천야오우더러 린바이자 대신 가라고 했다며, 린바이자가 토비한테 '풀무질'을 당할까 봐 두려워서 그랬다고, 아들은 둘이지만 딸은 하나라 천야오우를 보냈다고 말했다. 리메이롄의 눈물에 린샹푸가 괴로워하며 고개를 숙인 채 밖으로 나갔다. 천융량이 따라가 린샹푸의 어깨에 손을 올리고 말했다.

"집사람 말이 맞아요. 아들은 둘이지만 딸은 하나뿐이잖아요."

32

청천벽력 같은 토비의 납치 소식에 시진 사람들은 우왕좌왕하며 아는 이야기, 모르는 이야기를 전부 늘어놓았고 자기들이 내뱉은 말에 한층 더 겁을 집어먹었다. 오랫동안 안정적으로 살아온 그들은 엄청나게 놀라서는 갈수록 더 심하게 부풀려 말했다. 그들 묘사만 들으면 시진의 미래는 암흑천지나 다름없었다.

완무당에서 토비를 피해 시진으로 이사온 사람들은 자신의 경험을 실감 나게 들려주었다. 시진 주민들에게 토비의 다양한 악행을 들려줄 때 발그레한 얼굴이 창백하게 변할 정도였다. 그들은 토비가 인질의 눈동자를 파내고 귀를 벨 뿐만 아니라 '맷돌질'이나 '풀무질', '압박봉', '칼집', '즐거운 의자', '밭갈이' 등을 행한다고 말했다. 다만 그들이 직접 경험한 게 무엇이고 들은 게 무엇인지는 이야기 속에서 구분되지 않았다.

그들 이야기를 통해 시진 사람들은 '칼집'이란 생선을 요리하기 전 비스듬하고 네모나게 살을 가르는 것처럼 사람 등도 칼로 비스듬하고 네모나게 가르는 것이고, '즐거운 의자'란 의자에 뾰족한 못을 위로 튀어나오게 잔뜩 박아놓고 인질을 앉히는 것임을 알게 되었다. 그중 제일 복잡한 고문은 '밭갈이'였다. 말로는 잘 설명할 수 없자 토비한테 당해본 몇 사람이 어쩔 수 없다는 듯 거리에서 직접 시연해 보였다. 바닥에 엎드려 막대기 두 개를 다리 양쪽에 묶어달라고 한 뒤 두 사람에게 막대기를 하나씩 잡게 하고는 기어가는 거였다. '밭갈이' 시범을 보인 사람들은 바닥을 기면서 고통스러운 비명을 질러댔다. 1미터도 가지 못하고 비명을 지르며 멈춘 뒤 힘없이 바닥에 엎드렸는데 이마에서 콩알만 한 땀이 뚝뚝 떨어졌다.

얼마 뒤 '밭갈이' 시범은 '밭갈이' 대회로 바뀌고 많은 사람이 참여하게 되었다. 시진 주민들은 누가 우승할지 궁금해했는데 마지막이 되자 구이민의 하인 천순陳順과 목공소의 장핀싼 그리고 사공 쩡완푸曾萬福 세 사람으로 후보가 좁혀졌다.*체격이 좋은 세 젊은이는 5미터 가까이 기어갔다. 하지만 누가 제일 멀리 갔는지는 정확히 판별하기가 어려웠다. 그들 세 사람은 모두 승복하지 않았고 어떻게든 우열을 가리고 싶어 했다.

토비가 휩쓸고 갔는데 토비의 고문 방식으로 대회까지 열리자 시진의 일부 지식인들은 통탄하며 상인회 회장인 구이민을 찾아가 대회를 막아달라고 요청했다.

그때 구이민은 민병단 결성을 준비하고 있었다. 토비 납치 사건으로 구이민은 무척 놀란 한편 앞으로도 계속 토비한테 시달릴 수 있겠다고 판단했다. 그는 관군의 보호를 요청하기 위해 선뎬과 시진 사이를 부지런히 오갔다. 하지만 전란 시기이다 보니 군관을 모셔올 수 없었다. 어쩔 수 없이 구이민은 상인회 명의로 민병단을 조직하고 사람을 보내 시골에서 총기를 사들였다. '밭갈이' 대회에 대해 어느 정도 알고 있던 구이민은 지식인들이 금지해달라고 말했을 때 살며시 고개를 저으며 반대 의사를 표했다.

"'밭갈이' 대회가 이성적으로나 감정적으로나 부적절한 건 사실이지만, 지금의 불안한 민심을 어느 정도 가라앉힐 수 있습니다."

그렇게 해서 상인회가 지원하는 '밭갈이' 대회가 정식으로 열렸다. 그날 시진 주민들은 성황각 공터에 모였다. 주변 나무는 물론 근처 지붕에도 사람들이 빼곡하게 올라가 앉았고, 이층집은 활짝 열린 창문마다 사람들 얼굴로 가득 찼다.

대회에 참가한 천순, 장판싼, 쩡완푸는 몸에 딱 달라붙는 검은 윗도리와 발목을 조인 헐렁한 바지에 허리띠를 맨 무예복 차림이었다. 사람들의 난롯불 같은 열기에 그들 셋은 얼굴이 벌겋게 달아오를 정도로 흥분했다. 구이민이 오른손을 천천히 들어 올리자 세 사람은 곧장 엎드린 자세를 취했다. 그다음 개가 오줌 싸듯 왼쪽 다리를 높이 들어 막대기를 묶은 뒤 오른쪽 다리에도 막대기를 묶고 나자 구이민의 손이 아래로 내려갔다. 장정 여섯이 2인 1조로 막대기를 잡고 정말 밭을 갈 듯 세 사람을 밀며 앞으로 나아갔다. 세 사람은 아무 소리 없이 5미터 남짓을 기어갔다. 이를 악물고 전진하느라 붉었던 얼굴이 자줏빛으로 변했다가 파랗게 질리더니 나중에는 얻어맞은 듯 검푸른색으로 바뀌었다.

파도가 일렁이는 듯한 응원 소리 속에서 세 사람은 10미터를 기어갔다. 석회로 그어놓은 10미터 선을 넘은 뒤에도 세 사람은 멈추지 않고 계속 나아갔다. 쩡완푸가 제일 먼저 통증을 참지 못하고 으악 비명을 지르기 시작했다. 쩡완푸가 비명을 지르자 천순과 장핀싼도 으악 하고 비명을 내질렀다. 으악 하는 비명은 전염병처럼 사람들 사이로 빠르게 퍼져 잠시 뒤에는 힘내라는 응원 소리가 으악으악 하는 비명으로 바뀌었다. 세 사람 모두 20미터의 석회선을 지났다. 그들이 20미터나 기어갈 수 있으리라고는 누구도 생각하지 않아서 더는 석회 선이 없었다. 그런데도 세 사람은 여전히 나아가고 있었다. 이제는 으악 하고 비명을 지르지 않고 뮤뮤하며 한밤중의 고양이처럼 낮게 울었다. 잠시 뒤 구경꾼들도 동조돼 뮤뮤 하고 소리를 냈다. 거의 30미터를 기어갔을 때 천순이 제일 먼저 철퍼덕 쓰러졌다. 머리를 바닥에 찧는 소리가 나무통이 우물로 떨어지는 소리 같았다. 그다음으로 철퍼덕 소리를 낸 사람은 장핀싼이었다. 배를 젓는 쩡완푸는 평소에도 손발을 많이 써서 마지막까지 버티다 엎어졌다. 그가 '밭갈이' 우승자가 되었다.

세 사람은 바닥에 널브러졌고 막대기를 다리에서 풀어낸 뒤에도 계속 엎어져 있었다. 다리가 이미 말을 듣지 않아서 부축을 받아 일어난 뒤에도 그들은 종이처럼 힘없는 다리로 휘청휘청하다

도로 고꾸라졌다. 구이민은 가마를 불러 세 사람을 집까지 실어
보냈다.

사흘 뒤 시진 사람들은 각기 다른 장소에서 그들 셋을 보았다.
그들은 다른 장소와 다른 시간에 나타났지만 하나같이 처음 걸음
마를 배우는 아기처럼 벽을 짚으며 천천히 움직이고 있었다. 몇
걸음 걷고 쉬기를 반복하며 경기 때 바닥에 쓸리면서 상처 난 얼
굴로 쓴웃음을 지었다.

33

토비의 통보는 납치 후 열하루가 지난 뒤에 날아왔다. 납치당한 사람의 가족이 새벽에 문을 열었다가 흩날리는 눈발 속에서 문에 꽂힌 번뜩이는 칼을 발견했다. 칼끝에 눈송이가 달라붙은 종이가 꽂혀 있고 거기에 몸값과 인질 교환 장소가 적혀 있었다.

리메이렌은 열하루 동안 잠을 이루지 못했고 천융량 역시 그 옆에서 수시로 몸을 뒤척이며 탄식했다. 리메이렌은 간혹 선잠이 들었다가도 거리에서 발소리가 들리면 깜짝 놀라 몸을 세우고 발소리가 마당 앞에서 멈추는지 귀를 기울였다. 그날 한밤중에 리메이렌은 마당 앞에서 멈추는 발소리와 뭔가가 문에 꽂히는 소리를 들었다. 발소리가 멀어진 뒤 그녀는 옷을 걸치고 밖으로 나가 문을 열었다가 토비가 남긴 쪽지를 발견했다. 힘껏 칼을 뽑아 방으로 돌아와 보니 천융량도 일어나 침대에 앉아 있었다.

천융량이 리메이렌 손에 들린 쪽지와 칼을 보며 조용히 물었다. "연락이 왔어?"

리메이렌이 고개를 끄덕였다. "왔어요."

두 사람이 남포등 아래에서 토비의 쪽지를 읽고 또 읽고 있을 때 린샹푸가 문을 두드렸다. 그도 소리를 들었던 거였다. 안으로 들어와 그들 옆에 앉은 린샹푸는 쪽지를 자세히 살펴본 뒤 길게 한숨을 내쉬고 천야오우를 데려올 수 있겠다고 말했다. 1,000냥의 몸값을 이미 준비해놓았다고 한 다음 린샹푸가 목공소의 장핀싼을 보내는 게 어떠냐고 묻자 천융량은 고개를 저으며 자신이 직접 가겠다고 말했다.

그날 오후 구이민은 상인회의 주요 회원들을 집으로 불러 회의를 열고는 몸값을 납치당한 집에서 직접 마련할 게 아니라 상인회가 매년 거둬들이는 세금에서 내야 한다고 말했다. 오늘 납치당한 건 그 사람이지만 내일은 내가 당할 수도 있다는 이유였다. 구이민이 말할 때 멀리에서 총포 소리가 어렴풋하게 들렸다. 사람들이 두려워하는 것을 보고 구이민은 저건 토비가 아니라고, 토비한테 대포가 어디 있겠느냐고 안심시킨 뒤 북양군[8]과 국민혁명군이 선덴에서 교전을 벌이는 소리라고 알려주며 목소리를 높였다.

"난세에 처했으니 시진 주민들은 한층 더 단결해 어려움을 헤쳐 나가야 합니다."

구이민과 회의 참석자들은 몸값을 상인회에서 지급하고 불의의 사고를 막기 위해 몸값을 전달할 사람도 상인회에서 선정하기로

---

8 청나라 말기 중화민국 초기의 현대식 군사 세력.

했다. '밭갈이' 대회에 참가했던 쩡완푸와 천순, 장핀싼이 모두의 기대를 받으며 몸값을 전달할 최적의 인물로 거론되었다. 구이민도 그들 세 사람이 적당하다고 생각했지만 '밭갈이' 대회를 치른 다리로 잘 뛸 수 있겠느냐고 우려를 표했다.

그날 오후 성황각 공터에서 그들 세 사람은 주민들의 주목과 갈채를 받으며 또 한 번 발차기와 다리 찢기, 왕복 달리기를 선보였다. 구이민은 무척 만족스럽게 대단한 다리라고 칭찬하며 찰 때는 고양이 다리 같고 달릴 때는 개 다리 같다고 했다.

섣달 27일 성황각 앞 계단에서 머리카락이 눈송이로 하얗게 덮인 구이민이 액수가 각기 다른 스물세 장의 은표를 쩡완푸, 천순, 장핀싼에게 주고는 휘날리는 눈발 속에서 그들을 배웅했다. 그가 술잔을 높이 들자 머리에 눈을 뒤집어쓴 '밭갈이' 용사 셋도 술잔을 높이 들었다. 납치당한 가족 대표도 술잔을 들었다. 그들은 입가에 매달린 눈송이를 털고 나서 단숨에 술잔을 비웠다. 그런 다음 구이민이 세 사람에게 말했다.

"빨리 갔다가 빨리 오시게."

세 사람은 검은 솜저고리에 허리띠를 매고 다리에 각반을 두른 차림으로 사람들 속에서 당당하게 가슴을 펴고 나갔다. 지나치게 흥분한 탓인지 큰 사명을 짊어졌다는 표정 속에서 바보 같은 웃음이 언뜻 비어져 나왔다.

시진을 빠져나간 그들은 선뎬 쪽으로 10여 리를 걷다가 꼬불꼬

불한 오솔길로 접어들어 우취안竽泉까지 갔다. 하지만 토비의 쪽지에 명시된 교환 장소인 관음보살 사당까지 가려면 앞으로도 구불구불한 산길을 한참 더 지나야 했다.

우취안을 지날 때 그들은 빈 멜대를 멘 농민을 만나 동행하게 되었다. 농민은 전날 선뎬성 밖에서 북양군과 국민혁명군이 맞붙은 걸 직접 봤다면서 그들이 싸우는 하루 동안 계속 다리 밑에 숨어 총포 소리를 들었더니 지금도 귀에서 웅웅 소리가 난다고 했다.

관음보살 사당에 거의 도달했을 때 뒤에서 일사불란한 발소리가 들려서 돌아보자, 총을 멘 수십 명이 대오를 이루며 빠르게 달려오고 있었다. 그때 앞쪽에서도 똑같은 발소리가 울리면서 비슷한 수의 사람들이 달려왔다. 두 대오는 30여 미터 거리에서 동시에 걸음을 멈춘 다음 총을 들어 서로를 조준했다. 그들 네 사람은 공교롭게도 양쪽의 사정거리 안에 있었다. 휘날리는 눈송이 때문에 상대를 똑똑히 분별할 수 없자 양측 모두 중간에 서 있는 네 사람에게 맞은편에 어떤 사람들이 있는지 물었다. 그렇게 북쪽 말씨와 남쪽 말씨가 양쪽에서 들려오자 농민이 자기 앞쪽의 대열을 가리키며 말했다.

"당신들은 북쪽 말씨를 쓰니 틀림없이 북양군이고, 저쪽은 남쪽 말씨를 쓰니 틀림없이 국민혁명군이겠지요."

그 말이 떨어지기가 무섭게 총성이 폭죽처럼 울리며 양쪽에서 총알이 획획 날아들었다. 쩡완푸가 무슨 일이 벌어졌는지 알아채기도 전에 농민이 바닥으로 엎어지고 곧이어 천순과 장핀싼도 몽둥이에 얻어맞은 듯 쓰러졌다. 그제야 상황을 파악한 쩡완푸는 두 손을 마구 흔들며 소리쳤다.

"멈춰요, 멈춰. 조금만 있다가 싸워요."

쩡완푸의 고함은 총소리를 멈추지 못했다. 그는 양측이 총을 쐈다가 오솔길로 흩어지기를 반복하면서 총알이 자기 앞뒤에서 획획 날아다니는 것을 보고는 허둥지둥 달리기 시작했다. 달려가면서 총알을 막기라도 하겠다는 듯 두 손을 흔들어댔다. 사정거리에서 거의 벗어났을 때 총알 하나가 오른손 중지를 날려버렸지만 그는 전혀 느끼지 못하고 그저 필사적으로 달리기만 했다. 그러다 허리띠가 끊어져 바지가 흘러내리자 그는 손으로 바짓가랑이를 잡고 뛰었다.

쩡완푸는 단숨에 10여 리를 뛰었다. 자신이 어느 쪽으로 뛰는지도 모르고 그저 모퉁이가 나오면 모퉁이를 돌고 다리가 나오면 다리를 건넜다. 뛰는 내내 오른손으로 바지를 잡고 있었다. 총알에 중지가 날아가 피가 줄줄 흐르는 오른손으로 잡았기 때문에 바짓가랑이가 새빨갛게 물들었다.

단숨에 시진으로 들어간 쩡완푸는 구이민 저택 앞까지 내달렸다. 그제야 총알 소리가 사라진 것을 인식하고 숨을 몰아쉬며 걸음을 멈출 수 있었다. 그는 오른손으로 바지를 잡고 의아한 눈으로 사방을 둘러보다가 자신이 이미 구이민 저택 앞에 있음을 발견했다.

서재에 있던 구이민은 하인한테 쩡완푸가 돌아왔다는 말을 듣고 깜짝 놀랐다. 떠난 지 여섯 시간도 지나지 않았기 때문에 그는 곧장 무슨 일이 터진 걸 직감했다. 얼른 일어나 서재에서 대청으로 나가자 쩡완푸가 바지를 잡고 넋 나간 표정으로 서 있었다.

구이민이 나온 걸 보고 쩡완푸는 전투와 총알, 북양군과 국민혁명군 같은 단어를 더듬더듬 늘어놓았다. 그런데 웬일인지 구이민의 시선이 계속 자신의 바짓가랑이에 머물러 있어서 그도 아래를 내려다보았다. 그제야 핏빛이 된 바짓가랑이를 발견한 쩡완푸는 머리를 흔들더니 쿵 하고 쓰러져 정신을 잃었다.

구사일생으로 돌아온 쩡완푸는 이후 며칠 동안 제정신이 아니었다. 누가 질문을 던지면 말하는 사람이 누구인지 확인하려는 듯 멍하게 상대를 쳐다보았다. 혼자 있을 때는 중지가 사라진 오른손을 들고 왜 오른손에 손가락이 네 개만 있는지 생각하는 듯 멍하니 쳐다보고 있었다. 누구도 그의 입에서 천순과 장핀싼이 어떻게 되었는지 들을 수 없었고, 그의 호주머니에서 스물세 장의 은표도 찾아내지 못했다. 구이민은 성황각에서 출발할 때 자신이 직접 쩡완푸에게 은표를 주었다고 기억했지만, 어떤 사람은 쩡완푸가 천순에게 전달하는 걸 봤다고 말하고 또 어떤 사람은 장핀싼에게 전달하는 걸 봤다고 말했다. 그런데 훨씬 더 많은 사람은 은표 자체를 기억하지 못했다. 당시 출발할 때 세 사람의 의기양양한 기세에 정신이 팔렸던 까닭이었다. 그렇게 영웅처럼 당당한 기세로 출발했건만, 쩡완푸는 바보처럼 넋이 나간 채 돌아오고 다른 두 명은 소식조차 끊어졌다.

34

구이민이 천순과 장펀싼의 행방을 알아보라고 파견한 사람이 아직 돌아오지 않은 때 끔찍한 소식이 들려왔다. 북양군의 한 여단이 시진에서 200여 리 떨어진 스먼에서 패배해 후퇴하던 중 또 다른 국민혁명군에게 가로막히자 시진으로 방향을 돌렸으며, 그 패잔병들이 가는 곳마다 살인과 방화, 약탈을 일삼아 주민들이 도망치고 있다고, 이 엄동설한에 주변 수십 리에서 피난민 행렬이 끝도 없이 이어지고 있다는 거였다.

그날 아침 방문을 열었을 때 시진 주민들은 피난민 100여 명이 북문으로 들어오는 것을 보았다. 집을 떠나온 그들은 보따리를 들고 아이들을 데리고 있었다. 이불을 둘둘 감싼 사람도 있고 아이를 업은 사람, 외바퀴 수레에 노인을 실은 사람도 있었다. 그들은 시진의 대로를 지나 남문으로 빠져나갔다. 기진맥진한 표정으로 지나가면서 시진 주민들에게 북양군이 이쪽으로 후퇴 중이라고 알려주었다.

그런 광경이 온종일 쉬지 않고 이어졌다. 삼삼오오 시진 거리에 나타난 피난민들 가운데 일부는 시진의 친지 집을 찾아가 쓴웃음을 지으며 죽을 얻어먹었다. 그러면서 북양군 패잔병들이 어떻게 사람을 죽이고 약탈하고 부녀자를 강간했는지 들려주며 토비보다 더 심하다고 치를 떨었다. 어떤 사람들은 거리에 선 채 자신들이 어떻게 도망쳤는지 말했다. 광주리 밑에 숨어서 재난을 피한 사람도 있고, 들보 위에 올라가거나 몸 위에 흙벽돌을 올려놓고 죽은 척한 사람도 있었다. 갓난아기를 안은 한 여자는 남편을 잃었다면서 자신은 땅굴에서 아이가 울지 못하게 젖을 물린 채 숨어 있었다고, 남편이 죽어가는 비명을 들었음에도 울 수조차 없었다고 털어놓은 뒤 그제야 목 놓아 울었다.

일부 시진 주민도 다른 지역의 친지한테 의탁하러 가겠다며 짐을 꾸려 피난민 행렬을 따라 남문으로 나갔다. 피난의 공포가 시진을 가득 메우고 점점 더 많은 피난민이 북문으로 들어오자 피난민을 따라 남문으로 나가는 시진 주민도 점점 더 많아졌다.

반면 떠나는 게 상책이 아니라고 생각하는 사람도 있었다. 북양군 패잔병이 도적이 되었더라도 어쨌든 토비는 아니니 아예 자리를 잡는 게 아니라 후퇴하는 도중에 방화하고 강탈할 뿐이라며, 그들이 지나갈 때까지 피해 있으면 시진은 달라질 게 없을 거라고 주장했다. 그러자 어떤 사람이 완무당의 드넓은 갈대밭을 떠올리며 거기가 몸을 숨기기에 좋은 장소라고 말했다. 그 생각에 찬성하는 사람은 많았지만, 문제는 어떻게 몸을 숨기느냐였다. 누군가 배를 이용하자고 하자 다른 누군가가 의미 없다고, 부두에 있는 대나무 지붕의 작은 배와 조금 더 큰 나무배에 얼마나 많이 탈 수 있겠느냐고 했다. 그러자 누군가가 린샹푸의 목공소에 서둘러 배를 주문하자고 했다. 그 의견을 들은 사람들은 모두 고개를 저었다. 북양군이 코앞까지 밀려왔으니 배는커녕 발 닦는 대야를 만들 시간도 부족하다는 이유였다. 그때 어떤 사람이 발 닦는 대야를 만드는 데 무슨 시간이 필요하냐고, 반나절이면 충분하다고 말꼬리를 잡았다. 이에 사람들은 발 닦는 대야 하나로 시진의 2만 명을 다 태울 수 있느냐고 반박했다. 적어도 2만 개의 대야를 만들어야 하는 데다 대야에는 성인 한 명도 탈 수 없다고 면박을 주었다.

그때 누군가가 대나무 뗏목은 만들 수 있다고 말했다. 그 말이 떨어지기가 무섭게 기민한 사람 몇이 집으로 뛰어가 도끼를 챙겨서는 시산의 대숲으로 달려갔다. 오후가 되자 시산은 시진 남자들로 북적거렸다. 그리고 대나무 베는 소리와 고함치는 소리가 난무하더니 울창했던 대숲이 순식간에 황량해졌다. 그들은 가지와 잎을 제거한 뒤 대나무를 일정한 길이로 잘랐다. 그런 다음 대나무를 메고 시산에서 시진 물가로 내려갔다. 물가의 평평한 곳마다 속속 대나무가 쌓였다. 그들은 삼끈으로 틀을 잡은 뒤 대나무를 하나씩 놓고 뗏목으로 엮었다. 시진 물가가 사람들로 북적였고 잔뜩 신이 난 아이들은 그 근방을 뛰어다녔다. 대부분 뗏목을 만들어본 경험이 없었기 때문에 현장에서 눈치껏 배워가며 만드는 수밖에 없었다. 그 바람에 삼끈으로 대나무를 엮을 때 이중으로 묶지 않고 땔감 묶듯 휘뚜루마뚜루 묶는 사람이 많았다.

이틀 뒤 완성된 뗏목을 물로 밀어 넣었다. 모양이 꼭 가을 추수 후 논에 널브러진 볏짚 같았다. 뗏목을 완성한 남자들은 땀투성이 얼굴과 수포투성이 손으로 귀가했다. 아내들이 이미 짐을 꾸려놓았기 때문에 이제 그들은 언제든 뗏목을 타고 완무당 갈대숲에 숨을 수 있었다. 줄줄이 늘어선 뗏목 덕분에 남은 주민들은 꽤 안심할 수 있었다. 그들은 패잔병이 가까이 오면 뗏목을 타고 갈대숲으로 도망갈 작정이었다.

그런데 북양군이 밤중에 습격할 것을 걱정한 몇 집이 미리 이불을 챙겨뒀다가 날이 어두워진 뒤 물가로 나가 뗏목을 타고 갈대숲으로 들어갔다. 달빛 속에서 점점 멀어지는 그들의 그림자를 보자 시진의 다른 주민들은 불안을 떨칠 수가 없었다. 먼저 떠난 사람들이 무슨 소식을 들은 게 틀림없다고 생각해, 그들 역시 서둘러 아이와 아내를 데리고 노인을 부축해 뗏목에 올랐다. 점점 더 많은 사람이 물로 피신하자 약탈을 일삼는 북양군이 시진에서 10여 리 떨어진 곳까지 왔다는 유언비어가 퍼졌다. 결국 삽시간에 물가로 인파가 몰리고 사람들이 밀치락달치락하며 자기 뗏목에 오르기 시작했다. 어떤 뗏목들은 떠나기도 전에 풀어지고, 어떤 뗏목들은 수면 가운데에서 풀어지는 바람에 사람들이 얼음장 같은 물에 빠졌다. 노인과 아이들은 몇 차례 발버둥 치다가 꽁꽁 언 채로 가라앉고 튼튼한 사람들은 필사적으로 옆쪽 뗏목에 올라탔다. 그 바람에 수많은 뗏목이 무게를 견디지 못해 풀어지면서 더 많은 사람이 물에 빠지고 더 많은 사람이 가라앉았다. 살려달라는 다급한 울부짖음이 시진의 밤하늘에 울려 퍼졌다.

35

린샹푸와 천융량은 시산에서 대나무를 베는 대신 육로로 피난 갈 준비를 했다. 북양군이 시진에서 10여 리 바깥까지 왔다는 소문이 퍼졌을 때 그들은 짐을 꾸려 천융량의 그 삐걱거리는 수레에 쌓았다. 린샹푸가 린바이자와 천야오원을 안아 수레에 태우고 리메이롄이 대문을 잠근 뒤 천융량이 수레를 끌고 출발하려 할 때, 리메이롄이 다시 대문 자물쇠를 열며 두 남자에게 말했다.

"저는 안 가고 남을래요. 두 사람만 가세요."

천융량이 말했다. "지금이 어떤 상황인데. 패잔병이 곧 들이닥칠 마당에 남겠다고?"

"나는 못 가요. 아들이 돌아왔을 때 우리가 없으면 어떡해요?"

천융량이 고개를 저었다. "지금은 아이를 생각할 때가 아니라고."

"두 사람은 어서 가요. 나는 여기에서 아들을 기다릴 테니."

"당신이 안 가면 우리도 못 가지."

리메이롄은 고집스럽게 고개를 저었다. "나는 못 가요."

천융량이 리메이렌에게 소리쳤다. "그건 다 같이 여기서 죽자는 말이잖아."

리메이렌이 눈물을 흘리며 말했다. "아니에요."

천융량이 수레에 있는 린바이자와 천야오원을 가리키며 말했다. "여기에도 아이가 둘이 있어. 저 애들이 죽는 게 싫으면 문을 잠그고 떠나자고!"

그러고 나서 천융량이 수레를 끌며 나아가자 리메이렌이 말했다. "문은 못 잠가요. 아이가 돌아오면 안에 들어가기는 해야지요."

천융량이 고개를 돌리고 대답했다. "그럼 잠그지 말고 가자고."

리메이렌이 눈물을 닦으며 수레 뒤를 따라갔다. 10여 미터쯤 갔을 때 그들은 린샹푸가 따라오지 않는 걸 발견했다. 린샹푸가 문앞에서 말했다.

"내가 천야오우를 기다릴 테니 두 사람은 린바이자와 천야오원을 데리고 가게."

천융량이 고개를 저으며 말했다. "한 사람이라도 빠지면 갈 수 없어요."

린샹푸가 수레에 탄 린바이자와 천야오원을 가리키며 말했다. "두 아이를 위해 어서 떠나."

천융량이 수레를 내려놓고 걸어와 린샹푸에게 말했다. "제가 남을 테니 두 사람이 아이들을 데리고 가세요."

리메이렌도 다가와 린샹푸에게 말했다. "저도 남을 테니 아주버님이 아이들을 데리고 가세요."

린샹푸가 쓴웃음을 지으며 대꾸했다. "린바이자를 두 사람에게 맡기면 나는 아무것도 두렵지 않네."

천융량이 말했다. "천야오윈을 형님한테 맡기면 우리도 안심이지요."

바로 그때 구이민의 하인이 달려와 나리께서 상의할 일이 있다며 와주십사 청했다고 린샹푸와 천융량에게 전했다. 그들은 그제야 실랑이를 멈추고 바로 가겠다고 답했다. 하인은 다른 분께 또 전하러 가야 한다면서 총총히 돌아섰다. 천융량은 수레를 도로 마당에 끌어다 놓고 린바이자와 천야오윈이 내려오는 것을 본 뒤 리메이롄에게 집에서 기다리라고 당부하고는 린샹푸와 나갔다.

이미 어스름이 내리고 있었다. 린샹푸와 천융량은 시진의 텅 빈 거리를 걸어갔다. 남문 가까이에 이르렀을 때 떠났던 사람들이 속속 돌아오는 게 보였다. 그들은 북양군이 시진에서 아직 100여 리나 멀리 있다고 말했다.

린샹푸와 천융량이 구씨 저택에 도착하니, 성의 중요한 인물들 대부분이 모여 있고 구이민이 한창 이야기 중이었다.

"오후에 부두에 나갔다가 절반 가까운 뗏목이 망가진 걸 보았습니다. 수면에 대나무가 어지럽게 널려 있고 물에 빠진 사람이 부지기수에 익사한 사람도 많더군요. 제가 보기에 피난은 좋은 방법이 아닙니다. 패잔병이 후퇴하면서 벌이는 약탈을 사람은 피할 수 있어도 마을은 피할 수 없을 겁니다. 북양군은 시진을 완전히 거 덜 낼 수 있습니다. 피난 갔다가 돌아왔을 때 곳곳의 집이나 담장 이 무너져 있다면 손실은 더 클 거고요. 제 생각에는 모두 남아서 북양군을 친절히 대하면 어떨까 싶습니다. 패해서 달아나고 있지 만 어쨌든 북양군은 군인이지 토비가 아니니까요."

36

시진이 슬픔에 가라앉았다. 100여 명이 익사했고 1,000여 명 가까이가 물에서 목숨은 건졌어도 고열에 시달렸다. 놀라고 추위에 떨었던 탓에 감기가 유행하면서 기침과 재채기 소리가 거리와 골목 곳곳에서 선명하게 울렸다.

구이민은 상인회 사람을 파견해 성안의 크고 작은 술집과 음식점을 모두 빌리고 북양군을 대접할 술자리를 준비하라고 일렀다. 그때도 피난민 행렬은 계속 지나갔지만, 시진 주민들은 더 이상 따라가지 않았다. 뗏목이 망가지면서 그런 마음을 완전히 버렸다. 그들은 구이민의 말이 옳다고, 북양군을 친절하게 대접하면 시진이 위험에 처하지 않을 거라고 생각했다.

흐린 하늘 아래로 평화로운 이틀이 지나고 날이 갰다. 쌓인 눈에 반사된 햇살이 시진을 한층 환하게 밝혀주었다. 그날 점심때 어떤 사람이 오늘은 피난민이 없다는 걸 알아챘다. 그 말을 전해 들은 구이민은 마을의 술집과 음식점에 북양군이 곧 도착할 테니 닭과 오리, 생선, 황주를 준비하라고 일렀다. 두 시간이 지나 말발굽 소리가 희미하게 들려오자 구이민은 일어나 상인회 회원과 주민들을 이끌고 북문 밖으로 나가 기다렸다.

멀리에서 기병대가 달려오면서 히힝 하는 말 울음소리가 차가운 공기 속에 날카롭게 울렸다. 성문 밖에서 기다리던 사람들은 간담이 서늘해졌다. 기병대는 성에서 2리가량 떨어진 곳에서 고삐를 당기고 성 밖의 사람들을 한동안 바라본 뒤 되돌아갔다. 말발굽에 휘날리는 눈 때문에 기병이 달려가는 소리만 들릴 뿐 뒷모습은 보이지 않았다. 대략 또 두 시간쯤 지났을 때 북양군 대부대가 길과 밭을 구분하지 않고 파도처럼 밀려왔다. 그중 100여 명은 말 여덟 마리로 대포 두 문을 끌며 밭을 마구 짓밟았다.

젊고 잘생긴 군관 한 명이 말을 타고 성문 아래까지 달려와 채찍을 휘두르며 소리쳤다. "누가 책임자요?"

구이민이 한 걸음 나서서 자신을 시진 상인회 회장이라고 소개한 뒤 시진 백성들이 마중 나왔으며 시진의 크고 작은 술집에서 환영 만찬을 준비해 기다리는 중이라고 말했다. 젊은 군관은 고개를 끄덕인 뒤 말을 돌려 돌아갔다. 곧이어 기병 수십 명이 마흔 살 정도 된 여단장을 호위해 성문 앞까지 왔다. 여단장은 말에서 내려 구이민 앞으로 다가온 다음 두 손을 모아 공손하게 인사하며 환하게 웃었다.

"환영해주셔서 감사합니다."

북양군 관병 1,000여 명이 시진 북문으로 줄줄이 들어왔다. 긴 대열이 모두 들어오는 데 한 시간이 걸렸다. 한파가 몰아치는 계절임에도 사병 대부분은 홑옷만 입고 있었다. 그중 일부는 약탈한 옷을 덧입었는데 두루마기나 짧은 저고리를 입은 사람도 있고 가죽옷을 뒤집어 입은 사람, 꽃무늬 여자 옷을 입은 사람, 중절모를 쓴 사람, 격자무늬 두건을 쓴 사람도 있었다. 그들은 시진에 들어오자마자 술집과 음식점에서 게걸스럽게 먹기 시작했다. 씹는 소리와 웃음소리, 고함소리가 마치 가축 떼가 시진의 동서남북에서 계속 울어대는 것처럼 쉬지 않고 울렸다. 여단장과 젊은 부관, 기타 군관 스무 명 가량은 구이민의 집으로 초청돼 대접받았다. 술과 음식을 충분히 대접한 다음 구이민은 그들을 사랑채로 데려가 아편까지 제공했다. 여단장이 아편을 피울 때 구이민이 떠보듯 말했다.

"여단장님, 날이 이렇게 추운데 사병들 대부분이 아직도 홑옷을 입고 있더군요. 혹시 사병이 배고프고 추워서 잘못을 저지르면 나중에 위에서 여단장님한테 책임을 묻지 않을까요?"

여단장이 아편을 피우며 대꾸했다. "이미 막다른 길에 내몰렸는데 제가 어떻게 할 수 있겠습니까?"

"제가 사흘 내에 여단의 모든 장병에게 동복을 맞춰주고 한 달치의 군비를 제공하겠습니다. 여단장님은 담당자를 불러 어떻게 처리할지, 얼마나 필요한지 물어봐 주십시오."

"담당자에게 물어볼 필요도 없습니다. 제가 잘 알고 있으니까요.

동복과 한 달 치 군비는 은화 6만 냥이면 충분합니다."

구이민은 그 자리에서 사흘 내에 동복 1,000여 벌과 군비를 준비하겠다고 약속했다. 그는 시진의 재봉소에서 동복 1,000여 벌을 사흘 내에 만들 수 없음을 잘 알았기 때문에, 재봉소에는 장교의 동복만 만들라 하고 사병 동복은 상인회에서 가정주부 1,000여 명을 조직해 제작했다. 사흘 동안 가정주부들은 집 안에서 동복을 재단하고 밖에서 햇볕을 쬐며 바느질했다. 평소에도 식구들 옷을 직접 만들었기 때문에 다들 매우 능숙했다.

구이민은 상인회에 마을의 여관과 창고, 점포를 임시 병영으로 쓸 수 있도록 모두 비우라고 지시했다. 또 양갓집 부녀자가 화를 입지 않도록 상인회에서 마을의 기루 두 곳을 빌려 장병들의 열기를 식혀주라고도 했다. 그러는 한편 마을에서 자색이 뛰어난 사창도 불러들였다. 그 여자들 스무 명가량은 기루 여자와 달리 푸른색 옷을 입고 화장기가 없었다. 평소 집에서 몰래 손님을 맞던 그녀들이 여단장과 연대장, 대대장, 중대장 앞에 수줍은 얼굴로 늘어서자 여단장부터 중대장까지 모두 웃음을 감추지 못했다. 첫 선택권을 가진 여단장은 통통한 사람과 마른 사람 모두 좋다며 누구를 골라야 할지 모르겠다고 망설였다. 그러자 다른 장교들이 통통한 사람과 마른 사람을 한 명씩 고르라면서 좌우에 나란히 두고 여단장의 위용을 떨치라고 말했다. 여단장은 히죽거리며 고개를 끄덕이고는 맞다고, 좌우에 두는 것도 방법이겠다고 말했다. 여단장이 둘을 고르고 나자 다른 장교들도 고르기 시작했다. 가슴을 좋아하는 사람은 가슴이 큰 여자를, 엉덩이를 좋아하는 사람은 엉덩이가 큰 여자를, 호리호리한 걸 좋아하는 사람은 마른 여자를, 풍만한 걸 좋아하는 사람은 통통한 여자를, 갸름한 얼굴을 좋아하는 사람은 얼굴이 뾰족한 여자를, 계란형 얼굴을 좋아하는 사람은 얼굴이 둥근 여자를, 눈을 좋아하는 사람은 눈동자가 까맣고 반짝이는 여자를 고른 뒤 슬쩍 물건을 훔치듯 한 사람씩 여자를 데리고 나갔다.

한편 소대장들과 분대장들은 추운 거리에서 사병들과 함께 있었다. 물론 그들은 사병들처럼 매서운 찬바람에 두 다리가 저릴 정도로 서 있지는 않았다. 그들은 기루 앞에 몰려선 사병들에게 비키라고 명한 뒤 짐승도 길을 비킬 줄 안다, 너희는 짐승만도 못하다고 욕을 퍼부었다. 그런 다음 기루에 들어가 방문을 열어젖히고 다급하게 기녀의 다리를 벌렸다. 기녀가 너무 서두르지 말라고 하자 그들은 또 암캐도 다리를 벌릴 줄 아는데 너희는 암캐만도 못하다고 욕을 퍼부었다. 소대장들과 분대장들이 줄줄이 기루에서 나온 뒤에야 허기진 사병들이 하나씩 들어갈 수 있었다.

오후에 통통하고 마른 두 여자 사이에서 몸을 일으킨 여단장은 군복을 입은 뒤 젊고 잘생긴 부관과 호위병을 데리고 시진 거리를 순찰하러 나갔다. 기루를 지날 때 그는 문 앞에서 인산인해를 이룬 사병들과 거기에서 뿜어져 나오는 엄청난 열기를 보았다. 저기가 어디냐는 질문에 부관이 기루라고 대답하자 여단장이 화를 버럭 냈다.

"저게 다 무슨 꼴인가? 어디가 군인 같아! 식량을 뺏는 굶주린 백성 꼴이지. 한꺼번에 몰려 있지 말고 두 줄로 서서 질서 있게 들어가라고 명해. 계집질할 때도 군인의 위용을 지키라고 해."

소대장들과 분대장들이 부관에게 불려갔다 온 뒤 또 욕을 퍼부으며 소리를 지르자 우르르 몰려 있던 사병들이 마침내 줄을 서기 시작했다. 긴 줄이 골목을 따라 구불구불 만들어지자 맨 뒤에 서게 된 사병들은 무척 실망하며, 아까 한꺼번에 서 있을 때는 기루 등롱이라도 볼 수 있었는데 지금은 골목을 나와 몇 바퀴나 도는 바람에 기루 지붕조차 보이지 않는다고 투덜거렸다.

밤이 되자 기녀들은 완전히 녹초가 되었다. 한 사람당 수십 명을 상대한 그녀들은 젖가슴이 붓고 엉덩이와 허벅지가 탈골된 듯 아프다면서 제발 살려달라고, 어서 문을 닫으라고 기생 어미에게 울면서 애원했다. 기생 어미는 울상을 지으며 문을 닫을 수 없다고, 밖에 있는 손님들이 전부 총을 메고 있어서 지금 문을 닫으면 총알이 날아와 우리를 벌집으로 만들 거라고 대꾸했다.

그런 상황이 한밤중까지 계속되자 사병들은 찬바람 속에 온종일 서 있어서 손발이 마비되었다. 일부는 기루 문 앞에 도착해놓고도 얼음 막대기처럼 얼어붙은 몸을 만져보고는 지금 들어가봐야 할 수 없을 테니 돌아가 자는 게 낫겠다고 말했다. 그러고는 욕을 퍼부으며 딱딱하게 언 몸으로 돌아갔다. 한편 끝까지 포기하지 않고 기다려 기루 방에 들어간 사병들은 벌거벗은 기녀가 죽은 듯 꼼짝도 하지 않고 누운 모습을 마주해야 했다. 더군다나 그들도 의욕만 앞설 뿐 힘이 없어서 일단 자기 손과 다리, 몸부터 문질러야 했다. 그러다 보면 뒤에서 기다리는 사람이 욕을 퍼부어 대충 수습한 뒤 기녀 몸을 이리저리 주물렀는데 손이 꽁꽁 얼어붙어 아무것도 느낄 수 없었다. 그냥 나무막대기로 여자 몸을 건드리는 기분이었다.

이튿날 시진의 두 기루는 영업 중지 간판을 내걸었다. 하루 밤낮 동안 고전을 치른 기녀들은 피를 흘리기도 하고 탈골되기도 했으며 숨이 간당간당하기까지 했다. 기생 어미는 전날의 상황을 입에 올리기도 끔찍하다는 얼굴로 북양군은 인원도 많고 행동도 야만적이었다고 불만을 터뜨렸다.

연회에 여단장을 초청했을 때 구이민이 쓴웃음을 지으며 말했다. "시진의 번창했던 매춘업이 이번에 엄청난 타격을 입어 회복하기 힘들 것 같습니다."

여단장이 수하 장교에게 명했다. "회장님이 이렇게 우리를 극진히 대접해주셨으니 여단의 모든 병사에게 백성을 괴롭히거나 부녀자를 희롱하면 안 된다고 명하게. 어기는 자는 가차 없이 총살해버려."

37

기녀들의 상황이 전해지자 장교를 시중들던 사창 여자들이 달아났다. 그 뒤 이틀 동안 사병들은 술집과 식당에서 배불리 먹고 마신 뒤 삼삼오오 모여서 총을 멘 채 햇볕을 쬐었다. 장교들은 여자를 찾을 수 없자 어쩔 수 없다는 듯 의자에 누워 아편으로 시간을 보냈다.

그러던 중 중대장 한 명이 아편을 피운 뒤 한밤중에 권총을 들고 연달아 다섯 집 문을 두드린 끝에 예쁘장하고 젊은 여자를 찾아냈다. 벌벌 떠는 여자의 몸 위에서 아침이 밝을 때까지 뒹군 중대장은 이튿날 점심때까지 곯아떨어졌다.

여자의 부모는 밤새 울분을 참고 있다가 날이 밝자마자 구이민을 찾아가 눈물을 줄줄 흘렸다. 구이민은 좋은 말로 그들을 달랜 뒤 그 사실을 여단장에게 알렸고, 여단장은 크게 분노해 당장 처형하라는 명령을 내렸다. 부관은 여단장의 호위병 둘을 데리고 쫓아가 잠에 빠진 중대장을 침대에서 끌어 내렸다.

그날 열일곱 살의 부관은 시진 거리에서 열두 살의 린바이자를 보았다. 린바이자는 또래보다 키가 커서 열서너 살로 보였다. 부관이 두 호위병과 범행을 저지른 중대장을 끌고 어느 술집으로 들어 갔을 때였다. 그들 뒤를 따라온 시진 아이들 속에서 예쁜 여자아이를 발견한 부관은 자기도 모르게 보고 또 보았다. 그들이 술집에 자리를 잡자 린바이자와 아이들은 술집 창밖에서 안을 들여다 보았다. 부관은 술과 안주를 한 상 가득 주문한 뒤 아직 잠에 취해 몽롱한 중대장에게 말했다.

"중대장님, 여단장님이 대접하는 거니 많이 드십시오."

서른여 살의 중대장은 자신의 죽음이 임박한 것을 눈치챘다. "리 부관, 나는 부모님을 일찍 여의었네. 이제 저승에 가서 두 분을 뵐 텐데, 내 부탁 한 가지만 들어주게."

부관은 술집 창밖의 린바이자를 봤다가 고개를 돌려 답했다. "말씀하십시오."

중대장이 손으로 자기 얼굴을 가리키며 말했다. "여기는 피해주게. 얼굴이 망가지면 부모님을 뵐 낯이 없어."

그런 다음 자기 심장을 가리켰다. "여기를 쏴주게."

부관이 고개를 끄덕인 뒤 술잔을 들었다. "그러겠습니다."

중대장은 단숨에 술잔을 비운 뒤 연달아 석 잔을 더 마셨다. 얼굴이 금세 돼지 간처럼 자홍색으로 변한 그는 또 쩝쩝거리며 고기를 먹었다. 부관은 쉴 새 없이 술을 권하는 한편 창밖의 린바이자를 계속 힐끔거리며 미소를 지었다. 린바이자는 그 젊고 잘생긴 군관이 무척 다정하게 느껴져 자신도 미소를 지어 보였다. 그러자 부관이 일어나 창 앞으로 와서는 그녀에게 이름이 무엇이고 어느 집안의 사람인지, 집이 어디인지 물었다. 린바이자는 하나씩 다 답해주었다. 그녀가 린가라고 말할 때 옆에 서 있던 천야오원이 소리쳤다.

"아니에요. 구씨 가문 사람이에요."

부관은 린바이자의 예쁜 얼굴에 홍조가 떠오르는 것을 보았다. 그는 자리로 돌아가면서도 참지 못하고 또 린바이자를 돌아보았다. 다시 탁자 앞에 앉은 부관은 중대장에게 계속 술을 따라주고 고기를 권했다.

그날 오후 부관은 잘못을 저지른 중대장한테 술을 잔뜩 먹인 뒤 호위병 둘에게 부축해 나가라고 시켰다. 술집 밖에는 사람들이 북적대고 있었다. 범죄를 저지른 중대장의 처형 소식이 파리처럼 윙윙거리며 시진 곳곳을 날아다닌 까닭에 사람들이 부두로 나와 술집을 에워쌌던 거였다. 부관 일행이 북쪽으로 걸어가자 사람들도 물줄기처럼 북문으로 향했다.

열일곱 살의 부관은 늠름한 기세로 사람들에게 손을 휘저으며 길을 텄다. 완전히 취한 중대장이 계속 휘청거리는 통에 부축하는 호위병들은 땀을 뻘뻘 흘렸다. 중대장은 가는 내내 바보처럼 히죽거리고 노래까지 부르며 떠들어댔다.

"디리리리, 디리리리, 디리리디리리, 북서풍이 쌩쌩, 얼어죽겠네,

누나, 누나, 도와줘요. 누나 거기로 내 여기 좀 녹여줘요……."

무슨 의미인지 알아들은 일부 시진 사람들이 하하 웃었고 부관과 호위병도 웃음을 참지 못했다. 부관이 웃으며 시진 사람들에게 말했다.

"중대장은 산둥 설창을 배운 산둥성 랴오청聊城 사람입니다."

그들은 중대장의 '디리리리'를 들으면서 시진 북문을 나갔다. 에워싸는 사람도 점점 많아졌다. 그때 중대장을 끌고 가던 호위병들이 웃고 걷느라 힘이 다 빠져서 더는 못 가겠다고 부관에게 말했다. 부관은 그제야 걸음을 멈추고 구경꾼들에게 비키라고 손짓했다. 길가에서 큰 나무를 발견한 그는 호위병들에게 중대장을 나무 앞으로 끌고 가 세우라고 명했다. 중대장은 고개를 기울인 채 여전히 노래하고 있었다.

"디리리리, 누나, 누나, 도와줘요……."

부관이 호위병들에게 얼굴 말고 심장을 조준하라고 했다. 두 호위병이 총을 들었을 때 부관이 발사 명령을 내렸다. 총알 두 개가 중대장의 배로 날아갔고 중대장은 배를 걷어차인 듯 뒤로 엉덩방아를 찧었다. 고통으로 눈을 동그랗게 뜬 그는 깜짝 놀란 듯 부관과 주변 사람들을 바라보면서 마지막 "디리리리"를 내뱉었다.

부관이 호위병에게 호통쳤다. "심장을 쏘라는데 왜 배를 쏴!"

호위병이 숨을 헐떡이며 대꾸했다. "육중한 중대장을 끌고 이렇게 멀리까지 걸어온 데다 내내 웃었더니 기력이 남지 않았습니다.

총을 중대장 배까지 들어 올릴 수 있을 뿐, 심장까지 들 수 없었습니다."

부관은 호위병한테서 장총을 받아 중대장 앞으로 걸어갔다. 조금 전에 먹은 고기 요리가 창자와 함께 길가로 흘러내렸다.

중대장은 더 이상 "디리리리" 노래하지 못했다. 그는 정신을 차리고 슬픈 눈으로 부관이 자기 가슴에 총구를 겨누는 것을 바라보았다. 부관이 방아쇠를 당길 때 그의 눈가에서 눈물이 한 방울 흘러내렸다. 중대장의 몸이 총성과 함께 들썩인 뒤 머리를 아래로 늘어뜨린 채로 나무를 타고 미끄러져 내렸다.

옷에 새빨간 피가 묻은 부관이 고개를 돌려 사람들 틈새로 보이는 린바이자를 바라보았다. 공포에 질린 그녀의 눈빛이 애처롭게 아름다웠다.

38

구이민은 약속한 1,000여 벌의 동복과 한 달 치 군비를 한 치의 오차도 없이 병사들 손에 쥐여 주었다. 그날 아침, 여단장이 부관과 호위병을 데리고 목공소로 찾아와 린샹푸와 천융량은 크게 당황했다. 여단장 일행이 자리에 앉은 뒤에도 두 사람이 계속 허리를 굽힌 채 서 있자 여단장은 앉으라고 한 뒤 누가 린샹푸냐고 묻고 부관을 가리키며 말했다.

"여기 부관은 제 외조카로 리위안청李元成이라 합니다. 부모를 일찍 여의고 집안 형편이 어려워 어렸을 때부터 재봉을 배웠는데, 재작년에 제가 고향을 지날 때 가위와 실을 내려놓고 저를 따라 전쟁에 나섰습니다. 그러다 오늘 시진에서 서시⁹ 같은 아가씨를 만났다고 하더군요. 이 댁 아가씨였습니다. 조카는 총 대신 다시 가위와 실을 들고 이 댁 아가씨와 백년해로하고 싶다고 합니다."

린샹푸는 여단장의 말에 난처한 얼굴로 더듬더듬 대답했다. "여

---

9 중국 4대 미녀로 손꼽히는 춘추시대 월나라의 미녀.

단장님과 연을 맺는 건 정말 영광이지만, 제 딸은 이제 열두 살로 아직 혼인할 나이가 아닙니다."

"지금 당장 결혼시키자는 게 아닙니다. 일단 정혼만 하고 조카에게 이 댁 목공소 옆에 재봉소를 열어주면 어떨까요? 저는 혼례 때 다시 찾아오고요."

린샹푸는 사실대로 말하는 수밖에 없었다. "제 딸은 이미 시진 상인회 회장인 구이민의 큰아들 구퉁녠과 정혼했습니다."

린샹푸는 자신의 말에 여단장이 아무 반응을 보이지 않자 전전긍긍하며 쳐다보기만 했다. 이에 천융량이 나섰다.

"정혼식도 이미 치렀습니다."

그러자 여단장이 웃음을 지으며 말했다. "구 회장 댁과 정혼했다니, 축하드립니다."

여단장은 자리에서 몸을 일으킨 뒤 부관을 보며 말했다. "이 댁 아가씨는 이미 짝이 있다니 포기해야겠구나. 외삼촌과 같이 가자. 넌 목숨을 걸고 사방을 돌아다닐 운명이야."

리위안청이라는 부관이 고개를 끄덕이며 외삼촌에게 말했다. "총을 버리지 않고 외삼촌과 함께 가겠습니다."

그런 다음 린샹푸와 천융량에게 허리 숙여 인사했다. "실례했습니다."

그들은 마당에서 린바이자, 천야오원과 마주쳤다. 젊고 잘생긴 부관이 걸음을 멈추고 린바이자에게 말했다.

"나 리위안청을 기억해둬. 나중에 신문에서 영웅 리위안청에 관한 기사를 보면 틀림없이 나일 거야. 혹시 어려운 일이 생기면 신문을 가지고 나를 찾아와."

린바이자는 그런 식의 말을 생전 처음 들어봐 자기도 모르게 웃음을 터뜨렸다. 여단장이 하하 크게 웃고는 린샹푸와 천융량에게 작별을 고하고 조카 부관, 호위병과 함께 목공소를 떠났다.

시진에서 사흘을 머문 패잔병들은 점심 식사 후 성황각 앞에 집결해 시진의 북문으로 의기양양하게 나갔다. 구이민은 상인회를 통해 주민들이 배웅하도록 조치하고 자신은 여단장과 대오 맨 앞에서 북문 밖까지 나갔다. 작별 인사를 나눌 때 여단장이 말했다.

"솔직히 우리 부대는 이곳을 강탈할 생각이었습니다. 하지만 회장님의 극진한 대접을 받고서 어떻게 강탈할 수 있었겠습니까?"

북양군은 큰길을 따라 구불구불 나아갔다. 그들이 내뿜는 열기가 얼어붙은 천지에서 안개처럼 피어올랐다. 여단장과 부관은 말을 타고 기병의 호위를 받으며 들판을 달렸다. 말발굽에 흩날리는 눈발이 그들의 뒷모습을 뿌옇게 가렸다.

구이민은 북문에서 사람들에게 공손히 인사한 뒤 가마를 타고 시산으로 갔다. 그러고는 시진 전경이 한눈에 내려다보이는 고갯길에서 내렸다. 그는 오랫동안 그 자리에 서서 산 아래 눈에 덮인, 조금도 손상 없는 집과 거리, 점점이 오가는 행인을 바라보며 길게 한숨을 내쉬었다. 그런 다음 도로 가마에 타고 말했다.

"집으로 돌아가자."

39

누군가 부두에서 쩡완푸가 대나무 지붕이 달린 배에 앉아 예전처럼 큰 소리로 손님을 부르는 걸 보았다. 충격으로 넋이 나갔던 쩡완푸가 갑자기 회복됐다는 말에 사람들은 호기심을 참지 못하고 부두로 나가 말을 걸었다. 쩡완푸는 또박또박 막힘없이 대답했다. 그러다 누군가 왜 오른손 중지가 없어졌느냐고 묻자 그는 얼떨떨한 표정으로 어떻게 된 영문인지 모르겠다고 대답했다. 천순과 장핀싼의 행방을 묻고 몸값에 관해 물었을 때는 정말로 의아하다는 표정을 지었다. 몸값과 관련된 일은 전혀 기억하지 못했다.

사실 구이민이 천순과 장핀싼의 행방을 알아보라고 보낸 하인 둘은 진작에 돌아왔다. 그들은 길을 따라 찾아다니다가 관음보살 사당 근처에서 눈에 덮인 시신을 무더기로 발견했다. 그 속에서 천순과 장핀싼의 시신을 찾았고 천순의 호주머니에서 은표도 찾았다. 그런데 두 하인이 돌아온 시점이 하필이면 북양군이 성으로 들어오기 직전이라 구이민은 잠시 그 일을 덮어두었다. 그러다 이제 북양군이 떠났으니 구이민은 어떻게 사람들에게 설명하고 인질을 구해올지 고민하기 시작했다.

그때 멜대를 멘 이발사가 시진으로 들어와 린샹푸와 천융량의 집이 어딘지 물었다. 그들 대문 앞에 도착한 이발사는 작은 서랍에서 편지를 한 통 꺼내 들고 외쳤다.

"천융량 씨 편지요, 편지."

리메이롄이 나오자 그는 편지를 건네며 납치해간 토비가 보냈다고 전했다. 토비의 편지라는 말에 리메이롄은 받자마자 안으로 뛰어 들어가 린샹푸와 천융량에게 알렸다.

"토비가 편지를 보내왔어요."

편지를 건네받은 천융량이 봉투에서 종이를 꺼낼 때 귀 하나가 탁자로 떨어졌다. 천융량의 얼굴이 순식간에 하얗게 질리고 편지를 든 손이 바들바들 떨렸다. 리메이롄이 탁자의 귀를 보고는 겁에 질려 물었다.

"이게 뭐예요?"

옆에 서 있던 린바이자가 집어 들고 자세히 살펴본 뒤 귀에 검은 점이 하나 있으며, 천야오우의 왼쪽 귀에 있는 점과 똑같다고 말했다.

리메이롄은 천융량 손에 있는 편지를 보며 바들바들 떨었다. "뭐라고 적혔어요?"

린샹푸가 편지를 받아 읽은 뒤 천융량과 리메이롄에게 알려주었다. 지난번에 약속한 장소로 몸값을 가져오지 않아서 인질의 귀를 잘랐으며 열흘 내에 또 보내지 않으면 다음에는 머리통을 받을 거라는 내용이었다.

린샹푸의 말이 떨어지자마자 리메이롄이 휘청거리며 바닥으로 쓰러져 정신을 잃었다. 그녀가 깨어났을 때는 이미 날이 어두웠다. 정신을 차린 리메이롄은 통곡하기 시작했다. 그녀의 울음소리는 끊임없이 되풀이되는 낙지창서落地唱書[10] 같았다. 길게 이어지는 음조에 슬픈 탄식이 배어 있었다.

이틀 사이에 방물장수, 치과의사, 구두 수선공, 약장수 노인, 나무꾼 농민이 줄줄이 시진으로 들어와 납치당한 집에 토비의 편지를 전했다. 봉투마다 귀가 하나씩 들어 있었고 편지 내용도 천융량이 받은 것과 같았다. 하지만 편지마다 필적이 다르고 문장 길이가 달랐으며 몸값을 보내라는 장소도 달랐다. 편지를 가져온 사람들 말을 종합해보니 각기 다른 장소에서 다른 토비를 만난 거였다. 적게는 두세 명, 많게는 대여섯 명이었다. 토비는 그들의 금품을 빼앗은 뒤 편지를 시진으로 보내라고 시켰다. 치과의사와 약장수 노인은 자신들이 만난 토비는 글을 몰라 말을 대신 받아 적었다고 했다.

편지들은 마지막에 구이민 집으로 모이고 납치당한 집의 가족들도 그 집 대청에 모였다. 구이민은 한 통씩 자세히 살펴본 뒤 지

---

10   저장성 성현嵊縣 일대에서 유행했던 설창의 한 형식.

난번 몸값은 같은 장소로 보내라고 했는데 이번에는 각기 다르다면서, 최근 북양군과 국민혁명군의 격전으로 토비가 떼를 지어 약탈할 수 없자 흩어진 듯하다고, 그래서 몸값을 받는 장소도 달라진 것 같다고 말했다.

구이민은 이미 장펀싼과 천순의 시신을 찾았고 은표도 회수했다고 알린 뒤 덧붙였다. "이번에는 몸값을 가족이 직접 가져가는 게 좋겠습니다. 다만 최대한 조심하세요. 제가 부탁드리고 싶은 건 하나뿐입니다. 몸값을 잘못 가져갔어도 틀렸다고 말하지 말고 어느 집 인질이든 데려오라는 겁니다. 인질이 무사히 돌아오면 몸값을 잘못 보냈다고 해도 결국은 잘못 보낸 게 아니니까요."

40

달이 떠오르기 시작했을 때 천융량은 은표를 품에 넣고 북문을 나가 편지에서 토비가 지정한 장소로 향했다.

천융량이 문을 나서기 전에 이미 어스름이 내리고 있었다. 리메이렌은 영 마음이 놓이지를 않아서 이튿날 새벽에 가는 게 좋겠다고 말렸지만, 천융량은 하늘을 올려다본 뒤 달이 밝아 길을 잘못 들 리 없다고 말했다. 그때 린샹푸가 자신도 가겠다며 두 사람이 함께 가면 서로 도울 수 있을 거라고 했다. 그러자 천융량은 위험한 길이니 둘 중 한 사람은 반드시 집에 있어야 한다며 받아들이지 않았다. 린샹푸는 그렇다면 자신이 갈 테니 천융량더러 남으라고 했다. 천융량은 고개를 저으며, 원래 천야오우 하나만 걱정할 일을 린샹푸가 가면 두 사람을 걱정해야 한다고, 집에서 불안해하느니 자기가 가는 게 낫다고 대꾸했다. 두 사람은 계속 실랑이를 벌이며 집을 나섰다. 거리로 나온 뒤에야 린샹푸는 속마음을 털어놓았다. 천융량한테 혹시라도 변고가 생겨 자신이 리메이렌과 아이들을 데리고 살면 얼마나 민망하겠느냐며 역시 자기가 몸값을 가져가는 게 좋겠다고 설득했다. 하지만 천융량은 자신이 직접 가야만 안심할 수 있다면서 절대 물러서지 않았다. 린샹푸는 북문이 가까워졌을 때야 포기하고 걸음을 멈춘 뒤 천융량이 멀어지는 걸 지켜보았다.

북문을 나갔을 때 천융량은 앞쪽에서 10여 명이 소리 없이 걸어가는 것을 보았다. 그때 누군가 고개를 돌려 천융량을 보고 뭐라 말하자 10여 명이 걸음을 멈추고 기다렸다. 천융량은 모두 인질의 아버지나 아들임을 알아볼 수 있었다. 그들에게 이르렀는데도 그들이 움직이지 않고 멀지 않은 북문을 계속 바라보자 천융량도 몸을 돌렸다. 다른 인질의 아버지나 아들이 줄줄이 걸어오고 있었다. 토비에게 몸값을 가져가는 사람들이 모이자 누군가 몇 명인지 세어 보고 스물세 명이라면서 모두 모였다고 말했다.

그들은 앞을 향해 나아갔다. 이미 날이 캄캄해졌고 소리 없는 달빛이 소리 없는 그들을 비추고 있었다. 다들 자신이 운명을 예측할 수 없는 곳으로 가고 있음을 알았지만, 얼굴에 옅은 미소를 짓고 있었다. 날이 밝은 뒤에 몸값을 가져가는 사람이 없다는 게 서로에게 격려가 되었다. 큰 갈림길에 이르러 일곱 명이 왼쪽으로 꺾자 다른 사람들이 걸음을 멈추고 배웅하듯 그들을 바라보았다. 다시 20여 미터를 간 뒤 또 몇 명이 오른쪽으로 갔다. 그렇게 갈림길에서 다른 방향으로 가는 사람이 있으면 나머지 사람이 걸음을 멈추고 그 사람 혹은 그들을 바라보았다. 함께 가는 사람이 점점 적어져 천융량이 오솔길로 꺾을 때는 네 사람만 남았다. 그들 네 사람이 서서 천융량을 바라보았다. 천융량은 10여 미터를 걸은 뒤 고개를 돌렸다가 그들이 여전히 거기 서 있는 걸 보고는 손을 흔들었다. 그들도 손을 흔들어준 뒤 가던 길을 계속 갔다.

41

섣달 12일 시진에서 주민을 납치해간 토비는 총 세 무리였고 각 무리 두목의 별명은 물수제비와 표범, 스님이었다. 물수제비 무리의 인원이 일곱 명으로 제일 많고 표범은 다섯 명이며, 스님은 세 명에 불과했다. 그들 토비 열다섯은 시진에서 스물세 명을 붙잡아 북문을 나간 뒤 얼어붙은 눈밭으로 들어갔다.

붉은 솜저고리를 입은 천야오우가 제일 앞에서 걸어갔다. 뒤에는 간장가게 리 사장과 대장장이 쉬 씨, 꽈배기 장수 천싼陳三, 두부가게 점원 왕눈이 탕 씨가 있었다. 눈에 발자국을 남기지 않기 위해, 물수제비라 불리는 권총을 찬 토비는 인질에게 앞사람 발자국을 밟으며 걸으라고 시켰다. 그래서 인질 스물세 명은 전부 고개를 숙인 채 조심스럽게 앞사람 발자국을 밟으며, 새하얀 길을 따라 꿈틀거리는 지렁이처럼 일렬로 걸었다. 간장가게 리 사장이 잘못해서 다른 곳을 밟자 표범이라는 토비가 총을 들어 개머리판으로 그의 머리통을 찍었다. 리 사장이 으악 비명을 지르며 눈밭으로 쓰러졌고 한 줄에 묶인 천야오우와 대장장이 쉬 씨 등도 덩달아 넘어졌다. 물수제비와 표범은 인정사정없이 걷어차며 그들을 하나씩 일으켜 세웠다. 그런데 리 사장만은 눈밭에 엎어진 채 미동도 하지 않았다. 개머리판으로 때려도 움직이지 않고 발로 머리통을 차도 꼼짝하지 않았다.

장총을 멘 스님이라는 토비가 말했다. "죽었나 보군."

물수제비가 말했다. "죽은 척하는 거야. 쏴버려."

표범이 장총을 리 사장 머리에 겨누고 노리쇠를 당겼다. 리 사장이 노리쇠 소리를 듣자마자 벌떡 일어나 앉으며 연거푸 말했다.

"나리, 나리, 갈 수 있습니다."

그들은 앞사람 발자국을 밟으며 천천히 산길을 걸어갔다. 그러던 중 시냇물이 나오자 토비는 발자국이 남지 않게 물로 걸어가고 시켰다. 한겨울의 냇물 속을 걸으니 처음에는 뼈를 에이는 한기가 엄습해왔지만, 나중에는 두 발이 마비돼 아무 느낌도 들지 않았다.

황혼이 내릴 무렵 숲을 지나던 그들은 낡은 초가 한 채를 발견했다. 초가에는 옷도 제대로 못 입은 노인이 솜이불을 둘둘 만 채 침대에 앉아 있었다. 토비 몇 명이 들어가 이불을 빼앗으려 하자 노인이 이불을 꽉 붙들며 몇 푼 되지도 않는 낡은 이불이니 봐달라고 애원했다. 그러자 표범이 들어가서는 아무 말 없이 개머리판으로 노인의 얼굴을 쳤다. 얼굴이 피투성이가 된 노인은 문 앞까지 기어 와 눈물이 그렁그렁한 눈으로 토비들이 자기 이불을 갈가리 찢어 인질 스물세 명의 눈가리개로 쓰는 것을 지켜보는 수밖에 없었다. 스님이라는 토비가 그 천으로 눈을 가릴 때 천야오우는 노인이 자신을 보고 있는 걸 발견했다.

눈이 가려진 인질들은 앞에서 방향을 이끌고 뒤에서 감시하는 토비 사이에서 휘청휘청 산비탈을 올라갔다가 다시 내려갔다. 곧이어 들려오는 개 짖는 소리에 그들은 어떤 마을에 들어왔음을 알았다. 두부가게 왕눈이가 꽈배기 장수 천쌴에게 속삭였다.

"류촌劉村 같아."

그 말이 떨어지기가 무섭게 개머리판이 날아와 왕눈이는 탄식처럼 신음을 내뱉었다. 그들은 표범의 매서운 음성을 들었다.

"어떤 놈이든 또 지껄이면 죽을 줄 알아."

날이 어두워진 뒤 토비는 그들을 음습한 방으로 데려가 눈가리개를 풀어주었다. 그들은 등불에 의지해 자신들이 창문 없는 커다란 방에 서 있다는 것을 알았다. 그런 뒤 왕눈이의 시퍼런 얼굴을 보았다. 시진에서 크기로 유명한 그 두부가게 점원의 눈이 퉁퉁 부은 얼굴 때문에 가느다란 실눈이 되었다.

감시하기 편하도록 토비는 인질을 한 명씩 묶은 뒤 다시 줄줄이 엮어 벽에 붙어 앉으라고 했다. 그래놓고 줄 끝을 천장 중앙에 매달기까지 했다. 다섯째라 불리는 토비가 마른 볏짚 한 단을 가져와 방 가운데에 깔고 그 위에 요를 펼쳤다. 그런 다음 이불을 몸에 걸치고 채찍을 옆에 놓고는 두 손으로 족발을 들고 뜯어먹기 시작했다.

인질 스물세 명은 차갑고 딱딱한 바닥에 앉아 있었다. 아래에 깔린 볏짚에는 곰팡이가 가득했다. 그들은 배도 고프고 목도 마른 데다 피곤했다. 다섯째가 뽀뽀하듯 족발 뜯는 모습을 보자 텅 빈 위장에서 꼬르륵 소리가 요동쳤다. 심한 갈증에 침조차 말라버려서 그들은 바싹 마른 혀로 바싹 마른 입술을 핥는 수밖에 없었다. 다른 토비들은 옆방에서 술을 마시며 장난을 쳤다. 그들의 웃고 떠드는 소리 속에 음식 씹는 소리가 섞여 있었다. 토비들은 수시로 몸을 일으켜 밖으로 나가서는 인질이 있는 방의 벽에 오줌을 누었다. 인질들은 감히 소리를 낼 수 없었다. 그러다 대장장이 쉬 씨가 더는 참을 수 없었는지 조용히 한마디 중얼거렸다.

"먹을 게 없으면 물이라도 주시오."

다섯째라는 토비가 왼손에 족발을 들고 오른손에 채찍을 든 채 대장장이를 잠시 쳐다보다가 방금 말한 사람이 그라는 걸 확신하고는 채찍을 휘둘렀다. 대장장이 얼굴에 곧장 채찍 자국이 생겼다.

다섯째가 말했다. "누구든 떠드는 놈은 모략을 꾸미는 거니 머리통이 날아갈 거야."

그런 다음 채찍을 내려놓고 손가락에 묻은 기름을 핥고는 계속 뽀뽀하듯 족발을 뜯었다. 인질들은 고개를 떨어뜨린 채 추위와 배고픔 속에서, 옆방 토비들이 배불리 먹고 마신 뒤 담배를 피우고 골패를 달그락거리며 주사위 던지는 소리를 듣고 있었다.

42

이튿날 오전 토비는 인질을 한 명씩 끌어내 고문하고 심문했다. 처음 끌려 나간 사람은 간장가게 리 사장이었다. 물수제비가 히죽 거리며 집에 은화가 얼마나 있냐, 2,000냥은 되느냐고 묻자 리 사장은 울상이 되어 바닥에 꿇어앉고는 머리를 조아리며 애원했다.

"저는 작은 가게를 운영할 뿐입니다. 늘 들어오는 것보다 나가는 게 많지요. 나리들, 좀 봐주십시오, 저 좀 놓아주세요."

토비들이 하하 웃었고 표범이 대꾸했다. "좀 봐달라고? 절에 가서 중을 찾아라. 우리는 인육을 파니까 돈을 내고 사가야지."

그러고 나서 표범은 의자를 걷어차듯 발로 리 사장을 걷어찼다. 다섯째와 다른 토비 하나가 그를 일으켜 세우고 옷을 벗기더니 멜대에 팔을 걸치고 줄로 들보에 매달았다. 그런 다음 좌우에서 리 사장 가슴 앞뒤로 채찍을 휘둘렀다. 채찍 소리가 울릴 때마다 리 사장 몸에 긴 줄이 생기고 곧이어 상처가 터지면서 피가 흘러내 렸다. 리 사장은 고통을 참지 못해 비명을 질렀다. 두 토비는 40여 차례나 채찍을 휘둘렀고 리 사장은 40여 차례나 비명을 질렀다.

비명을 듣기 싫었는지 물수제비가 아궁이에서 재를 한 움큼 집어 리 사장이 소리를 지를 때 입으로 던져 넣었다. 곧장 리 사장의 비명이 사라지고 숨소리도 사라지더니 낯빛마저 석회를 뿌린 듯 하얗게 질렸다. 눈을 동그랗게 뜬 채 한동안 온몸을 부들부들 떨고 나서야 그는 다시 숨을 쉴 수 있었다. 그가 다시 비명을 지를 때 입과 코에서 피가 터져 나와 벽에 기대앉은 인질들한테 튀었다.

물수제비가 히죽거리며 물었다. "암만 그래도 2,000냥은 있지?"

리 사장이 연거푸 고개를 끄덕이며 우우 소리를 냈다. 물수제비가 옆에서 기록하는 스님에게 말했다. "저 집에 1,000냥을 내라고 해."

다음으로 끌려 나간 사람은 두부가게 점원 왕눈이 탕 씨였다. 집에 은화가 얼마나 있느냐고 물수제비가 물었을 때 왕눈이는 고개를 저으며 한 푼도 없다고 답했다. 물수제비는 왕눈이의 시퍼렇게 부은 얼굴을 보며 두 토비에게 말했다.

"엉덩이를 꽃이 필 정도로 때려. 얼굴이랑 똑같이 만들어주라고."

두 토비가 왕눈이의 바지를 벗기고 길상 위에 누른 뒤 채찍을 미친 듯이 휘둘렀다. 왕눈이는 이를 악물고 비명을 삼키며 코로 거친 숨만 내뱉었다. 토비 하나가 100여 대를 때린 뒤 얼굴의 땀을 닦고는 물 좀 마시면서 쉬어야겠다고 말하자 다른 토비가 채찍을 이어받아 100여 대를 또 때렸다. 왕눈이의 엉덩이가 북처럼 부어올랐다. 부어오른 채찍 자리가 이미 줄무늬가 아니라 물고기 비

늘 무늬였다. 그래도 왕눈이가 소리를 지르지 않자 물수제비는 다섯째에게 옆방에서 고춧가루를 가져오라고 한 뒤 엉덩이에 뿌렸다. 이번에는 왕눈이가 으악 비명을 지르며 콩알만 한 땀을 비 오듯 흘리고 눈물도 뚝뚝 떨어뜨렸다.

물수제비가 그의 엉덩이를 힐끗 쳐다본 뒤 말했다. "꽃은 비슷하게 피었는데 얼굴 같지가 않네. 눈동자가 없잖아."

다섯째가 벌겋게 달아오른 집게를 가져와 달걀 모양으로 왕눈이의 두 엉덩이를 지졌다. 치이익 하는 소리 속에 살 타는 냄새가 사방으로 퍼졌다. 왕눈이가 으으으 하고 황야에서 상처 입는 늑대가 절규하듯 낮고 길게 비명을 질렀다.

물수제비가 웃으며 말했다. "이제 좀 얼굴 같군. 이번에는 저놈 얼굴을 때려서 엉덩이처럼 만들어."

두 토비가 왕눈이를 일으켜 구석으로 밀칠 때 물수제비가 말했다. "걸상에 앉혀서 벽에 붙여."

두 토비가 걸상을 가져와 왕눈이한테 앉으라고 했다. 왕눈이는 피범벅이 된 엉덩이를 걸상에 대자마자 불에 덴 듯 벌떡 일어났다. 토비들이 하하 크게 웃었다.

다섯째가 채찍을 휘두르며 소리쳤다. "앉으라고."

왕눈이는 다시 조심스럽게 앉으려다가 찌르는 듯한 통증에 도로 일어났고 토비들은 사레들릴 정도로 웃어댔다. 왕눈이는 부어오른 눈으로 벽에 앉은 인질들을, 그 부들부들 떠는 몸과 공포에 질린 눈을 훑어보았다. 그러고 나서 쓴웃음을 짓고는 이를 악물며 걸상에 앉았다. 고통에 그의 얼굴이 일그러졌다.

다섯째가 팔을 휘두르자 짝 소리와 함께 채찍이 벽을 타고 미끄러지며 왕눈이의 얼굴을 때렸다. 왕눈이의 무거운 신음소리가 한 차례 들린 뒤 짝짝 하는 채찍 소리가 이어졌다. 왕눈이는 얼굴이 피투성이가 되어 정신을 잃은 채 바닥으로 쓰러졌다.

물수제비가 다가가 말했다. "됐어. 얼굴이 어디가 어딘지 모르겠네. 엉덩이 같아."

다섯째가 채찍을 거두고 히죽거렸다. "불그죽죽한 게 원숭이 엉덩이 같네요."

토비들이 웃고 난 뒤 왕눈이가 천천히 정신을 차리자 물수제비가 쪼그리고 앉아 왕눈이의 어깨를 두드리며 말했다.

"자, 말해봐. 집에 은화가 얼마나 있지?"

왕눈이가 입을 조금 열고 피를 토한 뒤 탁한 목소리로 대답했다. "나는 가난해서 은화 같은 거 없어요."

옆에 서 있던 표범이 장총을 왕눈이의 머리통에 겨누며 물었다. "젠장, 진짜 가난뱅이야?"

왕눈이가 힘없이 고개를 끄덕이자 표범이 말했다. "가난뱅이가 살아서 뭐 해? 죽자."

표범이 방아쇠를 당기자 탕 소리와 함께 왕눈이의 머리통이 박살 나고 새빨간 피가 사방 벽은 물론 물수제비 얼굴에까지 튀었다.

물수제비가 얼굴을 닦으며 욕했다. "야 이 새끼야, 총을 쏘려면 말을 해야지. 내 얼굴에 다 튀었잖아."

스님이라 불리는 토비가 차마 보기 힘들었는지 끼어들었다. "인질 중에 부자도 있고 가난뱅이도 있는 거지. 가난뱅이를 납치한 건 재수 없지만, 그렇다고 목숨까지 빼앗을 필요도 없잖아."

물수제비가 욕했다. "네놈이 정말 중인 줄 알아? 젠장, 너도 토비라고."

그런 다음 물수제비는 몸을 돌려 벽에 붙어 앉은 인질들에게 말했다. "잘못 데려오지 않았어. 너희 모두 돈을 내야 해."

다섯째가 대장장이 쉬 씨를 끌어내자 팔과 몸통이 두꺼운 대장장이가 덜덜 떨면서 나갔다. 어젯밤에 채찍을 맞은 자국이 얼굴에 그대로 남아 있었다. 그는 토비가 입을 열기도 전에 먼저 말했다.

"나리, 저는 가난뱅이가 아니라 부자입니다."

글방의 왕 선생은 끌려 나가기도 전에 말했다. "나리, 저도 부자입니다."

이어서 인질들이 너나없이 부자라고 말하자 토비들이 히죽거리며 몸값을 정했다. 천야오우는 자기 차례가 되었을 때 말했다.

"제 몸값은 어제 이미 말했습니다."

물수제비가 생각났다는 듯 웃으며 말했다. "맞다, 네 녀석은 1,000냥이지."

43

시진의 인질들은 습하고 어두운 방에서 개돼지만도 못한 보름을 보냈다. 매일 죽 두 그릇과 빵 하나만 받았고 가끔 짠지가 나왔다. 토비는 그들이 모의하지 못하도록 잠잘 때 한 사람씩 머리와 다리를 엇갈리게 눕힌 뒤 한 사람은 엎드리고 한 사람은 똑바로 눕게 했다. 그나마 누워서 잘 때는 견딜 만했지만 엎드려 자는 건 고역이었다. 곰팡이가 가득한 볏짚에 얼굴을 붙인 채 며칠을 자면 피부에서 썩은 내가 났다. 매일 아침 여섯 시에 일어나 바람을 쐬러 나갔는데 늦게 일어나면 그들을 관리하는 다섯째의 채찍이 날아왔다. 바람을 쐬는 건 용변을 보는 일이었다. 바람 쐬기는 하루 중 아침에만 했기 때문에 그때를 놓치면 용변을 고스란히 참아야 했다. 하루는 누가 도저히 참을 수 없어 배를 움켜쥐며 소리치자 다섯째가 호통쳤다.

"여긴 네놈 집이 아니야. 인질 주제에 어디서 멋대로 굴어?"

그 사람은 바지에 싸는 수밖에 없었다. 보름 동안 인질마다 바지에 똥이 가득 찼다. 한겨울이라 똥이 돌처럼 딱딱하게 얼어붙은 데다 낮에는 가슴을 펴고 똑바로 앉아야 해서 엉덩이가 문드러졌다. 동상에 걸려 손발에서 피가 나고 바닥의 습기 때문에 옷도 썩기 시작했다. 꽉 묶인 줄에 옷은 너덜너덜해졌고 줄이 팔까지 파고들면서 핏물이 뱄다. 온몸에서 썩은 내가 진동하고, 가닥이 아니라 뭉치로 눌어붙은 머리카락에는 이가 득실거렸다.

열여섯째 날 물수제비와 표범 무리가 휘날리는 눈발 속에 산에서 내려가고 스님 무리가 그들을 감시하게 되었다. 스님이 그들에게 말했다.

"거의 끝났어. 오늘 몸값이 오면 내일은 집으로 돌아갈 수 있을 거야."

점심때 눈이 그치고 해가 나왔다. 스님은 줄을 잡고 소나 양을 끌듯 인질을 밖으로 데려가 벽에 붙어 앉으라고 했다.

"몸에 곰팡이가 피었을 테니 잘 말려. 그러고 나서 돌아가라고."

햇볕이 그들 몸을 비추고 건조한 삭풍이 그들 얼굴을 스쳤다. 그들은 서로를 바라보았다. 각기 다른 얼굴에 똑같은 기쁨이 떠올랐다. 꽈배기 장수 천싼이 눈을 가늘게 뜨고 햇살 속 공기를 크게 들이마시자 다른 인질 스물한 명도 실눈을 뜨고 건조하고 깨끗한 공기를 크게 들이마셨다. 그들은 숨을 쉬는 게 아니라 신선한 공기를 먹는 것처럼 게걸스럽게 입을 벌렸다. 대장장이 쉬 씨가 고개를 숙인 채 킥킥 소리 내 웃자 다른 인질들도 고개를 숙이고 킥킥 웃었다. 웃음소리는 천야오우에 이르러 울음소리로 변했고 그 다음부터 줄줄이 눈물을 흘렸다. 그러고 나서 그들은 햇볕에 눈물을 말렸다. 앞쪽의 눈 덮인 숲을 보며 산에 있다는 것을 알았지만, 숲에 시야가 막혀 굴곡진 산세까지 볼 수는 없었다. 그들은 건물에서 숲까지 이어진 넓은 공터와 쌓인 눈 속에서 어지럽게 뻗어 나온 썩은 나무만 볼 수 있었다.

해 질 무렵 하산했던 토비들이 돌아왔다. 그들은 관음보살 사당 근처에서 온종일 손발이 딱딱하게 얼어붙을 정도로 기다렸지만, 몸값을 가져온다던 쩡완푸와 천순, 장핀싼을 만나지 못했다. 돌아온 그들은 미친 들개처럼 사납게 소리를 질렀고 다섯째는 채찍을 마구 휘두르며 욕을 퍼부었다.

"젠장, 네놈들을 데려온 지 보름이 됐어. 씨발, 네놈들 집에서 한 사람도 돈을 가져오지 않았다고. 젠장, 네놈들은 여기서 공짜로 먹으며 살만 쪘지. 제기랄, 네놈들 집에서보다 호강했다고."

그런 다음 물수제비는 수하에게 인질을 한 명씩 데려오라고 했다. 처음 나간 사람은 대장장이 쉬 씨였다. 그가 나간 뒤 아무 소리도 들리지 않아 인질들이 안에서 가슴 졸이고 있을 때 대장장이의 비명이 들렸다. 잠시 뒤 대장장이 쉬 씨가 고개를 비스듬히 기울인 채 돌아왔다. 다른 인질들이 그의 귀 한 쪽이 없는 걸 발견했다. 귀가 사라진 자리는 재로 덮였고 그의 목과 웃옷은 피로 물들었다. 대장장이 쉬 씨는 창백한 낯빛으로 비틀비틀 자리에 앉아 자기 두 발만 멍하니 쳐다보았다. 두 번째로 나간 사람은 천싼이었다. 그는 무슨 일인지 감을 잡지 못한 채 대장장이를 돌아보면서 허리를 숙이고 나갔다. 안에 있는 인질들은 천싼이 나간 뒤 애원하는 소리와 돼지 멱따는 듯한 비명을 들었다. 천싼도 귀가 한쪽 없어진 채 들어왔다. 귓바퀴에 시커먼 재를 묻힌 채 창백한 얼굴에 멍한 눈빛으로 휘청휘청 돌아왔다.

천야오우는 일곱 번째로 나갔다가 석양이 지는 걸 보았다. 눈 덮인 나뭇가지에 비친 새빨간 노을에 눈을 가늘게 떴다. 다섯째가 그를 스님 앞으로 밀자 스님이 젓가락 두 짝으로 그의 왼쪽 귀를 잡고 젓가락 양 끝을 가느다란 삼끈으로 동여맸다. 물수제비의 피범벅 된 손에 피가 줄줄 흐르는 면도칼이 들린 걸 보고 천야오우는 귀를 자르려 한다는 걸 알았다. 스님이 삼끈을 잡아당길 때 그는 아파서 눈물을 흘리며 젓가락을 좀 풀어달라고 애원했다. 그러자 스님이 대꾸했다.

"꽉 조일수록 좋아. 느슨하게 잡으면 벨 때 더 아프거든."

천야오우는 물수제비가 그의 마비된 왼쪽 귀를 잡고 면도칼을 이마 쪽에서부터 긋는 것을 느꼈다. 쓱싹 소리가 몇 번 난 뒤 스님이 귀가 있던 자리에 재를 덮어 지혈해주었다. 천야오우는 다른 쪽 귀로 물수제비의 말을 들을 수 있었다.

"이 녀석 귀는 정말 부드럽네. 단번에 떨어졌어."

천야오우는 갑자기 왼쪽은 가벼워지고 오른쪽은 무거워진 기분이 들었다. 찬바람이 왼쪽 얼굴로 불어오자 뼈를 에는 듯한 한기가 느껴졌다. 천야오우는 휘청거리며 방으로 돌아갔다. 뜨거운 피가 목을 타고 흘러내리고 격렬한 통증이 밀려왔다. 점점 얇아져 날아오를 것 같던 몸이 자리에 앉자 천천히 가라앉는 듯했다. 다른 인질들이 흐릿하게 보였다. 그는 눈을 감고 정신을 잃었다.

44

아침에 바람을 쐴 때 인질 스물두 명에게서 귀 스물두 개가 보이지 않았다. 그들은 서로를 바라보며 상대가 순식간에 많이 야위었다고 생각했다. 물수제비가 토비 몇과 그들한테 다가와 히죽거리면서 그들의 잘라낸 귀를 보여준 뒤 말했다.

"네놈들 귀를 좀 봐. 씨발, 돈을 안 내면 다음에는 머리통을 잘라낼 거다."

토비들은 지나가는 사람을 붙들어 인질들 귀를 시진에 보낼 생각으로 산에서 내려갔다. 그런데 스무 걸음쯤 갔을 때 총성이 들려, 그들은 재빨리 돌아서 뛰면서 소리쳤다.

"큰일이다, 관군이야."

표범이 공터에서 소리쳤다. "어서 귀를 나누고 인질을 한 사람당 둘씩 챙겨 숲으로 뛰어. 가능한 한 멀리 달아나라."

토비들은 인질을 연결해놓은 줄을 끊은 뒤 귀를 들고 인질을 위협하며 집 앞의 공터를 지나 숲으로 뛰었다. 표범이 인질 둘을 붙잡아 숲으로 뛰다가 옆에 있는 토비를 발로 차며 욕했다.

"새끼야, 흩어져서 뛰라고."

물수제비가 앞쪽에서 뛰고 있는 천야오우를 붙잡아 스님에게 밀고 그의 귀를 던져주며 말했다.

"스님, 돈 되는 물건을 줄게. 넌 사격을 잘하니까 네 형제들과 여기에서 싸워. 우리는 북쪽에서 우회 공격할 테니."

표범과 물수제비는 자기 무리와 인질을 데리고 콩 볶는 듯 쉬지 않고 울리는 총소리 속에서 앞쪽 숲으로 뛰었다.

물수제비가 고개를 돌려 스님에게 소리쳤다. "스님, 들었어? 씨발, 기관총이야. 우리는 기관총을 못 이겨. 우회 공격 못 한다고. 젠장, 잘 가, 나중에 보자고."

스님이 욕했다. "개새끼."

스님과 그의 두 부하는 천야오우를 밀면서 몸을 낮추고 뛰었다. 총알이 그들 앞뒤에서 휙휙 날아오자 스님이 엎드리라고 소리쳤다. 네 사람은 썩은 나무 아래에 엎드린 채 머리 위에서 날아다니는 총알 소리를 들었다. 짧고 다급한 소리가 참새 떼가 지저귀는 소리 같았다.

나무 밑에 엎드려 있으니 양쪽에서 날아오는 총알 소리가 선명하게 들렸다. 그때 스님이 헤헤 웃으며 다른 두 토비에게 말했다.

"우리를 공격하는 게 아니야. 북양군과 국민혁명군이 싸우는 거지."

그들은 총성이 멎을 때까지 거의 두 시간 동안 엎드려 있다가 일어났다. 부하 한 명이 물수제비와 표범을 쫓아가느냐고 묻자 스님이 말했다.

"발바닥에 기름칠한 놈들을 따라잡을 수 있을 것 같아?"

큰길로 갈 엄두가 안 나서 스님 무리는 산속 오솔길로 움직였다. 천야오우는 그들과 함께 산을 넘고 재를 넘었다. 며칠 연속 잘 먹지도 자지도 못한 데다 왼쪽 귀까지 잘려서 천야오우는 비틀비틀 걸었다. 왼쪽 귀가 없어진 뒤 자기도 모르게 몸이 오른쪽으로 쏠려 자꾸 비스듬하게 걸었다. 그렇게 걷다가 오솔길을 벗어났을 때 천야오우는 발을 헛디뎌 산비탈에서 굴러떨어졌다. 스님 무리는 산비탈을 내려가 천야오우를 끌어올리는 수밖에 없었다. 스님의 두 부하는 혼자 산을 넘는 것만으로도 숨이 찰 판에 어린애까지 끌고 가려니 죽을 것 같다며 계속 욕을 퍼부었다. 한 사람이 구덩이를 파서 꼬맹이를 생매장하자고 말하자, 다른 사람이 구덩이를 팔 힘이 어디 있냐며 총으로 간단히 해치우자고 대꾸했다. 해 질 무렵 천야오우가 또 한 번 비탈에서 굴러떨어졌는데 이번에는 일어서지 못했다. 두 토비가 발로 걷어차는데도 그는 고개만 저으며 말도 뱉지 못했다. 스님은 천야오우가 정말로 움직일 수 없는 걸 알고 업으라고 했다. 두 토비는 연거푸 고개를 저으며 친아버지도 업어본 적이 없는데 어린애를 어떻게 업냐고 거부했다. 스님은 쓴 웃음을 지은 뒤 천야오우를 업고 비척비척 걷기 시작했다.

천야오우는 스님 등에 엎드리자마자 곯아떨어졌다. 한밤중 개

짖는 소리에 정신을 차린 그는 마을에 들어온 걸 알았다. 어느 집 앞에서 걸음을 멈춘 뒤 스님이 문을 두드렸다. 잠시 뒤 안쪽에서 등불이 켜지더니 노부인의 목소리가 들렸다.

"누구시오?"

스님이 대답했다. "어머니, 저예요. 샤오산小山."

솜저고리를 걸친 뒤 등불을 챙겨 나온 스님의 어머니가 천야오우를 보고는 물었다. "누구네 집 애니?"

"시진에서 잡아 온 인질이에요."

이후 나흘 밤낮 동안 천야오우는 스님 집 나뭇간에서 고열에 시달렸다. 눈이 안개가 낀 듯 흐릿해지고 귀에서 물을 붓는 듯 졸졸 소리가 들렸으며 몸도 돌덩이처럼 무거워졌다. 천야오우는 스님 무리가 몇 차례 들어와 자기 앞에서 뭐라 말하는 것을 어렴풋하게 느꼈다. 앓는 동안 제일 많이 본 건 스님 어머니의 모습이었다. 노부인은 들어올 때마다 두 손을 내밀었는데 늘 물이나 죽, 때로는 생강탕을 들고 쉰 목소리로 말했다.

"물 좀 마시렴……. 죽 좀 먹어……. 생강탕 좀 들거라……."

나흘 동안 사경을 헤맨 뒤 닷새째 날 아침 정신을 차렸을 때, 천야오우는 맑은 새소리를 듣고 나뭇간 창문으로 비치는 햇살을 보았다. 눈앞의 안개가 흩어지고 귀에서 울리던 소리도 사라졌으며 몸도 더 이상 무겁지 않았다. 배에서 나는 꼬르륵꼬르륵 소리를 듣고 배가 고픈 것도 알았다. 그런 다음 그는 손목에 묶인 붉은 줄을 보고 의아해했다.

스님 어머니가 죽을 들고 들어왔다가 천야오우가 앉아 있는 걸 보고 이마를 짚으며 말했다.

"보살님이 도우셨구나. 열이 내렸어."

노부인이 그의 이름과 시진의 어느 집 아이인지 물었다. 천야오우는 자기 이름을 밝히고 시진 목공소 천융량의 아들이라고 대답했다. 노부인은 그의 평안을 기원하느라 자신이 붉은 끈을 묶어주었다고 말했다.

노부인은 달걀 두 개도 삶아주었다. 천야오우는 두 볼이 불룩해지도록 한꺼번에 입에 넣고 씹었다. 그런 다음 단숨에 죽을 들이켰다. 죽을 먹을 때 우물에 돌 던지는 듯한 소리가 났다.

천야오우가 고열에 시달리는 동안 스님과 부하는 편지를 쓴 뒤 큰길에서 이발사를 붙들고 시진의 목공소 천융량에게 전달하라고 시켰다.

45

천야오우는 열흘 동안 그 산비탈 마을에 있었다. 나뭇간 바닥에서 잤지만 스님 어머니가 볏짚을 두껍게 깔아주고 요와 이불까지 내주었다. 스님도 줄을 풀어줘 방 몇 곳을 자유롭게 오갈 수 있을 뿐만 아니라 두 손을 소맷부리에 끼운 채 밖에서 햇볕도 쬘 수 있었다. 천야오우는 노부인이 요리할 때 아궁이 앞에서 불을 피우는 등 집안일을 도왔다. 노부인은 밥을 지을 때는 불길을 약하게 하고 음식을 볶을 때는 강하게 해야 한다고 불 조절 법을 가르쳐주었다. 노부인이 불이 세다고 하면 천야오우는 얼른 재를 덮어 타오르는 불길을 억누르고, 약하다고 하면 곧바로 불쏘시개를 들고 후후 불면서 아궁이를 가득 채울 정도로 불꽃을 키웠다. 요리가 끝나고 아궁이의 불꽃이 점점 사그라들 때면 노부인은 고구마를 하나 주며 숯불 깊이 묻으라고 했다. 스님 집에서 지낸 며칠 동안 천야오우는 식사를 마친 뒤 군고구마까지 먹을 수 있었다.

그날 오전 스님과 부하 한 명은 몸값을 받으러 마을에서 나가고 한 명은 남아 천야오우를 감시했다. 오후에 돌아온 둘은 구석에서 햇볕을 쬐는 천야오우를 훑어본 뒤 그 옆에 서 있는 토비한테 손짓해 안으로 들어갔다. 잠시 뒤 세 사람이 도로 나오더니 한 토비가 쪼그리고 앉아 있는 천야오우를 발로 차며 소리쳤다.

"일어나."

자리에서 일어나자 스님이 빙그레 웃는 게 보였다. 천야오우는 그들이 무엇을 하려는지 감을 잡을 수 없었다. 그를 찬 토비가 또 말했다.

"꼬맹이, 이렇게 오래되도록 집에서 신경을 안 쓰네. 우리가 너한테 먹을 것과 마실 것, 잠자리를 주고 햇볕까지 쬐게 해주는데 이게 무슨 소용이야?"

다른 토비가 말했다. "어서 가자. 구덩이를 다 파놓았어."

구덩이를 파놓았다는 말에 천야오우는 자신을 생매장하려나 보다라고 생각했다. 그러자 두 다리에서 힘이 풀리면서 몸이 덜덜 떨리기 시작했다.

스님이 빙그레 웃으며 말했다. "가자."

천야오우는 다리를 움직이려 했지만 도저히 움직일 수가 없었다. 그는 스님이 빙그레 웃고 문 앞에서 손을 흔드는 노부인도 빙그레 웃는 것을 보고는 사람을 죽일 때 빙그레 웃는가 보다라고 생각하며 울상을 지었다.

"다리를 못 움직이겠어요."

스님이 검은 천으로 천야오우의 눈을 가리자 두 토비가 그를 붙들고 마을 어귀로 가서는 산 쪽으로 난 오솔길로 들어갔다. 천야오우는 그들에게 끌려 산으로 올라갔다. 두 토비가 숨을 헐떡이며 욕하자 천야오우가 절망적으로 말했다.

"그만 가세요. 힘들이지 말고 여기로 해요."

스님 무리는 대꾸하지 않고 계속 그를 끌며 앞으로 나아갔다. 그들은 산을 올랐다가 내려가기를 몇 차례 되풀이한 끝에 큰길에 도달했다. 천야오우는 두 다리가 나무 밑동처럼 무겁게만 느껴져 울음을 터뜨리며 스님에게 애원했다.

"정말로 더는 못 가겠어요. 어디에 가든 어차피 죽을 텐데 그냥 여기서 해요."

스님이 걸음을 멈추자 천야오우를 끌고 가던 두 토비도 손을 풀었다. 스님이 부드러운 목소리로 말했다.

"생매장하는 게 아니라 집으로 돌려보내는 거야."

그들이 눈에서 검은 천을 풀어주었을 때 천야오우는 자신이 큰길 한가운데에 서 있는 걸 발견했다. 토비 한 명이 앞을 가리키며 말했다.

"빨리 뛰어."

천야오우가 반신반의하며 바라보자 그 토비가 장총을 겨눴다.

"빨리 뛰라고."

두 다리의 감각을 겨우 되찾아 몸을 돌릴 때 스님이 부르는 바람에 천야오우는 다리가 또 후들거렸다. 스님은 그의 어깨에 보따리를 매주며 말했다.

"어머니가 음식을 만들어줬으니 가다가 먹어."

스님이 천야오우에게 말했다. "큰길을 따라서 쭉 가면 시진에 도착할 거야. 오솔길로 들어가지 마. 길을 잃을 수도 있어."

천야오우는 고개를 끄덕인 뒤 돌아서서 조심스럽게 걸었다. 몇 걸음 갔을 때 뒤에서 토비가 소리쳤다.

"빨리 뛰어, 총 쏜다."

그 소리에 천야오우는 달리기 시작했다. 한 쪽 귀가 없어서 중심을 잘 못 잡고 휘청거리자 다른 토비가 소리쳤다.

"똑바로 뛰어, 삐뚤빼뚤 뛰지 말고."

천야오우는 자신이 똑바로 뛰지 못하니 저들도 뒤에서 총을 제대로 겨누지 못할 거라고 생각했다. 좌우로 휘청휘청 뛸 때 스님 무리가 뒤에서 하하 큰 소리로 웃는 게 들렸다. 미친 듯이 발을 내딛는데도 스님 무리의 웃음소리는 시종일관 떨어지지 않았다. 거의 10리를 뛰어 더는 움직이기도 힘든데 스님 무리의 웃음소리가 아직도 따라오는 것 같아, 그는 걸음을 멈추고 울면서 고개를 돌렸다.

"그냥 쏴요."

큰길 한가운데에서 천야오우는 숨을 헐떡거리며 손으로 눈꺼풀의 땀을 닦고 자세히 살펴보았다. 아무도 없었다. 이상하다고 생각하며 눈을 깜빡여봤지만 역시 아무도 보이지 않았다. 그제야 스님 무리가 정말로 놓아줬다는 생각이 들었다. 하지만 곧이어 그들이 후회하고 쫓아올지도 모른다는 생각이 들어 더 미친 듯이 뛰었다. 뛰기 시작하자 스님 무리의 웃음소리가 또 따라오는 것 같아서 고개를 돌렸는데 아무도 없었다. 그제야 그게 스님 무리의 웃음소리가 아니라 자신의 헐떡이는 숨소리임을 알았다. 그는 뛰면서 헤헤 웃기 시작했다.

거의 5리를 더 뛰었더니 다리가 후들거리면서 힘이 하나도 들어가지 않아 그는 천천히 걸었다. 얼마나 오래 걸었는지 몰라도 정말 더는 한 걸음도 움직일 수 없어 바닥에 주저앉았다. 바닥에 한동안 누워 있던 그는 안 되겠다고, 살려면 걸어야 한다고 생각했다. 일어나 조금 걷다가 조금 쉬기를 반복하고, 힘이 돌아온 것 같으면 또다시 뛰었다.

날이 어두워진 뒤 천야오우는 길을 잃었다. 자신이 언제 큰길을 벗어나 산속 오솔길로 꺾었는지 생각나지 않았다. 쏴쏴 하는 나뭇잎 소리에서 삭풍이 부는 걸 느낄 수 있었다. 고개를 들자 별들이 구름 속에서 언뜻언뜻 보였다가 사라졌다. 그는 동서남북을 구분할 수도, 시진이 어디인지도 알 수 없어 오솔길을 따라 계속 전진하는 수밖에 없었다.

한참 동안 산속을 걷다가 달빛 아래에서 초가를 발견했다. 다가가 문을 두드렸지만 아무 반응도 들리지 않았다. 문을 밀어보니 안에 빗장이 걸려 있어 천야오우는 문을 두드리며 소리쳤다.

"안에 계신 분, 저는 시진의 천야오우라고 합니다. 토비에게 납치당했다가 도망쳤는데 길을 잃었어요."

초가 문이 끼익 열리더니 노인이 나와 말했다.

"들어오너라."

들어가자 노인이 등불을 켜 천야오우는 노인의 선량한 눈을 볼 수 있었다. 노인이 말했다.

"걸상이 없으니 침대에 앉아."

기진맥진한 상태로 침대에 앉자 천야오우는 갑자기 오른쪽 귀가 무겁게 느껴졌다. 그러고는 자기도 모르게 오른쪽으로 쓰러져 완전히 곯아떨어졌다. 그는 아침이 밝을 때까지 잤다. 눈을 떴을 때는 이미 문틈으로 햇살이 들어오고 있었다. 몸을 일으키자 노인이 따뜻한 죽을 들고 서 있는 게 보였다. 노인이 말했다.

"죽 먹거라."

두 사람은 침대에 앉아 따뜻한 죽을 먹었다. 죽이 목구멍으로 넘어갈 때 천야오우는 따뜻한 불이 몸속으로 천천히 굴러떨어지는 느낌을 받았다. 그는 자기 몸에 걸쳐진 보따리를 보고 스님이 줬던 게 떠올랐다. 보따리를 펼치자 달걀 두 개와 전병 두 개가 들어 있어 노인에게 절반을 주었다. 두 사람은 먼저 전병을 먹고 달걀을 그릇에 두들겨 깬 뒤 꼼꼼하게 껍질을 벗겼다. 천야오우는 두 입 만에 달걀을 먹어 치웠지만, 노인은 천천히 씹고 수시로 죽을 들이키면서 달걀을 넘겼다. 기력을 되찾은 천야오우는 사방을 둘러보았다. 집 안에는 삐걱거리는 낡은 침대만 하나 있을 뿐 다른 건 아무것도 없었다. 침대에 이불조차 없었다. 노인은 토비한테 빼앗겼다고 말했다.

천야오우는 여기에서 토비가 노인의 이불을 찢어 자신들 눈을 가렸던 게 생각났다. 표범이 개머리판으로 노인의 얼굴을 때렸던 것도 기억나 자세히 살펴보니 여전히 상처가 남아 있었다. 천야오우는 고개를 숙이고 이제 가야겠다고 말했다.

노인은 천야오우를 산비탈까지 데려다주고 산밑의 큰길을 가리키며 남쪽으로 가면 시진이라고 알려주었다. 천야오우는 산비탈을 내려가 큰길에 다다른 뒤 산을 올려다보았다. 노인이 여전히 그곳에 서서 남쪽으로 가라며 손을 흔들고 있었다. 그가 남쪽으로 걸음을 옮긴 뒤에야 노인은 흔들던 손을 내려놓았다.

천야오우는 큰길을 걸어갔다. 쌓인 눈이 찬란한 햇빛에 반짝반짝 빛나고 매서운 바람 대신 미풍이 불어왔다. 큰길 위에 멜대를 멘 농부와 두건을 쓴 여인, 좌판을 든 행상이 나타나 천야오우는 그들 속으로 걸어갔다.

그때 앞쪽의 어떤 사람이 자꾸 오른쪽으로 가다가 큰길에서 벗어날 듯하면 얼른 왼쪽으로 가는데 또 금세 오른쪽으로 치우치는 게 보였다. 그 사람도 왼쪽 귀가 없는 걸 보고 천야오우가 달려가서 보니 꽈배기 장수 천싼이었다. 그는 천싼의 옷을 잡아당겼다.

"아저씨도 달아났군요."

천싼이 천야오우를 보고 기뻐하며 손을 잡았다. 두 사람은 손을 놓지 않고 붙잡은 채로 오른쪽 사선으로 비스듬하게 걸어갔다. 그러다가 얼른 왼쪽으로 걸음을 옮겼지만, 얼마 가지 못하고 다시 자기 의지와 상관없이 오른쪽으로 기울어졌다.

시진으로 향하던 그들은 걸음이 한쪽으로 쏠리는 사람을 계속 발견했다. 대장장이 쉬 씨와 간장가게 리 사장, 글방 왕 선생 및 다른 두 사람을 만났다. 그들 일곱 명 중 넷은 왼쪽 귀가 없고 셋은 오른쪽 귀가 없었다. 다들 놀라고 기뻐하며 서로의 손을 잡았다. 일곱 사람은 손을 잡은 채 앞으로 걸어갔다. 넷은 오른쪽으로, 셋은 왼쪽으로 치우쳐 균형을 맞출 수 있었다.

처음 돌아온 인질들이었다. 그들이 손을 잡고 북문으로 들어가자 시진이 들썩거렸다. 그들이 돌아왔다는 소식이 바람처럼 온 성에 퍼졌고 사람들이 몰려와 그들의 이름을 불렀다. 일곱 사람은 여전히 손을 붙잡고 있었다. 앞뒤 좌우로 사람들에게 에워싸이고 이름을 부르는 소리가 수없이 들렸지만, 그들은 웃지도 울지도 않고 계속 고개만 끄덕이며 무감각하게 응응 하고 대답했다. 그런 다음 그들은 헤어졌다. 울며 소리치는 가족이 나타나 그들 손에 이끌려 갔다.

천야오우는 어머니 리메이롄을 보았다. 얼마나 우는지 손에 든 손수건에서도 눈물이 떨어질 것 같았다. 그는 아버지 천융량이 환하게 웃는 동시에 눈물을 줄줄 흘리는 것도 보았다. 린샹푸와 린바이자, 천야오원도 전부 눈물이 그렁그렁했다.

천야오우는 자기 집을 보고 안으로 들어가 걸상에 앉은 뒤 가족들이 그를 둘러싼 채 우는 걸 소리 없이 바라보았다. 린바이자가 옆에 앉아 그의 팔을 붙들고 울면서 물었다.

"오빠 왜 안 울어?"

천야오우가 대답했다. "눈물이 안 나."

46

시진으로 돌아온 인질들은 한동안 자기도 모르게 몸이 기우는 걸 막을 수 없었다. 대장장이 쉬 씨는 사흘 동안 잠에 빠졌다가 쇠를 두드리는 생업으로 복귀했다. 그런데 쇠망치를 들고 시뻘겋게 달아오른 쇳덩이를 내려쳤을 때 그는 끔찍한 비명에 화들짝 놀랐다. 망치로 쇳덩이가 아니라 제자 쑨펑孫鳳三의 왼손을 내려쳐 손가락이 구분되지 않을 정도로 납작하게 짓이겨놓은 거였다. 그는 화로의 불을 끄고 가게에서 온종일 멍하니 앉아 있었다. 제자 쑨펑쑨도 울상을 지으며 망가진 손에 붕대를 잔뜩 감고 그 옆에 앉았다. 간장가게 리 사장은 서 있으면 평형을 유지하기가 더 어렵다는 것을 알았다. 조금만 방심해도 몸이 기울어지기 때문에 그는 침대에서 내려오자마자 의자에 앉아 두 손을 소맷자락에 집어넣고 오른쪽으로 기울어지는 머리를 수시로 흔들어 왼쪽으로 가져왔다. 그리고 기침을 내뱉으며 점원들에게 일을 지시했다. 꽈배기 장수 천싼은 길에서 꽈배기를 튀길 때 늘 풍향에 따라 위치를 바꿨다. 쌩쌩 불어오는 삭풍을 자기 오른쪽으로 맞으면 지팡이에 기댄 듯 오른쪽으로 기울어지지 않았다. 나름 명성이 높았던 글방 왕 선생한테는 원래 학생이 일곱 명 있었다. 그런데 오른쪽 귀가 잘린 뒤 왕 선생은 누가 줄로 잡아당기는 것처럼 자꾸 왼쪽으로 쏠렸다. 눈을 가늘게 뜨고 공자와 맹자 등 유학 해설에 완전히 몰입하면 자기도 모르게 왼쪽으로 기울어져 문 앞까지 가서 입구에서 《중용》을 설명하곤 했다. 정신을 차린 뒤에는 고개를 숙인 채 말없이 방 중앙으로 돌아와 겸연쩍은 얼굴로 일곱 학생을 바라보았다. 학생들은 선생의 낯빛이 하얗게 질리는 것과 아직 붙어 있는 왼쪽 귀가 불타는 숯처럼 새빨개지는 것을 보았다. 그러던 어느 날 한 학생이 책상을 들고 글방을 나갔고 얼마 뒤 다른 학생도 책상을 들고 장 선생한테로 갔다. 왕 선생이 또 한 번 수업하다 문 앞까지 갔을 때 마지막 학생도 책상을 내갔다.

장 선생은 교양이나 명성 모두 왕 선생보다 한 수 아래여서 수업료를 싸게 낮춘 뒤에야 학생 넷을 받을 수 있었다. 그런데 이제 왕 선생의 제자 일곱 명이 자기 문하로 들어오자 의기양양하다 못해 기고만장해졌다. 장 선생은 왕 선생의 집 앞을 지날 때 잠시 멈춰서 빈방에 쓸쓸하게 앉아 있는 왕 선생을 보며 몇 마디 말을 붙이고는 헤헤 웃으며 떠났다.

당연히 왕 선생은 장 선생이 어떤 뜻으로 그러는지 알았다. 그래서 어느 날 문밖으로 나가 사람들 앞에서 장 선생을 가리키며 화를 냈다.

"남의 위기나 노리는 놈 같으니."

흥분하자 왕 선생은 몸의 균형을 잃고 왼쪽으로 비스듬히 기울어졌다. 그 바람에 손도 기울어져 말하는 대상이 장 선생이 아니라 마침 지나가는 천싼이 되고 말았다. 장 선생은 자기와 관련 없다는 표정으로 거들먹거리며 떠났고, 꽈배기 장수 천싼은 왕 선생이 노기충천해 자신한테 삿대질하는 걸 보고 고개를 돌렸는데 뒤에 아무도 없어서 억울하다는 표정으로 웃는 수밖에 없었다.

천야오우는 집으로 돌아온 뒤 말수가 줄고 늘 구석에, 소리 없이 아주 오랫동안 앉아만 있었다. 천융량과 리메이롄이 말을 붙이면 멀리를 보는 것처럼 흔들리는 눈빛으로 그들을 바라보았다. 천융량과 리메이롄 얼굴에 웃음 대신 불안한 표정이 자리 잡자 린샹푸도 그 영향을 받아 웃음을 잃었다. 어느 날 린바이자가 다가가 천야오우 옆에 앉았다. 그 이후로 천야오우가 혼자 구석에 앉으면 린바이자가 따라가 그 옆에 앉았다. 천야오우가 아무 말 없이 온종일 앉아 있으면 린바이자도 말없이 하루 종일 앉아 있었다.

평온한 일상이 다시 시작되자 린샹푸는 수업을 재개했다. 구이민의 두 딸은 더 이상 오지 않았다. 토비가 시진에 들어온 것도 모자라 린샹푸와 천융량 집에서 사람을 납치해갔으니 구이민은 딸의 안전을 염려해 다시는 구퉁쓰와 구퉁녠을 보내지 않았다.

수업이 재개된 뒤 천야오우는 구석에 앉는 대신 창문 앞에 앉아 늘 창밖을 바라보았다. 그 옆에 앉은 린바이자도 수시로 고개를 돌려 그와 함께 창밖을 보았다. 천야오원은 두리번거리지 않으면 하품을 해댔다. 그러니 린샹푸도 집중할 수 없어 매일 흐지부지 수업을 끝냈다.

린샹푸가 수업하는 방은 왕 선생의 글방과 마주하고 있어서 창문 앞에 앉은 천야오우는 학생 일곱이 책상을 들고 나가는 광경을 모두 지켜보았고 왕 선생이 길에서 초라하게 서 있는 모습도 보았다. 이후 며칠 동안 천야오우는 왕 선생의 열린 글방 문을 바라보았는데 웬일인지 왕 선생이 보이지 않았다. 그러던 어느 오후, 길게 햇살이 비쳤을 때 천야오우는 왕 선생의 단정히 앉은 그림자를 발견했다. 햇빛이 왕 선생의 그림자를 문 앞 땅까지 길게 늘여주었다.

그때 린샹푸가 한창 수업하고 있었음에도 천야오우는 갑자기 책상을 들고 천야오원의 책상을 친 뒤 밖으로 나가 왕 선생의 글방으로 갔다.

두 손을 소맷자락에 넣고 며칠 동안 멍하니 앉아 있던 왕 선생은 똑같이 한 쪽 귀가 없는 천야오우가 책상을 들고 들어오는 것을 보았다. 처음에는 의아해하다가 이내 고개를 떨어뜨렸지만 잠시 뒤에는 붉게 달아오른 얼굴을 들고 천야오우가 수줍게 구석에 앉는 것을 지켜보았다. 그런 다음 왕 선생은 자리에서 일어나 천야오우의 책상을 방 한가운데로 옮긴 뒤 책을 들고 큰 소리로 설명하기 시작했다.

천야오우의 행동에 린바이자와 천야오원은 어안이 벙벙해졌다. 그들은 린샹푸가 천야오우의 창가 자리로 가는 것을 보았다. 린샹푸는 맞은편에 활짝 열린 왕 선생의 글방을 보고 햇살을 받아 길게 드리워진 그들의 그림자를 보았다. 두 사람이 이러쿵저러쿵 말을 주고받는데 오랫동안 말이 없던 천야오우가 이때는 새벽 수탉처럼 우렁차게 대답하고 있었다.

그때 천융량은 외출하고 집에 없었다. 소식을 들은 리메이렌은 황급히 왕 선생 글방으로 가서 조용히 천야오우를 부르며 돌아가라고 했다. 천야오우는 고개를 돌려 힐끗 쳐다본 뒤 어머니 목소리가 들리지 않는다는 듯 다시는 고개를 돌리지 않았다. 그런데 리메이렌이 보니 린바이자와 천야오원도 책상을 들고 왕 선생의 글방으로 들어가는 거였다. 고개를 돌린 그녀는 린샹푸가 웃으며 대문 앞에 서 있는 것을 보았다. 린샹푸는 자기가 목공이라 원래부터 선생 자질이 없었다고 말했다.

왕 선생은 활기를 되찾았다. 일곱 명이 떠나고 세 명밖에 오지 않았지만, 학생들이 산 건너에 있기라도 한 듯 화통한 목소리로 수업했다. 이웃들이 호기심에 안을 들여다보면 왕 선생은 그때마다 놓치지 않고 고개를 끄덕거렸다. 얼마 뒤 왕 선생은 기이하게도 자신이 계속 제자리에 서 있다는 것을 발견했다. 한참이 지난 뒤에도 계속 제자리에 있었다. 그는 믿을 수가 없어서 문을 쳐다본 뒤 조심스럽게 세 아이에게 방금 자신이 문 앞으로 걸어가지 않았느냐고 물었다. 아이들은 가지 않고 계속 그 자리에 서 있었다고 대답했다. 왕 선생은 얼굴이 새빨개졌다. 자기도 모르는 사이에 한쪽으로 쏠리는 버릇이 고쳐졌다. 그는 입을 벌렸지만 아무 말도 할 수 없고, 손을 뻗었지만 뭘 하려고 했는지 기억나지 않았다. 잠시 당황해 허둥대다가 그는 《논어》를 들고 고저장단을 맛깔스럽게 살리며 두 장 하고 네 줄이나 낭송했다.

그날 왕 선생은 오래도록 수업을 마치지 않았다. 장 선생은 그들 앞을 지나가다가 왕 선생의 쉰 목소리에 걸음을 멈췄다. 왕 선생이 수업하다가 몇 차례 쳐다봤는데 장 선생은 그때마다 무시당하는 느낌을 받았다. 장 선생이 떠난 뒤 왕 선생은 손에서 책을 내려놓고 기진맥진한 목소리로 말했다.

"수업 끝."

수업이 끝난 뒤 왕 선생은 글방 앞에서 두 손을 소맷자락에 넣고 황혼이 내릴 때까지 서 있었다. 린샹푸가 걸어오자 왕 선생은 공손하게 린 선생이라고 부르며 허리 숙여 인사했다.

47

토비를 막기 위해 구이민은 시진 민병단을 조직했다. 선뎬과 다른 도시에서도 민병단이 만들어졌다. 북양군이 패한 뒤 총기가 민간으로 대거 흘러들어오자 구이민은 상인회의 이름으로 유출된 총기와 탄약을 구매했다. 그런데 각지의 토비들도 세력을 확장하기 위해 사방에서 총기를 빼앗거나 구매했다. 상황이 그렇다 보니 총기 거간꾼이 우후죽순 생겨났다. 땅을 일구는 농민부터 가게나 노점을 하는 상인까지 남녀노소 가리지 않고 뛰어들었다. 총기 거간꾼들은 매서운 칼바람이나 하얗게 쌓인 눈밭을 아랑곳하지 않고 곳곳을 돌아다니며 낮은 가격으로 총기를 구매해 토비나 시진, 선뎬 등지의 민병단에 고가로 팔아넘겼다. 총기 매매가 성행하면서 큰길은 물론 골목까지 총기가 주요 화제로 떠올라 시진이 마치 무기고라도 된 듯했다. 다들 누가 어떻게 총을 구해서 얼마를 벌었는지 떠들어댔다. 가격도 급등해 한양조漢陽造 보병총[11] 한 자루가

---

11 청나라 정부가 독일의 88식 보병총을 본떠 한양병기창에서 만든 총.

은화 78냥이고 구식과 38식 총[12]은 100냥을 웃돌며 모제르총[13]은 200여 냥이나 했다. 브라우닝 권총[14]은 구이민에게 엄청난 값으로 팔렸다.

거간꾼이 점점 많아지면서 총기는 갈수록 줄어들었다. 귀가 하나뿐인 대장장이 쉬 씨와 손에 붕대를 감은 쑨펑싼도 총기 거래에 발을 들였다. 그들은 건량을 가지고 사흘을 돌아다닌 끝에 한 자루를 어깨에 지고 돌아왔는데 그들이 가져온 건 한양조도 아니고 구식이나 38식도 아니었다. 그건 녹이 슨 창이었다.

제자는 붕대를 감은 손으로 사부의 팔을 붙들어 한쪽으로 쏠리지 않도록 도왔다. 그는 사부가 당당하게 시진으로 들어가기를 원했다. 그런데 사실 그의 사부는 이제 한쪽으로 쏠리지 않았다. 녹슨 창을 두 어깨에 걸친 그들은 남들이 비웃든 손가락질하든 상관없이, 반짝이는 38식 총을 메고 있는 것처럼 잔뜩 신이 난 표정으로 돌아왔다.

대장장이 쉬 씨와 쑨펑싼은 총기 거래를 하지 않고 상의한 뒤 민병단에 지원했다. 한 사람은 귀가 없어 예전처럼 균형을 잡기 힘들고 또 한 사람은 손이 망가져, 두 사람 모두 대장간 일을 할 수 없었다. 아무리 생각해봐도 총을 들고 싸우는 게 유일한 길 같

---

12 1905년에 만들어진 5발 장탄의 연발 소총.

13 독일의 마우저Mauser, P. P.가 발명한 연발 권총.

14 미국의 브라우닝Browning, J. M.이 발명한 자동 권총.

앗다. 그들은 성황각 공터로 가서 그날 오전에 민병단에 지원했다. 커다란 사각 탁자에서 이름을 쓸 때 보니 그들 앞에 이미 127명이 있었다.

구이민은 민병단을 서른 명으로 구성할 계획이었는데 뜻밖에도 지원자가 200명을 훌쩍 넘었다. 숲이 크면 별별 새가 다 있는 법이라고, 부잣집 도련님부터 집 없는 거지, 번듯한 사람부터 불량배까지 두루 있었다. 토비한테 납치됐던 시진의 인질 스물두 명 가운데에서는 열아홉 명이 지원했다.

성황각 앞에서 사람들이 까치발을 딛고 목을 길게 내민 채, 거리 저쪽에서 네 명이 들고 다가오는 가마를 바라보았다. 구이민은 민병단 수장으로 성도省都에서 주보충朱伯崇이라는 사람을 초빙했다. 주보충은 청나라 의용군에서 십장什長[15]을 맡았고 환계皖系 군벌[16]의 서북군에서 연대장을 지낸 인물이었다. 그가 가마에서 나왔을 때 시진 백성들은 백발에 흰 수염을 기른, 몸집이 크고 눈빛이 형형한 쉰 살 정도의 남자를 보고 놀랐다.

"고위직 관리 같은데?"

고위직 관리 같은 주보충은 모제르총을 차고 잰걸음으로 달려오더니 펄쩍 탁자 위로 뛰어 올라갔다. 구경꾼들은 또 놀라지 않

---

15 옛날 군대에서 병졸 열 사람을 통솔하던 지휘자.
16 중화민국 시절 북양군벌의 일파.

을 수 없었다. 주보충이 입을 열더니 우렁찬 목소리로 민병단은 잡화점이 아니므로 아무나 들어올 수 없다고 말했다. 그는 허리에 브라우닝 권총을 찬 구이민을 힐끗 쳐다본 뒤 민병단은 약방보다 더 꼼꼼하게 물건을 골라야 한다면서 시험에 합격한 사람만 들어올 수 있다고 선언했다. 그렇다면 어떻게 시험을 볼 것인가? 주보충은 탁자에서 뛰어내린 뒤 누가 먼저 도전하겠느냐고 큰 소리로 물었다.

솜두루마기를 입은 청년이 선들선들 앞으로 나왔다. 시진 중의 약방의 귀 도령이었다. 귀 도령은 자신의 뛰어난 학식을 시험하는 줄 알고 텅 빈 탁자를 쳐다보며 붓과 벼루, 종이도 없이 어떻게 시험을 보느냐고 물었다. 주보충은 나무통에서 그릇을 하나 꺼내 물을 가득 채운 뒤 귀 도령 머리 위에 올려놓고 똑바로 서서 움직이지 말라고 했다. 그런 다음 20여 미터를 걸어가 모제르총으로 귀 도령을 조준했다.

소란스럽던 사람들이 일제히 입을 다물고 쥐 죽은 듯 조용해졌다. 구경꾼들은 시험이 뭔지 이해할 수 있었다. 모제르총의 총알이 귀 도령의 머리 위로 날아가는 거였다. 귀 도령도 총알이 날아올 것을 알았다. 그러자 다리가 덜덜 떨리고 손도 덜덜 떨리며 입술까지 덜덜 떨렸다. 주보충이 조준하다가 귀 도령 뒤에 몰려 있는 사람들을 보고 모제르총을 내려놓은 뒤 큰 소리로 말했다.

"총알에는 눈이 없으니 총알이 갈 길을 내주십시오."

그러자 총알이 이미 날아든 것처럼 귀 도령 뒤쪽이 난장판으로 변했다. 사람들이 소리를 지르며 양쪽으로 서로 밀치고 끼어들었다. 주보충 주변도 사람들이 멀리 피하면서 텅 비었다. 주보충이 고개를 저으며 말했다.

"이건 총알이지 포탄이 아니라 그렇게 멀리 떨어질 필요는 없습니다."

주보충은 모제르총을 들고 다시 한번 귀 도령을 조준했다. 그런데 가늠쇠에 귀 도령이 잡히지 않았다. 총을 위아래 좌우로 움직이는데도 보이지 않았다. 그는 사람들의 폭발하는 듯한 웃음소리를 듣고 총을 내려놓았다. 귀 도령은 이미 줄행랑을 놓은 뒤였다. 주보충은 그 자리에서 웃음소리가 흩어질 때까지 가만히 서 있다가 큰 소리로 외쳤다.

"다음!"

잠시 기다려도 나서는 사람이 없자 주보충이 또 소리쳤다. "다음은 누구지?"

대장장이 쉬 씨가 인파를 헤치고 조금 전 귀 도령이 서 있던 자리로 갔다. 그의 제자 쑨펑싼도 사부 옆에 선 뒤 습관적으로 사부의 팔을 붙들었다. 주보충은 똑바로 선 두 사람을 보고 고개를 끄덕인 다음 물그릇을 그들 머리에 하나씩 올려놓으라고 손짓했다. 그러고 나서 총을 들어 조준했다. 탕탕 총성이 두 번 울리더니 쑨펑싼 머리에 놓인 그릇이 깨졌다. 대장장이 쉬 씨는 본능적으로 목을 움츠렸고 그 바람에 물그릇이 바닥에 떨어져 깨졌다.

사람들은 물그릇을 둘 다 주보충이 맞힌 줄 알고 감탄했다. 대장장이 쉬 씨와 쑨펑싼은 얼굴이 온통 물에 젖은 채 그 자리에서 꼼짝하지 않고 서 있었다.

주보충이 왼손을 들어 흔들며 "합격"이라고 말했다.

두 사람은 그제야 잠에서 깬 듯 두리번거리며 얼굴의 물을 닦았다. 새까맣게 둘러싼 인파와 떠들썩한 소란 속에서 쑨펑싼이 대장장이 쉬 씨에게 물었다.

"사부님, 총알 보셨습니까?"

"아니, 눈을 감고 있었어."

"저는 봤습니다. 머리 위의 그릇이 깨진 다음에 날아왔습니다. 총알이 어떻게 나중에 올 수 있죠?"

주보충은 이어서 스물여덟 발을 쏘았고 스물일곱 개의 물그릇이 깨졌다. 대부분의 그릇이 지원자들이 덜덜 떨어서 바닥으로 떨어져 깨졌다. 천싼만 떨지 않았다. 마지막으로 나온 그는 총성이 울린 뒤에도 물그릇을 가만히 이고 있었다. 사람들은 주보충이 하나만 놓쳤다고 생각해 연신 대단하다고 소리쳤다. 그 총알은 바람처럼 천싼의 머리 위로 지나쳐갔다. 천싼은 그 뒤 며칠 동안 총알이 머리 위로 날아가는 듯한 착각이 들어 두피가 저릿저릿했다.

시진의 민병단이 조직되었다. 귀가 하나밖에 없는 열아홉 명이 모두 채용되었다. 나머지 열한 명 속에는 농부도 있고 짐꾼, 건달,

좀도둑도 있었다. 그들은 전부 구식이나 38식 소총, 한양조 보병총, 조총으로 무장하고 아침부터 밤까지 훈련했다. 주보충은 제일 먼저 총을 오른쪽 어깨에 메고 걷는 법부터 교육했다. 그런데 왼쪽 귀가 없는 사람들은 이제 몸의 균형을 되찾았음에도, 총을 메자 다시 오른쪽으로 기울어졌다. 그걸 보자마자 주보충은 왼쪽으로 메라고 했다. 하지만 훈련할 때 총을 왼쪽으로 멘 사람과 오른쪽으로 멘 사람이 섞이면서 좌우로 방향을 바꿀 때마다 총끼리 부딪쳤기 때문에 주보충은 고개를 절레절레 흔들곤 했다. 이어서는 엎드려쏴, 무릎쏴, 서서쏴, 뛰어쏴 자세를 훈련했다. 다만 조준만 하고 쏘지는 못하게 했다. 총알이 가히 금값이라 할 만큼 비싸서였다. 시진 백성들은 그들이 방귀만 뀌고 똥은 싸지 않는 꼴이라며 온종일 "발사!", "사격!" 하는 소리만 들리지 총성은 들리지 않는다고 수군거렸다.

48

천야오우는 마음이 싱숭생숭했다. 집으로 돌아온 뒤 린바이자가 계속 따라다니며 그의 옆에 앉거나 옆에서 걸었다. 처음에는 아무 느낌도 없었지만, 어느 날 황혼이 내릴 때 무심히 고개를 돌렸다가 천야오우는 저물어가는 석양빛에 비친 린바이자의 얼굴을 보고 가슴이 떨렸다. 그 순간 그녀가 더는 예전의 린바이자, 콧물을 흘리면서 그의 옷자락을 잡고 오빠라고 부르던 린바이자가 아님을 깨달았다.

가끔은 넋을 놓은 채 쳐다볼 때도 있었다. 왕 선생 글방에서 왼쪽에 앉은 린바이자한테 고개를 돌렸을 때였다. 이미 꽃피는 봄날이라 린바이자는 짤막한 반소매 서고리와 통바지 차림으로 책상 앞에 앉아 있었다. 봉긋하게 솟은 그녀의 가슴을 의식한 천야오우의 시선이 린바이자의 얼굴에서 가느다란 목을 타고 미끄러지듯 내려가 가슴에서 오랫동안 머물렀다. 린바이자는 꼼짝도 하지 않았지만 살그머니 얼굴을 붉혔다.

손에 자를 든 왕 선생은 전에 떠났던 학생 일곱 명도 돌아왔기 때문에 한껏 고무된 데다 예전보다 더 엄격해졌다. 누구든 수업 시간에 한눈을 팔면 왕 선생은 자로 손바닥을 때리면서 다음에는 폭죽 소리가 날 정도로 때려줄 거라고 경고했다. 하지만 천야오우가 한눈팔 때는 못 본 척해주었다. 도저히 넘길 수 없을 때도 자로 가볍게 그의 책상을 두드릴 뿐이었다.

린바이자도 집중력을 잃기 시작했다. 화로 속 불꽃처럼 뜨거운 천야오우의 눈빛에 그녀는 천야오우가 변했고 자신도 변했다는 걸 알았다. 수시로 얼굴이 달아오르고 심장이 빨리 뛰며 때로는 입술까지 갑자기 떨리곤 했다.

어느 여름의 한낮, 주름치마를 입은 린바이자가 마당의 나무 밑 대나무 평상에서 잠이 들었다. 천야오우는 깊이 잠든 그녀 옆을 지나가다가 주름치마 밖으로 나온 그녀의 새하얀 허벅지를 보았다. 자기도 모르게 심장이 쿵쾅거리고 호흡이 가빠졌다. 그는 가만히 서서 린바이자의 허벅지를 보다가 손을 올려놓았다. 피부가 예상 밖으로 차가워 그는 깜짝 놀라며 손을 움츠렸다. 하지만 잠시 뒤 다시 손을 갖다 댔다. 여전히 차가웠다. 부드럽게 쓰다듬자 비단처럼 매끄러운 감촉이 느껴졌다.

린바이자가 깜짝 놀라 눈을 뜨고 천야오우를 바라보았다. 처음에는 당황해 얼어붙었지만 이내 수줍게 눈을 감고 그의 손이 자기 허벅지에서 움직이는 걸 가만히 느꼈다. 흥분과 긴장으로 천야오우의 손이 부들부들 떨렸다. 그 떨림은 곧 린바이자에게 전달돼 그녀 몸도 떨리기 시작했다. 두 사람이 몸을 덜덜 떨던 중 린바이자가 갑자기 자기 집 마당의 나무 그늘 아래 있다는 걸 알아차리고 몸을 일으켜 그를 밀쳤다. 천야오우는 미처 상황을 파악하기도 전에 집에서 나오던 리메이렌의 외침을 들었다.

"무슨 짓이야?"

리메이렌과 함께 나온 천융량이 손에 잡히는 대로 문 옆의 멜대를 집어 천야오우를 때리기 시작했다. 천야오우는 대문을 박차고 나가 고삐 풀린 야생마처럼 거리를 내달렸다. 천융량은 멜대를 들고 살기등등하게 쫓아가면서 소리쳤다.

"네 이놈 아주 박살을 내주마."

거리 사람들은 양쪽에서 눈만 동그랗게 뜨고 쳐다볼 뿐 감히 나서서 말리지 못했다. 그때 마침 린샹푸가 오다가 멜대를 들고 뛰어오는 천융량을 발견하고는 얼른 다가가 끌어안고 무슨 일이냐고 소리쳤다. 천융량이 뿌리치려고 발버둥 치자 린샹푸는 더 꽉 끌어안았다. 잠시 뒤 천융량이 잠잠해지더니 고개를 숙인 채 멜대를 끌며 집으로 향했다. 린샹푸는 옆에서 걸어가며 무슨 일이냐고 다시 물었다. 하지만 천융량은 끝내 대답하지 않고 집으로 들이가 대문을 닫고는 거실에 이른 뒤에야 괴로운 표정으로 말했다.

"죄송합니다."

리메이렌이 아까 있었던 일을 알려주었다. 린샹푸는 고개를 돌려, 놀란 듯 구석에 가만히 서 있는 린바이자를 바라보았다. 그러고는 다른 말 없이 가볍게 고개를 끄덕이며 알겠다고 말한 뒤 의자에 앉아 생각에 잠겼다.

천야오우는 정신없이 시산까지 달려갔다. 고개를 돌려 천융량이 따라오지 않는 것을 확인한 뒤에야 그는 걸음을 멈추고 헉헉 숨을 몰아쉬며 숲으로 들어갔다. 그러고는 별이 하늘을 메울 때까지 숲속에 앉아 있었다. 앵앵거리는 모기가 온몸을 물어 가렵지 않은 곳이 없었다. 숲에서 나왔을 때는 산기슭에 자리 잡은 시진이 이미 어둠에 잠긴 뒤였다. 배도 고프고 목도 말랐다. 시산에서 내려온 그는 시진 부두로 가서 엎드려 물을 잔뜩 마신 뒤 느릿느릿 걸어갔다. 야경꾼이 삼경三更[17]을 알리고 있었다. 집으로 돌아가 문을 밀자 빗장이 걸려 있었다. 문을 두드리고 싶었지만 감히 두드릴 수 없어서 그는 잠시 서 있다가 주저앉아 문에 기댄 채 잠들었다.

아침에 대문을 열었을 때 리메이렌은 잠든 천야오우를 발견하고 흔들어 깨워서 거실로 데려갔다. 천융량과 린샹푸가 거실에 앉아 있고 린바이자와 천야오원도 앉아 있었다. 천야오우가 눈을 비비고 보니 다들 아침을 먹고 있었다. 리메이렌이 천야오우를 데려가자 천융량이 고개를 끄덕이며 일어나 삼끈을 챙겼다. 그러고는 천야오우의 손을 잡고 밖으로 향했다. 린샹푸가 저지하자 그가 고개를 저었다.

---

17 밤 11시부터 새벽 1시 사이.

"나라에는 국법이 있고 집에는 가법이 있습니다."

린샹푸가 말했다. "밥부터 먹이고 한숨 재운 다음에 가법을 시행하게."

천용량은 천야오우의 귀 없는 왼쪽 얼굴을 보자 가슴이 시큰해졌다. "밥은 먹어도 되지만 잠은 안 돼."

천야오우는 린바이자 맞은편에 앉아 허겁지겁 아침을 먹은 뒤 천용량을 따라 밖으로 나갔다. 그런 다음 느릅나무 아래에서 고개를 숙이고 섰는데 졸음이 밀려와 길게 하품했다. 천용량이 삼끈으로 그를 묶어 느릅나무에 매달았다. 천야오우는 천용량이 채찍을 가져오는 걸 보고 말했다.

"아버지, 저 좀 내려주세요. 속적삼을 벗은 다음에 맞을게요. 속적삼은 두 개밖에 없어요."

천용량은 잠시 망설이다가 천야오우를 내려 줄을 느슨하게 풀고 속적삼을 벗겼다. 그런 다음 다시 묶어서 매달았다. 천용량이 손에 든 채찍을 철썩철썩 휘두르자 천야오우가 아악 비명을 질렀다. 맞은 부위가 줄줄이 부어오르고 갈라진 곳에서 핏물이 배어났다.

거실에 앉아 있던 린바이자는 천야오우의 비명을 듣고 온몸을 덜덜 떨면서 눈물을 줄줄 흘렸다. 그녀의 고통스러운 표정을 보고 린샹푸는 그 일이 천야오우 혼자만의 일이 아니라 두 사람의 일임을 알 수 있었다. 천야오우의 비명에 린바이자는 가슴이 갈가리 찢기는 듯했다. 처음에는 낯빛이 하얗게 질리고 이어서는 입술이 하얘지더니, 천야오우의 찢어지는 듯한 비명이 울려퍼지자 그녀는 바닥에 쓰러져 정신을 잃었다.

린바이자가 기절하면서 거실에서 한바탕 소동이 벌어졌다. 천융량도 채찍을 내던진 뒤 달려가다가 리메이롄이 어서 의원을 불러오라고 연거푸 소리치자 도로 몸을 돌려 뛰어나갔다.

린샹푸는 린바이자를 안고 위층으로 올라가 침대에 눕혔다. 린바이자는 한 시간 동안 소리 없이 누워 있다가 천융량이 중의 귀 선생과 함께 도착했을 때쯤 의식을 회복했다. 귀 선생이 맥을 짚어보고는 갑자기 화가 치밀어 충격을 받았지만 이제 괜찮아졌다고 말했다. 모두 안도의 한숨을 내쉬었을 때 문득 천야오우가 아직도 나무에 매달려 있다는 게 떠올랐다. 린샹푸와 천융량이 얼른 달려가 내렸지만, 천야오우도 정신을 잃은 상태라 또 한 번 난리를 치며 그를 위층 침대에 눕혔다. 귀 선생이 맥을 짚으며 맥박이 약하다고 했다가 곧이어 다시 좋아졌다고 했다. 귀 선생은 몸을 일으킨 뒤 조금 있으면 깨어날 거라고 말하고는 천야오우 몸의 상처를 보며 천융량에게 일렀다.

"아궁이에서 재를 가져와 채찍 맞은 곳에 뿌리세요. 그러지 않으면 독이 오를 수 있습니다."

리메이롄이 재를 가져와 조심스럽게 상처에 뿌렸다. 그 뜨거운 고통에 천야오우는 단번에 정신을 차렸지만 또 채찍이 날아오는 줄 알고 비명을 질렀다. 그러다 눈앞에 있는 사람이 천융량이 아니라 리메이렌이고 자기 침대에 누워 있는 걸 보고는 비명을 지르는 대신 낮게 신음했다.

리메이렌은 아들 몸에 난 채찍 자국과 귀가 없는 왼쪽 얼굴을 보자 자기도 모르게 울컥해 고개를 저으며 말했다.

"이미 구씨 집안 사람이야. 혹시라도 이 일이 새어나가면 어떻게 고개를 들고 살겠니."

천야오우가 잠든 뒤 리메이렌은 린바이자 방으로 갔다. 그러고는 침대 앞에 앉아 린바이자의 창백한 얼굴을 보며 탄식했다. 린바이자는 리메이렌을 보자 서러움이 북받쳐 그녀의 소매를 붙들고 엉엉 울었다. 리메이렌이 린바이자의 머리카락을 쓰다듬으며 말했다.

"팔자는 전생에 정해지는 거란다."

49

린샹푸와 천융량은 심지가 깜빡거리는 등불 아래 한밤중까지
앉아 있었다. 황주 두 근을 마시는 동안 리메이롄이 만들어준 요
리 네 가지는 손도 대지 않았다. 천융량이 손가락을 꼽으며 리메
이롄과 고향을 떠난 지 어느새 15년이 되었다고 하자 린샹푸도 린
바이자를 포대기에 넣고 내려왔던 때가 벌써 13년 전이라는 게 떠
올랐다. 두 사람 모두 감회에 젖어 들었다. 천융량은 고향으로 돌
아가고 싶다면서 이미 마음을 정했다고 했다. 린샹푸는 린바이
자에게서 천야오우를 떨어뜨리려는 천융량의 의도를 충분히 읽
을 수 있었다. 그래서 이런저런 이야기를 늘어놓으면서 가지 말
라는 만류 대신 너무 멀리 가지 않으면 좋겠다고, 세상이 너무 어
지러워 누가 어떤 재난에 부딪힐지 모르니 두 가족끼리 도와야
한다고 말했다. 또 린샹푸는 완무당에 1,300여 무의 땅이 있는데
500무는 린바이자의 혼수로 내놓고 800여 무가 남았다고 한 뒤
마지막으로 자기 뜻을 분명히 밝혔다. 린바이자와 천야오우만 더
만나지 않으면 되니까 일을 크게 벌여 고향까지 갈 필요 없다고,

여기가 타향이긴 해도 어렵게 사업 기반을 마련하지 않았느냐고 했다.

한참 생각한 끝에 천융량은 고개를 끄덕이며 린샹푸의 제안을 받아들였다. 그들은 황주를 다 마신 뒤에도 미진한 느낌이 들어 밖으로 나갔다. 밤이 깊어 고요한 시진 거리를 다 훑고 남문까지 가서야 아직 불이 켜진 술집을 발견할 수 있었다. 그들은 요리 두 가지와 황주 두 근을 주문한 뒤 창가에 앉아 흥정을 시작했다. 린샹푸가 남은 800여 무의 땅을 모두 주겠다고 하자 천융량은 100무만 받겠다고 대꾸했다. 린샹푸가 몇 번을 설득해 보아도 천융량 역시 2, 300무만 받겠다고 고집을 피웠다.

그 밤에 린샹푸는 자신의 속사정을 모두 털어놓았다. 이렇게 멀리 시진까지 온 이유가 샤오메이라는 여자, 린바이자의 엄마를 찾기 위해서였다고 밝혔다. 사실 갈수록 아창과 샤오메이가 부부라는 확신이 들었음에도 그는 두 사람을 남매라고 말했다.

천융량은 차분한 표정으로 들었다. 13년을 함께 지내는 동안 린샹푸가 딸을 안고 북쪽에서 시진까지 내려와 정착한 데에는 말 못할 사정이 있을 거라고 이미 짐작하고 있었다. 그걸 이번에 린샹푸의 입으로 확인한 셈이었다.

고작 2년 먼저 들어왔기 때문에 천융량도 시진에 관해서는 린샹푸와 비슷한 수준으로밖에 몰랐다. 그는 샤오메이라는 여자를 세명, 아창이라는 남자를 두 명 알지만, 나이나 생김새 모두 린샹푸의 묘사와 다르다고 말했다.

린샹푸는 예전에 수레를 끌고 나가 창호를 고쳐줄 때 샤오메이라는 여자 일곱 명과 아창이라는 남자 다섯 명을 만났는데 전부 자신이 찾는 사람이 아니었다고 답했다.

"원청이 가짜이니 샤오메이와 아창이라는 이름도 가짜겠지."

천융량은 고개를 끄덕이며 예전에 린샹푸가 고집스럽게 빈집의 창호를 고치려 했던 걸 떠올렸다. 자물쇠로 굳게 잠겨 들어갈 수 없자 린샹푸는 나중에 집주인이 돌아왔을 때 자기가 먼저 나서서 창호를 고쳐주러 갔다. 그 이유를 이제야 알게 되었다. 린샹푸는 시진에서 샤오메이와 아창이 돌아오길 기다리던 거였다. 천융량이 말했다.

"지금 주변 100여 리에서는 시진의 목공소와 린샹푸를 모르는 사람이 거의 없으니, 형님이 말씀하신 샤오메이와 아창도 틀림없이 알 겁니다."

천융량이 머뭇거리다가 덧붙였다. "그들이 시진으로 돌아오지는 않을 것 같네요."

린샹푸가 쓴웃음을 지으며 지난 13년 동안 샤오메이와 아창을 찾기는커녕 그들 발자취조차 발견할 수 없었다고 말했다. 처음에 시진을 원청이라고 멋대로 확신했던 게 잘못 같다고, 원청은 시진이 아니라 다른 곳인가 보다라고 했다. 그러고는 이제 집으로, 북쪽 고향으로 돌아가고 싶은데 린바이자가 아직 시집가지 않아 정식으로 구씨 사람이 아니니 돌아갈 수 없다고 털어놓았다. 천융량도 감상에 젖어 언젠가는 그들 일가도 고향으로 돌아갈 거라고 말했다.

그 뒤 두 사람은 입을 다물고 술잔만 들어 올렸다. 언제 다시 술을 함께 마실 수 있을지 몰라 술잔을 들 때마다 두 사람은 서로를 보며 웃음을 지었다.

이튿날 아침 천융량은 건량이 든 보따리를 메고 집을 나섰다. 그는 시진 부두에서 대나무 지붕의 작은 배를 타고 앞으로 살게 될 완무당 땅을 살펴보러 갔다. 천융량이 간 뒤 리메이롄은 짐을 꾸리기 시작했다. 옷가지를 정리하다가 광목 포대기가 나오자 옛날 눈이 얼어붙었을 때 린샹푸가 린바이자를 안고 집에 왔던 광경이 눈앞에 선하게 떠올랐다. 그녀는 포대기를 들고 린샹푸에게 가서 이제 필요 없는 물건이니 자신에게 줄 수 있느냐고, 자신은 앞으로 필요할 것 같다고 말했다. 그렇게 말할 때 눈물이 그렁그렁 맺혔다. 린샹푸는 그녀가 린바이자의 물건을 간직하고 싶어 하는 걸 알아차렸다. 13년 동안 밤낮없이 함께 지냈기 때문에 두 사람은 이미 모녀나 다름없었다. 린샹푸가 고개를 끄덕이며 말했다.

"가져가세요."

린바이자는 멍한 얼굴로 방에 앉아 있었다. 천융량 일가가 떠나려 한다는 걸 눈치챈 뒤 눈물이 하염없이 흘러나왔다. 천야오우는 침대에서 내려올 정도로 회복했지만 토비 소굴에서 돌아왔을 때처럼 멍하게 앉아만 있었다. 두 사람은 식사할 때만 만날 수 있었는데 린바이자가 가끔씩 고개를 들어 쳐다봐도 천야오우는 계속 고개를 숙이고 있었다. 채찍 맞은 부위가 여전히 욱신거렸고 감히 린바이자를 쳐다볼 수 없었다.

이틀 뒤 천융량이 돌아왔다. 그는 완무당 치자촌齊家村의 200여 무 땅이 린샹푸 소유더라며 치자촌을 선택했고 이미 벽돌과 기와로 된 집도 한 채 샀다고 말했다. 린샹푸는 맞은편 글방의 왕 선생을 증인으로 청해 치자촌의 200무 땅을 천융량 명의로 돌린다는 문서를 작성했다.

그리고 난 뒤 천융량은 목공소에 오랫동안 방치돼 있던 그 삐걱거리는 수레를 꺼내와 짐을 실었다. 그는 린샹푸를 힐끗 쳐다보고 나서 여름 햇살에 실눈을 뜨며 고개를 숙인 채 수레를 끌고 대문을 나섰다. 린샹푸가 따라가 그와 나란히 걸어가고 리메이렌은 린바이자의 손을 잡은 채 다른 쪽에서 걸었다. 천야오원이 뒤에서 수레를 밀고 천야오우는 고개를 숙인 채 동생 뒤를 따라갔다. 처음에는 제대로 걸었는데 큰길에 오른 뒤 돌연 천야오우의 머리통이 오른쪽으로 기울어졌다.

시진 부두에 이르자 천융량이 배에 올랐고 린샹푸가 짐을 하나씩 건네주었다. 천야오원과 천야오우가 배에 오른 뒤 천융량은 다시 기슭으로 나와 린샹푸에게 작별을 고했다. 천융량은 린샹푸에게 뭔가 말하고 싶었지만 아무 말도 못 하고 손으로 머리를 긁적이며 웃기만 했다. 린샹푸도 뭐라고 말해야 좋을지 몰라 고개를 끄덕이며 천융량의 어깨를 두드렸다.

그때 갑자기 내내 웃음을 짓고 있던 리메이렌이 울음을 터뜨리며 린바이자의 얼굴을 붙들고 보고 또 보자 린바이자도 엉엉 울음을 터뜨렸다. 리메이렌은 눈물을 닦아주며 울지 말라고 달랬지만 본인 얼굴도 눈물범벅이었다. 천융량도 리메이렌을 부축해 배에 오른 뒤 왜 우느냐고 타박하면서 자신도 눈물을 주체하지 못했다. 사공에게 출발하라고 한 다음 뱃머리에서 손을 흔들던 천융량이 마침내 작별의 말을 내뱉었다.

"잘 지내세요."

린샹푸도 눈가가 촉촉해졌다. 나무배가 넓은 수면으로 멀어질 때 린샹푸는 천융량 일가가 이미 가족이라고 생각했다. 딸을 바라보았더니, 린바이자도 눈물범벅이 되어 멍한 눈으로 멀어지는 배를 보고 있었다. 그녀는 뱃고물에 서 있는 천야오우를 계속 바라보고 있었다. 비스듬하게 고개가 기울어진 그를 보면서 언제든 물에 빠질 수 있겠다고 생각했다.

50

천융량 일가가 치자촌으로 이사했다는 소식을 들은 구이민은
매우 놀라며 린샹푸에게 물었다. "완무당에는 크고 작은 토비단
10여 개가 기승을 부려서 조금만 여유로워도 다들 시진으로 이사
오는 판국인데, 천융량은 왜 굳이 완무당으로 갔습니까?"

린샹푸는 잠시 침묵했다가 혼잣말처럼 말했다. "천명을 따르는
수밖에요."

처음 며칠 동안 린바이자는 시도 때도 없이 혼자 눈물을 흘리고,
예전에 교실로 쓰던 방 창문 앞에 처연한 표정으로 절벽처럼 꼼짝
도 하지 않은 채 우두커니 앉아 있었다. 그러던 어느 날, 뭔가 생각
났는지 린샹푸한테 와서 어머니가 누구냐고 물었다.

린샹푸는 깜짝 놀랐다. 그제야 리메이렌이 딸의 마음속에서 얼
마나 중요한 자리를 차지하고 있었는지 알 수 있었다. 13년 동안
어머니가 누구냐고 한 번도 묻지 않았던 린바이자가 리메이렌이
떠나자 자기 어머니를 떠올렸다.

린샹푸의 기억이 샤오메이를 불러냈다. 샤오메이가 그의 눈앞에

나타나고 샤오메이의 얼굴과 음성, 체온이 생생하게 되살아났다. 하지만 닿을 수 없기에 그의 가슴은 순식간에 상실감으로 뒤덮였다. 린샹푸는 아창이 말했던 원청이 시진이 아니라는 생각이 다시 한번 들었다. 샤오메이가 없는 곳에서 헛되이 13년을 기다렸다는 생각이 또다시 밀려들면서 이제 살아서는 샤오메이를 볼 수 없을 거라는 슬픈 예감도 들었다. 그러자 조금 전까지 눈앞에 있던 샤오메이가 멀어지고 그녀의 얼굴이 흐릿해지면서 목소리가 아득해지고 체온이 천천히 흩어졌다.

린바이자는 아버지의 입술이 살짝 떨리는 것을 보았다. 그런 다음 어머니에 관한 이야기를 들었다. 린샹푸는 샤오메이에 대해 말하지 않았다. 순간 그는 다른 사람, 매파와 함께 만났던 류펑메이, 그때 한 마디도 대꾸하지 않아 원래는 좋은 인연으로 맺어질 수 있었는데 놓쳐버린 그 아름다운 아가씨를 떠올렸다. 린샹푸는 머릿속에서 열심히 류펑메이의 모습을 떠올리며 이야기를 꾸며냈지만, 결국 자신이 말한 건 전부 샤오메이의 얼마 되지 않는 과거라는 것을 발견했다. 끝으로 그는 딸에게 엄마 이름이 류펑메이이며 그녀를 낳고 얼마 뒤 세상을 떠났다고 말했다.

린바이자가 옷장에 있는 푸른색 날염 두건 세 장이 어머니 물건이냐고 물었다. 린샹푸는 당황했지만 이내 고개를 끄덕였다. 그는 딸의 얼굴에 슬픈 기색이 번지는 것을 보았다.

린바이자는 열흘 가까이 슬픔에 젖어 거의 넋 나간 사람처럼 멍한 데다 잘 먹지도 않았다. 그렇게 열흘이 지나고 난 뒤 린샹푸는 별안간 그녀의 웃음소리를 들었다. 책을 들고 맞은편 글방에서 나오는 딸의 얼굴이 하늘가의 저녁놀처럼 발그레해진 것도 보았다. 그는 무거운 짐을 내려놓은 기분으로 린바이자가 아직 어려서 쉽게 잊는다고 생각했다. 모든 것이 무사히 지나간 것에 안도하고 린바이자가 예전처럼 밝아진 것에 감사했다.

51

열여섯 살의 천야오우는 린바이자와 헤어진 뒤 완전히 낙담해 매일 얼빠진 표정으로 치자촌 물가에서 시진 쪽을 바라보았다. 그날도 완무당 수면을 오가는 화물선을 보다가 그는 갑자기 좋은 생각이 떠올라 몹시 흥분했다. 옷을 벗고 물로 뛰어든 그는 한 손에 옷을 들고 다른 손으로 물살을 가르며 수면 가운데로 나아갔다. 그러고는 화물선 뱃전을 붙들고 시진까지 태워줄 수 있느냐고 선원에게 물었다. 좋다는 대답을 들은 뒤 그는 배로 올라가서 벌거벗은 채 뱃머리에 섰다. 그리고 몸에 묻은 물방울을 여름 햇살에 말린 다음 옷을 입었다.

시진 부두에 도착하자마자 그는 왕 선생의 글방으로 달려갔다. 글방 맞은편에 모습을 드러냈을 때 그는 깜짝 놀란 비명을 듣고 린바이자의 붉어지는 얼굴을 보았다. 어떻게 왔느냐는 왕 선생의 물음에 사실대로 대답한 뒤에 린바이자가 입술을 깨물며 눈물 흘리는 것을 보았다. 그는 린바이자 옆에 앉아 수시로 고개를 돌려 쳐다보았고 린바이자도 계속 그를 쳐다보았다. 린바이자의 눈동자에서 천야오우는 한없이 깊은 감정을 발견할 수 있었다. 그건 한 번도 본 적이 없는 눈빛이었다.

오후가 되자 천야오우는 글방을 나와 부두로 달려가서는 물건을 싣고 돌아가는 화물선에 탔다. 화물선이 완무당 수면을 나아가 치자촌에 가까워졌을 때 천야오우는 또 벌거벗고 물로 뛰어들어 손에 옷을 든 채로 기슭까지 헤엄쳐갔다. 기슭에 오른 뒤에는 팔딱팔딱 뛰어 물방울을 털고 도로 옷을 입은 다음 아무 일도 없었다는 듯 집으로 돌아갔다.

그렇게 치자촌과 시진을 오가다 보니 천야오우는 화물선 선원들과 친해졌다. 벌거벗고 뱃머리에 서 있는 그의 모습에 호기심이 생긴 한 선원이 무슨 이유로 그리 자주 시진에 가냐고 물었다.

그가 대답했다. "제 여자를 보러요."

선원들은 그의 하반신에 듬성듬성 난 음모를 보며 왁자지껄 웃음을 터뜨렸다. 이후 그가 바람을 맞으며 뱃머리에 서 있으면 다른 화물선 선원들도 손을 흔들며 소리쳤다.

"네 여자는 잘 있어?"

천야오우는 항상 짤막하게 대답했다. "잘 있어요."

얼마 뒤 린샹푸는 천야오우와 비슷한 뒷모습이 왕 선생 글방에서 나와 빠르게 걸어가는 것을 보았다. 그때는 별로 신경 쓰지 않았는데 한 달 뒤 또다시 그 뒷모습을 보았고 이번에는 천야오우임을 알아보았다. 반면 천야오우는 린샹푸를 보지 못했다. 그가 모퉁이를 도는 순간 린샹푸가 천야오우임을 확인하고 그의 얼굴에 떠오른 기쁨도 알아보았다. 이후 린샹푸는 걱정에 빠졌다. 린바이자가 왜 얼굴에 홍조를 띠고 왜 그렇게 밝게 웃는지 마침내 알 수 있었다.

52

그날 오후 구이민이 상하이 〈신보申報〉를 들고 찾아와 린샹푸와 시국에 관해 이야기한 뒤 깜빡했는지 신문을 탁자에 둔 채 돌아갔다.

저녁때 린샹푸는 무심히 〈신보〉를 집어 들었다가 중서여숙中西女塾에 관한 글을 보았다. 그렇게 그는 상하이에 중서여숙이라는 여학교가 있으며 거기서 글방의 기존 교육은 물론 서양의 음악과 기독교 사상까지 두루 가르친다는 것을 알게 되었다. 그 순간 린샹푸의 머릿속으로 린바이자에게 적합한 학교라는 생각이 스쳤다. 하지만 그 생각은 오래가지 않았다. 〈신보〉를 내려놓을 때 린샹푸는 그 생각도 내려놓았다. 그런 다음 원래 고민에 다시 빠져들었다. 어떻게 해야 린바이자와 천야오우를 확실히 떼어놓을 수 있을지 방법이 떠오르지 않아 잠을 이룰 수 없었다. 그러다 두 아이가 왕 선생 글방에서 만났다는 사실이 떠오르고 그들의 만남이 거리 이웃들에게 이미 소문났을지도 모른다는 생각이 들었다.

바로 그 순간 린샹푸는 구이민이 이미 소문을 들었겠구나 싶었다. 오후의 방문과 두고 간 〈신보〉에서 구이민이 얼마나 고심했는지도 느낄 수 있었다. 그건 린바이자를 상하이의 중서여숙에 보내면 좋겠다는 뜻이었다.

보름 뒤 린샹푸는 린바이자와 짐을 챙겨 대나무 지붕의 작은 배로 선뎬까지 간 뒤 마차를 타고 상하이에 갔다. 가는 내내 린샹푸 표정이 너무 심각해 린바이자는 불안감을 떨칠 수 없었다. 어디 가는지 모르는데 감히 물어볼 수도 없었다. 천야오우가 몰래 만나러 왔던 일을 아버지가 알았다고 짐작할 뿐이었다. 상하이에 이르고 중서여숙에 도착한 뒤에야 린바이자는 아버지가 자신을 어디에 보내려는지 알았다.

린바이자가 중서여숙에 도착한 다음 날, 때마침 자매절 행사가 열렸다. 린바이자는 교복을 입고 옷깃에 주황색 꽃을 단 채 붉은색이나 노란색, 초록색, 파란색, 보라색 꽃을 단 신입생들과 풀밭에 서 있었다. 축음기에서 서양 음악이 흘러나오자 상급반 여학생들이 웃으며 다가와 마음에 드는 신입생을 고른 뒤, 그때부터 서로 언니, 동생으로 불렀다. 기존 재학생들이 생화를 신입생에게 건네고 신입생이 꽃을 받으면 자매로 맺어지는 행사였다. 린바이자는 미모가 출중해 많은 이목을 끌었다. 여러 선배가 생화를 건네 줘 린바이자가 얼굴을 붉히며 누구 꽃을 받을지 망설일 때, 나이 어린 여학생 둘이 꽃을 들고 다가오며 그녀를 불렀다.

"바이자 언니."

린바이자는 훌쩍 큰 구퉁쓰와 구퉁녠을 알아보았다. 그 뜻밖의 재회에 린바이자는 답례하는 걸 잊고 말았다. 한껏 기대하고 있는 선배들에게 한마디 설명도 없이 몸을 돌려 구퉁쓰와 구퉁녠 쪽으로 걸어가 버렸다.

구퉁쓰가 다가와 린바이자에게 꽃을 건넸다. 구퉁녠도 다가왔다가 언니가 건네는 걸 보고는 린바이자가 언니 꽃을 받도록 한 걸음 물러났다.

빙그레 웃고 있는 구퉁쓰의 손에서 꽃을 받은 뒤 린바이자는 조금 수줍어하는 구퉁녠한테 다가가 그녀 꽃도 받았다. 그러자 구퉁녠 얼굴에 천진난만한 웃음이 떠올랐다. 오랜만에 만난 구씨 자매를 얼싸안았을 때 린바이자는 자기도 모르게 눈물을 흘렸다. 환하게 웃던 구씨 자매도 덩달아 눈물을 흘렸다.

그러고 나서 구퉁쓰가 고개를 숙이며 기도했다. "주님, 아름다운 바이자 언니를 보내주셔서 감사합니다."

구퉁녠도 고개를 숙이고 기도했다. "주님, 아름다운 바이자 언니를 보내주셔서 감사합니다."

린바이자에게 완전히 새로운 일상이 펼쳐졌다. 그녀는 구씨 자매와 같은 방을 쓰고 학교 기도회에 참석하며, 저녁 식사 때는 급우들과 식탁 앞에서 입을 모아 노래했다.

"자비로우신 하느님, 내일 날이 밝을 때까지 밤새 보호해주소서. 주님, 음식을 주시고 저를 지켜주셔서 감사합니다. 모든 즐거움이 주님의 은총입니다."

잠들기 전에도 그녀는 구씨 자매와 깨끗하게 씻은 뒤 침대 앞에서 묵도했다. '주님, 제게 평안을 주셔서 감사합니다.'

학교에서 불을 껐지만, 구퉁쓰는 창문에 이불을 걸어 가리고 촛불을 켠 다음 몰래 자수를 놓았다. 한편 구퉁녠은 학칙을 준수하느라 얌전하게 침대에 누워 희미한 촛불 속에서, 침대 가장자리에 앉아 있는 린바이자를 바라보았다. 린바이자는 구퉁쓰가 수놓는 걸 보면서 자기 고민에 빠졌다. 그때 구퉁쓰가 수를 놓다가 고개를 들고 린바이자를 향해 빙그레 웃었다. 린바이자도 미소로 답한 뒤 구퉁녠을 보았더니 여전히 눈을 동그랗게 뜨고 자신을 보고 있었다. 그녀가 조용히 자라고 말하자 구퉁녠이 고개를 끄덕이며 눈을 감았다.

중서여숙에는 금요일 오후에 개방되는 '눈물의 방'이 있었다. 학교생활에 적응하지 못한 신입생들이 실컷 울 수 있도록 마련된 장소였다. 린바이자는 일주일이 지난 뒤 마침내 눈물의 방에 들어갈 수 있었다. 그녀는 두 손으로 입을 가린 채 한참 동안 엉엉 울었다. 주체할 수 없는 눈물이 홍수처럼 흘러넘쳤다. 만감이 교차하고 슬픔이 밀려들었다. 린바이자는 천야오우를 생각하고 리메이렌과 천융량, 천야오원을 생각했다. 수많은 과거를 떠올리고 죽은 생모를 생각했다. 생모의 얼굴을 그려보려고 할 때마다 리메이렌의 얼굴이 떠올랐다. 13년 동안 언제나 함께였다가 이제는 멀리 떨어져 만나기 힘든 아버지를 생각했다.

두 눈이 벌겋게 부어 눈물의 방을 나왔을 때 문밖에 구퉁쓰와 구퉁녠이 서 있었다. 구퉁쓰는 완성된 자수를 린바이자에게 선물했다. 세 자매를 상징하는 크고 작은 매화 세 송이가 수놓아져 있었다. 세 여자아이는 서로를 바라보다가 동시에 웃음을 터뜨렸다. 그런 다음 앞쪽의 낭랑하게 웃는 여학생들 무리 속으로 끼어들었다.

53

시진으로 돌아온 린샹푸는 구이민을 찾아가 린바이자를 상하이의 중서여숙에 보냈다고 말했다. 그러자 구이민은 별 동요 없이 조용히 고개를 끄덕이더니 자신의 두 딸 구퉁쓰와 구퉁녠도 중서여숙에 있다고 대답했다. 린샹푸는 조금 놀라지 않을 수 없었다. 구이민이 그런 이야기를 하지 않았을 뿐만 아니라 린바이자를 데려다줄 때 그들 자매를 보지 못했기 때문이었다. 그는 총총히 상하이에 가서 린바이자를 학교에 보낸 뒤 곧장 시진으로 돌아왔다.

린바이자가 중서여숙에서 그들 자매와 만났겠다고 생각하자 린샹푸는 무척 마음이 놓였다.

"다들 만났겠군요."

그렇게 린샹푸는 혼자 살기 시작했다. 토비의 납치 때문에 한동안 목공소 장사가 잘됐다. 자녀를 일찍 결혼시키느라 가구를 주문하는 사람이 끊이지 않아서였다. 하지만 불붙은 듯했던 상황은 일시적이었을 뿐, 시간이 지나면서 시들해졌다. 이제 창고에는 침대와 탁자, 의자, 상자, 궤짝, 장롱, 대야, 통, 문갑, 화병 받침, 난로 받침, 화분 받침 등이 잔뜩 쌓여 먼지를 뒤집어쓰고 거미줄이 그 사이를 메우고 있었다.

집이 텅 비자 린샹푸의 마음도 휑하게 비어갔다. 어느 날 밤 침대에서 일어난 그는 방문을 지나고 대문을 나가 부두의 그 사창으로 갔다. 삐걱거리는 계단을 올라간 그는 깡마른 몸에 커다란 눈, 살짝 들린 입술을 가진 추이핑 맞은편에 앉았다. 그는 남포등의 깜빡이는 불빛 속에서 아무 말도 하지 않고 앉아만 있었다. 남편이 아편 중독으로 이미 사망해 추이핑의 집에서는 더 이상 생선 비린내가 나지 않았다. 추이핑은 달빛도 없는 어느 밤에 남편이 사람들에게 들려서 돌아왔는데 입은 물론 콧구멍까지 진흙으로 가득 찼더라고 말했다. 그녀 남편을 데려온 사람들은 치료하기 위해 진흙을 썼다면서, 생아편을 먹은 사람이 진흙과 만나면 흙이 흙을 봐서 살아날 수 있다고 말했다. 그때는 워낙 정신이 없어서 아무 대꾸도 못 했지만, 나중에 생각해보니 정말 말도 안 되는 소리였다. 흙이 흙을 본다는 게 무슨 뜻인가, 남편은 진흙 때문에 질식사한 게 분명했다.

추이핑이라 불리는 그 여자는 이미 시든 꽃이라 더는 그녀 몸을 보러 오는 손님이 없었다. 세월에 그녀는 한층 더 말랐고 눈가에 주름도 생겼다. 한때 맑았던 눈동자도 어두워졌다. 린샹푸가 쓸쓸함을 견디기 힘들어 찾아갔을 때, 그녀는 깜짝 놀라 탄식을 내뱉고는 그 수줍은 표정의 남자를 보면서 자신도 어쩔 줄 몰라 하며 허둥거렸다. 예전에 한 번 왔을 때 거액을 내놓았던 북쪽 출신 남자가 워낙 인상적인 것도 있지만, 지난 10년 동안 명성이 자자해져 린샹푸가 구이민에 버금가는 대부호임을 추이핑도 알고 있었다.

처음에 린샹푸는 한마디도 없이 한 시간 동안 앉아 있다가 조용히 의자에 엽전 열 닢을 남겨놓고 나갔다. 추이핑은 린샹푸한테 신체적 능력이 없음을 알고 있어서 먼저 나서서 끌어당기지 않았다. 차를 한 잔 우려준 뒤 조심스럽게 침대 가장자리에 앉아 있다가 린샹푸가 차를 다 마시면 일어나 잔을 채워주었다.

몇 차례 만난 뒤 두 사람은 띄엄띄엄 말을 주고받기 시작했다. 린샹푸는 언제나 딸 린바이자 이야기를 하고 가끔 품에서 편지를 꺼내 읽으며 미소를 지었다. 하루는 추이핑도 죽은 남편을 거론하며, 자신이 젊을 때 몸을 팔아 모은 돈 대부분을 아편쟁이 남편이 탕진했다고 말했다. 그런데 생전의 남편을 원망할 때조차 그녀는 그립다는 표정을 지었다. 그러면서 여자에게는 어떤 남자든 없는 것보다는 있는 게 낫다고 말했다.

어느 날 밤 린샹푸는 오랫동안 앉아 있다가 오늘은 돌아가지 않고 여기에서 자겠다고 말했다. 추이핑은 황급히 일어나 이불을 깔았다. 린샹푸는 겉옷만 벗고 속저고리와 속바지를 입은 채 이불로 들어갔다. 그리고 엽전 열 닢을 슬그머니 베개 밑에 넣었다.

추이핑은 침대 옆에서 잠시 망설였지만 결국 옷을 전부 벗고 알

몸으로 린샹푸 옆에 누웠다. 두 사람은 소리 없이 한참을 누워 있었다. 그러다 추이핑은 린샹푸의 손이 자기 가슴에 올라왔다가 천천히 아래로 내려가는 것을 느꼈다. 린샹푸의 손이 어린애처럼 장난치고 있었다. 이어서 추이핑의 손도 린샹푸의 바지로 들어가 천천히 그의 몸을 쓰다듬었다. 추이핑의 차가운 손이 점점 따뜻해지기 시작했고, 린샹푸는 주름진 옷이 펴지는 것처럼 몸이 편안해지는 것을 느꼈다.

이후 린샹푸는 저녁때 추이핑의 거처에 가면 집으로 돌아가지 않았다. 옷을 벗고 이불속에 들어가 추이핑 손가락의 움직임 속에서 잠들었다. 추이핑의 손톱이 밀을 수확한 뒤 땅을 부드럽게 갈아엎는 것처럼 그의 몸을 천천히 긁으면 그의 딱딱한 몸이 부드러워졌다.

54

천야오우가 마지막으로 배를 타고 시진에 갔을 때는 이미 서늘한 가을로 접어든 뒤였다. 완무당 물도 꽤 차가워져 배에 올라 가을바람을 맞자 재채기가 나고 몸도 떨렸지만, 그는 늘 그렇듯 벌거벗은 채 뱃머리에 섰다. 그리고 차가운 가을바람에 몸을 다 말린 다음에야 옷을 입었다. 왕 선생 글방에 이르렀을 때 천야오우는 린바이자를 볼 수 없었다. 자리가 비어 있고 책상조차 없어서 그는 옆자리에 앉아 계속 문만 바라보았다. 왕 선생이 손에 든 책을 한 단락 읽은 뒤 내려놓고 말했다.

"안 올 거다."

왕 선생은 린바이자가 상하이로 유학 갔다고 알려주었다. 천야오우가 고개를 숙였다가 다시 비스듬히 기울이고는 재채기를 세 번 했다. 그런 다음 동상에 걸린 사람처럼 일어나 부들부들 떨면서 글방을 나와 부두로 갔다. 콩 포대를 싣고 있는 화물선 앞에서 걸음을 멈춘 천야오우는 두 손으로 몸을 감싸고 부들부들 떨었다. 화물을 모두 실었을 때 천야오우도 배에 올랐다. 선원들이 그를 알아보았다. 그가 울상을 지으며 몸을 계속 떠는 것을 보고 선원들이 웃으며 물었다.

"네 여자는 잘 있어?"

천야오우가 서글프게 "없어졌어요"라고 대답했다.

천야오우는 뱃머리에 서지 않고 콩 포대 사이에 웅크리고 앉았다. 선원들이 킬킬거리며 세상천지에 여자가 어떻게 없겠느냐고 놀렸다. 부잣집 아가씨와 여염집 처녀는 말할 것도 없고 남편 잃은 과부도 콩보다 많고 기녀와 사창도 있다고 했다. 다리가 셋인 암탉은 찾기 힘들어도 다리가 둘인 여자는 어디에나 있다고 키득거렸다.

선원들이 시시덕거리며 떠들고 있을 때 대나무 지붕의 작은 배 몇 척이 빠르게 다가오더니 뱃전에 붙었다. 이어서 모제르총을 차고 도끼를 든 남자가 펄쩍 뛰어 화물선에 오르고 총을 든 다른 사람들도 올라왔다. 한 선원이 노를 들어 배에 오르려는 사람을 치려고 할 때 먼저 올라온 남자가 달려가 도끼로 그의 어깨를 내리쳤다. 선원은 비명도 지르지 못하고 죽었다. 다른 선원 넷은 토비라는 걸 알고 무릎을 꿇은 뒤 두 손을 모으며 애원했다.

"나리, 배와 화물을 모두 바칠 테니 목숨만 살려주십시오."

도끼 든 남자가 한마디도 없이 다가가 선원 네 명을 전부 도끼로 내리찍은 뒤 시체를 배 밖으로 걷어찼다. 선원들 가운데 첫 번째 사람만 비명을 질렀을 뿐 나머지 세 명은 소리도 내지 못하고 죽었다. 콩 포대 사이에 앉아 있던 천야오우는 나중에 배에 오른 토비가 '스님'이란 별칭의 그 사람임을 알아보고 나직하게 애원했다.

"스님, 스님, 살려주세요."

스님은 천야오우가 자신을 부르자 조금 당황하며 자세히 살펴보았고, 누구인지 알아보았다. 그리고 도끼 든 남자가 다가왔을 때 말했다.

"이놈은 나한테 넘겨."

스님은 끈으로 천야오우를 몇 바퀴 느슨하게 묶은 뒤 화물선 밖으로 밀었다. 천야오우가 물속에서 끈을 풀고 수면으로 올라왔을 때 새빨간 피가 수면은 물론 그의 머리카락과 얼굴까지 전부 붉게 물들였다. 얼굴이 선원들 피로 범벅이 된 덕분에 그는 목숨을 구할 수 있었다. 도끼를 든 토비는 그를 보고 시체가 또 떠올랐다고만 생각했다. 토비가 훔친 화물선이 멀어진 뒤에야 천야오우는 버려진 대나무 지붕 배에 올라 엉엉 울음을 터뜨렸다. 조금 전까지 시시덕거리던 선원들이 이제는 숨도 쉬지 못했다. 그들은 어깨부터 길게 도끼에 베인 채 붉은 수면 위에 떠 있었다. 어깨는 몸통에서 분리됐지만 허리 쪽은 아직 연결돼 그렇게 벌어진 채로 물 위를 떠다녔다.

이후 3년 동안 천야오우는 치자촌을 떠나지 않았고 건장한 남자로 성장했다. 가끔 린바이자를 떠올렸지만, 그의 마음속 린바이자는 여전히 열세 살짜리 여자애였기 때문에 아무 충동도 일지 않왔다. 그는 3년 동안 린바이자가 자신에게 계속 편지를 쓴 줄 전혀 몰랐다. 린바이자는 편지를 전부 왕 선생에게 보내며 전해달라고 부탁했다. 왕 선생은 편지를 옷장에 숨겨두었다. 하지만 3년이 지나도록 천야오우를 볼 수 없자 왕 선생은 옷을 둘 곳이 없다고 불평하기 시작했다.

55

장도끼라는 토비가 악명을 떨쳤다. 완무당을 주 무대로 횡행하는 이 토비는 3년간 화물선 57척을 강탈하고 도끼로 선원 89명을 죽였다. 강탈한 화물선은 그의 수하들이 기슭으로 가져가 화물을 내렸는데 물건마다 피가 묻어 있었다. 그런 장물을 처분하다 보니 피 묻은 쌀과 콩, 포목, 찻잎 등이 시진과 선덴 등지의 상점에 나왔다. 그리고 피 묻은 화물이 많아질수록 장도끼에 관한 소문도 무성해졌다.

장도끼는 무시무시한 도끼를 들고 다니고 백발백중의 명사수에 행동이 민첩하며 날 듯이 빨리 걸을 뿐만 아니라 장대로 담장을 넘거나 배에 올라타는 것까지 무척 잘했다. 또 어렸을 때 점쟁이를 따라 사방을 돌아다닌 덕분에 점도 잘 쳤다. 장도끼는 완무당 수면에서만 사람을 죽이고 물건을 빼앗은 게 아니라 부근 마을도 약탈했다. 또 사람 장기를 황주에 볶아 먹는 걸 좋아해, 인질의 몸값이 오지 않으면 산 채로 배를 갈라 장기를 꺼낸 뒤 솥에 볶아 안주로 만들었다.

장도끼는 7년 동안 아내를 일곱 명 두었고 7년 동안 아내를 일곱 명 죽였다. 마지막으로 죽은 아내는 옷을 기우다가 바늘을 바닥에 떨어뜨렸는데 아무리 둘러봐도 찾을 수 없었다. 그걸 본 장도끼가 바닥을 쓱 훑어본 뒤 바늘을 주워주자 아내가 웃으며 정말 도둑 눈이라고 말했다. 그 '도둑 눈'이라는 말에 장도끼는 심기가 뒤틀려 모제르총으로 그 자리에서 아내를 쏴 죽였다.

한때 이름을 떨쳤던 물수제비와 표범 등 토비들은 장도끼의 흉포함에 벌벌 떨다가 앞다퉈 그의 휘하로 들어갔다. 사람이 많아지자 장도끼는 시진을 치기로 마음먹었다. 그는 물수제비와 표범 등을 불러 모은 뒤 말했다.

"완무당에 제대로 된 화물선이 없어. 주변 마을 부자들도 전부 시진으로 숨어들어서 소득이 없고. 망할 시진만 살찌고 있다고."

토비들이 시진을 치려 한다는 소식이 전해지자 민병단 단장인 주보충은 응전 준비를 시작했다. 성문 위에 초소를 만들고 날이 어두워지면 성문을 닫았다. 또 총알을 나눠준 뒤 민병단을 시산으로 데려가 사격 연습을 시켰다. 그렇게 해서 시진 백성들은 드디어 총성을 듣게 되었다. 하지만 방귀만 뀌고 똥은 누지 않던 민병단이 본격적으로 총을 쏘자 시진 백성들은 도리어 두려움에 안절부절못했다. 그들은 귀가 하나뿐인 민병단으로 되겠냐고, 토비한테 귀가 잘린 열아홉 명이 다시 토비를 만나면 놀라서 오줌을 지리지 않겠느냐고 걱정했다.

56

4월의 어느 날, 장도끼가 토비 100여 명을 이끌고 높은 사다리 두 개와 젖은 이불 두 수레, 화포 한 문을 가지고 왁자지껄하게 시진의 남문으로 몰려왔다.

주보충은 다른 세 성문에 수비 인원을 배치한 뒤 열일곱 명을 데리고 남문 방어에 나섰다. 열 명은 성벽 위에, 일곱 명은 성문 아래에 배치하고 토비가 성문을 열지 못하도록 문 앞에 진흙 포대를 잔뜩 쌓아놓았다.

토비들이 성 밑으로 와서 시끌벅적하게 자리를 잡고 몇몇은 바지를 내린 뒤 오줌을 누었다. 토비 하나가 위쪽 사람들에게 소리쳤다.

"성벽 위의 형제들, 우리는 장도끼 부하야. 오늘 밤 시진에서 밤을 보내고 싶으면 성문을 열어."

성벽 위의 민병단 병사들은 토비의 외침에 어떻게 답해야 할지 몰라 전부 주보충을 바라보았다. 주보충이 성벽 아래의 토비에게 소리쳤다.

"시진은 너무 작아서 너희를 수용할 수 없다. 돌아가라."

오줌을 다 싼 토비 하나가 바지를 털며 소리쳤다.

"젠장. 우리도 총으로 먹고살고 너희도 총으로 먹고사니까 통행료를 내라는 거야? 낼게."

성벽 위의 귀가 잘린 병사 몇이 그를 알아보고는 조금 겁에 질려 소리쳤다.

"다섯째야, 그 다섯째라고."

그 소리를 들은 다섯째가 고개를 들어 가만히 쳐다보다가 헤헤 웃으며 고개를 돌리고는 다른 토비에게 뭐라고 말했다. 그런 다음 다시 고개를 들고 소리쳤다.

"성벽 위의 형제는 왜 하나같이 한쪽 귀가 없나?"

성벽 아래의 토비들이 폭소를 터뜨리자 성벽 위의 외귀 병사들이 고개를 떨어뜨렸다. 다섯째가 계속 소리쳤다.

"타고난 건가, 누구한테 잘린 건가?"

주보충은 병사 여덟 명이 얼굴을 붉히고 의기소침하게 고개를 숙일 뿐만 아니라 장총마저 지팡이처럼 아래로 내려뜨리는 것을 보았다. 그는 여덟 명한테 기대할 수 없겠다고 생각하며 소리를 질렀다.

"그건 지팡이가 아니라 총이다. 똑바로 들어."

성벽 아래의 장도끼가 성가시다는 듯 "젠장, 빨리 성문을 열라고. 이 몸이 들어가면 귀를 베는 게 아니라 심장을 파낼 거다"라고 소리쳤다.

그때 갑자기 총성이 울리더니 성벽 아래의 다섯째가 바닥으로 쓰러졌다. 총을 쏜 사람은 대장장이 쉬 씨였다. 그는 다섯째가 자기 총에 맞아 죽는 걸 보고는 흥분해 얼굴이 빨개져서는 더듬더듬 말했다.

"워, 원수와 마, 만나니 부, 분노가 치, 치솟는구나."

대장장이 쉬 씨의 격발에 다른 외귀 병사 일곱 명도 용기백배해 일제히 총을 들고 발사했다. 토비 몇이 총성 속에 쓰러지는 것을 보고 그들도 대장장이 쉬 씨처럼 흥분해 총을 쏘는 한편 입을 모아 소리쳤다.

"원수와 만나니 분노가 치솟는구나."

총알이 성벽 아래의 나무를 때려 나뭇잎이 우수수 떨어지고, 토비들도 흩어져 반격하면서 성벽 위로도 총알이 날아왔다.

왼손에 총을 맞은 천싼이 불에 덴 것처럼 손을 흔들며 소리쳤다.

"아 뜨거, 뜨거워 죽겠네."

다른 외귀 병사들은 그의 손이 새빨간 피에 뒤덮인 걸 보고 얼어붙었다. 주보충이 큰 소리로 꿇으라고 명하자 모두 재빨리 무릎을 꿇으며 성벽 뒤로 숨었다. 토비의 화력은 순식간에 성벽 위의 화력을 압도했다. 곧이어 토비 두 무리가 사다리를 들고 성벽 쪽으로 달려왔다.

주보충은 성벽 위 병사들에게 어서 총을 쏘라고 소리치며 자신도 모제르총을 쏘았다. 성벽의 화력이 다시 모여 아래쪽을 향했다.

그때 대장장이 쉬 씨가 사다리 뒤쪽에서 달리는 물수제비를 발견하고 소리쳤다.

"물수제비다, 물수제비를 봤어. 젠장, 내가 죽여주마."

그 소리에 다른 외귀 병사들이 대장장이 쉬 씨 쪽으로 달려가 물었다.

"어디, 어디요?"

"사다리 뒤쪽에, 봤어?"

그들이 대답했다. "봤어요. 봤어."

그들이 소리쳤다. "죽여, 죽여버려."

성벽 위의 총알이 일제히 물수제비를 향해 날아가면서 그곳에서 먼지가 일었다. 물수제비는 총알이 전부 자신한테 날아오자 낭패라고 생각하며 원숭이처럼 총알 사이로 펄쩍펄쩍 뛰어 커다란 나무 뒤에 숨었다.

반대쪽의 외귀 병사 한 명이 이번에는 표범을 발견하고 소리쳤다. 다른 외귀 병사들은 이번에도 우르르 몰려갔다. 표범은 토비 한 무리를 지휘하며 사다리를 성벽에 걸치고 있었다. 이어서 토비 10여 명이 색색의 젖은 이불을 머리에 쓰고 칼이 달린 모제르총을 손에 든 채 사다리를 오르기 시작했다. 다른 토비들은 위쪽으로 사격하는 한편 사다리를 올라가는 토비들과 함께 소리쳤다.

"총칼도 못 뚫어, 총칼도 못 뚫어."

토비들은 총칼이 뚫지 못한다고 고함치면서 성벽에 오르는데, 외귀 병사들은 아직도 한데 모여 표범을 찾고 있자 주보충이 욕을 퍼부었다.

"야, 이 새끼들아, 총을 쏴. 이건 전쟁이지, 연극 구경이 아니라고."

외귀 병사들은 그제야 토비들이 올라오는 것을 발견하고 다급하게 그 알록달록한 이불로 총구를 돌렸다. 퍽퍽 소리와 함께 젖은 이불에 총알이 박히면서 안쪽의 솜이 날아올랐다. 그런 와중에 "총칼도 못 뚫어"라는 토비의 고함이 그치지 않자 외귀 병사들은 얼어붙고 말았다. 분명 총알이 명중했는데도 토비가 계속 올라왔기 때문에 외귀 병사들은 당황해 소리쳤다.

"젠장, 정말로 총칼이 못 뚫잖아."

토비 둘이 성벽으로 올라온 뒤 이불을 젖히며 뛰어들었다. 한 토비가 칼을 주보충에게 휘두르는 순간, 주보충은 총을 쏘아 그의 얼굴을 박살 내고 다른 토비도 쏘아 죽였다. 외귀 병사들은 그제야 깨닫고 소리쳤다.

"총칼이 못 뚫긴. 그냥 이불이잖아."

그때 토비 네 명이 사다리에서 뛰어내린 다음 이불을 젖히며 총을 쏘려 했다. 그러자 외귀 병사들이 우르르 몰려가 토비를 바닥에 내리누르고는 마구 물어뜯었다. 토비들이 비명을 지르며 괴로워할 때 대장장이 쉬 씨의 제자인 쑨펑쏸이 장총을 가져와 토비가슴에 대고 발사해 네 명을 모두 죽였다.

주보충이 큰소리로 외쳤다. "사다리를 밀어, 사다리를 밀라고."

그러고는 직접 달려들어 사다리를 아래로 밀어버렸다. 천싼이 다른 사다리에 달려들었을 때 마침 토비 하나가 이불을 젖히고 있었다. 천싼은 그를 와락 끌어안고는 얼굴을 힘껏 깨물어 살점을 물어뜯었다. 그러고는 두 다리를 성벽에 대고 힘껏 굴러 토비는 물론 자신과 사다리까지 동시에 아래로 떨어뜨렸다.

바닥에 떨어진 천싼은 비틀비틀 일어나 볼이 불룩한 채로 앞쪽 토비에게 달려들었다. 토비 몇 명이 동시에 총을 쏘자 그는 힘을 잃고 바닥에 무릎을 꿇고는 왈칵 피를 뱉었다. 그러면서 아까 물어뜯은 살점까지 뱉었는데 그는 그걸 들고 자세히 살펴 귀라는 것을 확인했다. 천싼은 휘청거리며 몸을 일으킨 다음 성벽 쪽으로 돌아서서 자신이 물어뜯은 토비의 귀를 정수리 위로 들어 올렸다. 그렇게 득의양양한 얼굴로 성벽 위 사람들에게 자기 손에 들린 게 무엇인지 보여주었다. 총알이 줄줄이 날아와 몸을 관통하자 그의 손에 들려 있던 귀가 떨어지고 이어서 그의 몸도 쓰러졌다.

천싼의 장렬한 죽음에 성벽 위의 외귀 병사들이 크게 울부짖었다. 한 외귀 병사는 바닥에서 장검을 집어 들고 성벽 아래로 몸을 날린 뒤 사다리를 들고 있는 토비에게 돌진했다.

그가 크게 울부짖으며 죽기 살기로 장검을 휘두르자 토비들이 사다리를 내던진 뒤 달아났고 다른 토비들은 그에게 총을 쏘았다.

그 외귀 병사는 총알이 날아오든 말든 신경 쓰지 않고 오로지 사다리를 부수는 데에만 집중했다. 총알을 여러 차례 맞았음에도 그는 또 다른 사다리로 가서 장검을 계속 휘둘렀다.

장도끼가 소리쳤다. "사격 중지."

그런 다음 장도끼는 날카로운 도끼로 외귀 병사의 왼팔을 내리쳤다. 하지만 외귀 병사는 돌아보지도 않고 계속 오른손의 장검으로 사다리만 부술 뿐이었다. 장도끼가 외귀 병사의 머리를 쪼갰을 때 사다리도 두 동강 났다.

장도끼는 사다리 두 개가 모두 부서져 성벽에 오를 수 없음을 알고는 토비들에게 뒤로 물러난 뒤 화포를 끌고 오라고 명령했다.

토비들은 뒤로 물러나면서 성벽 위의 울음소리를 들었다. 외귀 병사 두 명의 용감한 희생에 성벽의 다른 외귀 병사들이 통곡하고 있었다.

토비가 화포를 끌고 오는 것을 보고 주보충은 성벽의 병사들에게 흩어지라고 한 뒤 아래 성문을 지키는 병사 일곱에게도 20미터 물러나라고 명했다. 성벽 위의 병사들은 총을 안고 꿇어앉아 성벽 아래의 토비들이 시끌시끌 떠드는 것을 듣고 있었다. 그러다 주보충이 손을 흔들면 그들은 곧바로 일어나 성벽 아래에 총격을 가한 뒤 또 꿇어앉아 총알을 장전했다. 장전할 때 성벽 밑에서 토비의 신음소리가 들려오자 대장장이 쉬 씨가 키득키득 웃었고 다른 사람들도 키득거렸다.

그때 쿵 하는 엄청난 화포 소리가 울리더니 성벽이 뚫리고 돌 부스러기와 먼지가 자욱하게 일었다. 성벽 위의 병사들은 굉음에 정신이 혼미해졌다가 온몸에 먼지를 뒤집어쓴 채 일어났다. 그리고 수장인 주보충이 다친 걸 발견했다.

주보충의 배에 구멍이 뚫려 창자가 김을 내뿜으며 흘러나오고 있었다. 당황한 병사들이 몰려들자 주보충은 어서 자기 자리로 돌아가라고 질책하는 한편 흘러나온 창자를 돌조각과 같이 배로 쑤셔 넣었다. 주보충은 뚫린 곳을 방어하라고 명령한 뒤 성벽 아래의 일곱 병사도 올라오라고 했다. 그는 바닥에 앉은 채로 계속 지휘했다. 토비가 구멍으로 몰려오면 손을 들어 병사들에게 쏘라고 명했다. 토비들은 세 차례 달려들었다가 세 차례 물러났다. 죽음이 임박했다는 예감에 주보충은 잠깐 틈이 생겼을 때 근처에 있는 대장장이 쉬 씨를 조용히 부른 뒤 남은 병사도 전부 부르라고 시켰다. 먼지와 피로 뒤범벅된 민병단 병사들이 주보충 주위에 꿇어앉았다. 주보충이 세어 보니 아직 열두 명이 있었다. 그는 병사들 얼굴을 보며 웃음을 짓고 말했다.

"누가 누구인지 모르겠군."

주보충은 자신이 곧 죽을 거라고 말했다. 병사들의 먼지투성이 눈에서 먼지투성이 얼굴로 눈물이 줄줄 흘러내렸다. 주보충은 자신의 모제르총을 대장장이 쉬 씨에게 건네준 뒤 단장에 임명하고 자기 대신 전투를 지휘하라고 했다. 그리고 성벽 아래를 가리키며 말했다.

"명심하게. 철천지원수와는 같은 하늘 아래에서 살 수 없네. 자네들은 토비가 절대 들어오지 못하도록 성문을 사수해야 해."

주보충은 죽기 직전에 작별의 말을 건넸다.

"나는 평생 군에 있었네. 청나라 군대에서 시작해 서북군에 있었고, 시진의 민병단을 이끌었지. 생각지도 못하게 시진 민병단이 가장 용맹했어. 자네들 단장으로 있었던 건 내 평생의 행운이었네. 죽어도 여한이 없어."

성벽 위의 민병단 병사 열두 명은 또다시 엉엉 울음을 터뜨렸다. 대장장이 쉬 씨는 주보충처럼 바닥에 앉아 토비가 다시 몰려왔을 때 주보충처럼 손을 들었다. 그때마다 다른 병사들은 주저하지 않고 자리에서 일어나 총을 쏘았다.

민병단의 열두 병사는 네 시간 가까이 필사적으로 싸웠고 마지막에는 대장장이 쉬 씨와 그의 제자 쑨펑쏸만 남았다. 쑨펑쏸은 여덟 군데나 부상을 입었고 대장장이 쉬 씨는 눈알이 튀어나왔다. 그들 두 사람은 성벽 구멍에 엎드린 채 시진을 사수하고 있었다. 쑨펑쏸이 토비 한 명을 쏘고 나서 물었다.

"사부님, 표범은요?"

처음에는 잘 보였어도 대장장이 쉬 씨는 눈알이 튀어나온 뒤부터 시야가 흐릿해졌다. 그는 뭔가가 눈에 걸쳐져 있는 듯한 기분이 들어 쑨펑쏸에게 물었다.

"내 눈에 뭐가 있니?"

쑨펑쌴이 살펴본 뒤 대꾸했다. "사부님, 눈알이 눈에 걸려 있어요."

대장장이 쉬 씨는 자기 눈알을 뜯어냈다. 그러자 다른 쪽 눈도 점점 어두워졌다. 그는 모제르총을 쑨펑쌴에게 건네며 말했다.

"난 눈이 멀었어. 주 단장의 총을 너에게 물려주고 너를 단장에 임명한다."

숨이 간들간들한 쑨펑쌴이 모제르총을 받고 헤헤 웃었다. 그때 성벽 바깥에서 쿵 하는 굉음과 함께 토비의 화포가 폭발했다.

토비 100여 명을 이끌고 시진을 맹공격했음에도 함락할 수 없자 장도끼는 떨어진 군의 사기를 돋우기 위해 다시 한번 화포로 성문을 공격하려 했다. 하지만 화약을 가득 채웠을 때 화포가 제 풀에 터지면서 토비 세 명이 죽고 다섯 명이 부상을 입었다. 죽거나 다친 토비를 빼고 살펴보니 남은 수는 60명도 되지 않았다. 그때 시진의 성벽 안쪽에서 갑자기 하늘을 찌를 듯한 함성이 울리며 성벽으로 사람들이 몰려오기 시작했다. 장도끼는 상황이 좋지 않음을 알고 철수를 명했다.

외귀 민병단이 필사적으로 토비에 대항할 때 시진의 대담한 젊은이들 일부가 지붕으로 올라가 전투를 구경했다. 그렇게 민병단 병사들이 용맹하게 저항하며 성문을 사수하는 걸 전부 지켜보았다. 그러다 자기도 모르게 뜨거운 피가 용솟음쳐 젊은이들은 지붕에서 내려와 시진 거리를 뛰어다니며 상황을 알렸다. 그러자 더 많은 사람이 지붕으로 올라갔고 더 많은 사람이 민병단 병사의 장렬한 희생을 보았으며 더 많은 사람이 뛰어다니며 알렸다. 누가 시작했는지 몰라도 사람들이 집에서 식칼이나 장작 패는 칼, 각목, 쇠몽둥이, 창을 들고 거리로 나와 "토비를 잡으러 가자"라고 소리쳤다. 순식간에 정육점의 칼과 철물점의 칼이 사라지고 재봉소의 가위까지 사라졌다. 남자들 1,000여 명이 시진 남문으로 몰려갔다. 그중 어떤 사람들은 짐을 메고 있었다. 원래는 토비가 쳐들어오면 도망가려 했던 사람들이지만 이제는 소리를 지르며 남문으로 달려가고 있었다.

그들은 성벽 구멍으로 홍수처럼 몰려나갔다. 토비들은 하늘을 찌르는 듯한 함성을 듣고 새까맣게 몰려나오는 무리를 보고는 놀라서 사방으로 달아났다. 더 빨리 달아나기 위해 총을 내버리는 토비까지 있었다. 부상당한 토비와 걸음이 느린 토비는 쫓아온 사람들 칼에 난도질당하거나 몽둥이에 맞아 죽었다. 재수 없는 토비는 가위에 잘려 죽었다.

토비의 패주에 시진 백성들은 사기충천해 맹공격을 퍼부었고 단숨에 10여 리 밖까지 쫓아갔다. 하지만 힘에 부쳐 걸음을 멈추는 사람이 늘어나면서 어느 순간 추격자는 10여 명밖에 남지 않았다. 그런 상황을 모르고 계속 쫓아가며 소리를 지르던 추격자들은 함성이 작아진 것을 인지한 뒤에야 몇 명 남지 않은 걸 알았다. 심지어 토비 스무 명 정도가 거꾸로 달려오는 바람에 오히려 쫓기게 되었다. 다행히 토비들은 반격했다가 또 다른 추격자를 만날까 봐 총만 몇 번 쏜 뒤 다시 남쪽으로 달아났다.

토비를 격퇴한 시진 백성들은 남문으로 몰려갔다. 그들은 성벽 위아래의 어지러운 돌무더기 속에서 주보충과 대장장이 쉬 씨를 찾아내고 천싼 등 민병단 병사 열여섯 명도 찾아냈다. 쑨펑싼만 실낱같은 숨이 붙어 있었는데 여전히 가슴 앞에 그 모제르총을 안고 있었다. 사람들은 문짝 열일곱 개를 떼어내 민병단 병사의 시신을 그 위에 올리고 다 함께 성황각으로 들고 갔다. 거리 양쪽에 백성들이 빼곡히 서 있다가 열일곱 개의 문짝이 지나간 뒤 성황각으로 뒤따라갔다.

아직 숨이 붙어 있는 쑨펑싼은 궈씨 약방으로 옮겨졌고 구이민은 성안의 한의사를 전부 불러들였다. 한의사들은 상처투성이 쑨펑싼을 살펴본 뒤 탄식하거나 고개를 저었다. 그들은 쑨펑싼 몸에 총알이 여덟 개나 박혀 있고 다른 상처도 부지기수라고 구이민에게 말했다.

몇몇 한의사가 쑨펑싼 몸에서 아직도 피가 흐르는 걸 보고는 볶은 포황을 상처에 붙였다. 그들은 다른 방법이 없다며 포황으로 지혈하고 통증과 염증을 가라앉히는 게 전부라고 말했다. 그때 약방 밖은 쑨펑싼의 소식을 기다리는 사람들로 빈틈이 없었다.

내내 혼수상태였던 쑨펑싼이 죽기 직전에 갑자기 눈을 뜨고는 모제르총이 아직도 자기 가슴 앞에 있는 데다 구이민이 옆에 서 있는 것을 보고 웃음을 지었다. 그는 모제르총을 두 손으로 들어 구이민에게 건네며 힘없이 말했다.

"주 단장님이 돌아가시기 전에 제 사부님을 단장으로 임명하셨고, 사부님은 돌아가시기 전에 저를 단장으로 임명하셨습니다. 이제 제가 죽어가니 단장직을 회장님께 넘깁니다……. 사부님과 제 묘비에 '단장'이라고 새겨주십시오."

구이민은 모제르총을 건네받은 뒤 쑨핑싼의 눈을 감겨주었다. 그런 다음 모제르총을 들고 밖으로 나가, 기다리는 사람들에게 쑨핑싼의 죽음을 알렸다. 조금 전까지 시끌벅적하던 사람들이 일제히 쥐 죽은 듯 조용해졌다. 구이민이 모제르총을 들어 올리며 말했다.

"3년 전 저는 성도에서 주보충 수장을 모셔오며 시진에서 민병단을 조직하고 단장을 맡아달라고 부탁했습니다. 주보충 단장은 임종 때 대장장이 쉬 씨를 민병단 단장으로 임명했고 대장장이 쉬 씨는 쑨핑싼을 단장으로 임명했는데, 방금 쑨핑싼이 모제르총을 제게 주며 저를 단장으로 임명했습니다. 이제 저는 시진 민병단의 네 번째 단장입니다."

장렬하게 전사한 민병단 병사 열여덟 명은 시산에 묻히지 않았다. 구이민은 누가 시진을 지켰는지 기억해야 한다면서 그들을 성황각 앞 공터에 묻었다. 성황각 앞에 묘비 열여덟 개를 세우고 주보충의 묘비에는 '시진 민병단 초대 단장', 대장장이 쉬 씨 묘비에는 '시진 민병단 2대 단장', 쏜펑싼 묘비에는 '시진 민병단 3대 단장'이라고 새겼다.

57

시진의 외귀 민병단 명성이 널리 퍼지고 구이민이 민병단을 재건한다는 소식이 전해지자 지원자가 사방팔방에서 몰려들었다. 구이민은 성도에서 한양조 보병총 스무 자루를 사들이고 시진의 일부 부자들에게서 소장하고 있던 총기를 기증받아 서른 명으로 구성된 민병단을 재건했다. 이후 구이민은 단장으로서 총을 항상 소지했다. 언제 어디서나, 심지어 손님을 만날 때나 연회에 참석할 때까지도 주보충의 모제르총을 비스듬하게 차고 나타났다. 그는 주보충을 모방해 성황각 앞에서 민병단 훈련을 지휘하며 병사들에게 총 들고 걷기, 엎드려쏴, 무릎쏴, 서서쏴, 뛰어쏴 등을 연습시켰다. 또 주보충이 했던 것처럼 병사들을 시산으로 데려가 사격 연습을 시키고 주보충이 했던 것처럼 큰 소리로 잘했다고 외쳤다. 다만 주보충은 병사들이 과녁을 맞힐 때만 큰 소리로 잘했다고 소리쳤는데 구이민은 총소리가 들리기만 하면 자기도 모르게 소리쳤다.

"잘 쐈어!"

부근 마을의 민병단에서 시진 민병단과 공동방어협약을 맺기 위해 찾아왔다. 심지어 난공불락이라 여겨지는 선뎬에서도 공동 방어협약을 맺겠다고 했다. 선뎬에는 민병단뿐만 아니라 성도의 장관이 파견한 토비 토벌군이 주둔하고 있었다.

구이민은 민병단의 총 수장으로서 각 민병단 단장을 시진으로 불러 회의를 열고 토비 소탕을 논의했다. 그는 지금처럼 민심이 진작됐을 때 기세를 몰아 토비를 공격해야 하며 앞으로 민병대는 방어만 할 게 아니라 선제공격도 해야 한다고 주장했다. 그래서 토비에 관한 정보가 들어오면 구이민은 직접 민병단을 이끌고 소탕에 나섰다. 3개월 동안 기꺼운 마음으로 열세 차례나 출동하자 토비와 격돌한 적이 없는데도 민병단의 명성은 크게 높아졌다. 그런데 앞장서서 병사를 이끌던 주보충과 달리 구이민은 토비를 소탕하러 갈 때 상인회 회장의 기세를 유지했다. 평소에는 네 명이 드는 가마를 타다가 토비를 소탕하러 갈 때는 사기를 북돋운다며 여덟 명이 드는 가마를 타는 식이었다. 여름날 여덟 명이 드는 가마가 기세등등하게 지나갈 때면 양측에서 민병단 병사가 부채를 들고 걸어가며 가마 속 구이민에게 바람을 부쳤다. 가마에서 나올 때도 누군가 방수포 양산을 들고 뒤에서 뜨거운 햇빛을 막아주었다.

58

시진에서의 전투로 장도끼는 절반 가까운 부하를 잃었다. 물수제비와 표범 등도 자신들의 잔여 무리를 이끌고 장도끼를 떠나 각자 원래 하던 강도질을 다시 시작했다.

장도끼 밑에 남은 토비는 스무 명도 되지 않았다. 그 스무 자루의 총으로는 대사를 이룰 수 없음을 알아서 그는 완무당 일대에서 병사를 모으는 한편 일반인을 강제로 합류시키기 시작했다. 초기에 장도끼가 화물선을 강탈하면서 완무당 수면에는 화물선이 사라지고 완무당 마을의 부호도 줄줄이 떠났다. 원래는 그렇게 기름기가 쪽 빠진 마을을 거들떠보지 않았지만, 장도끼는 시진에서 패한 뒤 생각이 바뀌었다. 그날 그는 토비를 이끌고 천용량 일가가 사는 치자촌으로 들어갔다.

토비들은 논을 이리저리 돌아다니며 손에 든 칼로 벼를 마구 베었다. 마을 사람들은 수확을 앞둔 벼가 망가지는 것을 보며 애를 태웠지만, 누구도 감히 나서서 말리지 못했다. 혈기 왕성한 천야오우만 소리쳤다.

"당신들은 곡식을 안 먹고 풀을 먹습니까? 왜 벼를 벱니까?"

토비 하나가 천야오우에게 칼을 겨누며 대꾸했다. "좋다, 네놈 벼뿐만 아니라 머리통도 베어주지."

천융량이 아들의 팔을 붙들어 조용히 시켰다. 곧이어 왼쪽에 모제르총을 차고 오른손에 도끼를 든 장도끼가 부하들을 이끌고 논에서 나왔다. 천야오우는 예전에 선원 다섯 명의 어깨를 박살 낸 그 토비임을 한눈에 알아보고 순간적으로 머리카락이 곤두섰다.

장도끼가 마을 사람들 앞으로 다가와 말했다. "여기는 내 근거지이니 모두 내 뜻을 따라야 한다. 큰 마을이니까 젊은이 스무 명을 뽑아서 내 밑으로 보내고 군수품도 내도록 해라."

천융량이 한 걸음 나서서 대꾸했다. "저희는 농사를 지어 먹고살기 때문에 일손을 차출할 수 없습니다. 대신 돈과 곡식은 최대한 마련하겠습니다."

장도끼가 잠시 생각한 뒤 느릿느릿 말했다. "그럼 일단 돈과 곡식을 내놓아라."

토비는 치자촌을 약탈하기 시작했다. 집집을 돌며 상자와 궤짝을 뒤져 조금이라도 값나가는 물건이 나오면 전부 가져갔다. 그렇게 배 네 척을 옷과 곡식으로 채웠다. 그런 다음 천융량 집의 마당에서 불을 피우고 돼지와 양을 잡았을 뿐만 아니라 솥 몇 개에 끊임없이 밥을 지어 끊임없이 먹었다. 그들이 먹다가 내던진 음식이 천융량 집 마당 곳곳에 쌓이고 아직 죽지 않은 닭과 오리가 그걸

쪼아 먹었다. 그들은 치자촌에서 이틀 동안 먹고 마셨다. 가져갈 곡식도 없고 가축까지 전부 먹어 치운 걸 확인한 뒤에야 엉덩이를 두드리며 일어나 기름기 가득한 얼굴로 트림하고 자신들 배로 돌아갔다. 배에 오르기 전 장도끼는 히죽거리며 천융량의 어깨를 두드리고 말했다.

"다음 달에 또 놀러 오지."

토비가 떠난 뒤 치자촌 여인들은 눈물을 글썽거리며 앞으로 어떻게 살아야 할지 모르겠다고 탄식했다. 천융량이 사람들을 모아 놓고 말했다.

"보아하니 이제 편히 살기는 힘들 듯합니다. 모두 조심하시고 값 나가는 물건이 아직 남아 있으면 잘 숨기세요. 곡식을 수확한 뒤에도 숨기고요."

천융량이 마지막으로 당부했다. "절대 분란을 일으키지 마세요. 무사히 넘기려면 참는 게 최고입니다. 그래야만 화를 면할 수 있어요."

59

1년 만에 장도끼는 대오를 50여 명으로 늘렸는데 총이 부족해 완무당 일대의 마을에서만 활동할 수 있었다. 구이민이 여덟 명이 드는 가마를 타고 기세등등하게 토비 소탕에 나서는 걸 보고 장도 끼는 무척 부러워했다. 자신도 그런 가마를 타고 토비 수백 명을 부리면 일생이 헛되지 않을 것 같았다.

구이민을 목표로 설정한 장도끼는 수하 간부 몇을 불러 회의를 시작했다. 그는 뱀을 잡으려면 급소를 찌르고 도둑을 잡으려면 그 왕을 잡아야 한다면서, 구이민을 납치하면 시진 민병단의 기세를 꺾을 수 있을 뿐만 아니라 구이민과 민병단의 무기를 교환해 세력 까지 키울 수 있다고 말했다.

장도끼는 관을 하나 준비해 총기를 안에 넣은 뒤 유능한 토비 열 명과 상복을 입고 길을 나섰다. 그들은 배를 타고 완무당의 당시촌蕩西村으로 갔다. 시진까지 육로로 이어진 그곳에서 토비들은 큰길 대신 오솔길을 택해 시진 시산에 올랐다.

시산에서 땔감을 줍던 시진 주민 몇 명은 상복 차림의 남자 열한 명이 관을 들고 까마귀처럼 울면서 산길로 올라오는 것을 보았다. 시진 주민들은 무슨 일인지 궁금해하며 그 낯선 사람들에게 누구냐고 물었다. 토비들은 대답하지 않고 관을 구이민 선산으로 가져가 내려놓은 뒤 괭이로 구씨 집안의 조상 묘를 파기 시작했다.

시진 주민들은 깜짝 놀라 그들을 저지하며 그건 구씨 집안의 무덤이고 그 집 선산을 훼손하면 감옥에 간다고 말했다. 토비는 아랑곳하지 않고 계속 울면서 무덤을 팠다.

한 시진 주민이 말했다. "구이민 알죠? 시진 민병단의 단장이자 시진 상인회 회장이요."

장도끼가 몸을 돌리고 대꾸했다. "이 묘지는 얼마 전 우리 장씨 가문에서 사들였습니다. 여기 토지계약서가 있으니 보세요."

장도끼가 종이를 내밀자 정말로 글자가 적혀 있고 손도장도 찍혀 있었다. 장도끼는 종이를 가슴 앞주머니에 도로 넣고는 돌아서서 오열했다.

"아버지, 아버지, 저희를 버리지 마세요."

시진 주민들은 어찌할 바를 몰랐다. 그러다 한 사람이 어서 구이민에게 알리자고 했고 두 사람이 뛰어서 산을 내려갔다.

그때 구이민은 서재에 있었다. 시산에서 내려온 두 사람이 숨을 헐떡거리며 띄엄띄엄 상황을 설명해줘, 구이민은 10여 명이 관을 메고 시산으로 와서 자기 집안의 선산을 파헤치고 있으며 그들에게 토지계약서가 있음을 알았다. 그는 머리가 웅웅 울려서 가마는 생각도 못 하고 하인 둘을 데리고 오른손으로 장삼을 들어 올린 채 시산 쪽으로 뛰었다.

구이민과 하인 둘이 헉헉거리며 시산에 올라가자 남아 있던 세 주민이 기세등등하게 토비에게 말했다.

"구 단장님 겸 회장님이 오셨으니 어쩔 거요?"

달려온 구이민은 조상 묘가 이미 파헤쳐진 걸 보고 펄쩍펄쩍 뛰며 삿대질하고 덜덜 떨리는 목소리로 말했다.

"네놈들은……."

하지만 구이민의 말이 채 끝나기도 전에 토비들이 괭이를 내던지고 관을 열더니 총기를 꺼냈다. 장도끼가 구이민을 붙들자 다른 토비가 총을 세 발 쏘아 시진 주민 둘과 구이민의 하인 한 명을 쓰러뜨렸다. 토비는 구이민을 붙들고 아까 올라온 산길로 달아나면서 총은 안 맞았어도 겁에 질린 두 사람에게 소리쳤다.

"돌아가서 너희 성안의 사람들에게 알려라. 우리는 장도끼의 부하로 구이민을 납치해가니 우리 연락을 기다리라고 해."

명성이 자자한 시진 상인회 회장 겸 민병단 단장인 구이민이 토비에게 납치되었다는 날벼락 같은 소식에 시진은 엉망이 되었다. 시진 백성들은 너무 놀라 우왕좌왕하며 어쩔 줄 몰라 했다. 외귀 민병단의 승리로 한껏 고무되었던 지난 1년과 달리 이제 큰일이 터진 걸 알 수 있었다. 토비가 공격해오면 곧장 달아날 생각으로 조용히 짐을 꾸리는 사람들도 다시 생겨났다.

수장을 잃은 민병단 병사 서른 명은 삼삼오오 모여 베개를 끌어 안듯 한양조 보병총이나 38식 소총을 끌어안은 채 어떻게 해야 하느냐고 서로에게 물었다. 하지만 누구도 어떻게 해야 하는지 몰랐다. 반면 상인회의 부회장들은 어떻게 행동해야 하는지 알고 있었다. 그들은 긴급회의를 열어 곧장 성문 네 개를 모두 닫고 민병단 병사를 파견해 지키라고 했다. 그리고 린샹푸에게 구이민 가족을 보살펴달라고 청했다.

구이민의 대저택은 울음바다로 변했다. 구이민의 처첩 중에는 기절한 사람도 있고 가슴을 치며 발을 구르는 사람, 탄식하는 사람, 숨을 제대로 못 쉬는 사람도 있었다. 린샹푸가 들어가자 본부인이 모두를 불러 모았다. 그녀들은 대청에 둘러앉아 어떻게 할지 상의하기 시작했는데, 상의라고 해봐야 자신들을 위로하러 온 린샹푸를 둘러싸고 눈물을 흘리는 게 전부였다. 화장기 짙은 그녀들 얼굴이 눈물에 씻기면서 나비처럼 알록달록해졌다.

구이민의 두 딸은 아직 상하이의 중서여숙에 있고 네 아들 중 셋은 선뎬의 기숙학교에 있었다. 첫째인 구퉁녠은 상하이에서 온 묘령의 여자를 선뎬에서 사귀더니 아버지 서재에서 물품 인수대금 1,000냥짜리 은표를 훔쳐 유람을 떠났다.

그 묘령의 여자는 상하이 말과 영어를 섞어 쓰며 자신을 부잣집 아가씨라고 밝힌 뒤 아버지가 상하이에서 비단가게 여러 곳을 운영한다고 말했다. 구퉁녠과 놀러 다니면서 그녀는 여러 차례 장신

구를 사달라고 조르고 옷도 세 벌이나 맞춰달라고 했다.

구퉁녠 수중에서 돈이 거의 떨어졌을 때 그들은 상하이에 도착했다. 묘령의 여자는 구퉁녠에게 자기 아버지 연줄로 좋은 일자리를 구했다며 부두에서 창고 장사를 하는 외국 상사에서 일해보라고 권했다. 그래서 그가 묘령의 여자를 따라 부두의 서양인 사무실에 가자 수염이 덥수룩한 서양인이 영어 계약서를 건넸다. 영어를 모르는 구퉁녠에게 묘령의 여자가 대략, 처음에는 보조로 일하며 월급은 은화 50냥이라 쓰여 있다고 번역해준 뒤 자기 아버지 비단가게의 점장 월급은 여덟 냥도 안 된다고 덧붙였다.

구퉁녠은 반색하며 계약서에 서명했다. 그러자 서양인이 일어나 계약서를 상자에 넣고는 영어로 말하면서 손짓했다. 구퉁녠은 무슨 말인지 몰라 묘령의 여자를 쳐다보았다. 묘령의 여자는 다리를 꼬고 종이 담배에 불을 붙이고는 느긋하게 한 모금 빨아들인 뒤 동그라미를 몇 개 뱉어냈다. 그러고는 여기에서 기다리고 있을 테니 서양인을 따라 사무실을 구경하고 오라고 말했다.

구퉁녠은 서양인을 따라 부두 건물을 나간 다음 큰 배에 올랐다. 그는 자기 사무실이 배에 있는 줄 알고 잔뜩 흥분했다. 그런데 그때 서양인이 갑판 위의 철판 덮개를 열더니 들어가라고 손짓하는 거였다. 어두컴컴한 아래쪽에 사람들이 잔뜩 앉아 있는 듯해 이상하다고 느낄 때 구퉁녠은 서양인한테 떠밀려 계단에서 굴러떨어졌다. 그리고 그가 몸을 일으키기도 전에 위쪽의 덮개가 닫혔다.

지하 선실에는 어두운 남포등만 하나 켜져 있었다. 그곳에 있는 사람들이 대부분 남루한 옷차림인 걸 보고 구퉁녠은 이것저것 물어본 뒤 자신이 호주에 일꾼으로 팔린 걸 알았다. 그는 한참 동안 멍하니 있다가 눈물 콧물을 쏟으며 울부짖었다.

"아버지, 아버지, 저 좀 구해주세요……."

하지만 울음과 비명으로는 호주 광산에서 헐벗고 굶주린 채 중노동에 시달리게 될 그의 운명을 바꿀 수 없었다.

60

구이민이 장도끼 토비단에 납치돼 완무당 치자촌에 도착했을 때는 이미 한밤중이었다. 토비들은 횃불을 들고 요란스럽게 마을로 들어와 한창 자고 있던 주민들을 깨웠다. 이어서 마을 주민을 한 군데에 집합시킨 뒤 식량을 내오고 불을 피워 밥을 지으라고 명했다. 장도끼는 천융량 일가를 양 우리로 내쫓고 수하 몇 명과 그의 기와집을 차지했다. 그리고 다른 토비들에게도 근처 집에서 지내라고 했다.

천융량은 납치당한 인질이 구이민인 줄 모르고, 토비들이 손발을 묶고 입에 천 조각을 잔뜩 물린 사람을 나뭇간으로 밀어 넣는 것만 횃불 아래에서 보았다. 그날 밤 토비들은 구이민한테 신경 쓰지 않고 배불리 먹고 마신 뒤 담배를 피우며 투전을 벌이다가 곯아떨어졌다.

이튿날이 되어서야 토비들은 나뭇간으로 갔다. 장도끼는 수하에게 구이민의 포승을 풀고 입안의 천 조각을 빼주라고 했다. 평소 호사만 누리던 구이민은 밤새 묶여 있어 온몸이 쑤시고 입에 문,

어디에서 왔는지 모르는 낡은 천 조각의 악취 때문에 속이 뒤집힐 지경이었다. 그 노린내 나는 천을 빼냈을 때 구이민은 구역질이 나면서 시큼한 위액이 입까지 넘어오는 걸 느꼈지만 자신의 신분을 생각해 꾹 참고 삼켰다. 포승이 풀리자 그는 장삼을 젖히며 두 걸음 나아가 장도끼 맞은편 걸상에 앉았다. 하지만 뒤에 있던 토비가 걸상을 빼내면서 구이민은 엉덩방아를 찧었고 토비들은 하하 큰 소리로 웃었다. 의자에 앉은 장도끼가 호통치는 척 말했다.

"무례하게 굴지 마."

구이민이 일어나 다시 걸상에 앉았는데 토비가 또 걸상을 빼내 다시 엉덩방아를 찧었고 또 한바탕 웃음이 터졌다. 장도끼는 또 무례하게 굴지 말라고, 이분은 구 단장 겸 회장인 대단한 인물이라고 말한 뒤 구이민에게 걸상을 가리키며 앉으라고 했다. 토비들의 웃음소리 속에서 구이민은 조심스럽게 걸상을 손으로 잡고 앉았다.

장도끼가 웃으며 말했다. "당신은 아주 값비싼 물건이거든."

구이민은 허리를 꼿꼿이 세우고 앉아 장도끼와 다른 토비를 쳐다본 뒤 말했다. "내 신분을 알고 있으니 얼마면 풀어줄지 말하게. 곧장 편지를 써서 가족들에게 몸값을 가져오라고 할 테니."

장도끼가 고개를 저었다. "당신 돈은 필요 없어. 점포나 여자도 필요 없고 집도 됐어. 우린 시진 민병단의 총기를 원해."

"민병단 총기는 내 개인 재산이 아니니 받아들일 수 없네."

장도끼가 냉소를 지으며 일어났다. "고문을 받으면 당신 재산이
될 거야."

장도끼가 두 발짝 다가가 구이민을 발로 차 넘어뜨리자 토비들
이 우르르 달려들어 '압박봉' 고문을 가했다. 그를 바닥에 무릎 꿇
리고 막대기를 올려놓은 뒤 좌우에서 토비 둘이 막대기를 힘껏 눌
렀다. 그런 다음 '칼집' 고문을 가했다. 구이민의 장삼과 저고리를
벗기고 가슴과 등에 예리한 칼로 비스듬한 네모를 긋고 나서 선혈
이 낭자한 몸에 고춧가루를 뿌렸다. 마지막으로 대나무를 항문에
꽂아 흔들면서 토비가 말했다.

"이건 맷돌질이라는 거야."

구이민은 몇 차례나 의식을 잃었다가 가혹한 고문 속에 다시 몇
차례나 깨어났다. '압박봉' 때는 뼈가 부러지는 듯하고 '칼집' 때는
살점이 조각나는 듯하다가 고춧가루를 뿌릴 때는 기름에 튀겨지
는 듯했다. '맷돌질'을 당할 때는 온몸에서 병사와 군마가 어지러
이 날뛰는 듯했다. 죽고 싶을 만큼 고통스러워 구이민은 나직하게
애원했다.

"쓰겠소, 쓰리다……."

그는 신음하면서 띄엄띄엄 애원했다. 장도끼가 수하에게 항문에
서 대나무를 빼라고 명한 뒤 몸을 숙이고 물었다.

"민병단 총기가 당신 재산이지?"

구이민이 끙끙거리며 "맞아, 그렇소"라고 대답했다.

시진에서 가장 존엄한 구이민이 손가락에 자기 피를 찍어 굴욕스럽게 혈서를 썼다. 시진 민병단한테 총기를 전부 내주고 자기 목숨을 살려달라는 내용이었다.

장도끼가 혈서를 보며 말했다. "사람은 비뚤비뚤한데 글씨는 똑바르네."

장도끼는 구이민이 타는 여덟 명이 드는 가마를 떠올리고는 혈서에 가마도 추가하라고 명령했다.

61

장도끼의 수하가 구이민의 혈서를 가져오자 시진은 일대 혼란에 빠졌다. 성안에서 신분이 좀 있는 사람들은 곳곳을 돌아다니며 대책을 논의했다. 린샹푸를 대표로 하는 무리는 혈서에 적힌 요구대로 민병단의 총기를 내주고 구이민을 구해야 한다고 주장했다. 병사는 얼마든 구할 수 있어도 장군은 구하기 어렵다는 이유였다. 린샹푸는 예전에 북양군 패잔병들이 지나가면서 약탈하려 할 때 구이민이 침착하게 대응해 시진이 무사했던 일 등 과거의 여러 사례를 상기시켰다.

린샹푸가 말했다. "시진에 민병단은 없어도 구이민이 없어서는 안 됩니다."

또 다른 무리 역시 구이민을 구하는 데에는 이견이 없었다. 민병단 총기를 내주는 것에만 반대할 뿐이었다. 그들은 총기가 없으면 시진에 민병단이 없는 셈이고, 민병단이 없어지면 토비가 거침없이 들어와 살육과 약탈을 자행하며 시진을 도탄에 빠뜨릴 것이라고 주장했다.

"회장님은 구해와야지요. 다만 모두의 목숨을 버리면서 구할 수는 없습니다. 천년 된 시진의 기반을 무너뜨릴 수는 없어요."

두 무리가 팽팽하게 맞설 때 누군가 성도에서 총기를 사 오자는 의견을 냈다. 그러면 구이민의 몸값을 낼 수 있을 뿐만 아니라 시진 민병단의 총기도 보전할 수 있다는 말이었다. 하지만 좋은 방법이긴 해도 너무 복잡하고 오래 걸렸다. 적어도 한두 달은 걸릴 텐데 토비가 정한 기한은 열흘밖에 되지 않았다. 그때 또 다른 사람이 선뎬의 관군한테 총기를 구매하면 어떠냐고 제안했다. 그 방법은 짧으면 이삼일, 길면 일주일 안에 마무리될 수 있어서 만장일치로 채택되었다.

선뎬은 자체적으로 조직한 민병단만으로는 토비에 대항하기 힘들 것 같자 돈을 들여 성도의 장관에게 토벌군을 파견해달라고 청했다. 하지만 토벌군이 온 뒤 선뎬 백성들은 늑대를 끌어들였음을 알았다. 관군은 거의 한 달에 한 번씩 총을 메고 토비를 소탕하러 간다며 기세등등하게 성을 나갔다. 그러다 토비와 만나면 총을 내동댕이치고 토비가 던져준 은화를 집어 달아났다. 토비 역시 은화를 던지고 관군이 버린 총을 집어 달아났다. 선뎬의 백성들은 토비를 소탕하겠다면서 총을 메고 성을 나간 관군들이 한 사람도 다치지 않고 옷도 깨끗한 상태로 돌아오는 것을 보았다. 반면 어깨에 메고 있던 총은 보이지 않았다. 소탕하러 나갈수록 토비도 늘어나고 관군이 잃어버리는 총도 늘어났다. 그러면서 새로 사들이는 총기 비용은 전부 상인회 앞으로 청구되었다.

시진 상인회의 핵심 인물들은 한자리에 모여 상의한 끝에 상인회 자금으로 선뎬 관군의 총 서른 자루를 구매하겠다고 결정했다. 물론 그건 비밀 거래였다. 그들은 이미 관군과 토비의 거래를 알고 있었고 회원 중에 선뎬의 관군을 상대해본 사람도 있었다. 그 사람은 자신이 선뎬에 갈 수 있고 그곳 관군과 거래하는 방법도 안다고 말했다.

이어서 그들은 누가 가서 구이민을 데려올지 논의하기 시작했다. 그게 일반적인 몸값이 아니라 서른 자루의 총기이며 구해올 사람도 보통 인질이 아니라 시진의 일인자이니, 토비에게 총 서른 자루를 가져갈 사람도 아무나 골라서는 안 된다고 했다. 반드시 가치 있는 인물로 선정해야 한다는 거였다.

순간 누구도 입을 열지 못했다. 그 번듯한 신사들은 장도끼의 횡포를 떠올리기만 해도 간담이 서늘해졌다. 침묵이 그들을 뒤덮었다. 잠시 뒤 누군가가 린샹푸를 쳐다보자 다른 사람들도 덩달아 시선을 돌렸다. 린샹푸는 그들 생각을 알고 자신이 거절하기 힘든 위치라는 것도 알았다. 그는 고개를 숙인 채 아무 말도 하지 않았다. 그도 장도끼가 얼마나 잔인한지 알고 있었다. 그때 갑자기 딸 린바이자가 눈앞에 떠올라 그는 불안에 휩싸였다. 린샹푸는 천융량을 떠올렸다. 천융량이 여기 있었다면 틀림없이 일어나서 자신이 가겠다고 나섰을 터였다. 그러자 린샹푸는 천융량이 여기 있었으면 그를 보내는 대신 자신이 갔을 거라고 생각했다. 린샹푸는 고개를 들고 자신을 바라보던 눈동자들이 슬그머니 돌아가는 걸 보면서 조용히 말했다.

"제가 가겠습니다."

62

시진 상인회의 핵심 인물들이 대책을 논의하는 이틀 동안 민병단 병사들은 불안감에 시달리며 안절부절못했다. 구 단장이 혈서에서 민병단 총기를 토비에게 내주라고 했다는 말을 들은 뒤 병사까지 내주는 건 아니냐며 총을 끌어안고 서로의 의견을 물었다. 그렇다는 사람도 있고 아니라는 사람도 있었다. 그렇다는 사람은 완무당의 토비가 인원을 확충하고 있다면서 훈련이 잘된 민병단 병사야말로 토비들이 원하는 인재가 아니겠느냐고 했다. 아니라는 사람은 구 단장의 인품을 믿는다며 절대 부하를 팔 사람이 아니라는 이유를 댔다. 이틀 동안 갑론을박하던 그들은 길에서 린샹푸를 만나 물어본 뒤에야 혈서에 자신들을 내놓으라는 내용이 없음을 알고 조금 마음을 놓을 수 있었다. 이어서 그들은 서로에게 물었다.

"총이 없으면 토비가 왔을 때 어떡하지?"

"총이 없으면 우리는 민병단 병사가 아니라 일반 백성인데 어쩌겠어? 일반 백성처럼 달아나야지."

구이민을 납치한 토비가 몸값으로 민병단 총기를 요구했다는 소식이 전해지자 일부 시진 사람들은 짐을 꾸려 노약자를 부축하며 성문을 나섰다. 벌써 달아나는 사람이 나오자 시진 인심이 흉흉해지고 곳곳에서 불만이 터져 나왔다. 어떤 사람은 길거리에서 짐을 멘 사람들한테 손가락질하며 욕설까지 퍼부었다.

"민병단이 아직 총을 내주지도 않았는데 빌어먹을 도망부터 치다니. 모두 다 도망치면 누가 시진을 지켜?"

대낮에 도망가던 사람들은 욕설을 듣고 얼굴이 새빨개졌다. 그 이후로 사람들은 밤중에 몰래 달아났다. 구이민이 납치된 뒤 날이 어두워지자마자 시진 성문이 닫혔지만, 성문을 지키는 민병단 병사들은 돈을 벌 기회라고 생각해 몰래 돈을 찔러주면 성문을 열어 내보내 주었다. 구이민이 나중에 모집한 민병단 병사는 대부분 타향 출신으로 원래 빈둥거리며 지내다가 밥이라도 얻어먹을 생각에 지원한 사람들이었다. 재난이 곧 닥칠 듯해 살길을 모색하던 중 생각지도 못하게 짭짤한 수입이 생기자 그들은 반색하며 받아들였다.

"재물운이 들어올 때는 대문으로도 막을 수 없지."

나흘 뒤 선뎬의 관군한테 몰래 사들인 한양조와 38식 총을 민병단 병사 여덟 명이 여덟 명이 드는 가마에 싣고 시진으로 날라왔다.

상인회의 어떤 사람이 린샹푸가 갈 때 민병단 병사들에게 호위를 맡기자고 제안하자 린샹푸가 반대했다. 민병단 병사가 적으면 아무 소용이 없고 많으면 싸우자는 기세로 읽혀 구이민에게 해가 갈 수 있으니 배 한 척과 사공 한 사람만 있으면 된다고 말했다.

63

떠나기 전날 오후 린샹푸는 의자에 앉아 가만히 눈을 감았다. 북쪽에 있는 집이 보이고 어머니의 웃는 얼굴이 나타나더니 원래 흐릿한 형상이었던 아버지까지 또렷하게 보였다. 이어서는 샤오메이도 나타나 린바이자의 손을 잡고 다가왔는데, 순간 그의 이름을 부르는 어머니의 음성이 들렸다. 그는 놀라서 깬 뒤에야 꿈이었다는 걸 알았다.

린샹푸는 의자에서 일어나 책상 앞에 자리를 잡고 북쪽 고향 집의 톈다에게 편지를 썼다. 특별한 말 없이 동생을 데리고 시진에 와서 자신을 데려가라고 쓴 뒤 마지막에 '나뭇잎은 떨어지면 뿌리로 돌아가고 사람은 죽으면 고향으로 돌아간다'라고 덧붙였다. 편지를 다 쓴 뒤 읽어보던 린샹푸는 마지막 구절에서 자기도 모르게 가슴이 철렁해 붓으로 그 구절을 지웠다. 그는 책상 앞에 잠시 앉아 있다가 이번에는 구이민에게 편지를 썼다. 자신에게 변고가 생기면 두 사람이 약속한 날에 구퉁녠과 린바이자의 혼사를 치러달라는 부탁이었다. 마지막으로 딸에게 쓰려 했는데, 하고 싶은 말이 끓어오르는 것과 달리 한 글자도 적을 수가 없었다. 그는 한참 동안 우두커니 앉아 있다가 서재 지하에 은화가 1,000냥씩 담긴 항아리가 다섯 개 묻혀 있다고만 적었다. 그런 다음 목공소 장부와 완무당 땅문서를 꺼내 보자기에 잘 싼 뒤 그 위에 '린바이자'라고 적고 벽 틈새에 넣었다. 린바이자는 그 비밀 장소를 알고 있었다.

린샹푸는 편지 두 통을 가지고 추이핑을 찾아갔다. 삐걱거리는 계단을 올라가자 이제는 손님을 받지 않는 추이핑이 이미 방문을 열고 기다리고 있었다. 익숙한 발소리로 린샹푸가 온 걸 알아차린 거였다.

추이핑의 방에 들어간 린샹푸는 그녀가 빗장 거는 걸 보면서 탁자 옆에 앉아 생각에 잠겼다. 추이핑은 차를 우려준 뒤 침대 가장자리에 앉았다. 두 사람은 아무 말도 하지 않았다. 린샹푸가 구이민을 데려오기 위해 총기를 가지고 토비한테 간다는 소식은 이미 시진 곳곳에 퍼졌기 때문에 추이핑도 알고 있었다. 그녀는 불안한 얼굴로 린샹푸를 바라보았다. 묻고 싶었지만 감히 물어볼 수가 없었다.

한참 동안 앉아 있던 린샹푸가 갑자기 저녁을 먹고 가겠다고 말해 추이핑은 당황하고 말았다. 그가 그녀 집에서 식사하겠다고 말한 건 처음이었다. 그녀는 전혀 예상하지 못했기 때문에 허둥지둥 옷장을 열고 잘 개어놓은 옷 사이로 오른손을 넣어 쌈지를 꺼냈다. 쌈지를 풀었을 때에야 안에 엽전이 없다는 게 떠올랐다. 린샹푸를 등지고 서 있던 그녀는 멈칫했다가 쌈지를 도로 옷 사이에 집어넣은 뒤 옷장 문을 닫았다. 그러고는 창피해 죽겠다는 얼굴로 몸을 돌리고 겸연쩍게 웃고 나서 바닥에 엎드려 침대 밑으로 기어 들어갔다. 곧이어 침대 밑에서 벽돌을 옮기는 듯한 소리가 났다. 침대 밑에서 기어 나왔을 때 그녀의 손에는 은화가 하나 들려 있었다.

린샹푸는 그녀 손에 있는 은화를 보며 무엇을 하려는 거냐고 물었다. 그녀는 거리에 나가 생선이나 고기를 사다 저녁을 지으려 한다고 답했다. 린샹푸는 생선과 고기를 사는 데 왜 은화가 필요하냐고 물었고 그녀는 얼굴이 새빨개져 엽전이 한 푼도 없다고 답했다. 린샹푸는 주머니에서 엽전을 꺼냈다가 도로 집어넣은 뒤 집에 있는 대로 먹자고 말했다. 그녀는 안절부절못하며 찬밥과 짠지밖에 없다고 대꾸했다. 린샹푸는 그럼 찬밥과 짠지를 먹자고 했다. 그녀는 고개를 저으며 방문 쪽으로 걸어갔다. 하지만 문을 열기 전에 린샹푸가 그녀 손을 잡아 도로 데려와서는, 찬밥은 둘이 먹기 충분하냐고 물었다. 그녀가 고개를 끄덕이며 충분하다고 대답했다. 그러고는 장작을 아끼기 위해 한번 밥을 지을 때 이틀 치를 짓는다고, 이미 추석이 지나 이틀 정도 두어도 쌀밥이 쉬지 않는다고 설명했다. 린샹푸는 다시 한번, 이번에는 단호한 어투로 찬밥과 짠지를 먹자고 말했다. 추이핑이 잠시 망설인 뒤 절충안을 냈다.

"그럼 간장볶음밥을 만들게요."

추이핑은 창턱 화분에서 기르는 파를 조금 뜯어 아래층으로 내려갔다. 린샹푸는 문밖 계단 앞에 서서 추이핑이 아래층 부뚜막에서 파를 쫑쫑 썰고 아궁이에 불을 붙이는 걸 지켜보았다. 솥이 달궈지자 그녀는 돼지기름과 파를 넣고 잠시 볶다가 찬밥을 넣어 고슬고슬 볶은 뒤 간장을 넣고 뒤섞었다.

돼지기름과 파, 간장, 쌀밥을 한데 볶는 냄새가 솔솔 풍겨오자 계단 앞에 서 있던 린샹푸는 자기도 모르게 침이 고이는 걸 느꼈다. 간장볶음밥을 들고 올라오던 추이핑도 린샹푸가 손으로 입가를 훔치는 걸 보았다.

린샹푸와 추이핑은 마주앉아 간장볶음밥과 짠지를 먹었다. 천융량 일가가 치자촌으로 떠나고 린바이자가 상하이에 간 뒤 린샹푸는 그때 처음으로 누군가와 밥을 먹었다. 아주 맛있는 간장볶음밥이었다. 그는 추이핑한테 솜씨가 뛰어나다고, 볶음밥이 아주 맛있다고 칭찬한 뒤 그녀가 담근 짠지도 훌륭하다고 평했다. 추이핑은 몇 입 먹은 뒤 젓가락을 들고만 있었다. 더는 먹지 않고 민망한 얼굴로 린샹푸를 바라보았다. 풍성한 저녁을 대접하지 못한 게 계속 마음에 걸렸다.

날이 어두워지자 추이핑은 자리에서 일어나 남포등에 불을 붙인 뒤 두 사람 사이에 있는 탁자에 내려놓았다. 식사를 마친 린샹푸는 남포등 불빛에 반짝이는 추이핑의 얼굴을 보며 내일 토비한테 총을 주러 류촌에 간다고 말했다. 그런 다음 주머니에서 편지 두 통을 꺼내 구이민에게 보내는 편지를 먼저 건넨 뒤 자신이 돌아오지 않고 구이민이 돌아오면 그에게 편지를 전해주고, 혹시 구이민도 오지 못하면 구이민 부인에게 전해달라고 당부했다. 추이핑은 불안하게 고개를 끄덕였다. 린샹푸는 또 톈다에게 쓴 편지를 건네며 자신이 돌아오지 못할 경우 부쳐달라고 부탁했다. 이어서 다른 주머니에서 100냥짜리 은표를 꺼내 탁자에 놓고는 추이핑에게 주는 거라고 말했다.

추이핑이 눈시울을 붉히며 탁자 위의 은표를 보고 편지 두 통을 들면서 조심스럽게 물었다.

"돌아오시면요?"

"돌아오면." 린샹푸가 대답했다. "두 통 모두 돌려주면 돼요."

64

장도끼가 수하 토비만 출입하도록 허락했기 때문에 천융량은
자기 집 나뭇간에서 모진 고문을 당하는 인질이 구이민인 걸 몰
랐다. 그는 구이민 밑에서 오랫동안 일했지만 온화한 목소리만 들
었지 크게 호통치는 소리를 들어본 적이 없었다. 그래서 구이민이
나뭇간에서 고통스럽게 울부짖고 신음할 때 천융량은 그토록 처
절한 비명과 처참한 신음이 구이민의 것이라고는 상상도 못 했다.

아흐레째 날 저녁 구이민을 감시하던 토비가 긴장이 풀려 마을
사람들의 출입을 금지했던 장도끼의 명을 잊어버리고, 리메이렌
한테 나뭇간의 인질에게 먹을 것을 가져다주라고 했다. 그때까지
토비들은 자신이 먹다 남은 걸 개한테 던져주듯 구이민한테 던져
주고 그가 바닥에 엎드려 허겁지겁 먹는 걸 히죽거리며 구경했다.
그런데 이날은 남은 걸 던져주는 대신 리메이렌에게 가져다주라
고 한 거였다.

리메이렌은 죽을 들고 나뭇간에 들어가 피범벅 된 인질에게 다
가갔다. 그런 다음 조용히 부르며 따뜻한 죽을 좀 드시라고 했다.

나직하게 10여 차례 불렀을 때야 인질이 천천히 고개를 들었다. 리메이렌은 구이민의 얼굴을 알아보고 엉겁결에 소리쳤다.

"나리, 나리셨어요?"

구이민은 멍하게 리메이렌을 쳐다보았다. 리메이렌이 몇 번을 더 불렀는데도 그는 그녀를 알아보지 못했다. 그릇을 입가에 대주자 구이민이 죽이라는 걸 알고 어린애처럼 후루룩 들이마셨다.

리메이렌이 눈물을 글썽이며 양 우리로 돌아온 뒤에야 천융량도 나뭇간의 인질이 구이민임을 알았다. 그는 한참 동안 멍하니 서 있다가 바닥에 앉아 고개를 숙인 채로 리메이렌의 낮은 흐느낌을 들었다. 리메이렌이 계속 중얼거렸다.

"온몸이 피투성이셨어. 맞아 죽기 일보 직전이라고. 완전히 넋이 나간 듯했고."

장도끼는 구이민과 천융량이 한때 주종 관계였다는 것을 몰랐다. 치자촌에서 열흘을 머문 뒤 장도끼는 구이민을 감시할 토비 두 명만 남겨놓은 채 나머지 토비를 전부 데리고 몸값인 총기를 받으러 류촌으로 갔다.

토비들이 우르르 몰려가자 천융량은 기회가 왔다고 생각해 마을의 명망 있는 어른들을 조용히 불러 모았다. 그러고는 어떤 결과가 생기든 구이민을 구하겠다고 말했다. 다행히 치자촌 어른들도 찬성했다.

"시진 상인회 구이민 회장은 차치하고, 다른 인질이라 한들 어떻게 구하지 않을 수 있겠나."

천융량은 구이민을 풀어주면 토비들이 보복하러 올 테니 마을 사람들에게 조용히 짐을 꾸리라고 했다. 꼭 가져가야 할 물건을 챙겨 이웃 마을에 친지가 있으면 이웃 마을로 피신하고, 없으면 수로를 타고 완무당 갈대밭에 숨으라고 했다. 그런 다음 천야오우와 함께 건장한 청년 몇을 불러 어떻게 구이민을 구할지 의논했다. 그들은 햇살을 신호로, 오후의 태양이 마당 서쪽 담장을 비출 때 그와 천야오우가 토비를 제압하고 소리치면 대문 밖에 숨어 있던 청년들이 들어와 힘을 합쳐 토비를 묶기로 했다.

천야오우가 말했다. "왜 굳이 묶어요? 잔인무도한 토비니 둘 다 죽여요."

천융량이 고개를 저었다. "절대 안 돼. 우리는 사람을 죽이려는 게 아니라 구하려는 거야."

65

이른 아침 린샹푸는 민병단 병사 여덟 명이 든 가마를 이끌고 시진 부두로 나갔다. 그는 축축한 돌계단에 서서 크고 작은 배 10여 척에 앉은 사공들에게 말했다.

"몸값을 내러 류촌에 가려고 하는데 누가 태워주겠습니까?"

아침 햇살 속에 앉은 사공들 중 누구도 대꾸하지 않았다. 장도끼의 흉포한 소문에 하나같이 겁에 질린 탓이었다. 린샹푸가 세 번을 외쳤지만 사공들은 고개를 숙이지 않으면 돌리고, 아예 선실로 들어가는 사람까지 있었다. 린샹푸가 네 번째로 소리쳤다.

"류촌까지 데려다주실 분 없습니까?"

그때 물살 가르는 소리와 배끼리 부딪히는 소리가 들리더니, 예전에 놀라서 넋이 나갔던 쩡완푸가 대나무 지붕의 작은 배를 여러 배들 사이로 몰며 다가왔다. 그가 린샹푸 발 옆의 돌계단에 배를 붙이고 말했다.

"나리, 오르십시오."

총을 모두 실은 뒤 쩡완푸의 배가 밝아오는 아침 햇살을 맞으며 완무당의 류촌으로 나아갔다. 린샹푸는 굳은 얼굴로 뱃머리에 앉고 쩡완푸는 뱃고물에서 힘껏 노를 저어 물살을 갈랐다. 린샹푸는 만감이 교차했다. 17년 전 린바이자를 가슴에 안고 보따리를 등에 멘 채 배를 타고 샤오메이를 찾아 시진으로 왔던 때가 떠올랐다. 그때도 이 넓은 수면에서 이런 대나무 지붕의 작은 배를 탔고 이런 사공을 만났다. 린샹푸는 갑자기 눈앞의 쩡완푸가 17년 전 자신을 시진으로 데려다준 사공일지도 모른다는 생각이 들어 물어보았다. 쩡완푸가 고개를 끄덕이며 자신이었다고, 린샹푸가 당시 커다란 보따리를 메고 있어서 아직도 기억한다고 대답했다. 린샹푸는 빙그레 웃으며 17년이 지나 다시 쩡완푸의 배를 탈 줄은 몰랐다고 말했다. 그러고는 뱃삯인 은화 두 닢을 토비한테 뺏길까 봐 상인회에 두었으니 구 회장을 데리고 시진으로 돌아가면 찾아가라고 덧붙였다. 쩡완푸는 뱃삯이 은화 두 닢이면 너무 많다면서 아무리 높아도 엽전 몇 닢이라고 말했다. 린샹푸는 고개를 저으며 이번 길이 워낙 특별해 은화 두 닢도 많지 않다고 말했다. 그런 다음 린샹푸는 입을 다물고 뱃전을 스치는 물살 소리에 귀를 기울였다. 목공소에서 가구를 사포질할 때 나는 소리와 아주 비슷했다.

추수철이었지만 사방 어디에서도 사람 그림자는 보이지 않고 황폐한 전답과 무너진 초가, 기슭에 버려진 백골만 눈에 띄었다. 린샹푸는 예전의 번화했던 광경을 떠올렸다. 벼와 밀, 목화, 유채꽃, 갈대, 풀, 나무가 들판을 가득 메우고 밥 짓는 연기가 지붕 위로 모락모락 피어오르며 소가 밭에서 음매음매 울고 농부들이 삼삼오오 모여 밭두렁을 걸어 다녔다. 하지만 지금은 토비와 전란 때문에 사람들이 살 곳을 잃고 살육이 벌어지면서 인적이 끊겼다. 린샹푸는 백발의 노인이 한 손에는 구부러진 나뭇가지를, 다른 손에는 어린애 손을 잡고 기슭에 서서 자신들을 바라보는 것을 발견했다.

점심때 류촌 부두에 도착하자 토비 몇 명이 수레를 가지고 기다리고 있었다. 뱃머리에 서 있는 린샹푸에게 토비가 소리쳤다.

"총은 가져왔나?"

린샹푸가 선실을 가리키며 대답했다. "여기 있소."

배가 부두에 이르자 토비가 말했다. "총을 건네."

"구 회장님은?"

"총을 주면 만나게 해주지."

린샹푸가 고개를 끄덕이자 쩡완푸가 배를 기슭에 붙이고 물가 버드나무에 줄을 묶었다. 그런 다음 선실로 들어가 총을 한 자루씩 뱃머리의 린샹푸에게 건넸고, 그러면 린샹푸가 다시 토비에게 건넸다. 총을 모두 수레에 실은 뒤 린샹푸는 기슭에 올랐다. 쩡완푸는 뱃고물에 앉아 린샹푸가 토비와 수레를 따라 오솔길로 걸어가는 걸 지켜보았다.

린샹푸가 마을에 들어가자 장총과 담뱃대를 멘 토비들이 히죽히죽 웃었다. 토비들은 손에 밥그릇을 들고 쌀밥을 입으로 밀어

넣으면서 린샹푸 앞에서 걷는 토비들에게 말했다.

"총을 가져왔구나."

"가져왔더라고."

앞장서 걷던 토비가 린샹푸를 한 벽돌집으로 데려가 문지방에 앉으라고 한 뒤 거기 서 있는 토비에게 말했다.

"잘 대접해."

린샹푸가 실눈을 뜨며 햇빛 비치는 문지방에 앉자 밥그릇을 든 토비 10여 명이 그를 둘러싼 뒤 욕을 섞어가며 낄낄거렸다. 그때 어떤 토비가 밥그릇을 건네 린샹푸가 일어나 받았다. 토비들이 말했다.

"먹어요, 먹어. 같이 먹읍시다."

린샹푸는 고개를 끄덕인 뒤 다시 문지방에 앉아 쌀밥을 먹다가 그릇 속에서 볶은 간 몇 점을 발견하고 한 조각을 씹었다. 간을 씹으면서 그는 돼지 간도 아니고 소나 양 간도 아니며 오리나 닭 간은 더더욱 아니라고 생각했다. 대체 무슨 간인지 알 수가 없었다. 그가 눈살을 찌푸리며 간을 삼켰을 때 갑자기 장도끼가 사람 간을 즐겨 먹는다는 소문이 떠올랐다. 순간 비위가 확 뒤틀리면서 조금 전에 넘겼던 게 도로 넘어왔지만, 감히 뱉을 수가 없어서 눈물을 글썽이며 그 끈적하고 시큼한 것을 도로 삼켰다. 그 뒤로는 더 먹지 않고 밥그릇을 든 채 자기 앞에서 아구아구 먹는 토비를 쳐다보기만 했다. 한 토비가 말했다.

"먹어, 먹으라고. 젠장, 왜 안 먹지?"

린샹푸가 대답했다. "배가 부르군요."

다른 토비가 "웃기네, 고작 한 입 먹고 배가 부르긴. 전부 먹으라고." 하고 말했다.

그릇에 든 쌀밥과 거무튀튀한 간을 보면 볼수록 린샹푸는 도저히 입에 넣을 마음이 생기지 않아 토비에게 말했다.

"정말로 배가 불러요."

토비들이 소리쳤다. "먹어, 먹어, 삼키라고, 이 새끼야."

그때 안쪽에서 장도끼의 음성이 들려왔다.

"무례하게 굴지 마라. 시진에서 온 어르신이라 산해진미에 익숙할 테니, 너희의 돼지 밥이 어떻게 목구멍으로 넘어가겠냐. 모셔와."

밖에 있던 토비들이 린샹푸를 안쪽의 서편 사랑방으로 데려갔다. 린샹푸는 침상에 누워 아편 피우는 남자를 보고 저 사람이 바로 장도끼겠구나, 하고 생각했다.

린샹푸가 물었다. "그 유명한 장도끼이시오?"

장도끼가 담뱃대를 내려놓고 고개를 끄덕인 뒤 몸을 일으켜 책상다리로 앉았다. 린샹푸는 사방을 둘러본 뒤 말했다.

"총기를 가져왔으니 구 회장님을 넘겨주시오."

장도끼는 여전히 밥그릇을 들고 서 있는 린샹푸를 보면서 수하에게 "아직도 앉을 자리를 안 내어드리고 뭐 하냐"라고 말했다.

칼로 고구마를 깎던 토비가 걸상을 발로 차자 다른 토비가 린샹푸를 눌러 걸상에 앉혔다.

장도끼가 "가마도 가져왔나?" 하고 린샹푸에게 물었다.

"급하게 배를 찾았더니 너무 작아서 가마를 실을 수 없었소. 회장님이 무사히 시진에 돌아가시면 곧장 큰 배로 옮겨주겠소."

장도끼의 웃는 얼굴이 돌연 험상궂게 변했다. "당신네 구 회장은 죽었어."

린샹푸가 벌떡 일어나 제대로 못 들은 것처럼 장도끼를 쳐다보았다. 장도끼는 린샹푸가 아직도 밥그릇을 들고 있는 걸 보고는 험상궂은 표정을 풀고 웃으면서 물었다.

"볶은 간이 맛있었지?"

린샹푸가 서서 아무 반응도 하지 않자 장도끼가 히죽거리며 말했다.

"당신이 먹은 게 바로 구 회장 간이야."

장도끼와 토비들 웃음소리 속에서 린샹푸는 밥그릇을 든 채 꼼짝도 하지 않고 서 있었다. 토비들이 또 소리치기 시작했다.

"씨발, 한 입 먹고 말았으니 구 회장 간에 면목이 서겠냐? 네놈은 구 회장 간이 맛없다고 싫어했잖아? 잘 들어. 그 간은 진짜 드물게 신선하다고. 살아 있을 때 간을 빼낸 뒤 기름을 두른 솥에 넣고 황주와 간장, 파에 볶았어. 간이 익었을 때까지도 너희 구 회장은 죽지 않았지. 젠장, 그런데도 싫다고 하다니. 먹어, 이 새끼야,

어서 먹으라고, 전부 먹어치워……."

린샹푸는 붉게 충혈된 눈으로, 그 핏빛 눈빛으로 못이라도 박을 듯 장도끼를 노려보았다. 장도끼는 린샹푸의 기이한 표정에 하하 크게 웃고는 다른 토비들에게 구경하라고 했다. 토비들이 몰려와 린샹푸의 굳은 얼굴을 보고는 깔깔거리며 웃음을 그치지 못했다. 곧이어 한 토비가 깜짝 놀라 소리를 질렀고 린샹푸는 손에 든 그릇을 그들에게 내던졌다. 칼로 고구마를 깎던 그 토비는 갑자기 고구마만 남고 칼이 사라진 걸 발견했다.

린샹푸가 장도끼에게 달려들 때 앞쪽의 토비들이 자기도 모르게 옆으로 비켜났다. 칼로 눈을 찌르려는 린샹푸를 피해 장도끼는 몸을 침상 밑으로 날렸다. 린샹푸는 계속 장도끼의 눈을 노리며 매섭게 달려들었다. 장도끼가 바닥을 굴러 또 피하면서 린샹푸는 바닥에 엎어지고 칼은 벽돌 틈새에 꽂혔다. 멍하게 서 있던 토비들은 장도끼가 바닥을 구르며 소리쳤을 때에야 정신을 차렸다. 린샹푸가 칼을 빼 다시 장도끼에게 달려들 때 토비들이 우르르 몰려와 그를 바닥에 누르고 칼을 빼앗았다.

장도끼가 일어나 계속 "미친 새끼"라고 중얼거리며 눈을 만져보고는 수하에게 소리쳤다.

"놈을 묶어."

토비들이 린샹푸를 포박하자 장도끼는 토비 둘에게 린샹푸를 일으키라고 한 뒤 또 다른 토비에게 바닥에 있는 칼을 집어오라고 했다. 그러고는 칼을 들고 린샹푸 앞으로 가서 냉소를 지으며 말했다.

"칼을 잘 쓰나 봐."

그때 린샹푸는 눈앞의 어떤 것에도 신경 쓰지 않고 두 다리를 벌린 채 차분하게 서 있었다. 장도끼가 왼손으로 린샹푸의 머리카락을 움켜쥐더니 오른손의 칼로 린샹푸 왼쪽 귀밑을 찌른 뒤 힘껏 비틀었다. 피가 분수처럼 솟구쳤다. 린샹푸를 잡고 있던 토비들이 소리를 지르며 떨어져 자기들 얼굴에 묻은 피를 손으로 대충 닦아냈다.

죽었는데도 린샹푸는 쓰러지지 않고 온몸이 묶인 채로 절벽처럼 꼿꼿하게 서 있었다. 칼이 아직도 왼쪽 귀뿌리에 꽂혀 머리가 살짝 왼쪽으로 기울어졌다. 그는 미소를 짓는 것처럼 입을 살며시 벌리고 실눈을 뜨고 있었다. 생명의 빛이 꺼지는 순간 그는 딸을 보았다. 옷깃에 주황색 꽃을 단 린바이자가 중서여숙의 복도에서 그에게로 걸어오고 있었다.

방 안의 토비들은 쥐 죽은 듯 조용해져 놀란 눈으로 린샹푸를 바라보기만 했다. 왜 그가 쓰러지지 않는지 알 수 없었다. 잠시 뒤 어떤 토비가 말했다.

"젠장, 웃고 있어."

다른 토비가 "귀신이 된 거 아니야?" 하고 물었다.

"이렇게 빨리 귀신이 된다고?"

"씨발, 죽으면 귀신 아니겠어."

"빌어먹을. 사람이 귀신으로 변하는 걸 눈 뜨고 보게 될 줄이야."

토비들이 혼비백산해 줄줄이 밖으로 나가면서 방에는 장도끼 혼자만 남았다. 그도 겁이 났지만 숨을 한 번 크게 들이마신 뒤 린샹푸를 발로 차 넘어뜨렸다. 그런 다음 밖으로 나가 조금 전 빠져나간 토비들에게 말했다.

"쓰러졌어."

토비들이 안으로 들어와 바닥에 쓰러진 린샹푸를 보았다. 뒤따라온 토비가 먼저 들어간 토비에게 물었다.

"아직도 웃고 있어?"

앞서 들어온 토비가 고개를 숙여 바라보고는 소리쳤다.

"젠장, 아직도 웃고 있어."

그때 쩡완푸는 뱃고물에 앉아 있었다. 계속 쪼그리고 앉아 있어서 다리가 저려올 때 토비 두 명이 소리를 지르며 달려오는 게 보였다. 뭐라고 소리치는지는 몰라도 아주 험상궂어 보여서 쩡완푸는 벌벌 떨며 일어나 굽실거렸다. 토비들이 가까이 온 뒤에야 그는 배에서 내리라는 뜻임을 알 수 있었다. 토비가 소리쳤다.

"야, 빨리 와서 저 귀신 좀 데려가."

쩡완푸는 무슨 소리인지 몰라 계속 굽실거리며 "나리, 귀신을 데려가라니요?" 하고 물었다.

"젠장, 네놈과 함께 온 귀신 말이야."

쩡완푸가 그들을 따라 벽돌집으로 달려가자 토비들이 꺼림칙한 얼굴로 바깥에 서 있는 게 보였다. 몇몇 토비가 안쪽을 가리키며 어서 들어가라고 손짓했다. 불안한 마음으로 들어간 쩡완푸는 서쪽 사랑채에서 쓰러져 있는 린샹푸를 발견했다. 왼쪽 귀밑에 칼이 꽂혀 있는데 미소를 짓고 있어 쩡완푸도 화들짝 놀랐다. 그가 몸을 굽히고는 조용히 불렀다.

"나리, 린 나리."

바닥의 린샹푸는 아무 반응이 없었다. 쩡완푸는 어쩔 줄 몰라 하다가 문 앞으로 가서 바깥의 토비들에게 굽실거리며 물었다.

"나리들, 린 나리께서 어떻게 된 겁니까?"

"죽었어."

"죽었는데 왜 웃고 계시죠?"

토비들이 욕했다. "씨발, 어서 데려가라고."

쩡완푸는 토비들에게 허리 굽혀 인사한 뒤 방으로 뛰어 들어갔다가 곧 도로 나와 굽실거리며 말했다.

"나리들, 누가 좀 도와주십시오. 제 등에 업혀만 주십시오."

한 토비가 장총을 들고 노리쇠를 당기며 말했다.

"빌어먹을 놈아, 네가 들고 가. 또 나와서 떠들기만 해봐."

쩡완푸는 다시 허리 굽혀 인사한 뒤 방으로 들어갔다. 그런데 이번에는 한참이 지나도 나오지 않았다. 바깥의 토비들은 하릴없이 기다리면서, 저놈이 왜 안 나오지, 귀신한테 잡혀갔나, 하고 중얼거렸다. 바로 그때 쩡완푸가 린샹푸를 업고 문지방을 넘어 나오더니 걸음을 멈추고 토비들에게 굽실굽실 고개를 끄덕이며 허리를 굽혔다.

장총을 든 토비가 소리쳤다. "고개 끄덕이지 마, 허리도 굽히지 말고. 이 멍청한 놈, 진짜 총을 갈겨버리고 싶다."

쩡완푸가 린샹푸를 업고 걸어가자 토비 몇 명이 뒤따라왔다. 흔들거리는 선실에 린샹푸를 눕혀 놓고 뱃고물에 서서 숨을 몰아쉬고 있을 때, 쩡완푸는 멀지 않은 곳에서 토비들이 손을 흔드는 걸 발견했다. 그는 어서 꺼지라는 뜻인 줄 모르고 작별인사를 한다고 생각해 덩달아 손을 흔들었다. 그러자 총성이 연달아 울리더니 기슭의 나뭇잎과 가지가 마구 흔들렸다. 쩡완푸는 으악 비명을 지르며 자리에 앉아 으악으악 소리치면서 재빨리 배를 몰았다.

66

구이민을 감시하던 두 토비는 천융량과 천야오우가 나갔다가 한참 만에 돌아오자 뭔가 의심이 들었다. 그들은 총을 들고 마당 바깥쪽에 아무것도 없는지 확인한 뒤 대문에 빗장을 걸고 천융량과 천야오우에게 말했다.

"씨발, 쓸데없이 돌아다니지 마."

토비들은 총을 안은 채 오후까지 마당에 앉아 있었다. 너무 오래 앉아 있어서인지 그들은 연달아 하품을 하고 눈물까지 닦더니 일어나 방으로 들어갔다. 그러고는 침대에 반쯤 누워 아편을 피웠다.

천융량과 천야오우는 양 우리에서 나와 리메이렌이 미리 준비해둔 음식을 들고 토비가 아편을 피우고 있는 방으로 들어가 말했다.

"나리, 저녁 드십시오."

토비들은 아무 대꾸도 없이, 점심을 먹은 지 얼마 되지도 않았는데 왜 저녁을 먹으라고 하지, 식사를 왜 리메이렌이 아니라 두 부자가 가져왔을까 하고 의아해했다. 문밖을 내다보고 날이 아직 환한 걸 확인한 그들은 일이 잘못된 걸 직감하고 얼른 총을 들었다.

그 순간 천융량과 천야오우는 들고 있던 음식을 그들 얼굴로 던진 뒤 각각 토비에게 달려들었다. 네 사람은 침대에서 뒤엉켜 싸우다가 바닥으로 굴러떨어졌고, 바닥을 데굴데굴 굴러 방 밖까지 나갔다. 천융량과 천야오우가 싸우면서 소리쳤다.

"어서 와, 빨리 들어와."

하지만 대문에 빗장이 걸려 밖에서 대응하기로 한 사람들은 고함을 듣고도 들어올 수 없었다. 그들이 대문을 두드리며 소리쳤다.

"어서 문 열어요, 문 열어."

양 우리에 있던 리메이롄과 천야오우원이 마당으로 달려 나왔다. 천야오우원은 벽돌을 들고 가까이에 있는 형에게 달려갔다. 그때 천야오우는 손가락이 하나 부러졌는데도 토비를 꽉 붙들고 있었다. 벽돌을 들고 뛰어오는 천야오우원을 본 그는 토비 머리통을 치라고 소리쳤다. 하지만 천야오우원은 혹시라도 형 머리를 칠까 봐 눈만 이리저리 굴리며 손을 쓰지 못했다. 리메이롄은 눈앞의 광경에 너무 놀라 울면서 바깥의 사람들에게 소리쳤다.

"어서 좀 들어와요."

바깥의 사람들은 여전히 대문을 두드리며 "빨리 문 열어요"라고 소리치고 있었다.

리메이롄은 빗장 풀 생각을 못 하고 가만히 서서 울기만 했다. "어서 들어와요. 왜 안 들어오는 거예요?"

그때 천야오우가 토비를 잡고 몸을 뒤집어 아래쪽에 누운 뒤 천야오원에게 소리쳤다.

"찍어."

천야오원은 벽돌과 함께 몸을 날려 토비의 머리통을 내리찍었다. 토비가 기절할 때 천야오원도 쿵 하고 바닥으로 넘어졌다. 일어나서 쳐다보니, 토비는 꼼짝하지 않고 천야오우는 다른 토비에게 달려들어 아버지와 제압하고 있었다. 그 토비가 필사적으로 발버둥치고 있어 천야오원은 달려가 또 벽돌로 기절시켰다. 이번에는 벽돌까지 부서졌다. 다시 일어난 천야오원은 밖에서 문 두드리며 외치는 소리를 듣고 달려가 빗장을 풀었다. 문이 갑자기 열리면서 바깥에 있던 사람들이 허공으로 우르르 굴러떨어졌다. 그 바람에 천야오원까지 바닥에 넘어졌다. 바깥에서 들어온 사람들은 두 토비가 이미 바닥에 널브러져 있는 걸 발견했다. 천융량네 세 부자는 바닥에 앉아 숨을 헐떡이고 있었다. 그제야 리메이롄도 울음을 그치고 웃었다.

그들은 토비를 묶어 방으로 끌고 갔다. 그런 다음 천융량은 안에서 이불을 가져와 몸에 뒤집어썼다. 왜 이불을 뒤집어쓰냐고 누군가 묻자 그는 구 나리가 상처투성이라 최대한 건드리지 않으려 한다고 대답했다.

천융량은 두 아들에게 조심해서 구이민을 업혀달라고 한 뒤 마을 부두로 나갔다. 배에 오를 때는 두 아들에게 구이민을 맡겨놓고 먼저 올라가 선실에 이불을 깐 다음 아들과 함께 구이민을 눕했다. 배를 몰아 떠나기에 앞서 천융량은 기슭에 있는 마을 사람들에게 장도끼 무리가 돌아오면 복수할 테니 어서 마을을 떠나고 당부했다.

완무당 수면으로 배를 몰아갈 때, 천융량은 마을 어귀의 오솔길에서 마을 사람들이 짐을 지고 아이들을 챙겨 나오는 모습과 배들이 무성한 갈대밭으로 이동하는 것을 보았다. 멀리 있는데도 배에 탄 리메이롄과 두 아들의 형체를 알아볼 수 있었다. 그런 다음 천융량은 고개를 숙여 구이민을 보았다. 피로 범벅된 구이민은 여전히 혼수상태였다. 그는 선뎬에서 처음 구이민을 만났을 때가 떠올랐다. 당시 그는 다른 짐꾼 세 명과 함께 구이민의 비단을 선뎬에서 시진으로 날랐다. 눈 깜짝할 사이에 무수한 시간이 흘렀고, 그토록 위풍당당했던 구이민이 지금은 사경을 헤매고 있었다.

물살을 가르는 청량한 소리와 배의 흔들림 속에서 구이민이 천천히 정신을 차리더니 익숙한 얼굴을 서서히 알아보고 힘없이 물었다.

"천융량인가?"

노를 젓고 있던 천융량은 구이민이 자기 이름을 부르자 곧바로 노를 내려놓고 몸을 굽힌 뒤 대답했다.

"네, 접니다. 나리, 정신이 드셨군요."

"지금 내가 어디 있나?"

"나리, 배를 타고 계십니다. 제가 댁으로 모셔가는 중이고요."

구이민은 온 하늘을 뒤덮은 노을을 보고 물소리를 들으며 배의 흔들림을 느낄 수 있었다. 토비한테 고문받던 기억이 떠올랐고, 곰곰이 생각해보니 무슨 상황인지 짐작할 수 있었다.

"자네가 나를 구했군?"

천융량이 고개를 끄덕이며 대답했다. "네, 나리."

천융량은 계속 노를 젓고 구이민은 눈을 감은 뒤 더는 입을 열지 않았다. 천융량은 구이민 얼굴에 떠오르는 한 줄기 미소를 보고 눈시울을 적셨다. 저녁놀이 지고 어둠이 내려앉기 시작했다. 배를 저으면서 천융량은 멀리 시진에 불이 들어오는 것을 보았다.

시진 성내로 이어지는 수로는 동문을 통과해야 하는데 날이 어두워지자 수문이 내려와 천융량은 앞으로 나아갈 수가 없었다. 천융량이 동문 성벽의 민병단 병사에게 자신은 천융량이며 수문을 올려달라고 청했다. 성벽 위의 병사들은 전부 타향에서 왔기 때문에 천융량이 누구인지 몰랐다. 그들은 수문을 올릴 수 없으며 당신이 토비가 아닌 걸 어떻게 아느냐고 말했다. 천융량은 자신이 목공소의 천융량이고 배에 구이민 회장님도 타고 계신데 부상이 심하니 어서 수문을 열어달라고 청했다. 성벽의 병사들은 구이민이 타고 있다는 말에 웃으면서 거짓말하지 말라고, 다른 사람이라면 몰라도 구이민이라고 하면 누가 믿겠느냐고, 구이민은 장도끼한테 잡혀갔다고 대꾸했다. 천융량이 자세히 살펴보라고 하자 그들은 컴컴해서 아무것도 안 보인다고 응했다. 다급해진 천융량은

349

욕설을 퍼부으며 회장님한테 무슨 일이 생기면 네놈들 머리통이 달아날 줄 알라고 소리쳤다. 성벽 위의 병사들은 어투로 볼 때 토비가 확실하다고 대꾸했다. 천융량은 자신이 설령 토비라도 한 사람뿐이고 성벽 위에는 몇 사람이 있으니 무서울 게 없지 않느냐고 애원하는 수밖에 없었다.

그들이 말했다. "누가 무섭대?"

천융량은 동문 수로의 수문 밖에서 거의 두 시간을 기다렸다. 욕도 해보고 애원도 해봤지만, 성문을 지키는 병사들은 수문을 올려주지 않았다. 나중에는 지쳤는지 더 이상 상대하지 않고 성벽에 기대 졸기까지 했다. 천융량도 완전히 진이 빠졌다. 그는 병사들의 코 고는 소리를 들으면서 수문을 열 다른 방법이 없는지 고민했다. 그때는 구이민도 정신을 차렸지만 소리칠 힘이 없어서, 날이 밝으면 배가 나오느라 수문이 열릴 거라고 조용히 천융량을 위로하는 수밖에 없었다.

그러고 있을 때 성을 빠져나가기 위해 살며시 배를 몰아 동문으로 다가온 한 가족이 병사에게 뒷돈을 찔러주면서 드디어 수문이 올라갔다. 그들 가족은 천융량과 구이민을 알아보았고 소리를 질러 수비병들에게도 두 사람이 누구인지 알려주었다.

천융량이 구이민을 구해왔다는 소식이 신속하게 시진 곳곳에 퍼지고 시진의 지체 높은 사람들이 구이민의 저택으로 몰려들었다. 오래전 잦아들었던 구이민 처첩들의 울음소리도 다시 높아졌다.

67

찡완푸는 넓은 수면에서 쉬지 않고 노를 저었다. 토비들이 총을 쏘았을 때 오랫동안 잊고 있던 광경이 되살아났다. 겨울의 칼바람을 뚫고 휙휙 날아다니는 총알에 천순과 장핀싼이 눈밭으로 쓰러지고 그는 날아다니는 총알 사이에서 두 팔을 휘저으며 미친 듯 뛰다가 가운뎃손가락이 날아갔다.

그 광경은 끈질기게 그에게 달라붙었다. 시진 부두에 도착하자 석양이 지고 있었다. 기슭에 닿았을 때 찡완푸는 완전히 녹초가 되었다. 부두에 있던 사람들이 몰려와 선실의 린샹푸를 쳐다보았다. 흘러나온 뇌수와 피가 뒤엉기고 왼쪽 귀뿌리에 아직도 칼이 꽂혀 있었다. 그들은 웅성웅성하다가 너나없이 어떻게 된 일이냐고 물었다.

"어떻게 된 일이냐고?" 찡완푸는 혼잣말처럼 대꾸하며 얼굴의 땀을 닦고는 천천히 왼손을 들어 잘린 중지를 보여주고 "잘 들어, 총알에 날아갔어"라고 쉰 목소리로 말했다.

린샹푸의 시신은 성황각으로 옮겨졌다. 시진 주민들이 줄줄이 찾아와 참혹한 상태로 누워 있는 린샹푸를 보며 오열하거나 탄식하거나, 혹은 아무 소리도 내지 못했다.

쩡완푸는 성황각 대문의 돌계단에 앉아 자신이 어떻게 죽은 린샹푸를 업고 배까지 돌아왔는지, 토비의 총알이 날아올 때 어떻게 배를 몰아 도망쳤는지 되풀이해 이야기했다. 그러다 누군가 린샹푸가 어떻게 죽었느냐고 묻자 그는 갑자기 망연해져서는 고개 숙여 하나가 부족한 손가락을 내려다보았다.

밤이 깊어 시진 주민들이 속속 돌아간 뒤 천융량이 찾아왔다. 천융량은 다른 사람들과 구이민을 집으로 데려가던 길에 린샹푸가 몸값인 총기를 배달하러 갔다가 장도끼 무리에게 살해당했다는 소식을 들었다. 구이민 저택 앞에 이르렀을 때 그는 안으로 들어가지 않고 다른 사람들이 구이민을 잘 데려가는지만 확인한 뒤 성황각으로 발길을 돌렸다. 도사들도 이미 쉬러 들어가 안이 텅 비어 있었다. 긴 탁자에 누운 린샹푸의 발 옆에 장명등이 놓여 있고 추이핑이라는 여자가 낮게 흐느끼고 있었다. 천융량은 그 여자를 어디선가 본 듯했지만 왜 그렇게 슬퍼하는지는 알 수 없었다.

발소리를 들은 추이핑이 미약한 장명등 불빛 속에서 고개를 들었다. 그녀는 천융량이 들어오는 걸 보고 어두운 곳으로 몇 걸음 물러났다. 천융량은 더 이상 추이핑에게 신경 쓰지 않고 탁자 옆에 섰다. 그렇게 미소 짓고 있는 린샹푸의 얼굴과 귀뿌리에 박힌 칼을 오랫동안 바라보았다.

잡초가 무성하게 자라나듯 옛일이 줄줄이 떠올랐다. 눈이 얼어 붙었을 때 린샹푸가 커다란 봇짐을 지고 딸을 가슴에 안은 채 그의 집으로 들어왔던 모습이 제일 많이 떠올랐다. 그런 광경들이 비 내리는 날 처마에서 떨어지는 물방울처럼 하나씩 나타났다가 끊어지고 또 나타나기를 반복했다. 눈앞이 흐릿해진 것 같아 손으로 문질렀을 때에야 천융량은 자신이 울고 있는 걸 알았다. 그는 눈물을 닦은 뒤 린샹푸의 귀밑에서 칼을 뽑아냈다. 그러자 웃고 있던 린샹푸의 입이 다물어졌다. 천융량은 피 묻은 칼을 보며 린샹푸에게 말했다.

"이 칼은 장도끼에게 돌려줄게요."

그게 천융량이 살아서 린샹푸에게 한 마지막 말이었다. 그런 다음 그는 오른손을 린샹푸의 차가운 이마에 올려놓고 천천히 쓸어 린샹푸의 두 눈을 감겨주었다.

68

포박당한 토비 둘은 천융량 일가가 떠난 뒤 한 사람이 상대의 끈을 이로 물어뜯어 끊었다. 그렇게 포박을 풀고 나서 어두워졌을 때 치자촌에서 류촌으로 달려갔다. 그들은 물에 빠진 개처럼 땀을 뻘뻘 흘리며 달려가 장도끼에게 보고했다.

"치자촌 놈들이 반란을 일으켜 구이민을 빼돌렸습니다. 사람들이 우르르 몰려와 저희 둘을 꽁꽁 묶었고요. 저희는 이로 줄을 끊고 도망쳤습니다."

장도끼는 날이 밝기도 전에 토비 쉰 명 정도를 모아 치자촌으로 출발했다. 떠나기에 앞서 그는 수하들에게 명령을 내렸다.

"모조리 죽여. 닭 한 마리도 살려두지 마라."

아침이 밝았을 때 아직 마을에 남아 있던 아이들 몇이 마을 어귀에서 토비가 밭두렁을 따라 우르르 몰려오는 걸 보고는 집으로 뛰어가며 소리쳤다.

"토비가 와요, 토비가 와요."

총알이 뒤쫓아와 발을 걸 듯 아이들을 고꾸라뜨렸다. 토비의 총성에 치자촌은 아수라장으로 변했다. 전날 천용량이 가면서 최대한 빨리 떠나라고 당부했지만, 대부분의 마을 주민은 아직도 물건을 챙기고 있었다. 토비가 이렇게 빨리 오리라고는 예상하지 못한 탓이었다.

토비들은 걸으면서 총을 쏘거나 도끼를 휘둘렀고 마을 사람들은 필사적으로 도망쳤다. 총소리에 자기 아이가 쓰러지는 걸 본 여자들이 날카롭게 울부짖으며 달려들자 장도끼는 손에 든 도끼로 인정사정없이 그들을 내리찍었고 다른 토비들도 긴 칼로 찔렀다. 새빨간 피가 허공으로 튀면서 피비린내가 진동했다. 뒤쪽 여자들은 앞쪽 여자들의 어깨와 팔, 머리가 도끼에 날아가는 걸 보고도 아랑곳하지 않고 자기 아이에게 달려갔다. 어떤 여자는 아이를 안고 뛰기 시작했는데 장도끼가 아이 머리를 쳐 피가 솟구치고 자기 얼굴도 피투성이가 되었는데도 알지 못했다. 머리 없는 아이를 안고 뛰면서도 아이가 무사하다고 생각하며 마을을 빠져나갔다.

토비는 집집을 돌아다니며 보이는 대로 사람을 죽이고 눈에 띄는 대로 물건을 빼앗은 뒤 집에 불을 질렀다. 치자촌이 순식간에 불바다로 변했다. 걸음이 빠른 사람들은 밭으로 흩어져 달아났고, 꽤 많은 사람이 멀리 갈대밭으로 헤엄쳐가려고 물로 뛰어들었다. 어떤 사람이 나무배를 타고 갈대밭으로 향하자 물속에 있던 20여 명이 다가와 한 사람씩 배에 올랐다. 하지만 물속에 있던 사람들이 다 오르기도 전에 나무배가 뒤집혔다. 그들은 물속에서 한데 뒤엉킨 채 어떻게든 뒤집힌 배 밑바닥으로 기어오르려 안간힘을 썼다.

도망치지 못한 치자촌의 주민 200여 명은 이글거리는 불빛 속에 타작마당으로 끌려갔다. 장도끼가 소리쳤다.

"한 번에 스무 명씩 서. 아주 뿌리를 뽑아주마."

토비들은 새끼 양을 끌어내듯 스무 명을 끌어냈다. 그런 다음 남녀노소를 가리지 않고 긴 칼로 머리를 자르거나 창으로 가슴과 배를 뚫었다. 아직 태어나지 않은 아이가 어머니 배 속에서 찔려 죽었다. 창이 뽑히지 않으면 토비는 아직 숨이 붙어 있는 몸을 발로 누르며 거칠게 뽑아냈다. 200여 명의 피가 허공으로 솟구쳐 타작마당 사방의 나뭇잎을 적셨다. 바람이 불 때마다 나뭇잎에서 핏방울이 떨어졌다. 선혈은 타작마당의 흙을 붉게 물들이고 노인의 백발과 아이의 동공, 여인의 창백한 얼굴도 붉게 물들였다. 앞쪽 주민들이 그렇게 채소처럼 썰리는 것을 똑똑히 지켜보면서 뒤쪽 주민들은 눈물을 줄줄 흘리며 공포에 찬 비명을 지르거나 구슬프게 울부짖었다. 바람을 타고온 그 처참한 비명을 듣고 갈대밭에 숨은 주민들은 온몸을 벌벌 떨었다.

젊은 여자 10여 명이 마지막까지 남겨졌다. 토비 쉰 명은 그녀들을 피와 시체 위에서 강간했다. 몇 명이 경쟁적으로 달려들어 한 아가씨를 두고 대치하기도 했다. 그중 어떤 토비 둘은 절대 양보하지 않으며 칼까지 휘둘러 둘 다 피투성이가 되었다. 그러다 문득 돌아보니 그 아가씨가 다른 토비에게 강간당하고 있어, 두 토비는 불같이 화를 내며 각자의 총으로 아가씨를 쏘아죽인 뒤 싸움을 이어갔다. 아가씨를 강간하던 토비는 얼굴에 피가 잔뜩 튀자 소리를 지르며 한 손으로 바지를 올리고 다른 손으로 얼굴의 피를 닦은 뒤 바닥에서 칼을 들고 한창 싸우고 있는 토비 둘에게 달려들었다. 그렇게 해서 세 토비의 난투극으로 번졌다. 옆에서 강간하고 있던 토비들이 고개를 돌려 물어보았다.

"씨발, 누가 누구랑 싸우는 거야?"

"젠장, 잘 안 보여."

장도끼가 두 여자를 강간한 뒤 허리띠를 매고 씩씩거리며 다가왔다. 그러고는 한창 싸우고 있는 세 토비를 발로 차면서 욕했다.

"미친 새끼들, 저쪽에도 싱싱한 물건이 있는데 놔두고 여기에서 죽은 년 때문에 박 터지게 싸우다니."

여자들 10여 명은 토비에게 윤간당한 뒤 머리를 베였다. 불바다로 변한 치자촌 곳곳에서 탁탁 터지고 갈라지는 소리가 끊임없이 울렸다. 치자촌의 주민 600여 명 가운데 249명이 참혹하게 죽고 강물과 풀, 나뭇잎, 흙이 새빨갛게 물들었다. 시체가 여기 한 무더기, 저기 한 무더기 하는 식으로 마을 곳곳에 쌓였다. 낮에는 피바람 속에서 처참한 비명이 끊이지 않더니 밤이 되자 광풍의 애통한 비명이 줄기차게 이어졌다.

토비는 시신 마흔세 구를 강물로 던졌다. 그건 완무당에서 치자촌으로 이어진 물줄기여서, 시신이 치자촌의 강줄기를 타고 완무당의 넓은 수면으로 떠내려온 뒤 다시 완무당 수면을 따라 시진 부두까지 떠내려왔다. 파리가 들끓는 시신 때문에 부두의 사공들은 코를 막고 악취를 참으며 상앗대로 시체를 치워야만 배를 움직일 수 있었다. 마흔세 구의 시신은 시진 부두에서 며칠을 떠다니다가 완무당 물고기의 밥이 되었다. 물고기 떼에 심하게 훼손돼 백골로 변한 뒤 물밑으로 가라앉았다.

그 며칠 동안 시진에서는 악취가 진동했고 사람들은 이유 없이 구토하거나 설사해 약방의 진토제와 지사제가 바닥났다. 또 몇 달 동안 완무당 강물을 마실 수도, 물고기를 잡아먹을 수도 없었다. 큰 물고기 배를 가르면 사람 손톱이나 발톱이 나오곤 했다.

69

달아났던 주민들은 이튿날 속속 돌아왔다가 참혹한 광경을 보고 목 놓아 울부짖었다. 정신을 잃고 쓰러진 사람도 적지 않았다. 천융량은 시진에서 하룻밤을 묵은 뒤 배를 저어 치자촌으로 돌아왔다. 울음소리를 들으며 기슭에 올랐을 때 그의 손에는 피 묻은 칼이 들려 있었다. 마중 나온 리메이롄과 두 아들이 아무 데도 다치지 않은 걸 보고 천융량은 길게 한숨을 내쉰 뒤 린샹푸의 죽음을 전했다. 구이민의 몸값인 총기를 가지고 류촌에 갔다가 장도끼의 칼에 귀뿌리를 찔려 죽었다고 말한 다음 피 묻은 칼을 들어 올렸다.

"이게 바로 그 칼이야."

슬픔이 밀려들었다. 리메이롄과 두 아들은 너무 놀라 멍한 표정을 지었다가 울음을 터뜨렸다. 그들의 울음소리가 치자촌의 울음소리와 뒤섞여 허공으로 멀리 퍼졌다.

마을로 들어간 뒤 천융량은 돌아온 주민들이 삼삼오오 자기 집 폐허의 벽돌에 앉아 울고 욕하면서 타지 않은 물건을 찾아 헤집고 있는 것을 보았다. 몇몇 집의 토굴에서는 아직도 꺼지지 않은 불길에 곡식이 타고 있었다. 주민들은 그나마 남은 곡식이라도 어떻게든 꺼내보려 화염 속으로 손을 뻗었다.

한때 완무당에서 가장 부유한 마을이었고 완무당의 면직물과 가축, 잠사, 곡식의 거래처였으며 집들이 즐비하고 연극 무대와 정자까지 있던 치자촌이 지금은 시체로 뒤덮이고 건물이 무너진 데다 곳곳이 잿더미로 변하고 말았다.

이어서 그들은 시신을 수습했다. 죽은 사람이 너무 많아 마을에 땅이 부족했고 시신 중 마흔세 구는 완무당 수면으로 떠내려가기까지 했다. 어쩔 수 없이 그들은 시신을 마을 동쪽의 공터에 모아 놓고 249기의 무덤을 만들었다. 43기는 빈 무덤이었다. 그런 다음 앞면에는 '249인의 묘', 뒷면에는 죽은 사람의 이름을 새긴 비석을 묘지 앞에 세웠다.

천융량이 비석 앞에서 주민들에게 말했다. "구차하게 살 수밖에 없다면 차라리 장도끼 무리와 결전을 벌입시다."

천융량은 칼을 왼팔에 묶은 뒤 자기 집 폐허에서 장작 패는 도끼를 찾아냈다. 천야오우도 어디선가 토비가 내던진 칼을 찾아냈고 천야오원 역시 창을 집어 들었다. 다른 주민들도 폐허에서 엽총과 칼자루를 챙겼다. 요행히 목숨을 건진 청장년 남자들 마흔한 명은 복수를 다짐하며 굳은 표정으로 천융량과 함께 마을을 나섰다.

복수에 나선 치자촌 사람들은 이웃 마을 두 곳에 들러 토비의 행적을 물었다. 저녁 무렵 그들은 멀지 않은 첸촌錢村에 토비들이 묵고 있다는 소식을 들었다. 천융량은 사람들에게 길가에 앉으라고 한 뒤 온종일 걸었으니 푹 쉬면서 물과 음식을 먹고 토비에게 맞설 힘을 비축하자고 했다. 치자촌 주민 마흔네 명은 길가 양쪽에 흩어져 앉았다. 그들이 들고 있는 엽총과 칼, 창 때문에 지나가던 사람들은 그들이 강도질하려는 토비인 줄 알고 두려워하며 멀리 돌아갔다. 천융량은 멀리 피하는 사람들에게 자신들은 토비가 아니라 토비에게 복수하러 가는 치자촌 사람들이라고 설명했다.

장도끼 무리가 치자촌을 피바다로 만든 소식은 빠르게 부근 마을로 퍼졌기 때문에 멀리 물러났던 사람들은 치자촌 사람이라는 말에 줄줄이 다가와 토비들 횡포에 관해 물었다. 그들 속에는 천융량 일행을 아는 사람도 있었다. 그렇게 해서 날이 저무는 길가가 사람들로 북적거렸다. 원수를 갚으러 가는 치자촌 남자들은 원래 눈물이 다 마르고 원한만 가득했는데 사람들 질문에 대답하다 보니 눈물이 도로 솟구쳤다. 듣는 사람들도 눈물을 줄줄 흘리며 치자촌 사람들과 함께 울었다. 이어서 장도끼 무리에게 가족을 잃은 다른 마을 사람들이 자신의 비참한 경험을 이야기했다. 한 남자가 온몸이 들썩일 정도로 울먹이며 자기 아내는 장도끼 무리의 총에 맞아 죽고 아들은 공중으로 던져진 뒤 칼에 찔려 죽었는데 땅에 떨어진 뒤에도 손발이 들썩거렸노라고 띄엄띄엄 말했다. 또 다른 남자는 눈물마저 다 말랐다며 자기 아내는 아들한테 숨이 붙어 있는 걸 보고 아들 몸 위에 엎드려 어떻게든 보호하려 했다고 말했다. 하지만 장도끼 무리는 눈알이 튀어나올 정도로 아내를 마구 때린 뒤 칼로 아내와 아들을 한꺼번에 찔러 죽였다고 했다. 이어서는 한 여자가 자기 마을에서도 끔찍한 일이 있었다며, 장도끼 무리가 남자들 10여 명을 숲으로 끌고 가 줄로 묶고 바지를 찢은 다음 칼로 항문을 찔러 창자를 꺼내더니 손으로 나뭇가지를 잡아당겨 끌어내린 뒤 그 끝에 창자를 묶었다고 했다. 그러고 나서 손을 놓자 나뭇가지의 탄성으로 창자가 딸려 나와 줄줄이 나뭇가지에 걸렸고 그 남자들은 비명을 지르다 죽었다는 거였다. 그들은 자신들의 처참한 경험을 이야기하면서 흐느꼈고 치자촌 사람들도 그들과 함께 울었다. 날이 어두워졌을 때 그들 사이에는 더 이상 너와 나의 구분이 없었다. 어떤 사람들은 울면서 돌아가지 않겠다고, 치자촌 사람들과 함께 장도끼 무리를 죽여 원수를 갚겠다고 말했다.

천융량은 눈물을 닦은 뒤 첸촌의 상황에 관해 물었다. 첸촌에 가 봤던 한 행상이 민가가 스무 채도 안 되는 아주 작은 마을이라 거기 묵는 토비도 많지 않을 거라고 알려주었다. 마을 상황을 파악한 천융량은 이제 떠나자고 말했다. 그렇게 복수에 나선 사람들이 달빛을 받으며 앞으로 나아갔다. 천융량은 처음 출발했을 때의 마흔네 명이 아닌 것 같아 길가에서 인원수를 세어 보았다. 예순

여덟 명이었다. 갑자기 불어난 대열에 천융량이 흥분해 큰 소리로 말했다.

"예순여덟 명이네. 대장부 예순여덟 명이라니."

천야오우가 옆에서 지적했다. "예순아홉 명이지요. 아버지, 아버지를 빼놓았잖아요."

그들 예순아홉 명은 어둠 속에서 첸촌으로 나아가며 쉴 새 없이 서로의 이름과 경력을 묻고 답했다. 그들은 토비를 죽이러 가는 대오가 아니라 장을 보러 장터에 가는 사람들 같았다.

첸촌 근처의 산비탈에 이르렀을 때 천융량은 달빛 덕분에 마을을 훤히 내려다볼 수 있었다. 두 번을 세어봐도 집이 열일곱 채밖에 되지 않았다.

"가난한 마을이군요. 벽돌집 없이 초가만 열일곱 채 있습니다. 초가를 포위하면 토비가 달아날 수 없겠어요."

천융량의 말이 채 끝나기도 전에 누군가 몽둥이를 들고 소리쳤다. "가자, 토비를 죽이자."

다른 사람들도 덩달아 "가자, 토비를 죽이자." 하고 소리치기 시작했다.

예순여덟 명이 칼과 도끼, 몽둥이, 엽총을 들고 달빛 속에서 마구 굴러가는 돌처럼 비탈을 내려갔다. 혼자 남은 천융량은 아직 임무를 나누지 않았으니 돌아오라고 소리쳤다. 하지만 누구도 천융량의 외침을 듣지 못했다. 그들 귀에는 자신의 고함소리밖에 들리지 않았다. 엽총을 든 몇 명이 멀리에서 초가를 향해 발포했다. 순식간에 고함소리와 총소리, 칼과 몽둥이가 맞부딪치는 소리가 밤하늘을 메웠다. 천융량은 목이 터져라 외쳐도 돌아보는 사람이 없자 뒤따라 산비탈을 내려갈 수밖에 없었다.

첸촌에 있는 토비는 일곱 명이 전부였다. 네 집에 흩어져 잠이 들었던 그들은 산비탈에서 요란스러운 고함소리와 총소리가 들려오자 허둥지둥 바지를 입은 뒤 총을 들고 밖으로 나왔다. 달빛이 환한 산비탈에서 사람들이 새까맣게 몰려오며 "토비를 죽이자"라고 소리치는 걸 본 그들은 놀라서 뒤쪽으로 달아나기 시작했다. 그때 우두머리가 소리쳤다.

"그쪽으로 가지 마. 절벽이야."

토비들이 도로 뛰어와 "그럼 어느 쪽이 길인데요?"라고 우두머리에게 물었다.

우두머리가 손가락으로 앞쪽 산비탈을 가리키며 대답했다. "저들에게 막혔으니 지붕으로 올라가자."

토비 일곱 명은 허둥지둥 지붕으로 올라갔다. 곧이어 예순아홉 명이 몰려와, 토비는 당장 나오라고 소리쳤다. 첸촌 주민들이 당황해 밖으로 나왔다. 그들은 갑자기 등장한 사람들도 토비인 줄 알고 살려달라고, 다른 건 몰라도 집은 태우지 말아 달라고 애원했다. 천융량은 한바탕 고함을 질러 일행을 조용히 시킨 뒤 주민들에게 말했다.

"여러분, 저희는 토비가 아니라 토비를 쫓는 치자촌 사람입니다."

천융량이 치자촌이라고 말했을 때 뒤쪽에서 다른 이름이 나오고 줄줄이 10여 개의 마을이 거론되었다. 천융량은 그들이 다 말할 때까지 기다렸다가 이어서 말했다.

"저희는 장도끼 무리에게 원수를 갚으러 왔으니 토비를 내어주십시오."

첸촌 주민들은 토비에게 복수하려는 치자촌 사람이라는 설명에 마음을 놓고 토비 때문에 피바다로 변한 치자촌 일을 자기들끼리 떠들었다. 한 주민이 천융량 일행에게 말했다.

"토비는 집 안에 없고 전부 지붕 위에 엎드려 있습니다. 모두 일곱 명이고요."

토비가 지붕 위에 있다는 말에 그들은 목을 내밀고 까치발을 디디면서 위쪽을 올려다보았다. 그러고는 세 채의 지붕에 엎드려 있는 토비에게 소리쳤다.

"어서 내려와. 아니면 불태워 죽일 테니."

불을 지른다는 말에 첸촌 주민들이 "절대 집에 불을 놓으면 안 됩니다"라고 연거푸 말했다.

천융량이 대꾸했다. "태우지 않을 겁니다. 그냥 토비를 겁주는 거예요."

예순아홉 명 중 어떤 사람이 지붕에 올라가 끌고 내려오겠다고 하자 첸촌 주민이 말렸다.

"저절로 떨어질 테니 올라갈 필요 없습니다. 지붕은 볏짚이고 서까래는 해바라기 줄기라 가만히 있으면 괜찮지만, 재채기만 해도 부러질 수밖에 없거든요."

그 말이 끝나기가 무섭게 뚜두둑 하는 소리와 함께 지붕 세 개가 무너지면서 토비 일곱 명이 바닥으로 떨어져 어이쿠 소리를 질렀다. 60여 명이 우르르 몰려가 토비를 하나씩 끌어냈다. 누군가 칼로 토비를 베려고 할 때 천융량이 제지했다.

"마을에서 죽이지 마세요. 첸춘을 더럽히면 안 됩니다. 토비를 포박해 치자춘으로 끌고 갑시다. 거기에서 죽여 249명의 원혼을 위로합시다."

그때 한 토비가 말했다. "우리는 장도끼 부하가 아니니 당신네 치자춘과는 아무 원한이 없소. 복수하겠다면 장도끼를 찾아가야지."

천융량이 물었다. "장도끼 부하가 아니면 누구 부하냐?"

그 토비가 대답했다. "우리는 스님 일파요."

스님의 부하라는 말을 듣자마자 천야오우가 물었다. "스님은 어디 있지?"

천야오우 뒤에 서 있던 토비가 "여기 있소"라고 대답했다.

천야오우가 고개를 돌려 자세히 살펴보니 정말로 스님이라 천융량에게 연거푸 소리쳤다. "아버지, 스님이에요. 정말로 스님이에요. 제 목숨을 구해준 착한 토비예요."

천야오우가 스님의 줄을 풀어준 뒤 말했다. "저 기억하세요? 시진의 천야오우예요. 제 귀를 잘랐고 제 목숨을 구해주셨죠."

천야오우의 말을 들을수록 다른 사람들은 혼란스러워졌다. 귀를 잘랐는데 목숨을 구해줬다니 대체 무슨 말인지 이해할 수 없었다. 그때 스님이 천야오우를 알아보고 말했다.

"너로구나. 우리 집에 묵었던 천야오우. 배에서 장도끼한테 죽을 뻔했지. 이렇게 컸구나."

천야오우는 천융량과 사람들에게 스님의 어머니가 자기한테 어떻게 붉은 끈을 매주고 길에서 먹을 달걀과 전병을 만들어줬는지 알려주었다. 천야오우와 스님의 해후에 다른 토비 여섯 명은 안도의 한숨을 내쉬며 천융량에게 말했다.

"정말 홍수가 용왕의 사당을 덮친 꼴이군요. 같은 편이니 어서 풀어주십시오."

그날 밤 스님 무리 일곱 명과 천융량 무리 예순아홉 명은 첸춘에서 함께 밤을 보냈다. 그들은 둘러앉아 앞으로 어떻게 할지 의논했다. 스님은 천융량에게 자신들 일곱 명은 장도끼의 횡포를 참을 수 없어 시진을 공격하기 전에 떨어져 나왔다고 털어놓았다.

스님이 말했다. "이 난세에는 농사를 지으면 토비한테 약탈당하거나 죽고, 토비가 되면 약탈하지 않고서는 살아갈 수 없습니다."

천융량이 대꾸했다. "난세에 토비로 사는 게 창피한 일은 아니지만, 아무리 토비라도 선한 마음을 가져야지요."

"지금 인원수는 장도끼 무리보다 많아도 엽총 몇 자루와 칼, 창으로 장도끼 무리를 상대하는 것은 계란으로 바위 치기나 마찬가지입니다."

스님의 말에 천융량이 물었다. "그럼 무슨 방법이 있습니까?"

"장도끼는 완무당에서 활동해 수로의 이점을 누리고 있습니다. 일단 그 칼끝을 피해 우취안 일대로 가십시오. 거기 산맥은 몸을 숨기기에 좋으니 때가 무르익기를 기다렸다가 치십시오."

천융량은 한참 생각한 뒤 고개를 끄덕이고는 모두에게 말했다. "스님 말씀이 옳습니다. 일단 장도끼의 목숨을 살려두지요. 이 원한을 안 갚겠다는 게 아니라 아직 때가 오지 않았다는 말입니다."

이후 한 달 동안 천융량 일행은 100여 명으로 불어났다. 하지만 총은 스무 자루뿐이고 그나마도 한 자루는 엽총이었다. 천융량과 스님이 부족한 총과 탄약 때문에 고민하고 있을 때 구이민의 하인이 갑자기 찾아왔다. 그는 나흘이나 돌아다니며 치자촌의 복수 행렬이 어디로 갔는지 묻고 물어서야 겨우 이곳까지 올 수 있었다고 말했다.

그가 품에서 편지 한 통을 꺼내 건넸다. "나리의 편지입니다."

천융량은 편지를 받은 뒤 "나리 상처는 어떤가?" 하고 물었다.

"부상은 거의 나았지만, 침대에서 내려오지 못하고 계십니다."

하인은 나리가 자기 소식을 기다리고 계셔서 바로 돌아가야 한다고 했다. 천융량은 천야오우를 불러 다른 몇 사람과 구이민의 하인을 산어귀 대로까지 배웅하라고 시켰다.

천융량이 살펴보니 편지는 무척 두툼한데 봉투 어디에도 구이민의 필체가 없었다. 천융량은 조심스럽게 봉투를 열었다. 편지는 없고 1,000냥짜리 은표만 열 장 들어 있었다. 천융량은 감격한 표정으로 은표 열 장을 스님에게 건넸다. 스님이 은표를 세어 본 뒤 흥분해 말했다.

"총과 탄약을 걱정했더니 이렇게 오는군요."

천융량이 스님에게 물었다. "총과 탄약을 어떻게 구할 수 있죠?"

스님은 선뎬 주둔군이 총과 탄약을 가지고 성에서 나와 토비를 만나면 내던진 뒤 토비가 던져놓은 돈을 챙겨 달아나고, 토비는 돈을 던진 뒤 관군이 내버린 총과 탄약을 주워 달아난다고 알려주었다.

스님이 말했다. "제가 가서 선뎬의 관군과 거래하겠습니다."

70

가슴과 등의 상처가 썩으면서 흘러나온 고름이 침대보에 달라붙어 구이민이 몸을 뒤집을 때마다 침대보까지 뒤집혔기 때문에, 하인은 껍질을 벗기듯 조심스럽게 침대보를 떼어냈고 구이민은 수도 없이 신음을 내뱉었다. 한의사들은 썩은 살을 제거하지 않으면 새 살이 돋기 어려우니 독성과 부식성이 강한 승약升藥을 써야 한다고 말했다. 그래서 승약, 그러니까 수은과 초석, 백반 등을 승화시킨 약을 약방에서 받아와 구운석고와 곱게 간 뒤 구이민의 온몸에 발랐다. 승약의 독성 때문에 구이민의 부패한 상반신이 완전히 문드러졌다. 한의사가 썩은 살을 계속 긁어내면서 구이민의 방에서는 매일 한 사발씩 썩은 살이 나왔다. 그의 처첩들은 구이민 몸에 살이 남아나지 않겠다며 하염없이 슬퍼했다. 승약으로 썩은 살을 제거해낸 뒤 한의사는 맵고 따뜻하면서 독이 없고 소염과 항균에 탁월한 마늘을 빻아 구이민의 몸에 발랐다.

죽을 듯한 고통이 지나가자 구이민의 신음이 잦아들었다. 정신도 맑아지면서 구이민은 미약한 소리밖에 낼 수 없을지라도 대화가 가능해졌다. 구이민이 위험한 고비를 넘기고 침대에 누워 손님을 맞을 수 있게 되자 시진의 지체 높은 사람들이 찾아왔다.

정신을 차렸을 때 구이민은 끔찍한 악취를 맡았다. 시진 부두에서 떠다니던 마흔세 구의 시신이 물고기에게 뜯어 먹힌 뒤 백골로 가라앉을 때였다. 구이민은 손님에게 무슨 냄새냐고 물어보았다. 그제야 그는 천융량이 자신을 구해낸 뒤 장도끼가 치자촌을 피바다로 만들었으며 천융량이 무리를 이끌고 장도끼에게 복수하러 갔다는 사실을 알았다. 그러다 한 손님이 자기도 들은 이야기라며 장도끼의 온갖 폭행에 관해 늘어놓았고, 구이민은 다 듣기도 전에 경악과 공포를 견디지 못해 혼절하고 말았다. 그 이후 누구도 천융량에 대해 말할 수 없었고 린샹푸의 죽음도 언급할 수 없었다.

구이민은 정신을 차린 뒤 천장을 뚫어져라 쳐다보았다. 아까 찾아왔던 손님을 통해 자신이 장도끼한테 납치되었던 장소가 치자촌임을 알았고, 그때 천융량 일가가 시진을 떠나 정착한 곳이 치자촌이라는 것도 생각났다. 치자촌에서 토비한테 고문받던 기억이 단편적으로 떠오르면서 혼미한 상태에서 어떤 여인의 목소리를 들었던 게 기억났다. 그때는 누구의 음성인지 몰랐는데 이제는 리메이렌이 자신을 불렀던 것임을 알 수 있었다. 그런 다음 흔들리는 배에서 천융량을 알아보았던 것도 기억났다. 천융량이 그를 구해 시진으로 돌아왔다.

치자촌의 200여 주민이 학살당했다는 사실에 구이민은 두 주먹을 꽉 쥐었다가 천융량이 대오를 조직해 복수에 나섰음을 생각하고는 천천히 주먹을 풀었다. 천융량이 장도끼와 결전을 벌이려면 인원도 많아야 하지만 총과 탄약도 부족하면 안 될 거라는 생각이 들었다.

구이민은 재정 담당자에게 은표 1만 냥을 편지 봉투에 넣으라고 한 뒤 하인을 불러 천융량에게 전달하라고 했다. 하인은 편지 봉투에 아무것도 안 쓰인 걸 보고 조심스럽게 물었다.

"나리, 천융량을 어디에서 찾습니까?"

구이민이 힘겹게 대답했다. "강호에 가서 찾아."

71

스님은 구이민이 보내준 은표를 은화로 바꾼 뒤 선덴 주둔군과 거래해 총과 탄약을 구해왔다. 그러면서 흩어져 있던 북양군 패잔병까지 데려왔다.

장도끼도 세력을 확대 중이었다. 이탈했던 표범과 물수제비 등 몇 무리가 다시 그의 휘하로 들어갔다. 천융량은 산에 연극 무대를 만들고 극단을 불러 공연하면서 병사를 모집했고, 장도끼는 완무당에 도박장을 만들어 의탁해온 토비 무리를 대접했다.

스님을 따라온 북양군 패잔병이 마을 사람들을 훈련하면서 뛰어, 도약, 엎드려 같은 소리가 쉴 없이 울리고 총알과 표창으로 과녁을 명중시켰다며 칭찬하는 외침도 끊임없이 터져 나왔다. 산에서 늘 토끼를 잡던 주민들은 처음부터 사격술이 훌륭했고 뱃머리에서 표창으로 물고기를 잡던 주민들은 당연히 표창을 잘 던졌다.

그리고 나서 천융량과 장도끼 무리는 시진 근처의 왕좡汪莊에서 마주했다. 양측의 300여 명은 이틀 동안 격전을 벌이며 닥치는 대로 상대를 죽였다. 왕좡에서 사방으로 불꽃이 치솟고 초연이 피어오르며 장총과 단총, 화포 소리가 하늘을 메우고 도끼와 창, 표창이 끊임없이 맞부딪쳤다. 그 바람에 왕챵 주민은 물론 인근 마을의 주민까지 집을 버리고 노약자를 부축하며 선뎬이나 시진 쪽으로 달아났다.

격전이 벌어지기 전날, 스님은 천융량에게 4년 전 표범, 물수제비와 함께 류촌에서 장도끼와 싸운 적이 있는데 도저히 이길 수 없어 잠시 그 밑으로 들어갔었노라고 말했다. 당시 표범과 물수제비 무리는 서른일곱 명이고 스님한테는 세 명밖에 없었으며 장도끼 수하는 마흔세 명이었다. 스님은 자신의 세 형제, 물수제비의 부하 다섯 명과 류촌 마을 어귀에 매복해 대응하다가 형제 둘을 잃었다. 한 명은 지붕에 매복해 총을 쏘다가 장도끼 총에 맞아 처마에서 피를 뚝뚝 흘리며 죽었고, 또 다른 한 명은 나무 위에서 총을 쏘다가 장도끼 부하한테 발각돼 나뭇가지 위에서 죽었다. 살아남은 한 명은 어느 집 창가에 매복해 있다가 장도끼 무리를 당할 수 없을 듯하자 그 집의 비어 있는 관 속에 숨은 덕분에 발각되지 않고 목숨을 건졌다. 스님은 싸우면서 후퇴하던 중 표범이 있는 곳까지 밀려났다. 워낙 치열한 혼전으로 양측의 병사 모두 사방팔방 흩어졌기 때문에 자기 편이 어디 있는지 알 수 없었다고 했다.

스님은 내일 전투도 혼전이 될 테니 사람들한테 하얀 천을 왼팔에 묶으라고 명하는 게 좋겠다고 제안했다. 그러면 싸우다 흩어져도 적군과 아군을 구분할 수 있을 거라는 이유에서였다.

천융량이 고개를 끄덕였다. "스님이 명하세요."

스님이 대꾸했다. "수령은 당신이니까요."

스님은 입을 다물었다가 다시 장도끼에 관해 이야기했다. 장도끼는 무척 포악한 성격으로 닭을 죽이듯 사람을 죽이며 누구에게든 매몰차게 굴어 표범과 물수제비 무리 모두 그가 득세할 때는 투항해도, 세력을 잃으면 떠나고, 오랜 추종자들 역시 흉악범일 뿐 충성심은 없다고 알려주었다. 또 장도끼는 총도 잘 다루지만 도끼를 더 좋아하고 상대의 머리와 어깨를 찍어 공포심을 자극하므로, 정면으로 부딪쳤을 때 절대 겁먹지 말라고 충고했다. 조금만 겁을 먹어도 날카로운 도끼가 날아온다는 거였다. 눈썰미와 동작이 빠른 장도끼를 해치우려면 더 빨리 손을 쓰는 수밖에 없다고 말했다.

스님은 출발하기 전에 이런 특성을 모두에게 알려주라고 말했다. 이에 천융량이 대꾸했다.

"스님이 장도끼를 잘 아니 직접 말씀하세요."

스님은 다시 한번 "수령은 당신이니까"라고 했다.

천융량은 잠시 생각한 뒤 제안했다. "우리가 서로 안 지는 얼마 되지 않았지만, 이미 형제나 다름없습니다. 내일 힘든 전투에서 생사를 장담하기 어려우니 오늘 의형제를 맺는 게 어떻습니까?"

스님이 웃고 나서 대답했다. "토비와 의형제를 맺으려면 토비의 규칙을 따라야 합니다."

"무슨 규칙이요?"

"토비는 의형제를 맺을 때 서로에게 총부리를 겨눕니다."

스님이 자신의 모제르총을 탁자에 올려놓자 천융량도 자기 모제르총을 탁자에 올려놓았다. 총 두 자루가 나란히 상대를 향해 놓였다. 두 사람은 무릎을 꿇고 총부리를 향해 절한 뒤 스님이 선창하고 천융량이 따라서 말했다.

"오늘부터 우리 두 사람은 의형제로서 복도 함께 누리고 고난도 함께 헤쳐나간다. 같은 날 태어나지는 못했어도 같이 죽기를 원하며, 누구든 딴마음을 먹으면 총으로 판결한다."

72

천융량은 의형제를 맺은 스님이 장도끼와 맞붙는 것을 두 눈으로 직접 보았다. 그때는 양측 모두 총알이 떨어져 도끼와 칼, 창, 표창으로 싸우고 있었다. 도끼를 휘두르며 무서운 기세로 세 사람을 연달아 벤 뒤 장도끼는 20여 걸음 앞에 있는 스님을 발견하고 소리를 질렀다.

"스님아, 내가 오늘 저승으로 보내주마."

고개를 돌린 스님은 장도끼가 도끼를 휘두르며 달려오는 걸 보고 물러설 수 없음을 알았다. 죽기 살기로 응해야 승산이 있음을 알았기 때문에 그는 주저 없이 칼을 휘두르며 맞섰다. 도끼와 칼이 끝장을 내겠다는 듯 상대의 목을 겨누었다. 눈앞으로 날아오는 도끼를 보고도 스님은 꼼짝하지 않았지만, 장도끼는 긴 칼이 날아오자 몸을 낮추고 머리를 뒤로 젖혀 피했다. 장도끼의 도끼가 스님의 머리를 베지 못하고 왼쪽 어깨를 찍었다. 스님의 칼도 장도끼의 머리를 베지 못하고 두 눈을 그어 안구를 찢는 데 그쳤다.

천융량은 스님의 칼이 장도끼의 콧잔등을 베는 경쾌한 소리를 들었다. 칼과 도끼, 창이 맞부딪치는 소음과 서로 치고받으며 내지르는 함성 속에서도 천융량은 그 미세한 소리를 들을 수 있었다.

얼굴이 피범벅 된 장도끼가 바닥으로 쓰러져 두 손으로 눈을 감싸 쥔 채 비명을 질렀다. 반면 스님은 왼쪽 팔이 도끼에 잘렸음에도 쓰러지지 않으려 오른손에 잡은 칼로 땅을 딛고 서 있었다. 스님은 예전에 알고 지냈던 표범과 물수제비에게 소리쳤다.

"장도끼가 죽어가니 너희도 너희 길을 가라."

평소 고함을 지르지 않고 말소리도 나직한 스님은 그 순간에도 온화하고 진지한 음성을 유지했다. 팔이 잘렸는데도 그 자리에 서 있어서 잘린 팔에서 새빨간 피가 흘러내렸다. 표범과 물수제비 등 토비들은 그 모습을 보고 경악을 금치 못했다.

장도끼가 피범벅 된 얼굴로 바닥을 구르며 비명을 지르자 표범과 물수제비는 자기 부하들을 이끌고 떠났다. 다른 토비들도 끼리끼리 자리를 떴다. 장도끼 무리 역시 대세가 기울었음을 알고 재빨리 장도끼를 부축해 철수했다.

스님은 바닥으로 쓰러진 뒤 과다출혈로 숨을 거뒀다. 죽기 전 그는 눈앞에서 천융량이 꿇어앉아 큰 소리로 울부짖는 것을 보았지만 전혀 들을 수 없었다. 뭔가 말하고 싶어 입을 벌렸을 때도 소리가 나오지 않더니 곧이어 눈앞이 어두워졌다.

천융량은 의형제를 맺은 지 사흘밖에 되지 않은 스님의 죽음에 큰 소리로 울부짖었다. 그건 린샹푸의 참사부터 치자촌 249명의 참사까지 더해진 비통함이었다. 장렬히 죽어가는 스님 앞에서 그는 모든 비통함을 토해냈다. 천야오우도 이제 자기 인생에서 스님이 사라졌다고 생각하며 소리 없이 눈물을 흘렸고, 다른 사람들도 비통한 분위기에 휩싸여 말없이 그 자리를 지켰다.

그들 무리는 스님과 다른 사망자 그리고 중상자를 문짝에 올려 우취안으로 돌아갔다. 천융량은 인근 마을에서 목수 몇 명을 부른 뒤 자신까지 가세해 관 58개를 만들고 북양군 패잔병 열한 명과 스님의 여섯 수하 중 세 사람을 우취안에 매장했다. 다른 전사자는 각 마을 사람들이 데려가고 스님과 치자촌 전사자는 치자촌으로 데려갔다. 천융량은 남은 돈을 사람들에게 나눠주고 총도 각자 가져가라고 했다. 그렇게 해산했다.

이어서 천융량은 천야오우, 천야오원과 함께 스님의 세 부하가 안내하는 산길을 따라 작은 마을로 향했다. 산길을 걸어가면서 천융량이 그들 세 사람에게 스님의 이름을 물었는데 그들은 모르고 천야오우가 알고 있었다. 그는 아버지에게 샤오산이라고 알려주었다.

스님 어머니의 집에 도착해 천융량이 문을 두드리자 안에서 노부인의 음성이 들리고 문이 열렸다. 천융량이 말했다.

"어머니, 지는 샤오산의 의형제인 천융량입니다. 어머니를 모시고 치자촌에서 살려고 찾아왔습니다."

노부인은 천융량을 보고 천야오우와 천야오원을 본 뒤 스님의 세 부하를 쳐다보았다. 부하 중 두 사람은 아는 얼굴이었다. 그녀는 아들이 죽었으며 조만간 닥칠 거라 예상했던 그날이 오늘임을 알았다. 아들은 자신이 죽은 뒤 누가 데리러 오면 의형제인 줄 알고, 아무도 오지 않으면 의형제가 없는 걸로 생각하라고 말했다.

노부인은 아들이 강호에서 의형제를 맺었다고 생각했다. 그녀는 고개를 끄덕이며 들어오라고 한 뒤 옷가지를 챙기겠다고 말했다. 노부인이 안에서 옷을 챙길 때 바깥방에 있던 그들은 끊어졌다 이어졌다 하는 노부인의 울음소리를 들었다. 천융량은 무슨 말이든 해야겠다고 생각했지만, 보따리를 들고 나왔을 때 그녀의 얼굴에는 이미 눈물 자국이 남아 있지 않았다.

집에서 나와 산길로 접어든 뒤 천야오우가 노부인 손에서 짐을 받아 천야오원에게 건네고는 말했다.

"할머니, 제가 업어드릴게요."

노부인이 뭐라 대답하기도 전에 천야오우는 냉큼 그녀를 업고 걸음을 옮기면서 물었다.

"할머니, 저 기억하세요?"

"네가 누군데?"

"잘 생각해보세요."

노부인은 천야오우의 귀 한 쪽에 구멍만 있는 걸 보고 손으로 쓰다듬으며 울기 시작했다.

"시진의 천야오우로구나. 이렇게 컸다니."

노부인이 흑흑 울음을 터뜨렸다. 천야오우의 잃어버린 귀를 보자 아들을 잃은 슬픔이 더 절절히 다가와 그녀는 더 이상 억누를 수가 없었다. 그녀의 울음소리는 조심스러웠지만 산길만큼이나 길게 이어졌다.

천융량 일행은 말없이 노부인의 흐느낌을 들으며 고개를 숙인 채 걸었다. 산길을 나와 완무당 물가에 이르렀을 때 노부인의 울음소리가 그쳤다. 배에 오른 뒤 노부인과 천야오우는 옛일을 이야기했다. 천야오우는 그때 노부인이 자신에게 붉은 끈을 매주고 떠날 때 전병 두 개와 달걀 두 개를 챙겨주었다고 말했다. 노부인은 그해 자신이 요리할 때 천야오우가 부뚜막에서 불을 지펴주었다고 이야기했다. 그녀는 천융량에게 이 아이가 불을 피우면 불꽃이 높게 치솟았다고 말했다.

천융량은 치자촌을 무장시키기 시작했다. 참호를 파고 보를 만들고 마을 어귀에 담장을 쌓은 뒤 총구멍 스무 개를 뚫었다. 또 이웃 마을의 무장도 도왔으며, 다섯 마을과 연합회를 설립해 토비가 쳐들어와 어느 마을이 반격에 나서면 다른 네 마을이 측면에서 협공하기로 했다. 실제로 몇 차례 쳐들어왔다가 크게 당한 토비들은 더는 그 근처에서 얼씬거리지 않았다.

73

왕챵의 격전에서 목숨은 부지했어도 눈을 잃은 장도끼는 갈수록 성질이 더 난폭해졌다. 그의 흉악범 부하들은 그래도 처음에는 참 아줬지만 시간이 흐르자 인내심이 바닥났다. 결국 장도끼를 쓸모 없는 짐, 욕까지 퍼부어대는 짐이라고 말하며 내다 버리기로 하고 어디에 버릴지 의논했다. 원래는 황폐한 야산에 버릴까 생각했지 만, 그러면 굶어 죽을 게 뻔하고 지금까지의 친분도 무시할 수 없 으니 그냥 선뎬 부두에 버리자고 결론을 내렸다. 오가는 사람이 많 은 곳이라 거지가 되어 동냥하면 굶어 죽지는 않을 것 같아서였다.

장도끼는 저녁을 먹다가 느닷없이 부하들한테 포박당했다. 그가 발버둥 치며 심하게 욕을 퍼붓자 부하들은 낡은 천으로 재갈을 물 렸다. 장도끼는 콧바람을 세게 뿜는 걸로 욕을 대신할 수밖에 없 었다. 그들은 장도끼를 떠메고 배에 올라 선뎬으로 갔다. 컴컴한 밤빛 속에 장도끼를 부두에 내려놓은 뒤 그들은 보따리를 하나 놓 아주면서 겨울에 입을 솜옷과 모제르총, 총알 스무 발이 들었다고 말했다. 원수가 많으니 총알을 아껴 쓰라고 덧붙인 뒤 그들이 입에서 재갈을 빼주자 장도끼가 울부짖었다.

"흉악무도한 네놈들부터 쏴주마."

그들이 히죽거리며 대꾸했다. "그럴 기운이 있으면 살려달라고 해. 줄을 좀 풀어달라고 부탁하라고."

장도끼가 또 울부짖었다. "죽어도 목숨을 구걸하지는 않아."

"그럼 죽든가."

장도끼는 욕을 퍼부으면서 그들이 배에 올라 멀어지는 소리를 듣고 있을 수밖에 없었다. 정확히 어디인지는 몰라도 석판에 앉아 있고 옆에서 물소리가 들리니 부두가 틀림없을 듯했다. 또 사방이 쥐 죽은 듯 조용한 걸로 보아 밤이 꽤 깊은 것 같았다. 한참 뒤 야경꾼의 딱따기 소리가 들려왔을 때 그는 고함을 지르기 시작했다.

"사람 살려, 사람 살려……."

이후 장도끼는 거지가 아니라 반신선半神仙 장 씨라는 점쟁이로 살았다. 토비가 되기 전에 그가 했던 일이었다.

그는 부두 근처의 번화가에서 벽을 등진 채 탁자를 펼쳤다. 탁자 두 다리에 대나무 장대를 묶고 그사이에 '반신선이 입을 열다'라는 현수막을 건 다음 탁자에 팔괘 문양이 그려진 하얀 천을 깔았다. 그리고 탁자의 서랍을 뽑아 발밑에 둔 뒤 서랍의 빈자리에 장전한 모제르총을 넣어두었다. 그의 왼쪽에는 이발사가 있고 오른쪽에는 신발 수선공이 있었다. 그는 부두 일대에서 금세 유명해졌다. 아주 뛰어난 맹인으로 생년월일만 듣고도 과거와 미래를 모두 점칠 수 있다고 명성이 자자했다.

그날 점심때 천융량은 대나무 배를 타고 선뎬으로 갔다. 뭍에 오른 그는 다른 곳으로 가지 않고 부두 주변을 둘러보았다. 눈이 먼 장도끼를 부하들이 선뎬 부두에 버렸다는 소식은 토비들 사이에서 일파만파로 퍼져나갔다. 천융량은 치자촌에 쳐들어온 토비 둘을 생포했을 때 그 소식을 듣고 찾아온 거였다.

부두 근처의 번화가에 들어섰을 때 천융량은 점쟁이의 외침을 들었다.

"전생은 어디이고 내세는 어디인가, 어디에서 와 어디로 가는가."

소리를 따라가 보니 이발사와 신발 수선공 사이에 앉은 장도끼가 보였다. 수염과 머리카락이 덥수룩했지만, 천융량은 한눈에 그를 알아볼 수 있었다. 천융량이 가만히 서 있자 장도끼가 앞에 누가 있음을 감지하고 탁자 밑에서 왼손을 들어 앞쪽 걸상을 가리켰다.

"앉으십시오."

걸상에 앉은 천융량은 아무렇게나 생년월일을 댔다. 장도끼가 중얼거리며 점을 치는 동안 천융량은 그를 자세히 살펴보았다. 텅 빈 눈을 들 때 안에 있는 안구가 움츠러드는 게 보였다. 콧잔등에 불룩한 칼자국이 있고 양쪽 눈가에도 흉터가 있었다.

장도끼가 말했다. "손님 팔자의 오행 개수를 살펴보니 금이 하나, 목은 없고, 수가 넷, 화가 하나, 토가 둘이군요. 오행 중 목이 부족해요. 두 살부터 8월에 운이 크게 트여 10년마다 다음 운으로 넘어갑니다. 형제가 많군요. 대여섯……."

"형제 없는 외아들이오."

장도끼가 왼손으로 탁자를 치며 대꾸했다. "자오묘유에는 형제가 많고 진술축미라면 혼자입니다."

"나는 확실히 독자요."

장도끼가 왼손으로 또 탁자를 쳤다. "틀림없이 손님이 시간을 잘못 아는 겁니다. 자시가 아니라 축시에 태어났을 겁니다."

"자시와 축시 사이에 태어났으니 어쩌면 축시일 수도 있겠지요."

장도끼가 왼손으로 천융량을 가리키며 "털끝 같은 오차가 엄청난 차이를 만들지요"라고 말했다.

천융량이 물었다. "축시에 태어났다고 해도 내 오행에서 목이 부족한가?"

장도끼가 왼손을 탁자 아래에 놓고 중얼중얼 읊은 뒤 대꾸했다. "금이 하나, 목은 없고, 수가 셋, 화가 하나, 토가 셋. 역시 목이 부족합니다."

천융량은 장도끼의 왼손은 수시로 탁자 위에 올라오는데 오른손은 탁자 밑에서 전혀 움직이지 않는 걸 발견했다. 또 서랍이 장도끼 오른발 옆에 놓인 걸 보고는 모제르총으로 자신을 조준하고 있음을 알아차렸다.

장도끼는 주저리주저리 천융량의 어린 시절부터 떠들어대기 시작했다. 그가 중간중간 잠시 멈춰서 반응을 살필 때마다 천융량은 곧장 고개를 끄덕이며 맞다고 대꾸했다. 장도끼는 득의양양하게 왼손을 위아래로 흔들면서도 오른손은 절대 탁자 밑에서 빼지 않았다. 천융량은 그의 손이 무척 빠르니 해치우려면 더 빨리 손을 써야 한다고 했던 스님의 말을 떠올렸다. 그때 장도끼가 천융량의 과거를 다 말한 뒤 미래에 대해 떠들기 시작했다. 미래라면 얼마든지 마음껏 이야기할 수 있으니, 장도끼는 우선 출세가도를 달릴 거라고 과장한 뒤 매사에 신중하라고 충고했다. 본인이 무심코 한 말을 상대가 마음에 둘 수 있다며, 타인과의 관계에 특히 주의하고 재물 때문에 의리를 잃지 말라고 했다.

장도끼의 얼굴을 보면서 천융량은 그날 밤 성황각 탁자에 누워 있던 죽은 린샹푸의 모습을 떠올렸다. 차근차근 기억을 되짚어보니 확실히 칼을 뽑은 곳은 린샹푸의 왼쪽 귀뿌리였다.

말을 마친 장도끼가 왼손을 탁자 밑으로 내리고 텅 빈 눈으로 그를 바라보았다. 천융량은 은화를 꺼내 탁자에 놓았다. 떨어지는 소리로 장도끼는 엽전이 아니라 은화임을 알아차리고 반색했다.

"은화로군요."

그는 탁자 밑에서 두 손을 꺼내더니 오른손으로 은화를 집어 입에 넣고 깨물기 시작했다. 천융량은 조용히 몸을 일으킨 뒤 린샹푸 귀뿌리에서 뽑아낸 칼을 소맷자락에서 꺼냈다. 그러고는 탁자를 돌아 장도끼의 왼쪽 귀에 대고 나직하게 말했다.

"칼도 돌려주지."

장도끼가 깜짝 놀라 은화를 떨어뜨렸다. 하지만 그가 오른손으로 모제르총을 들었을 때는 이미 칼이 왼쪽 귀뿌리에 박힌 뒤였다. 그가 반사적으로 방아쇠를 당기면서 탕 소리와 함께 총알이 탁자 밑에서 맞은편 벽으로 날아가 박혔다. 이발사와 신발 수선공이 깜짝 놀라 돌아보았고, 앉아 있던 그들 손님도 용수철처럼 일어나 눈을 동그랗게 뜨고 쳐다보았다.

천융량은 왼손으로 장도끼의 머리카락을 잡고 오른손 손바닥으로 칼을 힘껏 내리쳐 왼쪽 귀밑으로 절반 가까이 박아넣었다. 돌에 긁히는 듯한 소리가 났을 때 그는 칼날이 장도끼의 두개골에 닿았음을 알았다.

천융량은 장도끼의 몸을 벽에 기대놓은 다음 돌아섰다. 손과 옷에서 장도끼의 피가 흘러내렸다. 그는 빙 둘러선 사람들을 태연하게 뚫고 나가 부두에서 자신을 기다리고 있는 대나무 배를 타고 넓은 수면으로 나아갔다.

74

3개월 뒤 침대에서 내려올 수 있게 된 구이민은 하인의 부축을 받으며 뒤뜰로 나갔다. 그의 처첩들은 원래도 마른 구이민이 한층 더 앙상해진 것을 보았다. 구이민은 린샹푸를 생각했다. 침대에 누워 있는 동안 많은 사람이 찾아왔는데 린샹푸는 보이지 않았던 게 이상해 하인에게 물었다.

"린샹푸는 왜 안 오지?"

그제야 하인은 린샹푸가 총기를 가지고 몸값을 내러 류촌에 갔다가 장도끼에게 참혹하게 살해당했다고 말했다. 구이민은 겨울 햇살 속에 앉아 눈도 깜빡이지 않고 하인을 바라보았다. 하인은 린샹푸가 떠나기 전에 나리 앞으로 편지를 남겼으며 추이펑이라는 여자가 가져왔노라고 말했다. 구이민이 오른손을 내밀었다. 하인은 편지를 보겠다는 뜻임을 알고 황급히 서재로 달려가 편지를 가져왔다. 구이민은 두 손을 바들바들 떨면서 편지를 펼쳤다. 구퉁녠과 린바이자의 혼사에 관한 마지막 당부를 보고 그는 살며시 고개를 끄덕였지만, 구퉁녠이 은표를 훔쳐 어딘가로 달아난 걸 떠올리며 다시 고개를 저었다.

구이민은 린샹푸의 시신을 어떻게 처리했느냐고 힘없이 물었다. 하인은 사흘간 성황각에 모셔 도사의 법사를 받았는데 이후 어떻게 해야 할지 몰라 상인회의 나리 몇 분이 구 나리의 결정을 기다리자며 본가에 모셨다고 대답했다. 구이민은 한참 입을 다물고 있다가 린샹푸의 시신이 괜찮냐고 물었다. 하인은 상인회 나리들이 부패할까 염려해 밀랍공 두 명을 불러 시신을 봉했다고 대답했다.

구이민은 네 사람이 드는 가마를 타고 린샹푸의 집으로 갔다. 구이민의 가마를 본 시진 주민들은 뒤따라가며 구 회장님 겸 단장님이 건강을 되찾으셨나 보다, 하며 이야기를 주고받았다. 그러다 가마에서 내리는 구이민의 쇠약한 모습을 보았을 때 사람들은 자기 눈을 의심하지 않을 수 없었다. 그토록 위풍당당했던 구이민이 뼈다귀처럼 마른 데다 구부정하게 지팡이를 짚고 하인의 부축을 받으며 조심스럽게 린샹푸 집으로 들어가는 거였다. 구이민은 시신을 모셔둔 방으로 들어가 옛 친구 앞에 지팡이를 짚고 서서 하염없이 눈물을 흘렸다. 눈물을 닦을 때는 머리를 소매에 묻고 온몸을 덜덜 떨기까지 했다. 하인이 앉으시라며 의자를 가져왔다.

구이민이 의자에 앉다가 그대로 쓰러지는 바람에 하인이 깜짝 놀라 소리를 질렀다. 하얀 거품을 물며 바닥으로 쓰러지는 구이민을 보고 하인은 옆에 있는 두 사람에게 어서 부축해 가마에 태우라고 했다. 그리고 가마가 구이민 저택으로 달려갈 때 하인은 길가의 사람들에게 다급하게 한의사 이름을 대며 어서 불러달라고, 구 나리가 거품을 토하며 기절했다고 전하라고 말했다.

저녁 무렵 구이민은 정신을 차렸다. 그의 침대 앞에는 한의사 몇 명이 서 있었다. 한의사들은 분노는 간을, 기쁨은 심장을, 그리움은 비장을, 슬픔은 폐를, 두려움은 신장을 상하게 만든다면서 구이민이 혼절한 건 슬픔이 폐를 상하게 해서라고 설명했다. 감정이 끓어오르면서 폐의 기운이 꽉 막히자 진액이 흐를 수 없어 가래로 응결되고 기까지 엉겨 붙었다는 거였다. 한의사는 말린 대추와 사향, 청몽석, 천죽황, 월장석을 섞은 가루약으로 가래를 삭이고 막힌 기운을 풀었다.

이튿날 오전, 구이민은 하인에게 부두에 가서 추이핑을 데려오라고 시켰다. 그러고는 힘겹게 서재에 나가 앉았다. 그가 맞은편에 서 있는 추이핑에게 앉으라고 했지만, 추이핑은 고개를 저으며 앉지 않았다. 린샹푸가 남긴 편지에 대해 자세히 물었을 때 추이핑은 감히 구이민을 쳐다보지 못하고 시종 고개를 숙인 채 조용히, 린샹푸가 북쪽 고향 집의 톈다라는 사람에게도 편지를 남겼다고 말했다. 그리고 린샹푸의 시신을 성황각에서 집으로 모셔오던 날 편지를 부쳤다고 했다. 구이민은 잠시 침묵했다가 고개를 끄덕였다. 고향 집에 보낸 편지에 린샹푸의 유언이 적혀 있겠구나 싶었다.

추이핑이 떠난 뒤 구이민은 이런저런 생각에 잠겼다. 린바이자에게 편지를 보내 곧장 시진으로 돌아오라고 해야 할지 망설여졌다. 지금까지 구퉁녠한테서 아무 소식이 없으니 두 사람 혼사는 나중에 논할 수밖에 없었다.

오랫동안 망설인 끝에 구이민은 그래도 린바이자를 불러 아버지의 마지막을 보게 한 뒤 천천히 앞날을 상의하는 게 옳다는 결론을 내렸다. 하지만 붓을 들었다가 또 고민에 빠졌다. 이미 밀봉된 유해가 린샹푸 같지 않고 인형 같아서였다. 더군다나 토비가 기승을 부리니 혹시라도 오다가 토비를 만나면 오히려 상황이 더 나빠질 뿐이었다. 무사히 온다고 해도 시진 역시 안전하지 않았다. 구이민은 린바이자를 시진으로 불러들이지 않고 상하이 중서여숙에 두는 게 더 안전하겠다고 생각했다.

그나마 린바이자가 구퉁쓰, 구퉁녠과 한방을 쓰고 우애가 깊다는 게 조금 위로가 되었다. 구이민은 몇 번을 더 생각해본 끝에 역시 린샹푸의 죽음을 알리는 편지를 쓰기로 했다. 다만 시국이 워낙 불안해 오는 길이나 시진 모두 안전하지 않으니 중서여숙에서 공부를 계속하라고 당부했다.

편지를 다 쓴 뒤 구이민은 하인에게 내주며 내일 상하이 중서여숙으로 가 린바이자에게 전하라고 시켰다. 하인이 떠난 다음, 린바이자가 편지를 받고 슬퍼할 모습을 떠올리자 구이민은 갑자기 가슴이 답답해지면서 심장이 빨리 뛰기 시작했다. 하지만 그래도 구퉁쓰, 구퉁녠이 린바이자와 함께 슬퍼해주리라는 생각에 천천히 진정할 수 있었다.

75

구이민의 하인은 품에 편지를 챙겨 상하이로 가기 위해 성문을 나섰을 때 남루한 옷차림의 북쪽 출신 남자 넷이 낡은 수레를 끌며 걸어오는 것을 보았다. 수레에는 사람이 누워 있었다. 그 남자들은 걸음을 멈추고 성문에 새겨진 글자를 올려다보며 서로 뭐라고 말하다가 구이민의 하인을 보고는 성문에 새겨진 두 글자가 시진이냐고 물었다. 구이민의 하인은 고개를 끄덕이며 시진이 맞다고 대답했다. 그들은 구이민 하인의 발음이 자신들과 다르다고 생각하면서도 하인이 고개를 끄덕이는 걸 보고는 시진임을 알고 기뻐했다.

"왔어, 드디어 도착했어."

그들과 수레가 시진으로 들어서자 어떤 사람이 의아한 시선으로 쳐다보다가 다가와 질문을 던졌다. 하지만 북쪽 남자 넷은 시진 사람의 속사포 같은 말을 알아듣지 못해 멀뚱멀뚱 쳐다보기만 했다. 꽤 많은 말을 주고받은 뒤에야 북쪽 남자들은 어디에서 왔느냐는 질문임을 이해하고 시진 사람들이 모르는 지명을 댔다. 누군가 다시 그곳이 어디냐고 묻자 그들은 서로를 쳐다본 뒤 그 지명을 또 말했다. 누군가 이어서 양쯔강 북쪽이냐고 물었다. 북쪽 남자들은 몇 번을 듣고 나서야 질문을 이해하고 고개를 저으며 황허 북쪽이라고 했다. 그렇게 해서 시진 사람들은 그들이 어디에서 왔는지 대충 알 수 있었다.

그때 어떤 사람이 수레에서 꼼짝도 하지 않고 누워 있는 사람을 가리키며 무슨 병에 걸렸느냐고 물었다. 그 말은 곧장 알아듣고 북쪽 남자들이 대답했다.

"죽었습니다."

그들 중 한 사람이 수레 속 시신을 가리키며 자신들 큰형인데 오는 길에 죽었다고 말했다.

소스라치게 놀란 시진 사람들이 이렇게 먼 시진까지 무슨 일로 왔느냐고 묻자 그들이 공손한 표정으로 답했다.

"우리 도련님을 모셔 가러 왔습니다."

시진 사람들은 무척 의아해하며, 죽은 사람까지 있는데 도련님을 모셔가겠다고 오다니 대체 도련님이 누구냐고 물었다. 그때 그들은 린샹푸 집이 어디인지 모른다는 게 생각났다.

"우리 도련님 댁은 어디입니까?"

시진 사람이 다시 물었다. "당신들 도련님이 누군데요?"

"린샹푸입니다."

북쪽 고향 집에서 린샹푸를 데려가려고 찾아왔음을 알게 된 시진 사람들은 줄줄이 탄식을 내쉬었다. 누군가 그들에게 알려주었다.

"당신들 도련님은 돌아가셨습니다."

북쪽 남자 넷은 무슨 말인지 이해하지 못한 듯 서로의 얼굴을 번갈아 쳐다보았다. 시진 사람들이 왁자지껄 떠들며 린샹푸가 어떻게 몸값을 가져갔고 어떻게 토비한테 죽었는지 알려주었다. 네 남자는 그제야 상황을 이해했고 그중 세 사람이 눈물을 흘렸다. 하지만 나이가 제일 많은 톈얼은 린샹푸의 죽음을 믿을 수 없어 눈물을 흘리지 않았다. 그는 품에서 편지를 꺼내 시진 사람들에게 보여주면서, 이건 도련님의 친서로 고향에 돌아가고 싶으니 데리러 오라고 적혀 있다고 말했다.

"도련님이 돌아가셨으면 편지를 쓰셨을 리가 없지요."

시진 사람들은 린샹푸가 편지를 쓸 때는 살아 있었어도 편지가 도착했을 때는 이미 죽은 뒤였다고 설명했다. 톈얼은 그래도 믿지 않고 고개를 저으며 시진 사람들을 따라 린샹푸의 집으로 갔다. 밀랍으로 봉인된 린샹푸의 시신을 보았을 때도 톈얼은 자기 도련님이 아니라고 생각했다. 세 동생에게 보라고 하자 톈싼과 톈우도 아닌 것 같다고 말했다. 하지만 톈쓰는 도련님이 맞다면서 얼굴이 밀랍에 덮였기 때문에 가까이 다가가야만 알아볼 수 있다고 했다. 톈얼이 가까이 다가가 살펴보자 정말로 린샹푸라 통곡하기 시작했다.

"저희는 날마다 도련님이 돌아오시기를 기다렸습니다. 드디어 편지가 와서 얼마나 기뻐했는데요. 그때 이미 병석에 누워 있던 큰형은 저희가 집에 있으라고 말리는데도 기어코 따라나섰습니다. 드디어 도련님이 돌아오시니 꼭 마중하러 가야 한다면서요. 그래서 수레를 만들어 형을 태우고 길을 나섰는데 중간에 숨을 거뒀습니다. 병이 심해서 한의사에게 보였더니 약을 여덟 첩 지어주었고요. 오는 길에 마음씨 좋은 사람을 만나 약을 달였지만, 큰형은 약을 다 먹지도 못하고 숨을 거뒀습니다."

구이민은 린샹푸 고향에서 다섯 사람이 왔는데 그중 한 사람은 죽은 채로 수레에 실려 왔다는 소식을 들었다. 그는 가마를 타고 린샹푸의 집으로 가 부축을 받으며 마당으로 들어갔다. 그리고 낡은 수레를 지날 때 그 위에 누운 톈다를 보고는 고개를 저으며 탄식을 내뱉었다.

구이민이 들어갔을 때 톈얼은 여전히 통곡 중이었고 다른 셋은 눈물을 훔치고 있었다. 누군가 구 회장 나리께서 오셨다고 알려주자 그들은 울음을 멈추고 한없이 허약해 보이는 나리에게 인사를 올렸다.

구이민이 앉으라고 권하자 그들은 눈물을 닦은 뒤 옆에서 가져다준 의자가 아니라 긴 걸상에 네 사람이 끼어 앉았다. 구이민은 온화한 표정으로 그들을 바라보며 고향에서 언제 떠났는지, 오는 길은 순조로웠는지 물었다. 그들은 도련님 편지를 받자마자 떠났으며 큰형의 병으로 조금 지체됐을 뿐 순조로운 여정이었다고 답했다. 그러고는 한의사가 약을 여덟 첩 지어주었는데 약을 다 먹기도 전에 큰형이 죽었다고 말했다. 거기까지 말한 뒤 더는 참을 수 없었는지 다시 울음을 터뜨렸다.

"저희가 그렇게 말렸는데도 기어코 따라나섰습니다."

이어서 톈얼이 구이민에게 물었다. "도련님은 언제 돌아가셨습니까? 저희가 편지를 받았을 때는 무탈해 보이셨는데요."

구이민이 편지에 관해 묻자 톈얼이 가슴 앞 호주머니에서 린샹푸의 편지를 꺼내 건넸다. 편지를 펼쳐 보니 간단한 두 마디가 전부였다. 집으로 돌아가고 싶으니 데리러 오라는 거였다. 구이민은 마지막 줄이 까맣게 덧칠된 걸 보고 창밖의 햇살에 편지를 비춰 보았다. 어렴풋하게 '나뭇잎은 떨어지면 뿌리로 돌아가고 사람은 죽으면 고향으로 돌아간다'라는 구절이 보여 구이민은 눈가가 촉촉해졌다. 린샹푸가 토비에게 총기를 가져가기에 앞서 모든 준비를 마쳤음을 알 수 있었다. 그는 고개를 숙이고 눈물을 닦은 뒤 톈씨 네 형제에게 말했다.

"자네들이 편지를 받기 전에 그는 이미 세상을 떴네."

톈씨 네 형제는 다시 엉엉 울기 시작했다. 한참을 울고 나서 톈얼이 뭔가 생각난 듯 주위를 둘러본 뒤 물었다.

"아가씨는 어디 계십니까?"

"상하이에 있네. 상하이에서 공부하고 있지."

톈얼이 다시 물었다. "아가씨는 안녕하십니까?"

구이민이 고개를 끄덕이며 "잘 있네"라고 대답했다.

톈씨 네 형제는 내일 당장 린샹푸를 고향으로 모셔가겠다고 말했다. 구이민은 잠시 생각해본 뒤, 길도 멀고 시신을 보존하기도 어려우니 날이 아직 추울 때 움직이는 게 좋을 듯해 그들 형제에게 말했다.

"2, 3일 뒤에 떠나게."

톈얼은 고개를 끄덕인 다음 품에서 땅문서와 집문서, 은표를 꺼내 구이민에게 건넸다. 그러고는 도련님의 재산으로, 원래 저당 잡혔던 땅을 도련님 지시대로 큰형이 10여 년 전에 찾아놓았으며, 본래는 도련님께 직접 전해드리려 했는데 도련님이 돌아가셨으니 구 나리께서 아가씨에게 전해달라고 말했다.

구이민은 땅문서와 집문서, 은표를 자세히 살펴본 뒤 은표를 들며 물었다.

"이 은표는 뭔가?"

톈얼이 대답했다. "10여 년 동안 전답에서 거둔 수확입니다."

구이민은 은표와 땅문서, 집문서를 톈얼에게 돌려주며 말했다.

"자네들이 보관하게. 나중에 아가씨가 제사를 지내러 가면 직접 건네주게나."

그날 구이민은 밀랍공 두 명을 불러 톈다의 시신도 밀랍으로 봉하라고 시켰다. 또 재봉사 두 명에게 톈씨 네 형제의 새 솜옷을 짓게 하고 원래 목공소에서 일했던 직원 세 명을 불러 낡은 수레를 튼튼히 고치라고 했다. 그런 다음 먼지와 거미줄로 뒤덮인 목공소 창고로 비틀비틀 들어가 살펴보았다. 팔리지 않은 관을 세 개 발견한 그는 하인에게 그중 두 개를 꺼내다 깨끗하게 닦은 뒤 수레에 실으라고 했다. 하지만 수레가 작아서 관 두 개가 나란히 들어가지 않자 구이민은 목공소 직원들에게 수레 폭에 맞는 2인용 관을 서둘러 제작하라고 했다. 이틀 뒤 다시 온 구이민은 밤을 새워가며 제작한 2인용 관을 보고 무척 만족하며 길에서 흔들리지 않도록 수레에 고정하라고 시켰다.

여기까지 작업이 끝났을 때 톈쓰가 공손하게 구이민에게 청했다. "수레에 비를 막을 지붕을 만들어주실 수 있으십니까?"

톈싼이 어떻게 뭘 더 요구할 수 있느냐고 톈쓰를 책망했다. "회장님은 이미 충분히 살펴주셨어."

톈쓰가 대꾸했다. "관이 비를 맞으면 자손이 가난하다잖아요."

톈우도 거들었다. "큰형이 길에서 돌아가신 것도 비를 몇 차례 맞아서예요."

톈쓰가 말했다. "큰형은 어쩔 수 없어도 도련님까지 비를 맞으시면 안 되죠. 옛말에 비가 관 뚜껑을 때리면 자손은 이불이 없다고 했잖아요."

톈얼이 톈쓰를 질책했다. "아가씨는 이미 구 회장님 댁 사람인데 어떻게 이불이 없겠어?"

구이민은 톈씨 형제들의 논쟁을 지켜보다 빙그레 웃고는 힘없는 목소리로 일꾼들에게 지시했다.

"햇빛과 비를 막을 대나무 지붕을 만들게."

떠나는 날 새벽, 톈씨 형제들은 새 솜옷을 입은 뒤 린샹푸를 조심스럽게 수레의 관으로 옮겼다. 이미 새 옷을 입고 관 속에 누워 있던 톈다의 시신이 린샹푸를 맞아주었다. 네 형제는 구이민이 전날 보내준 흰 천으로 두 시신을 덮은 뒤 관을 닫았다.

톈씨 형제들은 수레를 끌고 시진의 새벽 거리로 나섰다. 올 때만해도 삐걱거렸던 낡은 수레가 이틀 동안 목공소 직원들의 손길을 거쳐 새것처럼 튼튼해졌다. 수레를 끌 때도 삐걱거리는 소리 대신 바퀴 구르는 소리만 났다. 바퀴 소리를 들은 시진 주민들이 하나둘 문을 열고 나와 자기 집 대문 앞에서 린샹푸가 북쪽 고향 집으로 돌아간다고 소곤거렸다. 시진의 풍습으로는 친척만 관에 가까이 다가갈 수 있었다. 외부인은 관을 보면 피해야 나중에 불운을 입지 않는다고 믿었다.

북문 근처에 이르렀을 때 톈씨 형제들은 지팡이를 짚고 성문에 서 있는 구이민을 발견했다. 바람도 견디기 힘든 듯 고개를 숙이고 몸을 웅크린 그를 떠오르는 아침 햇살이 비춰주고 있었다. 그의 뒤에는 가마와 가마꾼 네 명이, 옆에는 하인 한 명이 있었다. 톈씨 형제들은 그 앞으로 다가가 수레를 멈추고 허리를 깊이 숙이며 인사했다. 구이민은 하인한테서 노자가 든 주머니를 받아 톈얼에게 건넸다. 톈얼이 노자를 받은 뒤 네 형제는 다시 한번 허리를 깊이 숙여 인사했다.

구이민은 수레 위의 관을 물끄러미 쳐다보고 나서 톈씨 형제들에게 말했다. "먼 길 각별히 조심하게."

네 형제가 고개를 끄덕이며 "그리하겠습니다"라고 대답했다.

그들은 수레를 끌고 북문을 지나 시진을 나갔다. 그렇게 멀어졌다. 큰길에 이르러 문득 고개를 돌렸던 톈싼은 구이민이 지팡이를 짚으며 비틀비틀 따라오는 걸 발견했다. 그의 하인과 가마를 든 가마꾼 넷도 뒤따라오고 있었다. 톈싼이 다른 형제들을 불렀다. 그들은 수레를 멈추고 구이민이 천천히 다가오는 것을 바라보았다. 구이민은 그들이 멈춘 것을 보고는 어서 가라고 손짓했다. 형제들은 다시 수레를 끌다가 구이민이 여전히 따라오는 것을 보고 도로 멈췄다. 구이민은 손을 저으며 계속 가라고 했다. 톈쓰가 눈치채고 구 회장님이 도련님을 배웅하는 중이라고 말했다. 그래서 그들은 수레를 끌며 앞으로 계속 나아갔다. 가면서 돌아보자 계속 따라오는 구이민의 모습이 햇살 속에서 점점 작아지고 있었다.

톈씨 형제들은 큰형과 도련님을 끌며 겨울의 따사로운 햇살 속에서 먼 길에 올랐다. 린샹푸가 어렸을 때는 톈다의 목말을 타고 늘 둘이 함께 마을과 벌판을 돌아다니더니 이제는 나란히 누워 떨어지는 나뭇잎처럼 뿌리를 향해 돌아가고 있었다.

길 양쪽으로 예전에는 부유했다가 지금은 피폐하게 망가져버린 마을이 보였다. 밭에서도 일하는 사람을 찾아볼 수 없었다. 멀리

노약자들만 몇 명 보일 뿐이었다. 벼와 목화, 유채꽃이 만발했던 논밭도 잡초만 무성하고, 한때는 바닥이 훤히 들여다보일 정도로 맑았던 강물 역시 혼탁한 데다 비린내가 진동했다.

또 하나의 이야기

1

시진의 나이 든 사람 중에는 샤오메이와 아창의 어린 시절을 지켜본 사람도 있었다. 다른 아이들이 밥그릇을 들고 거리에서 장난칠 때 그들 둘은 집 안 탁자 앞에 얌전히 앉아 식사했다. 다른 아이들이 길거리에서 신나게 웃으며 줄넘기할 때도 그들 둘은 가게에 앉아 묵묵히 바느질을 배웠다. 그들 둘은 다른 아이들, 혹은 보통의 어린 시절로부터 중간에 창호지를 발라놓은 듯 동떨어져 있었다.

완무당 시리촌西襄村의 지紀씨 집에서 태어난 샤오메이는 열 살 때 시진 선沈씨 집안에 민며느리로 들어갔다. 선가는 옷을 수선해 먹고살았는데 가게 규모는 작아도 시진에서 꽤 유명했다. 솜씨가 무척 뛰어나 양모든 비단이든, 무슨 색깔이든, 불에 탄 구멍이든 찢긴 자국이든 흔적도 보이지 않게 수선할 수 있었다. 아창은 선가의 외동아들로 본명이 선쭈창潘祖强이었다. 아창은 그의 아명이었다.

선가의 민며느리 이름에 신경 쓰는 사람은 아무도 없었다. 어느 날 외상을 졌던 손님이 돈을 갚으러 왔을 때 가게에 그녀 혼자밖에 없었다. 손님은 그녀가 경건한 표정으로 장부를 펼치고 서툴게 붓을 들어 조심스럽게 먹물을 찍은 뒤 삐뚤빼뚤 지샤오메이라고 적는 것을 보았다. 그제야 시진에 선가의 민며느리 이름을 아는 사람이 생겼다.

샤오메이의 부모는 완무당 시리촌의 소작농으로 3남 1녀를 두었고, 샤오메이는 둘째였다. 숨이 막힐 정도로 곤궁한 삶에 샤오메이의 부모는 네 아이를 기를 수 없겠다는 결론을 내렸다. 그들은 오랫동안 내려온 남존여비 사상에 따라 여자아이는 어차피 남의 집 사람이 될 테니 조금 일찍 상대를 찾아 민며느리로 보내는 게 차라리 낫겠다고 생각했다. 그러면 눈앞의 양육 부담도 내려놓을 수 있고 딸에게도 살길을 찾아줄 수 있을 것 같았다. 한편 옷 수선으로 유명한 시진의 선가는 형편이 꽤 좋기는 해도 대단한 부자까지는 아니고, 자식이라고는 딸 없이 아창이라는 아들 하나뿐이었다. 그래서 민며느리를 들이면 집안일도 시키고 훗날 아창의 예물과 결혼 비용도 아낄 수 있겠다는 생각이었다.

샤오메이는 열 살 때 처음 시리촌을 떠났다. 그녀 어머니가 가진 것을 탈탈 털어 깨끗한 천 조각으로 새 옷을 지어주었다. 하지만 새 옷이라고 해도 결국에는 색색의 천 조각을 이어 붙인 것이라 여전히 남루해 보였다. 아버지의 옷자락을 쥐고 걸어가면서 샤오메이는 막막한 표정으로 쉼 없이 뒤를 돌아보았다. 어머니가 초가 앞에서 옷자락으로 눈물을 닦고 있었다. 반면 너덜너덜한 옷을 입은 세 형제는 전설 속 시진에 가는 그녀를 부러운 듯 쳐다보고 있었다.

아버지가 두 손으로 그녀를 안아 흔들리는 대나무 지붕 배에 태웠다. 그녀는 곳곳을 기운 돗자리에 앉았다. 깁지 않은 곳은 기름기가 반질반질했다. 대나무 지붕이 그녀의 굶주린 시야를 막아, 노를 밟았다 놓았다 하는 사공의 맨발과 아버지의 흔들리는 뒷모습만 보였다. 샤오메이는 아버지가 그녀를 시진 선가에 민며느리로 데려가는 중이라고 사공에게 말하는 것을 들었다. 그들 대화를 듣고 있으니 무척 피곤해졌다. 대나무 지붕 바깥의 넓은 수역을 보고 싶어서 그녀는 아버지의 등과 사공의 노 젓는 맨발 사이로 바깥 경치를 훔쳐보듯 바라보았다. 작은 배의 일렁임과 뱃전을 스치는 물소리가 놀랍고 신기했다.

거의 네 시간 뒤 아버지의 두 손이 다시 한번 그녀를 안아 올려 시진의 부두에 내려놓았다. 오른손으로 아버지 옷자락을 잡고 시진 거리를 걸어갈 때 그녀의 눈이 금싸라기처럼 반짝거리기 시작했다. 샤오메이는 벽돌집을 처음 보았다. 거리를 보고 가게를 구경하고 시리촌에서는 볼 수 없었던, 사람들이 북적이는 광경을 쳐다보았다. 그 바람에 두 번이나 아버지를 놓쳤다. 그런 와중에도 그녀는 아버지의 옷자락을 잡은 것처럼 오른손을 뻗고 있었다. 아버지가 걸음을 멈추고 그녀를 기다렸다. 처음에는 아무 말도 하지 않았지만 두 번째는 나직하게 꾸짖었다. 아버지의 꾸짖음에 그녀는 두 손으로 옷자락을 잡았다. 하지만 금싸라기처럼 빛나는 눈빛만큼은 바뀌지 않았다.

그들은 선가의 수선집 앞에서 걸음을 멈췄다. 샤오메이는 문 옆에 걸린 가게 휘장과 직사각형 나무판을 신기하게 쳐다보았다. 중간에 '직織'이라는 글자가 새겨져 있었다. 그때 샤오메이는 글자를 읽을 줄 몰랐다.

그러고 나서 열 살 먹은 샤오메이는 처음으로 미래의 시부모를 보았다. 가게 안에서 정신없이 바쁘게 일하는 한편 열 살쯤 된 사내아이에게 바느질을 가르치고 있었다. 샤오메이는 자신을 신기한 듯 훑어보는 그 사내아이가 미래의 남편인 줄 몰랐다. 그녀는 여전히 아버지의 옷자락을 잡고 있었다. 그녀의 아버지가 공손하게 자신이 누구인지 밝히고 더듬더듬 용건을 말했다. 미래의 시아버지는 온화한 얼굴로 일어나 그녀 아버지에게 앉으라고 권했지만, 미래의 시어머니는 말없이 차가운 눈으로 그녀를 훑어보았다. 순간 그녀는 겁이 났다. 그때 뒤에서 사람들이 발맞춰 뛰어오는 소리가 나 샤오메이는 고개를 돌렸다. 그리고 네 남자가 가마를 들고 헉헉거리며 달려오는 걸 신기하게 쳐다보았다.

수선집 앞에서 두리번거리는 샤오메이의 모습에 미래의 시어머니는 너무 활발한 여자애인 것 같아 마음에 들지 않았다. 반면 깔끔하고 청초한 외모는 또 마음에 들었다. 그 엄격한 여자는 마음을 정할 수 없어 잠시 망설이다가 샤오메이가 입은 천 조각 옷을 유심히 쳐다보며 말했다.

"그런 옷차림으로 어떻게 선가 문을 넘을 수 있겠니."

그 말에 샤오메이의 아버지는 얼굴이 붉어졌다가 하얗게 질려서는 방금 앉았던 걸상에서 벌떡 일어났다. 그러고는 더듬더듬 몇 마디 인사를 하고 샤오메이의 손을 끌며 허둥지둥 나갔다.

아버지는 그녀를 데리고 시진 거리를 빠르게 지나갔다. 샤오메이는 여기저기 부딪히면서도 눈을 반짝이며 사방을 둘러보았다. 다시 배에 올랐을 때 아버지는 사공과 말을 섞지 않고 생각에 잠긴 듯 고개를 숙이고 있었다. 갈 때는 아버지 뒤에 수줍게 앉아 있던 샤오메이가 이번에는 슬그머니 아버지 옆으로 자리를 옮겼다. 탁 트인 경치가 눈앞에 펼쳐지자 열 살 샤오메이의 눈이 기쁨에 물들었다. 금싸라기 같은 눈빛은 저녁 무렵 시리촌에 도착했을 때에야 그녀 눈에서 사라졌다.

2

한 달 뒤 시진 선가에서 시리촌 지씨 집으로 푸른색 꽃무늬 옷을 보냈다. 그때 샤오메이의 부모는 시진의 선가에서 딸을 마음에 들어하지 않는다고 생각해 샤오메이의 새로운 시댁을 찾아달라고 부탁해놓은 상태였다. 그런데 뜻밖에도 선가에서 새 옷을 보내오자 샤오메이의 어머니는 기뻐서 눈물을 흘리고 아버지는 바보처럼 하하 웃었다. 그들 부모는 마을을 돌아다니며 시진의 유명한 수선집인 선가에서 딸을 마음에 들어했다고 신나게 자랑하는 한편 감탄을 늘어놓았다.

"정말 좋은 집이더라고요."

그러는 사이 샤오메이는 허락 없이 푸른색 꽃무늬 옷을 입고 너덜너덜한 옷을 입은 형제들 호위 속에 마을을 돌아다니기 시작했다. 얼굴이 빨갛게 달아오를 정도로 흥분한 샤오메이 옆에서 세 형제가 크게 외쳤다.

"새색시, 새색시야."

남루한 차림의 마을 아이들도 우르르 몰려와 가세하면서 소리가 더 커졌다.

"새색시, 새색시야."

샤오메이의 붉은 얼굴에 함박웃음이 걸렸다. 새색시가 되어서가 아니라 처음으로 고운 새 옷을 입어서였다.

샤오메이의 부모는 집집을 돌며 샤오메이가 시진의 수선집 선가에 시집가게 되었다고 자랑하고 있었다. 그러던 중 꽃무늬 옷을 입은 샤오메이가 새색시라는 외침 속에 등장하자 마을 사람들 얼굴에 떠올랐던 부러움이 키득거리는 웃음으로 바뀌었다. 샤오메이의 아버지는 얼굴이 파랗게 질려 샤오메이를 집으로 끌고 갔다. 그들은 최대한 빠르게가 아니라 최대한 조심스럽게 샤오메이가 입고 있는 새 옷을 벗겼다.

꾸지람이 폭우처럼 쏟아지는데도 샤오메이는 노기등등한 아버지를 행복한 표정으로 바라보았다. 꾸지람은 한 마디도 귀에 들어오지 않았다. 푸른색 꽃무늬 옷 때문에 가슴이 바람에 부푼 돛처럼 잔뜩 부풀어 올랐다. 그녀는 행복의 꽃무늬 옷을 곧 다시 입게 될 걸 알았다.

샤오메이의 어머니는 푸른색 꽃무늬 옷을 높이 들고 햇살에 비춰가며 얼룩이 생겼는지 꼼꼼히 살펴보았다. 그러면서 내일 샤오메이를 시진의 선가에 데려다줘야 하는데 어떡하냐고 중얼거렸다. 새 옷이 더러워지지 않았다고 어머니가 말했을 때에야 아버지의 화가 가라앉았다.

샤오메이가 다시 한번 시진 선가의 수선집 앞에 나타났을 때 가게 안에서 세 쌍의 눈동자가 반짝 빛났다. 푸른색 꽃무늬 옷을 입은 샤오메이는 완전히 다른 사람 같았다. 완무당에서 온 시골 소녀가 아니라 선뎬에서 온 도시 소녀 같았다. 그 엄격한 시어머니의 굳은 얼굴도 웃음이 스치는지 조금 풀어졌다. 그때 시어머니는 자신의 최종 선택이 옳았다는 생각에 내심 흐뭇해하고 있었다. 한 달 동안 다른 민며느리 후보를 몇 명 만났는데 모두 생김새가 평범하고 무표정했다. 그래서 고민하고 고민한 끝에 이 활발해 보이는 여자아이를 선택했다.

하지만 이튿날 아침, 시어머니는 자신이 틀렸을지도 모른다는 생각을 또 했다. 아침에 눈을 뜬 샤오메이는 푸른색 꽃무늬 옷이 사라지고 침대 머리맡에 낡은 옷이 놓인 걸 보고는 서럽게 울음을 터뜨렸다. 시리촌 집에서 옷을 벗어야 했을 때와 달리 이번에는 언제 다시 새 옷을 입을 수 있을지 몰라서였다. 시어머니가 어두운 얼굴로 들어와 꾸짖었다.

"지금이 몇 시니? 여태 안 일어나다니."

샤오메이는 아직 철이 없었기 때문에 "제 꽃무늬 옷이 사라졌어요"라고 불만스럽게 말했다.

시어머니가 차갑게 대꾸했다. "꽃무늬 옷을 어떻게 평소에 입을 수 있겠어?"

그러고는 몸을 돌려 나갔다. 막 중년에 접어든 그 여인의 뒷모습은 오래된 문짝처럼 뻣뻣했다. 샤오메이가 자기 집에 들어온 뒤 첫날 아침을 눈물로 시작하자 시어머니는 아무래도 불길하니 이 철없는 아이를 완무당 시리촌으로 돌려보내야겠다고 남몰래 생각했다.

하지만 그 생각은 갈수록 옅어지고 시어머니는 샤오메이를 점점 좋아하게 되었다. 낡은 옷을 입어도 여전히 청초한 데다 샤오메이는 무척 부지런하고 먼지 한 톨 없이 청소할 줄도 알았다. 엄격한 시어머니는 입으로 뱉지 않았을 뿐 전부 눈과 가슴에 담아두고 있었다. 샤오메이는 선가에 들어온 지 한 달 뒤부터 바느질을 배웠다. 조상 대대로 내려오는 기술을 샤오메이에게 전수하겠다는 결정은 시어머니가 민며느리를 받아들였다는 의미였다. 곧이어 시어머니는 샤오메이가 영리하고 손재주도 좋다는 걸 발견했다. 2년을 배운 아들의 솜씨를 샤오메이는 두 달 만에 뛰어넘었다.

3

시간이 지나면서 샤오메이는 자신의 온화한 시아버지도 데릴사위로 들어왔음을 알게 되었다. 선뎬의 가난한 집안 출신인 시아버지는 열두 살 때 시진 선가의 수선집에 견습생으로 들어왔다. 워낙 성실하고 부지런한 데다 열심히 배웠기 때문에 주인은 그를 무척 아끼며 바느질을 가르치고 글도 가르치다가 나중에는 딸까지 주었다. 그렇게 열일곱 살이 되었을 때 그는 혼인으로 선가의 일원이 되었다. 남존여비가 당연한 시대였지만 그는 그 흐름을 따르지 않고 아내를 무척 공경했고 전적으로 아내의 말을 따랐다. 이 데릴사위는 일주일에 한 번씩 상인회에서 지난 신문을 가져와 틈이 날 때마다 꼼꼼히 읽은 뒤 상인회에 도로 가져다 놓았다. 신문은 구이민이 상하이에서 주문해온 거였다. 구이민은 다 읽은 신문을 다른 사람들도 읽을 수 있도록 상인회에 비치해놓았다. 샤오메이의 시아버지는 충실한 독자였고 신문 읽기는 그의 유일한 취미이기도 했다. 아창이 자라면서 그는 아들에게도 신문을 보여주었는데 혹시라도 더럽힐까 봐 아창에게 신문을 읽기 전에 반드시 손을 씻으라고 시켰다. 아창 역시 흥미진진하게 신문을 읽었다. 다만 아창은 신문의 글이 아니라 사진과 삽화에 관심이 많았다. 그런 삽화는 전부 광고였다.

샤오메이는 넓은 완무당에서 길러진 활발한 천성을 시진 선가에 들어온 뒤 푸른색 꽃무늬 새 옷에 응축해 가슴 깊이 묻었다.

어린 샤오메이는 한순간도 꽃무늬 옷을 잊을 수 없었다. 시어머니 방에서 옷장의 먼지를 닦을 때마다 그녀는 애틋함을 가득 실어 옷장을 어루만지듯 문질렀다. 시어머니는 그 모습을 보고 무척 세심한 아이라고 생각하며 흐뭇해했다. 사실 샤오메이는 자신의 꽃무늬 옷이 옷장에 들어 있는 걸 알아서 그 옷을 그리워할 뿐이었다. 시어머니의 옷장은 원래 밝은 주홍색이었지만 시간이 지나면서 거무스름하게 변하고 있었다.

샤오메이는 꼼꼼히 옷장을 닦는 한편 하루도 빠짐없이 예쁜 꽃무늬 옷을 떠올렸다. 그러던 어느 날 시어머니와 시아버지가 외출했을 때 처음으로 옷장 문을 열어보았다. 문이 열릴 때 끼익하고 둔중한 소리가 울려 소스라치게 놀랐다. 그리고 뒤에 누가 있는 듯한 느낌이 들어 겁먹은 얼굴로 고개를 돌렸다가 문 앞에 서 있는 자기 또래의 사내아이를 발견했다. 그 미래의 남편은 그녀가 무얼 하는지 몰라 의아한 표정으로 쳐다보고 있었다.

샤오메이는 마음을 놓고 도로 고개를 돌린 뒤 옷장 속을 살펴보기 시작했다. 옷이 층층이 쌓여 있었다. 자기 꽃무늬 옷은 제일 밑에 있고 시어머니 옷이 그 위로 겹겹이 놓여 있었다. 샤오메이는 꽃무늬 옷을 꺼낸 뒤 잔뜩 기운 낡은 옷을 옷장 앞에서 벗어 던졌다. 그리고 미래의 남편이 지켜보는 가운데 꽃무늬 옷을 입고는 거울 앞으로 가 거리낌 없이 감상했다. 그러는 사이 뒤쪽의 사내아이를 힐끗 쳐다보았는데, 바로 그 순간 문 앞의 사내아이는 그녀의 금싸라기 같은 눈빛을 보았다.

샤오메이와 아창은 열 살에 이미 부부 같은 묵약을 맺었다. 이후 두 어른이 외출하기만 하면 샤오메이는 곧장 시부모 방으로 들어가 낡은 옷을 벗고 꽃무늬 옷으로 갈아입은 뒤 거울 앞에서 정신없이 감상했다. 아창은 알아서 가게 문지방에 앉아 미래의 아내를 위해 망을 보다가 멀리서 부모가 돌아오는 게 보이면 크게 외쳤다.

"돌아오셨어."

아창의 소리가 들리면 샤오메이는 재빨리 꽃무늬 옷을 벗어 잘 개켜서는 시어머니 옷 아래에 끼워 넣었다. 돌아온 시어머니가 방에 들어올 때쯤이면 샤오메이는 이미 낡은 옷을 입고 검붉은 옷장을 어루만지듯 닦고 있었다.

4

아창은 멍하니 정신을 딴 데 팔 때가 많았다. 대문턱에 앉아 샤오메이를 위해 망을 볼 때도 그랬기 때문에 조만간 들통날 확률이 높을 수밖에 없었다. 두 달쯤 지난 어느 날, 아창은 길거리를 오가는 사람들을 하염없이 쳐다보다가 부모가 돌아오는 것을 놓치고 말았다. 아버지가 그의 이마를 툭 쳤을 때야 그는 소스라치게 놀라며 대문턱에서 벌떡 일어났다. 그런데 눈앞에 아무도 없는 거였다. 얼떨떨해할 때 누가 또 이마를 때려 아창은 몸을 돌렸다. 그제야 그는 아버지가 안쪽에 서 있는 것과 어머니가 그 방으로 들어가는 것을 보았다. 아창은 부모가 언제 자기 옆으로 대문턱을 넘어갔는지 알 수 없었지만 뒤늦게, 눈치도 없이 소리쳤다.

"돌아오셨어."

시어머니는 샤오메이가 푸른색 꽃무늬 옷을 입고 거울 앞을 오가는 모습을 지켜보았다. 열 살짜리 아이가 천진난만하게 두 팔을 펼치는 몸짓이 시어머니 눈에는 음탕하게만 보였다. 샤오메이는 아창의 외침을 듣자마자 다급하게 옷을 벗고 몸을 돌렸다가 시어머니의 차가운 눈과 마주쳤다. 순간 앞이 캄캄해져 눈을 깜빡여봤지만 문 앞에 서 있는 시어머니의 그림자 같은 몸은 사라지지 않았다. 샤오메이는 바들바들 몸을 떨었다.

아창의 외침은 공모자라고 자백한 거나 다름없었다. 벌은 아창한테 먼저 떨어졌다. 딴 데 정신을 팔았던 이 사내아이는 처음에는 자신이 곤경에 빠진 걸 전혀 알아차리지 못하고 아버지가 가게 밖에서 간판을 치우는 걸 보면서 왜 이렇게 일찍 문을 닫는지 의아해했다. 이어서 그의 부모는 등나무 의자를 가지고 마당에 나와 앉았는데 아버지는 손에 등나무 가지까지 들고 있었다. 샤오메이는 온몸을 부들부들 떨며 서 있었지만, 아창은 아버지의 호통이 떨어질 때까지 자신과는 상관없다는 표정을 짓고 있었다.

"걸상 가져와."

그제야 아창은 사달이 났음을 알았다. 그는 고개를 푹 숙인 채 안으로 들어가 긴 걸상을 들고 나와 부모 앞에 내려놓았다. 그런 다음 익숙하게 허리띠를 풀고 바지를 허벅지 밑으로 내려 엉덩이를 드러낸 채 걸상에 엎드렸다. 그가 눈을 감았을 때 아버지가 어머니에게 나직하게 물었다.

"몇 대?"

어머니가 잠시 망설인 뒤 "열 대"라고 말했다.

아창은 슬며시 웃으며 경범죄라고 스스로에게 속삭였다. 샤오메이는 아창의 얼굴에서 순식간에 떠올랐다가 사라지는 웃음을 보

417

고는 이상하다고 생각했다. 완무당 시리촌에 있을 때 샤오메이는 아버지가 자신의 세 형제를 나무에 매달아 놓고 나뭇가지로 때리는 걸 자주 보았다. 그럴 때면 세 형제의 돼지 먹따는 듯한 비명이 텅 빈 하늘로 퍼져나갔다가 메아리처럼 되돌아왔다. 그런 광경은 너무도 익숙했고 샤오메이는 한 번도 두렵다는 생각을 한 적이 없었다. 아버지가 격분할수록 형제들 비명이 커질 뿐이었다. 그런데 지금, 좁은 마당에서 미래의 남편이 소리 없이 걸상에 엎드려 있고 미래의 시아버지가 등나무 가지를 휘두르며 미래의 시어머니가 무표정하게 앉아 있는 이곳의 조용한 폭력 앞에서는 덜컥 겁이 났다.

아창은 울부짖지 않고 이를 악문 채 숫자를 세었다. 열까지 세고 났을 때 그의 얼굴에 다시 한번 웃음이 떠올랐다. 아버지가 나뭇가지를 내려놓자 그는 걸상에서 내려와 익숙하게 바지를 올리고 허리띠를 맨 뒤 걸상을 안으로 가져갔다. 엉덩이의 상처 때문에 오리처럼 뒤뚱뒤뚱 들어갔다가 또 오리처럼 뒤뚱뒤뚱 나와 샤오메이 맞은편에 서서 부모의 다음 처분을 기다렸다. 이제 자기 차례려니 생각했던 샤오메이는 미래의 남편이 걸상을 안으로 들여가 징벌 도구가 사라지자 한층 두렵고 당황한 얼굴로 기다리는 수밖에 없었다.

시아버지와 시어머니가 일어나 안으로 들어가고 아창은 샤오메이 맞은편에 서 있었다. 샤오메이가 불안하게 그를 쳐다보는데 뜻밖에도 그는 하품을 길게 하더니 돌아서서 뒤뚱뒤뚱 안으로 들어 갔다. 마당에는 샤오메이와 등나무 의자 두 개만 덩그러니 남았다. 그들은 샤오메이를 잊은 듯해도 두려움은 확실히 그녀를 기억하고 있었다. 그녀는 혼자 마당에 서서 벌을 기다렸다. 1분 1초가 한 달, 하루처럼 길게 느껴졌다.

5

샤오메이에 대한 벌은 날이 저문 뒤 안에서 진행되었다. 샤오메이의 미래 시아버지가 남포등 밑에서 편지를 적어 똑같이 남포등 아래 앉은 시어머니에게 건네자 시어머니가 꼼꼼히 읽어본 뒤 고개를 끄덕였다. 그러자 시아버지가 자리에서 일어나 도장과 인주를 시어머니 앞에 가져다주었다.

샤오메이는 파혼의 모든 과정을 옆에서 안절부절못하며 지켜보았다. 시부모는 사무를 처리하듯 나란히 앉았고 시아버지는 편지를 쓰는 동안 몇 번이나 고개를 들어 시어머니에게 물었다. 시어머니는 소리 내 대답하는 대신 고개를 끄덕이거나 가로젓기만 했다. 그들의 단편적인 대화 속에서 샤오메이는 불행이 다가오고 있음을, 자신을 완무당 시리촌으로 보내려 하고 있음을 예감할 수 있었다. 열 살짜리 소녀의 마른 어깨가 미세하게 떨렸다. 그녀는 눈물이 나오지 않도록 입술을 꽉 깨물었다.

시어머니가 편지를 샤오메이에게 보여준 뒤 탁자에 내려놓고 말했다. "이 편지를 네 아버지에게 전해라."

그런 다음 시어머니가 그녀를 완무당으로 돌려보내겠다고 말하려 할 때 샤오메이가 갑자기 나직한 목소리로 대꾸했다. "편지가 아니잖아요."

샤오메이는 고개를 흔들면서 밀려드는 절망감에 다시 한번 "편지가 아니잖아요"라고 말했다.

시어머니가 물었다. "편지가 아니면 뭐니?"

"이혼장이요." 샤오메이가 말하면서 입술을 꽉 깨물었다.

깜짝 놀란 시어머니는 어둠 속에 얌전히 서서 입술을 꽉 깨물고 있는 샤오메이를 자세히 살펴보았다. 그리고 정말 똑똑한 계집애라고 생각한 뒤 말했다.

"넌 아직 정식으로 시집온 게 아니니 이혼장이라고 할 수 없다."

하지만 시어머니는 다시 고개를 흔들며 자신의 말을 수정했다.

"이혼장이라고 해도 틀리지 않지."

시어머니는 어둠 속에서 여전히 입술을 꽉 깨물고 있는 샤오메이를 잠시 쳐다본 뒤 천천히 말했다.

"옛날부터 여자를 내쫓을 수 있는 일곱 가지 허물이란 게 있다. 부모에게 불손하면 내쫓을 수 있고 자식을 못 낳거나 음탕해도 내쫓을 수 있지. 질투가 심하거나 몹쓸 병이 있거나, 또 말이 많거나 도둑질을 해도 내쫓을 수 있다."

시어머니가 도장에 인주를 묻히며 "너는 어떤 계율을 어긴 것 같으냐?" 하고 물었다.

그러고는 도장을 인주통에서 남포등 아래로 들어 올린 뒤 샤오메이를 쳐다보자 샤오메이가 비통하게 대답했다.

"도둑질이요."

"아니." 시어머니가 고개를 저었다. "옷을 집 밖으로 가져가지는 않았지."

샤오메이가 고개를 끄덕이고 가만히 생각해본 뒤 고개를 숙이며 부끄러워했다.

"음탕함이요."

그런 다음 샤오메이는 결국 울음을 터뜨렸다. 두 손을 늘어뜨리고 어깨를 들썩이면서 통곡하기 시작했다. 시어머니는 도장을 든 손을 멈추었다. 측은한 마음이 들었고 눈앞의 샤오메이가 보기 드물게 총명한 아이라고 생각했다. 그녀는 도장을 편지지에 찍는 대신 걸레를 꺼내 도장에 묻은 주홍색 인주를 천천히 깨끗하게 닦아낸 뒤 말했다.

"네가 아직 어리고 무지한 걸 생각해 당장은 돌려보내지 않으마."

샤오메이가 입을 벌리고 대성통곡했다. 하지만 시어머니가 남포등 아래에서 눈살을 찌푸리는 걸 보자마자 울음소리를 들이마시려는 듯 숨을 크게 들이마셨다. 정말로 그녀의 울음소리가 뚝 그쳤다.

그렇게 고비를 넘긴 뒤 샤오메이는 다시는 검붉은 옷장을 열지 않았다. 이후 옷장은 샤오메이에게 음침한 무덤처럼 느껴졌고 한

때 그녀가 그토록 사랑했던 꽃무늬 옷도 그 무덤 속에 매장된 듯했다.

설이 되자 시진의 부유한 집 아이들은 새 옷을 입었다. 아창도 검푸른색 장삼을 입고 머리에 기름을 발라 도련님처럼 꾸몄다. 하지만 샤오메이는 기운 곳만 없을 뿐 여전히 낡은 옷을 입고 있었다. 엄격한 시어머니는 정월 초하루에도 샤오메이에게 푸른색 꽃무늬 옷을 내어주지 않음으로써 계속 벌을 받고 있음을 알렸다. 샤오메이는 길거리에서 새 옷을 입은 아이들이 신나게 장난치는 것을 보다가 하도 빨아서 하얗게 바랜 자신의 낡은 옷을 내려다보았다. 자기도 모르게 눈시울이 시큰해졌다. 그 순간 옷장 속 꽃무늬 옷이 무척 그리웠다.

평온한 일상 속에 또 새해가 찾아왔다. 시진에 온 뒤 샤오메이가 두 번째로 맞이하는 설이었다. 이번에는 시어머니가 꽃무늬 옷을 내주었지만 이미 작아져 소매와 바짓단 모두 덜름했다. 열두 살이 된 샤오메이는 그토록 좋아하는 꽃무늬 옷을 입고 시어머니 앞을 당당히 지나 사람들이 가득한 거리로 나갈 수 있었다. 하지만 그때의 샤오메이는 이미 금싸라기 같은 눈빛을 잃어버린 뒤였다.

6

시어머니는 자신이 생각하는 모습대로 샤오메이를 만들어갔다. 그렇게 글을 가르치고 바느질을 가르치고 장부 관리법을 가르쳐, 샤오메이가 열여섯 살이 되었을 때 시어머니는 자신의 처녀 적 모습을 그녀에게서 어렴풋하게 찾아볼 수 있었다. 샤오메이는 깔끔하고 말수가 적으며 근검하게 살림을 꾸렸다. 이제 샤오메이와 아창이 혼인할 나이가 되었다고 생각한 시어머니는 날을 받아 현지 풍속에 맞춰 혼례를 치르기로 마음먹었다.

옷을 수선하는 선가는 시진에서 형편이 꽤 괜찮은 편이라, 관례대로 샤오메이를 완무당 시리촌의 친정으로 돌려보낸 뒤 정해진 날짜에 데려오는 게 얼마든지 가능했다. 하지만 검소한 시어머니는 신부를 맞이하는 의식을 생략한 채 샤오메이의 부모를 불러 식사하고 간단히 절을 받은 뒤 두 사람을 방에 들여보내는 것으로 예식을 끝내자고 했다.

그래서 어느 화창한 겨울날 오후, 샤오메이의 부모와 세 형제가 선가의 수선집 앞에 나타났다. 기운 솜옷을 입은 그들은 다섯 사람 모두 손을 소맷자락에 끼운 채 하나같이 절절매는 표정으로 찾아왔다.

선가에서는 완무당 시리촌에 편지를 보낼 때 샤오메이의 부모만 식사에 초청했다. 그런데 생각지도 못하게 샤오메이의 세 형제까지 따라왔기 때문에, 샤오메이의 시아버지는 가게 앞에 나타난 다섯 사람을 알아보지 못하고 그냥 손님이려니 생각해 공손히 말했다.

"오늘은 선가에 경사가 있어서 장사를 쉽니다."

가게 밖의 다섯 사람은 그 말을 듣고 서로를 쳐다보며 헤헤 웃었다. 샤오메이의 시아버지는 그들이 축하한다고 말한 뒤 돌아갈 줄 알았는데 계속 그 자리에 서서 웃고 있자 어리둥절해졌다.

그때 샤오메이의 아버지가 "저희는 시리촌의 지씨……"라고 입을 열었다.

그제야 사돈인 걸 알아본 샤오메이의 시아버지는 황급히 몸을 숙이고 안으로 안내하면서 연거푸 말했다.

"6년 만이라 못 알아뵀습니다."

샤오메이의 아버지는 양손을 소맷자락에 넣은 채로 네네 대답하면서 똑같이 양손을 소맷자락에 넣은 네 사람을 이끌고 안쪽 대청으로 들어갔다. 그리고 안내해주는 대로 샤오메이의 부모는 등나무 의자에 앉고 세 형제는 긴 걸상에 끼어 앉았다.

샤오메이의 시어머니가 나와 몇 마디 인사한 뒤 남편 옆에 앉았다.

그런 다음 샤오메이와 아창이 나왔다. 아창이 한 명씩 살펴보니 샤오메이의 부모와 형제들 모두 아부하는 것처럼 자신에게 미소를 짓고 있어 그도 수줍게 웃음을 지어 보였다.

샤오메이는 멍하니 서서 6년이라는 시간이 순식간에 지나갔다고 생각했다. 6년 동안 아무 소식도 없다가 갑자기 눈앞에 나타난 부모와 형제를 보자 얼마나 낯선지 전혀 모르는 사람들 같았다. 그들은 하나같이 두 손을 소맷자락에 넣고 몸을 웅크리고 있었다. 등나무 의자에 앉은 부모는 활짝 웃고, 걸상에 끼어 앉은 세 형제는 그녀가 무슨 신기한 물건이라도 되는 듯 호기심 가득한 얼굴로 쳐다보고 있었다. 그들 눈동자에서 샤오메이는 친형제가 아니라 낯선 남자의 시선을 느꼈다. 그때 어머니 눈가에서 눈물이 흘러나왔다. 어머니가 손으로 눈가를 훔칠 때에야 아득한 감정이 가슴 밑바닥에서 깨어나 샤오메이는 정말로 자신의 가족이 왔음을 알 수 있었다.

저녁 식사 때 샤오메이는 뻘쭘해하는 부모와 형제들 모습에 마음이 짠해져 고개를 숙였다. 시어머니가 음식을 풍성하게 준비했는데 완무당에서 온 가난한 가족 다섯 명은 선뜻 손을 대지 못했다. 꼬르륵 소리가 날 정도로 배가 고픈데도, 탁자에서 생선과 고기 냄새가 풀풀 풍기는데도 그들은 뭔가 기다리는 것처럼 두 손을 소맷자락에 넣고 있었다. 그러다 아버지의 손이 소맷자락에서 나와 젓가락을 들고 고기 한 점을 입으로 넣자 다른 네 사람의 손도 소맷자락에서 나와 고기를 집었다. 아버지의 두 손이 다시 소맷자락으로 들어갔을 때는 다른 네 사람의 손도 덩달아 소맷자락으로 들어갔다. 그러고는 또 기다렸다. 다음은 샤오메이의 오빠가 용감하게 손을 꺼냈다. 그러자 다른 네 사람도 고무된 듯 소맷자락에서 손을 뻗었고 샤오메이의 오빠가 두 손을 소맷자락에 넣었을 때는 그들도 손을 도로 집어넣었다. 그렇게 소맷자락에서 손이 빠르게 나왔다가 빠르게 돌아갔다. 얼마나 빠르게 나왔다 들어가는지 소매치기의 손 같았다. 샤오메이는 고개를 숙인 채 앉아 있었다. 시간이 갈수록 안쓰러움뿐만 아니라 열등감까지 밀려들었다. 샤오메이의 시아버지와 시어머니는 젓가락을 들지 않고 조용히 앉아 있었다. 오로지 아창만 큰 소리로 쩝쩝거리며 입가에 기름기를 잔뜩 묻히고 있었다.

음울하고 긴 저녁 식사가 마침내 끝나고 절을 올릴 순서가 되었다. 시어머니는 머리에 쓰는 봉황관과 얼굴을 덮는 붉은 망사, 안에 입는 붉은 비단 내의는 생략하고 붉은 솜저고리와 바지, 붉은 꽃신만 마련해주었다. 생략할 수 있는 것은 물론이고 생략할 수 없는 것까지 모두 생략했다. 하지만 달걀 열두 개의 풍속만큼은 생략하지 않았다. 방에서 샤오메이에게 붉은 옷을 입혀줄 때 시어머니는 직접 달걀 열두 개를 가져와 하나씩 샤오메이의 허리춤에서 집어넣어 바짓단에서 받았다. 샤오메이는 차가운 달걀 열두 개가 허벅지에서 종아리로 굴러갈 때 무릎에서 잠시 멈추고 문을 두드리는 것처럼 무릎뼈를 두드린다고 느꼈다. 달걀 열두 개는 하나도 깨지지 않았다. 시어머니는 바짓단에서 달걀을 받은 뒤 달걀 열두 개는 열두 달을 뜻하며 깨지지 않고 순조롭게 굴러 나왔다는 것은 어느 달에 아이를 낳든 암탉처럼 순조롭게 낳는다는 의미라고 했다.

샤오메이는 열심히 고개를 끄덕였다. 그건 선가에서 길러진 습관으로, 6년 동안 시어머니가 무슨 말을 하든 샤오메이는 항상 그렇게 고개를 끄덕였다. 그러고 나서 온몸을 붉은색으로 휘감은 샤오메이는 대청으로 나가 두루마기와 마고자를 입은 아창과 나란히 동쪽에 섰다. 하늘과 땅에 절하고 부모님께 절한 뒤 부부끼리 맞절하고 나자 민며느리의 혼례가 마무리되었다.

계속 손을 소맷자락에 넣고 있던 샤오메이의 부모와 형제들은 그 순간 일어나 작별을 고했다. 그들 다섯 명은 낯선 사람처럼 왔다가 낯선 사람처럼 떠났다. 한밤중에 밖으로 나가 절절매며 선가 사람들에게 작별을 고했다. 그들이 갈 때 어머니만 고개를 돌렸는데 눈가가 다시 눈물로 젖어 샤오메이를 보지는 못했다.

양손을 소맷자락에 넣은 다섯 사람은 선가를 나와 시진 거리에 이르자마자 광활한 들판에서 길러진 본성을 회복했다. 조용한 거리에서 고함을 지르듯 떠드는 모습은 나란히 걷는 게 아니라 논을 사이에 두고 걷는 듯했다. 그들은 줄기차게 찬탄을 늘어놓았다. 선가의 벽돌집이 얼마나 웅장했는지, 선가 탁자에 얼마나 풍성한 음식이 올라왔는지, 신랑의 두루마기와 마고자가 얼마나 멋졌는지, 샤오메이의 붉은색 옷들이 얼마나 화려했는지 감탄을 거듭했다. 샤오메이의 어머니는 고개를 끄덕이면서 소맷부리로 눈물을 닦았다. 그건 딸을 좋은 집으로 시집보냈다는 생각에 흘리는 기쁨의 눈물이었다.

그들은 시진 부두까지 가는 동안 세 번이나 길을 잃었다. 샤오메이의 아버지만 시진에 와보았고 다른 네 명은 성에 처음 들어와 보았다. 길을 잃었을 때도 그들은 길거리에 서서 계속 큰 소리로 떠들다 아버지가 방향을 찾은 듯하면 그리로 걸음을 옮겼다. 그들의 이야기는 탁자에 잔뜩 차려졌던 음식으로 귀결되었다. 또다시 배에서 꼬르륵 소리가 나고 침 삼키는 소리가 울렸다. 그렇게 배고픈 다섯 명은 음식에 관해 신나게 떠들면서 부두까지 간 뒤, 꿈속에서 즐겁게 먹고 있는 사공을 깨워 배에 올랐다. 그러고도 계속 생선과 고기 요리에 관해 떠들었다. 네 시간쯤 뒤 시리촌에 도착했을 때는 희미한 아침 햇살이 그들의 낡고 오래된 초가를 비추고 있었다.

7

썰렁한 결혼식날 밤, 샤오메이는 땋은 머리를 말아 올림으로써 처녀 시절에 작별을 고했다. 그런 다음 아창과 함께 신방으로 들어갔다.

그녀는 조용히 의자에 앉아 자신의 부모와 형제가 선가에서 시진 거리로 나가는 소리를 듣고, 시아버지와 시어머니가 방으로 들어가 끼익하며 방문 닫는 소리를 가만히 듣고 있었다.

그녀는 고개를 숙인 채 기다렸다. 이제 어떻게 해야 하는지 알 수가 없었다. 방에서 소란 피울 사람이 없다는 것도, 떠들썩한 노랫소리가 들리지 않을 것도 알고 있었다. 문 앞이나 창문 밑에서 훔쳐 들을 사람도, 신혼 밤의 우스운 이야기를 이웃에 퍼뜨릴 사람도 없었다.

두루마기와 마고자를 입은 신랑이 침대에 앉아 있다가 길게 하품을 내뱉더니 일어나 그녀 앞으로 다가왔다. 6년 동안 함께 자랐고, 6년 전부터 이미 미래의 남편임을 알았지만, 막상 신방에서 그가 다가오자 그녀는 심장이 쿵쿵 뛸 정도로 긴장했다. 수선집 도련님이었다가 이제 수선집 신랑이 된 그가 앞으로 다가와 그녀를 주시하면서 사냥감 주위를 빙빙 도는 사냥개처럼 무심하게 걷기 시작했다. 신랑은 어떻게 행동할지 결정했다가 또 망설이기를 반복하는 모양새였다. 샤오메이는 그의 그림자가 바닥에서 멀어졌다가 가까워지는 것을 지켜보고 있었다. 그러다 그림자가 중간에 멈추었을 때 샤오메이는 몸을 벌벌 떨기 시작했다. 그림자가 도로 멀어져 샤오메이의 떨리는 몸이 천천히 안정을 되찾은 순간, 갑자기 바닥의 그림자에서 손이 뻗어 나오더니 그가 달려들었다. 이어서 일어난 일들은 샤오메이의 정신을 쏙 빼놓았다. 거의 순식간에 의자에서 침대로 올라갔다. 신랑에 의해 침대에 눕혀진 뒤 그녀는 두 팔을 펼치고 널브러진 자세를 취했다. 6년 동안 선가 사람들의 휘둘림에 익숙해진 그녀는 신혼 밤에도 똑같이 자신을 내맡겼다. 눈을 꼭 감고 이를 악문 채 한마디도 없이, 그녀는 신랑이 헉헉거리고 땀을 뻘뻘 흘리면서 허둥지둥 자신을 범하도록 내버려 두었다.

이튿날에도 샤오메이는 평소처럼 일찍 일어났다. 시어머니가 나왔을 때 샤오메이는 이미 아침 식사를 다 준비해놓고 바닥을 쓰는 중이었다. 그건 시어머니가 예상하지 못한 상황이었다. 신부는 사흘 동안 부엌에 나오지 않는 게 시진의 풍습이지만 부지런한 샤오메이가 결혼식 다음 날에도 평소와 다름없이 행동하자 시어머니는 속으로 흐뭇해졌다. 이어서 시어머니는 샤오메이가 붉은 저고리와 바지도 입지 않고 꽃신도 신지 않은 것을 보았다. 여전히 낡은 옷을 입었는데 머리카락을 틀어 올려 쪽을 찌고 있었다. 시어머니는 그녀가 언제 쪽 찌는 법을 배웠는지는 몰라도 어쨌든 별로 익숙하지 못해 몇 가닥이 흘러내린 걸 발견했다. 바닥을 쓸던 샤오메이는 고개를 들었다가 시어머니를 보고는 자신이 길을 막은 줄 알고 얼른 빗자루를 들며 한쪽으로 비켜섰다.

시어머니는 미소를 지으며 샤오메이를 바라보았다. 6년 전 샤오메이가 선가에서 맞은 첫날 아침에 푸른색 꽃무늬 옷이 사라졌다며 하염없이 울던 게 어렴풋하게 떠올랐다. 그런데 지금은 결혼식 다음 날에 바로 신부 옷을 벗어버렸다. 시어머니는 정말 사랑스럽다고 생각하며 샤오메이의 손을 잡고 어깨를 눌러 의자에 앉혔다. 그러고는 머리카락을 정리해준 뒤 자신의 은비녀를 뽑아 샤오메이의 머리에 꽂아주었다.

샤오메이는 고개를 숙인 채 아무 말도 하지 않았다. 시어머니가 은비녀를 꽂아줄 때 그녀는 6년 만에 처음으로 시어머니한테 사랑을 받은 듯해 소리 없이 울었다. 눈물이 방울방울 가슴 앞으로 떨어졌다.

8

샤오메이는 온종일 바느질은 물론 요리와 집안일까지 하느라 쉴 틈이 전혀 없어 보이는데도 언제나 매끈하게 쪽 찐 머리에 은 비녀를 꽂고 있었다.

결혼하고 3년이 지난 어느 겨울날, 옷차림이 남루한 남자 하나가 선가의 수선집 앞에 나타났다. 그때 샤오메이의 시부모와 남편은 선뎬에 가고 없었다. 선뎬에 사는 친척이 새집을 거의 완공했다며 상량식을 할 테니 축하주를 마시러 오라고 했기 때문이었다. 그날 가게에는 샤오메이 혼자만 남아 고개를 숙인 채 민첩한 손놀림으로 바느질을 하고 있었다. 그 남자는 가게 앞에 한참을 서 있었다. 고개를 숙인 채 일하던 샤오메이는 가게 앞에서 한참을 떠나지 못하는 사람이 있음을 어렴풋하게 느끼고 고개를 들어 심드렁하게 쳐다보았다. 그러고는 거지라고 생각하며 도로 고개를 숙이고 바느질을 계속했다.

그 거지 같은 남자가 마침내 입을 열었다. "누나."

샤오메이가 깜짝 놀라 고개를 들고 멍하니 쳐다보자 남자가 "누나, 저 막내예요"라고 말했다.

샤오메이의 눈빛이 세월의 먼지를 닦아냈다. 또렷한 기억이 되살아나면서 그 어리고 지친 얼굴을 알아볼 수 있었다. 확실히 자신의 막냇동생이라 그녀가 조용히 대답했다.

"그래, 막내구나."

샤오메이는 자리에서 일어나 불안한 표정으로 안쪽을 힐끔거리다가 시부모와 남편이 선뎬에 갔다는 걸 떠올렸다. 집에 혼자밖에 없다는 사실에 안심하며 그녀는 가게 밖에 있는 동생에게 말했다.

"막내야, 들어와."

하지만 샤오메이의 동생은 눈물을 글썽거리며 고개를 저었다. 그는 가게에 들어오지 않고 긴 이야기를 늘어놓기 시작했다. 작은형이 곧 차이펑彩鳳이라는 여자와 결혼하게 되었다고, 정말로 그녀는 작은형의 신부라고 말했다. 그러다 샤오메이의 의아해하는 표정을 보고는 자기 이야기가 너무 뜬금없다고 생각했는지, 완무당의 또 다른 마을 이름을 대며 차이펑은 그곳 아가씨라고 말했다. 샤오메이는 기억 깊은 곳에서 그 마을의 이름을 찾아내고 살며시 고개를 끄덕였다. 샤오메이가 끄덕이는 것을 본 동생은 자기 마을의 또 다른 사람을 거론했다. 샤오메이는 다시 한번 기억 깊은 곳을 뒤져봤지만 이번에는 찾을 수 없었다. 동생은 자기 이야기에 몰입해 이미 샤오메이의 표정에는 신경 쓰고 있지 않았다. 동생은 그 사람이 차이펑의 친척이며 작은형에게 중매를 서주었다고 했다. 샤오메이는 알아들었다는 듯 고개를 끄덕였다. 그러고 나서 동생은 밑도 끝도 없이 돼지 이야기로 넘어갔다. 돼지한테도 이름이 있어 그는 계속 '샤오팡'이라고 부르며 샤오팡이 어떻게 컸는지, 어떻게 샤오팡을 데리고 배에 올라 시진까지 왔는지 이야기했다. 처음에 샤오메이는 샤오팡이 누구인지 몰라 의아한 얼굴로 쳐다보다가 동생이 어떻게 샤오팡을 시진의 정육점에 팔았는지 주절주절 이야기했을 때야 그게 돼지라는 걸 알았다. 동생은 계속 두서없이 떠들다가 돼지 판 돈이 작은형의 결혼 자금인데 엽전 꿰미가 사라졌다고 말했다. 그러고는 서럽게 울면서 자기의 낡은 솜옷을 펼치고 빈손을 가슴 앞주머니에 넣었다가 도로 꺼내 보였다.

샤오메이는 동생의 말을 이해할 수 있었다. 돼지를 판 엽전 꿰미를 시진의 소매치기에게 도둑맞자 동생은 감히 집으로 돌아갈 수 없어서 이곳 가게로 찾아와 하소연하는 거였다. 샤오메이는 불안하게 그를 쳐다보았다. 옆쪽 서랍에 엽전이 있지만 그건 선가의 돈이지, 그녀의 돈이 아니었다. 선가에서 지낸 8년 동안 그녀는 자기 돈을 한 푼도 가져본 적이 없었다. 샤오메이는 멍하니 동생의 하소연을 들으며 정말 낯설다고 생각했다. 완무당 시리촌의 부모와 다른 형제를 떠올려 봐도 눈앞의 동생처럼 낯설기만 했다. 8년 동안 아무 소식이 없었다. 오로지 결혼식 날만 두 손을 소맷자락에 넣은 채 줄줄이 들어왔다가 또다시 두 손을 소맷자락에 넣은 채 줄줄이 떠난 게 전부였다.

그때 샤오메이의 동생이 다른 이야기를 털어놓으며 울었다. 아버지와 두 형이 시진에 왔었고 선가 수선집 근처에서 샤오메이를 몰래 훔쳐보았다고 말했다. 하지만 샤오메이의 시부모가 가게에 있어서 감히 들어올 수 없었다는 거였다. 그 말을 듣자 샤오메이는 마음이 아팠다. 그건 민며느리의 설움이었다. 동생은 오늘도 근처에서 오랫동안 서 있으며 가게에 샤오메이 혼자만 있는 걸 확인한 뒤에야 다가올 엄두가 났다고 말했다.

그 말은 샤오메이 가슴속의 여린 부분을 건드렸다. 그녀는 자기도 모르게 한 발짝 나아가 오른손으로 서랍을 열고 실에 꿰어진 엽전 꾸러미를 꺼냈다. 그런 다음 두 손으로 재빠르게 계산대 바깥에 있는 동생에게 전달했다. 동생은 황급히 손을 뻗어 받아들고는 철그렁하며 계산대 위에 엽전을 놓고 실매듭을 풀었다. 그러고는 입으로 하나, 둘, 셋, 넷, 다섯 하며 숫자를 세기 시작했다. 돼지를 팔아 받은 엽전만큼 세고 난 뒤 동생은 남은 엽전을 실에서 빼내 두 손으로 샤오메이에게 건넸다.

"누나, 이건 남는 거예요."

샤오메이는 무표정하게 두 손으로 엽전을 받아 서랍에 도로 넣었다. 동생은 샤오메이가 준 엽전 꾸러미를 단단하게 실로 묶고 나서 조심스럽게 가슴 앞주머니에 넣은 뒤 눈물을 닦고 어수룩하게 웃었다.

"누나, 저 갈게요."

샤오메이는 고개를 끄덕이며 그가 엽전을 잘 지키기 위해 두 손을 가슴 앞에 얹고 걸어가는 걸 지켜보았다. 동생이 멀어진 뒤 샤오메이는 걸상에 앉아 바느질을 계속했지만 재빠르던 손동작은 점점 느려지다가 나중에는 아예 멈춰버렸다.

샤오메이는 불안감에 휩싸였다. 불안감은 갈수록 커져 벌판처럼 넓어지는 것 같았다. 시어머니의 냉엄한 얼굴이 언뜻언뜻 떠오르면서 등골이 오싹해졌다. 샤오메이는 큰 잘못을 저질렀다는 생각이 들었다. 시어머니가 외출했을 때 마음대로 동생에게 돈을 주어서는 안 됐다. 일단 동생을 완무당 시리촌으로 돌려보내고 시어머니가 돌아온 뒤 돈을 내어달라고 애원한 다음 동생한테 가지러 오라고 해야 했다. 그렇게 생각하다가 샤오메이는 문득 쓴웃음을 지었다. 시어머니한테 어떻게 그런 부탁을 할 수 있겠는가 싶었다. 시어머니가 없어서 비로소 그런 대담한 행동을 할 수 있었다.

9

숨 막히는 오후였다. 샤오메이는 앞으로 어떤 일이 벌어질지 몰라 그저 겁에 질려 있었다. 그런데 무엇이 두려운 것일까? 그것 역시 알 수 없었다. 샤오메이는 고개를 숙인 채 멍하니 앉아 있었다. 나중에 이웃 사람이 거리의 아이들에게 밥 먹으라고 부르는 소리를 들었을 때에야 그녀는 고개를 들었다가 날이 지고 있는 걸 알았다. 곧 시부모와 남편이 돌아올 텐데 아직 저녁밥도 짓지 않았다는 게 떠올라 그녀는 허둥지둥 부엌으로 갔다.

날이 어두워졌을 때 선뎬 친척 집의 상량식에 갔던 세 사람이 돌아왔다. 샤오메이의 시아버지와 남편은 가게가 아직도 열린 걸 보고 문부터 닫기 시작했다. 시어머니는 곧장 부엌으로 가서 한창 밥을 짓는 샤오메이한테 노한 얼굴로 쏘아붙였다.

"날이 어두워졌는데 왜 문도 안 닫았니?"

샤오메이는 전전긍긍 떨기만 했다. 원래는 깜빡 잊었다고 대답하려 했는데 그런 말조차 감히 뱉을 수가 없었다. 시어머니가 계속 나무랐다.

"지금이 몇 시인데 아직도 밥을 짓고 있어?"

샤오메이가 덜덜 떨자 시어머니는 더 말하지 않고 부엌에서 나와 마당을 지나쳐 바깥쪽 가게로 갔다. 그리고 남포등 밑에서 서랍을 열고 장부를 꺼낸 뒤 서랍 속의 엽전을 세며 지난 이틀 동안의 수입을 점검했다. 꽤 많은 엽전이 비는 것을 발견한 그녀는 잠시 생각에 잠겼다가 장부를 덮고 서랍을 밀어 넣은 뒤 안채로 향했다. 부엌에 들어가 보니 샤오메이는 음식을 차리는 중이고 다른 두 사람은 탁자 앞에 앉아 식사를 기다리고 있었다. 시어머니가 샤오메이에게 차가운 음성으로 말했다.

"이리 좀 오너라."

샤오메이는 두 손을 앞치마에 닦은 뒤 시어머니를 따라 바깥의 가게로 나갔다. 시어머니가 장부와 서랍 속 엽전을 계산대에 놓았을 때 샤오메이는 온몸을 부들부들 떨면서 오후에 그녀 동생이 그랬던 것처럼 두서없이, 횡설수설 이야기하기 시작했다. 시어머니는 무슨 일이 있었는지 파악한 뒤 무표정하게 장부와 남은 엽전을 서랍에 넣고 샤오메이 옆을 지나쳐 마당에서 부엌으로 들어갔다.

김이 모락모락 나는 음식이 이미 탁자에 올라와 있었지만, 샤오메이의 시아버지와 남편은 젓가락을 들지 않은 채 앉아 있었다. 샤오메이의 시어머니가 남포등의 가물거리는 깜박임 속에 걸어가 자리에 앉았을 때 두 남자는 그녀의 안색이 어두운 것을 보았다. 시어머니는 젓가락을 들기만 하고 생각에 잠긴 듯 음식을 집지도,

밥을 먹지도 않았다. 샤오메이의 시아버지도 먹지 않고 젓가락을 든 채 집안의 여주인을 쳐다보았다. 반면 아창은 태연하게 혼자 식사를 시작했다. 샤오메이가 고개를 숙인 채 들어와 추운 듯 몸을 덜덜 떨면서 조심스럽게 식탁 옆에 앉았다.

샤오메이의 시어머니는 집에서 전권을 휘두르는 여인이자 독단적인 사람이었다. 그런 그녀에게 샤오메이가 허락도 없이 엽전을 꺼내 동생을 도와준 행위는 도둑질과 같았다. 8년 전 샤오메이가 선가에 온 지 얼마 되지 않아 몰래 꽃무늬 옷을 훔쳐 입었을 때는 아직 어리고 무지한 걸 감안해 친정으로 돌려보내려던 마음을 접었다. 그런데 이번에는 어떤 처분을 내려야 할지 고민스러웠다.

긴 저녁 식사가 끝난 뒤 샤오메이는 설거지를 하고 부엌을 깨끗하게 정돈했다. 그런 다음 안절부절못하며 대청으로, 8년 전의 상황 속으로 걸어갔다.

시어머니는 심각한 얼굴로 앉아 있고 시아버지는 남포등 아래에서 편지를 쓰고 있었다. 샤오메이의 발소리를 들은 시아버지는 고개를 들어 힐끗 쳐다보며 살며시 탄식을 내뱉은 뒤 다시 고개를 숙이고 계속 편지를 썼다. 샤오메이의 남편 아창은 의아한 표정으로 샤오메이를 보고 입을 벌렸지만 아무 말도 하지 않았다. 시어머니가 샤오메이에게 앉으라는 뜻으로 살짝 고개를 끄덕였다. 샤오메이는 조금 멀리 있는 걸상에 앉았다. 다리에 올려놓은 그녀의 두 손이 가볍게 떨렸다. 그녀는 도장과 인주가 시아버지의 편지지 옆에 놓인 걸 보고 무슨 일이 벌어지는지 알았다. 이혼장이 그녀를 8년 전에 떠나온 완무당 시리촌으로 돌려보내려 하고 있었다. 샤오메이는 눈물이 핑 도는 것을 느끼고 눈물이 흘러나오지 않도록 입술을 꽉 깨물었다.

샤오메이의 시아버지는 살짝 고개를 저으면서 머뭇머뭇 쓰다가 멈추기를 반복하고 몇 차례나 고개를 들어 뭔가 할 말이 있는 것처럼 집안의 여주인을 쳐다보았다. 하지만 아내의 살벌한 표정에 도로 입을 다물고 고개를 숙인 채 편지를 써 내려갔다. 편지를 완성해 건네자 시어머니는 꼼꼼하게 읽어본 다음 무척 불만스럽게 물었다.

"왜 도둑질은 안 적었어요?"

샤오메이의 시아버지가 불안하게 시어머니를 쳐다보고는 작은 소리로 해명했다.

"자기 동생을 돕는 게 도둑질은 아니잖소?"

샤오메이의 시어머니는 당황했다. 20여 년 동안 언제나 자기 뜻을 따랐던 남자가 처음으로 거스르고 있었다. 그녀는 고개를 저은 뒤 아들을 바라보며 강압적으로 물었다.

"너는?"

어쩔 줄 몰라하던 아창이 밝은 표정으로 아버지 말을 따라 했다.

"자기 동생을 돕는 걸 도둑질이라고 할 수는 없죠."

샤오메이의 눈에서 눈물이 쏟아지고 살벌한 시어머니의 표정이 딱딱하게 굳었다. 시어머니는 내내 집에서 누렸던 최고 권위가 도전을 받자 당황스러운 듯 오랫동안 반응하지 못했다. 그러다 얼굴을 샤오메이에게로 돌린 뒤 굳은 음성으로 8년 전에 했던 말을 꺼냈다.

"여자를 내쫓을 수 있는 일곱 가지 허물이 있다. 부모에게 불손하면 내쫓을 수 있고 자식을 못 낳거나 음탕해도 내쫓을 수 있지. 질투가 심하거나 몹쓸 병이 있거나, 또 말이 많거나 도둑질을 해도 내쫓을 수 있다."

바들바들 떨면서 눈물을 줄줄 흘리는 샤오메이에게 시어머니는 8년 전의 질문을 되풀이했다.

"넌 어떤 계율을 어겼지?"

샤오메이가 두 손으로 얼굴을 감싸자 눈물이 손가락 틈새로 흘러나왔다. 그녀가 힘겹게 대답했다.

"도둑질이요."

샤오메이의 시어머니가 고개를 끄덕인 뒤 시아버지한테로 시선을 돌렸다. 20여 년 전에 들어온 데릴사위는 고개를 숙인 채 아무말도 하지 않았다. 이어서 아들을 보았지만, 아들은 그녀를 보는 대신 소리 없이 울고 있는 샤오메이를 걱정스럽게 바라보고 있었다. 시어머니가 큰 소리로 말했다.

"그래, 바로 도둑질이야."

시어머니는 그 불만스러운 편지를 옆에 있는 남편에게 건네며 단호하게 말했다.

"도둑질이라고 써요."

시아버지는 붓을 들고 잠시 망설이다가 도로 내려놓은 뒤 조용히 말했다.

"샤오메이는 8년 동안 신중하고 근검하며 효성스러웠는데 이렇게까지 할 필요가 있소?"

시어머니는 두 차례나 자기 뜻을 거스르는 남편을 낯선 사람을 보듯 쳐다보았다. 그러고는 아들을 바라보자, 아창은 시선을 피해 고개를 숙였다가 조금 뒤 고집스럽게 말했다.

"제 사람이니 제가 결정해야지요."

샤오메이의 시어머니는 깜짝 놀라 아들을 바라보았다. 그녀는 미완성된 편지를 갈기갈기 찢어 남포등 옆에 던진 뒤 옆에서 고개를 숙인 채 입을 다물고 있는 남편과 얼굴이 파랗게 질린 아들을 바라보고 또 이미 눈물을 그치고 운명을 받아들이고 있는 샤오메이를 보았다. 샤오메이가 조용히 애원했다.

"이혼장은 필요 없습니다. 제가 알아서 나갈게요."

시어머니는 고개를 저으며 갈기갈기 찢은 편지 한 조각을 집어 들고 말했다.

"이건 이혼장이 아니라 징계서다. 너를 시리촌으로 두 달 동안 돌려보내겠다는 징계서."

샤오메이는 시어머니의 벌이 자신을 완무당 시리촌에 두 달 동안 돌려보냈다가 다시 시진의 선가로 데려오는 것일 줄은 상상도 못 했다. 아까 그쳤던 눈물이 다시 흘러나왔다. 샤오메이가 울먹이 며 말했다.

"다시는 그러지 않겠습니다."

하지만 샤오메이의 시아버지와 남편은 벌을 내리면 안 된다고 생각했다. 샤오메이가 자기 가족을 도와준 건 잘못이 아닌 데다 액수도 많지 않아서였다. 시아버지가 다시 시어머니에게 말했다.

"이렇게까지 할 필요가 있겠소?"

아창이 아버지 말을 받아 더 강경하게 말했다.

"이럴 수는 없죠."

샤오메이의 시어머니는 자신의 남편과 아들을 서글픈 눈으로 쳐다보았다. 원래는 소리만 요란할 뿐 별로 심하지 않은 벌을 내 릴 작정이었다. 그런데 남편과 아들이 이런 벌조차 반대하자 분을 억누를 수가 없었다. 그녀는 지친 음성으로 아창과 샤오메이에게 말했다.

"내일 새벽에 서문을 통해 큰길로 나가자. 시진 풍습대로 마무리 짓자꾸나."

시어머니는 말을 마친 뒤 일어나 위층으로 올라갔다. 시아버지 와 남편은 그 자리에 아연실색한 표정으로 앉아 있었다. 이런 결정 이 내려질 거라고는 전혀 예상하지 못했다. 샤오메이를 도와주고 싶었을 뿐인데 오히려 일을 더 키운 셈이 되고 말았다. 그들은 이

444

미 엎질러진 물임을 알고 당황한 얼굴로 샤오메이를 쳐다보았다. 샤오메이는 눈물을 글썽거리면서도 억지로 웃음을 지어 보였다.

샤오메이는 자신의 운명이 어떻게 될지 짐작할 수 있었다. 시진에서 8년을 사는 동안 시진의 풍습에 매우 익숙해져 시어머니가 말한 풍습이 무엇인지 알고 있었다. 그건 세 사람이 큰길로 나간 뒤 시어머니와 며느리가 각각 남북으로 갈라지고 아들이 누구를 따라갈지 선택하도록 하는 거였다. 샤오메이는 그렇게 이혼했다는 이야기를 두 번 들어보았다. 그들 두 남자는 아내와 헤어지기 싫어 이혼서를 쓰지 않았다. 그러자 어머니가 그들을 데리고 큰길로 나가 며느리와 다른 방향으로 갔다. 두 남자는 결국 효를 저버릴 수 없어 어머니를 따라갔다. 샤오메이는 자기 남편도 효자이니 그럴 거라고 생각했다. 그녀는 더 울지 않고 옷자락으로 눈가의 눈물을 닦았다. 눈물도 희망이 있을 때 흘리는 것이라, 절망적이 되자 오히려 마음이 편안해졌다. 그녀는 일어나 이미 시어머니가 위층으로 올라갔음에도, 평소와 똑같이 시아버지와 시어머니의 발 닦을 따뜻한 물을 가져왔다.

10

그날 밤은 샤오메이에게 길고도 짧았다. 8년 동안 알고 지냈고 2년 동안 한 침대를 쓴 남자와의 마지막 밤이었다.

2년간의 동침 생활에서 샤오메이에게 남은 기억은 한 가지밖에 없었다. 아창이 이불 속으로 들어온 뒤 말없이 다급하게 그녀의 광목 속옷을 벗기고 다급하게 그녀 위에 올라타 다급하게 그녀 몸으로 들어오는 거였다. 2년 동안 헉헉거리는 숨소리와 절정에 이르는 신음을 제외하면 그는 이불 속에서 다른 소리를 거의 내지 않았다. 최근 반년 동안에는 그나마 아래 속옷만 벗기고 위쪽 속옷은 벗기지도 않았다. 그녀 가슴은 아예 잊어버렸는지 어쩌다 생각나야 광목 속옷 속으로 손을 넣어 잠시 주무를 뿐이었다.

그런데 그날 밤은 달랐다. 그녀의 아래 속옷은 물론 위쪽 속옷까지 모두 벗긴 뒤 두 손과 다리로 꽉 감싸 안아, 그녀는 온몸이 그에게 꽁꽁 묶인 듯한 기분이 들었다. 이어서 그는 그녀를 물기 시작했다. 처음에는 입술을 아주 세게 물었다. 뭔가 짭짤한 맛이 느껴져 그녀는 자기 입술이 터진 걸 알았다. 그다음에는 턱을 물기 시작했다. 아주 길고 세게 깨물다가 그녀가 비명을 지르려 할 때야 풀어주더니, 어깨를 왼쪽에서 오른쪽으로 한 번 또 한 번 깨물었다. 그런 다음 그의 입은 그녀 가슴에서 오랫동안 머물렀다. 그녀는 계속 참고 있다가 그가 유두를 깨물었을 때는 가볍게 신음을 내뱉었다. 그는 그녀의 벌거벗은 몸을 타고 아래쪽으로 내려가며 깨물었다. 그가 온몸을 이불 속에 파묻은 채 그녀의 허벅지를 깨물 때 이불이 그의 엉덩이에 들리면서 찬바람이 들어왔다. 그녀는 그가 추울까 봐 다리를 이불 밖으로 내밀고 발가락으로 힘껏 이불을 눌렀다. 마지막으로 그가 그녀의 음부를 깨물기 시작하자 예리한 통증이 밀려왔다. 그 순간 그녀는 눈물을 흘리며 이 남자가 자신을 보내기 싫어한다는 걸 알아차렸다. 이어서 그는 그녀의 맨몸에 밀착해 위로 올라오더니 잠시 더듬거리다 밀고 들어왔다. 익숙한 감각이 밀려 들어왔다. 대충 마무리하던 예전과 달리 그날 밤 그는 그녀의 몸 안에서 나가려 하지 않았다. 그가 몸을 들썩거리면서 천천히 그녀의 입술을 깨물고 그녀의 턱과 어깨, 유방, 유두를 깨물 때 그녀는 고통스러운 신음을 내뱉기 시작했다. 그러자 그도 반사적으로 신음하더니 온몸을 격하게 떨다가 천천히 가라앉았다. 일을 끝낸 뒤에도 그는 예전처럼 돌아누워 곯아떨어지는 대신 계속 그녀 몸 위에 엎드린 채 움직이지 않았다. 한참이 지난 뒤 미끄러지듯 내려왔을 때 탄식 소리가 들려 그녀는 그가 뭔가 말할 줄 알았는데, 잠시 뒤 고른 숨소리만 들렸다. 그녀는 그가 잠든 것을 알았다.

샤오메이는 그날 밤 아창 때문에 상처투성이가 되었지만 아프지 않았다. 칠흑 같은 밤, 눈을 동그랗게 뜬 채 그녀는 지나간 세월을 보았다. 옆에서 들리는 남편의 규칙적으로 코 고는 소리가 한밤의 평온함과 어우러졌다. 선가에서 보낸 8년 동안의 평온함이 이 밤과 같았다. 야경꾼의 딱따기 소리가 한 차례 한 차례 거리를 지나갈 때 깊은 밤의 평온함도 한 차례 한 차례 깨어나고 샤오메이의 설렜던 지난날도 덩달아 깨어났다. 푸른색 꽃무늬 옷을 처음 입었을 때의 아름다운 시간이 떠오르고 결혼한 다음 날 시어머니가 자신의 은비녀를 그녀 머리에 꽂아주었던 일도 떠올랐다.

수많은 옛일이 스쳐간 뒤 멀리서 수탉 울음소리가 울리고 곧이어 이웃집 수탉 소리도 들려왔다. 아침 식사를 준비할 시간이었다. 그녀는 조용히 침대에서 일어나 옷을 입은 뒤 살금살금 밖으로 향했다. 끼익하고 문 열리는 소리에 아창의 코 고는 소리가 끊어지자 그녀는 잠시 가만히 서 있다가 아창이 몸을 돌리고 다시 코를 골고 나서야 까치발로 문지방을 넘었다. 문을 닫을 때도 길게 끼익하고 소리가 나 그녀는 또다시 멈춰 섰다가 부엌으로 향했다. 그때 그녀 집 수탉도 울었다.

11

그날 샤오메이의 시어머니는 평소보다 일찍 일어나 세수한 뒤 화장대 앞에서 숱 적은 머리카락을 꼼꼼하게 빗고 머릿기름을 발라 뒤통수에 쪽을 쪘다. 그러고는 창밖의 흐린 하늘을 힐끔 올려다보며 자리에서 일어나 옷장을 열고 외출복을 꺼냈다. 그때 잠에서 깬 샤오메이의 시아버지가 일어나 옷을 입다가 아내가 외출복 차림인 걸 발견하고는 어리둥절한 얼굴로 쳐다보았다. 하지만 곧 지난밤의 일이 떠올라, 귀밑머리가 하얗게 세기 시작한 이 남자는 가볍게 고개를 저으며 탄식을 내뱉었다. 시어머니는 남편의 탄식을 들었음에도 쳐다보지 않고 서랍에서 엽전을 집어 자루에 넣은 다음 충분한지 무게를 가늠해본 뒤 자루를 들고 방문을 나섰다.

시어머니가 자루를 가지고 샤오메이네 방으로 가서 문을 두드리려 할 때 문이 열리더니 아창이 나왔다. 그는 괴로운 표정으로 어머니를 쳐다본 뒤 고개를 숙인 채 옆으로 지나쳐 갔다. 시어머니는 무표정하게 들어가 샤오메이의 화장대에 자루를 내려놓았다. 밖으로 나왔을 때 샤오메이가 그릇을 들고 부엌으로 가는 게 보였다. 뒤따라가자 샤오메이가 인기척을 느끼고 고개를 돌렸다가 시어머니인 걸 보고는 곧장 옆으로 비켜섰다. 시어머니는 샤오메이의 터진 입술과 턱의 상처를 보며 살짝 어리둥절해하다가 앞으로 지나쳐갔다.

네 사람은 탁자에 둘러앉아 아침을 먹었다. 샤오메이는 고개를 숙인 채 밥그릇을 입가에 대고만 있었다. 한 입도 제대로 삼킬 수가 없었다. 시아버지는 걱정 가득한 얼굴로 천천히 먹고 아창은 얼굴을 잔뜩 찌푸린 채 한 입 먹다 멈추기를 반복했다. 시어머니만 침착하게, 평소와 똑같이 식사했다. 그녀는 아들이 평소 일할 때 입는 꾸깃꾸깃하고 낡은 작업복 차림인 걸 보고 말했다.

"외출복으로 갈아입거라."

샤오메이도 마지막 아침 식사를 마쳤다. 그녀는 밥그릇에 남은 죽을 한꺼번에 입에 넣고는 씹지도 않고 삼켰다. 그런 다음 탁자를 정리하고 설거지한 뒤 부엌을 다시 한번 치우고 나서야 자기 방으로 돌아갔다. 화장대 앞에 앉아 머리를 다시 빗고 기름을 발라 쪽을 찐 샤오메이는 오른손으로 은비녀를 들고 잠시 머뭇거리다가 머리에 꽂는 대신 화장대에 내려놓았다. 그때 그녀는 탁자 위에 있는 자루를 발견하고 열어보았다. 엽전이 잔뜩 들어 있었다. 샤오메이는 시어머니가 준 여비임을 알고 가슴이 뭉클해지면서 눈가가 촉촉해졌다.

샤오메이는 일어나 옷장을 열고 자기 옷과 푸른색 날염 두건 세

장을 챙겼다. 두건은 검소한 시어머니가 그녀에게 준 예물이었다. 두건을 가지런하게 접어 보따리에 넣고 옷장 문을 닫을 때 샤오메이는 푸른색 꽃무늬 옷을 발견했다. 열 살 때 선가에 오던 날 입었던 그 꽃무늬 옷도 가져가려고 꺼냈지만, 샤오메이는 마음이 아파서 도로 집어넣은 뒤 옷장 문을 닫았다. 그러고 나서 화장대로 가 엽전이 든 자루를 보따리에 넣었다.

샤오메이는 깨끗한 남색 솜저고리를 입고 보따리를 챙겨 방문을 나섰다. 장삼으로 갈아입은 아창과 치파오를 입은 시어머니가 그녀를 기다리고 있었다. 시어머니는 그녀가 나오는 것을 보자마자 몸을 돌려 밖으로 나갔다. 아창이 그 뒤를 따라 나가고 샤오메이는 제일 뒤에서 걸어갔다. 문을 나설 때 그녀는 고개를 돌려 가게에 서 있는 시아버지를 바라보았다. 시아버지는 손으로 눈가를 훔치고 있었다.

12

　시진의 그 음울한 새벽, 보따리를 손에 든 샤오메이는 시어머니 와 아창 뒤를 따라 처음 시진에 도착했을 때 두리번거리던 것과 달리 고개를 푹 숙인 채 자기 발만 보면서 걸었다. 그렇게 한 걸음 한 걸음 시진의 거리에 작별을 고했다. 아는 사람들이 인사를 건 네는데 시어머니가 대꾸하지 않고 아창도 응대하지 않아 그녀 역 시 고개를 들 필요가 없었다.

　세 사람은 말없이 시진의 서문을 통과해 큰길로 나아갔다. 사거 리에 이르러 시어머니가 걸음을 멈추자 아창도 멈췄다. 샤오메이 는 고개를 들고 가슴에 새기려는 듯 아창의 얼굴을 찬찬히 들여다 보았다. 시어머니는 그녀가 남편을 더 많이 볼 수 있도록 해주려 는 듯 조용히 서 있었다. 이어서 샤오메이는 시선을 시어머니에게 로 돌린 다음 마찬가지로 가만히 응시했다. 시어머니는 눈길을 피 하지 않았다.

　새벽이라 아무도 없는 큰길의 남북 양쪽을 바라보며 시어머니 가 말했다.

"여기에서 가자."

그러면서 시어머니가 남쪽으로 걸어가자 샤오메이는 고개를 끄덕인 뒤 북쪽으로 걸음을 옮겼다. 고개를 숙인 채 백 하고 열 걸음을 걷고 나서 귀를 기울여 보니 뒤에서 아무 발소리도 들리지 않았다. 샤오메이는 자기 예상대로 아창이 시어머니를 따라 남쪽으로 갔음을 알았다. 고개를 들자 앞쪽 하늘에 먹구름이 가득해 저 앞으로 보이는 먼 길이 어두운 밤길 같았다. 샤오메이는 계속 걸어가며 돌아보지 않았다. 얼굴을 때리는 겨울의 찬바람 속에 빗방울이 드문드문 섞여 있었다. 샤오메이는 추위는 모르겠는데 온몸이 시큰거려 조금 혼란스러웠다. 왜 아픈지는 몰라도 통증이 갈수록 심해졌다. 그녀는 머리를 비스듬히 기울인 채 걸어가면서 몸이 왜 아픈지 이유를 생각해보았다. 한참을 걸었을 때 마침내 기억이 났다. 지난밤 아창이 이불 속에서 그녀의 온몸을 물어뜯어서였다. 그때 눈물이 솟구쳤다.

샤오메이는 8년이나 떠나 있던 시리촌으로 돌아가는 게 자신의 운명임을 알았다. 그녀는 삭풍이 불고 빗방울이 산발적으로 날리는 길에서 어떻게 하면 시진 부두로 갈 수 있을지 떠올려 보았다. 동문 옆의 부두로 가기 위해 왔던 길을 되돌아가고 싶지는 않았다. 다시 서문을 통해 성으로 들어가면 시끄러운 거리를 지날 수밖에 없는데, 그냥 혼자 걷고 싶었다. 결국 그녀는 멀리 돌아서 동문의 부두까지 가기로 마음먹었다. 샤오메이는 눈가의 빗물을 닦고 방향을 살핀 뒤 앞쪽으로 조금 더 나아가다가 오솔길로 꺾어 들어갔다. 그렇게 구불구불한 오솔길을 따라 시진 동문의 부두로 갔다.

샤오메이가 부두에 서자 사공 몇 명이 손을 흔들었다. 그녀는 휘청거리며 가장 가까이에 있는 대나무 지붕 배에 올라 사공의 부축을 받으면서 선실의 돗자리에 앉았다. 사공은 두 손으로 배를 밀어낸 뒤 빗방울이 점점 많아지는 것을 보고 삿갓과 도롱이를 걸쳤다. 샤오메이에게 어디로 가느냐고 물은 다음 사공은 뱃고물의 나무판에 기대앉아 왼팔에 끼운 상앗대로 방향을 잡으면서 두 맨발로 발판을 밟기 시작했다. 빗방울이 튀는 수면 위로 배가 삐그덕 삐그덕 소리와 함께 빠르게 나아갔다.

중년의 사공은 샤오메이가 선실에 앉은 뒤에도 보따리를 꽉 안고 있는 걸 보고 말했다.

"보따리를 등 뒤에 놓고 기대면 훨씬 편할 거요."

샤오메이는 고개를 끄덕이면서도 보따리를 계속 팔에 안고 있었다. 사공이 같은 말을 두 번 더 하고 샤오메이 역시 두 번 더 고개를 끄덕였지만 계속 팔에 보따리를 들고 있었다. 사공이 웃으면서 화제를 돌렸다.

"그쪽 알아요. 수선집 선가의 며느리."

샤오메이가 고개를 끄덕이자 사공이 물었다. "완무당 친정에 가는 거지요?"

샤오메이는 또 고개를 끄덕였다. 하지만 배가 완무당 시리촌 방향으로 빠르게 나아가기 시작한 뒤 사공의 말은 더 이상 샤오메이의 귀에 들어오지 않았다.

8년이나 떨어져 있어서 샤오메이는 부모와 형제들 얼굴이 기억나지 않았다. 어제 나타났던 막냇동생의 얼굴도 가물가물했다. 초조하게 떠올려봐도 기억 깊은 곳에는 아버지의 모습도, 어머니의 모습도 없었다. 다만 어머니가 손을 들어 눈가를 훔치던 몸짓 하나만 떠오르는데 그게 언제 어디에서의 일인지는 알 수 없었다. 생각하고 또 생각한 끝에 샤오메이는 결국 기억해냈다. 그녀가 결혼하던 날 맞은편에 앉아 있던 어머니 눈가에 눈물이 맺혀 있었다. 이어서 부모와 형제들 다섯 명이 두 손을 소맷자락에 끼운 채 줄줄이 들어왔다가 줄줄이 나갔던 모습도 기억났다. 그들은 그녀가 시진 선가로 시집간 걸 무척 기뻐하고 자랑스러워했는데 이제 쫓겨나 완무당 시리촌으로 돌아가게 되었으니 어떻게 반응할까? 그녀는 이어서 더 생각할 엄두가 안 났다.

열 살에 부모와 형제를 떠나 시진 선가에서 8년을 살다 보니 그녀 가슴속에서 집은 이미 선가가 되어 있었다. 아창은 한 번도 그녀에게 막말한 적이 없고 시아버지는 온화했으며 시어머니도 엄격할 뿐 8년 동안 구박한 적이 없었다. 민며느리가 시어머니에게 구박받고 욕먹고 얻어맞는 건 시진에서 아주 흔한 일이었다. 견디다 못한 민며느리가 목을 매거나 우물에 뛰어든 일도 8년 동안 몇 번이나 보고 들었다.

샤오메이가 선실에서 눈물을 줄줄 흘리는 걸 보고 사공이 당황해 비 내리는 뱃고물에서 고함을 질렀다. 샤오메이는 그제야 정신을 차리고 자신이 배에 타고 있는 걸 인식했다. 선실 밖에서 비가 억수같이 쏟아져 사공 얼굴은 보이지 않고 고함 소리만 들렸다. 그녀는 눈물을 깨끗이 닦은 뒤에야 사공의 얼굴을 볼 수 있었다. 사공이 입을 크게 벌렸다 다물며 뭐라고 말하는데 잘 들리지는 않아도 자신에게 괜찮냐고 묻고 있음을 알 수 있었다. 그녀는 괜찮다는 뜻으로 손을 흔들었다. 그런 다음 안정을 되찾자 사공도 더는 빗속에서 입을 열지 않았다.

차분해진 샤오메이는 자신의 미래가 눈에 보이는 듯했다. 시댁에서 쫓겨나 마을로 돌아가면 부모와 형제는 남들 보기 창피하다 생각하고 이웃들은 그녀가 찾아오는 걸 꺼릴 터였다. 이후에도 그녀는 아침 일찍부터 밤늦게까지 집안일과 밭일을 하겠지만 고개를 들 수 없을 테고, 부모와 형제는 물론 고향 사람들이 곁에 있어도 혼자처럼 쓸쓸할 게 뻔했다. 밤이 되면 어둠 속에서 아버지의 탄식을 듣고 달빛 아래에서 촉촉해진 눈가를 닦는 어머니를 보게 될 거였다.

13

샤오메이가 떠난 뒤 아창의 어머니는 빨래와 요리 등 집안일은 물론이고 수선일까지 하느라 아침부터 밤까지 쉴 틈이 없었다. 사실 하녀를 고용해도 됐지만 워낙 검소한 성격이어서 그녀는 모든 일을 직접 다 처리했다. 그러면서 손님 응대를 남편에게 맡겼는데 그래도 장부만큼은 계속 자신이 관리했다. 아창의 아버지도 바빠지기는 마찬가지였다. 손님을 맞이하고 배웅하면서 쉴 새 없이 고개를 끄덕이고 친절하게 미소 지어야 할 뿐만 아니라 외상값을 받을 날이 가까워지면 나가서 독촉도 해야 하고 틈이 날 때마다 바느질도 해야 했다. 그런데 눈이 침침해져 바늘과 실을 멀리 떨어뜨려야 초점을 맞추고 일할 수 있었다. 한편 아창은 넋 나간 모양새로 수선할 옷을 손에 들고만 있었다. 아침부터 저녁까지 꼼짝하지 않고 아무 일도 하지 않으면서 진열품처럼 앉아 있기만 했다.

어머니는 아창이 무슨 생각을 하는지 알고 있기 때문에 한마디도 질책하지 않았다. 하지만 그녀는 아창이 옷을 갈아입느라 옷장을 열 때마다 샤오메이가 남겨놓은 꽃무늬 옷을 보는 줄은 몰랐다.

멍하니 옷을 쳐다볼 때마다 아창은 머릿속이 하얘졌다.

그사이 매파가 시골 아가씨 몇 명을 데려왔지만, 아창은 늘 힐끗 쳐다본 뒤 더는 눈꺼풀도 올리지 않았다. 청초하고 깔끔하며 영리한 데다 손재주가 뛰어난 샤오메이와 워낙 대비돼 아창의 어머니도 마음에 드는 사람이 하나도 없었다. 매파는 도시 아가씨도 두 명 소개했다. 집안 형편이 어려운 시진과 선덴의 아가씨였는데 시진 아가씨네 집에서 제시한 예물 목록을 보고 아창의 어머니는 떨듯이 놀라며 거절했다. 선덴 아가씨네 집에서는 예물을 거론하지 않고 일단 만나본 뒤에 마음에 들면 다시 이야기하자고 했다. 그래서 그날 동틀 무렵 아창의 부모는 단정하게 차려입은 뒤 선덴으로 아가씨를 보러 갔다.

어느새 봄이 되었다. 샤오메이가 완무당 시리촌으로 돌아간 지도 석 달이 지났다. 유약하고 늘 멍해 보이는 아창이 당시로서는 엄청나게 불효막심한 일을 즉흥적으로 저질렀다.

부모가 나간 뒤 혼자 가게에 앉아 끄덕끄덕 졸고 있을 때 열 살짜리 샤오메이가 꽃무늬 옷을 입고 옷장 앞에 서 있는 모습이 아창의 눈앞에 가물가물 떠올랐다. 비몽사몽 눈을 뜬 순간 아창의 머릿속에 불현듯 그 생각이 떠올랐다. 그는 벌떡 일어나 위층 방으로 가서는 옷장에서 샤오메이가 가져가지 않은 꽃무늬 옷과 자기 옷을 꺼내 챙겼다. 그리고 부모에게 편지를 쓴 뒤 잡동사니로 가득한 아래층 작은 방에 들어가 낡은 나무 상자를 치우고 벽돌

하나를 들어냈다. 그 밑에는 은화 200냥이 들어 있는 항아리가 있었다. 그는 뚜껑을 열고 은화 100냥을 꺼낸 뒤 도로 뚜껑을 닫았다. 이어서 가게 계산대 서랍에서 엽전을 전부 꺼낸 다음 가게 문을 닫고 보따리를 짊어진 채 햇살이 비치는 거리를 지나 동문의 부두로 갔다.

오전이라 부두에 배가 즐비하고 사공들이 각자 뱃고물에 앉아 시끌시끌 떠들고 있었다. 봇짐을 멘 아창을 보고 사공들이 줄줄이 자기 배에 타라고 손짓했다. 아창은 사공 10여 명이 동시에 부르자 누구 배에 타야 할지 선뜻 결정할 수 없었다.

그때 한 사공이 떠보듯 물었다. "시리촌에 아내를 데리러 가는 거죠?"

아창은 어리둥절했지만, 고개를 끄덕이고는 그 사공의 배에 올랐다. 그가 선실 돗자리에 앉자마자 배가 부두를 벗어났다.

사공은 그에게 보따리를 등 뒤에 놓고 기대면 편할 거라고 말했다. 아창이 그렇게 하자 사공은 자신이 아창의 아내를 시리촌까지 데려다줬는데 배에서 내내 울어서 의아해했다고 말했다. 친정에 가면서 우는 사람을 종종 봤지만 그렇게 슬프게 우는 사람은 처음이라 이상했다며, 나중에야 쫓겨났다는 소리를 들었다고 했다. 사공은 아내를 내보낸 시진의 다른 두 집에서도 몇 달 뒤 후회하며 도로 데려왔다고 말하고는 아창에게 물었다.

"석 달 가까이 되었지요?"

아창이 고개를 끄덕였다. 사공은 그의 등 뒤로 튀어나온 보따리를 보면서 왜 짐을 챙겼냐고 물었다. 아창은 대답하지 않았다. 사공은 시리촌이 좀 멀어도 하루에 오갈 수 있기 때문에 짐까지 챙길 필요는 없었다고 말했다.

14

정오 무렵 대나무 지붕 배가 샤오메이의 마을에 도착했다. 아창은 보따리를 배에 내려놓고 장삼을 젖히며 기슭에 오른 뒤 고개를 돌려 사공에게 말했다.

"잠시만 기다려주세요."

사방을 둘러보니 전부 농지로 둘러싸이고 작은 길 하나만 앞으로 뻗어 있었다. 아창은 그 길을 따라 걸어가다가 밭에서 일하는 마을 사람을 발견하고 샤오메이의 부모가 어디에 사는지 물었다. 밭에서 일하던 사람들이 대답 대신 자기네끼리 떠들다가 멀지 않은 곳의 사람에게 소리치면서 길에 서 있는 아창을 가리켰다. 그러자 멀지 않은 밭에서 일하던 그 사람이 밭두렁으로 뛰어올라 맨발로 달려왔다. 아창이 보니 열대여섯 살쯤 된 그 사람은 샤오메이와 조금 닮은 듯했다. 그 사람이 달려와 아창을 살피면서 물었다.

"매형 나리세요?"

아창은 '매형' 뒤에 '나리'까지 붙자 조금 당황스러웠지만 샤오메이의 동생이겠다고 짐작했다. 그때 샤오메이의 동생이 그를 알아보고 흥분해 소리쳤다.

"정말 매형 나리시군요. 저 모르시겠어요? 막내입니다."

아창은 가슴이 찌릿해졌다. 눈앞의 이 막냇동생이 돼지 판 돈을 잃어버려서 샤오메이가 완무당으로 돌아오게 된 거였다. 샤오메이의 동생을 머리 꼭대기부터 발끝까지 살펴보니 바짓단을 높이 말아 올렸고 발이 온통 진흙투성이였다. 동생은 매형 나리의 시선이 자기 맨발에 닿는 것을 보고는 쑥스럽게 웃으며 몸을 숙여 바짓단을 내렸다. 그런 다음 몸을 일으키고 조심스럽게 물었다.

"누나를 데리러 오셨어요?"

아창이 고개를 끄덕이자 샤오메이의 동생이 왼쪽으로 비켜서면서 먼저 가라는 뜻으로 오른손을 뻗었다.

"매형 나리, 이쪽입니다."

밭에서 일하던 마을 사람들이 전부 허리를 펴고 일어나 시진에서 온 남자가 장삼을 손에 쥔 채 밭 사이의 작은 길로 걸어가는 걸 신기하게 쳐다보았다. 샤오메이의 동생이 환한 얼굴로 뒤따라가며 밭에 있는 사람들에게 소리쳤다.

"매형 나리가 누나를 데리러 오셨어요."

마을 사람들은 소박맞은 샤오메이가 다시 시진 선가의 사람이 되었음을 알 수 있었다. 그들은 선가에서 후회해 엎질러진 물을 도로 담고 이미 내뱉은 말을 되돌리려 한다고 입을 모았다.

아창이 조금 걸어갔을 때 뒤에서 따라오던 동생이 밭에서 일하는 한 남자에게 소리쳤다.

"작은형, 작은형, 매형 나리가 누나를 데리러 오셨어."

허리를 굽히고 일하던 남자가 곧장 몸을 펴고는 밭두렁으로 뛰어올라왔다. 그도 맨발로 아창 앞까지 달려와 잔뜩 흥분해 붉어진 얼굴로 소리쳤다.

"매형 나리."

아창은 미소를 지으며 고개를 끄덕이는 한편 샤오메이의 또 다른 동생이겠다고 생각했다. 그는 계속 앞으로 걸어가고 샤오메이의 두 동생은 그 뒤를 따라왔다. 막냇동생이 살며시 형의 옷자락을 잡아당기며 말아 올린 바짓단을 가리켰다. 형이 무슨 뜻인지 알아차리고 황급히 허리를 굽혀 바짓단을 내렸다. 그들은 길을 따라 초가 일고여덟 채를 지나갔다. 초가에서 나온 남녀노소가 연극을 구경하듯 그들을 바라보았다. 샤오메이의 두 동생은 그 남녀노소들을 향해 매형 나리가 누나를 시진으로 데려가기 위해 왔다고 자랑스럽게 말했다.

새로 지은 듯한 초가 앞에 이르렀을 때 막냇동생이 또 소리쳤다.

"큰형, 큰형, 매형 나리가 누나를 데리러 오셨어."

초가에서 한 남자가 나와 아창을 보고는 곧장 달려왔다. 아창은 달려오는 남자를 보며 샤오메이의 또 다른 동생이려니 생각했다. 그 동생은 맨발이 아니라 짚신을 신고 있었다. 짚신을 신은 남자가 아창 앞으로 달려와 허리를 숙이며 인사했다.

"제부 나리."

아창은 고개를 끄덕이며 샤오메이의 오빠였구나 하고 생각했다. 샤오메이의 세 형제가 그를 에워싸며 걸어가고 마을 사람 몇 명이 그 뒤를 따라왔다. 더 많은 사람은 밭에 서거나 문 앞에 서서 장삼을 입은 남자가 미소를 지으며 걸어가는 것을 지켜보았다.

샤오메이의 부모도 밭에서 일하다 선가 도련님이 딸을 데리러 왔다는 소리를 들었다. 그들은 허둥지둥 발에 묻은 진흙을 도랑에 씻어내고 바짓단을 내린 뒤 밭두렁에 벗어둔 짚신을 신고 집으로 달려갔다. 샤오메이의 아버지가 앞서 뛰어가면서 고개를 돌려 샤오메이 어머니에게 빨리 좀 뛰라고 잔소리했다.

그때 여기저기 기운 옷을 입은 샤오메이는 집에서 밥을 하고 있었다. 마을 사람들이 밖에서 시끄럽게 떠드는 소리를 들었지만 무슨 일인지 몰랐고 알고 싶지도 않았다. 계속 아궁이에 장작을 집어넣고 불쏘시개로 장작을 들쑤시며 화력을 균일하게 조절했다. 그때 부모가 집으로 돌아왔다. 아버지가 짚신을 헝겊신으로 바꿔 신으면서 샤오메이 어머니에게 시켰다.

"애한테 밥 짓지 말고 어서 가서 씻으라고 해."

어머니가 샤오메이를 일으키며 눈물이 그렁그렁한 얼굴로 "네 남편이 데리러 왔어. 다시 선가 사람이 되었다고"라고 말했다.

너무도 갑작스러운 소식이라 샤오메이는 얼떨떨했다. 어머니가 엉엉 울면서 샤오메이를 집 뒤의 물가로 데려가 어서 얼굴과 손을 썻으라고 한 뒤 자신은 헐레벌떡 초가로 돌아와 샤오메이의 옷을 싸기 시작했다. 또 기운 부분이 없는 무명옷을 챙겨 집 뒤로 가서는 샤오메이에게 옆쪽 대숲에서 갈아입으라고 했다. 그런 다음 어머니는 또 총총히 돌아와 짚신을 헝겊신으로 갈아 신었다.

그때 아창이 초가 앞에 도착했다. 샤오메이의 아버지는 이미 마중하러 나가 있었다. 샤오메이의 어머니도 재빨리 달려가 남편 옆에 선 뒤 공손하게 불렀다.

"사위 나리."

아창도 공손하게 "장인 어르신, 장모님." 하고 인사했다.

그러고 나자 그들은 이제 뭐라고 해야 할지 몰라 그저 웃으며 서 있기만 했다. 마을 사람들 상당수가 지씨네 초가 앞에 몰려와 있었다. 그때 누군가 탄내를 맡았고 또 누군가가 샤오메이의 부모에게 밥이 타는 거 아니냐고 물었다. 샤오메이의 부모는 아무 대꾸도 하지 않았다.

샤오메이의 세 형제 중 둘이 아내를 데리고 달려왔다. 한 여자는 "제부 나리", 또 한 여자는 "매형 나리"라고 부르며 인사했다.

아창이 낯선 두 여자를 향해 고개를 끄덕일 때 막냇동생이 "매형 나리, 안으로 드세요"라고 말했다.

샤오메이의 부모도 어떻게 대처해야 하는지 깨닫고 말했다. "안으로 드시게."

아창은 샤오메이가 보따리를 안고 초가에서 나와 자신을 힐끗 처다본 뒤 고개를 숙이는 걸 보았다. 그 눈짓에서 샤오메이가 지난 석 달 동안 얼마나 힘들게 버텼을지 짐작이 돼 아창은 눈시울을 붉히며 목멘 소리로 말했다.

"장인 어르신, 장모님, 샤오메이를 데려가려고 왔습니다."

샤오메이의 부모가 연신 고개를 끄덕이며 잘됐다고 말했다. 샤오메이는 고개를 숙인 채 아창 앞으로 걸어갔다. 온몸이 미세하게 떨리고 눈물이 핑 돌았다.

아창이 샤오메이의 부모에게 허리 숙여 절했다. "장인 어르신, 장모님, 그럼 가보겠습니다."

샤오메이의 막냇동생이 말했다. "매형 나리, 점심이라도 드시고 가세요."

아창이 대꾸했다. "됐네."

샤오메이의 아버지도 권했다. "들고 가시게."

그런 다음 샤오메이 어머니에게 "어서 가서 밥상 차려"라고 일렀다.

샤오메이의 어머니가 황급히 초가로 들어가자 샤오메이의 아버지는 아창에게 안에 들어가 식사하자고 했다. 아창은 옆에서 고개를 숙이고 있는 샤오메이를 보며 함께 들어가자는 뜻으로 그녀의 팔을 건드렸다. 그때 샤오메이의 어머니가 까맣게 탄 밥 두 그릇을 들고나왔다. 너무 흥분해 밥이 타는 줄도 몰랐던 거였다. 그녀가 밥그릇을 아창과 샤오메이에게 건네며 말했다.

"들고 가시게."

샤오메이의 아버지가 타박했다. "뭐가 그렇게 급해, 사위 나리가 아직 들어가지도 않았는데."

그들은 사람들 웃음소리를 듣고 나서야 밥이 까맣게 타서 먹을 수 없다는 걸 알았다. 샤오메이의 아버지가 난처한 얼굴로 똑같이 난처한 표정의 샤오메이 어머니에게 말했다.

"어서 밥을 지어."

아창이 다시 한번 샤오메이의 부모에게 허리 숙여 인사하며 말했다. "샤오메이를 데리고 돌아가겠습니다."

15

시진 수선집 선가의 도련님이 벽돌집 하나 없는 시리촌까지 샤오메이를 데리러 오자 마을 전체가 들썩거렸다. 사람들은 배가 있는 곳까지 아창과 샤오메이를 따라갔다.

샤오메이의 세 형제가 한껏 들떠서 바로 뒤를 따라가고 샤오메이의 두 올케는 인파 속으로 밀려났다. 샤오메이의 부모도 뒤로 밀려났지만 흐뭇하게 웃으며 앞쪽의 긴 대열을 바라보았다. 마을 길이 워낙 좁아서 바짓단을 걷고 양쪽 길가의 도랑으로 걷는 사람도 꽤 있었다.

샤오메이는 고개를 숙인 채 걸어갔기 때문에 움직이는 발밖에 보이지 않았다. 그녀는 장삼 아래에서 나아가는 발, 자기 남편의 발을 조금도 놓치지 않으려는 듯 뚫어져라 쳐다보았다.

석 달 전 배에서 내려 시리촌 기슭에 오른 뒤 샤오메이는 머뭇거리며 고개를 숙인 채 친정집까지 걸어갔다. 그 이후에도 다시는 고개를 들지 못했고 집에서도 늘 고개를 숙이고 있었다. 그녀는 동생에게 사사로이 엽전을 줘서 소박맞았다고 부모에게 말하지 않았다. 대신 결혼한 지 2년이 지나도록 임신하지 못해 선가에서 아이를 낳을 수 없는 몸으로 여겨졌다고 설명했다.

아버지는 아무 질책 없이 멍하니 앉아만 있고 어머니는 조용히 눈물을 닦았다. 세 형제 중 둘은 체면을 구겼다고 생각하며 이후 그녀에게 거의 말을 걸지 않았다. 막냇동생만 계속 "누나"라고 부르며 챙겼다. 샤오메이가 소박맞고 돌아온 뒤 아버지는 농번기가 아니라 일이 별로 없으니 밭에 나가지 말고 집안일을 하라고 했다. 샤오메이는 자신이 웃음거리가 될까 봐 아버지가 못 나가게 하는 것임을 알았다. 집 뒤편의 물가에서 쌀과 채소를 씻거나 빨래하고 옷을 널 때가 아니면 샤오메이는 초가를 나서지 않았다. 그렇게 시종일관 고개를 숙이고 있어도 샤오메이는 마을 사람들이 초가 밖에서 손가락질하거나 집 뒤쪽까지 와서, 물가에서 쪼그리고 앉아 빨래하는 그녀를 보며 나직하게 떠드는 걸 알고 있었다.

이제 샤오메이가 시진으로 돌아간다고 하자 부모와 형제 모두 다시 기세등등해졌다. 하지만 샤오메이는 배에 오를 때까지 계속 고개를 숙이고 있었다. 기슭을 떠난 배가 수면에서 흔들흔들 나아갈 때야 샤오메이는 고개를 들고 기슭의 부모를 바라보았다. 그녀의 눈이 길게 늘어선 사람들 속에서 어머니를 찾았다. 어머니는 두 손으로 눈물을 닦고 있었다. 이어서 아버지를 보자 아버지도 울면서 손등으로 눈을 훔치고 있었다.

옆에서 아창이 샤오메이 품의 보따리를 받아 편하게 기대도록 등 뒤에 넣어주었다. 아창의 자상한 행동에 샤오메이는 눈시울이 뜨거워졌다. 자신의 굴곡진 운명을 생각하니 눈물이 터져 나올 듯했지만 이를 악물고 참았다. 배가 물살을 가르며 나아갈 때 샤오메이는 이제 네 시간 뒤면 시진으로, 수선집 선가로 들어가겠다고 생각했다. 시어머니를 만날 생각을 하자 불현듯 긴장감이 밀려왔다.

그때 아창이 사공에게 말했다. "선뎬으로 가주세요."

사공이 고개를 갸웃거리며 물었다. "시진으로 안 돌아가고요?"

아창이 대꾸했다. "시진으로 안 돌아가니 선뎬으로 가주세요."

샤오메이가 무슨 말인지 못 알아들은 듯 의아한 눈으로 아창을 쳐다보았다.

사공이 말했다. "선뎬이 시진보다 가까워도 난 시진으로 돌아가야 합니다. 날이 지면 배를 몰기 힘들어요."

"뱃삯을 두 배로 드릴게요."

샤오메이가 이해할 수 없다는 표정으로 바라보자 아창이 득의양양하게 보따리를 풀고 제일 위에 있는 꽃무늬 옷을 보여주었다. 샤오메이의 눈에서 눈물이 흘러나왔다. 그녀는 아창이 자신을 시진 선가가 아니라 미지의 땅으로 데려가려 한다는 것을 알았다.

샤오메이는 눈물 때문에 흐릿해진 눈으로 오후의 햇살이 수면을 금빛 찬란하게 물들이고 배가 그 찬란한 금빛 속에서 나아가는 것을 바라보았다.

아창은 무척 의기양양했다. 그건 샤오메이가 처음 보는 모습으로, 아창은 넓은 수면을 보며 눈을 반짝반짝 빛냈다. 심지어 사공과 말하는 목소리까지 반짝거렸다. 그들은 시진 거리와 선덴 가게에 대해 주거니 받거니 떠들어댔다. 그 들뜬 목소리에서 샤오메이는 늘 심드렁하던 예전의 아창을 찾아볼 수 없었다.

아창의 목소리에 심취돼 샤오메이는 웃음소리와 말소리가 잘 구분되지 않았다. 커다란 붉은 저고리와 치마에 휘감긴 듯 온몸이 아창의 목소리에 에워싸인 기분이었다. 열 살에 처음 시리촌을 떠나 아버지의 옷자락을 잡고 시진 거리를 걸으면서 두리번거릴 때 샤오메이의 눈에서 반짝이던 금싸라기 같은 빛, 8년 전의 그 빛이 지금 아창을 따라 멀리 타향으로 떠나는 순간 그녀의 눈으로 되돌아왔다.

16

그들은 선뎬에서 아무런 구속도 없는 오후와 밤을 보냈다. 새장 속 새가 하늘로 날아오른 뒤 기쁨의 날갯짓을 쉬지 않는 것처럼, 배에서 꼬르륵 소리가 나는데도 선뎬 거리를 이리저리 돌아다녔 다. 시진 거리보다 훨씬 넓고 번화한 곳이었다.

그러던 중 아창이 뜬금없이 재봉소로 들어가더니 샤오메이에게 새 옷을 맞춰주겠다고 했다. 재봉사는 샤오메이의 치수를 잰 뒤 사흘 뒤에 찾으러 오라고 말했다. 그런데 계약금을 꺼내던 아창 이 갑자기 몸을 돌리고 가게에서 토끼보다도 더 빠르게 달려나갔 다. 재봉사와 샤오메이는 서로의 얼굴을 멀뚱멀뚱 쳐다보며 아무 반응도 할 수 없었다. 이어서 샤오메이가 새빨개진 얼굴로 가게를 나오자 아창이 대각선 맞은편 거리에서 손을 흔들며 불렀다. 샤오 메이가 다가가자 아창은 사흘이나 기다릴 수 없다고 속삭였다. 내 일 상하이로 갈 계획이니 그곳에서 좋은 옷을 맞춰주겠다고, 상하 이 재봉사의 솜씨가 선뎬 재봉사보다 훨씬 뛰어날 거라고 말했다.

샤오메이는 "아"라고 반응한 뒤 상하이에 갈 생각이었느냐고 조용히 말했다. 선가 손님 중에 상하이에 다녀온 사람이 있었는데 수선집 앞에서 얼마나 침을 튀겨가며 자랑했던지 샤오메이한테까지 인상이 남아 있었다. 상하이는 끝이 보이지 않을 정도로 큰 도시이며 높은 집도 많고 사람도 많고 서양인도 많다고 했다.

선뎬에서 샤오메이는 처음으로 음식점에 들어가 보고 처음으로 여관에 들어가 보았다. 시진에서는 음식점과 여관을 본 적만 있을 뿐 들어가 본 적이 없었다. 지나가다가 흘깃 안을 엿본 게 다였다.

음식점에 갔을 때 샤오메이는 조심스럽게 아창을 따라다녔다. 그곳은 팔선교자상이 열 개 놓인 국숫집이었다. 그들은 계산대로 가서 벽에 걸린 죽간 두 줄을 올려다보았다. 죽간에는 서로 다른 국수 이름과 가격이 적혀 있었다. 샤오메이는 국수 종류가 그렇게 많은 줄 상상도 못 했기 때문에 깜짝 놀랐다. 그때 아창이 호기롭게 돼지 간과 허파 국수를 하나씩 시켰다. 이어서 샤오메이는 아창의 손에서 엽전이 짤랑짤랑 부딪치는 소리를 들었다.

그 짤랑거리는 엽전 소리는 저녁 무렵에 다시 울렸다. 여관 계산대 앞에서 아창이 방값을 낸 뒤 샤오메이는 그를 따라 위층으로 올라갔다. 어둠 속에서 삐걱거리는 소리가 너무 크게 울려 샤오메이는 금방이라도 계단이 무너질 것 같았다. 그래서 앞에 가는 아창의 옷을 꽉 잡고 올라갔다가 방에 들어간 뒤에야 놓았다. 그녀는 왜 이곳 계단은 시진의 집보다 훨씬 큰 소리가 나냐고 물었다. 아창은 집의 계단은 네 사람만 사용하고 걸을 때도 조심하지만 이곳은 많은 사람이 함부로 밟고 다녀서 망가졌기 때문이라고 답했다.

방은 크지 않아도 침대와 탁자, 걸상이 있고 무척 깔끔해 보였다. 창문으로 들어온 석양빛이 침대 모서리에 머물렀다. 신기해하며 방을 둘러보던 샤오메이의 눈이 그 작별을 고하는 석양빛에 닿았을 때 아창이 갑자기 소리를 질러서 샤오메이는 깜짝 놀랐다. 아창은 거의 넋 나간 얼굴로 부모님도 선뎬에 계신데 깜빡 잊었다고 말했다. 샤오메이는 몸이 부들부들 떨리면서 낯빛까지 하얗게 질렸다. 그런데 아창이 순식간에 표정을 풀더니 창문으로 석양을 보며 지금쯤이면 시진에 돌아가셨을 거라고 말했다. 그 말을 듣고도 샤오메이가 안절부절못하자 아창이 덧붙였다.

"우리는 이미 여관에 들어왔잖아. 두 분이 아직 시진에 안 가셨어도 우리와 마주칠 리가 없다고."

말을 끝내기도 전에 아창은 샤오메이를 끌어안고 이제는 한배를 탔다는 듯 나란히 침대로 쓰러졌다. 끼익하는 소리가 크게 울려 침대가 무너지는 것 아니냐고 샤오메이가 걱정하자 아창은 그럴 리 없다고 대꾸했다. 그럼 집에 있는 침대보다 왜 이렇게 시끄럽냐고 샤오메이가 묻자 아창은 집에서는 두 사람만 자는데 여기 침대는 많은 사람이 이용해서 그렇다고 답했다.

아창은 샤오메이의 옷을 잡히는 대로 마구 벗기고 나서 자기 옷을 차분하게 벗었다. 벌거벗은 채 이불로 들어간 다음 샤오메이는 다시 한번 잊을 수 없는 밤을 보냈다. 일전의 잊을 수 없는 밤은 선가를 떠나기 전날의 그 밤이었다.

17

샤오메이의 인생에서 꽃이 피어나는 듯한 시간이 계속 이어졌다. 상하이에 도착했을 때 그들은 바퀴가 두 개인 인력거를 보았다. 샤오메이는 시진에서 가마만 보았지, 인력거는 본 적이 없어 손가락으로 가리키며 물었다.

"저게 무슨 가마야?"

아창은 기억 속 낡은 신문을 뒤적여 매우 빠르게 이름을 찾아냈다. "인력거라고 해."

그들은 키가 크고 머리카락이 노란 데다 코가 높고 눈동자가 파란 남자가 양복과 구두 차림으로 인력거에 오르는 걸 보았다. 아창은 샤오메이가 묻기도 전에 알려주었다.

"서양인이야."

그러고는 "입고 있는 옷은 양복이라고 해"라고 덧붙였다.

사실 아창도 신문 말고 실제로 서양인과 양복을 보는 건 처음이라 샤오메이와 마찬가지로 그 서양인이 인력거를 타고 멀어지는 걸 신기하게 쳐다보았다.

그때 가죽 가방을 들고 장삼을 입은 남자가 그들 앞으로 와서 앞쪽의 인력거를 향해 손을 흔들었다. 인력거꾼이 재빨리 다가오자 그 남자는 인력거에 탄 뒤 말했다.

"후장濠江 여관."

아창이 그 남자의 동작을 흉내 내 다른 인력거를 향해 손을 흔들었다. 인력거가 다가오자 그는 샤오메이를 먼저 태우고 나서 올라탄 뒤 말했다.

"후장 여관."

인력거꾼은 우렁차게 대답한 뒤 인력거를 끌며 달리기 시작했다. 죽은 듯 고요하던 그들의 삶이 시리촌을 떠나 선뎬으로 가는 대나무 지붕 배에서 흔들리기 시작하더니 상하이에서는 인력거처럼 내달리고 있었다.

그들은 후장 여관에서 전등을 처음 보았다. 어둑해져 아창이 남포등을 찾을 때 샤오메이가 천장에 걸려 있는 전구를 올려다보며 저게 뭐냐고 물었다. 아창도 올려다보니 어디선가 본 듯해 다시 기억 속에서 오래된 신문을 뒤졌고 또 찾아냈다. 그가 무척 좋아하며 소리쳤다.

"전등이야."

샤오메이도 생각이 났다. 상하이에 다녀온 손님이 남포등보다 훨씬 밝은 걸 전등이라고 했던 게 기억나 "아!" 하고 외친 뒤 말했다.

"저게 바로 전등이구나."

이어서 샤오메이가 물었다. "전등을 어떻게 켜지?"

아창은 전등 옆에 늘어져 있는 줄을 보고 손을 뻗어 잡아당겼다. 전등이 켜지자 두 사람은 깜짝 놀라서 비명을 질렀다. 아창이 말했다.

"전등은 성냥으로 켤 필요 없이 잡아당기면 돼."

"한 번 더 잡아당기면?"

아창이 또 줄을 잡아당기자 전등이 꺼졌다. "또 잡아당기면 꺼지고."

그러고 나서 아창은 샤오메이에게 세 번 당겨 보라고 했다. 전등이 켜졌다가 꺼지고 다시 켜졌다. 아창은 기억 속 신문에서 '감전'이라는 단어를 찾아내고 전등을 가리키며 말했다.

"전등은 만지면 안 돼. 만지면 감전될 수 있거든."

감전이 뭐냐는 샤오메이의 질문에 아창은 건드리면 죽는 거라고, 전기가 올라 죽는다고 답했다. 샤오메이는 숨을 헉하고 들이마셨고 이후 아창이 전등 줄을 당길 때마다 신경을 곤두세웠다.

"조심해."

그들은 징안쓰靜安寺에서 궤도 전차를 보았다. 전차가 덜컹덜컹 다가와 방울 소리를 내며 천천히 멈춰서자 사람들이 내렸다. 이어서 다른 사람들이 전차에 오르고 방울 소리가 또 울린 뒤 전차가 덜컹덜컹 멀어져갔다.

샤오메이가 말했다. "저건 무슨 가마야? 저렇게 크고 긴 가마가 두 대나 연결돼 있다니."

때마침 옆을 지나가던 사람이 상하이 말로 전차를 타야 한다고 중얼거리는 걸 듣고 아창이 알려주었다.

"저건 전차야."

샤오메이는 차도 전기로 움직인다는 말에 "탈 때 감전될 수 있을까?" 하고 물었다.

아창이 생각할 필요도 없다는 듯 대답했다. "감전될 수 있지."

샤오메이는 멀어지는 전차를 보며 또 물었다. "안에 탄 사람은 왜 감전되지 않아?"

아창이 곧장 "전차에 타면 감전되지 않아"라고 말했다.

상하이에서 그들은 해가 뜰 때 나가서 밤늦게까지 돌아다녔다. 전차를 타기도 하고 인력거나 일류차를 타기도 했지만 대부분 걸어다니면서 예쁜 물건이 가득한 상점 유리창 앞에 서 있거나 입구에서 기웃거렸다. 두 사람 모두 신기하다는 듯 눈을 반짝이면서도 선뜻 들어가지는 않았다. 안쪽의 손님이 양복에 구두 차림이든 장삼이나 치파오 차림이든 하나같이 화려해 보여서 아창은 괜히 주눅이 들어 들어갈 수 없었다. 그러니 샤오메이도 당연히 들어갈 수 없었다.

그래도 음식점에는 들어갔다. 크고 화려한 식당이어도 아창은 샤오메이를 데리고 들어가 자리를 잡고 음식을 주문했다. 허기가 그의 소심함을 이겼다.

그들이 갔던 음식점 중에는 식사를 마친 손님이 아편을 피울 수 있도록 방을 제공하는 곳도 있었다. 요리와 고기 국수를 먹으면서 아창이 그릇에 놓인 크고 두꺼운 고기에 감탄할 때, 한 손님이 점원한테 어떤 생아편이 있느냐고 묻는 게 들렸다. 점원이 얼마 전 원난 생아편이 들어왔다고 답하자 손님은 조금 뒤 피워볼 수 있게 방에 아편환을 준비해달라고 했다. 그러고 나자 식당 주인이 와서 그 손님과 생아편에 관해 떠들며, 지난달에 상하이의 유명인사 몇 명이 인도산 마제토馬蹄土를 가져와 식사 후에 방으로 들어갔다고 말했다. 손님은 마제토라면 외국 아편 중에서 최고급이 아니냐며 한 냥에 백은 넉 냥은 나간다고 알려주었다. 주인은 생전 처음 봤다면서 정말로 말발굽처럼 생긴 게 아주 새로웠다고 말했다.

아창은 아편을 피워볼까 생각하고 있다가 마제토 한 냥에 백은 넉 냥이라는 소리에 화들짝 놀라, 생각만 하고 입 밖으로 그 말을 꺼내지 않아 정말 다행이라고 안도했다.

음식점을 나온 뒤 아창은 엽전 세 닢짜리 창다오強盜표 담배를 사서 성냥으로 불을 붙였다. 그렇게 담배를 피우면서 걸어가는 한편 창다오표 담배에서 인도산 마제토 맛이 난다고 상상했다. 담배를 피우는 아창의 뻣뻣한 자세와 만족스러운 표정을 보고 옆에서 걷던 샤오메이가 더는 참지 못하겠다는 듯 웃음을 터뜨렸다.

아창은 샤오메이를 데리고 다스제大世界 놀이공원으로 가 요술 거울을 보여주었다. 거울 속에서 대나무처럼 길고 구불구불한 자기 모습을 보고 샤오메이가 놀라 비명을 지르자 아창이 말했다.

"저건 네 영혼이야."

깜짝 놀란 샤오메이는 아창 뒤에 숨어 눈을 꼭 감고 더는 보려 하지 않았다. 그러다 깔깔거리는 웃음소리에 샤오메이는 아창이 자신을 놀렸음을 알고 눈을 떴다. 거울 속의 아창 역시 길고 구불구불 휘어져 있었다. 심지어 자신과 달리 머리 밑에 머리가 하나 더 있는 걸 보고 샤오메이가 말했다.

"네 영혼에는 머리가 둘이네."

아창이 대꾸했다. "하나는 네 머리야."

"우리 영혼이 같이 있다고?"

"그렇지."

그러면서 아창은 손과 다리를 뻗은 다음 샤오메이에게도 뻗으라고 시켰다. 눈앞의 거울 속에서 머리가 둘, 손이 넷, 다리가 넷인 영혼이 춤을 추었다.

다른 거울로 옮겨가 이번에는 물항아리처럼 짧고 납작해진 자기 모습을 보고 샤오메이가 웃으며 말했다. "영혼도 모습이 변하나 봐?"

"그럼, 온갖 형태로 변할 수 있지."

샤오메이가 아창의 말을 받았다. "그래도 사람은 변할 수 없어."

아창은 샤오메이를 데리고 성황당으로 갔다. 그들은 배사탕을 먹으며 배사탕 장수가 걸상에 서서 왼손에는 작은 쟁과리, 오른손에는 작은 막대를 들고 챙챙 두드리면서 능글맞게 소열혼小熱昏[18]을 부르는 걸 구경했다. 주위 사람들이 킬킬 웃을 때 아창은 소열혼의 음란한 대목을 이해하지 못해 웃을 수 없었다. 그런데 샤오메이는 고개를 숙인 채 웃고 있어 아창이 조용히 물었다.

"알아들었어?"

샤오메이가 고개를 끄덕이며 얼굴을 붉히자 아창은 이상하다는 듯 "난 못 알아듣겠는데"라고 툴툴거렸다.

다음번 음담패설은 아창도 이해하고 큰 소리로 웃었다. 너무 심하게 웃어서 사람들이 줄줄이 고개를 돌려 쳐다볼 정도였다.

소열혼을 다 들은 뒤 아창은 네덜란드 물이라는 탄산음료 두 병을 사 와서 서양인들이 마시는 물이라고 알려주었다. 아창과 샤오메이는 처음 탄산음료를 맛보았다. 한 모금을 넘긴 뒤 두 사람은 눈을 동그랗게 떴다. 마시자마자 느껴지는 달콤한 맛과 톡톡 터지는 탄산에 깜짝 놀랐다. 이번에는 샤오메이가 먼저 반응하며 작게 말했다.

"이거 기포인데."

아창도 발견한 듯 소리쳤다. "그래, 기포네."

음료를 조금씩 마시다 보니 천천히 탄산의 느낌이 사라졌다. 아창이 물었다.

---

18 저장성과 장쑤성, 상하이 일대에서 유행했던 길거리 설창 예술.

"기포는?"

"빠져나간 거 아니야?"

아창이 문득 깨달은 듯 "맞아, 기체는 날아가잖아"라고 답했다.

그러고 나서 아창은 그녀를 서양 음식점에 한번 데려가야겠다고 말했다. 사흘 뒤 그들은 전차를 타고 영국 조계지의 음식점으로 갔다. 두 사람이 무엇을 주문할지 소곤거리고 있을 때 점원이 빵과 버터를 가져다주었다. 아창과 샤오메이는 아직 주문도 안 했는데 음식이 나왔다고 생각해 서로를 쳐다보고 점원을 쳐다보았다. 그러자 점원이 빵과 버터는 무료로 제공된다고 설명했다. 무료라는 말에 두 사람은 마음을 놓고 옆 탁자에 앉은 사람이 버터를 빵에 발라 먹는 것을 그대로 따라 했다. 처음 한입은 조심스럽게 물었지만 이내 덥석덥석 베어 물었다.

"맛있네."

아창의 말에 샤오메이가 고개를 끄덕였다. 아창은 점원이 빵이라고 말한 것은 똑똑히 들었는데 버터라고 말할 때는 유의하지 않아 조용히 물었다.

"이 미끈미끈한 걸 뭐라고 했지?"

사실 샤오메이도 몰랐다. 아까 점원이 가져다줄 때 어리둥절한 나머지 뭐라고 말하는지 제대로 듣지 못했다. 그런데 그때 옆 탁자의 사람이 버터 맛이 좋다고 말하는 게 들려 그녀는 고개를 숙인 채 웃고는 조용히 대답했다.

"버터."

그들은 황푸탄黃浦灘의 공공 조계지에서 한참을 서 있었다. 눈앞에 펼쳐진 멋진 집들 때문에 걸음을 옮길 수가 없었다. 아창이 감탄하고 있을 때 샤오메이 귀에 선박에서 칙칙 하며 울리는 소리가 들리더니 곧이어 거대한 증기선이 강에 모습을 드러냈다. 배의 연통에서 검은 연기가 풀풀 흘러나와 길게 늘어나는 깃발처럼 흩어졌다. 아창도 증기선을 보고 조금 전의 감탄을 넘어 경탄의 비명을 질렀다.

"저 커다란 배는 노를 젓지 않고 저절로 움직이네."

샤오메이가 물었다. "전기로 움직이는 건가?"

아창이 다시 기억 속의 신문을 뒤져 찾아냈다. "저건 증기선이야."

그들은 상하이의 화려한 청루 거리를 지나갔다. 시진에서도 청루를 본 적이 있지만 상하이의 홍등가는 기세가 완전히 달랐다. 길가의 문과 담장, 기둥이 화려하게 장식되었고 여자들은 짙은 화장에 세련된 옷을 입었으며 곳곳에서 호금과 비파, 노랫소리, 웃음소리가 들려왔다.

그들은 어느 문 앞에서 넋을 놓고 서 있었다. 문과 창문이 열린 안쪽 방에서 손님과 기녀가 마주 앉아 한 사람은 거문고를 연주하고 한 사람은 퉁소를 불고 있었다. 시진의 청루에서는 그렇게 우아한 광경을 볼 수 없었다.

아창이 말했다. "시진의 청루에서는 볼 수 없는 모습이야."

다른 문 앞으로 가자 그곳 역시 문과 창문이 열려 있어 또 다른 광경을 볼 수 있었다. 두 남자가 누워서 이야기하고 있는데 기녀 여섯 명이 세 사람씩 두 남자를 둘러싸고 등과 다리, 발을 주무르고 있었다. 장난치며 낄낄대는 웃음소리가 파도처럼 밀려 나왔다.

아창이 다시 말했다. "시진의 청루에서는 볼 수 없는 모습이야."

그들이 떠나려 할 때 한 남자가 젊은 여자를 안고 청루에서 나오는 게 보였다. 여자는 남자의 왼쪽 어깨에 살짝 걸터앉았고 남자는 두 손으로 여자의 종아리를 안은 채 조심스럽게 걸었다. 아창과 샤오메이는 지나가는 사람들의 대화를 통해 여자는 아이 기생, 남자는 포주이며 그게 청루의 규칙이라는 걸 알았다. 처음 머리를 올리는 아이 기생은 혼자 걸어가지 않고 포주에게 안겨 들어간다는 거였다.

두 사람은 상하이에서 온종일 빈둥거리며 지냈다. 며칠이 흘러갔는지도 몰랐다. 그런데 그날 아창이 갑자기 이마를 치면서 소리를 지르더니, 선뎬 재봉소 밖에서 했던 말이 떠올랐다며 샤오메이를 데리고 옷가게로 갔다. 그러면서 상하이는 큰 도시이니 재봉소도 옷가게라고 불러야 한다고 말했다.

상하이에 익숙해진 아창은 더 이상 주눅 들지 않았다. 샤오메이를 데리고 들어갈 때도 거들먹거리며 일부러 주머니의 은화를 짤랑거리기까지 했다. 그는 자잘한 꽃무늬 천으로 샤오메이의 치파오를 맞추면서 상하이식으로 허리가 잘록하고 옆을 틔워달라고 주문했다. 그런 다음 은화를 건네자 재봉사는 은화를 계산대에 던져 소리로 진짜인지 확인해보고는 돈을 챙겼다.

재봉사의 행동에 아창은 옷가게를 나온 뒤에도 감탄을 금치 못했다. 상하이 재봉사는 옷 만드는 실력도 뛰어나지만 은화를 판별하는 기술도 대단하다며 계산대에 던지는 것만으로 안다고 칭찬했다. 시진의 재봉사는 은화를 받으면 일단 손가락으로 튕겨본 뒤 깨물어보았다.

사흘 뒤 오후 샤오메이는 여관에서 치파오를 입어보고 너무 많이, 무릎 위까지 트였다며 남들이 자기 허벅지를 볼 수 있는 거 아니냐고 걱정했다. 아창이 서서 살펴보고 쪼그려 앉아 살펴본 뒤 말했다.

"위에서 내려다보면 무릎이 보이고 아래에서 올려다보면 허벅지가 살짝 보이네."

"시진에서는 입고 나갈 수 없겠어."

"여기 상하이에서 입어." 아창이 덧붙였다. "우린 시진으로 돌아가지 않을 거야."

그건 샤오메이가 마지막으로 들은 아창의 달콤한 말이었다. 어스름이 내릴 때 그 의기양양한 아창은 사라지고 심드렁한 아창이 돌아왔다.

아창은 머리를 비스듬히 기울인 채 서리맞은 가지처럼 창가 걸상에 앉아 있었다. 샤오메이는 순간 아득해졌다. 아창의 표정이 갑작스럽게 바뀐 것을 보고 샤오메이는 불길한 예감을 느끼며 침대에 앉았다. 석양빛 속에서 아창이 머뭇머뭇 입을 열었다. 지난 며칠 동안 돈을 펑펑 쓰기만 하고 벌지 않았더니 집을 나올 때 가져온 은화가 얼마 남지 않았다고 말했다.

샤오메이의 눈에서 금싸라기 같은 빛이 점점 옅어졌다. 완무당 시리촌을 떠난 뒤 매일 반짝이던 그 빛이 이제 석양이 지고 밀려오는 어둠을 따라 샤오메이의 눈에서 꺼지고 있었다.

바느질과 청소, 음식을 하지 않는 시간 속에서 샤오메이는 과거를 잊고 있었다. 아무 생각 없이 이런 생활이 계속되리라 여겼는데 이 밀려오는 어둠 속에서 뚝 하고 끝나버렸다. 샤오메이는 앞으로 어떻게 살게 될지 그려졌다. 정처 없이 떠돌아다니며 끼니를 걱정하고 노숙을 해야겠지만 아창과 떨어지지 않고 서로 의지하며 살아갈 거였다.

그날 밤 아창이 잠든 뒤 샤오메이는 생각에 빠졌다. 상하이에서 지내는 동안 견문이 많이 늘었고 앞으로 무엇을 할지 따져볼 수 있게 되었다. 일단 다시 바느질하는 방법이 있었다. 처음에는 당연히 손님이 없을 테니 집집을 돌아다니며 일거리를 찾아야 할 터였다. 바느질을 할 수 없으면 상점 점원도 가능했다. 선가 수선집에서 손님을 응대하고 장부를 관리했던 경험이 있으니 점원이 될 수 있을 듯했다. 점원이 안 되면 부잣집 하녀로 들어갈 수 있고, 부잣집 하녀가 안 되면 일반 가정에서 하녀로 일하면 될 것 같았다. 일반 가정에서 하녀로 일할 수 없으면……. 상하이 홍등가에서 보고 들은 걸 떠올리자 몸을 팔아 아창을 먹여 살릴 수도 있을 듯했다.

그런 다음 그녀는 편안히 잠들었다.

18

아침에 눈을 떴을 때 샤오메이는 다시 의기양양해져 침대 앞에 서 있는 아창을 보고 깜짝 놀랐다. 샤오메이가 깨어난 걸 보고 아창이 잔뜩 흥분해 말했다.

"오늘 경성으로 가자."

아창은 경성의 이모부에게 의탁하자고 했다. 공친왕 저택에서 일한 적이 있는 분이니 경성에 인맥이 많을 거라면서 이모부라면 그에게 일자리, 그것도 좋은 자리를 마련해줄지 모른다고 떠들었다. 샤오메이도 들떠서 좋아하다가 지난밤에 온갖 방법, 심지어 매춘까지 고려했다는 걸 떠올리고는 부끄러움에 얼굴을 붉혔다.

샤오메이는 치파오를 잘 챙긴 뒤 검푸른 무명옷을 입고 머리에 푸른 꽃무늬 두건을 썼다. 그러고는 아창을 따라 경성으로 떠났다. 계속 마차를 갈아탔다. 그들은 열두 마리가 3열로 끄는 마차부터 세 마리가 2열로 끄는 마차까지 타보았고 소달구지도 두 번을 탔다. 소달구지는 거의 쟁기질하는 속도라, 타고 있던 사람들 모두 꾸벅꾸벅 졸았다. 그러면서 여러 역참을 지나쳤다. 대형 역참은 물론 쥐꼬리만 한 역참까지 두루 들렀는데 어디나 한방에서 여러 명이 같이 자야 했다. 샤오메이는 아창과 낯선 남자 사이에서 잠드는 수밖에 없자 길에서 돌을 주워 보따리에 넣었다가 잠들기 전에 그녀와 아창 사이에 꺼내놓아 만일을 대비했다.

아니나 다를까 그녀가 경계하던 일이 벌어졌다. 어느 밤 자다가 놀라서 눈을 떠보니 손 하나가 그녀 바지 속으로 들어와 허벅지 사이를 더듬고 있었다. 왼쪽 남자의 손이란 걸 알아차리고 돌로 내려치자 낮은 비명과 함께 손이 바지에서 빠져나갔다. 이후 샤오메이는 잠들지 못하고 계속 오른손에 돌을 쥐고 있었다.

그 일을 아창에게는 말하지 않았다. 그저 역참에 들어갈 때마다 어떻게든 벽 쪽 자리를 선점해 벽에 붙어 누운 뒤 아창에게 자기 바깥쪽에서 자라고 했다. 벽 자리가 이미 차서 중간에 누워야 할 때는 손에 돌을 꽉 쥐고 잠들지 않았다.

경성을 향해 출발할 때만 해도 의기양양했던 아창은 사흘 만에 도로 심드렁해졌다.

말 열두 마리가 3열로 끄는 마차에 각기 다른 남북 사투리를 쓰는 남녀노소와 끼어 앉았을 때였다. 앞쪽에 앉은 마부는 두 손으로 고삐를 쥐고 "이랴! 가자! 하!"라고 소리치거나 "워워." 혹은 "우우." 또는 "웨웨." 혹은 "타타." 하며 수시로 고함을 질렀다. 마부의 소리에 따라 마차는 앞으로 가거나 왼쪽이나 오른쪽으로 꺾고 언덕을 올라가는가 하면 마을 거리의 돌 턱을 넘었다. 그들의 목적지 경성은 샤오메이에게 수많은 상상을 불러일으켰다. 황제가 사는 곳이니 건물과 거리가 상하이보다 훨씬 웅장할 테고, 그곳에서 아창이 좋은 일자리를 얻으면 자신은 다시 바느질을 할 수 있을 듯했다. 경성에서 무사히 자리 잡는 모습을 상상하자 샤오메이는 무척 흥분되었다. 다만 샤오메이의 흥분도 사흘을 넘기지 못했다. 마차가 큰길에서 오른쪽으로 꺾었을 때 아창의 표정이 달라졌다. 방향을 바꾸기 전까지 의기양양했던 표정이 심드렁해진 거였다. 그게 무슨 의미인지 잘 알았기 때문에 샤오메이는 고개를 숙였고, 등 뒤에서 따라다니는 그림자처럼 표정도 아창을 따라 바뀌었다.

저녁 무렵 아창은 역참 밖에서 이모부의 성함을 모른다고 말했다. 어머니가 대단한 친척이 있다고, 어렸을 때 경성에 갔다가 성년이 된 이후 선뎬에 딱 한 번, 어머니의 사촌 언니와 결혼하러 왔었다고 말했다는 거였다. 어머니가 말한 건 그게 전부라면서 이름을 언급한 적이 없다고, 이모부가 공친왕 저택에서 일했다고 했는데 그 말을 할 때는 이미 공친왕 저택을 나온 뒤였다고 했다.

아창이 걱정 가득한 얼굴로 말했다. "경성이 그렇게 큰데 어디에서 이모부를 찾을 수 있겠어?"

샤오메이는 계속 가야 할지 말지 결정하지 못하는 아창을 보면서 시진은 물론 다른 곳으로도 갈 수 없으니 계속 갈 수밖에 없다고 생각했다. 어쨌든 경성에서 이모부 대인을 찾을 수 있다면 의지처가 생길 터였다.

샤오메이는 경성이 아무리 커도 공친왕 저택은 쉽게 찾을 수 있을 것이고 저택에 이모부 대인을 아는 사람이 있을지도 모른다고 말했다. 대문 앞을 지키고 있다가 밖으로 나오는 사람을 붙들고 강남의 선뎬에서 온 사람을 아느냐고 물어보면 이모부 대인의 소식을 들을 수 있을 거라고 했다.

아창은 기운을 차리고 샤오메이의 말을 따랐다. 두 사람은 계속 북쪽으로 올라갔고 계속 여러 종류의 마차로 갈아탔으며 계속 역참에서 밤을 보냈다. 그런데 말수가 점점 줄어들었다. 그들 사이에 불화가 생겨서가 아니라 갈수록 경성의 이모부에게 의탁하겠다는 계획이 허무맹랑하게 느껴져서였다. 굳이 말하지 않아도 목적지에 대해 두 사람 모두 불안해하고 있음을 서로 알 수 있었다.

19

그들은 가을에 황허를 건너 딩촨定川이라는 곳에서 밤을 보내게 되었다. 아창은 경성까지 아직 한참 남은 줄도 모르고 황허를 건넜으니 지척이리라 생각해 샤오메이에게 내일은 꽃무늬 치파오를 입으라고 했다. 자기도 남색 장삼을 입겠다면서 그럴듯한 차림으로 경성에 들어가야 한다고 덧붙였다.

세 마리 말이 끄는 2열짜리 마차가 그들 두 사람과 다른 네 명을 태우고 새벽에 따각따각 딩촨 성문을 나섰다.

흔들리는 마차에서 샤오메이 오른쪽에는 아창이, 왼쪽에는 여자가 앉았다. 그런데 맞은편에 앉은 남자 셋이 동시에 샤오메이 치마의 터진 부분을 바라보았다. 그녀는 살며시 얼굴을 붉히며 오른쪽 다리를 아창의 왼쪽 다리에 딱 붙이고 왼쪽 다리의 터진 곳에는 보따리를 올려놓았다. 잠시 뒤 살그머니 훔쳐보니 맞은편 남자들이 이미 시선을 돌려, 샤오메이는 자신을 잘 숨겼다고 생각했다.

점심때 누추한 역참에서 두 시간을 쉬었다. 마부는 세 마리 말에게 사료와 물을 먹이고 샤오메이와 아창은 바깥의 돌에 앉아 건량을 먹었다. 다시 출발할 때 샤오메이 왼편에 앉았던 여자는 마차에 오르지 않았다. 마중 올 사람을 기다리는지 보따리를 든 채 역참 입구에 서서 두리번거리고 있었다.

마차가 계속 나아갔다. 샤오메이는 단조로운 말발굽 소리와 단조로운 바퀴 소리 속에서 아창한테 기대 잠들었다. 아창과 맞은편 세 남자는 서로 말을 붙이며 어디 가는지 물었다. 아창이 경성에 간다고 하자 세 남자는 각각 아창이 들어본 적 없는 지명을 댔다. 그제야 아창은 그들이 일행이 아니란 걸 알았다. 그들은 말발굽 소리처럼 단조로운 목소리로 이런저런 이야기를 나누었다.

그렇게 꽤 오랜 시간이 지났을 때 갑자기 바퀴에서 우지끈하는 소리가 크게 울렸다. 샤오메이가 눈을 뜨고 의아해하는데 바퀴가 산산조각 부서지면서 마차가 옆으로 주저앉았다. 샤오메이는 맞은편의 세 남자가 굴러떨어지는 것을 보았지만 비명을 지르기도 전에 그녀 역시 아창과 함께 바닥으로 굴러떨어졌다.

고삐를 힘껏 잡은 덕분에 마부는 떨어지지 않았다. 그는 기울어진 몸으로 "워워!" 하고 소리쳐 삐걱거리며 나아가는 마차를 멈춰 세웠다.

마부는 한쪽으로 기울어진 마차에서 뛰어내린 뒤 바닥에 흩어진 바퀴 조각부터 확인하고 나서, 이미 일어나 먼지를 털고 있는 다섯 사람을 바라보았다. 그러고는 울상을 지으며 마차가 더는 갈 수 없고 자신의 한 달 치 품삯을 바퀴에 쏟아붓게 생겼다고 투덜거렸다. 그는 도로 먼 곳을 가리키며 10여 리를 가면 역참이 있고 서두르면 해가 지기 전에 도착할 수 있을 거라고 알려주었다. 아울러 역참에 도착하면 새 바퀴를 보내달라는 말을 주인에게 좀 전해달라고 애처롭게 부탁했다.

그들은 상심에 빠진 마부와 헤어져 앞으로 나아갔다. 세 남자가 앞장서고 아창과 샤오메이가 뒤따랐다. 샤오메이는 일부러 걸음을 늦춰 앞쪽과 거리를 두었다. 앞에서 걸어가는 세 남자가 수시로 고개를 돌려 그들을 쳐다보았다. 샤오메이는 사방을 두리번거리다가 멀리에서 굽이돈 냇물이 그들이 가는 길과 나란히 흐르는 걸 발견했다. 냇물은 황혼이 내릴 무렵 다시 굽이돌아 멀어졌다.

샤오메이는 걸음을 멈추었다. 앞쪽 세 남자와 함께 어둠으로 들어가는 게 두려웠다. 그녀는 아창의 장삼을 잡아당기며 옆쪽 오솔길을 가리켰다. 아창의 시선이 오솔길을 따라 마을에 이르렀을 때 샤오메이는 마을에서 하룻밤을 묵자고 말했다. 샤오메이가 무엇을 걱정하는지 눈치챈 아창은 앞쪽에서 걸어가는 세 남자를 바라보다가 몸을 돌려 샤오메이와 오솔길로 접어들었다.

20

마을로 들어서자 벽돌로 된 저택이 마을 입구에서 그들을 맞아 주었다. 주변이 모두 초가여서 아창은 자기도 모르게 살짝 소리를 질렀다. 그건 벽돌집을 마주해서 지르는 탄성이었다. 담장과 연결된 건물 쪽으로 걸어가자 창문 두 개가 열려 있어 아창은 까치발을 딛고 안을 들여다보았다. 책이 가지런하게 꽂힌 책장을 발견한 그는 다시 한번 작게 탄성을 뱉었다. 그런 다음 샤오메이에게도 까치발을 딛고 들여다보라고 했다. 까치발을 디딘 샤오메이 눈으로 책장 제일 위쪽에 꽂힌 책들이 들어왔다.

창문을 따라 대문까지 걸어갔는데 문이 굳게 닫혀 있었다. 대문 앞에 선 뒤 아창은 부잣집이라 말하고 샤오메이는 교양 있는 사람 같다고 말했다. 그때 대문이 열리더니 덩치가 큰 린샹푸가 나왔다.

린샹푸는 아창과 이야기할 때 아름다운 용모의 샤오메이를 몇 차례 쳐다보았다. 또 그녀의 상하이식 치파오를 신기하게 쳐다보다가 높게 터진 부분을 발견하고는 시선을 돌리며 얼굴을 붉혔다. 곧이어 그가 다시 쳐다봤을 때 샤오메이는 발그레해진 얼굴로 웃음을 지어 보였다.

그날 밤 샤오메이는 아창과 린샹푸를 조용히 바라보며 그들 대화를 듣고 있었지만, 사실 속에서는 온갖 감정이 소용돌이치고 있었다. 느닷없이 시리촌에 찾아와 그녀를 데리고 나온 뒤 아창은 깜짝 놀랄 만한 행동을 몇 차례 보였는데 그날 밤도 그랬다. 두 줄 여섯 칸짜리 벽돌집에 린샹푸 혼자만 살고 있다는 걸 안 뒤 아창은 샤오메이가 자기 여동생이며 부모님은 돌아가셨다고 거짓말했다. 린샹푸가 고향이 어디냐고 물었을 때는 시진이라고 말하는 대신 샤오메이도 모르는 원청이라고 답했다.

아창은 또다시 의기양양해져 끊임없이 말을 쏟아냈고 린샹푸라는 남자도 적지 않은 말을 했다. 두 사람 모두 눈에서 반짝반짝 빛이 났다. 린샹푸의 시선이 수시로 남포등 불빛을 지나 샤오메이의 얼굴에 닿았다. 샤오메이가 미소로 반응하면 그는 당황하며 시선을 돌렸다. 그는 샤오메이와 말을 좀 나눈 뒤에야 표정이 자연스러워졌다.

의기양양하게 말하는 아창을 보면서 샤오메이는 뭔가를 직감할 수 있었다. 잠시 그녀는 아창과 린샹푸의 대화에서 빠져나와 아창에 관한 기억 속으로 가라앉았다. 열 살에 선가로 들어가 처음 만났던 그 심드렁한 사내애는 그녀의 기억 속에서 빠르게 자라났다. 8년의 세월이 순식간에 지나가고 샤오메이의 기억은 그들의 첫날밤에서 잠시 멈췄다가 그녀가 완무당 시리촌으로 돌아갔던 때에서 또 멈췄다. 기억이 가장 오래 머문 순간은 그녀가 치욕을 참아야 했던 시간이었다. 느닷없이 그녀 앞에 나타난 아창은 세상의 비난을 무릅쓰며 그녀를 먼 타향으로 데려갔고, 그 이후 두 사람은 동고동락하며 지냈다.

그날 한밤중에 구들에 누운 뒤 아창은 창문으로 들어오는 달빛을 보며 나직하게 끊어질 듯 말 듯 거의 횡설수설 떠들어댔다. 샤오메이는 옆으로 누워 아창을 바라보았다. 달빛 속 아창의 얼굴에 창틀 그림자가 드리워져 있었다.

아창은 경성으로 계속 가는 것을 불안해했다. 공친왕 저택에서 일했다는 이모부가 실제로 있는지도 모르겠다면서 어머니는 그를 만난 적이 없다고, 만나지 않았을 뿐만 아니라 그에게 시집갔다는 먼 친척 언니도 만난 적이 없다고 말했다. 거기까지 말한 뒤 아창은 잠시 말을 멈추고 샤오메이의 반응을 기다렸다. 샤오메이는 경성에서 공친왕 저택을 찾아가면 이모부가 거기에서 일했는지 알 수 있을 거라고 말했다. 아창은 이미 경성행을 포기했지만, 샤오메이는 여전히 가야 한다는 의견이었다. 아창은 이모부가 공친왕 저택에서 일한 적이 없으면 공친왕 저택을 찾아도 이모부의 소식을 들을 수 없을 거라고 우겼다. 샤오메이는 동요하지 않고 설령 이모부를 못 찾아도 고생을 각오하면 경성에서 자리 잡을 수 있을 거라고 말했다. 아창이 어떻게 자리를 잡느냐고 묻자 샤오메이는 바느질 솜씨가 어디로 사라지는 게 아니니 언젠가는 수선집을 낼 수 있을 것이며 그게 바로 자리를 잡는 거라고 말했다.

아창은 아무 말도 하지 않았다. 다시 입을 열었을 때는 화제를 바꿔, 주머니 사정이 여의치 않아 아무리 덜 먹고 아껴도 오래가지 못할 거라고 털어놓았다. 샤오메이는 곧장 자기 치파오를 전당포에 맡기면 돈을 좀 융통할 수 있을 거라고 말했다. 아창은 탄식한 뒤 옷을 팔아봐야 임시변통일 뿐 해결책이 될 수는 없다고 대꾸했다. 샤오메이는 여전히 낙관적인 태도로 어떻게든 살길을 찾을 수 있을 거라고, 설마 산 입에 거미줄 치겠느냐며 동냥질을 해서라도 경성까지 갈 수 있다고 말했다.

아창은 다시 침묵에 빠졌다가 린샹푸가 좋은 사람이고 부유해 보이더라고 입을 열었다. 샤오메이도 살며시 고개를 끄덕이며 좋은 사람처럼 보이더라고 했다. 이어서 아창은 머뭇머뭇 내일 자기 혼자 떠날 테니 샤오메이는 남으라고 했다. 그 뒤에 하고 싶은 말이 많지만 차마 꺼낼 수가 없어서, 아창은 입만 반복적으로 벌릴 뿐 끝내 아무 소리도 뱉지 못했다.

달빛 속 아창의 얼굴을 조용히 바라보면서 듣고 있던 샤오메이는 아창의 다음 말이 무엇인지 알아차렸다. 잠시 기다렸는데도 아무 소리가 없자 샤오메이는 그가 입을 떼기 힘들어한다는 것을 눈치채고 조용히 물었다.

"당신은 어디에서 날 기다리려고?"

아창이 당황해 샤오메이를 쳐다보다가 "딩촨의 역참에 있을게"

라고 대답했다.

샤오메이가 또 물었다. "계속 기다릴 수 있어?"

아창은 샤오메이를 꽉 끌어안고 어루만지다가 샤오메이의 바지를 벗긴 뒤 자기 바지도 벗었다. 그의 몸이 샤오메이의 몸으로 정신없이 빠져들었다. 샤오메이는 처음 느끼는 부드러움에 그게 아창의 대답임을 알아채고 자신도 똑같이 부드럽게 아창을 어루만졌다. 달빛이 구들 위에서 뒤엉킨 두 사람을 보았다. 두 사람은 서로 끌어안고 몸의 모든 부위를 밀착시키려는 듯 줄기차게 상대를 더듬었다.

21

샤오메이는 린샹푸 집에서 가을의 절반과 겨울을 보낸 뒤 2월 초봄에 조용히 떠났다. 린샹푸는 북쪽 대지처럼 강인한 데다 선량하고 생기발랄하며 현실에 만족하는 사람이었다. 샤오메이는 아창과 완전히 다른 남자 곁에서 시진에서와 완전히 다른 삶을 누렸다. 이곳에서 나뭇잎이 우수수 떨어지며 대지가 누렇게 변해가는 것을 지켜보고, 살랑이던 가을바람이 매서운 겨울바람으로 바뀌는 것을 경험했다.

샤오메이는 아창이 매일 어떻게 지내는지, 딩촨의 역참에서 멸시받지는 않는지 알 수가 없어 마음을 졸였다. 그러다 밭에 나가 농작물을 살피고 돌아온 린샹푸가 그녀 앞에 서면 그녀의 생각은 아창에게서 빠져나와 린샹푸에게로 옮겨갔다. 린샹푸는 그녀를 편안하게 해주었다. 작업실에서 린샹푸가 나무를 두드리고 대패질하는 소리가 흘러나오면 그녀는 베틀 소리로 호응했다. 칼로 물을 가르면 물이 더 세차게 흐르는 것처럼 아창에 대한 걱정이 깊어질수록 이곳 생활에 더 잘 적응했다. 시간이 흐르면서 샤오메이의 마음에 미묘한 변화가 생기고 눈빛도 달라졌다. 아창을 걱정하는 동시에 린샹푸가 밭에서 돌아오기를 기다렸다.

그런 날들이 부지불식간에 하루 또 하루 지나가다가 급히 혼례를 치렀을 때 끝이 보이기 시작했다. 혼례식에서 샤오메이는 남색 장삼을 입은 마을 하객을 보고 가슴이 철렁 내려앉았다. 아창의 장삼 같아서였다. 그 마을 사람이 옥수수 반 포대를 주고 장삼을 쉰 살쯤 된 남자한테 샀다고 말한 뒤에야 그녀는 쿵쾅거리는 심장을 진정시킬 수 있었다. 혼례를 치른 밤 린샹푸가 벽 틈새에서 나무 상자를 꺼내 금괴를 보여주었을 때 샤오메이는 화들짝 정신을 차리고 자신이 떠나야 할 때임을 감지했다. 그러고 나자 갑자기 길이 끊긴 광막한 대지 위에 서 있는 듯 막막해졌다.

그날 밤 린샹푸가 잠든 뒤에도 샤오메이는 남색 장삼이 머릿속에서 떠나지 않아 잠을 이룰 수 없었다. 다시 한번 그게 아창의 장삼이라는 생각이 들었다. 몇 군데 심한 얼룩이 있을 뿐, 길이와 품 모두 아창의 장삼과 일치했다. 가만히 떠올려본 뒤 장삼의 얼룩이 핏자국이 아니었다고 확신했을 때에야 그녀는 마음을 조금 놓을 수 있었다. 그런 다음 아창이 여기를 떠났을 때 은화 두 닢과 엽전 열세 닢밖에 없었으니 지금까지 그 돈으로 버틸 수는 없었겠다고 생각했다. 아창은 남색 장삼을 딩촨의 전당포에 맡겼을 테고, 그 장삼이 이 사람 저 사람 손을 거치다 얼룩을 묻힌 채 이 마을 주민한테까지 들어왔을 때는 아창이 돈 되는 옷을 전부 전당포에 맡겼

502

겠다는 생각도 들었다. 문득 마을 사람이 그 남자 이마에 흉터가 있다고 했던 게 떠올라, 샤오메이는 혹시 아창이 칼에 맞은 건 아닐까 하는 걱정에 몸을 떨었다. 하지만 쉰 살가량 되는 남자였다고 했으니 아창은 아닐 것 같았다.

남색 장삼이 사라진 뒤에는 아창이 떠올랐다. 궁상맞은 차림새와 아쉬움이 가득한 표정 그리고 남색 장삼을 입지 않은 그의 모습에 샤오메이는 금괴가 담긴 상자를 떠올리며 몸서리를 치고는 떠날 때가 되었다고 확신했다. 몸에서 이상한 신호가 느껴져 조금 걱정스러웠지만 깊이 생각하지는 않았다.

그동안 린샹푸는 매일 밭에 나가 밀이 자라는 걸 살피고 샤오메이는 집에서 린샹푸의 새 옷과 신발 두 켤레를 지은 뒤 보름은 족히 먹을 음식을 만들었다.

샤오메이는 자를 사용하지 않고 린샹푸의 몸과 발 치수를 한 뼘 한 뼘 손바닥을 벌려서 쟀다. 손바닥이 몸 위를 오가자 린샹푸는 간지럽다며 웃음을 참지 못하고 몸을 들썩거렸다. 발바닥을 잴 때는 구들 위에 누워 크게 웃다가 두 번이나 발을 빼내는 바람에 샤오메이는 그의 발을 품에 안고 다시 재야 했다. 옷과 신발을 완성한 뒤 샤오메이는 린샹푸에게 입어보라고 했다. 옷과 신발 모두 잘 맞았다. 린샹푸는 세상 어떤 여자도 따라올 수 없을 거라며 샤오메이의 손재주를 칭찬했다. 하지만 린샹푸가 아무리 진심으로 기뻐해도 그 기쁨이 샤오메이에게 전해지지는 않았다. 샤오메이의 눈에서 흐르는 근심을 린샹푸는 알아차리지 못했다. 부엌 탁자와 부뚜막에 음식이 잔뜩 쌓였는데도 린샹푸는 눈치채지 못하고 명절 분위기가 난다며, 금방 설을 쇘는데 어째 또 설이 오는 것 같다고 웃었다.

떠나기 전날, 샤오메이는 린샹푸가 밀을 살피러 밭에 나갔을 때 벽 틈새에서 그 상자를 꺼내 큰 금괴 열일곱 개와 작은 금괴 세 개를 바라보았다. 잠시 망설이다가 그녀는 큰 금괴 일곱 개와 작은 금괴 한 개를 흰 천으로 잘 싸서 작은 보따리에 넣고는 상자를 도로 벽 틈새에 집어넣었다. 이어서 샤오메이는 옷장에서 자기 옷을 정리했지만, 따로 준비해둔 큰 보자기에 바로 넣지는 않았다.

샤오메이는 금괴가 든 작은 보따리를 감추는 대신 구들 위, 벽 가까이에 놓았다. 자신이 왜 그렇게 하는지는 알 수 없었다. 운명의 심판을 기다리는 듯도 하고 린샹푸가 알아차리는지 못 알아차리는지 보려는 듯도 했다.

린샹푸는 잠자리에 들기 위해 구들에 오르다가 그 작은 보따리를 발견했다. 하지만 샤오메이가 이튿날 향을 피우러 관왕묘에 갈 때 가져갈 짐이라고만 생각해, 가까이 다가가 헐거운 매듭을 꽉 조여주었을 뿐이었다. 샤오메이는 그가 보따리 쪽으로 갈 때 들어보기만 하면 금괴의 무게를 알아차릴 거라고 생각했다. 그렇지만 그는 들어보지 않고 세심하게 매듭만 묶어주었다. 그의 행동을 보는 동안 샤오메이는 이상하게 마음이 차분해지면서 운명을 하늘에 맡기기로 했다.

날이 밝기 전에 샤오메이는 구들에서 내려와 옷장을 열고는 차분하게 자기 옷을 꺼내 구들에 펼친 뒤 보자기에 넣고 꽉 묶었다. '매화 가지의 까치'와 '비단 공을 굴리는 사자' 두건 두 장은 옷장 안 린샹푸의 옷 위에 올려놓았다. 두건을 남겨놓는 건 자신의 흔적을 남기고 싶어서일 수도 있고 양심의 가책 때문일 수도 있었다. 그녀가 움직이는 소리에 린샹푸가 잠깐 깼는지 코 고는 소리가 멈췄다. 하지만 그는 알 수 없는 말을 한마디 하고는 몸을 돌리고 도로 잠들었다.

구들 앞에서 샤오메이는 잠든 린샹푸를 달빛에 의지해 자세히 살펴보았다. 아쉬움과 죄책감이 밀려들었다. 이제 평생 다시는 만날 수 없을 이 남자를 그녀는 평생 잊을 수 없을 것 같았다. 샤오메이의 얼굴에 눈물이 흘러내리고 흐느낌이 터져 나왔다. 코 고는 소리가 순간 멈췄지만 린샹푸는 이내 몸을 돌리고 다시 잠에 빠졌다.

샤오메이는 작은 보따리를 오른손에 들고 큰 보따리를 등에 멘 뒤 점점 물러나는 달빛 속에서 린샹푸의 집을 나가 마을 오솔길에 접어들었다. 새벽바람이 불어와 그녀의 눈물을 떨어뜨렸다. 그녀는 오솔길을 지나 딩촨으로 향하는 큰길로 들어섰다. 눈물은 어느새 새벽바람에 마르고 이제 그녀의 가슴에는 아창만 가득했다. 아창과 헤어진 지 5개월이 되었다는 게 떠올랐다. 그녀는 그 5개월을 따라잡으려는 듯 큰길에서 걸음을 재촉했다. 그때 뒤에서 말발굽 소리와 마부의 외침이 들렸다. 샤오메이는 걸음을 멈추고 마차를 잡아탄 뒤 더욱 빠르게 아창과의 이별을 좁혀갔다.

딩찬의 역참에서 샤오메이는 아창을 찾을 수 없었다. 그곳에서 하룻밤만 묵었던 그녀를 주인은 기억하지 못했다. 그래서 아창의 생김새를 묘사하며 아느냐고 묻자 주인은 기억해내고 며칠 묵다 떠났노라고 알려주었다.

샤오메이는 길가에 우두커니 서 있었다. 아창은 어디 있을까 하는 생각밖에 나지 않았다. 그녀는 아창이 떠났을 거라고는 생각하지 않았다. 계속 그녀를 기다리고 있을 것 같았다. 그런데 역참에 없다면 어디 있을까? 마차가 그녀 옆에서 출발하고 또 다른 마차가 옆으로 다가왔다. 뒤쪽 역참으로 사람들이 끊임없이 드나드는 것도 느껴졌다. 오후부터 땅거미가 내릴 때까지 샤오메이는 그렇게 망연히 서 있었다. 그때 멀리에서 남루한 거지가 달려오며 손을 흔드는 게 보였다. 그 거지가 부르는 소리도 들렸다.

"샤오메이."

샤오메이는 아창의 목소리를 알아듣고 잰걸음으로 다가갔다. 아창의 얼굴이었다. 마르고 까만 데다 머리카락도 지저분하고 길었다. 달려오던 아창이 걸음을 멈추고 두려운 듯 사방을 둘러보았다. 그런 다음에야 샤오메이 앞으로 걸어와 떨리는 목소리로 말했다.

"샤오메이, 왔구나."

샤오메이는 아창의 이마에 흉터가 없는지 자세히 살펴본 뒤 고개를 끄덕였다. "왔어."

"안 오는 줄 알았어."

샤오메이는 아창의 모습을 살펴보며 "왜 이렇게 된 거야?"라고 쓸쓸하게 물었다.

아창은 돈을 다 쓰고 옷까지 팔고 나자 구걸하는 수밖에 없었다고 말했다. 그런 다음 꽃무늬 옷은 아까워서 팔지 않았다고 덧붙였다. 그제야 샤오메이 눈에 그가 낡은 보따리를 메고 있는 게 들어왔다. 한눈에도 가벼워 보이는 게 그 꽃무늬 옷밖에 없는 듯했다. 아창은 멀리를 가리키며 방금 저쪽에서 왔다고, 매일 저기에서 역참 쪽을 바라보았다고, 하루에도 몇 차례나 보면서 샤오메이가 오지 않을 거라고 생각했지만 매일 쳐다봤다고 털어놓았다. 그러고 나서 아창은 울면서 말했다.

"결국에는 왔네."

샤오메이는 눈물이 앞을 가려 아창의 얼굴을 제대로 볼 수가 없었다. 아창에게 할 말이 무척 많았지만 흐느낌밖에 나오지 않았다.

22

다섯 달의 이별이 재회와 함께 증발했다. 그들은 언제 헤어졌느냐는 듯 5개월 전처럼 분주하게 마차를 갈아타고 또 갈아탔다. 하지만 북쪽으로 올라가는 대신 남쪽으로 내려갔다. 어디로 가야 하는지는 생각하지 않고 그저 남쪽으로 향했다. 남쪽이 그리워서, 남쪽에 가야지만 편안할 것 같아서였다. 그 안식처가 구체적으로 어디인지는 몰라도 양쯔강을 건넌 뒤 살펴보고 결정하면 될 듯했다.

그들은 이제 혼잡한 역참이 아니라 번듯한 여관에 묵었다. 아창은 샤오메이가 린샹푸 집에서 그렇게 많은 금괴를 가져올 줄은 상상도 못 했다. 이제 그와 샤오메이는 평생 먹고살 걱정 없이 지낼 수 있게 되었다. 잔뜩 흥분한 아창이 목소리를 말발굽 소리처럼 끊임없이 울리며 마차 속 여러 사람과 이런저런 이야기를 나누었다.

샤오메이는 기쁜 기색 없이 우울한 눈빛이었다. 아창과 재회한 뒤 떠올랐던 웃음도 마차의 흔들림 속에서 차츰 사라졌다. 린샹푸에게서 멀어질수록 그곳에 남겨놓고 온 게 점점 많아지는 느낌이 들었다. 그건 '매화 가지의 까치'와 '비단 공을 굴리는 사자' 두건

508

처럼 가져갈 수 없는 것들, 린샹푸에게 속한 것들이었다.

게다가 린샹푸 곁에 있을 때 몸에서 나타났던 이상 반응이 황허를 건넌 뒤 남하하는 마차 속에서 더욱 뚜렷해졌다. 그녀는 몇 번이나 마부에게 세워달라고 부탁한 뒤 길가에서 허리를 굽히고 구역질을 했다.

샤오메이는 아이가 들어섰음을 알았다. 그날 밤 여관에서 말했을 때 아창은 조금 놀란 표정을 지었을 뿐, 이내 본래의 표정을 되찾고는 양쯔강을 건너면 한동안 거주할 곳을 찾아 아이를 낳자고 말했다. 샤오메이는 린샹푸의 아이라고 일깨워주었다. 아창은 린샹푸의 아이란 걸 당연히 알고 있다는 듯 고개를 끄덕였다.

샤오메이는 입을 다물었다. 머리가 복잡하고 마음이 뒤숭숭했다. 아창이 친자식처럼 기를 거라고 말했을 때, 샤오메이는 그가 정말로 그럴 것임을 믿었기 때문에 살며시 고개를 끄덕였다. 이어서 아창이 자기 바느질 기술을 아이에게 전수해주겠다고 말했을 때는 웃음을 터뜨렸다. 아창은 자기 솜씨가 별로 뛰어나지 않음을 떠올리고는 공부를 시켜서 이름을 날리게 해야겠다고, 까치를 봉황으로 탈바꿈시켜야겠다고 말했다.

샤오메이의 복잡했던 머릿속이 차분해지기 시작했다. 아창의 말에 마음을 놓은 샤오메이는 딸이면 바느질을 가르칠 건지, 공부를 시킬 건지 조금 장난스럽게 물었다. 아창은 머리를 긁적이며 아무 대답도 하지 못했다. 여자아이는 과거에 응시할 수 없던 시절이었

509

기 때문에 아창은 잠시 뒤 동문서답하듯, 금괴가 평생을 쓸 만큼 충분해도 아이를 위해 아껴 쓰자고, 사내애면 나중에 그걸로 아내를 얻어주고 계집애면 혼수품을 마련해주자고 했다. 샤오메이는 믿음직스럽다는 눈빛으로 아창을 보면서 두 손을 배 위에 올려놓았다. 그건 배 속 아이를 지키겠다는 손짓이었다. 그녀는 양쯔강을 건너면 안착할 곳을 찾자고, 놀고먹을 수 없으니 수선집을 내자고 조용히 말했다. 아창은 고개를 끄덕인 뒤 딸이면 샤오메이의 바느질 기술을 전수해주자고 했다. 샤오메이는 다시 한번 웃었다. 아창이 자기 자신의 바느질 솜씨에 자신이 없어서 그렇게 말하는 건 줄 알았기 때문에, 사내애면 열심히 공부시켜 과거를 보게 하라고 대답했다. 아창은 보따리 속의 꽃무늬 옷을 떠올리고는 계집애면 어려서부터 그 옷을 입히고 시집갈 때까지 해마다 새 꽃무늬 옷을 해주자고 했다. 그 말에 샤오메이는 눈물을 머금은 채 웃었다.

이후 여행길 내내 샤오메이는 근심에 가득 차 있었다. 아창도 그 영향을 받아 얼굴에서 흥분이 사라지고 마차를 탄 뒤에도 사람들과 거의 이야기하지 않았다. 그는 샤오메이의 근심이 아기 때문이라고 생각해 뭔가 그럴듯한 말을 해주고 싶었지만 적당한 말을 찾을 수가 없었다. 그저 대수롭지 않은 일상적인 말밖에 할 수 없어서 아창은 더 이상 입을 열지 않고 샤오메이처럼 깊은 침묵에 빠져들었다.

샤오메이의 배가 불룩해지고 툭하면 두 발이 부을 때 양쯔강에 이르렀다. 아창은 그곳에서 하룻밤을 묵고 다음 날 강을 건너자고 했다.

양쯔강이 보이긴 하지만 물소리는 들리지 않는 여관방에서 샤오메이가 갑자기 소리 없이 눈물을 흘렸다. 린샹푸는 모든 것을 주었는데 자신은 그의 금괴를 훔치고 아이까지 데려간다는 생각에 불안과 죄책감이 밀려들었다. 샤오메이는 양쯔강이 이대로 넘어가면 다시는 돌아올 수 없는 경계처럼 느껴졌다. 그러면 린샹푸는 자기 아이를 알지도 못하고 볼 수도 없을 터였다.

샤오메이는 눈물을 훔친 뒤 그동안 계속 맴돌던 생각을 입 밖으로 꺼냈다. 돌아가야겠다고, 린샹푸에게 돌아가 그곳에서 아이를 낳아야겠다고 말했다.

그녀는 두 손으로 자기 배를 감싸며 말했다. "그 사람 혈육이야."

아창은 깜짝 놀란 얼굴로 샤오메이를 보며 잠시 아무 반응도 하지 못했다. 샤오메이가 다시 말했다.

"그 사람 혈육이라고."

샤오메이는 일말의 의심도 용납할 수 없다는 어투로 그 말을 되풀이했다. 아창의 표정이 놀라움에서 긴장으로, 긴장에서 다시 불안으로 바뀌었다. 잠시 뒤 아창이 더듬거리며 말했다.

"훔쳐 온 금괴를 다시 가져가면……."

샤오메이가 이해할 수 없다는 듯 "왜 도로 가져가?"라고 물었다.

아창은 의아함을 떨칠 수 없었다. "금괴를 돌려주지 않는다고?"

"안 돌려줘." 샤오메이가 말했다. "아이를 돌려주는 거지."

아창이 "아"라고 반응했다가 금세 두려움에 떨며 물었다. "금괴를 돌려주지 않으면 널 죽이는 거 아니야?"

샤오메이가 아창을 보며 멍한 표정으로 대꾸했다. "몰라."

잠시 뒤 그녀는 고개를 저으며 "좋은 사람이니까 죽이지 않을 거야"라고 말했다.

또 잠시 뒤 그녀가 웃으며 말했다. "죽이더라도 아이를 낳을 때까지는 기다려주겠지."

샤오메이는 린샹푸한테 돌아가 아이를 낳기로 이미 마음을 굳혔다. 아창은 불안하고 두려웠지만 동의하지 않을 수 없었다. 양쯔강 근처에서 묵은 그날 밤, 샤오메이와 아창의 관계가 뒤집혔다. 이후에는 샤오메이가 아창을 따르지 않고 아창이 샤오메이를 따랐다.

두 사람은 상의한 끝에 딩촨으로 돌아가고, 아창은 다시 딩촨에서 기다리기로 했다.

샤오메이가 말했다. "이번에는 아주 오래 기다려야 할 거야."

"아무리 오래 걸려도 기다릴게."

"여차하면 나는 그곳에서 죽을지도 몰라."

아창이 대답했다. "딩촨에서 죽을 때까지 기다릴게."

두 사람은 눈물을 흘리며 서로를 쳐다보다가 눈물을 흘리며 웃었다.

아창이 물었다. "아기를 낳은 뒤 나를 찾아 딩촨으로 올 거지?"

샤오메이가 잠시 생각한 뒤 대답했다. "아기가 한 달이 되면 딩촨으로 찾아갈게."

이어서 그들은 목청을 낮추고 속삭였다. 샤오메이는 금괴를 가지고 다니면 무겁고 위험하니까 내일 큰 전장을 찾아가 은표로 바꾸자고 했다. 그러고는 바늘과 실을 꺼내 아창의 속옷 안쪽에 주머니를 만들고, 은표를 잘 접어 속옷 주머니에 넣으면 편리하고 안전할 거라고 알려주었다. 아창은 딩촨에 도착하면 역참이나 여관에는 사람이 계속 들락거려 도둑이 있을 수 있으니 묵지 않겠다고 말하고는, 딩촨에서 다섯 달을 지내는 동안 셋집을 보았다며 사랑채 한 칸을 얻어 혼자 살면 은표를 도둑맞지 않을 거라고 말했다. 그리고 그 집에서 길 하나만 지나면 절이 있으니, 매일 절에서 향을 피우며 샤오메이의 평안을 빌겠다고 덧붙였다.

23

그들은 먼 길을 고생스럽게 되짚어 딩촨으로 갔다. 샤오메이는 린샹푸에게 가까워지자 마음이 물처럼 평온해졌다. 흔들리는 마차 속에서 그녀는 온갖 벌을 떠올렸지만 어떤 벌이 떨어지든 상관없었다. 아이만 낳게 해주면 기꺼이 받아들일 작정이었고, 그녀는 린샹푸가 아이를 낳게 해줄 거라고 믿고 있었다.

딩촨에 도착한 샤오메이와 아창은 쥐 죽은 듯 조용한 밤을 보냈다. 세 든 사랑채에서, 가끔씩 들리는 마당의 개 짖는 소리와 야경꾼의 딱따기 소리 속에서, 남포등의 깜박임 속에서 아창은 걱정스럽게 샤오메이를 바라보았다. 이튿날 새벽 샤오메이를 역참에 데려가 마차에 태워줄 때도 아창은 걱정스럽게 그녀를 바라보았다. 하지만 마차가 앞으로 나아갈 때는 고개를 숙였기 때문에, 샤오메이는 아창의 근심 가득한 얼굴을 볼 수 없었다.

샤오메이가 탄 마차가 딩촨을 떠나 북쪽 도로를 달릴 때 바람에 먼지가 뿌옇게 일어났다. 눈앞에서 휘날리는 먼지 너머로 그녀는 들판의 밀이 물결처럼 일렁이는 것을 보고 린샹푸가 수확을 준비하고 있겠다고 생각했다. 점심 무렵 마차가 예전의 그 작은 역참에 도착했고 이번에는 짧게 한 시간만 쉬었다. 마부가 세 마리 말에게 사료와 물을 먹인 뒤 다시 길에 오르자 샤오메이는 길 양쪽을 주의 깊게 살피기 시작했다. 그 냇물을 기억하고 있었다. 멀리에서 굽이돌아 들어오는 그 냇물을 보았을 때 그녀는 곧 린샹푸를 보겠다는 생각에 가슴이 두근거렸다. 샤오메이는 지난번에 마차 바퀴가 망가졌던 곳을 이미 지나쳤음을 알았다. 길과 나란히 뻗어 가던 냇물이 굽이돌아 멀어지는 것을 보고 샤오메이는 마차에서 내렸다. 길가에 잠시 서 있을 때 밭에 있는 사람 그림자가 눈에 들어왔다. 한 사람은 린샹푸 같고 다른 한 사람도 린샹푸 같았다. 그런 다음 그녀는 익숙한 오솔길을 걸어갔다. 가슴이 콩닥콩닥 불안하게 뛰었다.

린샹푸는 들판처럼 너그럽게 샤오메이를 받아주었다. 샤오메이가 생각했던 온갖 벌 가운데 어떤 것도 없었고 사랑과 보호가 쏟아졌다. 샤오메이는 다시 한번 결혼했다. 이번에는 정식으로 사주단자까지 쓴 데다 그걸 부뚜막에 한 달 동안 올려놓고 조왕신의 가호를 빌었다. 린샹푸는 칠장이 둘과 재봉사 한 명을 불러 가구를 반짝반짝하게 칠하고 샤오메이에게 크고 붉은 겉옷을 맞춰주었다. 그런 다음 사각 탁자로 꽃가마를 만들어 샤오메이에게 붉은 옷을 입힌 뒤 그 위에 태웠다. 딸은 위험할 뻔했지만 무사히 태어났다.

그 뒤로 이어진 평화롭고 행복해 보이는 일상에 린샹푸는 완전히 빠져들었다. 반면 샤오메이는 딸의 출생이 다시 떠나라는 재촉처럼 느껴져 억지로 웃을 뿐이었다.

샤오메이는 구들 위에서 딸과 한시도 떨어지지 않았다. 낮에는 품에 안은 채 내려놓지 않았고 밤에도 자다가 깨면 강보 속 딸의 얼굴을 조심스럽게 쓰다듬었다. 딸의 숨결을 영원히 간직하려는 듯 하염없이 쓰다듬었다. 린샹푸가 들어온 뒤에야 샤오메이의 눈은 딸을 잠시 떠나 린샹푸를 따라다녔다.

샤오메이는 딸을 낳고 한 달이라는 시간이 천천히 지나가기를 바랐지만, 매일 순식간에 해가 떴다가 순식간에 날이 저물었다. 그러고 나서 산파가 이발사를 데리고 찾아왔다. 마을 주민도 우르르 몰려와 마당은 물론 바깥까지 늘어섰고, 아이들은 구경거리를 놓칠 수 없다는 듯 나무 위와 담장 위에 올라앉았다. 이발사가 딸의 배냇머리와 눈썹을 면도칼로 조심스럽게 밀 때 샤오메이는 두 손을 바들바들 떨며 붉은 천으로 그걸 받아 소중하게 감쌌다.

샤오메이가 배냇머리와 눈썹을 잘 챙기는 것을 보면서 산파는 아기가 만 한 달이 되어 이발하면 거처를 옮기는 게 관례라며, 보통 외할머니나 외삼촌이 안고 그들 집에 데려간다고 말했다. 린샹푸는 딸의 외할머니는 돌아가셨고 외삼촌은 멀리 양쯔강 이남에 살아서 그 의식을 치르기 힘들다고 말했다. 산파는 잠시 생각하더니 그럼 됐다고, 그건 생략하자고 한 뒤 그래도 '첫 달'을 그냥 넘길 수는 없다고 말했다. 린샹푸가 어떻게 하느냐고 묻자 산파는 간소하게 치르자며 여자 쪽 친지가 옷과 모자, 신발, 양말을 준비해 아기를 업고 남쪽으로 걸어가라고 했다. 아기 외삼촌이 남쪽에 있으니 그걸로 의식을 대신하자는 거였다. 린샹푸는 톈다를 가리키며 그가 여자 쪽 친지를 대신하면 되는데 옷과 모자, 신발, 양말은 준비하는 데 사흘이 걸린다고 했다. 산파는 그럼 사흘 뒤에 아기를 업고 첫 달 의식을 치르자고 정했다. 떠나기 전에 산파는 샤오메이에게 복숭아나무 가지를 꺾은 뒤 거기에 붉게 칠한 땅콩 다섯 개와 동전 일곱 개를 붉은 끈으로 묶어놓으라고 당부했다. 그리고 복숭아나무 가지는 액운을 쫓고 땅콩은 장수, 동전은 북두칠성의 보살핌과 번성을 의미한다고 설명했다.

사흘 뒤 샤오메이는 땅콩과 동전을 묶은 복숭아나무 가지를 들고 톈다의 딸은 강보 속 아기를 업은 채 린샹푸 집 대문을 나섰다. 마을 사람들이 몰려들었고 린샹푸는 샤오메이와 톈다의 딸 뒤를 따라갔다. 그러자 옆에서 걷고 있던 산파가 첫 달 의식은 여자 쪽 일이라 남자 쪽은 따라갈 수 없다며 린샹푸를 저지했다. 린샹푸는 어쩔 수 없이 걸음을 멈추고 소란스러운 사람들 속에서 톈다의 딸에게 소리쳤다.

"마을을 먼저 한 바퀴 돌고 큰길에서 남쪽으로 좀 많이 걸어가거라."

톈다의 딸이 고개를 돌리고 알았다고 하자 산파가 말했다. "첫 달 의식에서는 고개를 돌리면 안 돼. 고개를 돌렸으니 돌아가서 다시 걸어와야 해."

복숭아나무 가지를 든 샤오메이와 아기를 업은 톈다의 딸은 뒷걸음질로 돌아가면서 감히 고개를 돌리지 못했다. 린샹푸 집의 대문까지 돌아왔을 때 산파가 뭔가 생각난 듯 린샹푸에게 물었다.

"아이 품 안에 글자가 적힌 종이가 있습니까?"

린샹푸가 고개를 저으며 없다고 하자 산파가 말했다. "종이를 넣으면 나중에 학식 있고 예의 바른 사람이 될 겁니다."

린샹푸가 얼른 안으로 들어가 글자를 적은 종이를 들고 와 건넸다. 산파는 그걸 세심하게 접어 강보 속에 집어넣었다.

린샹푸가 산파에게 "또 뭐가 필요한가?"라고 물었다.

산파가 조금 생각한 뒤 말했다. "대파 두 뿌리를 가져오시지요."

린샹푸는 다른 건물로 들어가 대파 두 뿌리를 가져왔다. 산파가 대파를 아기 강보에 집어넣자 대파가 꼭 강보에서 자라난 듯했는데, 그 순간 공교롭게도 잠든 아기가 머리를 대파에 기댔다. 그 모습을 본 마을 사람들이 하하 웃음을 터뜨렸고 린샹푸와 샤오메이도 웃었다. 톈다의 딸은 등에 있는 아기의 우스운 모습이 보이지 않는데도 마을 사람들이 웃자 덩달아 웃음을 지었다. 산파만 웃지 않고 린샹푸에게 말했다.

"대파가 있으니 똑똑하고 유능한 사람으로 자랄 겁니다."

첫 달 의식이 시작되었다. 톈다의 딸은 아기를 업고 마을을 한

바퀴 돌았다. 산파와 복숭아나무 가지를 든 샤오메이가 그녀 양옆에서 걷고 마을 사람들이 앞뒤에서 걸어갔다. 길이 좁아지면 행렬도 좁아지고 길이 넓어지면 행렬도 넓게 퍼졌다. 마을을 나가 큰길로 접어든 뒤 남쪽으로 걸어갈 때, 계속 자고 있던 아기가 눈을 뜨고 머리를 대파에 기댄 채 어리둥절한 눈으로 그 많은 사람을 보고 그 많은 소리를 들었다.

아기가 깬 걸 보고 산파가 앞쪽의 한 마을 주민을 가리키며 아기에게 물었다.

"본 적 있니?"

아기가 아무 반응 없이 새까만 눈동자를 크게 뜨고 이 사람 저 사람을 쳐다보자 산파가 다른 주민을 가리키며 또 물었다.

"본 적 있니?"

아기는 여전히 반응이 없었다. 마을 사람들이 하나둘 다가와 산파처럼 다른 사람을 가리키며 물었다.

"본 적 있니?"

아기는 각기 다른 소리가 여기저기에서 들리는 게 재미있는지 이가 없는 입을 벌리고 까르르 웃었다. 아기가 웃는 걸 보고 마을 사람들이 앞다투어 다가와 그 말을 했다. 어떤 사람이 우스꽝스러운 어투로 묻자 아기가 깔깔거리며 웃었다. 이어서 다른 사람들도 어투를 바꿔 말을 걸기 시작하면서 아기의 깔깔거리는 웃음소리가 끊임없이 이어지고 대파 두 뿌리가 쉴 새 없이 흔들렸다.

24

샤오메이는 딸이 첫 달을 넘긴 뒤에도 떠나지 않았다. 매일 아침 눈을 뜰 때마다 딸과 린샹푸에게 이별을 고할 때가 되었다고 생각하면서도 차일피일 미뤘다. 젖을 먹일 때면 딸이 머리통을 팔꿈치 안쪽에 기댄 채 작은 손을 그녀 가슴 앞에서 살며시 움직였는데 그게 꼭 만류하는 손짓 같아서 샤오메이는 자꾸 주저하게 되었다.

그날 드디어 짬이 난 린샹푸는 은화 30닢을 가지고 당나귀를 끌며 성으로 들어갔다. 한해 수확물로 얻은 이윤을 취화전장으로 가져가 참조기와 바꾸려는 거였다.

오후가 되자 검푸른 무명옷을 입은 샤오메이는 딸을 안고 대문 앞으로 나가서 흐릿한 눈으로 마을 어귀의 큰길을 바라보았다. 품 안의 딸은 눈을 동그랗게 뜨고 어머니를 보고 있었다. 오전에 집을 나선 린샹푸가 늦도록 돌아오지 않았다. 해가 서쪽으로 가라앉을 때야 샤오메이는 바람 속에서 딸랑거리는 당나귀 방울 소리를 들을 수 있었다. 가만히 쳐다보자 린샹푸가 당나귀를 끌고 마을 어귀로 들어오는 게 보였다.

린샹푸는 한 손으로는 당나귀를 끌고 다른 손으로는 탕후루를 든 채 하하 웃으며 샤오메이 앞으로 다가왔다. 그는 탕후루를 샤오메이에게 건넨 뒤 몸을 숙여 딸을 잠시 쳐다보고 나서 샤오메이와 안으로 들어갔다. 그러고는 당나귀를 마당 안에서 천천히 끌고 다니면서, 딸을 안고 문 앞에 앉아 있는 샤오메이에게 가축은 굴레를 풀어준 다음에 꼭 산책을 시켜줘야 한다고 말했다.

저녁놀에 붉게 물든 어느 저녁이었다. 문 앞에 앉은 샤오메이는 탕후루를 아이 입술에 몇 번이나 올려놓고 아이가 단맛을 핥게 해주었다. 쏟아지는 노을빛에 샤오메이의 검푸른 옷도 단풍잎처럼 빨갛게 보였다.

그날 밤 린샹푸와 샤오메이는 늦도록 잠자리에 들지 않았다. 린샹푸는 벽 틈새에서 그 상자를 꺼내 참조기를 집어넣었다. 두 사람은 잠든 딸을 가운데에 두고 구들에 누웠다. 린샹푸가 집으로 돌아올 때 가슴의 참조기가 묵직하게 느껴졌다며, 앞으로 매년 하나씩 늘어나 10년 뒤 그걸 수조기와 바꾸면 수조기가 총 열한 개가 된다고 했다. 딸을 열여섯 살에 시집보낸다고 치면 그때는 수조기 열한 개와 참조기 여덟 개가 있으니 그럴듯한 혼수를 마련해 위풍당당하게 시집보낼 수 있을 거라고 말했다.

린샹푸의 말에 샤오메이는 울음을 터뜨렸다. 린샹푸는 샤오메이가 왜 우는지 그 진짜 이유를 몰랐기 때문에 그저 자책한다고 생각해, 가끔 자신도 그 금괴를 떠올리면 화가 나지만 조금 지나면 괜찮아진다고, 과거는 과거일 뿐이라고 말했다.

그렇게 말하고 나서 린샹푸는 깊은 잠에 빠졌다. 샤오메이도 잠들었지만 잠시 뒤 딸의 배고픈 울음소리에 눈을 떴다. 그녀는 구들에서 내려가 남포등을 켠 뒤 다시 구들에 앉아 젖을 먹였다. 젖을 다 먹인 다음에는 강보를 펼치고 딸을 자기 허벅지에 엎어놓은 뒤 기저귀를 갈아주었다. 그때 샤오메이는 딸이 목을 가누는 걸 발견하고 깜짝 놀랐다. 지금까지는 머리를 어딘가에 의지해야 했던 딸이 갑자기 목에 힘이 생겨 고개를 들고 사방을 둘러보고 있었다.

샤오메이는 그 순간을 함께 나누기 위해 린샹푸를 깨웠다. 린샹푸가 몸을 일으키며 졸린 눈으로 쳐다보자 샤오메이는 어서 딸을 보라고 재촉했다. 그는 딸의 모습에 "와!" 하고 소리치고는 완전히 잠에서 깼다.

딸의 머리가 왼쪽으로 갔다가 조금 뒤 오른쪽으로, 또 조금 뒤 위로 향했다. 까맣게 빛나는 눈동자도 왼쪽을 봤다가 오른쪽을 보고 앞쪽을 보았다. 린샹푸가 소리 내 웃으며 이리저리 움직이는 딸의 머리가 꼭 거북이 머리 같다고 평했다.

"거북이가 머리를 내밀 때 딱 이렇다니까요."

샤오메이는 눈물을 줄줄 흘리고 있었다. 그러자 린샹푸가 웃으며 "나중에 시집갈 때는 아주 눈물범벅이 되겠네요"라고 말했다.

그때 린샹푸는 샤오메이가 작별의 눈물을 흘리는 줄 몰랐다. 딸이 목을 가눈 건 성장의 첫걸음을 내디뎠다는 뜻이었다. 샤오메이는 그 첫걸음을 지켜보면서 이제 떠나야 한다고 스스로에게 말했다.

25

아직 별도 지지 않은 시간인데 샤오메이는 이미 딩촨으로 통하는 큰길을 걷고 있었다. 그녀는 눈물을 머금은 채 동트기 전 달빛 속을 걸었다. 눈물이 눈가에서 반짝거렸다.

밝아오는 여명 속에 마차 한 대가 달려와 그녀는 보따리를 품에 안고 고개를 숙인 채 마차에 올랐다. 그리고 고개를 숙인 채 앉아 소맷부리로 눈물을 닦은 뒤, 고개를 들고 무표정하게 굳은 얼굴로 마차 안의 두 여자와 한 남자를 쳐다보았다. 이어서 그녀는 가없이 펼쳐진 들판을 보고 텅 빈 하늘을 바라보았다. 그녀 가슴 속도 텅 비어 있었다.

지난번에 떠날 때는 아쉬움과 죄책감이 가득했다면 이번에는 억장이 무너졌다. 이번에는 린샹푸뿐만이 아니라 이제 막 세상에 나온 딸까지 떠나는 거였다.

오후 들어 딩촨 역참에 도착한 샤오메이는 마차에서 내린 뒤 길목에 서서 사방을 둘러보았다. 왼쪽 길로 가야 한다는 게 기억났다. 계속 가다가 사찰이 보이면 아창이 세 든 집이 나올 터였다. 그곳에서 샤오메이는 다음 날 린샹푸 곁으로 돌아가야 하는데 운명이 어떤 방식으로 자신을 맞아줄지 몰라 불안해하며 하룻밤을 보냈었다.

어느 골목을 지날 때 샤오메이는 갑자기 아창이 자신을 기다리지 않고 떠난 게 아닐까, 이미 시진의 부모님 곁으로 돌아간 게 아닐까 하는 생각이 들었다. 정말 그렇다면 샤오메이는 린샹푸와 딸곁으로 돌아갈 작정이었다. 하지만 그 생각은 잠시 스쳤을 뿐, 그녀는 아창이 떠나지 않고 계속 자신을 기다리고 있을 거라고 생각했다. 그렇게 생각하며 걷고 있을 때 뒤에서 부르는 소리가 들렸다.

"샤오메이, 샤오메이."

아창의 목소리였다. 몸을 돌리자 잔뜩 흥분해 달려오는 아창이보였다. 아창은 샤오메이 앞까지 달려와 그녀의 손을 잡더니 다시왔던 방향으로 뛰기 시작했다. 샤오메이는 무슨 일인지 모른 채아창에게 붙들려 뛰었다. 아창이 뛰면서 말했다.

"어서 가자. 말이 지고 가는 가마를 구경하러 가자."

아창은 샤오메이를 끌고 골목 어귀까지 달려간 다음 오른쪽으로 계속 뛰었다. 말과 마차 앞까지 달려간 뒤에야 그는 걸음을 멈추고 오른손으로 가리키며 신나게 떠들었다.

"봐봐, 보라고."

샤오메이가 보니 두 마리 말이 한 마리씩 앞뒤에서 가마를 지고마부 두 사람이 앞뒤에서 각각 말을 끌며, 가마에는 몇 사람이 타고 있었다. 아창은 가마 앞뒤의 말이 어떻게 걷는지 보라며, 훈련받은 병사처럼 일사불란하게 움직인다고 말했다.

"두 마리가 똑같이 걷지 않으면 가마에 탄 사람이 떨어질 거야."

아창이 또 말했다. "말이 가마를 진 건 처음 봐."

그러고 나서 아창은 샤오메이를 자세히 살피기 시작했다. 불룩했던 배가 평평해지고 얼굴이 둥글둥글해진 데다 다친 곳도 하나 없는 샤오메이의 모습에 아창은 웃음을 지었다. 그리고 자기 공도 없지 않다는 듯 말했다.

"매일 절에서 향을 피웠어."

그런 다음 아창은 눈시울을 붉히며 흐느꼈다. "드디어 왔구나."

샤오메이도 아창을 자세히 살펴보기 시작했다. 살이 조금 찌고 딩촨 재봉소에서 맞췄는지 처음 보는 장삼을 입고 있었다. 샤오메이 얼굴에도 웃음이 피어올랐다. 정신없이 돌아다닌 그날 처음 짓는 웃음이었다.

샤오메이는 딩촨에서 하룻밤을 묵은 뒤 아창과 다시 긴 여행길에 올랐다. 낮에는 마차를 타고 밤에는 여관에 묵으며 남쪽으로 내려갔다. 샤오메이가 별로 말하지 않아서 아창도 거의 입을 열지 않았다. 양쯔강을 건너자 남쪽 풍광이 눈앞에 펼쳐졌다. 나무와 풀이 무성하고 곡식이 푸르게 자라며 강줄기가 들판을 가로지르고 농가 지붕에서 밥 짓는 연기가 모락모락 피어올랐다. 딩촨을 떠날 때는 남쪽으로 돌아가는 것만 생각했지만 이제 양쯔강을 건넜으니 구체적인 목적지가 필요했다.

샤오메이는 계속 남쪽으로 가는 마차를 탔다. 아창은 샤오메이가 어디로 가려는 건지 알지 못한 채 그저 따라갈 수밖에 없었다. 상하이가 가까워지자 아창은 샤오메이가 두 사람의 가장 행복한 시절이 간직되어 있는 상하이에 가려는 줄 알았다. 그런데 아창이 상하이에 가느냐고 물었을 때 샤오메이는 고개를 저으며 상하이에서는 지출이 너무 크다고 대답했다. 아창은 어리둥절해하다가 조금 뒤 다시 물었다.

"그럼 어디 가는데?"

샤오메이의 대답에 아창은 깜짝 놀랐다.

"시진으로 돌아가는 거야."

26

아창이 완무당 시리촌에서 샤오메이를 데리고 멀리 타향으로 간 뒤 아창 어머니의 얼굴에서는 엄격함이 사라지고 대신 우울함이 그 자리를 메웠다. 아창의 아버지는 아들이 은화 100여 냥은 물론 서랍 속 엽전까지 전부 훔쳐서 그런 일을 벌일 거라고는 꿈에도 생각하지 못했다. 그는 아들이 남긴 편지를 보면서 탄식했다.

"불효자식 같으니."

열흘 남짓 지났을 때 잘 아는 손님이 옷을 찾으러 와서는 걱정된다는 듯 아창과 샤오메이한테 소식이 없느냐고 물었다. 아창의 어머니는 무표정하게 고개를 흔들었고 아버지는 멍한 표정을 지었다. 손님이 간 뒤 그는 눈살을 찌푸리며 어떻게 아창과 샤오메이 일을 알았는지 모르겠다고 말했다. 그러자 아창의 어머니가 대꾸했다.

"종이로 어떻게 불을 감쌀 수 있겠어요?"

한 해가 지나도 아창과 샤오메이한테는 아무 소식이 없고 선가네 장사는 갈수록 활기를 잃었다. 원래도 떠들썩하지 않던 가게가 완전히 썰렁해졌다. 동작이 느린 노인 둘만 있으니 납품 기일을 맞추지 못할 때가 다반사여서 손님이 점점 줄다가 나중에는 며칠 동안 한 명도 없기도 했다. 두 노인은 아침에 문을 열고 저녁까지 멍하니 앉아 있다가 문을 닫았다.

아창의 아버지는 원래 부지런하고 손재주가 뛰어난 며느리를 마음에 들어해서 아창의 어머니가 기어코 그녀를 내쫓았을 때 며칠을 속상해했다. 하지만 이제는 툭하면 샤오메이를 구미호라고 욕하며 아들이 그 구미호한테 홀려서 집을 나갔다고 원망하다가 끝에는 샤오메이가 처음 꽃무늬 옷을 훔쳐 입었을 때 내쫓아야 했다고, 그때 마음이 약해진 게 잘못이었다고 후회하며 탄식했다.

아창의 어머니는 우울한 표정으로 남편이 욕하는 걸 가만히 듣기만 할 뿐 한마디도 하지 않았다. 아창과 샤오메이가 떠난 뒤 그녀는 아들과 관련된 말을 전혀 하지 않았고 말수 자체도 줄어들었다. 그녀는 매일 아침 일찍 일어나 밤늦게까지 집안일을 하다가 어느 날 쓰러지고 말았다.

아창의 어머니가 침대에서 일어나지 못하고 끊임없이 기침을 하자 선가에서는 계집종을 들여 집안일을 맡겼다. 그런데 얼마나 어설프고 덜렁대는지 그릇 깨지는 소리가 시도 때도 없이 울렸다. 머리가 희끗희끗한 한의사가 선가의 단골이 되어 보름마다 문턱을 넘어 선가 여주인의 침실로 들어왔다. 그 뒤에는 언제나 비쩍 마른 제자가 바싹 붙어 따라왔다. 머리가 희끗희끗한 한의사가 침대 옆 걸상에 앉아 진맥하면 마른 제자는 탁자 앞에 앉아 있다가

진맥을 마친 한의사가 노래하듯 부르는 처방을 빠르게 받아 적었다. 스승이 부른 처방을 깨알같이 작은 글씨로 하얀 종이에 적은 뒤 먹물이 마를 때까지 잠시 기다렸다가 두 손으로 아창의 아버지에게 건넸다. 처방전을 받은 아창의 아버지가 엽전을 건네면 제자는 고맙다고 인사했다. 머리가 희끗희끗한 한의사는 아창의 아버지에게 몇 마디 당부한 뒤 일어나 나가고 비쩍 마른 제자 역시 왔을 때와 똑같이, 마치 놓칠까 봐 두려운 듯 스승 뒤에 바싹 붙어 따라 나갔다.

아창의 아버지는 처방전을 받자마자 황급히 약방으로 달려가 약을 지어온 뒤 부엌에서 직접 아내의 약을 달였다. 덜렁이 계집종이 이미 약탕기를 깨버린 전적이 있어서였다.

머리가 희끗희끗한 한의사는 분량만 다를 뿐, 언제나 아홉 가지 약재를 불러주었다. 약을 먹는데도 아창 어머니의 병세는 계속 나빠지기만 했다. 기침할 때 암홍색 피까지 토해 침대 앞에 나무 그릇이 놓였고, 아침에 담아놓은 맑은 물은 저녁이면 끈적끈적한 암홍색으로 변했다.

아창의 어머니가 쓰러진 뒤 수선집 장부는 그녀의 베개 옆에 놓였다. 장부에는 샤오메이가 떠날 때 남겨놓은 은비녀가 책갈피처럼 끼워져 있었다. 그녀는 장부를 덮을 때 은비녀를 보던 자리에 끼워 넣었다. 처음에는 기침하면서도 반쯤 몸을 일으키고 살펴볼 수 있었는데, 사실 기록된 내용은 별로 없었다. 병세가 악화돼 장부를 펼칠 기력이 남지 않았을 때도 그녀는 절대 장부를 치우려 하지 않았다. 정신이 들 때마다 부들부들 떨리는 왼손을 마치 자신의 생명 위에 올려놓듯 장부에 올려놓았다.

그토록 위엄 있던 여자가 점점 눈에서 빛을 잃더니 때로는 정신마저 놓았다. 어느 날 밤 그녀는 숨이 곧 끊어질 듯 헐떡이다가 갑자기 샤오메이의 이름을 부르기 시작했다. 한 번 또 한 번, 갈수록 다급하게 불러 옆방에서 자고 있던 아창의 아버지가 남포등을 들고 황급히 건너와 말했다.

"샤오메이는 여기 없어요."

"샤오메이를 불러와요." 아창의 어머니가 힘없이 말했다. "장부를 줘야 해."

아창의 아버지가 손을 내밀었다. "나한테 줘요."

아창의 어머니는 가냘프지만 고집스럽게 "샤오메이, 샤오메이." 하고 불렀다.

아창의 아버지는 가만히 서 있는 수밖에 없었다. 아창의 어머니는 지쳤는지 가쁜 숨을 몰아쉬다가 잠시 뒤 또 말했다.

"샤오메이를 불러와요."

"샤오메이는 여기 없어."

아창의 어머니는 듣지 못한 듯 계속 말했다. "가서 샤오메이 좀 불러와요."

"여기 없다고." 아창의 아버지가 말했다. "샤오메이는 그 불효자식이랑 떠났어."

"떠났다고……."

아창의 어머니가 조용해지더니 천천히 눈을 감았다. 호흡 소리가 점점 흩어졌다. 샤오메이를 그리워하다가 숨을 거둔 듯했다. 그 엄격한 여자, 평생 감정을 드러내지 않았던 여자가 세상을 떠날 때는 샤오메이에 대한 그리움을 숨김없이 드러냈다.

입관할 때 그녀는 붉은색 무명 속옷과 초록색 비단옷을 입고 진주가 달린 모자를 썼다. 머리 밑에는 태양과 수탉이 수놓인 베개가 놓였다.

발인식에는 선뎬의 친척 일곱 명이 흰옷을 입고 참석했다. 아창의 아버지는 맨 앞에서 고개를 숙인 채 흐느끼며 아내의 관을 시산까지 배웅했다. 아내가 살아 있을 때 장례를 간소하게 치르라고 여러 차례 당부했기 때문에 아창의 아버지는 성황각의 도사를 부르지 않았다. 그래서 양쪽으로 엄숙하게 늘어선 도사도 없고 피리와 퉁소, 태평소, 목어의 애절한 연주는 더더욱 없었다. 대신 아창의 아버지는 값싼 시골 음악대를 불렀다. 그들이 연주하는 태평소 소리는 전혀 애절하지 않았지만 도사들보다 훨씬 컸다. 그들은 뺨을 부풀리며 시산이 떠나갈 정도로 시끄럽게 연주했다.

27

수선집 문 옆에 걸린 직사각형 간판이 얼룩덜룩 더러워지기 시작하더니 중간에 새겨진 '직織' 자는 잘 보이지 않을 정도로 희미해졌다. 수선집 문은 여전히 해가 뜰 때 열리고 해가 질 때 닫혔지만, 딱히 손님이 찾아오지는 않았다. 그런데도 아창의 아버지는 매일 가게에 앉아 있었다. 아내가 세상을 떠난 뒤 그의 영혼도 따라간 듯 늘 멍한 표정으로 계산대 옆에 장식품처럼 앉아 있었다. 계집종만 바쁘게 움직이며 간간이 그릇을 깨뜨릴 뿐이었다. 그나마 그 소리라도 있어서 선가에 생기가 좀 돌았다.

또 한 해가 지나자 아창의 아버지도 병이 들었다. 아내와 똑같은 병인지 계속 기침하고 피를 토했다. 머리가 희끗희끗한 한의사와 비쩍 마른 제자가 다시 한번 선가의 단골이 되었다. 아창의 아버지가 침대가 아니라 가게에서 진맥을 받자 한의사가 올 때면 수선집 밖에 사람들이 조금 몰려들었다. 고저장단을 살려 처방전을 읊는 한의사가 연극 속 배우 같다며 구경하러 오는 거였다. 비쩍 마른 제자는 계산대에 바짝 붙어 빠르게 붓을 놀렸는데 여전히 그

아홉 가지 약재였다.

입동이 지난 어느 오후, 두 사람이 멘 가마 두 대가 선가 수선집 앞에 멈추더니 앞쪽 가마에서 아창이 내렸다. 그는 머뭇거리며 가게로 다가갔다가 안쪽에 멍하니 앉아 있는 아버지를 발견했다. 고작 2년 만에 꺼져 가는 촛불처럼 쇠약해진 아버지를 보고 아창은 안절부절못하며 소리쳤다.

"아버지."

아버지가 미동도 없이 그를 보았다. 아창이 또 한 번 부르자 이번에는 아버지가 길게 한숨을 내쉬고 떨리는 목소리로 말했다.

"돌아왔구나."

아창이 고개를 끄덕였다. "불초자, 돌아왔습니다."

"샤오메이도 돌아왔니?"

"같이 돌아왔어요."

아버지가 휘청거리며 일어나서 가게 밖을 내다보았다. "어디 있니?"

아창이 잠시 망설이다 대답했다. "가마 안에요."

아버지가 눈앞의 두 가마를 보며 소리쳤다. "샤오메이, 샤오메이."

샤오메이가 뒤쪽 가마에서 나와 고개를 숙인 채 그 자리에 섰다. 시아버지의 "들어와라"라는 말소리가 들렸다.

샤오메이는 고개를 숙인 채 아창 뒤를 따라서 가게로 들어갔다.

그런 뒤에야 고개를 들고 딴사람처럼 고비늙은 시아버지를 바라보았다. 시아버지가 말했다.

"드디어 돌아왔구나."

시아버지의 말에 샤오메이는 자신이 선가 사람으로 받아들여졌다고 느꼈다. 아창은 집 안쪽에서 계집종만 보이고 어머니가 보이지 않자 아버지에게 물었다.

"어머니는요?"

아버지가 한바탕 기침하고 나서 답했다. "갔다. 시산으로 갔어."

"시산에 가셨다고요?" 아창은 무슨 말인지 알아듣지 못했다.

"죽었어. 1년 전에."

아창은 잠시 멍하게 있다가 이내 눈물을 쏟고는 눈가를 훔치며 말했다. "제가 불효를 저질렀어요. 어머니께 잘못했어요."

샤오메이도 울며 시아버지에게 말했다. "모두 제 탓이에요."

시아버지는 비틀거리며 그들을 데리고 위층 침실로 올라갔다. 그러고는 옷장에서 장부를 꺼내 샤오메이에게 준 뒤 쓸쓸하게 말했다.

"임종 전에 계속 네 이름을 부르며 장부를 줘야 한다고 하더라. 네가 없다고 하는데도 듣지 않고 계속 불렀어."

샤오메이가 장부를 받을 때 안에 끼워져 있던 은비녀가 바닥으로 떨어졌다. 샤오메이는 멍한 얼굴로 은비녀를 집어 들고는 울먹거렸다.

"전부 제 잘못이에요."

시아버지가 탄식했다. "다 운명이지."

아창과 샤오메이가 돌아왔다는 소식이 빠르게 퍼지면서 선가 수선집 앞이 다시 떠들썩해졌다. 아창과 샤오메이는 문 측면의 간판을 깨끗이 닦고 다시 바느질을 시작했다. 수선집을 찾는 사람들은 지난 2년 동안 그들한테 무슨 일이 있었는지 듣고 싶어서 찾아오는 경우가 대부분이고, 망가진 옷을 수선하러 오는 사람은 얼마 되지 않았다. 아창과 샤오메이는 옷을 수선하는 한편, 경성에 갔었다며 어물쩍어물쩍 적당히 대답했다. 거기서도 옷을 수선했는데 사람이 많아 장사도 잘되었다고, 다만 뼈가 시릴 정도로 추운 겨울에 영 적응할 수 없었다고 말했다. 그들은 말을 하는 동시에 어렸을 때부터 몸에 밴 솜씨를 살려 빠르게 옷을 수선했다. 떠들썩한 건 그래봐야 며칠이었을 뿐 가게는 금세 썰렁해졌다. 사실 아창과 샤오메이는 수선 일을 계속할 마음이 없었지만, 아버지가 원해서 계속 가게에 앉아 있었다.

아창과 샤오메이가 돌아오자 아버지는 마음을 놓더니 얼마 뒤 침대에 드러눕고 말았다. 심지어 병세도 나날이 악화되고 기침도 갈수록 심해져 핏줄기가 입가에서 턱까지 이어지곤 했다. 그의 침대 앞에도 나무 그릇이 놓이고 아침에 담아놓았던 맑은 물이 저녁이면 암홍색으로 변했다. 그는 살날이 얼마 남지 않았음을 직감하고 아들과 며느리를 침대 앞으로 불러 장례를 당부했다. 자신이 죽으면 성황각 우물에서 목욕물을 사올 필요 없이 뒤뜰 우물물로 닦아주고, 수의는 비단의 '단緞'이 끊어질 '단斷'을 연상시켜 자손이 끊길까 불길하니 비단으로 짓지 말며, 컴컴한 저승에 검은색은 적합하지 않으니까 몸에 붙는 붉은 무명옷을 지어 입히라고 했다. 저승에 가면 귀신들이 이승의 옷을 벗기는 보이팅剝衣亭을 제일 먼저 지나야 하는데 귀신들이 벗기다 붉은색이 나오면 피라고 생각해 더는 벗기지 않는다는 이유였다. 그래도 관에는 신경을 좀 써달라며 곧고 오래된 삼나무를 써야 쉽게 썩지 않는다고 했다. 또 발인 때는 성황각 도사를 부르지 말라며 값싼 시골 음악대가 훨씬 힘차게 불어준다고 덧붙였다.

그는 어찌할 바를 모르는 아들과 눈물 흘리는 며느리를 보면서 마지막으로 당부했다. "지금 집안 형편이 좋지 못하니 매사에 절약하거라."

사흘 뒤 아창의 아버지는 세상을 떠났다. 아창과 샤오메이는 아버지의 뜻에 따라 성대하지는 않아도 격식 있게 장례를 치렀다. 그러고 나서 그들은 문 옆의 간판을 치우고 수선 일을 그만두었다. 그 뒤 사람들은 그들 모습을 거의 보지 못하고 새벽에 대바구니를 들고 나와 장을 본 뒤 들어가는 계집종만 자주 목격했다.

아창과 샤오메이는 그곳에서 쥐 죽은 듯 살았다. 가끔 깊고 고요한 밤에 처량한 흐느낌이 새어 나와, 사람들은 샤오메이의 울음소리라고 추측하며 외지에서 지낸 2년 동안 그들이 무슨 경험을 했는지를 두고 멋대로 상상하기 시작했다. 하지만 석 달이 지나자 그들에 관한 소문마저도 완전히 잦아들었다. 그들은 여전히 시진에 살고 있었지만 시진은 더 이상 그들을 기억하지 못했다.

28

시진으로 돌아온 아창과 샤오메이는 과거에 파묻혔다. 이제 밝아오는 새벽은 그들의 새벽이 아니었고 저무는 황혼 역시 그들의 황혼이 아니었다. 그들의 삶도 수선집처럼 휴업 상태에 들어간 듯했다.

계집종은 샤오메이가 매일 머리카락을 한 올도 흐트러짐 없이 틀어 올린 뒤 은비녀를 꽂는 걸 보았다. 샤오메이는 상냥하고 계집종에게 힘든 집안일을 모두 떠맡기는 법 없이 늘 함께할 뿐만 아니라 무척 적절하고 민첩하게 처리했다. 그런 샤오메이의 말과 행동 덕분에 원래 덜렁대던 계집종도 차츰 차분해졌고 그릇 깨지는 소리도 거의 울리지 않게 되었다.

계집종이 보기에 아창은 늘 딴생각에 빠진 사람이었다. 그녀는 아창이 예전부터 그랬다는 걸 몰랐다. 아창은 언제나 마당에서 꼼짝도 하지 않고 앉아 있다가 샤오메이가 들어오라고 부르면 그제야 자리에서 일어나 마당을 벗어났다. 가끔 샤오메이도 마당으로 나가 아창 옆에 앉아서는 살며시 웃음을 지었다. 그건 아창이 시리촌에 나타났을 때 그리고 이후 완전히 다른 모습의 아창과 상하이에서 잠깐 누렸던 행복한 순간이 눈앞에 떠올라서였다.

아창과 샤오메이는 말을 많이 하지는 않아도 화목하게 지냈다. 계집종은 그들이 다정하게 마주 앉아 아창의 것으로 보이는 장삼을 들고 고개를 숙인 채 진지하게 구멍을 수선하는 모습을 본 적이 있었다. 두 사람 모두 손가락을 잽싸게 움직였는데 샤오메이의 솜씨가 확실히 아창보다 뛰어났다. 그녀가 수선한 곳은 흔적이 거의 보이지 않았지만 아창이 수선한 곳은 흔적이 뚜렷하게 남았다. 그러자 아창은 자기 기술이 샤오메이만 못하다고 말하는 듯 웃음을 지었다. 샤오메이도 웃고 나서 자신은 찢어진 곳을 수선했지만 아창은 닳아서 터진 곳을 수선했기 때문이라고 말했다.

"찢긴 곳은 수선하기 쉽고 닳은 곳은 어렵잖아."

계집종은 샤오메이가 선가에 민며느리로 들어왔다는 것을 알고 있었다. 그런데 지위가 낮은 일반적인 민며느리와 달리 샤오메이는 집안의 중심이었다. 늘 딴생각에 빠져 있는 아창도 힘쓸 일이 있어서 샤오메이가 조용히 부르면 두말없이 시키는 일을 했다.

쌀독에 쌀이 얼마 남지 않았을 때 샤오메이가 쌀 포대를 아창에게 내밀며 말했다.

"쌀독 바닥이 보이려고 해."

아창은 자리에서 일어나 샤오메이 손에서 쌀 포대를 받은 뒤 작은 포대를 하나 더 챙겼다. 한번 나간 김에 최대한 처리하고 싶었

는지 아창은 왼쪽 어깨에 큰 포대를 메고 오른손에 작은 포대를
든 채 돌아왔다. 그러고는 쓰러질 듯 피곤해하자 샤오메이는 이후
쌀이 떨어지면 함께 사러 나갔다.

거의 두문불출하다가 거리로 나가면 아창은 고개를 숙인 채 걸
어갔지만, 샤오메이는 사람들에게 고개를 끄덕였다. 친분이 있는
사람은 그들에게 인사를 건넸다.

"오랜만이네."

그럴 때 아창은 굳은 표정으로 지나갔지만, 샤오메이는 웃으며
"쌀을 사러 가요"라고 대답했다.

쌀집 주인은 다른 사람들은 보통 반 포대씩 사가는데 그들은 한
포대씩 사간다고 말했다. 또 한번은 잘못해서 장삼이 찢어졌는데
수선집이 문을 닫아서 자기가 직접 꿰매는 수밖에 없었다며, 그래
서 칼자국 같은 자국이 남았다고 했다. 아창은 아무 반응도 보이
지 않았지만, 샤오메이는 쌀집 주인의 말을 받아 가게는 닫았어도
단골손님의 옷은 불에 타 구멍이 났든 찢어졌든 가져오면 잘 수선
해준다고 말했다.

쌀집을 나와 걸어가는 그들에게서 시진 사람들은 사이좋은 부
부의 모습을 볼 수 있었다. 아창은 어깨에 큰 포대를 멘 채 앞장서
걸어가고 샤오메이는 작은 포대를 든 채 뒤따라갔는데, 걸음이 빠
른 아창은 걸음이 느린 샤오메이가 따라올 수 있도록 중간에 몇
번씩 걸음을 멈추고 기다려주었다. 두 사람은 돌다리에서 잠시 쉬

어가기도 했다. 샤오메이는 쌀 포대를 돌계단에 올려놓고 아창은 돌난간 위에 얹은 뒤 두 손으로 잡았다. 쌀 포대를 계단에 놓으면 다시 어깨에 멜 때 힘이 많이 들어서였다. 그곳에서 가쁜 숨을 몰아쉬며 샤오메이는 손수건으로 땀을 닦고 아창은 소맷자락으로 닦았다. 동네 사람들은 그들이 왜 한 번에 그렇게 많이 사는지, 두세 번에 나눠 사야 할 쌀을 왜 한꺼번에 사 가는지 이해할 수 없었다.

샤오메이는 한가할 때면 위층 침실 창가에 앉아 있었다. 하지만 창밖은 거의 내다보지 않고 고개를 숙인 채 창가 햇살에 의지해 바느질만 했다. 계집종이 올라와 청소하다가 그녀가 갓난아기의 옷과 모자, 신발을 만드는 걸 보고 처음에는 임신한 줄 알았다. 하지만 나중에 보니 아니어서 아이를 기원하는 행동이라고, 어쨌든 결혼한 지 꽤 되었는데도 아이가 없으니 그럴 만하다고 생각했다. 계집종은 샤오메이가 갓난아기의 옷과 신발, 모자를 만드는 게 딸에 대한 그리움이라는 걸, 바느질 한 땀 한 땀에 그리움을 담고 있다는 걸 몰랐다.

시진으로 막 돌아왔을 때 샤오메이는 옷장에서 붉은 쌈지를 꺼내 딸의 배냇머리와 눈썹을 보며 눈물을 흘리곤 했다. 너무 가슴이 아파 한번은 혼절까지 하고 말았다. 그런데 혼자 침실 바닥에 쓰러졌다가 정신을 차렸을 때 그녀는 아무것도 달라진 게 없다는 걸 발견했다. 계집종은 부엌에서 달그락거리고 아창도 언제나처럼 멍하니 마당에 앉아 있었다. 이후 샤오메이는 더 이상 옷장에서 그 붉은 쌈지를 꺼내지 않았고 최대한 평정심을 유지하려 애썼다. 낮에는 그런대로 가능했다. 하지만 밤이 되면 주체하기 힘들어서인지 꿈에 딸이 나왔다. 꿈속의 딸은 언제나 그녀 곁을 떠나 사라졌기 때문에 샤오메이는 슬픔의 눈물을 흘렸다. 그렇게 자다가 울면서 깨어났다. 시진의 누군가가 깊은 밤에 들은 흐느낌은 샤오메이가 꿈에서 딸을 잃고 우는 소리였다.

그래도 상처란 언젠가 아물고 슬픔도 지나가기 마련이었다. 샤오메이는 딸의 옷과 신발, 모자를 완성한 뒤 옷장 제일 밑에 깔고 그 위에 자신과 아창의 옷을 차곡차곡 올려놓아 보이지 않도록 했다. 그리고 나서 옷장 문을 닫자 작별을 고하는 느낌이 들었다. 과거를 봉인하는 것 같았다. 한때 린샹푸와 두 번의 시간을 보냈고 한때 딸이 있었지만, 그건 모두 한때의 일로 다 지나가버렸다.

29

회오리바람이 지나간 뒤 처참하게 망가진 시진 거리에 덩치가 큰 북쪽 출신 남자가 나타났다. 그는 등에 커다란 봇짐을 메고 봉황 두건을 씌운 갓난 계집애를 가슴에 안고 있었다. 그리고 짙은 북쪽 사투리로 시진 사람들에게 원청이 어디냐고 묻고 다녔다.

회오리바람에 선가 이층집 지붕의 기와도 날아갔다. 남문 바깥에서 계속 기와 굽는 연기가 올라왔지만, 기와를 올리려면 시간이 더 필요했기 때문에 샤오메이는 잠시 2층 바닥을 지붕 삼아 1층에서 아창과 지냈다.

린샹푸가 시진에 나타났다는 소식은 계집종이 전해주었다. 계집종은 매일 장을 보러 나갔다가 자질구레한 소문을 가지고 돌아와 일하는 중간중간에 떠들어댔다. 그럴 때 샤오메이는 어정쩡한 표정으로 듣는 둥 마는 둥하고 이야기가 끝나면 그냥 계집종의 목소리가 끊어졌나 보다, 하고 받아들였다. 그런데 이번에는 달랐다. 계집종이 커다란 봇짐을 멘 북쪽 남자와 갓난아기, 모란을 입은 봉황 두건, 원청을 이야기했을 때 샤오메이의 표정이 돌변했다. 계집종이 깜짝 놀랐을 정도였다. 샤오메이는 이상하다는 듯 바라보는 계집종의 눈빛에 자기 반응이 과했음을 알아채고는 들고 있던 접시를 떨어뜨렸다. 쨍그랑하며 접시가 깨지자 계집종이 깜짝 놀라 시선을 접시로 돌렸다. 샤오메이는 손이 미끄러워 놓쳤다고 말한 뒤 오후에 도기 가게에 가져가 고쳐오라고 시켰다.

그런 다음 부엌을 나간 샤오메이는 아창이 하염없이 앉아 있는 마당으로 나가, 평소와 달리 아창 옆이 아닌 맞은편에 앉았다. 아창은 왔느냐는 의미로 웃음을 지었다. 하지만 곧 샤오메이 눈에서 눈물이 반짝이는 것을 보고 당황했다. 그는 의혹과 불안에 찬 눈빛으로 샤오메이를 쳐다보며 그녀의 말을 기다렸다.

그때 샤오메이는 기억 속에서 린샹푸의 음성을 듣고 있었다. 아득히 먼 북쪽에서의 그 밤, 린샹푸는 그녀가 또 떠나면 딸을 안고 찾아갈 거라고, 세상 끝까지 가는 한이 있어도 꼭 그녀를 찾아갈 거라고 결연하게 말했다.

샤오메이가 왼손으로 양쪽 눈가를 훔치고 나서 말했다. "그가 찾아왔어."

"그가 찾아왔다고?" 아창은 무슨 말인지 알아듣지 못했다.

"린샹푸."

아창이 의자에서 튕겨 오르듯, 달아나려는 듯 몸을 일으켰다가 샤오메이가 가만히 앉아 있는 걸 보고 좌우를 두리번거렸다. 그러고는 자기 집이라는 걸 깨닫고 천천히 두 손으로 의자를 더듬으며 도로 앉았다. 이후 마당은 침묵에 휩싸였다. 지붕의 기와 파편을 훑고 지나가는 가벼운 바람 소리와 계집종이 부엌에서 달그락거리는 소리만 간간이 들렸다.

아창과 샤오메이는 서로를 보고 있었지만 사실 아무것도 볼 수 없었다. 아창의 눈에는 당혹감만 가득하고 샤오메이의 눈에는 눈물밖에 없었다. 당황한 눈은 맞은편의 눈물을 보지 못했고 눈물 속 눈은 맞은편의 당혹감을 볼 수 없었다.

두 사람은 우물과 강물처럼 처지가 달랐다. 한 사람은 우물에 대해 생각하고 다른 사람은 강물에 대해 생각했다. 린샹푸의 갑작스러운 출현에 아창은 안절부절못했다. 그가 이렇게 멀리까지, 시진까지 찾아올 줄은 꿈에도 생각하지 못했다. 샤오메이의 생각은 린샹푸에게로, 또 딸에게로 향하고 있었다. 딸이 왔구나, 린샹푸가 딸을 안고 찾아왔구나, 하고 생각했다. 침묵이 지나가고 두 사람이 입을 열었다. 한 사람은 우물의 말을 하고 다른 사람은 강물의 말을 했다. 아창은 꼼짝없이 잡히겠다는 생각에 덜덜 떨면서 금괴를 은표로 바꾸어 일부 써버렸는데 어떡하느냐고 걱정했다. 재난이 눈앞에 닥친 것만 같았다. 샤오메이는 평온해 보였지만 속으로는 심란하기 그지없었다. 그녀는 조용히, 린샹푸는 금괴가 아니라 자신을 데려가려는 거라고 말했다.

그때 문 두드리는 소리가 났다. 아창은 다시 한번 의자에서 튕겨 오르듯 벌떡 일어나 하얗게 질린 얼굴로 린샹푸가 와서 문을 두드린다고 말했다. 샤오메이는 가만히 들어보고 나서 문을 두드리는 소리가 아니라 부엌에서 계집종이 도마에 채소를 써는 소리라고 알려주었다. 아창은 의심스러운 얼굴로 잠시 귀를 기울여 도마에서 음식 써는 소리가 맞는지 확인했다. 그런 다음에도 그는 잔뜩 긴장한 채 의자에 앉았다.

샤오메이는 자기도 모르게 정신이 혼미해졌다. 눈앞에서 어쩔 줄 몰라 하며 일어났다가 앉는 아창이 그림자처럼 흐릿하게 느껴졌다. 반면 눈앞에 없는 린샹푸와 딸은 생생하게 와닿았다. 린샹푸가 딸을 안고 그 먼 길을 헤매며 자신을 찾아다니는 모습이, 태어난 지 얼마 되지도 않는 딸이 이리저리 비바람을 맞으며 고생하는 모습이 선하게 그려졌다.

아창이 갑자기 물었다. "왜 원청에 가지 않았을까?"

샤오메이가 정신을 가다듬은 뒤 그를 바라보았다. 아창이 왜 원청이라고 말했는지 그녀는 알지 못했다.

아창은 린샹푸에게 시진이라고 말한 적이 없었다. 원청이라고 했으니 당연히 원청을 찾아갈 줄 알았는데 뜻밖에도 린샹푸는 시진에 왔다.

아창이 다시 물었다. "그는 왜 원청에 안 갔을까?"

샤오메이가 반문했다. "원청이 어디인데?"

아창도 원청이 어딘지 몰라서 고개를 저었다.

아창이 물었다. "그 사람한테 시진에 대해 말한 적 있어?"

샤오메이는 잠시 생각한 뒤 대답했다. "그는 시진을 몰라."

"시진을 모르는데 왜 원청에 안 갔을까?"

샤오메이가 다시 물었다. "원청이 어디 있는데?"

아창은 다시 한번 고개를 저었다. 샤오메이는 린샹푸가 거리에서 원청이라는 곳에 관해 묻더라고 아까 계집종이 말했던 게 떠올랐다. 계집종의 말을 들려주자 아창 얼굴에서 당황한 표정이 사라져갔다. 그는 린샹푸가 시진을 찾아온 게 아니라 지나가는 길이며, 원청으로 가려 한다고 생각하고는 안도의 한숨을 내쉬었다.

"원청이 어디 있는지는 아무도 몰라."

아창은 뭔가 떠오른 듯 일어나서 계집종이 한창 점심 식사를 준비하느라 시끄러운 부엌으로 갔다. 그는 부엌문 앞에 서서, 원청에 관해 묻는 북쪽 남자가 언제 시진에 왔느냐고 물었다. 계집종은 하던 일을 멈추고 두 손을 앞치마에 닦으며 사흘 전부터 보였다고 대답했다. 아창이 고개를 끄덕인 뒤 돌아 나가자 계집종은 무슨 일인가 싶어 잠시 우두커니 서 있다가 다시 일을 시작했다.

계집종의 의아함은 이후 사흘 동안 이어졌다. 장을 보고 돌아오면 아창이 그 북쪽 남자를 보았는지 물어서였다. 계집종은 보았다고, 딸을 안고 누구를 찾는 것처럼 거리를 오가더라고 대답했다.

샤오메이도 묻긴 했는데, 변죽을 울리는 식으로 물었다. 계집종과 일할 때 은연중에 화제를 그 북쪽 남자와 딸로 돌리는 거였다. 계집종이 시진의 소문을 전해줄 때는 가만히 듣고 있다가 어쩌다 몇 가지만 물어보았지만, 화제가 린샹푸로 바뀌면 샤오메이는 조용히 여러 가지 질문을 던졌다.

샤오메이가 물었다. "등에 멘 봇짐이 얼마나 컸어?"

계집종은 두 팔을 벌리며 대답했다. "다들 집을 통째로 담고 있는 것 같다고 했어요."

샤오메이가 괴로운 듯 고개를 젓고는 밤에 어디에서 자는지, 왜 봇짐을 묶는 곳에 두지 않는지 물었다. 계집종은 고개를 저으며 어디에서 묵는지 모른다고 대답했다. 그러고는 처음에 봤을 때는 그 커다란 봇짐을 메고 있었는데 최근 몇 번 봤을 때는 안 메고 있었다고 덧붙였다.

샤오메이가 계속 물었다. "딸은?"

"크면 아주 미인이겠어요."

샤오메이가 살며시 웃음기를 띠며 물었다. "이가 났니?"

계집종이 잠시 생각한 뒤 대답했다. "곧 나겠더라고요."

계집종은 주로 아버지 가슴 앞 포대기에서 잠들어 있는 아기를 보다가 딱 한 번 깨어 있는 걸 봤다고 말했다. 아버지 가슴 앞에서 새까만 눈동자를 반짝이며 지나가는 사람을 보고 방긋방긋 웃었다고, 그때 안쪽에서 하얀색 두 개가 보였으니 곧 앞니가 날 거라고 설명했다.

30

린샹푸가 딸을 안고 시진에 나타났다는 소식에 아창은 처음에
만 당황했을 뿐 이내 차분해졌다. 그는 계집종이 밖으로 나가면
길에서 린샹푸를 볼 수 있고, 자신들을 찾는 린샹푸는 자신들이
나타나기를 기다리겠지만 나가지 않으면 린샹푸는 자신들을 볼
수 없으니 시진을 떠날 거라고 샤오메이에게 말했다.

그렇게 조마조마하게 나흘을 보낸 뒤 닷새째 아침이 되었을 때
아창이 느닷없이 소리를 질렀다. 샤오메이는 갑작스럽게 바뀌는
그의 언행에 이미 익숙해졌기 때문에 별로 놀라지 않았다. 아창은
린샹푸가 시진은 몰라도 자신들 이름은 안다고, 그에게 알려주지
않았느냐고 했다.

샤오메이도 잊고 있던 사실이라 당황했다. 나흘 동안 그녀의 생
각은 온통 린샹푸와 딸에게 쏠려 있었다. 커다란 봇짐을 멘 린샹
푸와 곧 이가 나려는 입으로 방긋방긋 웃는 딸이 머릿속에서 멀어
졌다 가까워졌다만 할 뿐 한시도 떠나지 않았다.

아창이 말했다. "우리 이름을 대면 집으로 찾아올 수 있을 거야."

샤오메이가 고개를 끄덕였다. 린샹푸가 그들 이름을 대며 물어보면 집을 찾아낼 수 있을 터였다.

아창은 금방이라도 큰일이 벌어질 듯 전전긍긍하며 금괴를 훔친 일이 발각되면 감옥에 갇힐 거라고 했다. 반면 샤오메이는 그게 우리 운명이라 감옥에 가야 한다면 가겠다고 했다.

샤오메이가 말했다. "어쨌든 우리가 지은 죄니까."

아창은 샤오메이가 그렇게 말할 줄 몰랐기 때문에 그녀를 쳐다보고 원망스럽다는 듯이 말했다. "시진에 돌아오자는 네 말을 따르는 게 아니었어."

샤오메이가 대꾸했다. "시리촌으로 데리러 오질 말았어야지."

그 말에 아창은 고개를 숙이고 입을 다물었다. 샤오메이는 아창이 상처 입은 걸 알고 조용히 말했다. "애당초 당신이 나를 데리러 오지 않았다면 지금 같은 재난은 없었을 거야."

아창은 아무 말 없이 마당으로 나가 앉았다. 샤오메이는 따라가지 않고 그 자리에 서서 열린 문으로 아창이 고개를 푹 숙인 채 앉는 것을 지켜보았다.

아창은 잠시 앉아 있다가 또 벌떡 일어나 안으로 들어와 말했다. "여길 떠나자."

샤오메이가 물었다. "어디로 가는데?"

"어디든. 일단 떠나자고."

"어디로 갈지 먼저 정해야 갈 수 있어."

"일단 선뎬으로 가자. 당장 떠나자고."

아창은 말을 마친 뒤 또 어쩔 줄 몰라 했다. 거리로 나갔다가 자신들을 찾고 있는 린샹푸와 마주칠 수도 있다는 이유였다. 안절부절못하는 아창과 달리 샤오메이는 무척 침착했다. 일단 계집종이 장을 보고 돌아오면 상인회 앞에서 가마를 불러오라고 시키자고, 가마에 타서 발을 내리면 밖에서 보이지 않는다고 말했다. 아창은 고개를 연거푸 끄덕이며 가마를 타면 린샹푸가 볼 수 없겠다고 맞장구쳤다.

샤오메이는 선뎬에서 오래 머무르지 않고 린샹푸가 떠나면 돌아올 테니 계집종을 내보낼 게 아니라 집을 맡겨놓고 가자고 했다. 아창은 계속 고개를 끄덕이며 샤오메이의 말을 다시 한번 되풀이했다.

"집을 맡겨놓고 가자."

샤오메이는 아창한테 속옷 주머니의 은표를 보여달라고 했다. 시진으로 돌아온 뒤 그들은 은표를 잡동사니를 보관하는 작은방 지하의 항아리에 넣고 위에 은화를 얹어놓았다. 하지만 습기가 찰까 봐 도로 꺼냈는데 딜리 숨길 곳을 찾지 못해 아창의 속옷 주머니, 샤오메이가 만들어준 그 주머니에 넣어두었다. 샤오메이는 아창의 속옷을 빨 때마다 직접 은표를 꺼내 다른 새 속옷 주머니로 옮기고 그 속옷을 아창에게 내주었다.

아창은 손을 가슴 앞에서 집어넣어 안쪽 단추를 풀고는 비단 보자기에 싸인 은표를 꺼내 샤오메이에게 건넸다. 샤오메이는 보자기를 펼쳐 은표를 확인한 뒤 도로 잘 싸서 돌려주었다. 그러고는 아창이 은표를 다시 속옷 주머니에 넣고 단추를 채우는 걸 지켜보았다.

샤오메이는 집 안을 돌아다니다가 계집종에게 줄 은화 한 닢과 엽전 한 꿰미를 꺼냈다. 돈을 수선집 계산대 아래의 서랍에 넣은 뒤, 샤오메이는 어쩌면 오래 걸릴지도 모른다는 생각에 잠시 망설이다가 은화를 한 닢 더 넣어주었다. 그러고 나서는 옷장 앞으로 갔다. 회오리바람에 기와가 날아가 옷장도 잠시 아래층으로 옮겨놓았다. 샤오메이는 옷장에서 두 사람 옷을 꺼내 남색 날염 보자기 두 개 위에 올려놓기 시작했다. 여름이라 일단 여름옷과 가을옷을 챙겼다. 이어서 겨울 솜옷을 잠시 쳐다봤지만 꺼내지는 않았다. 그렇게까지 오래 있을 것 같지는 않아서였다. 그녀는 남색 보자기로 봇짐 두 개를 만든 뒤 옷장 문을 닫다가 예전에 만들어 제일 밑에 넣어두었던 아기 옷과 모자, 신발을 발견했다.

가슴속에서 슬픔이 냇물처럼 흐르고 아주 깊은 곳에서부터 가냘픈 흐느낌이 새어 나왔다. 그 옷과 신발, 모자는 딸을 위해서라기보다 그녀 자신을 위해 만든 거였다. 그리움을 손가락에 모아 한 땀 한 땀 새겨놓은 거였다. 그걸 만들 때 딸에게 입힐 수 있으리라고는 꿈도 꾸지 않았다.

샤오메이는 눈 한 번 깜빡이지 않고 아기 옷과 신발, 모자를 한

동안 쳐다보다가 옷장 문을 닫았다. 하지만 몸을 돌린 뒤에도 걷는 걸 잊어버린 것처럼 옷장 앞을 떠나지 못했다. 그녀는 자기도 모르게 옷장 문을 다시 열었다. 그때 장을 보러 갔던 계집종이 돌아와 대문을 여닫는 소리가 들렸다. 계집종이 부엌으로 들어가는 소리가 들렸을 때 샤오메이는 결연하게 아기 옷과 신발, 모자를 꺼내 부엌으로 갔다.

샤오메이는 부엌문 앞에서 그들이 잠시 외지에 다녀오려 한다고 계집종에게 말했다. 하지만 어디로 가서 언제 돌아올지는 말하지 않고 잠시만 집을 보고 있으라고 말했다. 계집종은 아무 언질도 없다가 갑자기 떠난다고 해 무척 놀랐다. 이어서 샤오메이는 그녀에게 고개를 끄덕일 틈도 주지 않고 곧장 상인회 앞에 가서 가마를 두 대 불러오라고 시켰다. 계집종은 그들이 당장 떠나겠다는 뜻이었는지 몰랐기 때문에 물었다.

"지금요?"

샤오메이가 고개를 끄덕였다. "지금 당장."

계집종은 앞치마를 풀고 부엌을 나가려 했지만, 샤오메이가 문앞에서 가로막고 비키지를 않아 하는 수 없이 걸음을 멈췄다. 샤오메이의 표정이 평소와 달라 보였다. 샤오메이는 손에 들고 있던 아기 옷과 신발, 모자를 계집종에게 건네며 자신이 가지고 있어봐야 아무 소용이 없으니 그 북쪽 남자에게 주는 게 낫겠다고, 그 딸한테 딱 맞을 거라고 말했다. 그러고는 북쪽 남자에게 누가 주었는지는 말하지 말라고 신신당부했다. 계집종이 아기 옷과 신발, 모자를 받은 뒤에야 샤오메이는 몸을 돌리고 그 자리를 떴지만 몇 걸음 안 가 도로 멈추고 아기 옷과 신발, 모자를 북쪽 남자에게 주고 난 다음에 상인회에 가서 가마를 부르라고 시켰다.

31

계집종은 아기 옷과 신발, 모자를 깨끗한 대바구니에 담아 시진 거리로 나간 뒤 사람들에게 북쪽 남자를 보았느냐고 물었다. 누군가 남쪽으로 갔다고 알려줘 계집종은 남쪽으로 가면서 계속 그의 행방을 물었다. 그러다 이미 남문을 나갔다는 말을 듣고 그녀는 바구니를 든 채 종종거리며 뛰었다. 남문을 나가서야 겨우 찾을 수 있었다. 그녀는 남자보다 커다란 그 봇짐을 먼저 발견했다. 흔들거리는 봇짐을 따라잡은 뒤 그녀는 앞에서 북쪽 남자의 길을 막고는 바구니에서 아기 옷과 신발, 모자를 꺼내 손에 쥐어주었다. 그런 다음 가슴 앞 포대기에서 잠든 아기를 가리키며 빠르게 말했다.

"얼라한테 입히세요."

계집종은 누가 줬는지 함구하라는 샤오메이의 당부를 잊지 않았다. 그녀는 아기 옷과 신발, 모자를 남자에게 주자마자 몸을 돌려 잰걸음으로 자리를 떴다. 북쪽 남자가 부르는 소리를 들었지만 돌아보지 않고 얼른 남문으로 들어갔다.

이어서 계집종은 상인회 대문 앞에 서 있는 가마 두 대를 불렀다. 가마꾼 네 명과 가마 두 대를 이끌고 선가로 돌아온 그녀는 가마꾼들에게 문밖에서 기다리라고 한 뒤 안으로 들어가 아창과 샤오메이에게 말했다.

"가마 왔어요."

예전 수선집의 계산대 안쪽에 앉아 있던 아창과 샤오메이는 계집종이 돌아온 것을 보자마자 일어나 계산대 바깥쪽으로 나와서는 각자의 짐을 들었다. 샤오메이는 봇짐을 팔에 끼우면서 아기옷과 신발, 모자를 북쪽 남자에게 주었느냐고 물었다.

계집종은 주었다고 답한 뒤 벌써 남문을 통해 시진을 떠났더라며, 내내 달려서 남문을 나간 뒤에야 그를 따라잡을 수 있었다고 덧붙였다.

계집종의 말에 샤오메이는 깜짝 놀랐다. 아창을 보자 역시 놀란 표정이었다. 이미 대문 앞까지 갔던 그들은 걸음을 멈추고 서로의 얼굴을 쳐다보았다.

린샹푸가 시진을 떠났다는 갑작스러운 소식에 아창은 순간 아무런 반응도 할 수 없었다. 그는 샤오메이가 수선집 계산대 위에 봇짐을 내려놓는 것을 보고 떠나지 않을 작정임을 눈치채고는 자신도 봇짐을 계산대 위에 올려놓았다. 샤오메이는 계산대 안쪽으로 들어가 계집종에게 주려던 은화 두 닢과 엽전 한 꿰미를 서랍에서 꺼냈다. 그런 다음 은화는 잘 챙기라며 아창에게 건네고 엽전 꿰미에서 네 닢을 빼 계집종에게 주면서 밖에서 기다리는 가마꾼 넷에게 내주라고 했다.

"가마가 필요 없어졌으니 돌아가라고 해."

이날 계집종은 세 번이나 당혹감을 느꼈다. 아창과 샤오메이가 아무 언질도 없다가 돌연 시진을 떠나겠다고 하더니, 또 느닷없이 안 가겠다고 했다. 게다가 샤오메이는 아기 옷과 신발, 모자를 그 북쪽 남자에게 주라고까지 했다. 샤오메이의 그 행동이 계집종으로서는 황당하고 이해가 되지 않았다.

린샹푸가 떠나자 아창은 무거운 짐을 내려놓은 듯했다. 위험이 지나갔다는 생각에 이후 며칠 동안 그는 마당에 앉아 있다가 불현듯 입가에 웃음기를 띠곤 했다. 반면 샤오메이는 가슴이 가벼워지지 않았다. 자신을 옭아매던 고뇌에서 빠져나오자마자 이번에는 한없는 상실감에 빠졌다. 린샹푸가 딸을 바로 근처까지 데려왔건만 그녀는 한 번도 그들을, 특히 딸을 보지 못했다. 손꼽아보니 헤어진 지 어느새 여덟 달이 넘었다. 그녀가 떠날 때 딸은 잠들어 있었다. 넓은 구들 위에 놓인 강보 속의 딸은 너무나도 작았다. 이제는 많이 자랐을 터였다. 좀 더 예뻐졌을 터였다. 그녀는 거리로 나가 길모퉁이에 숨어 훔쳐보지 않았던 게 후회되었다. 딸이 자신을 보고 입을 열고 웃어주는 모습을, 그런 다음 린샹푸가 자신을 발견하고 비난하는 대신 너그럽게 웃어주는 장면을 자꾸 상상하게 되었다.

아창은 샤오메이의 고민이 뭔지 모르고 여전히 걱정한다고만 생각해 말했다.

"점점 멀리 갈 거야. 원청을 찾아갈 테니까."

아창이 원청을 언급해 샤오메이는 다시 묻지 않을 수 없었다.
"원청이 어디 있는데?"

"어딘가에는 있겠지."

그 뜬구름 같은 원청은 샤오메이에게 이미 아픔이 되었다. 원청
은 린샹푸와 딸의 끝없는 유랑과 방황을 의미했다.

32

린샹푸는 점점 더 멀리 남쪽으로 내려갔다. 어느 순간부터 그는 더 이상 원청에 관해 묻지 않았다. 원청이 어디인지 아무도 모르자 아창이 말한 원청이 거짓 지명일 거라고 눈치채서였다. 린샹푸는 지명이 가짜라면 아창과 샤오메이라는 이름도 가짜일 거라고 생각했다.

긴 여정은 시작만 있고 끝이 없었다. 린샹푸는 걷다가 멈추고 멈췄다가 걷기를 반복하며 가을을 보내고 겨울로 들어섰다. 그는 툭하면 생각에 빠졌다. 앞으로 나아가는 몸과 달리 생각은 자꾸 뒤로 돌아가고 거리가 멀어질수록 시진은 오히려 더 선명하게 떠올랐다.

머릿속에서 영 사라지지 않는 사람도 있었다. 팔에 대바구니를 든 젊은 여자로, 그녀는 시진 남문 바깥의 큰길에서 그를 가로막은 뒤 웃음을 지으며 대바구니에서 새 아기 옷과 신발, 모자를 꺼내 불쑥 건네주고는 한마디만 남기고 곧장 돌아서 가버렸다. 여자의 어투가 너무 빨라 그는 이해하지 못한 채 얼떨결에 옷과 신발,

모자를 받아들었다. 겨우 정신을 차리고 "저기요." 하고 불렀을 때는 젊은 여자가 빠른 걸음으로 시진 남문으로 들어간 뒤였다.

그날 저녁 숙소에 들어간 뒤 린샹푸는 젊은 여자가 준 아기 옷과 모자, 신발을 등불 아래에서 자세히 살펴보았다. 붉은 비단으로 직접 손바느질해 만든 것들이었다. 린샹푸는 아름다운 비단과 정교한 솜씨에 감탄하며 정말 마음씨 좋은 여자라고 생각했다. 자신이 딸을 안고 시진 거리를 돌아다니자 측은한 마음이 들어 아기 옷을 준 게 틀림없었다. 하지만 본인의 아기는? 린샹푸는 불안해지기 시작했다. 설마 회오리바람에 사고를 당했나? 린샹푸는 자신도 회오리바람 속에서 딸을 잃어버렸다가 되찾았던 게 떠올라 가슴이 철렁 내려앉았고 더는 생각할 수가 없었다.

그날 이후 린샹푸는 딸을 안고 남쪽으로 가면서 그 대바구니를 든 젊은 여자의 속사포처럼 빠른 말을 끊임없이 떠올렸다. 그러다 길가 개천에서 그릇으로 물을 떠 입에 머금고 딸에게 물을 먹일 때 드디어 그 젊은 여자가 뭐라고 했는지 알았다.

"얼라한테 입히세요."

그는 웃음을 지었다. 시진에서는 아이를 얼라라고 부르는 거였다. 시진 사투리는 알아듣기 힘들었다. 그런데 개천에서 큰길로 접어들어 남쪽으로 향할 때 그동안 이해할 수 없었던 꽤 많은 시진 사투리가 불현듯 이해되었다.

린샹푸는 남쪽으로 가면 갈수록 어투가 이상해지고 샤오메이와

561

아창이 쓰던 말과 달라지는 것을 느낄 수 있었다. 가만히 되짚어 보니 시진이 훨씬 아창이 말한 원청과 흡사했다. 그리고 문득, 당시 아창이 원청에 관해 말할 때 양쯔강을 건너 남쪽으로 600여 리를 가면 된다고 했던 게 떠올랐다. 시진이 양쯔강에서 거의 600여 리 떨어져 있었다.

이어서는 그 젊은 여자의 "얼라한테 입히세요"라는 말이 머릿속에서 끊임없이 울리다가 어떤 장면이 기억났다. 햇살이 쏟아지는 북쪽 집 마당에서 톈씨 형제들과 밀 종자를 말릴 때 그는 샤오메이에게 백로가 지나면 종자를 밭에 뿌릴 거라고 말했다. 그러자 문 앞에 앉아 바느질하던 샤오메이가 완성된 아기 옷을 들어올리며 답했다.

"그때면 이 옷에 얼라가 들어 있을 거예요."

린샹푸는 다리 위에서 한참을 서 있다가 시진으로 돌아가기로 마음먹었다. 아무리 생각해도 아창이 말한 원청은 시진일 듯싶었다. 지금 그들이 어디 있는지는 몰라도 언젠가는 시진으로 돌아올 것만 같아서 그는 시진에서 1년, 2년, 혹은 더 오랜 시간이더라도 기다리리라 마음먹었다.

초겨울 햇살 속에서 린샹푸는 몸을 돌려 북쪽을 향해 걸었다. 마차를 갈아타며 먼 길을 되짚어 흩날리는 눈발과 함께 시진으로 돌아갔다.

33

눈보라가 휘몰아칠 때 린샹푸가 딸을 안고 시진에 나타난 걸 아창과 샤오메이는 전혀 알지 못했다. 평소 매일 나가던 계집종도 눈이 얼어붙으면서 대문 밖으로 나갈 수 없게 되었고 다른 사람들 역시 마찬가지였다. 시진의 점포도 전부 문을 닫았다. 다행히 아창과 샤오메이는 매번 두 포대 가득 쌀을 사왔기 때문에 눈이 얼어붙었을 때도 쌀독에 아직 20여 근이 남아 있었고 늦가을에 담가놓은 장아찌도 두 단지나 있었다. 눈이 언제 그칠지 몰라 샤오메이와 아창은 장기전에 대비하기 위해 계집종과 매일 쌀죽과 장아찌로 두 끼만 먹고 침대에 누워 신체활동을 줄임으로써 최대한 허기를 억제하기로 했다.

원래 바깥출입이 거의 없었음에도 막상 폭설로 세상과 단절돼 사람 숨결을 느낄 수 없고, 심지어 그 죽음 같은 적막이 계속 반복되자 아창은 불안해하기 시작했다. 처음 눈이 쏟아질 때는 아창도 시진의 다른 사람들과 마찬가지로 한바탕 쏟아지고 말 것이라고 생각했다. 눈발이 하루나 이틀 날리다 멎고 햇살이 시진을 비추면

쌓인 눈이 녹을 줄 알았다. 하지만 눈송이가 끝도 없이 시진의 하늘에 휘날리자 아창은 침대에 누워 안절부절못했다. 몸을 덜 움직여야 하는데 침대에서 하도 엎치락뒤치락해 금세 허기가 질 정도였다.

반면 똑같이 침대에 누워 있는 샤오메이는 난초처럼 고요했다. 아창이 불안하게 움직일 때도 그녀는 전혀 영향을 받지 않고, 침대에 있지 않은 듯 오랫동안 꼼짝하지 않았다. 하지만 속마음은 무척 어지러웠다. 계집종이 말했던 광경이 머릿속에 가물가물 떠올라서였다. 회오리바람이 지나간 거리에 린샹푸가 딸을 안고 나타나 엽전 한 닢을 들고 아기 울음소리가 들리는 집 문을 두드린 뒤 젖을 먹이는 여자에게 엽전을 건네며 딸에게도 젖을 먹여달라고 부탁하는 모습이었다.

계집종은 린샹푸가 떠난 뒤 그 이야기를 들려주었다. 직접 본 게 아니라 들었다면서, 장을 보러 나갔을 때 거리에서 여자들이 수다를 떨다가 누군가 이미 떠난 북쪽 남자에 관해 말을 꺼내자 다른 여자가 그 이야기를 들려주었다고 했다. 그런 다음 여자들은 북쪽 남자 품의 아기가 100집도 넘는 남의 집 젖을 먹지 않았겠느냐고 떠들었다는 거였다.

샤오메이는 계집종의 말을 듣다가 아기가 100집도 넘는 남의 집 젖을 먹었을 거라는 대목에서 더는 참을 수가 없었다. 억지로 눈물을 삼키며 몸을 돌린 뒤 의아해하는 계집종을 남겨두고 위층으로 올라간 샤오메이는 침대에 앉아 소리 없이 눈물을 흘렸다. 눈물이 그녀의 뺨을 타고 목으로, 목에서 가슴으로 흘러내린 뒤 가슴 앞에서 옷자락에 흡수되었다.

그러고 나서 평소의 평온함을 되찾았지만, 린샹푸가 엽전 한 닢을 들고 젖동냥하는 모습과 딸이 여러 집의 여러 사람 젖을 먹는 모습은 이미 머릿속에 완전히 박혀버렸다. 샤오메이는 수시로 그 광경을 떠올리며 괴로워했고 그 비통함은 끊임없이 흐르는 물줄기처럼 그녀 안에서 잦아들지 않았다.

얼어붙은 어느 깊은 밤, 샤오메이는 잠에서 깨어나 집 안의 어둠을 바라보았다. 그녀 옆에서는 아창이 꿈을 꾸며 뭐라 소리를 지르고 잠꼬대를 하고 있었다. 잠든 뒤에도 불안한 모양이었다. 하지만 샤오메이는 어둠 속에서 린샹푸와 딸을 보고 있었기 때문에 아창의 고함과 잠꼬대를 듣지 못했다. 그들은 여름의 환한 햇살 속 거리에 서 있었다. 딸은 린샹푸의 품에 안겨 있고 린샹푸의 눈은 그녀를 찾고 있었다. 그 모습을 보자 샤오메이는 가슴이 아프고 그리웠다. 그녀는 린샹푸 앞까지 걸어가, 먼지에 뒤덮인 그의 머리카락에서 나뭇잎 조각을 떼어주고 그의 품에 있는 딸을 받아 자기 품에 안는 광경을 상상했다.

그때 옷장 깊숙한 곳에 넣어둔, 딸의 배냇머리와 눈썹이 든 붉은 쌈지가 떠올랐다. 예전에 펼칠 때마다 애간장이 끊어지는 듯하고 혼절한 이후 감히 열어볼 수 없었던 그 쌈지가 갑자기 보고 싶어졌다.

샤오메이는 조용히 일어나 어둠 속에서 더듬더듬하며 옷장까지 걸어간 뒤 조심스럽게 문을 열었다. 오른손으로 안쪽을 더듬은 끝에 붉은 쌈지를 잡았을 때 손가락이 뜨거워지는 듯했다. 그녀는 옷가지 속에서 작은 쌈지를 꺼내고 조용히 옷장 문을 닫은 뒤 어둠 속에서 살금살금 침대로 돌아와 누웠다. 붉은 쌈지를 가슴 위에 놓고 두 손으로 꼭 덮었다. 그러자 슬픔이 사라지면서 딸을 품에 안은 듯 따뜻한 느낌이 들었다. 그녀는 딸을 안은 듯한, 린샹푸에게 안긴 듯한, 그녀와 딸이 린샹푸의 팔에 안긴 듯한 기분이 들었다.

날이 밝자 샤오메이는 의자에 앉아 바느질을 시작했다. 딸의 배냇머리와 눈썹을 넣기 위해 자기 속옷 세 벌 안쪽에 주머니를 만들고 단추를 달았다.

차분하게 주머니를 만드는 샤오메이와 달리 침대에 누운 아창은 마음을 가라앉힐 수가 없었다. 그는 침대에서 일어나 수시로 창문 앞에 가서는 창호지 너머로 바깥을 내다보았다. 잘 보이지 않아서 한 번은 창문을 열었는데 눈송이가 가득한 회백색 허공에서 찬바람이 밀려들었다. 눈송이가 바람을 따라 흩날려 들어오자 그는 얼른 창문을 도로 닫았다.

찬바람이 샤오메이한테까지 불어오고 바람에 실려 온 눈송이가 그녀의 손가락 위에 내려앉았다. 그녀는 동작을 멈추고 고개를 들어 아창을 바라보았다. 아창은 샤오메이 머리카락에 눈송이가 내려앉은 걸 보고 조금 전 창문을 열었던 행동이 부적절했다고 생각해 미안해하며 눈이 그쳤는지 보고 싶었다고 말했다. 샤오메이는 고개를 끄덕이며 미소를 짓고는 아창이 침대로 돌아가는 것을 바라보았다. 아창은 잠시 조용해졌다.

속옷에 주머니를 만들어 딸의 배냇머리와 눈썹을 넣고 가슴에 밀착시키자 샤오메이는 이제 딸이 언제나 함께라는 생각이 들었다. 그 느낌과 함께 린샹푸도 바로 옆에 있다는 느낌이 들었다. 그녀는 속으로 딸을 부를 때 자기도 모르게 린샹푸도 함께 불렀다. 그녀에게 딸과 린샹푸는 바람과 바람 소리처럼 분리할 수 없는 하나였다.

어느 깊은 밤, 샤오메이는 딸에게 아직 이름이 없다는 게 생각났다. 린샹푸가 딸에게 이름을 지어줬는지도 알 수 없었다. 그녀는 딸의 이름을 생각해보았다. 하나를 떠올렸다가 말고 다른 걸 떠올렸다가 또 말았다. 이름을 떠올릴 때마다 속으로 몇 번 불러보고, 이어서는 딸의 이름을 상의하는 것처럼 린샹푸의 이름을 몇 번 불렀다. 딸의 이름을 끊임없이 생각하고 끊임없이 부르는 동안 샤오메이는 마음속 고통에서 잠시나마 벗어나고 바깥에서 끝없이 내리는 눈송이를 잊을 수 있었다.

34

그날 누가 문을 두드리면서 오랫동안 단절되었던 타인의 숨결이 집으로 들어왔다. 계집종이 문을 열 때 샤오메이와 아창은 위층에서 가만히 귀를 기울이고 있었다. 상인회에서 파견 나온 그 사람은 성황각에서 눈을 그치고 햇볕을 내려달라는 천제를 올리려 한다고 알려주었다.

그 뒤 이틀 동안 성황각에 가는 사람들과 갔다오는 사람들이 큰 목소리로 이야기를 나누느라 집 밖에서 웅성대는 소리가 끊이지 않았다. 가는 사람이 갔다온 사람에게 성황각 제사에 참석한 사람이 많은지 묻자 갔다온 사람은 아주 많다고, 아침부터 밤까지 무릎 꿇고 절하는 사람으로 성황각이 북적거린다고 대답했다. 춥지 않느냐는 질문에는 실내에 화로를 두 줄로 놓아서 춥지 않으며, 설령 화로가 없어도 워낙 사람이 많아 추울 수가 없다는 대답이 돌아왔다. 집 밖에서 소리가 들릴 때마다 안에 있는 아창과 샤오메이, 계집종은 햇살이 조금씩 비쳐드는 기분이 들었다.

제사가 사흘째로 접어들었을 때 샤오메이가 성황각에 가자고

하자 아창이 고개를 끄덕이고 계집종도 끄덕였다. 그들 모두 성황
각에 가고 싶었다. 샤오메이는 성황각 제사에 참석하려면 배가 든
든해야 하니 점심에 죽 대신 쌀밥을 지으라고 계집종에게 말했다.

오후에 그들 세 사람은 두껍게 쌓인 눈을 헤치며 힘겹게 성황각
으로 갔다. 안쪽은 이미 무릎 꿇고 절하는 사람들로 발 디딜 틈이
없었다. 샤오메이가 아창과 계집종을 보니 두 사람 모두 기뻐하는
기색이 역력했다. 그곳에는 사람들 기운이 가득했다.

그들 세 사람은 성황각 계단에서 다른 사람들과 붙어선 채 안쪽
을 바라보았다. 안에 있는 사람이 절을 올리고 나와야 들어갈 수
있었다. 그들 옆에 있던 한 사람이 사흘 내내 절을 올리러 왔는데
오늘이 제일 붐빈다며 아무래도 못 들어갈 것 같다고 말했다. 그
러자 다른 사람이 거의 두 시간을 기다렸는데 10여 명만 나왔다
면서 안에 있는 사람들 대부분이 본인을 위해 기도하고, 또 그다
음에는 가족 한 사람 한 사람을 위해 기도한다고 말했다. 옆에 있
던 다른 사람이 천제에 왔으면 날이 개게 해달라고 빌어야지 자
기 일을 빌면 어떡하냐며, 닭장만 차지하고 알은 낳지 않는 암탉
과 같다고 안에 있는 사람들을 욕했다. 다른 누군가가 그렇게 말
하면 안 된다고, 천벌을 받을 수 있다면서 그 한마디로 사흘의 제
사가 물거품이 될 수도 있다고 비난했다. 조금 전의 그 사람은 실
언했음을 알고 고개를 숙였다. 다른 사람이 상황을 수습하려고 닭
장만 차지하고 알은 낳지 않는 암탉 같다는 말은 그렇게 나쁘지

않으니 하늘도 노여워하지 않을 거라고 말한 뒤, 뒷간을 차지하고 똥은 누지 않는 사람쯤 돼야 하늘이 노여워할 정도로 나쁜 표현이라고 덧붙였다. 그러자 어떤 여자가 날카로운 음성으로, 뒷간을 차지하고 똥을 누지 않는다는 따위의 말을 입 밖으로 내뱉었으니 이번에는 틀림없이 하늘이 노여워할 거라고 소리쳤다. 이에 누군가가 그녀 역시 그 말을 했다고 지적했다. 그러다 사람들은 말을 할수록 실수를 한다는 생각에 전부 입을 다물었다. 그러자 한 노인이 무슨 말을 하는 게 대수겠느냐며 중요한 것은 정성이라고 느긋하게 말했다.

그때 성황각 바깥의 공터에서도 남녀 수십 명이 무릎을 꿇고 절을 올리기 시작했다. 계단에 서 있던 사람 하나가 궁디로 걸음을 돌리며 여기에서 기다리지 않겠다고, 바깥에서 절하는 게 더 정성스러워 보일 거라고 말했다. 몇 사람이 따라서 걸음을 옮겼고 샤오메이도 따라갔다. 아창과 계집종도 그녀 뒤를 따라 공터로 향했다.

공터 가장자리에 이르렀을 때 아창은 눈밭에 꿇어앉은 사람들의 종아리가 보이지 않아 걸음을 멈추고 망설였다. 하지만 샤오메이가 들어가고 계집종도 들어가자 머뭇머뭇 따라갔다. 샤오메이는 비어 있는 눈밭에서 무릎을 꿇고 절을 했다. 계집종과 아창도 그녀 옆에 무릎을 꿇고 눈 속에서 절을 했다. 그들은 날리는 눈송이 속에서, 목어를 두드리는 장단 속에서, 피리와 퉁소, 태평소 소리 속에서, 제물을 태우는 연기 속에서 두 손을 눈 위에 짚은 뒤 손에 대고 머리를 조아렸다. 그 바람에 고개를 들고 나면 얼굴에 눈이 매달려 있었다.

사람들이 끊임없이 들어와 샤오메이 일행 옆에서 무릎을 꿇었다. 샤오메이와 아창, 계집종이 눈밭에 남긴 발자국 위에도 사람들이 무릎을 꿇으면서 그들 발자국이 사라지고 들어왔던 길도 사라졌다. 성황각에서 흘러나오는 우아한 음악 소리에 맞춰 그들 세 사람과 공터의 다른 사람들은 쌓인 눈 위에서 그리고 날리는 눈발 속에서 꿇어앉은 채 오르락내리락 파도처럼 상반신을 수그렸다 펴기를 반복했다.

들어와 절하는 사람이 점점 많아지면서 일어나 나가는 게 점점 힘들어졌다. 일어난 사람은 다리가 마비돼 허리를 굽힌 채 다리를 두드리며 나가려 했지만 길을 찾을 수 없었다. 절하는 사람이 몸을 일으켰을 때야 한 걸음 나아갈 수 있고 몸을 굽혔을 때는 가만히 서 있을 수밖에 없었다. 나가기 위해서는 올라왔다가 내려갔다가 하는 몸들 사이에서 한 걸음 나아갔다가 서기를 반복해야 했다. 절하던 사람이 몸을 일으켰다가 나가려는 사람의 무릎에 부딪히면 말싸움이 일었다. 절하던 사람은 왜 내 앞에 서 있느냐며, 나는 하늘에 절하는 거지 너한테 절하는 게 아니라고 화를 냈다. 그러면 나가려는 사람은 누가 멀쩡히 살아 있는 사람한테 절하라고 했느냐며 자신은 그냥 나가려는 것뿐이라고 대꾸했다. 절하던 사람은 네가 나가려면 나가는 거지, 왜 내 앞에서 뭘 두드리냐고 소리쳤다. 나가려는 사람은 네 앞에서 일부러 두드리는 게 아니라 다리가 얼어서 그렇다고 항변했다.

샤오메이와 아창, 계집종은 무릎을 꿇자마자 뼈가 시릴 정도의 한기를 느꼈다. 얼마 지나지 않아 아창은 너무 춥다면서 이미 충분히 절했으니 돌아가자고 했다. 계집종도 고개를 끄덕이며 돌아갈 때라고 거들었다. 하지만 샤오메이는 두 사람 말이 들리지 않는 듯 성황각에서 들려오는 음악 소리에 맞춰 상반신을 숙였다 일으키기를 반복할 뿐이었다. 아창이 주변을 살펴보니 다들 몸을 굽혔다 폈다 하며 절하고 있어서, 잠시 똑바로 서 있다가 자신도 샤오메이가 절하는 것에 맞춰 몸을 움직였다. 계집종도 그들 두 사람과 장단을 맞추며 계속 절하는 수밖에 없었다.

샤오메이가 중얼중얼 날이 개게 해달라고 기도하자 아창과 계집종도 중얼중얼 따라 하고 주변 사람들도 모두 중얼거렸다. 그렇게 해서 날이 개게 해달라는 기도 소리가 성황각 앞의 눈밭에서 웅웅거리며 울리기 시작했다. 펄펄 휘날리는 눈송이가 그들 머리에 떨어져 머리카락이 하얗게 되었고, 그들 몸에 떨어져 옷도 하얗게 되었으며, 그들 눈에 떨어져 시야도 흐릿해졌다.

오랜 시간이 흐르면서 그들 봄에서 한기가 조금씩 빠져나갔다. 손가락이 베인 뒤 피가 방울져 떨어지듯 새어나갔다. 아창은 추위를 잊고 다리의 감각도 잃었다. 그가 옆에 있는 샤오메이에게 말했다.

"집에 가자."

샤오메이는 아무런 대꾸도 하지 않았다. 그녀는 날씨를 위해 기도한 뒤 린샹푸를 위해 빌었다. 린샹푸가 딸을 안고 그 먼 길을 찾아왔다는 사실에 가슴이 너무 아프고 죄책감이 밀려들었다. 그녀는 속으로 린샹푸에게 말했다.

'다음 생에도 당신 딸을 낳아주고 그때는 아들도 다섯을 낳아줄 게요……. 다음 생에 당신 여자가 될 자격이 없다면 소나 말이 되어, 당신이 농사를 지으면 밭을 갈고 당신이 마부가 되면 마차를 끌게요. 채찍질해도 돼요.'

아창은 딱딱하게 굳은 팔을 샤오메이의 엎드린 등에 올려놓은 뒤 짚고 일어나려고 힘을 주었다. 하지만 다리에서 아무 감각도 느껴지지 않았다. 그가 다시 샤오메이에게 말했다.

"돌아가자."

샤오메이는 여전히 대답이 없었다. 그녀는 린샹푸가 자기 앞에서 말하는 걸 보고 있었다.

"집으로 돌아갑시다."

아창이 덥다면서 솜두루마기를 벗었고 계집종도 덥다면서 솜저고리를 벗었다. 새하얀 공터에서 사람들이 너나없이 솜옷을 벗었다. 샤오메이도 몸이 점점 뜨거워지는 걸 느꼈다. 숨이 가빠지고 심장이 빠르게 뛰어 그녀는 솜저고리의 단추를 풀고 앞섶을 열어젖혔다. 그런데도 너무 더워서 그녀는 솜저고리를 벗은 뒤 안에 입은 옷까지 풀어헤쳤다.

그때 샤오메이의 눈에 입을 벌린 채 자신을 향해 방긋방긋 웃는 딸이 보였다. 하얀 앞니가 두 개 자라나 있었다. 샤오메이는 눈물을 흘렸다. 그 두 줄기 눈물이 그녀 몸에 남은 마지막 열기였다.

35

성황각 천제가 사흘째 진행되던 날, 린샹푸는 딸을 안고 그곳을 지나가다가 바깥 공터에 꿇어앉은 100여 명의 남자와 여자를 보았다. 그들은 성황각 안에서 흘러나오는 음악 소리에 맞춰 끊임없이 머리를 조아리며 절을 하고 있었다.

의식을 시작하기 앞서 도사들이 쌓인 눈을 깨끗하게 쓸었지만 사흘이었다. 사흘이 지나자 눈이 도로 두껍게 쌓였다. 그곳을 지날 때 린샹푸는 무릎 꿇고 절하는 사람들의 종아리를 볼 수 없었다. 쌓인 눈이 그들의 종아리를 지워버렸다. 그들이 내뿜는 뜨거운 입김은 한데 모여 연기가 되어 회백색 하늘로 흩어지고 있었다.

그날 오후 린샹푸는 처음으로 천용량 집에 찾아가 한참을 머물렀다. 평생에 걸친 그와 천용량의 우정이 그때 시작되었다.

천용량 집을 나와 다시 성황각을 지나갈 때 린샹푸의 눈앞에 재난이 펼쳐졌다. 공터에 꿇어앉아 있던 수많은 사람이 동사한 거였다. 망자들은 여전히 꿇어앉은 상태였지만 그들 입에서 나오던 입김은 어디로 날아갔는지 보이지 않았다. 숨결도 움직임도 없었다.

린샹푸는 묘지를 지나가는 기분이었다. 하얀 눈에 뒤덮인 그들의 꿇어앉은 몸이 빽빽하게 서 있는 묘비 같았다.

그때 사람들이 우르르 몰려오는 게 보였다. 성황각 안에서 절하던 사람들도 밖으로 나왔다. 눈보라가 휘몰아친 뒤로 린샹푸는 그렇게 많은 사람이 모인 걸 처음 보았다. 목이 쉰 여인의 둔탁한 울부짖음과 남자의 날카롭게 곤두선 음성이 들렸다.

그 비통한 순간, 그 많은 사람이 각자 다른 이름을 부르며 얼어붙은 시신을 둘러쌌다. 그리고 자기 가족인지 확인하기 위해 손가락으로 망자의 얼굴에 쌓인 눈을 헤치기 시작했는데 눈을 걷어낼 때 망자의 머리카락과 눈썹, 코와 얼굴 피부까지 덩달아 떨어졌다.

린샹푸의 눈에 깡마른 남자, 구이민의 모습이 들어왔다. 그가 성황각 계단에서 우렁찬 목소리로 입을 열자 뜨거운 입김이 그의 얼굴을 가렸다. 린샹푸는 망자를 함부로 건드리지 말라는 소리를 어렴풋하게 들을 수 있었다. 구이민은 사람들에게 돌아가서 뜨거운 물을 가져와 망자의 얼굴에 쌓인 눈을 녹이라고 하고는 두 손을 공손히 모으며 당부했다.

"시신을 보존해주십시오."

구이민의 외침에 사람들이 돌아가 뜨거운 물을 가져왔다. 그리고 망자의 얼굴에 붓자 성황각 앞에서 수증기가 짙은 안개처럼 자욱하게 피어오르고 망자의 얼굴이 수증기 속에서 하나씩 드러났다. 그러자 울음소리가 한층 더 둔탁하고 한층 더 날카롭게 울렸다. 그들은 상복처럼 하얀 눈 속에서 가족을 떠메고 비통하게 돌아갔다.

뿌연 수증기가 날아간 뒤 처량한 울음소리도 사방으로 흩어졌다. 망자의 머리에 부었던 뜨거운 물이 눈밭에 떨어져 얼어붙으면서 그 일대가 울퉁불퉁한 얼음 밭으로 변했다.

성황각 공터에 시신 여섯 구가 남았다. 아무도 데려가지 않아 무척 외롭고 쓸쓸해 보였다. 휘날리는 눈발 속에 서 있던 린샹푸는 저 멀리에 있는 그 망자 여섯 명 중에 샤오메이와 아창이 있는 걸 몰랐다. 휘날리는 눈송이 때문에 시야가 흐려져 멀리에서 고개를 숙이고 있는 샤오메이의 얼굴을 보지 못했다. 샤오메이는 그때까지도 눈을 뜨고 있었다. 단지 눈빛만 잃었을 뿐이었다.

린샹푸는 계단에 서 있는 구이민이 도사와 뭐라 이야기하는 걸 보았다. 무슨 말인지는 들리지 않고 소리만 울렸다. 그러고 나서 도사 10여 명이 성황각에서 나와 울퉁불퉁 얼어붙은 눈밭으로 들어가더니 시신 여섯 구를 성황각으로 옮겨가는 게 보였다.

린샹푸는 마지막 시신을 도사 두 명이 들고 얼어붙은 공터에서 나가는 것을 바라보았다. 한 사람은 그녀의 두 다리를, 다른 사람은 어깨를 들었는데 머리가 바닥을 향하고 있었다.

텅 빈 허탈감이 휘날리는 눈송이처럼 린샹푸를 감쌌다. 으앙 하는 딸의 울음소리에 겨우 정신을 차렸을 때 그는 눈보라가 눈동자를 때리는 느낌이 들었다. 딸의 울음소리에서 자신이 너무 오래 눈밭에 있었음을 알았다. 다리를 옮기는데 발에서 감각이 느껴지지 않았다. 종아리도 아무 감각이 없었다. 앞으로 나아갈 때 허벅지만 있는 느낌이었다. 그는 딸의 울음소리가 배고프다는 울음소리임을 알고 자기도 모르게 천융량의 집으로 향했다. 나무가 얼어붙어 갈라지고 새가 떨어지는 소리 속에서 린샹푸는 한 걸음 한 걸음 천융량의 집으로 걸어갔다. 그제야 종아리의 감각이 조금 돌아왔다.

린샹푸는 샤오메이의 마지막 모습을 보지 못했다. 그녀의 얼굴은 두껍게 쌓인 눈에 거의 닿을 정도로 아래를 향하고 있었다. 게다가 온수를 부은 뒤 남은 물이 얼굴에서 얇게 얼어붙고 그 살얼음 위에 물이 흘러간 자국까지 줄줄이 남아 샤오메이의 얼굴은 투명하게 조각났다. 또 머리카락이 처마에 매달린 고드름처럼 늘어졌기 때문에, 그녀를 떠메고 갈 때 울퉁불퉁한 얼음밭에 띄엄띄엄 금이 그어지고 고드름이 갈라지는 가느다란 소리가 간간이 울렸다. 투명하게 조각난 샤오메이의 아름다운 얼굴은 눈밭 위에서 떠다니듯 멀어졌다.

36

구이민은 상인회 명의로 샤오메이와 아창을 안장하고 계집종의 시신은 가족에게 보냈다. 샤오메이와 아창은 시산 기슭의 후미진 곳, 냇물과 오솔길 사이에 묻혔다. 냇물이 1년 내내 흐르면서 오솔길마저 끊기는 그곳은 시산의 북쪽 언덕에 위치해 온종일 해가 들지 않고 이끼가 무성한 데다 수풀이 흑록색으로 짙게 우거졌다. 선가의 선산인 그곳에 '선쭈창과 지샤오메이의 묘'라고 새겨진 묘비가 들어서면서 묘비가 모두 일곱 개로 늘어났다.

샤오메이와 아창을 염할 때 구씨 집안의 하인들은 붉은 쌈지에 든 갓난아기의 배냇머리와 눈썹 그리고 비단 보자기에 싸인 은표를 발견했다. 은표에 적힌 엄청난 액수는 바느질로 거둘 수 없는 수입이었기 때문에 구이민은 속으로 깜짝 놀랐다. 하녀는 붉은 쌈지를 열어 갓난아기의 배냇머리와 눈썹을 구이민에게 보여주고는 시신을 닦을 때 복부에서 임신했던 흔적도 확인했다고 말했다.

구이민은 정말 이상하다고 생각했다. 두 사람이 시진에서 북쪽으로 가 무엇을 했는지는 몰라도 샤오메이가 외부에서 아이를 낳았다는 사실만큼은 확실했다. 하인들은 두 사람이 시진으로 막 돌아왔을 때 조용한 한밤중에 샤오메이의 비통한 울음소리가 흘러나오는 걸 들은 사람이 있다고 말했다. 구이민은 샤오메이가 아기의 배냇머리와 눈썹을 속옷 주머니에 넣고 있는 것으로 보아 출산 후 얼마 안 돼 아기를 잃었을 것이며 먼 북쪽에서, 아마도 넓은 도로나 물살이 거센 강물 옆에 묻었을 거라고 짐작했다.

구이민은 뭔가 말 못 할 사정이 있는 게 틀림없으니 밖으로 누설하지 말라고 하인들에게 일렀다. 아창에게는 가족이 없어도 샤오메이에게는 부모가 있어서, 그는 아창의 속옷 주머니에서 꺼낸 은표의 대부분을 완무당 시리촌의 지씨 집으로 보내고 나머지는 아창과 샤오메이의 뒤처리를 위해 상인회에 맡겼다. 이후 선가 묘지에서 풀을 뽑거나 흙을 더할 때, 혹은 비석을 닦을 때 일꾼을 보내기 위한 비용이었다.

워낙 일을 철두철미하게 처리하는 성격이라, 구이민은 하인에게 목수를 불러 관 두 개를 짜라고 하면서 목재에도 신경을 썼다.

"목재는 버드나무 말고 송백을 쓰라고 하게. 송백은 장수를 상징하는데 버드나무는 씨를 맺지 않아 대가 끊기는 불길함을 상징하니까."

구이민은 그렇게 말한 뒤 아창과 샤오메이에게 이미 후사가 없다는 걸 떠올렸다. 그런데 무슨 대가 끊길 걸 걱정하나 싶어 그는 자기도 모르게 헛웃음을 지었지만 번복하지는 않았다.

"그래도 송백으로 만들게."

입관할 때 구씨 집안의 하인들은 어쨌든 선쭈창이 아버지일 테니 지샤오메이의 속옷 주머니에서 나온 배냇머리와 눈썹을 반으로 나눠 선쭈창의 관에도 넣어야 하지 않겠느냐고 구이민에게 물었다. 구이민은 잠시 생각하다가 동의하지 않고 지샤오메이의 속옷 주머니에서 나왔으니 그냥 그 자리에 넣으라고 했다.

그렇게 샤오메이가 땅에 묻혔다. 생전에 청나라의 멸망과 중화민국의 설립을 겪었던 그녀는 죽어서 군벌의 혼전과 토비의 난무를 피하고 도탄과 파탄에 빠지지 않을 수 있었다.

샤오메이가 그곳에서 영면에 들어 하루 또 하루, 한 해 또 한 해를 보내는 동안 린샹푸는 한 번도 그곳에 가지 못했다. 그는 시산에 한두 번 간 게 아니었다. 천융량과 함께 올라가 시진을 내려다보았고 린바이자를 품에 안고 갔다가 손을 잡고 가고 더 나중에는 딸을 앞세우며 여러 차례 올랐지만, 그 후미진 곳까지 간 적은 한 번도 없었다. 샤오메이는 17년을 기다린 뒤에야 그곳에서 린샹푸와 만났다.

톈씨 형제들이 수레에 관을 싣고 시진 북문을 나선 날 아침, 천융량 대오와 장도끼 무리가 왕좡에서 격전을 벌이기 시작했다. 시진을 나와 얼마 가지 않았을 때 톈씨 형제들은 도망 나온 사람들과 마주쳤다. 그들은 앞으로 갈 수 없다며 왕좡에서 전투가 벌어져 수백 명이 싸우고 있다고 알려주었다. 그들의 빠른 말을 이해할 수는 없어도 톈씨 형제들은 그 당황한 얼굴에서 위험을 감지할 수 있었다. 수레를 세우고 지나가는 사람에게 계속 물어보다가 톈씨 형제들은 드디어 알아들을 수 있게 말하는 사람과 만났다.

톈얼이 물었다. "누가 누구와 싸웁니까?"

그 사람은 천융량과 장도끼를 구분하지 못했다. "토비와 토비가 싸웁니다."

톈씨 형제들은 감히 앞으로 나갈 엄두가 나지 않아서 전투가 벌어지고 있는 곳을 돌아갈 길이 없는지 물었다. 그 사람은 시산으로 가는 오솔길을 가리키며 시산 쪽에서 나가면 앞쪽의 왕창을 피할 수 있다고 알려주었다.

또 다른 피난민이 톈씨 형제의 수레가 무척 궁금했는지 다가와 관을 쓰다듬으며 그들이 알아들을 수 있는 말로 물었다.

"이렇게 큰 상자에 뭐가 들었습니까? 위에 대나무 지붕도 있고요."

관을 상자라고 하자 톈쓰가 불쾌한 어투로 대꾸했다. "이건 상자가 아니라 관입니다."

관이라는 말에 그 사람은 얼른 손을 치우며 두어 걸음 물러나서는 불길하다는 듯 말했다. "세상에 이렇게 큰 관이 있다니요."

톈얼이 설명했다. "두 사람이 들었거든요. 저희 큰형과 도련님이요. 저희는 북쪽으로 돌아가는 길입니다."

톈씨 형제들은 큰길에서 벗어나 시산으로 통하는 오솔길로 들어섰다. 톈우가 앞에서 수레를 끌고 톈얼과 톈쓰가 좌우에서 부축하며 톈싼이 뒤에서 밀었다. 오솔길은 오르락내리락하는 데다 넓어졌다가 좁아지곤 했다. 넓은 곳은 수월하게 지나갈 수 있었지만 좁은 곳은 아무래도 힘들었다. 좁은 길이 나오면 톈우는 수레를 조심스럽게 끌면서 뒤에서 바퀴를 살피는 세 형의 지시에 따라 왼쪽이나 오른쪽으로 방향을 틀었다. 길 가장자리에 바퀴를 스쳐가며 살살 좁은 구간을 빠져나와 넓은 곳에 이르렀을 때, 톈쓰는 재봉사가 옷을 재단하는 것보다도 더 섬세하게 지나왔다고 평했다.

넓은 길로 나온 뒤 네 형제는 토비에 관해 이야기했다. 뒤에서 수레를 미는 톈싼이 북쪽 고향에도 토비가 기승을 부린다고 했다.

"성내 취화전장의 쑨가도 토비한테 잡혀가 몸값으로 엄청난 은화를 낸 뒤에야 풀려났대."

수레를 끄는 톈우가 물었다. "쑨가의 누가 납치됐는데요?"

톈싼이 대답했다. "쑨가 어르신."

톈우가 다시 물었다. "어쩌다가 납치됐대요?"

톈싼이 대답했다. "토비가 쑨가 저택에 침입해 어르신 방문을 두드렸대. 어르신이 주무시다가 일어나 미닫이문을 열었는데, 틈이 벌어지자마자 장총이 들어왔다더라고."

톈쓰는 남쪽으로 오던 길에 만났던 토비 두 무리에 관해 말했다. "죽은 큰형을 보고 재수 없을까 봐 전부 피했잖아요."

톈우가 앞에서 말했다. "토비가 사람은 무서워하지 않아도 귀신은 무서워하나 봐요."

톈싼이 불쾌하다는 듯 대꾸했다. "큰형이 왜 귀신이야?"

톈우가 말했다. "사람이 죽으면 귀신이지요."

톈싼이 말했다. "큰형은 귀신이 아니라 망자라고."

톈얼이 두 동생에게 조용히 하라고 한 뒤 걱정스럽게 말했다. "올 때는 수레에 관이 없어서 토비가 한눈에 큰형이 죽은 걸 알아볼 수 있었어. 지금은 관이 있는데 관 같지 않고 상자 같으니, 토비가 달려들까 봐 걱정되네."

톈싼이 동의했다. "아까도 누가 상자에 뭐가 들었느냐고 물었잖아요."

톈우도 맞장구치며 앞쪽에서 말했다. "토비도 상자인 줄 알고 뭐가 들었는지 열어보라고 할지 몰라요."

톈쓰는 동의하지 않았다. "관 뚜껑을 열었다가 그림자가 들어가면 혼백이 관에 갇히니까 토비도 감히 열지 못할 거예요."

톈싼이 대꾸했다. "관 뚜껑은 열지 못해도 상자 뚜껑은 열 수 있지."

그러다 또 좁은 길이 나오자 네 형제는 다시 한번 제봉사가 옷을 재단하듯 조심스럽게 수레를 몰았다. 그런데 그 앞쪽은 더 좁았다. 톈우가 걱정스러운 얼굴로 말했다.

"못 가겠어요."

톈얼이 앞쪽으로 가서 길을 살펴본 뒤 10여 미터 더 갔다가 돌아와 동생들에게 말했다.

"10여 미터는 수레가 지나가지 못하겠어. 메고 가자."

톈얼과 톈우가 왼쪽, 톈싼과 톈쓰가 오른쪽에 자리를 잡고 길 양쪽 도랑에서 몸을 낮췄다. 그러고는 어깨에 수레를 올려놓고 하나둘 셋 구령에 맞춰 들어 올렸다. 네 사람은 저벅저벅 도랑을 밟으며 영차영차 구령에 맞춰 앞으로 나아갔다. 6미터쯤 갔을 때 제일 나이 많은 톈얼이 다리에 힘이 풀려 바닥에 무릎을 꿇고 말았다. 수레가 휘청 기울어지자 톈우가 어깨로 힘겹게 버텼고, 톈싼이 얼른 왼쪽으로 옮겨와 수레를 받쳤다. 그런 뒤 세 형제는 천천히 꿇어앉아 수레를 바닥에 내려놓았다. 바퀴 네 개 중에 하나만 도랑에 닿고 나머지 세 개는 공중에 떠 있었다. 수레를 내려놓은 뒤 그들은 바닥에 주저앉아 숨을 헐떡이며 땀을 뻘뻘 흘렸다.

톈얼은 무릎을 꿇은 채 숨을 몰아쉬었다. 조금 전 다리에서 힘이 풀렸을 때 관에서 소리가 나는 걸 들었다. 톈다가 린샹푸 위로 굴러갔다가 톈싼이 건너와 도로 들어 올렸을 때 원래 자리로 돌아가는 듯했다. 톈얼은 거친 숨을 몰아쉬며 땀을 닦고 수레에 대고 말했다.

"큰형, 도련님, 죄송해요."

잠시 쉬고 나서 네 형제는 다시 수레를 메고 영차영차 가장 좁은 길을 지나갔다. 이후에도 언덕을 오르락내리락하면서 힘겹게 나아가다가 점심때쯤 샤오메이가 묻힌 곳에 이르렀다. 그들은 묘비 일곱 개를 보았고 오솔길이 거기서 끊어지는 것도 보았다.

완전히 녹초가 된 데다 허기까지 밀려오는 그 순간에 그들은 물소리를 들었다. 앞쪽에서 냇물이 흐르는 걸 발견하고 톈얼이 여기서 좀 쉬며 물도 마시고 건량을 먹은 뒤에 가자고 했다.

그들은 수레를 샤오메이와 아창의 묘비 옆에 세웠다. 지샤오메이의 이름은 묘비 오른쪽에 있고 린샹푸는 관 왼쪽에 누워 있었다. 그렇게 두 사람은 좌우로 지척에 있게 되었다.

톈씨 형제들은 바닥에 가득한 이끼를 밟으며 조심스럽게 냇가로 가서 앉은 뒤 봇짐에서 그릇을 꺼내 물을 떠 마셨다. 냇물이 뼈가 시릴 정도로 차가워 그들은 벌컥 들이켰다가 곧장 입을 벌리고 으아 하고 소리쳤다. 톈얼이 말했다.

"너무 차가우니까 조금씩 마셔. 입에 잠시 머금었다가 넘기고."

그들은 홀짝홀짝 냇물을 마시면서 덥석덥석 건량을 베어 물었다. 톈우가 "여기는 물이 다네요"라고 말했다.

세 형들도 물이 달다고 생각해, 고향 마을의 우물물은 쓴맛이 좀 나는데 여기 물은 달다고 말했다.

톈얼은 길에서 토비를 만날까 봐 영 마음이 놓이지 않았다. "산을 나가면 인가에서 하얀 천을 구할 수 있는지 봐야겠어. 흰 천을 사서 길게 잘라 수레에 묶고 지붕에도 매달면 한눈에 영구차라는 게 보일 거야. 그러면 토비도 강도질을 못 하겠지."

톈우가 대꾸했다. "하얀 천이라면 관 속에 있어요. 구 회장님이 보내주신 거요. 지금 그걸 꺼내서 달면 되잖아요."

톈쓰가 말했다. "그 천은 큰형과 도련님 몸을 덮은 거니 건드릴 수 없어."

톈얼과 톈싼도 관에 들어 있는 천은 건드릴 수 없다고 생각했다. 톈얼이 "뭔 말도 안 되는 소리야"라고 톈우를 나무랐다.

그런 뒤 톈씨 형제들은 일어나 수레를 끌며 다시 길에 올랐다. 그 좁은 길을 지나고 또 좁은 길을 만나 2, 3리 걸어가자 넓은 길이 나왔다. 그들은 멀리 초가에서 밥 짓는 연기가 올라오는 것을 보고, 시산을 어떻게 빠져나가는지 물어보기 위해 그리로 향했다.

청명한 하늘과 따사로운 햇살 아래, 시산은 한없이 평온했다. 무성한 수목이 들쭉날쭉한 산봉우리를 뒤덮은 채 비탈을 따라 독특한 분위기를 자아내고, 그 중간중간에 있는 빽빽한 대숲은 수목의 넓디넓은 초록색 속에서 자신만의 비취색을 드러냈다. 밭두렁과 도랑 사이에서는 푸른 풀이 맑은 냇물 소리를 들으며 자라나고, 새들은 나뭇가지에 앉거나 허공을 날아다니며 그곳의 한가로움을 노래하고 있었다.

바퀴 소리가 멀어지면서 톈씨 형제들의 말소리도 멀어졌다. 그들은 정월 초하루 전에 큰형과 도련님을 집으로 모셔가야 한다며 날짜를 꼽아보았다.

옮긴이 문현선

이화여자대학교 중어중문학과를 졸업하고 동 대학 통번역대학원 한중과를 졸업했다. 이화여자대학교 통번역대학원에서 강의하며 전문 번역가로 중국어권 도서를 기획 및 번역하고 있다. 옮긴 책으로 《제7일》《문학의 선율, 음악의 서술》《오향거리》《작렬지》《물처럼 단단하게》《사서》《마술 피리》《봄바람을 기다리며》《삼생삼세 십리도화》 등이 있다.

원청

첫판 1쇄 펴낸날 2022년 12월 2일
8쇄 펴낸날 2024년 1월 17일

지은이 위화
옮긴이 문현선
발행인 김혜경
편집인 김수진
책임편집 유승연
편집기획 김교석 조한나 문해림 김유진 곽세라 전하연 박혜인 조정현
디자인 한승연 성윤정
경영지원국 안정숙
마케팅 문창운 백윤진 박희원
회계 임옥희 양여진 김주연

펴낸곳 (주)도서출판 푸른숲
출판등록 2003년 12월 17일 제2003-000032호
주소 서울특별시 마포구 토정로 35-1 2층, 우편번호 04083
전화 02)6392-7871, 2(마케팅부), 02)6392-7873(편집부)
팩스 02)6392-7875
홈페이지 www.prunsoop.co.kr
페이스북 www.facebook.com/prunsoop   **인스타그램** @prunsoop

ⓒ 푸른숲, 2022
ISBN 979-11-5675-129-8(03820)

* 잘못된 책은 구입하신 서점에서 바꾸어 드립니다.
* 본서의 반품 기한은 2029년 1월 31일까지입니다.